KB112914

세일럼의 마녀와 사라진 책

THE PHYSICK BOOK OF DELIVERANCE DANE

캐서린 호우 글 | 안진이 옮김

살림

가족들에게 이 책을 바칩니다.

오늘 자일스 코리가 돌에 눌려 죽는 모습을 지켜보았다. 그는 이틀 동안이나 돌에 깔린 채 말없이 누워 있었다. 저들은 돌을 하나씩 얹을 때마다 그에게 어서 자백하라, 자백하지 않으면 돌을 더 얹겠다고 위협했다. 하지만 자일스는 '더 무겁게 해 주시오.'라고 속삭일 뿐이었다. 나는 군중 속에 서 있다가 데인 부인을 만났다. 마지막 돌이 얹혔을 때 데인 부인은 하얗게 질린 얼굴로 내 손을 부여잡고 울었다.

- "1962년 9월 16일, 세일럼 마을"이라고 적힌 문서의 일부
보스턴 도서관 희귀 문서 보관실

프롤로그

매사추세츠 주, 마블헤드
1681년 12월 말

피터 펫포드는 화덕 위의 철재 냄비에서 부글부글 끓고 있는 렌즈콩 스튜에 길쭉한 나무 숟가락을 집어넣으며 뱃속의 걱정거리를 애써 밖으로 밀어냈다. 그는 낮은 의자를 난롯가로 살살 옮겨와 한쪽 팔꿈치를 무릎에 올리고 몸을 앞으로 구부렸다. 사과나무 타는 냄새와 렌즈콩 익는 냄새를 한꺼번에 들이마시니 조금은 위로가 됐다.

'오늘 밤은 여느 때와 다르지 않을 거야.'

콩이 먹기 좋게 잘 익었나 보려고 숟가락을 꺼내는 순간 뱃속에서 꾸르륵 소리가 났다. 성격이 단순한 편인 피터 펫포드는 렌즈콩 스튜 한 그릇이면 배탈이 싹 나을 거라고 스스로를 안심시켰다.

'그 여자도 온다고 했으니 괜찮겠지.'

펫포드는 험악하게 얼굴을 일그러뜨렸다. 지금껏 치료사에게 도움을 청한 적은 한 번도 없었는데, 올리버 부인이 꼭 그래야 한다며 우긴 것이다. 그 여자는 약으로 온갖 병을 고칠 줄 안다는 소문이 있었다. 한번은 잃어버린 아이를 마법으로 찾아 준 적도 있다고 했다. 펫포드는 혼잣말로 중얼거렸다.

"그 여자에게 맡겨 보자. 이번 한 번만."

좁고 어둠침침한 방의 한쪽 구석에서 조그맣게 훌쩍이는 소리가 났다. 뜨거운 냄비를 들여다보던 펫포드가 고개를 들었다. 걱정 때문에 미간의 주름이 더 깊어졌다. 그가 난로의 장작 하나를 부지깽이로 쑤시자 불꽃이 바지직 소리를 내며 타오르고 연기가 회색 기둥처럼 피어올랐다.

그가 의자에서 몸을 일으키며 속삭였다.

"마사? 일어났니?"

그늘진 방구석에서는 더 이상 아무 소리도 나지 않았다. 그는 딸 마사가 일주일 가까이 누워 있는 침대로 조심스럽게 다가갔다. 침대 기둥에 고정시킨 두꺼운 모직 커튼을 옆으로 젖히고, 두툼한 깃털 매트리스를 밀지 않으려고 조심하면서 침대 가장자리를 향해 몸을 굽혔다. 난로에서 나온 불빛이 날름대는 혓바닥처럼 모직 담요를 핥으면서 마구 헝클어진 담황색 머리에 둘러싸인 작고 파리한 얼굴을 비췄다. 반쯤 감긴 두 눈은 생기가 없이 흐리멍덩했다. 펫포드는 딱딱한 덧베개 위에 흐트러진 머리카락을 부드럽게 어루만졌다. 어린 딸이 희미하게 숨을 내쉬었다.

"스튜가 다 됐단다. 아빠가 갖다 주마."

펫포드가 말했다. 뜨거운 스튜를 국자로 떠서 납작한 질그릇에 담는 동안 가슴속에서는 괜한 분노가 치밀어 올랐다. 감정을 억제하려고 이를 악물어도 보았다. 그러나 분노는 그의 흉골 뒤에 그대로 남아서 호흡을 더 얕고 가쁘게 만들었다.

'여자아이를 간호하는 법을 도통 모르겠단 말이야. 내가 시도하는 약은 죄다 상태를 악화시키니 원.'

딸 마사는 사흘 전 엄마를 찾으며 울부짖던 밤 이후로 한마디도 하지 않았다.

펫포드는 침대 옆에 다시 자리를 잡고 앉아 뜨거운 렌즈콩 스튜를 조금 떠서 마사의 입에 흘려 넣었다. 마사가 힘없이 스튜를 들이마시자 입가에서 흘러나온 액체가 가느다란 갈색 선을 그리며 턱으로 흘러내렸다. 펫포드는 아까 부엌 아궁이에서 검댕이 묻은 새카만 엄지손가락으로, 흘러내린 자국을 닦아냈다. 아내 생각만 하면 언제나 가슴이 답답해져서 이런 실수를 하고야 만다.

그는 자기 침대에 눕혀 둔 딸이 사르르 눈을 감는 모습을 주의 깊게 바라보았다. 마사가 병에 걸린 날부터 그는 소나무 널빤지를 댄 마루에 곰팡이가 핀 짚을 깔고 잠을 잤다. 그의 아버지가 멀리 영국 동부에서 가져온 모직 커튼으로 감싼 침대는 난로 가까이에 있어서 마룻바닥보다 따뜻했다. 펫포드는 문득 얼굴을 찡그렸다.

'병은 하나님이 노하셨다는 징조라지 않았던가. 저 아이에게 무슨 일이 일어나든 다 하나님의 뜻이겠군.'

논리적으로 생각할 때 딸의 고통에 대해 분노한다는 건 하나님에게 화를 낸다는 뜻이므로 틀림없이 죄악일 터였다. 아내인 사라가 옆에 있었다면 마사의 영혼을 구원해 달라는 기도, 죄를 사해 달라는 기도를 하라고 그를 다그쳤으리라. 하지만 그는 하나님의 섭리보다는 농사일에 마음을 쏟는 데 훨씬 익숙했다.

'내가 사라만큼 훌륭한 사람이 아니어서 그럴 테지.'

그는 고작해야 5년밖에 살지 않은 마사가 무슨 죄를 저질렀기에

이다지도 극심한 고통을 겪어야 하는지 이해할 수 없었다. 그래서 기도를 올리면서도 은연중에 신에게 해명을 요구하고 있었다. 그는 딸의 죄를 사해 달라고 기도하지 않았다. 다만 딸의 병이 얼른 낫게 해 달라고 간청했을 뿐. 그리고 이기심으로 똘똘 뭉친 자신의 모습을 발견하고 문득 분노와 수치심을 느꼈다. 그는 잠든 딸의 얼굴을 가만히 바라보면서 두 손을 모아 깍지를 꼈다.

"세상에는 우리를 악마로 만드는 죄악들이 있습니다."

그 주 예배에서 목사는 이런 말을 했다. 피터 펫포드는 자기 콧마루를 살짝 꼬집고 눈을 가늘게 뜨며 기억을 더듬었다. 그게 무슨 죄였더라? 그래, 거짓말을 하거나 살인을 저지르는 게 있었지. 마사는 언젠가 부엌 찬장에 지저분한 고양이를 숨겨 놓았다가 들켰는데 사라가 추궁하자 자신은 모르는 일이라고 발뺌했다. 하지만 그 정도 거짓말이 목사가 이야기한 죄악에 해당될 리는 없었다. 하나님을 비방, 중상하는 것도 죄라고 했다. 악행을 부추기는 것, 하나님의 계율을 어기는 것, 시샘하는 것, 술주정을 일삼는 것, 교만한 마음을 품는 것이 다 죄라고 했다.

펫포드는 투명할 정도로 연약한 딸의 뺨을 내려다보았다. 그러다 한쪽 손을 꽉 움켜쥐고 손마디로 다른 쪽 손바닥을 꽉 눌렀다. 하나님이 어떻게 순진무구한 아이에게 이런 고통을 내리신단 말인가? 하나님이 나를 외면하시는 이유가 뭐지? 어쩌면 위험에 처한 것은 마사의 영혼이 아닐 수도 있었다. 피터 펫포드 자신이 오만하고 신앙심이 부족해서 딸에게 이런 벌이 내린 건지도 모를 일이었다.

그가 달갑지 않은 걱정으로 속을 태우고 있을 때 진흙탕 속을 누비는 말발굽 소리가 들렸다. 말이 오솔길을 지나 그의 집 앞에서 멈추는 듯했다. 한 남자와 젊은 여자가 뭐라고 이야기를 주고받는가 싶더니 가죽 안장이 삐걱거리는 소리와 철벅 하고 물이 튀기는 소리가 들렸다.

'조나스 올리버가 그 여자를 데려온 게로군.'

침대 옆에 앉아 있던 펫포드는 문을 가볍게 똑똑 두드리는 소리가 들리자마자 벌떡 일어났다.

현관 계단에 젊은 여자 한 사람이 서 있었다. 그녀가 걸친 모자 달린 모직 외투가 저녁 안개 속에서 반짝였다. 밝고 상냥한 표정을 짓고 있는 그녀는 먼 길을 왔다고 믿기 어려울 만큼 희고 빳빳한 두건으로 얼굴을 감싸고 손에는 작은 가죽가방을 들고 있었다. 그 뒤쪽의 그늘에는 피터 펫포드의 이웃인 농부 조나스 올리버가 익숙한 모습으로 서 있었다.

젊은 여자가 잽싸게 고개를 들어 펫포드의 얼굴을 바라보며 물었다.

"펫포드 씨죠?"

펫포드가 고개를 끄덕였다. 젊은 여자는 격려의 뜻이 담긴 미소를 살짝 짓고 나서 경쾌한 동작으로 외투에 묻은 물방울을 탁탁 털어 내고 모자를 벗었다. 그녀는 현관문 경첩 옆의 못에 외투를 걸어 놓고 두 손으로 치마의 주름을 매만진 후 지체 없이 황량한 방을 가로질러 소녀가 누워 있는 침대 옆에 가서 무릎을 꿇었다. 펫포드는 잠시 그녀를 바라보다가 조나스 올리버에게 고개를 돌렸다. 젊은 여자와 마찬가지로 비에 흠뻑 젖은 조나스 올리버는 문간에 서서 손수건으로 코를 풀고 있었다.

"음산한 밤이로군."

펫포드가 인사랍시고 내뱉은 말이었다. 올리버도 불만스럽게 뭐라고 대꾸했다. 그는 손수건을 소매에 도로 찔러 넣고 장화에 묻은 진흙을 털어 내기 위해 발을 몇 번 굴렀지만 집 안으로 들어서지는 않았다.

펫포드는 무심결에 한 손을 들어 뒤통수를 만지작거리며 물었다.

"요기라도 좀 하고 가지?"

그는 자기 말이 진심인지 아닌지 확신할 수 없었다. 손님이 하나 더 있으면 괜히 정신만 사나울 것 같았다. 하지만 사실 올리버는 펫포드보다도 더 과묵한 성격이었다. 사라도 항상 말하지 않았던가. 조나스 올리버는 사륜마차에 깔려 발이 뭉개지더라도 얼굴 한번 찡그리지 않을 사람이라고.

올리버가 어깨를 으쓱하며 펫포드의 초대를 사양했다.

"마누라가 기다리고 있어서."

올리버는 방 건너편을 힐끔 쳐다보았다. 젊은 여자가 자리를 잡고 앉아 침대 위의 소녀에게 뭐라고 속삭이고 있었다. 여자의 무릎 위에는 갈색과 황갈색의 중간쯤 되는, 우중충하고 털이 북실북실한 날쌔게 생긴 강아지 한 마리가 있었고, 주변의 마룻바닥에는 진흙 발자국이 잔뜩 남아 있었다. 올리버의 머릿속에 희미하게 의문이 스쳤다. 마차를 타고 오는 동안 저 강아지는 어디에 두었던 것일까? 나는 강아지가 있는 줄도 몰랐는데. 게다가 저 가죽가방은 강아지가 들어가기에는 너무 작지 않은가. 필시 이집 딸 마사가 키우는 지저분한 잡종 개일 테지.

펫포드가 다시 입을 열었다.

"그럼 내일 아침에 들르게나."

올리버는 고개를 끄덕이고 두꺼운 펠트 모자의 테두리에 손을 갖다 댄 후 밤의 어둠 속으로 사라졌다.

펫포드는 불이 꺼져 가는 난로 앞에 낮은 의자를 가져다 놓고 다시 앉았다. 그의 옆 탁자 위에서는 스튜가 식어 가고 있었다. 그는 주먹 쥔 손으로 턱을 괴고 앉아서 낯선 젊은 여자가 하얀 손으로 마사의 이마를 어루만지는 모습을 바라보았다. 그녀가 나지막하게 뭐라고 중얼거리는 소리도 들렸다. 저 여자가 와 있으니 불안해하지 말자. 병을 잘 고치기로 마을에 소문이 자자한 여자가 아닌가. 이런 생각들에 매달리면서 조금이나마 희망을 가지려고 안간힘을 썼다. 그러나 피로와 걱정 탓에 눈앞이 차츰 흐려졌고, 팔로 괴고 있는 머리는 점점 무거워졌다. 어린 딸이 침대에서 몸을 움츠리는 모습, 어둠이 침대 위로 내려앉는 모습을 보면서 그는 공포에 휩싸였다.

제1부

열쇠와 셩경

1장

매사추세츠 주, 케임브리지
1991년 4월 말

"시간이 거의 다 됐군요."

매닝 칠튼 교수가 말했다. 조끼에 걸쳐 둔 얇은 회중시계를 쳐다보는 그의 한쪽 눈이 반짝 빛났다. 그는 회의실 탁자에 둘러앉은 나머지 네 사람의 얼굴을 쳐다보며 다시 말했다.

"하지만 아직 끝나지는 않았어요, 굿윈 양."

특별히 기분 좋은 일이 있을 때마다 칠튼 교수의 목소리는 약간 냉소적이면서도 장난기 어린 소리로 변했다. 어딘지 모르게 부자연스러운 이런 말투가 나오면 그가 지도하는 대학원 학생들은 이내 초조해졌다. 코니 굿윈은 지도교수의 목소리가 변했다는 사실을 금방 알아차렸다. 그녀의 박사과정 자격시험이 막바지로 치닫고 있었다. 목구멍 안에서 시큼하고 메스꺼운 기운이 끓어올랐으나 그냥 삼켜 버렸다. 심사위원석에 앉은 다른 교수들이 칠튼 교수를 향해 미소를 지었다.

코니는 초조한 가운데서도 가슴속 어딘가에서 들썩이며 차오르는 만족감을 느꼈다. 그녀는 잠시나마 흥분을 마음껏 즐겼다. 추측컨대 시험은 그럭저럭 잘 진행되고 있었다.

'그렇지만 합격선보다 약간 위에 있을 뿐이야.'

어느새 초조한 미소가 얼굴에 떠오르고 있었지만, 코니는 재빨리 그런 기색을 숨기고 자신과 같은 대학원생에게 어울린다고 여겨지는 부드럽고 중립적인 표정, 자신감에서 우러나는 초연한 표정을 지었다. 하지만 억지로 그런 표정을 지으려고 무리하다 보니, 결과적으로는 떫은 감을 씹은 사람 같은 표정이 되고 말았다.

아직 질문 하나가 남아 있었다. 시험을 망칠 기회가 한 번 더 있는 셈이었다. 코니는 자세를 고쳐 앉았다. 박사과정 자격시험을 준비하던 지난 몇 달간 체중이 서서히 줄기 시작하더니, 나중에는 급격히 빠졌다. 이제 살이 너무 없어서 뼈가 의자와 직접 닿는 기분이었다. 화려한 색상의 기하학적 가로 무늬가 있는 페어아일 스웨터는 어깨에 헐렁하게 걸쳐져 있었다. 분홍빛이 돌던 뺨도 광대뼈 밑이 움푹 패여서인지 갈색 속눈썹 아래의 옅은 푸른색 눈은 평소보다 더 커 보였다. 눈 위의 짙은 갈색 눈썹은 생각에 잠긴 표정 때문에 찌푸려져 있었다. 매끄러운 뺨과 널찍한 이마는 얼음처럼 하얗게 빛났고, 뾰족한 턱과 우뚝 솟은 코가 곳곳에 희미하게 남아 있는 주근깨의 흔적을 상쇄시켰다. 얇은 연분홍색 입술은 꽉 앙다문 탓에 더 옅은 색으로 변했다. 짙은 갈색의 긴 머리를 땋아 어깨 위로 늘어뜨린 코니는 무심코 한쪽 손을 들어 머리 끝을 만지려다 정신을 차리고 손을 다시 무릎 위에 얹었다.

"선배님은 어떻게 그렇게 차분할 수가 있어요?"

그날 점심식사를 할 때 조교인 그녀가 논문 지도를 맡고 있는 말라깽이 학부생 토머스가 감탄하듯 물었다.

"식사를 할 수 있다니 놀라워요! 저 같으면 구술시험을 앞두고는 속이 메슥거려서 아무것도 못 먹었을 거예요."

사실은 식욕이 거의 달아난 상태였지만 코니는 평온한 말투로 대꾸했다.

"토머스, 넌 나한테 지도받으러 오기 전에도 속이 메슥거린다면서."

누군가 다그쳤다면 코니는 토머스에게 겁을 주면서 은근히 즐기고 있었다고 시인했을 것이다. 자신의 작은 만행을 정당화할 근거도 있었다. 논문을 쓰는 학생은 조금 긴장을 해야 한다. 그래야 그녀가 정해 준 제출 마감 기한도 잘 지키고 더 열심히 노력하지 않겠는가. 하지만 솔직하게 고백하자면 이기적인 동기도 있었노라고 인정해야 하리라. 그녀를 쳐다보는 토머스의 눈동자에 겁먹은 빛이 스치는 순간 그녀는 용기를 얻었으니까.

"자격시험은 사람들이 생각하는 것처럼 엄청난 일이 아니야. 대학원 공부를 하면서 읽은 400권쯤 되는 책을 토대로 질문에 답할 준비를 하면 되는 거야. 제대로 대답하지 못하면 낙방이지."

코니가 접시 위의 샐러드를 포크로 휘젓는 동안 토머스는 경외심이 가득 담긴 눈으로 그녀를 쳐다보았다. 코니는 그를 향해 미소를 지었다. 전문가가 되려면 전문가답게 처신하는 법도 배워야 했다. 그녀가 잔뜩 겁을 먹고 있다는 사실은 토머스에게 절대 비밀이었다.

구술로 치러지는 박사과정 자격시험은 하나의 중요한 기점이다.

교수들로부터 제자가 아닌 동료 대접을 받기 시작하는 순간이기 때문이다. 하지만 경우에 따라서는 명예롭지 못한 지적 타살의 순간이 될 수도 있다. 준비가 부족한 학생은 교수들이 자신의 지식을 산 채로 해부하는 걸 알면서도 무기력하게 지켜볼 수밖에 없다. 결과가 어떻든 간에 시험을 치르는 학생은 자신의 부족한 점을 깨닫게 된다. 신중하고 꼼꼼한 학생인 코니는 요행을 바라지 않고 치밀하게 준비했다. 코니는 반쯤 남은 샐러드를 테이블 맞은편에서 아직도 감탄하고 있는 토머스에게 밀어 주며 속으로 생각했다.

'이만하면 충분히 준비했어.'

코니의 머릿속에는 책꽂이에 가득 꽂힌 책들, 주석을 달거나 책갈피를 꽂아 표시해 둔 책들이 빠짐없이 들어 있었다. 코니는 점심식사를 하던 포크를 옆으로 치워 두고 그동안 습득한 지식의 책꽂이를 머릿속으로 훑으며 질문을 던져 보았다. 경제학 책들은 어디 있지? 그래, 여기야. 풍속과 문화에 관한 책들은? 한 칸 위 왼쪽에.

한 줄기 의심의 그림자가 코니의 얼굴에 스쳤다. 혹시 준비가 부족하면 어쩌지? 처음으로 뱃속이 뒤틀리면서 구역질이 나려고 했다. 얼굴에서도 핏기가 가셨다. 매년 그런 학생이 한두 명씩 있다고 들었는데. 시험을 망치고 울면서 시험장에서 뛰쳐나온 학생들에 관한 소문은 몇 년 전부터 익히 들어온 터였다. 학문을 탐구하기도 전에 경력이 끝나 버린 학생들. 박사과정 자격시험은 결국 그 둘 중 하나로 끝날 것이다. 오늘 잘 해내면 학과에서 그녀의 위상이 상당히 높아지게 된다. 준비를 열심히 했으니 이론상으로는 그래야 한다. 오늘 시험에서 자기 조절만 잘하면 교수의 꿈에 한 걸음 더 다가가게 된다.

물론 그렇지 않을 수도 있다. 그녀가 머릿속의 책꽂이를 들여다보았는데 텅 비어 있을지도 모른다. 역사책들은 온데간데없고 1970년대 후반의 텔레비전 드라마 줄거리와 록 음악 가사를 담은 바인더 하나만 달랑 꽂혀 있을지도 모른다. 대답하려고 입을 열었는데 아무 말도 나오지 않을 수도 있다. 그렇게 되면 짐을 싸서 집으로 돌아가야 한다.

토머스와 점심식사를 한 시각으로부터 네 시간이 지난 지금, 코니는 하버드 대학 역사학부 건물의 어두운 모퉁이에 놓인 반질반질한 마호가니 탁자 앞에 앉아 있었다. 심사위원인 네 명의 교수들로부터 내리 세 시간째 질문을 받은 터라 몹시 피곤하긴 했지만 아드레날린이 분출되어 예리하게 각성된 상태였다. 대학 졸업논문의 마지막 장을 완성하기 위해 밤을 꼬박 새운 날에도 꼭 이렇게 피로와 지적 열정이 뒤섞여 묘한 기분을 느꼈던 것이 떠올랐다. 모든 감각이 서서히 고양되는 바람에 성가시고 귀찮았다. 만약을 대비해 모직 스커트 단을 여미려고 붙여 둔 보호 테이프에서 찍찍대는 소리가 들렸고, 입 안에서는 아직도 설탕 커피의 끈적이는 맛이 느껴졌다. 코니는 이 모든 세세한 감각에 주의를 기울였다가 곧 머릿속에서 지워 버렸다. 그러나 두려움만은 사라지지 않고 끈질기게 남아 있었다. 코니는 칠튼 교수에게 시선을 고정하고 질문을 기다렸다.

지금 코니가 있는 회의실은 움푹움푹 패인 탁자와 의자 몇 개만이 칠판을 마주 보고 있는 수수한 교실이었다. 칠판은 수십 년 동안의 분필 자국 때문에 이제는 옅은 회색으로 변해 있었다. 코니가 앉은 자리의 뒤쪽 벽에 걸린 흰 구레나룻의 나이 든 남자의 초상화는, 오랜 세월 무심하게 방치되어 이제는 시커멓게 변해 있었다. 방의 한쪽 끝을 차지한 지저분한 창문은 오후 햇빛을 가리기 위해 덧문이 내려져 있었다. 햇빛 한 줄기가 방 안으로 들어오자 미세한 먼지 알갱이들이 공중에 고정된 것처럼 보였다. 햇빛은 심사위원들의 얼굴을 코에서 턱까지만 비추었다. 교실 밖에서는 서로의 이름을 소리쳐 부르고 깔깔 웃으며 멀어져 가는 젊은 대학생들의 목소리가 들렸다.

드디어 칠튼 교수가 입을 열었다.

"굿윈 양, 오늘의 마지막 질문이에요."

코니의 지도교수인 칠튼 교수가 탁자의 텅 빈 가운데를 향해 몸을 기울였다. 그러자 햇빛이 그의 은빛 머리 위로 지나가면서 먼지들을 휘젓는 바람에 그의 머리 주위에 빛나는 코로나가 만들어졌다. 교수는 목에 맨 단정한 넥타이에 잘 어울리는 점잖은 동작으로 깍지 낀 손을 탁자에 올려놓았다.

"북아메리카 마법의 역사를 간결하고 명확하게 설명하세요."

미국의 식민지 시대 역사를 전공하는 학생들은 오래전에 수명을 다한 이 시기의 사회체제, 종교, 경제제도 등을 아주 사소한 것까지 줄줄 외워야 한다. 코니 역시 이번 시험을 준비하면서 돼지고기를 소금에 절이는 법, 박쥐 구아노로 만든 비료, 당밀과 럼주의 무역거래 따위를 모두 암기했다. 어느 날 저녁엔가는 18세기의 니들포인트 자수(캔버스 천 따위에 성글게 놓는 자수의 한 종류-옮긴이) 견본에 자주 등장하는 성서 문구들을 외우고 있었는데, 룸메이트 리즈 다워스가 다가오더니 고개를 절레절레 흔들며 말했다.

"마침내 우리가 서로를 이해하지 못할 정도로 전문적인 영역으로 넘어가는구나."

금발머리에 안경을 쓴 키 크고 날씬한 여학생 리즈는 중세 라틴어 전공이었다.

코니는 마지막 질문이 칠튼 교수가 준 선물임을 알고 있었다. 앞서 받은 질문들 중에는 그녀의 예상을 뛰어넘는 난해한 것도 많았다. 1840년대 카리브 해안에서 아일랜드에 이르는 영국령 식민지들의 주요 수출 품목을 설명하시오. 역사는 특수한 상황에서 활약했던 위인들의 이야기라고 생각하나요, 아니면 경제체제에 의해 제약을 받는 다수의 이야기라고 생각하나요? 뉴잉글랜드의 무역과 사회 발전에서 대구라는 생선이 어떤 역할을 했나요? 코니는 시선을 이쪽저쪽으로 돌리며 탁자에 둘러앉은 교수들의 얼굴을 번갈아 쳐다보았다. 그녀를 주시하는 교수들의 눈동자에 각자의 전문 분야가 거울처럼 비쳤다.

코니의 지도교수인 매닝 칠튼이 탁자 건너편에서 입가에 보일 듯 말 듯 미소를 띠며 그녀를 바라보았다. 빗질이 잘 된 흰머리로 감싸인 얼굴의 이마에는 주름살이 잡혀 있었고, 콧등에서 턱까지 움푹한 주름이 패였다. 회의실에 낮게 비치는 햇빛 한 줄기가 그의 얼굴에 짙은 그림자를 드리웠다. 그의 행동거지에는 요즘 세상에서 찾아보기 힘든 구식 학자다운 침착한 자신감이 배어 있었다. 그는 평생 하버드 대학에서만 학생들을 가르쳐 왔다. 식민지 시기 역사학을 전공하게 된 계기는 어린 시절 보스턴 서쪽의 백 베이에 있는 타운하우스(귀족들의 웅장한 교외주택-옮긴이) 거실에서 쫓겨난 기억 때문이라고 했다. 그에게서는 독특하게도 오래된 가죽과 파이프 담배 냄새가 났고, 남성적인 분위기가 강하게 풍겼지만 아직 할아버지 같은 느낌은 없었다.

회의 탁자에는 칠튼 교수 외에도 세 명의 존경받는 미국사 전문가가 앉아 있었다. 칠튼 교수의 왼쪽에는 경제학자이면서 신진 교수인 싹싹한 성격의 래리 스미스 교수가 입술을 굳게 다물고 앉아 있었다. 그는 선배 교수들에게 자신의 권위와 전문지식을 과시하려고 일부러 까다로운 질문들을 던졌다. 코니는 그에게 날카로운 눈길을 보냈다. 그는 두 번이나 코니의 지식이 부족한 지점을 파고들어 질문했다. 물론 그것이 그의 임무이긴 했다. 하지만 그는 심사위원 중에서 유일하게 자신이 자격시험을 치르던 시절을 기억할 만한 사람이 아닌가. 하긴 그에게 어떤 연대의식을 기대하는 것이야말로 지나치게 순진한 발상이리라. 갓 임용된 교수들이 마치 자기가 겪었던 굴욕을 보상받으려는 것처럼 대학원생들에게 유독 가혹하게 구는 경우가 종종 있지 않은가. 스미스 교수는 정중한 미소로 코니의 눈길에 답했다.

칠튼 교수의 오른쪽에는 반지를 낀 손으로 턱을 괴고 앉은 재닌 실바 교수가 있었다. 통통한 몸집의 실바 교수는 얼마 전에 종신 교수로 임용된 여성학 전문가로서 페미니즘과 관련된 주제를 선호했다. 오늘 그녀의 머리는 평소보다 더 헝클어지고 구불구불했으며 틀림없이 염색했을 것 같은 검붉은 색으로 반짝였다. 코니는 재닌 실바 교수가 하버드 대학의 심미안을 완강하게 거부하고 긴 꽃무늬 스카프를 치렁치렁 늘어뜨리고 다니는 게 좋았다. 하버드 대학이 여성학자들에게 적대적이라는 불평불만도 곧잘 하는 실바 교수는, 특히 코니의 학업에 지대한 관심을 보여 때로 어머니 같은 분위기를 풍겼다. 그래서 코니는 학생들이 흔히 겪는 감정전이(교수에게 부모를 대할 때와 유사한 감정을 품는 것)를 피하기 위해 의식적으로 노력해야 했다. 코니의 학업에 대한 권한을 쥐고 있는 사람은 칠튼 교수였지만, 코니가 가장 실망시키고 싶지 않은 사람은 바로 실바 교수였다. 실바 교수는 코니의 머릿속을 스쳐간 불안을 감지하기라도 한 것처럼 한쪽 팔로 살짝 가리고 엄지손가락을 추켜올려 신호를 보냈다.

마지막으로 재닌 실바 교수의 오른쪽에 구부정한 자세로 앉아 있는 사람은 해롤드 보먼트 교수였다. 그는 미국 남북전쟁사 전문가이자 확고한 보수주의자로서 가끔 「뉴욕타임스」 기명칼럼에 불만스러운 논조의 글을 싣는 것으로 유명했다. 보먼트 교수의 곁에서 공부한 적도 없는 코니가 그를 심사위원으로 신청한 이유는, 단지 그가 그녀의 성적에 별다른 관심이 없으리라 여겼기 때문이다. 실바 교수와 칠튼 교수의 기대만으로도 충분히 벅찼다. 머릿속에서 이런 생각들이 오락가락하는 가운데 코니는 보먼트 교수의 검은 눈동자에서 나오는 빛이 자기 스웨터의 어깨 부분을 태워 동그란 구멍을 내는 게 아닌가 싶었다.

코니는 탁자를 내려다보며 수십 년 전에 새겨진 이래, 밀랍으로 수없이 닦여 시커멓게 변색된 머릿글자의 윤곽을 눈으로 더듬었다. 그리고 교수들이 원하는 답을 찾아 머릿속의 문서 보관용 캐비닛을 뒤졌다. 어디 있을까? 어딘가에 답이 있다는 건 분명했다. '마법(witchcraft)'이니까 'W' 항목을 찾아야 할까? 아니야. 그럼 'G'로 가서 '여성문제(gender issue)'를 찾아야 하나? 코니는 머릿속의 서랍을 차례로 열어 메모카드를 한 움큼씩 꺼내 휙휙 넘겨본 후 내던져 버렸다. 목구멍 안에서 메스꺼운 기운이 다시 올라오려 했다. 더 이상 메모카드가 없었다. 답을 찾을 수가 없었다. 시험을 망친 학생들에 대해 수군거리던 이야기들. 이제 코니가 그 소문의 주인공이 될 판이었다. 너무나 쉬운 질문을 받았는데 대답이 생각나지 않는 것이다.

'난 시험에 떨어지는구나.'

공포가 안개처럼 밀려와 시야가 뿌옇게 흐려졌다. 코니는 호흡을 고르게 하려고 애썼다. 그래도 역사적 사실들이 있잖아. 그걸 생각해낼 만큼만 집중하자. 역사적 사실들은 날 저버리지 않을 거야. 코니는 '사실(facts)'이라는 단어를 속으로 되뇌어 보았다. 아, 잠깐! 'F' 항목을 찾아보지 않았네. '식민지 시기의 민속 신앙(Folk Religion, Colonial Era)!' 코니는 머릿속의 서랍을 열었다. 이거야! 눈앞의 안개가 말끔히 걷혔다. 코니는 딱딱한 의자 위에서 자세를 고쳐 앉으며 미소를 지었다.

코니는 불안한 마음을 애써 떨쳐 내며 말문을 열었다.

"뉴잉글랜드 지방의 마녀사냥에 관한 이야기부터 시작하겠습니다. 1692년 세일럼이라는 마을에서 마녀사냥으로 인해 19명이 교수형을 당했지요. 하지만 신중한 역사학자라면 이 마녀사냥을 이례적인 사건으로 간주할 것입니다. 또한 17세기 초반의 식민지 사회에서는 마녀들이 상대적으로 주류 사회와 친밀하게 지냈다는 사실도 고려해야 합니다."

코니는 탁자에 둘러앉은 네 사람이 고개를 끄덕이는 모습을 보았다. 그들의 반응에 따라 대답의 얼개를 조금씩 달리할 작정이었다.

"마녀사냥은 대부분 산발적으로 발생했습니다. 마녀로 고발된 사람은 대체로 가난하거나 가족이 없어서 마을에서 고립된 채 살아가는 중년 여자였어요. 사회적 지위도 보잘것없고 정치적인 권력도 없는 사람들이었지요. 흥미로운 사실은 '말레피키움(Maleficium, 악의로 행하는 주술이나 마법을 가리키는 용어-옮긴이)'의 종류를 살펴보면……."

라틴어 '말레피키움'에서 혀가 약간 꼬여 한두 음절을 더 발음하고 말았다. 코니는 허세를 부리려는 욕구에 넘어간 자신을 속으로 원망했다.

"마녀들이 어떤 악행으로 고발당했는지 살펴보면 식민지 시대의 평범한 사람들에게 세계가 참으로 좁았다는 사실을 알게 됩니다. 현대 사회에서는 누군가가 자연을 통제하거나 시간을 멈추거나 미래를 예측하는 능력을 가지고 있다면, 당연히 그 능력을 이용해 규모가 크고 획기적인 변화를 일으킬 거라고 생각하겠지요. 반면 식민지 시대의 마녀들은 대부분 사소한 불운을 몰고 왔다는 혐의를 받았습니다. 젖소가 병들었거나 우유가 상했거나 개인이 재산을 잃은 것도 마녀의 탓으로 돌린 겁니다. 마녀의 영향력이 이렇게 좁은 범위에만 미쳤다는 사실을 설명하려면 초기 식민지 시대의 신앙을 고려해야 합니다. 당시에는 전지전능한 신 앞에서 일반 사람들은 완전히 무기력하다고 여겨졌기 때문입니다."

코니는 잠시 말을 끊고 호흡을 가다듬었다. 마음 같아서는 기지개라도 한번 켜고 싶었지만 꾹 참았다. 아직은 아냐.

"더욱이 당시의 청교도들은 어떤 사람의 영혼이 구원을 받았는지 아닌지 여부를 확실히 알 수 있는 방법이 없다고 생각했습니다. 선행을 많이 베푼다고 해서 반드시 구원을 받는 것은 아니었어요.

그래서 중병에 걸리거나 파산을 하는 등의 나쁜 일들은 모두 신이 노했다는 징조로 해석했습니다. 대다수 사람들의 입장에서는 자기 영혼이 위험에 처했다고 여기기보다는 마녀를 탓하는 게 편했겠지요. 자기 힘으로 어떻게 할 수 없는 문제를 그런 식으로 설명하고 사회적으로 홀대받는 여성에게 떠넘긴 것입니다. 결과적으로 마녀들은 아직 과학적으로 해명되지 않았던 일들에 대한 답을 제공하고 희생양이 됨으로써 뉴잉글랜드 식민지 사회에서 중요한 역할을 수행했다고 할 수 있습니다."

실바 교수가 물었다.

"그럼 세일럼의 마녀사냥은 어떻게 설명할 수 있죠?"

코니가 대답했다.

"세일럼의 마녀사냥에 관해서는 여러 가지 학설이 있습니다. 어떤 역사가들은 세일럼에서 경쟁관계에 있던 교파들 간의 갈등이 마녀재판의 원인이 되었다고 주장합니다. 신식 항구 도시로 발전하던 지역과 교외의 농업지대 사이의 대립이었다는 설도 있습니다. 혹은 가문들 사이의 오랜 반목을 원인으로 보는 역사가들도 있는데, 특히 대중에게 인기가 없었던 새뮤얼 패리스 목사의 금전적 욕심을 지적하는 견해가 많습니다. 그 밖에 일부 역사가들은 마법에 걸렸다고 알려진 소녀들이 실제로는 곰팡이 핀 빵을 먹고 환각을 경험한 것이라고 주장했습니다. 곰팡이 핀 빵이 LSD와 비슷한 작용을 했다는 설명이지요. 하지만 제 생각에 세일럼의 마녀사냥은 교조적 칼뱅주의 신앙의 마지막 몸부림으로 볼 수 있습니다. 18세기 초의 세일럼은 과거와 같이 종교색이 짙은 사회가 아니었습니다. 구성원이 다양해지고 선박 건조와 어업과 무역의 비중이 높아져 있었지요.

초기에 그 일대에 정착했던 열성 청교도들이 영국에서 새로 건너온 사람들, 종교보다는 새로운 땅에서의 돈벌이에 관심이 많았던 사람들에게 밀려나고 있었습니다. 저는 마녀재판이 이러한 역동적인 변화의 징후였다고 생각합니다. 아메리카 북부 전역을 휩쓴 광기 어린 마녀사냥의 결정판이기도 했고요. 결론적으로 세일럼의 마녀사냥은 중세에 뿌리를 두고 있었던 한 시대의 막이 내렸다는 것을 뜻합니다."

칠튼 교수가 무언가를 골똘히 생각하며 장난기 어린 목소리로 말했다.

"매우 흥미로운 분석이군요. 그런데 중요한 학설 하나를 빼먹지 않았나요?"

코니는 교수를 향해 미소를 지었다. 공격을 받은 동물이 초조한 마음에 상대에게 인상을 쓰는 것과 비슷한 행동이었다.

"칠튼 교수님, 무슨 말씀이신지……."

칠튼 교수는 그녀를 가지고 놀고 있었다. 코니는 칠튼 교수에게 놀림당하는 시간이 빨리 지나가게 해 달라고, 그래서 리즈와 토머스가 기다리고 있을 '애브너 술집'으로 쏜살같이 달려가 긴긴 하루를 끝마치게 해 달라고 조용히 빌었다. 그러면 더 이상 말을 하지 않아도 될 텐데. 코니는 피곤해지면 말을 빠르게 내뱉는 습관이 있었는데 그럴 때면 뜻하지 않게 말이 뒤죽박죽으로 튀어나왔다. 칠튼 교수의 교활한 미소를 보니 슬슬 걱정이 되기 시작했다. 지금처럼 피곤한 상태에서는 말이 막 나올 수도 있는데. '말레피키움'이라는 단어를 발음할 때 바보같이 더듬거려서 교수님이 알아차렸나 봐. 제발 그냥 넘어가게 해 주시길…….

칠튼 교수가 몸을 앞으로 기울이며 물었다.

"고발당한 사람들이 진짜로 마법을 썼을 가능성은 생각해 보지 않았나요?"

그는 코니를 바라보면서 눈썹을 활 모양으로 구부렸다. 탁자 위에 올려놓은 손은 세모꼴을 이루고 있었다.

코니도 칠튼 교수를 바라보았다. 약이 올랐다. 아니, 부아가 치밀었다. 별의별 질문을 다 하시네! 식민지 시대 마녀재판에 참가한 사람들이야 당연히 마녀들이 진짜라고 믿었을 테지만, 현대 학자들 가운데 그런 가설을 염두에 두는 사람은 아무도 없잖아. 코니는 칠튼 교수가 왜 이런 식으로 그녀를 놀리는지 이해할 수 없었다. 학계에서 코니의 서열이 아직 한참 아래라는 사실을 새삼 일깨워 주려는 의도일까? 질문이 아무리 우스꽝스러워도 칠튼 교수가 묻고 있는 이상 그녀는 대답을 해야 했다. 하기야 칠튼 교수는 워낙 나이가 많으니 자신이 대학원에 다닐 때 이 시험이 얼마나 무서웠는지 까맣게 잊었을 것이다. 그걸 기억하고 있다면 이런 식으로 그녀를 놀리지는 않았을 것이다.

'정말 나를 놀리고 싶은 걸까?'

코니는 짜증을 억누르며 목소리를 가다듬었다. 그녀는 아직 학계의 햇병아리에 불과하므로 화나는 일이 있더라도 목소리를 높일 수가 없었다. 재닌 실바 교수는 동정과 연민의 감정으로 눈을 가늘게 뜨면서도 어서 대답하라는 뜻으로 거의 눈에 띄지 않게 고개를 끄덕였다. 그녀의 고갯짓은 대략 이런 의미였다.

'뭐든 시키는 대로 해라. 터무니없는 질문인 건 나도 알아. 그래도 대답해야 해.'

코니가 입을 열었다.

"글쎄요. 제가 읽은 논문 중에서는 마녀가 진짜였을 가능성을 고려한 건 하나도 없었습니다. 지금 생각나는 유일한 예외는 17세기 뉴잉글랜드의 청교도 지도자이자 역사가였던 코튼 매서입니다. 1705년에 그는 세일럼의 재판과 처형을 옹호하는 유명한 글을 썼는데, 판사들이 진짜 마법을 쓰는 마녀들을 제거하는 옳은 행동을 했다는 확고한 믿음이 담긴 글이었습니다. 그 무렵 새뮤얼 시월이라는 판사는 재판에 참여했던 자기 잘못을 시인하는 공개 사과문을 발표했지요. 코튼 매서는 유명한 신학자로서 마녀재판에 적극적으로 참여한 사람이었습니다. 그 때문에 역시 저명한 신학자였던 그의 아버지 인크리스 매서의 뜻을 거스르기도 했지요. 인크리스 매서는 세일럼의 마녀재판이 불확실한 증거를 토대로 이루어졌다고 공개적으로 비판한 바 있습니다. 따라서 세일럼의 마녀재판이 진짜였고 20명이나 되는 사람을 처형한 것이 전적으로 옳은 일이었다는 코튼 매서의 주장은 자기 잘못을 인정하지 않으려는 고집에 가까워 보입니다."

코니가 답변을 끝내자 칠튼 교수가 탁자 맞은편에서 그녀를 향해 장난스럽게 씩 웃었다. 그 순간 코니는 시험이 끝났다는 것을 알았다. 우스꽝스런 마지막 질문에도 대답했다. 이제는 지나간 일이었고, 밖에 나가서 공식적인 결과를 기다리는 일만 남았다. 어쨌든 대답을 했으니 할 수 있는 일은 다 한 셈이었다. 코니는 무력감에 젖었다. 지쳐 버린 것이다. 얼굴에 약간밖에 남지 않은 홍조가 싹 가시고 입술이 하얗게 질렸다.

탁자 너머에서 네 명의 교수들이 신속하게 눈짓을 교환하더니 다시 코니에게 시선을 돌렸다. 칠튼 교수가 말했다.

"좋습니다. 우리가 점수를 주는 동안 잠깐만 나가 있어요, 굿윈 양. 멀리 가지는 말고."

코니는 시험장인 회의실을 빠져나와 역사학부 건물의 그늘진 복도를 따라 걸었다. 발자국 소리가 대리석 바닥에 울려 퍼졌다. 코니는 건물 중앙의 로비에 놓인 연보라색 소파에 앉아 행복한 마음으로 침묵을 즐겼다. 쿠션에 몸을 푹 파묻고 땋은 머리의 끝을 코 밑에서 뱅뱅 돌려 콧수염처럼 만드는 장난도 쳤다.

소파와 회의실 사이에는 문이 몇 개 있었다. 회의실에서 두런두런 이야기를 나누는 소리가 들렸지만 누가 뭐라고 이야기하는지 분간할 수는 없었다. 코니는 양 손의 엄지손톱을 딱딱 맞부딪치며 기다렸다.

이른 저녁 햇살이 비스듬히 바닥을 비추면서 코니의 무릎에도 온기를 전해 주었다. 로비 저편에서 작은 생쥐가 나타나더니 축 늘어진 화초 뒤의 그늘로 눈 깜짝할 사이에 사라졌다. 코니는 희미한 웃음을 지으며 역사학부 건물 벽 사이의 어딘가에 온기를 지닌 생명체가 대를 이어 살고 있으리라는 생각을 했다. 저런 생쥐들에게 중요한 관심사라고 해 봐야 먹다 남긴 과자 부스러기와 무심한 사람들의 발길질을 피하는 일 정도겠지. 코니는 생쥐의 단순하고 굴곡 없는 삶이 부러울 지경이었다. 로비에 침묵이 내려앉았다. 코니 자신의 얕은 숨소리 외에는 아무 소리도 들리지 않았다.

마침내 문이 열렸다.

"코니? 다 됐다."

실바 교수의 목소리였다. 코니는 벌떡 일어났다. 아주 잠깐이지만 자신의 답변이 형편없었고 시험을 통과하지 못했고 이제 학교를 떠나야 한다는 생각이 머리를 스쳤다. 그러나 헝클어진 붉은 머리카락에 감싸인 실바 교수의 다정한 얼굴은 기분 좋게 활짝 웃고 있었다. 실바 교수가 코니의 허리에 팔을 두르고 속삭였다.

“끝나고 애브너 술집에서 축하하자!”

시험이 끝나 간다는 사실이 비로소 실감이 났다.

코니는 다시 회의실에 자리를 잡았다. 한 줄기 햇살이 이제는 더 낮아져서 탁자를 둘러싼 네 쌍의 손들을 비추고 있었다.

코니는 이목구비를 정돈해 학자답게 침착하고 초연한 표정을 지으려고 노력했다.

‘감정을 주체하지 못하는 여류 학자를 누가 좋아하겠어?’

칠튼 교수가 진지한 표정으로 입을 열었다.

“여러 모로 논의한 결과 우리는 굿윈 양이 요 근래 들어 가장 혹독했던 박사과정 자격시험을 통과했다고 판단했습니다. 축하해요. 굿윈 양의 답변은 철저하고 완전하면서도 명료했어요. 박사과정을 이수할 자격이 충분하다고 생각합니다. 그만하면 능히 박사논문을 쓸 수 있겠어요.”

칠튼 교수는 잠시 말을 멈추고 코니에게 그의 말을 되새길 시간을 주었다. 시험 결과가 전해지자 겹겹이 싸여 있던 코니의 걱정이 한 꺼풀씩 벗겨졌다.

코니는 흥분해서 거칠게 숨을 몰아쉬었다. 손에 잡힐 것만 같은 기쁨을 절대 달아나지 않을 확실한 행복으로 바꾸기 위해 손으로 의자를 꼭 붙잡았다. 그녀는 엉겁결에 탁자에 앉은 교수들을 둘러보며 물었다.

"그게 정말인가요?"

스미스 교수가 뭐라고 말하려는 찰나 실바 교수가 먼저 소리쳤다.

"당연하지!"

뒤이어 스미스 교수가 말했다.

"정말 훌륭했다, 코니."

보먼트 교수도 동의했다.

"최고였다."

코니는 남몰래 미소를 지었다. 보먼트 교수가 저렇게 야단스러운 표현을 썼다고 하면 토머스가 의심하겠는걸. 코니의 마음은 이미 오늘 밤을 향해 달려가고 있었다. 어느 교수가 어떤 질문을 했냐고 꼬치꼬치 묻는 토머스의 목소리가 들리는 것만 같았다.

심사위원을 맡았던 교수들이 칭찬을 계속하는 동안 안도감과 피로가 섞인 기분 좋은 느낌이 코니의 팔과 다리에 전해졌다. 교수들의 목소리가 아련하게 멀어져 갔고 머릿속에는 졸음이 안개처럼 쫙 깔렸다. 너무 피곤해서 쓰러질 것만 같았다. 코니는 일어서려고 무진 애를 썼다. 친구들이 기다리는 편안한 술집으로 어서 가고 싶었다.

그녀는 간신히 일어나서 인사했다.

"뭐라고 감사의 말씀을 드려야 할지 모르겠습니다. 정말 모르겠어요. 학기를 잘 마무리하게 되어 기뻐요."

교수들도 모두 자리에서 일어나 차례로 코니와 악수를 하고 소지품을 챙겨 나갈 준비를 했다. 코니는 무의식적으로 고개를 숙여 감사인사를 하고 손으로는 더듬더듬 외투를 찾기 시작했다. 스미스 교수와 보먼트 교수가 부리나케 나갔다.

"코니, 어서 가자."

실바 교수가 가방을 머리 위로 치켜들면서 말했다. 그녀는 코니의 어깨를 탁 치며 말을 이었다.

"한잔 해야지."

코니는 웃음을 터뜨렸다. 지금 같아선 애브너 술집의 악명 높은 위스키 칵테일을 한 잔만 마시면 끝일 성싶었다.

"일단 토머스와 리즈에게 전화해야겠어요. 끝나는 대로 결과를 알려 달라고 했거든요. 이따 거기서 뵐까요?"

실바 교수(이제는 재닌이었다. 그녀는 대학원 학생들이 박사과정이 되면 '교수님'이라고 하지 말고 '재닌'이라는 이름을 부르라고 요구했다)가 공감하며 고개를 끄덕였다.

"그 애들이 궁금해하겠구나. 칠튼 교수님, 우린 다음 주에 만나요."

실바 교수가 손을 흔들며 나가자 육중한 판자문이 닫혔다.

코니가 목에 스카프를 두르는데 칠튼 교수의 목소리가 들렸다.

"코니, 잠깐만 기다리게."

권고라기보다는 명령으로 들리는 목소리였다. 코니는 약간 의아해서 손놀림을 멈추고 다시 탁자 앞으로 갔다.

칠튼 교수는 맞은편에 놓인 팔걸이의자에 앉아 말없이 코니를 쳐다보며 환하게 웃었다. 어리둥절해진 코니는 탁자 위를 비추는 햇빛의 끝자락에 닿아 있는 팔꿈치에 덧대진 반질반질한 가죽 천으로 시선을 돌렸다.

"아무리 자네라도 이건 놀라운 성적이군."

칠튼 교수가 입을 열었다. 코니는 언제나처럼 칠튼 교수의 딱딱 끊어지는 브라민(뉴잉글랜드 지방의 유서 깊은 귀족가문 사람들-옮긴이) 사투리를 의식하며 잠시 딴생각을 했다. 브라민 사투리에서는 'r' 발음이 멋대로 들어갔다 빠졌다 했다. 칠튼 교수가 말한 '성적(performance)'이라는 단어도 r이 빠진 이상한 발음으로 들렸다. 요즘에는 브라민 사투리를 쓰는 사람이 거의 없었다. 브라민 사투리는 텔레비전에 나오는 이른바 보스턴 사투리와는 전혀 다른 말투였다. 칠튼 교수라면 보스턴을 '바스톤(Bahston)'이나 '베스턴(Behstun)'으로 발음할 것이다. 코니는 칠튼 교수가 구시대의 희귀한 유물 같다는 생각을 종종 했다. 말하자면 자기도 모르는 사이에 호박(琥珀) 속에 갇혀 오랜 세월 동안 똑같이 보존된 풍뎅이라고나 할까.

코니가 대답했다.

"감사합니다, 교수님."

"나는 자네가 석사과정에 들어섰을 때부터 우수한 학생이 되리라고 생각했지. 물론 마운트 홀리오크 대학에서도 공부를 잘했지. 지금까지 학과 성적도 좋았고 조교 업무도 높은 평가를 받고 있더구나."

코니는 이번에도 그의 사투리를 의식하며 속으로 키득거리다가 곧 자신을 질책했다.

'정신 차리고 잘 들어! 이건 중요한 일이야!'

칠튼 교수는 말하다 말고 코니를 바라보며 집게손가락을 입술에 갖다 댔다.

"박사논문 주제로 뭘 할지 생각해 봤나?"

생각지도 못한 질문을 받은 코니는 얼른 대답을 못했다. 물론 시험이 끝나면 곧 논문 연구계획서를 제출해야 한다는 사실을 알고는 있었지만 생각할 시간이 몇 주는 있으리라 여겼다. 하지만 칠튼 교수의 특별한 관심은 코니의 우수한 성적으로, 학과 내에서 그녀의 위상이 달라졌다는 신호가 아니겠는가. 코니의 귀가 쫑긋 섰다. 아직 절반밖에 해독되지 않은 암호로 쓰인 매우 중요한 정보를 수신한 안테나처럼.

학문의 세계는 어느 모로 보나 중세식 도제양성 제도의 마지막 보루라 할 만한 곳이었다. 코니는 예전에 리즈와도 이런 이야기를 나눈 적이 있었다. 숙련된 장인이 제자를 받아들여 자기가 보유한 기술을 가르치고 자기 분야의 비법을 전수한다. 제자는 초보자로 시작해서 한 단계씩 올라가며 점차 신비롭고 고급스런 기술을 습득하게 된다. 물론 현대사회의 학문은 신비로운 면모를 많이 잃었지만, 제자의 실력이 곧 스승의 실력을 나타낸다는 점에서는 중세시대와 별반 다르지 않다. 칠튼 교수는 이제 코니를 자기에게 특별한 가치가 있는 제자로 여기기 시작했다. 교수의 관심이 높아질수록 막중한 책임이 따르는 법이다. 칠튼 교수에게는 코니를 위한 어떤 계획이 있는 게 아닐까?

코니가 입을 열었다.

"몇 가지 아이디어를 놓고 생각 중인데, 구체적인 건 아직 없습니다. 혹시 염두에 두고 계신 주제라도?"

칠튼 교수는 코니를 물끄러미 바라보았다. 교수의 신중한 두 눈 속에 뭐라고 표현하기 어려운 다소 음흉한 빛이 희미하게 나타났다. 그러나 그 희미한 빛은 금세 사라지고 평소와 똑같은 사색적이고 무덤덤한 눈빛으로 바뀌었다. 교수는 다시 의자에 몸을 기대고 한쪽 무릎 끝을 탁자 모서리에 갖다 대며 주름진 손을 내저었다.

"그런 건 없네. 다만 새로운 자료를 적극적으로 찾아보라고 말하고 싶구나. 우리 아가씨, 앞으로는 자네 경력을 전략적으로 고민해야 해. 지금까지처럼 자료실의 고문서나 뒤적이는 걸로는 부족해. 진정으로 놀라운 자료를 새로 발굴해야 이 바닥에서 성공할 수 있을 게다, 코니."

그는 코니를 날카롭게 주시하며 이렇게 덧붙였다.

"새로운 자료. '새로운'이 너의 표어(watchword)가 되어야 한다."

코니는 속으로 생각했다.

'또 사투리다! 표어(watchwuhd)라니. 실언을 해서 망신을 톡톡히 당하지 않으려면 당장 자리를 떠야겠어.'

코니는 칠튼 교수가 굳이 새로운 자료를 찾아보라고 말하는 이유를 완전히 이해하지는 못했다. 어떤 생각인지 나중에 자세히 설명해 주시겠지.

"알겠습니다, 교수님. 더 고민해 볼게요. 감사합니다."

코니는 일어서서 짧은 모직외투에 팔을 집어넣고 목도리가 코를 덮을 정도로 칭칭 감은 후 땋은 머리를 방울 달린 털모자 안으로 쑤셔 넣었다. 칠튼 교수는 알 만하다는 듯 고개를 끄덕였다.

"축배를 들러 가나 보군."

코니는 엷은 미소로 대답하고 나서 부디 교수가 따라오지 않기를 바라며 말했다.

"애브니 술집에 가기로 했어요."

칠튼 교수가 말했다.

"즐길 자격이 충분히 있지. 즐거운 시간을 보내거라. 다음 면담에서 조금 더 구체적으로 의논하기로 하지."

그는 코니가 상쾌한 봄바람이 부는 바깥 세상으로 나가려고 준비하는 모습을 묵묵히 바라볼 뿐 자리에서 일어나 코니를 따라가지는 않았다. 코니가 나가고 문이 닫히자 창문으로 들어오던 가느다란 한 줄기 햇빛마저 사라져 회의실이 깜깜해졌다.

2장

3년 전 하버드 대학에 도착한 이래로 코니는 샐턴스톨 코트라는 건물의 나무판자 벽이 있는 어두컴컴한 방 세 개를 쓰고 있었다. 한 세기 전만 해도 클럽 활동에 열심인 젊은 하버드 남학생들이 개인 기숙사로 쓰던 건물이었다. 현재 샐턴스톨 코트의 방은 도서관과 자기 방만 규칙적으로 오가는 근면 성실한 대학원 학생들에게 무작위로 배정되었다. 이른바 '도금시대(Gilded Age: 19세기 말, 겉은 화려한 성장을 이뤘지만 속은 부패했던 미국의 물질 만능시대-옮긴이)'의 흔적인 샐턴스톨 코트의 화려한 장식도 세월이 흐르는 동안 겹겹이 쌓이는 담배연기와 도시의 먼지와 석고 접착용 시멘트 밑에서 희미하게 바랬다.

이 기숙사 건물은 때때로 달라진 운명에 명백한 거부의사를 표시하는 듯했다. 현재 코니의 역사책과 리즈의 라틴어 고전이 가득 꽂힌 떡갈나무 책꽂이만 해도 몇 세대에 걸쳐 난해한 그리스어 교과서와 역사학자 에드워드 기번의 『로마제국 쇠망사』를 보관하던 귀하신 몸이 아니던가. 벽돌로 만든 벽난로도 간혹 코니와 리즈가 불을 붙이려고 애쓸 때마다 연기와 재를 앞으로 내뿜으며 경멸의 뜻을 표시했다. 코니는 오래전에 이곳에 살았던 이름 모를 소년들을 상상해 보았다. 모직 양복의 단추를 꼭 채운 소년들이 파이프 담배를 물고 으스대며 카드를 섞고 브리지 게임을 하는 모습이 눈에 선했다. 개중에는 하인을 데리고 대학 기숙사에 들어온 도련님도 있었겠지. 코니는 문득 하인들은 어느 방에 기거했을지 궁금해졌다. 그녀의 방일까, 리즈의 방일까?

애브너 술집에서 밤늦게까지 축하연을 벌인 후 몽롱한 정신으로 혼자 마운트 오번 거리를 누비던 코니의 머릿속에 대답이 떠올랐다. 하인들은 내 방을 썼을 거야. 내 방 창문이 더 작잖아.

캠퍼스 안에 있는 시계탑에서 종소리가 희미하게 한 번 울렸다. 코니는 피곤한 몸을 이끌고 기숙사 출입문까지 와서 놋쇠 손잡이에 손을 올렸다. 복도 저편에 사는 두 명의 화학 전공 학생이 쓴 쪽지가 방문 화이트보드에 붙어 있었다. 자격시험을 잘 보라는 인사말과 불이 켜진 커다란 전구가 코니의 머리 위에서 빛나는 우스꽝스러운 만화였다. 코니는 숨을 깊이 내쉬며 빙그레 웃었다.

코니는 자기 자신에게 백 퍼센트 만족했던 적이 또 언제였는지 기억이 나지 않았다. 아마도 마운트 홀리오크 대학을 졸업한 날이었을 것이다. 그날은 정말 보람이 컸다. 코니는 자신이 성적 우수자로서 '매그나 쿰 라우데(Magna Cum Laude)' 상을 받는 줄도 모르고 있다가 졸업식을 앞두고 열리는 기념행사 일정표에서 자기 이름을 발견했다. 아, 그리고 1년 후 하버드 대학원에 합격했을 때도 그만큼 뿌듯했다. 하지만 그 후로는 별다른 좋은 일이 없었다. 코니는 대학원에 입학한 후 처음으로 안정감을 느꼈다. 드디어 인정을 받은 기분이랄까.

코니는 자물쇠에 열쇠를 집어넣고 소리 없이 돌렸다. 한 시간 전에 비틀거리며 혼자 방으로 돌아간 리즈를 깨우고 싶지 않았다. 문을 살짝 열고 벽에 나무판자를 붙인 현관으로 들어서니 흥분한 동물의 작은 앞발 두 개가 불쑥 나타나 코니의 발을 긁어 댔다.

"안녕, 알로."

코니는 꿈틀대는 강아지를 두 팔로 감싸 안으려고 허리를 굽히며 속삭였다. 따스하고 축축한 무언가가 뺨에 와 닿았다.

"느끼한 녀석이로구나."

코니는 강아지 알로의 귀 뒤쪽을 살살 긁어 주고 나서 엉덩이 높이까지 안아 올렸다. 그녀는 알로를 데리고 서재를 벗어나 복도식 부엌으로 들어가서 손으로 벽을 더듬어 스위치를 찾았다.

잠시 불이 깜박거리더니 윙윙거리는 형광등 불빛이 부엌을 가득 밝혔다. 코니는 빛에 적응하느라 눈을 가늘게 떴다. 알로를 바닥에 내려놓고 싱크대 옆의 조리대에 기대서서 가만히 내려다보았다. 코니는 알로의 품종을 확실히 알지 못했다. 어떤 날에는 축 늘어진 귀와 까맣고 촉촉한 눈 때문에 사냥개처럼 보였고, 또 어떤 날에는 오소리 굴에 쏙 들어가는 테리어가 분명하다는 생각이 들었다. 알로의 털 색깔은 칙칙하고 불분명했는데 어느 계절에 햇빛이 어떻게 비치느냐에 따라 진흙 색깔로도 보이고 나뭇잎 색깔로도 보일 만큼 변화무쌍했다.

코니는 팔짱을 끼면서 알로에게 물었다.

"오늘 뭐 하고 지냈니?"

알로는 꼬리를 두 번 흔들었다.

"그래? 그다음엔 뭘 했는데?"

알로는 바닥에 털썩 주저앉았다.

"재미있는 하루를 보냈구나."

코니는 한숨을 쉬며 싱크대 쪽으로 돌아서서 찻주전자에 물을 채웠다.

알로를 만나기 전까지 코니는 동물에 별로 관심이 없었다. 애완동물이란 항상 주인에게 의존하는 귀찮은 존재라고만 생각했고, 애완동물을 기른다는 생각만 해도 마음속 깊은 곳에 도사리고 있던 불안이 되살아났다. 대학 시절에는 공부에 대한 걱정이 있을 때마다 뱀, 쥐, 새 따위의 동물들이 끝없이 복제되어 불어나면서 와글거리는 꿈을 꾸었다. 꿈속의 동물들이 먹이를 달라, 관심을 쏟아 달라고 일제히 울어 대는데도 그녀는 아무것도 해 줄 수가 없었다. 이런 꿈을 연구와 마감 날짜와 책임에 대한 걱정이 상징적으로 표현된 걸로 간주하면서도 한편으로는 꿈에서 얻은 교훈을 마음에 새겼다. 대학 기숙사에서 함께 생활하던 다른 여학생들은 자꾸만 고양이를 데려왔지만 코니는 무관심한 태도를 유지했다.

그런데 하버드 대학의 첫 학기를 맞이한 지 몇 주가 지났을 때, 철학과 건물에서 저녁 수업을 마치고 나오던 코니는 철쭉 덤불 밑에 몸을 숨기고 앉아 있는 강아지 한 마리를 발견했다. 강아지는 잎사귀 사이의 그늘진 곳에 있어서 잘 보이지도 않았다. 코니가 교정을 가로질러 가는데 그 강아지가 덤불 속에서 튀어나와 코니를 따라왔다. 한쪽 발로 쫓아 버리려 해도 강아지는 요리조리 피해 가며 끈질기게 따라왔다. 코니는 도서관 앞에서 발걸음을 멈추고 손가락으로 철학과 건물을 가리키며 이제 돌아가라고 말했다. 그러나 강아지는 꼬리를 흔들며 분홍색 혓바닥을 날름거릴 뿐이었다. 교정을 반쯤 가로지른 후 코니는 다시 발걸음을 멈추고 강아지에게 말했다.

"네 주인을 찾아가렴."

그러나 강아지는 아무 데도 가지 않고 샐턴스톨 코트까지 계속 쫓아와서는 코니를 따라 문틈으로 펄쩍 뛰어들었다.

하버드 광장 주변에 '강아지 주인을 찾습니다'라는 전단을 붙였지만 몇 주가 지나도 연락하는 사람이 없었다. 그래서 문구를 바꾸어 '강아지를 잘 키우실 분을 찾습니다'라는 전단을 붙이려는데 리즈가 그녀를 말렸다.

"이 녀석이 널 선택한 거라니까!"

리즈가 이런 감상적인 이유로 고집을 부리자 코니도 웃음을 터뜨리고 말았다. 리즈는 전설 속의 용과 싸우는 기사들, 옛날식 드레스를 입은 숙녀들, 기사도적인 사랑 따위를 상상하기를 좋아한다는 이유만으로 중세 라틴어 전공을 선택할 만큼 감상적인 학생이었다. 코니는 리즈의 성격이 내심 고마웠다. 역설과 냉소를 방패삼아 가리고 있었지만 코니 역시 감상적인 사람이었기 때문이다. 코니는 자신의 행동이 옳다고 생각하지는 않았지만 개 주인을 찾아 주는 일을 은근슬쩍 중단했다.

그러나 코니가 의식하지 못한 사실이 하나 있었다. 알로가 그녀의 삶에 들어온 이후로 끔찍한 동물들이 끝없이 복제되는 악몽이 사라진 것이다.

물이 팔팔 끓는 주전자를 쳐다보다가 고개를 돌리자 냉장고에 테이프로 붙여 놓은 쪽지가 보였다. 쪽지에는 리즈의 깔끔한 필체로 이렇게 쓰여 있었다.

오후 6시에 너희 엄마가 전화하셨어. 최대한 빨리 전화해 달래. 늦은 시간도 괜찮대.

코니가 쪽지를 가리키며 장난스럽게 말했다.

"이것 봐라, 알로. 너의 진짜 주인이 전화했다."

알로는 고개를 옆으로 살짝 돌렸다.

"이런, 내가 몹쓸 소리를 했구나?"

코니는 스스로를 나무라면서 몸을 구부려 알로의 뺨을 문질러 주었다.

"아냐. 진짜 주인은 무슨. 우리 엄마가 전화한 거란다."

코니는 시계를 들여다보았다. 새벽 1시 20분. 그렇다면 뉴멕시코 주는 지금…… 밤 11시 20분이겠구나. 오늘이 시험일이라는 사실을 엄마가 기억하고 있었다는 게 기뻐서 웃음이 나왔다. 물론 여느 때보다 내용이 풍부한 편지를 여러 통 쓰고 엄마의 자동응답기에 몇 번이나 메시지를 남기는 수고를 한 결과였다. 좌우간 이번에는 효과가 있었어!

코니는 김이 모락모락 나는 뜨거운 물을 따르고 페퍼민트 티백을 집어넣은 머그잔을 어두운 서재로 가져갔다. 그러고는 독서용 의자 위로 곡선을 그리고 있는 사슬을 당겨 램프를 켰다. 사라사 천을 씌운 커다란 독서용 의자는 케임브리지의 중고 생활용품 바자회에서 건진 물건이었다.

소박하면서도 어수선한 서재는 학구적인 두 명의 여학생에게 잘 어울리는 공간이었다. 한쪽 벽에는 벽난로가 있었고, 문고판 책자와 교과서가 꽉꽉 들어찬 떡갈나무 책꽂이가 벽난로의 윤곽 주변을 둘러싸고 있었다. 난롯가에는 리즈가 학부생 시절에 사용하던 낡은 매트리스가 탁자와 마주 보고 있어서 발을 올려놓기가 편했다. 책꽂이를 기준으로 양쪽 옆의 벽면에는 기숙사에 기본으로 비치된 책상 두 개가 각각 벽에 바짝 붙어 있었다. 코니의 책상이 질서정연 그 자체인 반면, 리즈의 책상은 서류들이 마구잡이로 섞여 뭉텅이로 쌓여 있다. 나머지 한쪽 벽면에는 납으로 만든 창살이 붙은 길쭉한 창문들이 있고 창가에는 요리에 쓰는 허브를 비롯한 갖가지 식물을 심은 화분이 빼곡히 놓여 있다. 이곳은 코니의 작은 정원이었다. 바로 이 화분들 옆에 코니의 램프와 독서용 의자가 있다. 방금 코니는 알로의 엉덩이가 독서용 의자 밑으로 사라지는 모습을 언뜻 보았다.

코니는 무릎을 세워 가슴팍까지 끌어당기고 뜨거운 머그잔을 입으로 가져갔다. 서재에서 너무나 오랜 시간을 보내다 보니 새삼스럽게 이 방을 둘러보는 일이 드물었다. 몇 년 후면 이 토끼장 같은 방에서 리즈와 함께 생활하는 일도 끝이 날 터였다. 그런 생각을 하면 마음이 들뜨고 기대가 되기도 했지만 한편으로는 조금 쓸쓸하고 서글퍼졌다. 물론 그런 날이 오려면 아직 멀었다. 코니는 차를 한 모금 마셨다. 차의 떫은맛이 코니의 마음을 현재로 되돌려놓았다.

아무리 엄마라고 해도 11시 20분은 조금 늦은 시각이었다. 그러나 쪽지에는 최대한 빨리 전화해 달라고 쓰여 있지 않았던가. 사실 코니는 엄마가 시험 날짜를 기억해 준 게 기쁜 나머지 엄마를 깨우는 한이 있어도 당장 전화를 걸고 싶은 심정이었다. 더욱이 엄마와 마지막으로 이야기를 나눈 게 언제인지 기억이 가물가물했다. 크리스마스가 마지막이었나? 코니는 시험 준비 때문에 케임브리지에 남아 있었고, 크리스마스 당일에는 엄마와 통화를 했지만 그 이후로는 서로에게 전화하는 시간이 번번이 어긋났다. 그래, 엄마가 메시지를 여러 번 남기긴 했지. 그렇지만 실제로 통화를 했던 게 언제였더라? 가만 있자…….

코니는 두 손가락으로 이마를 짚으며 가벼운 신음 소리를 냈다. 엄마가 오늘이 춘분이라면서 행복한 하루를 보내라고 전화를 걸었을 때가 마지막이야. 낮과 밤의 길이가 똑같아지는 날이라고 했지. 맞아. 그레이스 굿윈 여사다운 행동이었어.

쉽게 토라지고 화를 잘 내던 어린 시절에 코니는 엄마를 "1960년대의 희생양"이라 부르며 비아냥거리곤 했다. 하지만 성인이 되고 나서부터는 인류학적 관심에 필적하는 객관적인 시선으로 엄마를 바라보기 시작했다. 요즘에는 반드시 엄마 이야기를 해야 할 상황이 되면 "자유로운 영혼"이라는 표현을 썼다. 엄마에 대해서는 어디서부터 이야기를 시작해야 할지 몰라서 난감했다.

코니가 엄마 이야기를 가급적 피하는 이유는 자신의 출생 자체가 엄마의 무계획적인 생활방식을 여실히 보여 주기 때문인지도 몰랐다. 1966년 코니의 엄마 그레이스는 래드클리프 대학 4학년 학생이었을 때 연애를 하다가 뜻하지 않게 코니를 낳았다. 그레이스가 사귄 사람은 서양 종교 과목을 담당하는 대학원생 조교였는데, 코니는 그 사실에 대한 반감을 숨기지 않았다. 그녀가 대학원생이 된 지금 그런 감정은 더욱 증폭됐다. 그 대학원생 조교의 이름은 리오나드 제이콥스였고, 그레이스와 친구들은 그를 '리오'라고 불렀다. 코니는 책상 선반의 맨 위칸으로 눈길을 돌렸다. 흑백 사진 속에 터틀넥 스웨터 차림의 감수성이 예민해 보이는 젊은 남자가 있었다. 눈동자가 촉촉하고, 코니와 똑같이 광대뼈가 튀어나오고, 긴 구레나룻에 헝클어진 머리를 가진 남자였다. 그는 웃음기 없는 표정으로 카메라를 정면으로 응시하고 있었고, 긴 생머리에 가운데 가르마를 탄 젊은 여자가 그의 어깨에 기대 꿈꾸듯 옆쪽을 바라보고 있었다. 코니의 엄마, 그레이스였다.

코니가 곧 태어나게 된다는 소식에 리오가 어떤 반응을 보였는지는 아무런 기록도 없지만, 그레이스는 두 사람이 낭만적인 계획을 세웠다고 은근히 강조했다. 불행히도 그들의 계획은 미국의 패권적인 외교정책 탓에 온전히 실현되지 못했다. 연구를 최대한 질질 끌었음에도 1966년에 학위를 취득하는 바람에, 징병 유예 자격을 잃은 리오는 코니가 태어나기 3개월 전에 징집되어 동남아시아로 떠났다.

그리고 동남아시아에 있는 동안 행방불명되고 말았다.

코니는 무척 슬프기도 했지만 거북하고 불편하기도 했으므로 어느 누구와도, 심지어는 리즈와도 그 이야기를 나누지 않았다. 친구들이나 연구실 동료들과 대화를 하다가 아버지 이야기가 나올 때면 얼른 다른 주제로 바꾸곤 했다. 그리고 서재에서 혼자 차를 마시며 그 일을 생각하는 지금도 얼굴을 찌푸리고 있었다. 강아지마저도 독서용 의자 밑에서 코를 골며 자는데도.

그레이스는 학교를 간신히 졸업한 후 어린 딸을 데리고 월든 호수에서 멀지 않은 도시인 콩코드에 정착했다. 평범해 보이는 농가였지만 사실은 대단한 강경파 식구들이 사는 공동체였다. 광활한 숲 속에 숨겨진 농가에서 회원들끼리 말 그대로 공동체 생활을 했던 것이다. 그 농가에는 마디 굵은 사과나무가 두 그루 있어서 가을이면 사과주 냄새가 코를 찔렀다. 코니는 그레이스가 집에 사람들을 잔뜩 불러 모은 이유 중 하나가 리오의 빈자리를 메우기 위해서라고 짐작했다. 그레이스의 집안에는 뜻을 같이하는 열정적인 젊은이들이 바글바글했다. 대부분은 음악을 하는 사람들이었지만 학생이나 시인, 도자기 제조에 열성인 여자들도 있었다.

코니의 최초 기억은 어느 날 아침 그 농가의 부엌 풍경이었다. 난로에서는 장작이 타고 있고, 식탁보를 씌우지 않은 야외용 식탁과 풍성한 백리향과 로즈마리 화분이 놓여 있었다. 키가 식탁 높이와 비슷할 만큼이나 어렸던 코니는 엉엉 울고 있었다. 그러자 그레이스는 어깨까지 흘러내린 밀짚 색깔의 긴머리와 젊고 활기찬 얼굴이 코니의 얼굴과 똑같은 높이에 올 때까지 몸을 낮춘 후 이렇게 말했다.

"코니, 중심을 잡으려고 해 봐."

코니가 어렸을 때 그레이스는 무슨 일을 해서 먹고살았을까? 그레이스의 생계수단은 모호했고 자주 바뀌었다. 한번은 건강 빵 사업을 벌였는데 콩코드 시의 고지식한 뉴잉글랜드 아주머니들에게 인기를 끌지 못해서 실패했다. 코니가 사춘기에 접어든 후에는 이른바 '기 치료'에 관심을 가지기도 했다. 고객들이 육체와 영혼의 병을 호소하며 찾아오면 그레이스는 치료랍시고 그들의 생체에너지가 분포된 곳을 손으로 어루만졌다. 코니는 그 생각을 할 때마다 콧잔등을 찌푸렸다.

청소년 시절 코니는 엄마의 느슨하고 자유로운 생활에 대놓고 반항하기 위해 예측가능하고 질서정연한 자기만의 생활방식을 확립했다. 하지만 성인이 되고 나서는 엄마를 조금 더 따뜻한 시선으로 보게 되었다. 엉망진창이었던 어린 시절과 현재 그녀가 앉아 있는 사라사 천을 씌운 독서용 의자 사이에 적당한 간극이 있어서일까? 이제는 엄마의 특이한 성향이 무책임하고 방탕하게 여겨지기보다는 귀엽고 순수해 보일 때가 많았다.

코니가 마운트 홀리오크 대학으로 떠났을 때 엄마는 다 허물어져 가는 농가를 팔고 산타페로 이사했다. 당시 엄마는 "치유 에너지가 충만한 곳"에 살고 싶다고 주장했다. 코니는 그 말을 떠올릴 때마다 코웃음을 치다가도 멈칫했다. 엄마에게도 행복해질 권리가 있지 않은가. 코니가 선택한 삶 또한 다른 사람들의 눈에는 이해되지 않을 수 있고, 특히 엄마처럼 제도권 교육에 비판적인 사람이라면 더욱 이해하기 어려웠을 터였다. 그레이스 입장에서는 어떻게 자기와 영 딴판인 자식이 태어났을까 싶었을 것이다. 그런데도 엄마는 항상 특유의 삐딱한 방식으로 코니의 선택을 지지해 주었다.

어쩌면 엄마는 오늘이 코니의 시험날이라는 사실을 기억하려고 필사적으로 노력했을지도 모른다. 엄마는 코니에게 역사 공부를 하지 마라, 책 좀 그만 봐라, 너무 심각하고 딱딱하게 살지 말라는 소리를 한 적이 없었다. "네가 영혼의 진실을 탐구했으면 좋겠다."는 이야기는 가끔 했지만 코니는 항상 그게 "너에게 잘 맞는 일을 하렴."이라는 말의 히피식 표현이라고 해석했다.

코니는 텅 빈 머그잔을 내려놓고 전화기 쪽으로 손을 뻗었다. 전화벨이 네 번 울리고 코니가 수화기를 내려놓으려는 순간 달그락 소리와 함께 숨찬 목소리가 들렸다.

"여보세요?"

"엄마? 나야. 리즈가 남긴 쪽지 보고 전화했는데. 너무 늦은 건 아니지?"

삶을 멍에처럼 짊어지고 살아온 별난 여인을 향한 따뜻한 애정이 솟아나면서 코니의 눈이 반짝 빛났다. 1년쯤 전부터 코니는 이런저런 구실을 만들어 전화를 걸고 질문으로 가득 찬 음성 메시지를 남겼다. 반드시 대답해야 하는 질문을 하면 엄마가 다시 전화할 수밖에 없었으니까. 대개는 코니가 가꾸는 작은 정원이 좋은 구실을 제공했다.

"오, 코니! 그래, 그래. 내가 전화했단다. 늦기는 무슨. 우리 딸, 잘 지냈니?"

그레이스가 안도하는 기색을 보이며 소리쳤다. 코니는 감격하는 심정으로 대답했다.

"그럼! 잘 지냈지. 녹초가 되긴 했지만. 오늘 굉장한 일이 있었잖아."

"오늘?"

엄마가 상자 같은 걸 뒤적이는 소리가 전화선 너머로 들렸다. 코니의 미소가 약간 엷어졌다.

"응, 오늘. 자격시험 날이었잖아."

달그락거리는 소리가 계속 들렸다.

"음성 메시지에도 남겼잖아. 박사과정으로 올라가기 위해 치러야 하는 중요한 시험이 있다고."

엄마는 여전히 말이 없었다. 콧김을 휙휙 뿜어 내는 걸로 보아 부억에서 상자를 옮기는 모양이었다.

“내가 1년 내내 준비했던 시험. 몰라?”

코니는 화가 나고 속이 상해서 얼굴을 일그러뜨렸다. 콧잔등 위로 눈썹이 구겨졌다. 그녀는 자기도 모르게 벌떡 일어섰다. 일어선다고 해서 그레이스에게 상황을 똑똑히 이해시킬 수 있는 것도 아니었지만.

“그게 오늘이었다고, 엄마.”

코니의 목소리가 청소년 시절과 똑같은 차갑고 딱딱하고 실망 섞인 음성으로 바뀌고 있었다. 그녀는 소리를 빽 지른다거나 하는 식의, 엄마가 ‘중심을 잡아야겠구나’라고 말할 법한 행동을 하려는 충동을 억누르며 입술을 앙다물었다.

그레이스가 전화기를 다른 쪽 귀로 옮기면서 무심한 말투로 말했다.

“그랬구나. 그런데 코니, 엄마가 아주 중요한 부탁을 할까 하는데 잠깐만 들어 봐.”

3장

매사추세츠 주, 마블헤드

1991년 6월 초순

코니가 툭 내뱉듯이 말했다.

"엄마가 나한테 어떻게 이럴 수 있다니?"

코니는 자동차 창문을 열고 속도 표지판 위에 얹어 놓았던 말라 빠진 사과 속을 밖으로 내던졌다. 무릎 위에 지도를 펼쳐 놓고 들여다보던 리즈가 온화하게 대답했다.

"네가 자초한 일이잖아. 저 앞에서 우회전이야."

"이게 어떻게 내가 자초한 일이야? 엄마가 시킨 일이지."

코니가 불만스럽게 말했다. 그녀가 오른쪽으로 방향을 틀자 군데군데 녹슨 볼보 세단의 오른쪽 앞바퀴가 항의하듯 흔들거렸다.

리즈가 코로 공기를 훅 들이마시고 나서 말했다.

"글쎄, 네가 거절할 수도 있었잖니. 자꾸 엄마 탓을 하는데 말이야, 내가 보기엔 너희 엄마가 강제로 시킨 건 아니었……"

리즈가 말을 끝마치기도 전에 코니가 끼어들었다.

"늘 그랬어. 늘 이런 식이었다고! 엄마한테 곤란한 일이 생기면 그때 내가 뭘 하고 있든 다 제쳐 놓고 수습을 해 줬다고. 25년 동안이나 자아탐구를 했으면 자기 문제는 자기가 해결해야 하는 거 아냐?"

볼보가 차선도 표시되어 있지 않은 로터리로 들어서자 코니는 기어를 저속으로 변환했다. 그들은 바다를 향해 나선형으로 뻗은 나한트 반도를 바라보며 북쪽으로 가고 있었고, 자동차는 코니의 화분과 물건의 무게 때문에 가볍게 흔들렸다. 뒷좌석에는 풍성한 로즈마리 화분과 민트 화분 사이에 틀어박혀 앉은 알로가 자동차와 함께 흔들리고 있었다. 알로의 입에서 굵은 침이 밧줄처럼 흘러나왔다.

리즈가 날카로운 목소리로 말했다.

"네가 제안을 받아들인 게 엄마 탓이라 이거지? 코니, 그건 네 책임이기도 해."

이마에 흘러내린 머리카락을 한쪽 손등으로 쓸어 넘기며 코니가 반문했다.

"이게 어떻게 내 책임이야? 난 아주 행복하게 지내고 있었단 말이야! 내 일만 하면서 잘 지냈다고. 알로를 봐. 저러다 병에 걸리겠다."

"그럼 네가 엄마의 설득에 넘어간 이유는 뭔데?"

코니는 한숨을 쉬었다. 물론 리즈의 말이 옳았다. 사실은 지난 6주 내내 리즈가 옳은 소리만 하는 바람에 코니는 마음껏 화를 내지도 못했다.

"네 말이 옳다고 해도 내 기분이 나아지진 않아."

"음, 나라면 좀 더 실용적인 태도를 취하겠어. 어차피 엄마의 말에 동의했으니까 이 시점에서 네가 할 수 있는 일은 긍정적인 자세를 가지는 것밖에 없지 않겠니? 아, 저 차 조심해. 양보할 것 같지가 않네."

픽업트럭 한 대가 갓길에서 방파제 도로를 향해 질주하더니 순식간에 코니의 차 바로 앞에서 도로로 진입했다. 코니는 끽 소리를 내며 브레이크를 밟았다.

두 사람은 한동안 말없이 드라이브를 했다. 옅은 회색 바다가 수평선을 향해 밀려갔고, 바다 멀리 작은 돛단배 예닐곱 척이 드문드문 보였다. 리즈는 삐걱삐걱 소리를 내며 차창을 내리고는 얼굴을 어루만지는 미풍을 즐겼다. 짠 바다냄새가 서서히 스며들어 차 안의 공기를 시원하게 식혀 주었다. 코니와 리즈가 탄 차는 녹슨 비계에 기대 놓은 돛대와 보트 선체로 꽉 찬 선박 수리소를 지나쳤다. 선박 수리소 옆의 선착장을 보니 목재가 다 썩어 가는 중이었고 철망으로 된 한 무더기의 새우잡이 통발에 해초가 엉겨 붙어 있었다. 통통한 갈매기 한 마리가 여유로운 날갯짓으로 내려와서는 층층이 쌓인 어로용 통발 위에 앉아 날개를 접고 출렁이는 바다 저편을 바라보았다.

"이번 일을 완전히 다른 시각으로 볼 수도 있겠다."

창밖을 내다보던 리즈가 무릎 위의 지도를 뒤집으며 말했다. 그러자 코니가 물었다.

"무슨 말이야? 어떤 시각으로 볼 수 있는데?"

리즈는 의자 등받이에 머리를 기대며 빙그레 웃었다.

"이곳은 아름답잖니."

지도를 보면서 어느 방향으로 가야 하는지에 관해 그들은 가벼운 입씨름을 벌인 후 뉴잉글랜드 지방의 마을들은 배치가 이해되지 않는다는 이야기를 주고받느라 또 30분쯤 흘려보냈다. 그리고 코니와 리즈가 탄 차는 커브를 한 번 돌고 나서 버드나무가 우거져 그늘이 진 좁은 차도로 접어들었다. 차도의 양 옆에는 작은 집들이 상자처럼 늘어서 있었다. 창문이 불규칙한 간격으로 뚫려 있고 목재 외장재는 오랫동안 햇빛과 짠 바닷물에 탈색되어 옅은 회색으로 변해 있었다. 코니는 집을 하나씩 지나칠 때마다 대문의 번지수를 확인하려고 눈을 가늘게 떴다.

"몇 번지를 찾아야 한다고 했지?"

리즈가 조수석 창문 밖을 내다보며 코니의 물음에 답했다.

"밀크 스트리트, 3번지."

헛간에 얼룩진 새우잡이 통발의 부표를 걸어놓고 말리는 모습이 보였다. 어느 집에서는 해초로 뒤덮인 마당에 나무를 쌓아놓고 그 위에 돛단배를 올려놓아 건물이 아예 보이지 않기도 했다. 리즈는 버려진 돛단배의 고물에 새겨진 '매사추세츠 주, 마블헤드, 원더먼트'라는 글자를 가까스로 읽을 수 있었다.

"원더먼트(wonderment: 놀라움, 경이로움)라."

리즈가 중얼거리자 코니가 말했다.

"여기 집들은 다 오래됐어. 독립전쟁 전부터 있었을걸."

리즈는 자동차 계기판에 지도를 펼쳐 놓고 들여다보았다.

"지도에는 여기가 '구시가지'라고 나와 있는데."

코니가 무미건조하게 대꾸했다.

"그렇겠지. 저기 17번지가 있다. 그렇다면 차도의 이쪽 편에 그 집이 있어야 하는데."

코니는 속도를 줄여 서서히 나아가다가 차도가 끝나는 막다른 골목 근처에 차를 세웠다. 점점 가늘어지던 좁은 차도는 몇 미터 앞에서 아예 없어져 자갈 깔린 오솔길에 합쳐졌고, 오솔길은 휘어져 듬성듬성한 숲속으로 들어갔다.

빽빽한 나무딸기 덤불이 시야를 가로막고 있었다. 무성한 덤불을 차창 밖으로 보며 코니가 말했다.

"여기 집이 있어야 하는데."

뒷좌석에서 알로가 몸을 꿈틀거리며 흥분한 듯 컹컹 짖어 댔다. 리즈가 뒤쪽으로 몸을 돌려 알로의 목을 긁어 주며 물었다.

"왜 그러니, 알로?"

알로는 리즈의 손목을 핥았다. 코니가 말했다.

"드디어 차가 멈추니까 좋은가 보지 뭐. 알로가 병에 걸리지 않아서 다행이네. 그런데 리즈, 어찌된 일일까? 여긴 아무것도 없잖아. 이 거리가 밀크 스트리트 맞아?"

리즈가 알로에게 어르듯 속삭였다.

"녀석, 화장실이 급하구나?"

알로는 흥분해서 뒷다리를 마구 흔들어 댔다. 리즈가 코니에게 말했다.

"알로가 볼일을 봐야 할 것 같아. 볼일을 보게 저기 나무 있는 곳에 내려 줘야겠어. 그러고 나서 지도를 다시 보는 거야."

차에서 내리자 케임브리지와는 공기부터가 확연히 다르다는 게 느껴졌다. 축축하고 싱그러운 흙 냄새에 바다냄새가 섞여 있었다. 코니가 두 팔을 쭉 펴고 기지개를 켜자 척추에서 두 번이나 우두둑 소리가 났다. 그녀는 한 손으로 목을 문지르면서 다른 손으로는 알로를 위해 뒷좌석 문을 열어 주었다.

"자, 나오렴."

알로는 코니의 말이 끝나기도 전에 사라졌다가 잠시 후 나무딸기 덤불 앞에 다시 나타났다. 그러고는 컹컹 짖고 뒤쪽의 허공을 반달 모양으로 가르며 꼬리를 흔들어 댔다.

코니와 리즈는 차도가 끝나는 지점에 있는 숲을 향해 걸어갔다. 알로가 나무딸기 덤불 속에서 무슨 동물을 발견했든 간에 흥미를 잃고 나면 알아서 뒤따라오겠거니 했다.

"여기에 있어야 하는 게 누구 집이라고 했지?"

리즈가 손가락의 거스러미를 만지작거리며 코니에게 물었다.

"우리 외할머니. 그러니까 엄마의 엄마 집이지."

"그런데 넌 여기 와 본 적이 없다고?"

코니는 어깨를 으쓱했다.

"응. 우리 엄마랑 소피아 외할머니는 사이가 좋지 않았거든. 상상이 가지? 엄마의 히피 생활이 문제였어. 할머니는 아주 전통적인 뉴잉글랜드 분이어서 점잖고 고지식했거든. 두 사람은 가끔 가다 연락을 주고받기만 했던 것 같아. 그러다 내가 아주 어렸을 때 할머니가 돌아가신 거지."

리즈가 무언가를 골똘히 생각하며 말했다.

"소피아(Sophia)라. 그리스어에서 온 단어잖아. '지혜'라는 뜻이지. 넌 할머니를 만난 적이 있어?"

"엄마 말로는 만난 적이 있대. 콩코드에 살 때 할머니가 우리 집에 자주 오셨나 봐. 그런데 번번이 엄마랑 마찰이 있었다더라. 할머니는 엄마가 나를 '그런 환경'에서 키우는 걸 싫어하셨거든."

'그런 환경'이라는 대목에서 코니는 손가락을 얼굴 양쪽으로 가져가서 인용부호를 그려 보였다.

"기회가 있었다면 할머니랑 너랑은 아주 잘 지냈을 것 같구나. 다른 건 몰라도 너희 엄마에 대해서는 의견이 일치할 거 아냐. 그런데 기억이 전혀 없단 말이지?"

"없어. 할머니가 돌아가셨을 때의 일은 희미하게 기억나. 엄마가 무척 슬퍼하셨어. 나를 붙잡고 '우주의 생명 에너지'가 어떻다는 이야기를 하기에 '천국'을 말하는 거냐고 물었더니 엄마가 그렇다고 대답했어. 내가 세 살인가 네 살 때였어."

"할머니가 돌아가신 지 20년도 넘었다는 거네. 그동안 할머니 집은 어떻게 됐는데?"

코니는 비웃듯 눈을 굴리며 대답했다.

"그대로 방치돼 있지. 우리 엄마다운 행동이지 않아? 글쎄 나한테는 한마디도 안 했단다."

고개를 절레절레 흔드는 코니에게 리즈가 물었다.

"그러면 이제 와서 그 집을 정리해 달라고 부탁하시는 이유는 뭔데?"

리즈는 말을 끊었다가 장난스럽게 덧붙였다.

"그리고 더 중요한 질문 하나. 네가 자유롭게 드나드는 빈집이 한 시간 거리에 있는데 우리가 왜 여름 내내 기숙사비를 내야 하지?"

코니가 웃음을 터뜨리며 말했다.

"그 질문에 대한 답은 우리가 집을 찾으면 저절로 나올 것 같은

데. 엄마 말로는 집이 완전히 쓰레기장이래. 이제 와서 그걸 나에게 처리해 달라고 부탁한 이유는, 책임감 강하고 조심성 많으신 우리 엄마가 할머니가 돌아가신 후부터 지금까지 내내 재산세를 체납했기 때문이지."

리즈는 믿을 수 없다는 듯이 심호흡을 했다. 그녀가 입을 열기도 전에 코니의 말이 이어졌다.

"오, 진짜야. 체납된 세금은 점점 늘어났지. 하지만 얼마 전까지만 해도 세율이 낮아서 국세청에서도 별로 신경 쓰지 않았대. 그러다 지난 해에 법이 개정됐거든. 올 봄에 엄마한테 통지문이 왔어. 체납된 세금을 납부하지 않으면 6개월 후에 집을 몰수하겠다고."

"우와. 세금이 얼마나 되는데?"

코니는 땋은 머리의 끝부분을 확 잡아당기며 대답했다.

"정확한 액수는 몰라. 엄마도 굉장히 민망해하면서 이야기했거든. 나더러 그 집에 있는 잡동사니를 싹 내다 버리고, 그 집을 사려는 사람이 있으면 매매 준비도 알아서 해 달라더라. 집을 팔아서 돈이 생겨도 세금 체납액을 갚는 데 다 들어갈 거야."

리즈가 휘파람을 불고 나서 말했다.

"그래도 여름 한철이니 다행이다. 얼른 처리하고 케임브리지로 돌아가면 되잖아."

어느새 숲까지 다 왔다. 리즈와 코니는 오솔길이 끝나고 자갈이 흙으로 바뀌는 곳에서 발걸음을 멈췄다. 코니는 나무 사이의 빈터에 서서 활짝 피어난 야생 안젤리카(멧두릅 속의 식물-옮긴이)를 내려다보았다. 여기저기 무리 지어 흐드러지게 핀 희고 가냘픈 안젤리카 꽃이 초여름 바람에 고개를 까딱거렸고, 나무 아래의 구멍이란 구멍마다 벌레들이 숨어서 윙윙거렸다. 코니는 햇빛을 받아 얼룩덜룩한 명암이 생긴 꽃들을 바라보다가 눈을 크게 떴다. 반짝이는 햇살이 꽃잎을 살살 간질이는 광경을 보노라니 기분이 풀리고 마음이 여유로워졌다. 그녀는 서서히 백일몽에 빠져들었다. 흙투성이 작업복을 입고 장작과 불쏘시개가 가득 담긴 천가방의 무게 때문에 등을 구부린 노인이 그늘 속을 터벅터벅 걷는 모습이 보이는 듯했다.

'르뮈엘?'

코니의 머릿속에서만 들리는 목소리였다. 노인의 환영이 대답했다.

'소피에르, 지금 가고 있소!'

노인의 환영은 이렇게 대답하고 나서 갈기갈기 흩어져 버렸다. 백일몽의 세세한 부분은 미처 살펴볼 새도 없었다. 리즈가 뭐라고 묻는 소리에 코니는 퍼뜩 정신을 차렸다.

정말이지 손에 잡힐 듯 생생한 환영이었다. 방금 전까지만 해도 아무렇지도 않았던 머리가 살살 아파 와서 코니는 한쪽 손으로 관자놀이를 문질렀다. 리즈가 그녀를 물끄러미 바라보고 있었다. 방금 했던 질문의 대답을 기다리는 모양이었다. 하지만 리즈의 말을 아예 못 들은 코니는 당황스러운 어조로 말했다.

"미안. 잠깐 넋을 놓고 있었어."

리즈가 다시 한 번 말했다.

"알로가 어디 갔냐고 물었는데."

두통이 사라지기 시작했다. 주위를 둘러보았지만 강아지가 따라온 흔적은 전혀 없었다.

"이상하네."

코니는 이렇게 중얼거리며 자갈 깔린 오솔길을 통과해 다시 차도로 걸어갔다. 숲을 빠져나가니 알로는 여전히 차를 세워 둔 곳 앞의 빽빽한 덤불을 바라보며 꼿꼿한 자세로 앉아 있었다.

"어이, 견공. 뭘 그렇게 보고 있어?"

코니가 곁에 쪼그리고 앉으며 말을 걸었다. 알로는 코니를 올려다보며 꼬리를 몇 번 흔들더니 다시 덤불 속을 바라보았다.

"거기 다람쥐라도 있니?"

코니는 알로가 헥헥거리며 뚫어지게 쳐다보던 빽빽한 덤불 속을 들여다보았다. 그러자 놀랍게도 단단히 엮인 나무딸기 가지 아래 녹슨 철문의 윤곽이 드러났다.

❧

리즈가 도착했을 때, 코니의 옆에는 말라죽은 덩굴과 잡초가 산처럼 쌓여 있었다. 두 개의 녹슨 철문 기둥 사이에 틈이 만들어지는 순간 알로가 홱 뛰어들어가 그늘진 곳으로 사라졌다. 리즈가 천천히 걸어와 코니의 등 뒤에 멈춰 섰다. 무엇을 보고 놀랐는지 숨이 턱에 닿아 있었다.

"코니! 그 집을 찾은 것 같아!"

코니는 작은 덤불을 옆으로 치우며 대답했다.

"응! 알로가 문을 발견했어."

리즈가 코니의 어깨를 두드리며 말했다.

"그게 아냐. 저걸 봐."

코니는 더러워진 손을 청바지의 엉덩이에 문지르며 일어섰다. 리즈가 손가락을 들어 어딘가를 가리키고 있었다.

코니는 다시 차도로 올라가 허리에 묶어 둔 플란넬 셔츠를 꽉 매고 목을 길게 빼며 리즈의 손가락 끝을 따라갔다. 키 큰 딱총나무 한 그루에 걸쳐진 덩굴을 따라 위로, 위로, 위로 올라가 마침내 맨 꼭대기에 이르자 나뭇가지와 잎사귀 밑으로 삼나무 널빤지 지붕의 윤곽이 뚜렷이 보였다. 지붕 한가운데에 커다란 돌덩이처럼 보이는 것은 벽돌로 만든 굴뚝인 듯했다. 코니는 숨을 죽이고 바라보았다.

"믿을 수 없어."

코니가 속삭였다. 리즈가 그녀를 쿡 찌르며 대꾸했다.

"여기가 밀크 스트리트라고 내가 말했잖아."

코니는 리즈를 향해 한쪽 눈을 찡긋 하면서 말했다.

"누가 이런 곳에 집이 있다고 생각이나 하겠니."

코니는 덤불을 헤치다가 흙이 묻은 손으로 머리를 쓸어 넘겼다. 무엇을 찾아야 할지 알고 나니 성긴 나무딸기 덤불 아래 숨은 철재 담장의 가느다란 장식이 어렴풋이 보이는 것만 같았고, 무성하게 자란 나뭇잎 위로는 흐릿하게나마 창턱이 보이는 듯했다.

리즈가 말했다.

"너희 할머니가 돌아가신 후로는 아무도 여기 살지 않았다고 했으니까 그럴 수도 있지."

"그야 그렇지. 하지만 20년이 아니라 훨씬 오랫동안 버려져 있었던 집처럼 보이는걸."

두 사람은 웃자란 식물과 무관심의 옷을 겹겹이 껴입은 집을 바라보며 팔짱을 낀 채 말없이 서 있었다. 마침내 리즈가 침묵을 깼다.

"자. 대문 치우는 일을 도와줄게."

덩굴과 담쟁이를 제거하기는 그리 어렵지 않았다. 30분이 지나자 철문 옆에 무른 줄기와 뿌리가 수북이 쌓였다. 두 사람이 부지런히 일하는 동안 정원 안에서 바스락 소리와 컹컹 대는 소리가 띄엄띄엄 들려왔다.

"알로는 즐거운 시간을 보내고 있나 봐."

흘러내린 머리카락을 옆으로 넘기려다 이마에 흙자국을 남기며 코니가 중얼거렸다. 리즈가 말을 받았다.

"우리도 곧 즐거운 시간을 보내게 될 거야."

땅에 단단히 박혀 있는 마지막 덩굴을 잡아당기느라 몇 분을 더 소요한 후 코니는 드디어 모습을 드러낸 철문을 보기 위해 일어섰다. 세월과 함께 녹슨 철문은 구멍이 숭숭 뚫려 있어서 슬쩍 건드리기만 해도 부서질 것 같았다. 코니는 조심조심 앞으로 나아가 철문을 울타리에 고정시킨 걸쇠를 들어올렸다. 오랫동안 그 자리에만 있었던 금속이 끼익 소리를 내면서 움직였다. 코니는 조심스러운 손놀림으로 천천히 문을 밀었다. 60센티미터 정도 열리자 빽빽한 덤불 울타리에 뻥 뚫린 출입구가 만들어졌다. 코니가 리즈를 돌아보며 물었다.

"들어가 볼까?"

리즈는 대답 대신 어깨를 으쓱했다. 코니는 발뒤꿈치를 들고 천천히 안으로 들어갔다.

정원은 울타리를 봤을 때 예상했던 것만큼 울창하지는 않았다. 코니가 서 있는 바닥에 돌이 깔린 좁은 길은 곰팡이 핀 현관문으로 이어지고 있었다. 집의 외벽은 무성하게 자란 서너 종류의 덩굴식물에 완전히 뒤덮여 있었다. 푸른 잎과 보라색 꽃이 달린 등나무가 현관문 위로 가지를 드리우고 있어서 짙고 끈적끈적한 등나무 냄새가 사방에 진동했다. 키 크고 늘씬한 나무도 몇 그루 보였다. 아까 차도에서 보았던 딱총나무 외에도 오리나무와 산사나무가 정원 군데군데 기둥처럼 박혀, 집 울타리에서 뻗어 나와 지붕처럼 펼쳐진 덩굴들을 지탱했다. 나무와 덩굴로 이루어진 지붕 덕택에 정원은 적당히 그늘이 지면서도 어둡지 않았다. 전체적으로 호젓하고 비밀스러운 분위기였다.

뱃속에서 느껴지는 갑작스러운 통증에 코니의 신경이 곤두섰다. 그동안 이 비밀스런 장소에 한 번도 와 보지 못했다는 게 슬퍼지기 시작했다.

'여기가 소피아 할머니가 만드신 정원이구나. 하지만 난 할머니가 어떤 분인지 영영 알지 못할 거야.'

마음이 무거워졌지만 어쩔 도리가 없었다. 코니는 오랫동안 마음속에 간직했던 소피아 할머니의 이미지를 눈앞에 펼쳐진 정원과 겹쳐 보았다. 모종삽을 들고 집 모퉁이에 쪼그려 앉은 할머니의 모습이 선명하게 보였다. 코니는 긴장을 풀고 공상에 더 깊이 빠져들어 갔다. 그러자 놀랍게도 아까 숲속의 백일몽에 등장했던 등이 굽은 노인의 환영이 집의 한쪽 모퉁이에서 또다시 나타났다. 손에는 여전히 땔감을 잔뜩 들고 있었다. 이제 보니 그 노인은 옛날 사진에서 본 적이 있는 코니의 할아버지 르뮈엘이었다. 할아버지는 엄마가 대학을 졸업하기도 전에 세상을 떠나셨다고 들었다. 코니가 상상해 낸 할머니의 환영이 할아버지에게 말했다.

'그거면 충분하겠네. 현관에 내려놓아요.'

코니가 손가락 끝으로 눈꺼풀을 지그시 누르자 청색과 먹색의 반점들이 나타나 눈앞을 가렸다. 손을 치우고 다시 눈을 뜨니 환영은 사르르 녹아 땅으로 꺼졌다. 하긴 코니는 이사할 날이 다가올 때마다 평소보다 훨씬 괴상한 꿈을 꾸곤 했다. 지난 밤에도 거의 잠을 이루지 못하고 두 팔로 알로를 부둥켜안고 어둠 속에서 뜬눈으로 밤을 새지 않았던가. 그러니 지금 이렇게 피곤한 것도 당연했다.

정원에는 잔디가 없는 대신 각종 야생 허브와 식물들이 어색하게 한 덩어리로 엉켜 마구 자라고 있었다. 코니가 보기에 허브는 일반적인 가정의 텃밭에서 요리용으로 기를 만한 것들이 대부분이었다. 오랫동안 수확하지 않은 타임, 로즈마리, 세이지, 파슬리, 몇 종류의 민트, 탐스러운 순무 잎사귀, 민들레, 듬성듬성 핀 딜, 뭉텅이로 자란 키 작은 골파까지. 코니는 정원의 반대편 모서리를 따라 심어 놓은 식물들로 눈을 돌렸다. 원예학 책에서 보긴 했으나 이름은 가물가물한 꽃들이 눈에 들어왔다. 바곳, 사리풀, 디기탈리스, 고사리삼. 집의 왼쪽 모퉁이에는 밧줄처럼 굵은 벨라도나(가지과의 유독식물-옮긴이)가 칭칭 감겨 있었다. 건축 목재에 뿌리를 깊게 내린 모양이었다. 코니는 얼굴을 찌푸렸다.

'할머니는 이 꽃들이 독초인 걸 모르셨나? 알로를 데리고 올 땐 조심해야겠어.'

허브와 꽃들 너머로 펼쳐진, 정원 가장자리 중에서 그나마 집과 가까운 영역은 채소로 뒤덮여 있었다. 정찬용 접시만큼이나 넓적하고 보슬보슬한 녹색 잎사귀들 밑의 그늘에 아직 자그마한 늙은호박과 머스크멜론과 단호박 열매가 숨어 있었다. 더 오른쪽으로 눈을 돌리자, 위로 뻗은 덩굴과 덩굴 사이의 틈새 밑에 다른 식물이 집의 반대쪽 모퉁이에 달라붙어 자라고 있었고, 잎사귀 밑에는 코니의 주먹만큼 크고 무거운 열매가 주렁주렁 매달려 있었다. 깜짝 놀란 코니가 자세히 보니 다름 아닌 토마토였다. 그런데 흔히 식료품점에서 파는 토마토가 아닌 알록달록한 색깔의 희한한 모양이었다. 진한 자주색, 줄무늬가 있는 녹색, 반짝이는 노란색 등의 다양한 색깔과 공처럼 둥근 모양이 이색적이었다. 줄기의 밑동은 단단하고 굵어서 작은 나무둥치를 방불케 했다. 여름이 수백 번 지나도 이 토마토만은 끝까지 살아남을 듯했다. 토마토 잎사귀 그늘 밑에서는 알로가 앞발로 땅을 파헤치고 있었다.

어느새 나타난 리즈가 코니의 옆에 와서 섰다. 이끼 낀 돌길로 걸어와서 발자국 소리가 들리지 않았던 것이다.

"정말 괴상한 정원이야. 어머, 토마토 좀 봐! 엄청나게 크다."

코니의 침묵을 감지한 리즈는 말하다 말고 곁눈질로 코니를 바라보며 어깨에 손을 올렸다.

"너 괜찮니?"

코니는 리즈를 향해 고개를 돌렸다. 너무 생생한 백일몽 탓에 아직도 기운이 없고 정신이 혼미했다. 하지만 새로운 발견으로 흥분해서 환하게 빛나는 리즈의 얼굴을 보니 자신의 이런저런 생각들과 묘한 기분을 이야기하기가 뭣했다. 코니는 리즈를 위해 억지로 웃어 보이며 대답했다.

"괜찮아. 좀 피곤해서 그래. 저기 꽃상추 보여? 저녁에 샐러드를 먹을 수 있겠어!"

엄마는 이 집이 오래됐다고 말하긴 했어도 구체적으로 얼마나 오래됐는지 이야기한 적은 없었다. 실제로 와 보니 아주 까마득한 옛날에 만들어진 것 같았다. 중세 말기 영국에서 쓰던 기술을 그대로 가져온 목수가 지은 집이라 해도 과언이 아니었다. 작은 창문들은 마름모꼴 창유리를 납땜으로 붙여 만든 것이었다. 코니는 건물 벽면을 올려다보다가 눈이 휘둥그래졌다. 건축 문화재 보존주의자가 봤다면 더 놀랐을 것이다. 시들시들하고 외로운 집이 조용히 코니를 내려다보고 있었다.

코니는 커튼처럼 드리워진 등나무 꽃무더기를 옆으로 젖히고 손가락 끝으로 벽을 더듬어 현관문을 찾았다. 원래 흰색이 칠해진 목재가 세월과 곰팡이의 영향으로 짙은 녹색을 띠고 있었다. 코니는 엄마가 어릴 적에 이곳에 살던 모습을 상상해 보려 했다. 그러나 눈에 거슬리는 어색한 장면밖에 떠오르지 않았다. 그레이스, 소피아 할머니 그리고 엄마가 입에 올린 적도 없는 과묵한 마블헤드 사람인 할아버지 르뮈엘이 각자의 개성을 상징하는 비누방울을 덮어 쓰고 따로따로 돌아다니다 집 안에서 마주치곤 하는 장면이었다. 그레이스는 너무 발랄하고 활동적이어서 이 집에 어울리지 않았다.

그녀가 부모 곁을 떠난 이유도 그게 아니었을까?

정원과 집은 격리된 세상에 너무나 완벽하게 들어앉아 있었으므로 발랄한 사람이든 아니든 간에 이곳에 누가 들어온 것 자체가 대단히 잘못된 일 같기도 했다. 코니는 엄마가 우편으로 보내 준 열쇠를 찾으려고 청바지 주머니에 한 손을 찔러 넣고 다른 손으로는 열쇠구멍에 쌓인 먼지를 털어 냈다. 열쇠를 집어넣자 처음에는 잘 돌아가지 않았지만 곧 오랫동안 잠겨 있었던 금속이 연마되는 소리가 났다. 코니가 어깨로 살짝 밀자 단번에 문이 열렸다.

문설주에 붙어 있던 먼지가 떨어지면서 뭉게구름처럼 부풀어 오르는 바람에 재채기가 나오고 속이 메슥거렸다. 코니는 얼굴 앞에서 손을 휘저어 시커먼 먼지 덩어리를 밀어냈다. 문이 비스듬히 열리는 순간 코니의 머리 위에서 금속 같은 것이 '철컹' 하더니 작은 물체가 발치에 떨어져 산산조각이 났다.

알고 보니 문지방 윗부분의 못에 말편자가 하나 걸려 있었다. 말편자는 등나무에 가려서 잘 보이지 않았는데, 어찌나 심하게 녹이 슬었는지 그림자로 변한 게 아닌가 싶었다. 게다가 썩은 목재에 박힌 못들 가운데 하나가 헐거워져서 말편자가 위험한 각도로 대롱대롱 매달려 있었다. 코니는 작고 조잡한 못을 주머니에 넣고 마침내 집 안에 발을 들여놓았다.

❧

집 안의 공기는 대양의 밑바닥에서 건져 올린 궤짝에서나 날 것 같은 냄새를 머금고 있었다. 나무 냄새, 소금 냄새, 곰팡이 냄새. 몇 겹으로 빽빽하게 뒤엉킨 나뭇잎이 창문을 다 가리는 바람에 오후 햇살도 거의 들어오지 않았다. 코니는 잠시 걸음을 멈추고 어둠에 눈이 적응되기를 기다렸다. 어둠 속에서 실내 풍경이 조금씩 보이기 시작했다. 집 안은 영락없는 1,700년대 이전 식민지 초창기 주택 모형 그대로였다. 아니, 모형이 아니라 진짜 집이었고 몇 세기 동안 후대들이 가구와 설비를 추가하며 살아온 흔적도 있었다.

"대체 얼마나 오래된 집일까?"

코니는 의심스럽다는 듯 중얼거렸다. 조용한 집안은 시간의 개념과 무관해 보였고 외부세계의 손길이 전혀 닿지 않은 모습 때문에 도무지 현실 같지가 않았다.

현관문을 열면 나오는 작은 홀의 맞은편에는 폭이 좁고 가팔라서 사다리에 가까운 나선형 나무계단이 있었다. 계단이 놓인 방향으로 보아 17세기에는 식구들이 식사, 요리, 수면, 바느질, 기도와 같은 활동을 거의 다 1층에서 하고 위층의 다락은 예비용 침실이나 창고로만 사용한 것 같았다. 계단의 널빤지는 모두 광을 낸 입스위치(영국 잉글랜드 동부의 도시 이름-옮긴이) 소나무였고, 수백 년 동안 오간 사람들의 발길에 몇 군데가 움푹 파여 있었다. 그 밖에 현관홀에는 영국 앤 여왕 시대풍의 탁자가 있었다. 탁자에는 몇 달치는 족히 돼 보이는 바싹 마르고 누렇게 바랜 우편물이 뜯지 않은 상태로 놓여 있었다. 탁자 위쪽의 벽에는 그리스 복고 양식으로 만든 소박한 거울이 걸려 있었는데, 거울 표면은 먼지와 거미줄이 달라붙어 뿌옇게 흐려졌으며 가장자리의 금도금도 벗겨지고 변색된 상태였다. 계단 밑의 구석진 곳에는 갈색으로 금이 가서 한가운데가 쪼개진 중국산 도자기 화분에 죽은 지 오래인 화초가 담겨 있었다. 홀의 마룻바닥은 곳곳이 썩어서 물컹했다. 코니는 바닥 널빤지 사이를 뚫고 자라난 굵은 버섯을 보고 기겁을 했다. 시계(視界)의 가장자리에서도 뭔가 움직이는 것이 얼핏 보였다. 다음 순간 코니는 펄쩍 뛸 듯이 놀랐다. 도자기 화분 뒤의 어두운 곳으로 휙 사라진 뱀의 꼬리를 보았기 때문이었다.

현관홀의 왼쪽에 있는 방은 작은 거실 같았다. 책꽂이를 가득 메운 가죽 장정된 책들과 얕은 벽난로 주위에 모여 있는 짝이 맞지 않는 팔걸이의자 몇 개가 눈에 들어왔다. 닳아서 실밥이 보이는 니들포인트 자수 쿠션은 습기와 곰팡이가 가득 피어 쥐가 우글거릴 것 같았다. 그래서인지 방 안에 축축하고 독한 기운이 옅게 감돌았다. 방 한쪽 구석에는 단단하고 무거운 치펜데일(우아한 곡선을 이용한 장식적인 양식-옮긴이) 책상이 짐승의 발 모양으로 조각된 다리로 바닥을 움켜쥐고 있었다. 창문은 말라죽은 식물의 잔해로 메워져 있었다. 마루 널빤지들은 계단의 널빤지와 똑같이 묵직한 황색 소나무였는데 어떤 것은 폭이 50센티미터가 넘었다. 온 집 안의 바닥이 다 네모난 못으로 고정된 소나무 널빤지였다.

현관홀의 오른쪽에는 검소한 식당이 있었는데, 이 방에도 앤 여왕 시대풍의 탁자가 있었다. 탁자 둘레에는 18세기 중반에 유행하던 방패 모양 등받이가 달린 의자가 여러 개 놓여 있었는데, 놀랍게도 세일럼에서 만들어진 의자 같았다. 빈 공간이 있는 구석마다 신문더미 한두 개와 까맣게 변색된 밀봉된 단지들이 있는 걸 보면 할머니가 살아 계셨을 때도 이 방에서 식사를 하지는 않은 모양이었다. 벽난로는 거실에 있는 것보다 더 오래되어 보였다. 폭이 넓고 깊은 벽난로 안에는 철재 고리에 걸어 둔 다양한 조리도구와 빵을 굽기에 적합한 벽돌 화덕이 있었다. 코니는 이 식당이 원래는 '홀'이었을 거라고 추측했다. 옛날에는 집의 심장부에 해당하는 공간, 즉 거실과 작업실을 합쳐 홀이라고 불렀으니까. 벽난로 왼쪽 벽면의 선반에는 접시와 찻잔과 병이 가득 놓여 있었는데 먼지가 더덕더덕 앉아 있어서 원래 색깔을 알아보기도 힘들었다. 벽에는 액자에 끼워진 그림이 몇 점 걸려 있었지만 식당 안이 어두워서 무슨 그림인지는 잘 보이지 않았다. 벽난로의 오른쪽으로는 철재 빗장이 채워진 작은 문이 보였다.

코니는 한쪽 팔을 뻗어 식당 안쪽 문설주 근처를 더듬으면서 전등 스위치를 찾았다. 그러나 벽에는 아무것도 없었다. 움직임이 없고 고요한 방 안의 분위기는 은연중에 손님을 물리치는 것 같았다. 집은 나름의 시간표에 따라 썩어 가고 있으니 방해하지 말라는 걸까? 코니는 발끝으로 살살 걸어서 식당 안으로 들어갔다. 한걸음 내디딜 때마다 먼지가 두껍게 쌓인 바닥에 시커먼 동그라미가 흔적을 남겼다.

코니는 문득 자신이 너무 소심하다는 생각이 들어서 큰 소리로 혼잣말을 했다.

"내가 발끝으로 걸을 이유가 뭐 있어? 올 여름에는 여기가 내 집이잖아."

코니는 들고 있던 발뒤꿈치를 도로 내리고 빗장이 채워진 문을 향해 성큼성큼 걸어갔다. 손으로 빗장을 잡고 약간 힘을 주자 삐걱대는 소리와 함께 문이 열렸다.

열린 문 뒤에는 코니가 예상했던 벽장이 아니라 비좁은 부엌이 나왔다. 지난 몇백 년 사이의 어느 시점에 집을 증축하면서 만든 공간 같았다. 그 좁은 부엌의 오른쪽 벽에는 웃자란 식물의 잎사귀로 완전히 덮인 창문과 우묵한 도자기 싱크대가 있었다. 그 외에 부엌 안에는 장작을 때는 철재 난로와 높이가 낮은 아이스박스가 있었고, 바닥에는 돌돌 말린 리놀륨이 깔려 있었으며, 한쪽 벽에 집 뒤뜰로 통하는 반투명한 문이 있었다.

하지만 코니의 눈길을 잡아끈 것은 고풍스런 설비가 아니라 유리병과 단지들을 가득 올려놓은 벽면의 선반이었다. 모든 병과 단지에는 정체를 알 수 없는 가루와 말린 잎사귀와 시럽이 들어 있었고, 어떤 단지에는 끈적끈적한 액체의 얼룩이 묻어 라벨을 읽을 수가 없었다. 부엌 한쪽 구석에는 마른 나뭇가지 한 단을 기다란 물푸레나무 막대에 삼끈으로 동여매 만든 구식 빗자루가 벽에 세워져 있었다. 거미줄 다발이 마치 밧줄로 얽어매듯 빗자루를 칭칭 감고 있었다.

코니는 선반 위에 단지와 병이 줄지어 늘어선 기이한 광경을 보고 입이 딱 벌어졌다. 엄마는 할머니가 요리에 취미가 없었다고 입버릇처럼 이야기했다. 코니는 유리병과 단지가 왜 그렇게 많은지 이해할 수가 없었다. 혹시 할머니가 말년에 병조림 만들기에 재미를 붙이셨는데 밀봉이 제대로 되지 않아서 모두 바싹 마르고 시커멓게 변한 걸까? 사실 할머니도 엄마처럼 시기별로 관심사가 바뀌긴 했다. 코니가 할머니와 함께 보낸 크리스마스는 할머니가 세상을 뜨기 직전, 딱 한 번이었다. 그때 할머니는 코니와 그레이스를 위해 직접 뜨개질해서 만든 스웨터를 가지고 콩코드의 농가에 왔다. 똑같은 패턴에 색깔만 다른 스웨터가 세 벌이었는데 어깨와 팔 부분을 특이하게 재단해서인지 불행히도 왼쪽 소매는 팔을 반쯤 덮다 말았고 오른쪽 소매는 손가락 마디까지 내려왔다. 코니는 할머니와의 추억을 떠올리며 킥킥 웃었다.

답답하고 건조한 부엌에는 썩는 냄새가 진동했고, 단지들은 하나같이 두꺼운 먼지 옷을 입고 있었다. 청바지 엉덩이에 손을 올려놓고 서 있는 동안 숨겨진 집을 발견했다는 흥분이 서서히 가시면서 막연한 불안감이 엄습했다. 그때 뒤에서 누군가가 조용히 다가오는 발소리가 들렸다. 코니는 깜짝 놀라 어깨 너머로 돌아보았다. 셔츠로 대강 만든 자루에 토마토와 골파를 한가득 담아서 가져온 리즈가 활짝 웃는 얼굴로 서 있었다. 리즈의 발치에는 알로가 입에 무슨 뿌리 같은 걸 물고 새침하게 앉아 있었다. 알로는 바닥에 두껍게 쌓인 먼지를 꼬리로 쓸어냈다.

"우리가 저녁식사 거리를 구해 왔어. 여기가 부엌이니?"

리즈는 코니를 옆으로 비켜서게 하고 나서 싱크대에 채소를 우르르 쏟았다. 놋쇠 수도꼭지 손잡이를 돌리자 수도관이 끽끽거리며 몸서리를 치고 마른기침을 하다가 마침내 갈색 물을 토해 냈다.

"네가 주방세제를 가져와서 다행이야. 너희 엄마 말대로 이 집은 완전히 시궁창이더라."

리즈는 싱크대의 먼지를 닦아 내고 정원에서 따온 채소를 박박 문질러 씻으며 말을 이었다.

"그래서 말인데 일단 부엌 청소부터 하는 게 좋겠어. 식사를 할 공간은 있어야 하니까. 저녁을 먹고 나서 침실 청소를 하면 깨끗한 잠자리도 마련되겠지. 아, 내일 기차역까지 가는 데 얼마나 걸릴 것 같아? 20분? 내일 아침에 몇 시에 일어나야 하는지 계산해 보려고. 오늘 밤에 둘이서 청소를 웬만큼 해 놓아야 네가 한 주 동안 멀쩡한 정신으로 지낼 수 있지 않겠어?"

리즈의 현명하고 실제적인 말을 들으며 코니는 현실로 돌아왔다. 할머니 집이 시간의 틈새, 시간이라는 직물에 새겨진 바늘땀 하나처럼 느껴지는 건 기분 탓일 거야. 여느 집들보다 오래되고 상태가 나빠서 그렇지 이 집도 그냥 하나의 집이라고. 코니는 두 손으로 양팔의 팔꿈치 윗부분을 문지르면서 그녀가 부적처럼 가져온 '정상'적인 대상들로 마음을 돌렸다. 리즈, 화분, 책, 강아지! 색다른 여름을 보내게 되리라는 건 분명하지만 막상 겪어 보면 그렇게 다르지도 않을 거야. 보통 때보다 청소를 훨씬 많이 해야 하긴 하겠지만 그게 다일 거야. 이런 생각들을 하며 한시름 놓은 코니는 알로의 입에서 뿌리를 빼내려고 쪼그려 앉았다.

"이게 뭐죠, 견공? 야생 당근을 찾았니?"

코니가 알로의 이빨 사이로 조심조심 손을 넣으며 물었다. 알로는 입에 물고 있던 뿌리를 순순히 코니의 손에 떨어뜨리고 칭찬을 기다리는 눈빛으로 코니를 올려다보았다.

코니는 자기 손 안에 있는 것을 보자마자 외마디 소리를 지르고 뒷걸음질 치며 그 뿌리를 바닥에 내팽개쳤다. 그러고는 혹시 피부에 남았을지 모르는 성분을 제거하려고 손을 청바지에 대고 문질렀다.

리즈가 물었다.

"왜 그래? 벌레라도 있었니?"

코니가 숨을 헐떡이며 대답했다.

"오, 세상에."

목구멍 안에서 빠르고 세찬 박동이 느껴졌다. 코니는 호흡을 천천히 하며 마음을 가라앉혔다.

"아냐, 아냐. 저거 만지지 마!"

코니는 부엌 바닥에 무릎을 대고 앉아 흙이 묻은 채 바닥에 가만히 놓여 있는 뿌리를 유심히 살폈다.

"왜 그래?"

리즈가 코니의 어깨 너머로 들여다보다가 꼴사납고 흉측하게 생긴 뿌리를 보고 콧잔등을 찌푸렸다.

"저런. 저게 뭐라니?"

코니는 알로를 저만치 쫓아 버렸다. 알로는 기대했던 바와 달리 칭찬이 쏟아져 나오지 않는다는 현실을 인식하고 있었다. 코니는 마른침을 삼키면서 눈으로는 그 뿌리를 집어 올릴 만한 도구가 없나 하고 부엌을 살폈다.

"아무래도 우리 친구 알로가 맨드레이크를 가져온 것 같아."

코니는 꽉꽉 뭉친 종이타월과 두 손가락을 이용해 그 식물의 잎사귀 하나를 잡고 리즈가 보기 좋은 위치까지 들어올렸다.

"나도 맨드레이크를 직접 본 적은 없고 원예책에 실린 삽화로만 봤어. 그렇지만 이 뿌리의 모양이 사람 형상과 비슷하잖아. 자, 이걸 봐."

코니는 그 뿌리가 두 갈래로 갈라진 부분이 사람의 두 다리와 비슷하고 두 개의 굵은 돌출부는 사람의 두 팔과 비슷하다고 설명했다.

"그래서?"

"이건 인류에게 알려진 것 중 가장 독성이 강한 식물에 속해. 어찌나 독성이 강한지 맨드레이크의 뿌리를 뽑으려는 사람은 그 자리에서 즉사한다는 전설도 있어. 그래서 맨드레이크를 뽑을 일이 있으면 개를 이용했다더라."

코니는 알로를 힐끔 쳐다보았다. 그 전설에는 사람이 맨드레이크를 뽑는 일이 위험하다는 뜻만 있는 건 아니겠지. 개들은 독성이 있든 없든 아랑곳 않고 뭐든지 파낸다는 뜻도 들어 있는 게 아닐까? 코니는 그녀를 향해 꼬리를 흔드는 알로에게 말했다.

"알로, 몇 세기 전의 원예학 책에는 맨드레이크 뿌리를 뽑을 때 비명소리가 난다는 이야기도 있단다."

리즈가 맨드레이크를 바라보며 속삭이듯 말했다.

"무섭다, 얘. 너희 할머니는 정원에 이렇게 위험한 식물을 두고 뭘 하셨을까?"

"나도 영문을 모르겠어. 이것 말고도 이상한 식물이 많더라니까. 정원에서 벨라도나 덩굴 못 봤니?"

코니는 한 손에 맨드레이크 뿌리를 든 채 고개를 절레절레 흔들며 말을 이었다.

"자생적으로 자라난 식물일 수도 있지. 잡초처럼 말이야. 제정신을 가진 사람이 이런 독초를 자기 집에 둔다는 건 말이 안 되니까."

리즈가 걱정스런 목소리로 물었다.

"그걸 어떻게 하려고 그러니?"

코니는 한숨을 푹 쉬었다. 앞으로 해야 할 일들을 생각하니 갑자기 숨이 턱 막혔다. 그녀는 부엌에 있는 독성식물이며 거실에 있는 뱀이며 집의 조세우선특권(연체된 세액만큼 부동산에 강제로 설정되는 담보권-옮긴이) 따위를 걱정하고 싶지 않았다. 그저 저녁식사나 하면서, 끔찍한 여름이 시작되려 한다는 현실을 잊은 척하고 싶었다.

선반 위의 까맣게 변색된 두 개의 유리 단지 사이에 맨드레이크 뿌리를 쑤셔 넣으며 코니가 말했다.

"일단은 개가 손대지 못하게 여기 올려놓지 뭐."

코니는 몸을 홱 돌리며 잠을 깼다. 가슴속에서 뭔가가 요동치고 있었다. 한동안은 자신이 있는 곳이 어디인지 알 수도 없었고, 꿈인지 생시인지도 헷갈렸다. 이윽고 방 안의 물체들이 물결치듯 움직이며 형체를 갖추기 시작했다. 그녀의 맞은편에 니들포인트 자수 팔걸이의자가 놓여 있었고, 그 뒤에는 치펜데일 책상이 어둠 속에 숨겨져 있었다. 코니는 의자 등받이에 눌려 연분홍색 십자 무늬가 생긴 얼굴을 손으로 문질렀다.

'방금 무슨 꿈을 꾸었더라? 대충 어떤 기분이었는지는 알겠는데 내용이 잘 생각나지 않아. 흐릿하고 무서운 형체가 나를 내려다보고 있었고, 긴 밧줄 같은 게 내려오더니 달아나는 날 쫓아왔는데…… 아, 그게 뱀이었던가?'

코니는 작은 거실 안을 둘러보았다. 그 평화로운 풍경은 외피에 불과하고 속에는 무시무시한 뭔가가 숨어 있는 것만 같았다. 코니는 정신을 차려 보려고 필사적으로 노력했다. 꿈과 현실의 경계가 불분명해서 자꾸만 미끄러지는 기분이었다. 거실의 팔걸이의자에 앉아서 잠깐 졸았던 모양이었다.

리즈는 2층에서 발견한 사주식 침대 중 하나로 가서 잠자리에 들었다. 그 전에 거실의 창문 하나를 여는 데 성공한 리즈 덕택에 부드러운 여름 바람이 들어와 거실의 지독한 곰팡내가 조금은 가셨다. 바깥에서 들리는 소리라고는 이따금씩 귀뚜라미가 우는 소리가 전부였다. 하버드 광장에서 몇 년간 살아온 코니에게는 그 고요가 불길한 징조로 여겨졌다. 귓가에서 시끄럽게 울리는 귀뚜라미 울음소리 때문에 진짜 신호를 못 들으면 어쩌지? 코니는 원래 마음속 불안이 속삭이는 소리에 잠을 이루지 못할 때가 많았지만, 어지러운 침묵이 방 안 가득 퍼져 있는 이곳에서는 그 속삭임이 더 크게 들렸다.

이제 잠은 다 달아났다. 코니는 의자에 체중을 완전히 싣고 바로 옆의 탁자 위에서 빛나는 석유램프를 만지작거리며 놀았다. 할머니가 왜 집에 전기를 연결하지 않았는지 이해할 수가 없었다. 20세기 말의 미국 땅에 전기 조명이 없는 집이 있다는 사실이 믿기지 않았지만, 리즈와 둘이서 샅샅이 뒤졌어도 스위치 하나, 전등 하나, 전선 하나 발견하지 못했다. 그리고 전화도 없었다! 엄마는 어떻게 이런 상태로 집을 팔 생각을 했을까? 코니는 우울해져서 속으로 생각했다.

'올 여름엔 꽤나 일찍 잠자리에 들겠군.'

그래도 수도를 연결할 생각은 했으니 그나마 다행이었다. 증축해서 만든 부엌의 2층에 해당하는 공간에 소박한 욕실이 있었다. 다락의 침실 두 개 중 하나에 있는 벽장문 같은 문이 욕실의 입구였다. 욕실 안에는 집게발 모양의 장식이 달린 깊숙한 욕조, 사슬을 당겨 물을 내리는 나무 변기 그리고 아담한 세면대가 있었다. 코니와 함께 양치질을 하던 리즈는 램프 불빛 아래서 오랫동안 목욕을 하면 낭만적이겠다고 이야기했다. 리즈다운 말이었다. 하지만 그 말을 듣고 코니는 민망해져서 살짝 얼굴을 붉혔다. 코니는 남자들과 편안하게 어울리지 못하는 성격이었다. 그런 면이 자신도 마음에 들지 않았다. 짐짓 어리석으면서도 사랑스러운 리즈와는 질적으로 다르다고 생각했다.

'그래, 목욕을 하면 좋겠지. 같이 즐길 사람만 있다면.'

물론 그런 사람은 없었다.

코니는 점점 잠이 멀리 달아나는 것을 느끼며 얼굴을 찡그렸다. 리즈는 이미 한 시간 전에 곯아떨어졌다. 코니는 스스로를 안심시켰다. 내일 일이 걱정돼서 그럴 거야. 내일이면 리즈가 기차를 타고 케임브리지로 돌아가잖아. 리즈는 월요일부터 하버드 여름학교에서 성적이 우수한 고등학생들을 대상으로 라틴어 어형변화 강의를 할 예정이었다. 곧 이 집에 혼자 남게 된다고 생각하니 앞이 보이지 않는 캄캄한 호수 위로 길게 뻗은 나무판자 위에 버려진 기분이었다. 리즈의 말이 옳았어. 애초에 이런 일을 떠맡는 게 아니었어.

코니는 텅 빈 난로 옆의 의자에서 몸을 일으켜 작은 놋쇠 램프를 들고 읽을거리라도 찾아 보려고 책꽂이 쪽으로 걸어갔다. 옛날 종교 소설이나 브리지 게임에 관한 책이 있지 않을까? 코니는 혼자 배시시 웃었다. 그런 책을 읽으면 금방 잠이 올 것 같았다.

해지고 부서진 책들의 책등을 살살 쓰다듬는 동안 오래된 가죽 표지에서 미세한 가루가 떨어져 나와 손가락 끝을 갈색으로 물들였다. 자꾸만 깜박거리는 희미한 램프 불빛 속에서 책등만 보고 제목을 알아내기란 불가능했다. 얇은 책을 한 권 꺼내자 표지의 조각과 먼지가 바닥에 우수수 떨어졌다. 코니는 권두화(卷頭畵)가 있는 페이지를 펼쳤다. 『톰 아저씨의 오두막집(*Uncle Tom's Cabin*)』이라. 놀라운 일은 아니네. 뉴잉글랜드의 오래된 집에는 으레 『톰 아저씨의 오두막』이 하나씩 꽂혀 있었다. 그 책은 "남북전쟁 때 우리 가문이 정의의 편에 서서 싸웠다"는 증명서와도 같았다. 코니는 한숨을 쉬며 『톰 아저씨의 오두막집』을 책꽂이에 도로 꽂았다. 뉴잉글랜드 사람들은 너무 독선적인 면이 있다니까.

램프를 책꽂이 가까이로 가져와 비추자 책 세 권의 책등과 코니의 턱과 손가락만 노란 원 안에 들어오고 방의 나머지 부분은 어둠에 휩싸였다. 코니는 램프를 책꽂이 맨 아래 칸으로 가져갔다. 가장 두껍고 무거운 책들이 꽂힌 칸이니 성경이나 시집이 있을 것 같았다. 청교도 교리에서는 읽고 쓰는 능력을 신의 은총을 입기 위한 매우 중요한, 아니 필수적인 요소로 간주했다. 그래서 뉴잉글랜드의 정상적인 가정에는 십중팔구 하나님 말씀이 담긴 책이 있게 마련이었다. 코니는 램프를 바닥에 내려놓고 가장 큰 책을 꺼냈다. 한쪽 팔로 책을 받치고 다른 손으로 책장을 넘겨 보니 과연 성경이었다. 특이한 활자와 얇은 종이로 미루어보아 상당히 오래된 성경 같았다.

'이건 17세기 성경이야.'

코니는 공부한 내용을 떠올리며 흐뭇해했다. 순간적으로 이런 성경은 값이 얼마나 나갈까 하는 의문이 머리를 스쳤지만 그건 부질없는 생각이었다. 성경은 세상에서 가장 흔한 책이었기 때문에 17세기에 인쇄됐다고 해도 희귀본으로 보기 어려웠다. 게다가 이 성경은 곰팡이가 피고 습기가 침투한 상태였다. 손 안에 있는 종이는 질이 좋지 않고 지저분했다.

책장을 하나씩 넘기다가 출애굽기 중간쯤에 이르렀을 때 코니는 스스로에게 물었다. 내가 이 집을 샅샅이 뒤져서 뭘 찾으려는 걸까? 리즈는 내가 할머니와 잘 맞았을 거라고 이야기하지만, 사실 난 할머니를 잘 알지도 못했잖아. 소피아라는 특이하고 고집 센 여자는 어떤 사람이었을까? 이 집에는 어떤 사연이 숨어 있을까?

이렇게 한가로이 상념에 잠겨 있는데 별안간 성경을 받치고 있던 손이 떨리면서 따갑고 찌르르한 자극이 찾아왔다. 사지가 마비되는 느낌 같기도 하고, 닳아빠진 전선을 플러그에서 뽑을 때의 날카로운 충격 같기도 했다. 코니는 아픔과 놀라움에 비명을 질렀다. 무거운 성경책이 쾅 하고 바닥에 떨어졌다.

코니는 손을 문질러 보았다. 방금 느낀 이상한 감각은 착각이 아니었나 싶을 정도로 너무나 순식간에 사라졌다. 코니는 오래된 성경이 상했는지 확인하려고 바닥에 꿇어앉았다.

석유램프의 빛 아래 성경이 펼쳐진 채 바닥에 놓여 있었다. 성경이 떨어지면서 카펫의 먼지가 구름처럼 일어나는 것도 보였다. 코니는 바닥에 앉은 채로 손을 뻗쳐 성경을 잡으려다 책갈피 사이로 삐져나온 반짝이는 작은 물체를 발견했다. 그녀는 램프를 가까이 가져가서 책장의 모서리를 손끝으로 더듬어 나갔다. 그러다가 반짝이는 작은 물체의 감촉을 느끼고 살살 빼냈다.

그것은 열쇠였다. 10센티미터가 채 못 되는 길이에 손잡이는 화려하고 기둥 부분은 텅 빈 오래된 열쇠였다. 코니는 은은한 램프 불빛 아래서 열쇠를 뒤집어 보았다. 이 열쇠가 왜 성경책 안에 숨겨져 있었을까? 책갈피로 쓰기엔 너무 컸다. 차가운 금속 열쇠를 손에 쥐고 여기에 어떤 의미가 있을지 궁금해하던 코니는 열쇠 기둥의 끝 부분에서 아주 작은 종이쪽지가 비죽 나온 것을 보았다. 코니는 눈살을 찌푸리고 열쇠를 자세히 들여다보았다.

코니는 엄지손톱으로 종이 끝부분을 잡고 조심스럽고 섬세한 동작으로 그것을 열쇠 기둥에서 빼냈다. 그러자 원통형으로 돌돌 말린 조그만 양피지가 나왔다. 열쇠를 무릎 위에 놓은 코니는 바삭바삭해서 부서지기 쉬운 양피지를 램프 불빛 아래로 가져가 한 번에 1밀리미터씩 펼쳤다. 군데군데 얼룩이 있는 갈색 양피지는 다 펼쳐도 코니의 엄지손가락보다 길지 않았다.

양피지에는 수성 잉크로 쓴 글씨가 있었다. 깜박이는 불빛 속에서 '딜리버런스 데인'이라는 글자를 간신히 알아볼 수 있었다.

인터루드

매사추세츠 주, 세일럼
1682년 6월 중순

새뮤얼 애플턴 소령은 장화 속의 발을 구부리며 얼굴을 찡그렸다. 큼지막한 발이 몇 주째 살살 아파서 신경이 쓰였다. 뻣뻣한 가죽 장화 안에서 심하게 쓸린 발이 부어 올라 따가웠다. 두꺼운 모직 양말을 신어 보았지만 통증은 더 심해질 따름이었다. 애플턴은 한숨을 내쉬었다.

'오늘 일이 끝나면 아내에게 습포를 갈아 달라고 해야겠군.'

애플턴은 불편한 동작으로 자세를 고쳐 앉으며 땀이 난 이마를 손수건으로 가볍게 두드렸다. 하품이 나오는 나른한 오후였다. 그는 시간이 빨리 지나가게 해 달라고 남몰래 기도했다.

바깥 날씨는 후덥지근했다. 노란 햇살이 공회당(청교도 전통이 강한 뉴잉글랜드 지방에서 예배당과 관청의 역할을 겸했던 건물-옮긴이) 창문으로 들어와 널빤지 깔린 마룻바닥에 환한 빛의 웅덩이를 만들었다. 애플턴 소령은 법정 입구에 있는 폭이 넓은 탁자 앞의 호화롭게 수놓은 팔걸이의자에 앉아 팔짱을 끼고 팔꿈치는 탁자에 올려놓고 있었다. 그의 눈앞에 펼쳐진 법정은 긴 의자와 1인용 의자에 앉아 재판이 시작되기를 기다리는 사람들의 이야기 소리 때문에 적잖이 시끄러웠다. 흰 두건을 쓴 여자들은 고개를 숙이고 바느질이나 뜨개질을 했고, 남자들은 햇볕에 그을린 얼굴로 옹기종기 모여 고개를 끄덕이고 있었다. 앞쪽에는 범죄 혐의를 받고 법정에 불려 온 사람들이 우울한 얼굴로 앉아 있었는데 그중 몇몇은 두 손을 모아 잡고 있었다. 애플턴은 속으로 투덜거렸다. 재판은 언제나 좋은 구경거리가 되는군. 신의 계율을 따른다는 사람들이 이웃의 죄에 어찌나 관심이 많은지. 여기 있는 자들은 모두 음흉하고 천박한 인간들이야.

애플턴은 시선을 왼쪽으로 돌렸다. 이웃을 심판하려는 배심원 일당이 등받이가 곧은 의자에 일렬로 앉아 기다리고 있었다. 그들 대부분은 애플턴이 아는 얼굴이었다. 수석 배심원인 데븐포트 중위는 외모가 다소 험악하긴 해도 괜찮은 사람이었다. 동부의 인디언 전쟁에 참전했다가 생긴 분홍색의 깊은 흉터가 얼굴을 가로지르고 있어서 사납고 모질어 보였지만 그것은 곧은 성품에 씌워진 가면에 불과했다. 그의 옆에는 입스위치 대로에서 선술집을 운영하는 쾌활한 성격의 윌리엄 손과 마을 위원회 일에 늘 자진해서 나서는 구두공 팰프리가 앉아 있었다. 애플턴은 혐오감에 콧방귀를 뀌었다. 자치위원으로 선출됐다는 이유로 팰프리는 올해 열린 거의 모든 재판에서 배심원 노릇을 했다. 소문에 따르면 그는 교회의 정식 신도가 되려고 안간힘을 쓰고 있었다. 애플턴은 분수를 모르고 설치는 사람을 싫어했다. 나머지 셋은 그가 모르는 사람이었다. 그럭저럭 먹고살 만한 재산을 가진 평범한 기술공들 같았다.

애플턴은 약간 초조해 보이는 서기 엘리아스 앨더에게 손짓을 했다. 체구가 작고 깡마른 서기는 팔다리를 배배 꼬고 있다가 벌떡 일어나 탁자 너머로 서류 한 장을 판사에게 건네고 옆으로 물러섰다. 깃펜 끝을 입에 물고 있는 모습이 초조해 보였다. 애플턴은 속으로 생각했다.

'재판이 끝날 때쯤 저 친구의 아랫입술은 잉크로 시커멓게 물들겠군.'

애플턴 소령은 서류를 가까이에 놓고 서기 엘리아스의 형편없는 글씨를 알아보기 위해 눈살을 찌푸렸다. 오후 시간에 배정된 소송은 네 건이었다. 애플턴은 한숨을 푹 쉬며 서류를 서기에게 돌려 주고 고개를 끄덕였다. 여전히 발이 욱신거렸다.

서기가 헛기침을 하자 그의 목에 있는 결후(結喉)가 눈에 띄게 출렁댔다. 공회당 안의 웅성거림이 잦아들었다.

서기가 큰 소리로 외쳤다.

"원고 딜리버런스 데인 대 피고 피터 펫포드, 혐의는 명예훼손!"

그러자 공회당에 모인 사람들이 제가끔 논평을 하기 시작하더니 족히 5분간은 떠들어 댔다.

"그만!"

애플턴 소령이 고함을 치자 떠드는 소리가 조금 작아졌지만 완전히 잦아들지는 않았다. 판사인 애플턴 소령은 상대를 위축시키는 특유의 시선으로 공회당 안을 둘러보며 한 사람 한 사람에게 고압적인 눈길을 던졌다. 사람들이 주목한다고 느껴질 때쯤 그는 입을 열었다.

"딜리버런스 데인, 선서 증언을 하시오."

앞쪽 증인석에서 젊은 여자가 일어나 예전처럼 치맛단을 매만졌다. 단정한 진회색 옷을 입은 그녀의 옷깃과 두건은 평민치고는 놀라울 만큼 새하얗고 깨끗했다. 질끈 동여맨 갈색 머리가 목덜미까지 내려와 두건 밑으로 살짝 보였고, 부드러운 뺨은 건강한 열기로 빛나고 있었다. 애플턴은 그녀가 읍에서 유명한 여자라는 사실을 알고 있었지만 직접 보기는 처음이었다. 그녀의 침착한 표정은 얼굴에서 뿜어져 나오는 강렬한 자신감을 베일처럼 덮고 있었다. 애플턴은 여자에게 저런 자신감이 있으면 거만하다는 오해를 살 수도 있겠다고 생각했다.

젊은 여자가 눈을 들어 애플턴을 바라보자 그는 일순간 그 평온한 눈동자에 흠뻑 젖었다. 그녀를 바라보는 동안 시끄러운 법정이 멀어져 가는가 싶더니 희한하게도 햇살 한 줄기가 날아와 꽂힌 양 이마가 짜릿했다. 곪은 발이 마치 졸졸 흐르는 차가운 시냇물에 담근 것처럼 무감각해지면서 타는 듯한 아픔도 사라졌다. 애플턴은 부지불식간에 안도의 한숨을 내쉬었다. 별안간 짜릿한 감각이 사라졌다. 애플턴은 몸을 부르르 떨며 눈을 깜박였다. 공회당 안의 소음이 다시 들리기 시작했다. 장화 안에서 발을 구부렸으나 이번에는 별다른 통증이 느껴지지 않았다. 애플턴은 딜리버런스 데인이라는 젊은 여자를 날카롭게 쏘아보았다. 그녀는 다 안다는 듯 희미한 미소를 띠고 있었다.

딜리버런스 데인은 허리에 찬 주머니에 손을 넣어 접힌 종이를 꺼내 두 손에 펼쳐 들고는 감정이 절제된 어조로 읽어 나갔다.

"선서 증언을 시작하겠습니다. 지난 해 섣달 그믐날 펫포드 씨가 아픈 아이를 봐 달라고 저를 불렀습니다. 그는 어떤 불행한 장난 때문에 아이가 병에 걸린 게 틀림없다고 했습니다. 서둘러 펫포드 씨 집으로 가 보니 다섯 살쯤 된 그의 딸 마사가 두통과 고열에 시달리며 죽어 가고 있었습니다. 저는 마사를 위해 탕약을 조제했습니다. 마사는 약을 마시고 나서 점차 안정을 찾더니 잠이 들었습니다. 마사가 자는 동안 펫포드 씨는 일주일 전만 해도 팔팔했던 아이가 저렇게 된 건 필경 사악한 주술에 걸려든 거라면서 악담과 불평을 늘어놓았습니다.

저는 마사가 누워 있는 침대 옆 마룻바닥에서 잠을 청했습니다만, 몇 시간 후 마사의 무시무시한 비명소리에 깨고 말았습니다. 마사는 자기 몸을 꽉 붙잡고 '아야! 누군가 날 꼬집고 있어요. 악! 내 몸이 불타고 있어요'라고 소리치며 자기 옷을 찢었습니다. 제 팔에 안긴 채 이쪽저쪽으로 몸부림을 치며 발작을 일으키던 마사는 마지막으로 숨을 한 번 내쉬고 죽었습니다.

하나밖에 없는 딸의 죽음에 속이 상한 펫포드 씨는 어느 마녀가 마사를 살해했냐면서 이상한 눈초리로 저를 바라보았습니다. 저는 '아무도 당신 딸을 죽이지 않았어요. 그건 하나님의 뜻이었을 뿐이에요'라고 말해 주고 세일럼으로 돌아왔습니다.

그로부터 몇 주 후 남편 나다니엘이 수잔나 코리에게 이상한 이야기를 들었습니다. 제가 악마의 명부에 이름을 올린 게 분명하다고 펫포드 씨가 올리버 부인에게 말했다는 거예요. 저는 펫포드 씨의 딸을 위해 약을 지어 주었을 뿐인데 펫포드 씨는 부당한 폭언으로 저의 평판을 떨어뜨리고 있습니다. 그 이후로 마을 사람들이 저를 못마땅하게 여깁니다."

딜리버런스 데인이 선서 증언을 낭독하는 동안 공회당에 모인 마을 사람들은 넋을 잃고 귀를 기울였다. 극적인 대목에서는 숨을 몰아쉬기도 했다. 선서 증언이 끝나자 공회당 안은 방청객들이 그녀의 증언에 대한 찬반 논쟁으로 떠들썩해졌다. 서기가 자리에서 벌떡 일어난 후에야 법정 안의 소란은 겨우 잠잠해졌다.

딜리버런스 데인은 증언서를 서기에게 제출하고 시선을 낮춰 바닥을 물끄러미 보다가 긴 의자로 돌아가 앉았다. 주위의 속삭이는 소리가 소용돌이쳤지만 그녀는 귀를 기울이는 것 같지 않았다.

법정의 통제권을 되찾은 애플턴 소령이 지시했다.

"코리 부인, 이 자리에 있으면 선서 증언을 하시오."

애플턴은 손가락을 흔들어 대며 남의 뒷말을 하는 사람들이 정말 싫었다.

딜리버런스 데인의 옆자리에 앉아 있던 쉰 살 정도 된 정직한 인상의 여자가 일어섰다. 군데군데 기우고 꿰맨 자국이 있는 옷을 입고도 부끄러운 기색 없이 고개를 꼿꼿이 쳐들고 양 손은 허리에 붙이고 있었다. 그녀도 주머니에서 종이 한 장을 꺼내 눈높이에 오도록 들더니 약간 쉰 목소리로 단조롭게 읽어 나갔다.

"선서 증언을 시작하겠습니다. 어느 날 오후 펫포드 씨의 집 앞을 지나다 그가 올리버 부인에게 세일럼의 딜리버런스 데인은 전형적인 사기꾼이고 마녀라고, 그래서 악마에게 한 약속을 지키기 위해 자기 딸을 살해했다고 말하는 걸 들었습니다. 저는 발걸음을 멈추고 펫포드 씨에게 말했죠. 내가 보기에 딜리버런스 데인은 마녀가 아니라 똑똑한 여자일 뿐이라고 했어요. 딜리버런스의 어머니와도 잘 알고 지냈는데 그녀 역시 의술에 능했다고요. 그러자 올리버 부인이 말합디다. 언젠가 딜리버런스가 자기한테서 유리병을 몇 개 사가기에 어디다 쓸 거냐고 물었더니 '그걸로 물을 읽어 내려 한다'고 대답했다나요. 올리버 부인과 펫포드 씨는 가지가지 흉악한 마법 이야기를 늘어놓았는데 저로서는 도무지 믿기지 않더구먼요. 그래서 저는 데인 씨 집으로 가서 제가 들은 이야기를 그들 부부에게 말해 주었습니다."

코리 부인은 서기에게 증언서를 제출한 후 한 남자를 향해 인상을 썼다. 애플턴은 그 남자가 펫포드일 거라고 추측했다. 건달 같은 남자가 두 손으로 턱을 받치고 맞은편 의자에 앉아 있었다. 코리 부인은 자리에 앉아 팔짱을 끼더니 소송절차가 마음에 들지 않는다는 듯 콧방귀를 뀌었다.

애플턴이 말했다.

"좋습니다. 나다니엘 데인, 이 자리에 있으면 선서 증언을 하시오."

역시 데인 부인의 옆자리에 앉아 있던 키 큰 젊은 남자가 일어났다. 단순하고 소박한 옷차림에, 낙엽 태우는 냄새를 좋아할 만한 인상이었다. 야외 활동을 좋아하는 성격이 드러나 있는 그의 이목구비를 보며 애플턴은 데인이라는 사람이 솜씨 좋은 들새 사냥꾼일 거라고 생각했다.

데인은 구깃구깃한 종이를 펴고 아내를 힐끔 쳐다본 후 잠시 가만히 서서 호흡을 골랐다. 애플턴은 그의 눈 밑에 그늘이 져 있고 햇볕에 탄 피부 밑으로 얼굴이 창백해져 있다는 사실을 알아차렸다. 방청객들은 조용히 기다리고 있었다.

데인은 한 단어 한 단어를 신중하게 읽어 나갔다.

"선서 증언을 시작하겠습니다. 제 아내는 마녀가 아닙니다. 펫포드 씨는 딸 마사를 잃은 슬픔에 마음이 싸늘하게 굳어서, 누구도 손쓸 수 없었던 일을 가지고 엉뚱한 사람을 비난하고 있습니다."

그는 손에 쥔 종이를 다시 구기다가 서기 엘리아스에게 빼앗기고 나서야 아내의 옆자리에 도로 앉았다. 애플턴은 데인이 손가락 끝으로 아내의 무릎을 가볍게 어루만지는 모습을 얼핏 보았다. 그것은 부드러운 손길이었지만 그가 실제로 얼마나 불안해하고 있는가를 보여 주는 동작이기도 했다. 사람들이 자기 아내를 두고 마법사라고 수군거린다는데 누가 걱정하지 않겠는가. 이번 명예훼손 소송에서 이기지 못하면 더 나쁜 소문이 돌 게 뻔했다.

'악마가 시킨 일을 했다는 소문이 퍼지고 나면 어떤 방법으로도 돌이키기 힘들 텐데. 펫포드가 유죄 판결을 받지 않을 경우에는 하늘이 저들을 도와야겠군. 자칫하면 우둔한 한 남자의 슬픔이 젊은 부부를 나락으로 떨어뜨리겠어.'

애플턴은 눈앞의 젊은 부부에게 너무나 확연한 동정심을 느끼며 애통해하고 있다는 생각에 얼굴이 화끈거렸다. 그는 도움을 청하는 표정으로 서기를 쳐다보았다. 서기는 다음에 호출할 증인의 이름을 입모양으로 알려 주었다.

"메리 올리버 부인, 이 자리에 있으면 선서 증언을 하시오."

애플턴이 큰 소리로 지시하자 통로 건너편 좌석에서 나이를 가늠하기 어려운 중년 여자가 일어섰다. 그녀의 주름살 많은 얼굴에는 담뱃재로 얼룩진 콧수염 같은 털이 빽빽하게 자라 있었다. 애플턴은 그녀를 쳐다본 순간 식초에 절인 시큼한 서양자두가 생각나 불쾌한 심정으로 입을 꽉 다물었다. 메리 올리버는 자기가 가져온 종이를 펼치고 콧대를 높이 세운 채 입을 열었다.

"선서 증언을 시작하겠습니다. 원고 딜리버런스 데인은 병을 잘 고치기로 유명했지만 한편으로는 마녀 같은 구석이 있었습니다. 그런 의견을 말했다고 해서 명예훼손이라고 할 수는 없겠지요. 존 갓프리라는 사람도 저에게 이런 이야기를 들려 주었습니다. 이번 달에 그의 송아지 한 마리가 쇠약해지더니 시름시름 앓기에 딜리버런스 데인에게 어디가 아픈지 봐 달라고 부탁했답니다. 그러자 딜리버런스 데인은 송아지 오줌을 병에 넣어 불 속에서 팔팔 끓이더니 갓프리 씨에게 그 송아지는 마법에 걸리긴 했지만 곧 나을 거라고 말했다는 거예요. 그 송아지는 정말로 괜찮아졌고요."

방청객들은 감탄사를 내뱉었다. 법정이 또다시 웅성대는 소리에 휩싸이자 애플턴이 고함을 쳤다.

"조용! 증언을 계속하시오, 부인."

올리버 부인은 자신의 증언이 불러온 소란을 즐기기라도 하듯 오만하고 새침한 미소를 지으며 사람들을 관찰했다.

"또 한 번은요, 제가 발이 아파서 데인 부인에게 치료를 부탁한 적이 있었죠. 저더러 자기 집으로 오라고 하더니 발에 연고 같은 걸 발라 주더라고요. 어떤 책에서 보고 허브를 짓이겨 만든 약이었습죠. 그게 무슨 책이냐고 물었더니 대답하지 않은 채 책을 높은 선반에 올려놓으며 이제 발이 괜찮아졌냐고 묻더군요. 그런데 정말로 제 발이 싹 나아 있었습니다."

공회당에 모인 마을 사람들이 저마다 의견을 쏟아내기 시작했다. 올리버 부인은 만족스런 표정으로 입을 다물었다. 그녀는 아주 공손한 몸짓으로 서기 엘리아스에게 증언서를 제출한 후에도 증인석에 필요 이상으로 오래 서 있다가 자기 자리로 돌아갔다. 애플턴은 혐오스러운 눈으로 그녀를 바라보았다. 그녀가 마을 곳곳을 누비며

재판에 배심원으로 참석하는 권력자들을 일일이 만나 자기 이웃에 대한 부정적인 이야기를 늘어놓는 모습이 눈앞에 그려졌다. 부탁이에요. 다음에 제가 발이 아플 때는 딜리버런스 데인이 그렇게 많은 돈을 요구하지 못하게 해 주세요.

'추잡한 노파 같으니.'

애플턴은 이런 생각을 하면서 웅성대는 방청객들에게 초조한 눈길을 던지고 사무적으로 지시했다.

"샐턴스톨 변호사, 피고를 심문하시오."

공회당의 맨 뒤쪽 구석에 있는 빈 의자에서 꼬인 자세로 편안히 쉬고 있던 두 다리가 바닥으로 내려왔다. 질 좋은 커다란 버클로 장식된 장화를 신은 다리였다. 장화의 주인은 부유한 사람답게 승마바지에 외투를 걸치고 있었으며 세련된 모양의 옷소매 위로 화려한 레이스 옷깃을 어깨까지 늘어뜨린 차림이었다. 그는 180센티미터에 달하는 거구를 일으켜 공회당 앞쪽으로 천천히 걸어왔다. 애플턴은 속으로 생각했다.

'누군가가 젊은 리처드 샐턴스톨에게 미리 이야기를 해 둔 모양이로군. 기회가 생기기만 했단 봐라. 저 나풀거리는 장식을 내 손으로 떼내 버릴 테니까. 리처드 샐턴스톨의 아버지는 저렇게 자기를 과시한 적이 없었는데. 저 작자는 하나님이 자기 배를 특별히 잘 봐 주시지 않으면 하나님께 기도하는 일도 잊어버릴 인간이야.'

샐턴스톨 변호사가 매끄럽고 자신만만한 목소리로 말했다.

"감사합니다, 판사님. 심문을 시작하겠습니다."

그는 사람이 꽉 찬 회중석으로 고개를 돌리며 소리쳤다.

"피고 피터 펫포드, 심문에 응하시오!"

아까 애플턴의 눈에 들어온 건달 같은 남자, 선서 증언이 이루어지는 내내 거만한 자세로 고개를 가볍게 흔들던 남자가 불안한 듯 주위를 두리번거리며 일어났다. 샐턴스톨이 탁자 옆의 의자로 오라고 손짓하자 남자는 불편한 자세로 자리에 앉았다. 탁자 한구석에서는 서기 엘리아스가 그의 말을 꼼꼼히 받아쓸 준비를 하면서 펜을 든 손을 움직이고 있었다. 애플턴은 자기를 바라보는 샐턴스톨에게 승인의 뜻으로 고개를 끄덕였다.

샐턴스톨이 심문을 시작했다.

"피고 펫포드, 직업은 자작농. 그대는 데인 부인에 대해 극악무도한 거짓말을 하고 마을에 악소문을 퍼뜨려 명예훼손을 했다는 혐의를 받고 있소. 이제 법정에 섰으니 진실만을 말해야 하오."

펫포드가 떨리는 목소리로 대답했다.

"저는 복음을 믿는 사람입니다."

펫포드는 어깨에 닿도록 고개를 푹 숙이며 시선을 돌렸다. 움푹 들어간 거무스름한 뺨, 피골이 상접한 얼굴. 다 망가진 사람 같은 모습이 끔찍하기 이를 데 없었다.

샐턴스톨은 공회당에 모인 군중을 응시하며 큰 소리로 물었다.

"그대는 어떻게 해서 데인 부인에게 아픈 딸을 봐 달라고 부탁하게 됐소?"

뒷짐을 지고 서 있는 샐턴스톨의 목소리가 회당 구석구석에 쾅쾅 울렸다.

펫포드가 웅얼거리는 소리로 대답했다.

"데인 부인이 병자를 치료할 줄 안다는 이야기를 들었기 때문입니다."

"누가 그렇게 말했소?"

샐턴스톨의 물음에 펫포드는 불분명하게 대답했다.

"아는 사람은 다 알았습니다. 데인 부인은 마을에 널리 알려져 있었습죠."

"당신 딸 마사는 건강이 좋지 않았소?"

"월요일에만 해도 정원에서 화초를 가꿀 정도로 건강했는데 화요일 저녁에 갑자기 앓아 누웠습니다. 그리고 일주일 만에 숨을 거두었습니다."

"어떻게 숨을 거두었소?"

펫포드가 기어드는 목소리로 대답했다.

"그걸 잘 모르겠습니다. 고통스러운 비명을 지르면서 누가 자기를 찌른다고 말하더군요. 끓는 물 속에 있는 사람처럼 자기가 입은 옷도 벗어던지려 했고요."

펫포드는 잠시 목을 가다듬은 후 말을 이었다.

"마사는 발작을 일으켰습니다."

샐턴스톨이 물었다.

"데인 부인은 당신이 부르자마자 바로 왔소?"

펫포드가 고개를 끄덕였다.

"예, 바로 왔습니다. 제 요청에 놀란 기색도 없더군요."

"데인 부인이 아이를 치료하러 당신 집으로 왔다는 말이지요?"

"맞습니다."

"데인 부인이 아이에게 어떤 처치를 했소?"

펫포드는 얼굴을 찌푸리고 잠시 생각하다가 대답했다.

"아이의 얼굴을 손으로 받치고 뭐라고 속삭였던 것 같습니다. 그러고는 주머니에서 뭘 꺼내 아이에게 먹였습니다."

"데인 부인이 아이에게 처방한 약은 어떤 것이었소?"

"잘은 모르지만 탕약 같았습니다."

샐턴스톨 변호사는 생각에 잠긴 표정으로 공회당 안을 서성거리며 고개를 끄덕였다. 그러다 피고를 향해 한쪽 눈썹을 찡긋 하면서 다음 질문을 던졌다.

"약의 냄새는 어땠소?"

"아주 불쾌한 냄새가 났습니다."

샐턴스톨 변호사는 이번에는 배심원들을 정면으로 응시하며 물었다.

"아이가 그 약을 마셨소?"

배심원들은 불쾌한 표정을 짓고 한쪽에 모여 앉아 있었다. 펫포드가 변호사를 향해 고개를 끄덕였다.

"예. 그 약을 마신 아이는 갑자기 지독한 고통을 호소했습니다. 마치 보이지 않는 손이 아이의 머리와 어깨를 두들겨 패기라도 하는 것 같았습죠."

펫포드의 말에 방청객들은 숨을 몰아쉬었다. 사람들의 눈은 딜리버런스 데인이 앉아 있는 구석 자리로 쏠렸다.

"아이가 누구에게 얻어맞는 장면을 봤소?"

"때리는 손을 본 건 아닙니다만, 아이가 몸을 비트는 모습을 보았고 비명소리도 들었습니다."

"그래, 당신은 어떻게 했소?"

펫포드는 입을 다문 채 자기의 두 손을 내려다보았다. 그러고 나서는 입술을 꽉 다물고 처음으로 고개를 들어 회중석을 쳐다보았다. 마을 사람들은 그를 바라보며 대답을 기다렸다. 여자들의 뜨개 바늘도 일제히 멈췄다.

"저는 겁이 나서 꼼짝도 못하겠더군요. 그래서 데인 부인에게 제발 아이의 고통을 멈춰 달라고 간곡히 부탁했습니다. 데인 부인은 저를 가만히 바라보면서 두 팔을 머리 위로 들어 올리고 알아들을 수 없는 말로 뭐라고 중얼거렸습니다. 그녀의 두 눈은 불타는 석탄처럼 이글거리고 있었습니다. 저는 보이지 않는 밧줄로 묶인 것처럼 손발을 전혀 움직일 수가 없었습니다. 비명을 지르던 마사는 곧 잠잠해지더니 침대 위로 푹 고꾸라져 다시는 움직이지 못했습니다. 그래서 저는 우리 마사를 죽인 건 마법이 틀림없다고 생각했습니다. 여기 있는 딜리버런스 데인은 사악한 마녀가 분명합니다!"

회중석이 엄청나게 시끄러워지는 가운데 젊은 여자가 벌떡 일어나 소리쳤다.

"사람들 앞에서 어떻게 그런 거짓말을 할 수가 있죠? 이건 부당해요! 당신 딸이 마법에 걸린 건 맞지만 제가 그런 건 아니라고요!"

방청객들이 고함을 빽빽 질러 대며 다리를 들썩였다. 여자들은 울음을 터뜨리며 두 손을 모았다. 애플턴 소령이 팔걸이 의자에서 일어나 엄숙하게 선언했다.

"조용히 앉아 있으시오, 데인 부인!"

남편이 딜리버런스 데인을 붙잡아 자리에 앉히는 모습이 보였다. 딜리버런스 데인의 뺨은 주황색으로 물들었고 푸른색 눈동자는 창백한 빛을 띠었다.

샐턴스톨은 조용히 하라는 표시로 두 손을 저으며 알 만하다는 표정으로 방청객들과 눈을 마주쳤다. 고함 소리가 서서히 작아져 나지막한 말소리로 바뀌자 샐턴스톨은 위엄 있게 고개를 끄덕이며 심문을 계속했다.

"만약 아이가 마법에 걸렸다면 데인 부인은 그걸 어떻게 알았던 거요?"

"저도 모릅니다. 하지만 그녀가 마법을 건 게 분명합니다."

샐턴스톨은 공회당 중앙으로 성큼성큼 걸어가, 증인에게 등을 돌리고 팔짱을 끼고 서서 뒤쪽 좌석을 향해 쩌렁쩌렁 울리도록 소리쳤다.

"다른 사람이 비슷한 일을 겪었다는 이야기를 들은 적이 있소?"

펫포드의 목소리에 점점 힘이 들어갔다.

"마사가 죽고 나서 몇 달간 딜리버런스 데인의 사악한 면모에 대한 이야기를 수없이 들었습니다. 어떤 사람들은 그녀와 눈만 마주쳐도 겁이 난다고 했습지요."

샐턴스톨은 배심원 앞으로 곧장 걸어가 뒷짐을 지고 섰다. 그러고는 수석 배심원인 데븐포트 중위에게 시선을 고정한 채 질문을 던졌다.

"펫포드 씨, 당신은 거짓말쟁이요?"

펫포드가 단호하게 대답했다.

"아닙니다."

샐턴스톨은 여전히 배심원 앞에 서서 물었다.

"여기 있는 배심원과 방청객 앞에서 맹세할 수 있소?"

"맹세합니다."

"좋소. 이제 내려가시오."

펫포드가 비틀거리며 자기 자리로 돌아가는 동안 방청객들은 다시 사건의 시비에 관한 논쟁을 벌이기 시작했다. 데인 부인은 허리를 곧게 펴고 부동자세로 앉아 있었다. 남편의 손을 꽉 잡고, 그녀의 발치에 거대한 파도처럼 밀려오는 불길한 예감을 애써 못 본 체하면서.

배심원단에게 사건을 심의하라고 지시하려던 애플턴 판사는 깜짝 놀라 말문이 막히고 말았다. 팰프리의 얼굴에 데인 부인을 향한 증오의 감정이 역력한 걸 보니 어떤 평결이 나올지 훤히 알 수 있었기 때문이다.

4장

매사추세츠 주, 케임브리지

1991년 6월 중순

손에 든 작은 양피지를 뒤집으며 매닝 칠튼 교수가 말했다.

"이름일 가능성이 높지."

코니가 되물었다.

"이름이요?"

지도교수의 책상 맞은편에 놓인 딱딱한 나무의자에 앉아 있던 코니는 자세를 고쳐 앉았다. 그녀는 양쪽 다리의 무릎 안쪽을 의자에서 번갈아 뗐다 붙였다 하고 있었다. 본격적인 여름이 시작되려는 날씨여서 겨드랑이에서 가슴으로 구슬땀이 흘러내렸다.

코니는 흐트러진 외모 때문에 어지러운 마음 상태가 드러날까 봐 내심 걱정했다. 외적 환경이 어떻든 한결같은 모습을 유지하는 칠튼 교수가 놀랍기만 했다. 칠튼 교수는 어떤 경우에도 신발에 제설용 소금을 묻힌 채 다니거나 손바닥이 땀에 젖는 일이 없었다. 지금 그는 얇은 옥스퍼드 셔츠에 나비넥타이 차림으로 가죽 매트를 깔아 놓은 책상 뒤에 앉아 있었다. 그는 양피지를 책상 위에 내려놓고 팔걸이의자에 도로 기대며 코니를 바라보았다.

"물론이지. 자네도 알다시피 청교도들은 중요한 덕목을 가리키는 이름을 굉장히 좋아했지."

"그야 그렇죠. 하지만 대개는 성경에서 따온 이름을 선호하지 않았나요? 사라, 레베카, 메리 같은……."

건조하고 무더운 방 안에 있으니 정신을 집중하기가 쉽지 않았다. 코니는 속으로 생각했다.

'하버드 대학에 중앙 냉방장치를 설치할 돈이 없진 않을 텐데.'

칠튼 교수의 책꽂이 위에 올려놓은 선풍기가 오후 햇빛을 받으며 돌아가고는 있었지만 연구실 천장으로 올라간 더운 공기를 휘젓기만 할 뿐 차갑게 식히지는 못했다.

"그래, 성경에 나오는 이름을 선호했지. 하지만 덕목을 나타내는 이름도 선호했어. 실제로도 그런 이름이 흔하지. 채스터티(Chastity), 머시(Mercy) 같은 이름들 말이야."

"딜리버런스도요? 그런 이름은 들어본 적이 없는 걸요."

칠튼 교수는 의자 팔걸이에 팔꿈치를 올려놓은 채 두 손으로 세모꼴을 만들면서 대꾸했다.

"머시만큼 흔하진 않지만 그런 이름도 있어. 이걸 어디서 찾았다고 했지?"

코니는 양피지를 칠튼 교수 쪽으로 다시 밀어 주며 대답했다.

"마블헤드에 있는 할머니 집에서요."

"수수께끼로군."

손가락 뒤에서 칠튼 교수의 눈이 흥미롭다는 듯 반짝였다. 마치 코니의 눈에는 보이지 않는 맛좋은 음식이 그의 눈앞을 스쳐간 것처럼.

"근처 역사협회에 찾아가서 문의해 보게나. 아니면 가까운 교회에 출생 기록이나 혼인 기록이 남아 있는지 알아 보는 방법도 있겠군. 그래봤자 자네의 궁금증을 해소하는 것밖에 안 되겠지만."

코니가 고개를 끄덕이며 대답했다.

"그렇게 하면 되겠네요."

코니는 양피지를 손바닥에 올려놓았다. 열쇠 이야기는 칠튼 교수에게 하지 않았다. 어디서 찾았는지 설명하기가 어려웠기 때문이다. 대체 누가, 무엇 때문에 성경 안에 열쇠를 숨겨 놓았을까? 신기한 양피지와 열쇠를 발견한 이후로 코니는 궁금증에 휩싸였다. 코니는 열쇠를 호주머니에 넣어 두고 마치 금속에서 그 의미가 흘러나온다고 믿는 사람처럼 이따금씩 손가락으로 만지작거렸다.

칠튼 교수가 깍지 낀 손 너머로 코니를 바라보며 물었다.

"그런데 코니, 박사논문 연구계획서는 어떻게 된 건가? 나한테 뭔가 보여 줄 때도 됐는데."

"알고 있어요, 교수님."

코니는 슬슬 겁이 나기 시작했다. 사실은 양피지를 들고 찾아오기 전에도 그녀에 대한 칠튼 교수의 기대가 부담스러워서 잠시 망설이지 않았던가. 지금 그 기대들은 교수의 머리 위에서 똘똘 뭉쳐 거대한 구름처럼 한 덩어리를 이루고 있었다. 빗물이 가득 차서 넘치기 직전인 선원용 방수모처럼 아슬아슬한 상태였다.

"죄송합니다. 할머니 집에 있는 물건을 정리하는 일에 너무 몰두해 있었어요."

스스로 생각해도 참으로 형편없는 변명이었다.

교수는 의자를 뒤로 밀며 훈계를 시작했다.

"자네 본분은 공부가 아닌가."

그가 훈계하는 도중에 책상에 놓인 전화가 울렸다. 교수는 짜증스러운 얼굴로 전화기를 힐끔거리고 코니에게 시선을 주었다가 다시 전화기를 보았다.

"이런, 조금만 기다리게."

교수는 수화기를 들었다. 코니는 짧은 집행유예 기간이 생긴 데 감사하는 심정으로 칠튼 교수의 연구실에 가지런히 꽂힌 책들 쪽으로 고개를 돌려 제목을 훑어보았다. 리즈와 함께 종종 했던 농담이 생각났다.

'대학원 학생들은 디너파티 손님으로는 낙제점이야. 책들의 제목을 읽느라 책꽂이를 떠나지 않거든.'

책상과 가까운 책꽂이에는 미국 식민지 시대 역사 연구에 반드시 필요한 교과서 같은 책들이 꽂혀 있었다. 영국에서 건너온 정착민들, 초기 인디언 전쟁, 청교도 신권정치의 몰락에 관한 책들. 대부분은 코니도 가지고 있는 책들이었다. 하지만 책꽂이의 더 높은 칸에는 듣도 보도 못한 책들이 꽂혀 있었다. 『융의 정신분석 이론으로 분석한 연금술의 상징성』『연금술과 집단무의식의 형성』『중세 화학의 역사』.

칠튼 교수가 수화기를 들고 작은 목소리로 이야기했다.

"그건 알고 있습니다. 하지만 서류가 곧 준비될 거라고 내가 장담한다니까요."

코니가 계속 책꽂이를 쳐다보고 있는데 뒤에서 칠튼 교수의 헛기침 소리가 들렸다. 코니는 슬쩍 뒤를 돌아보다가 칠튼 교수와 눈이 마주쳤다. 그는 수화기에 손을 올려놓고 뭔가를 기다리고 있었다. 코니는 교수의 의도를 알아차리고 황급히 말했다.

"아! 죄송해요."

코니는 자리에서 일어나 연구실 문 밖으로 나갔다.

코니는 칠튼 교수의 연구실 앞 복도를 서성대고 있었다. 무료하게 천장을 응시하고 있는데 갑자기 닫힌 문 뒤에서 언성이 높아진 칠튼 교수의 목소리가 들렸다. 명확한 음성은 아니었지만 복도에서도 알아들을 수는 있었다.

"대체 몇 번이나 말해야 합니까? 9월, 식민지 역사학회 학술대회라니까요!"

칠튼 교수가 고함치는 소리를 듣고 코니는 얼굴을 살짝 찌푸렸다. 평소 칠튼 교수는 절대 언성을 높이지 않았다. 코니는 그의 연구실 문에서 슬금슬금 멀어져 복도 맞은편 벽에 걸린 그림만 뚫어져라 바라보았다. 그림은 색이 다 바랜 초록색 풍경화였는데 전경에 말라빠진 나무둥치가 보였다. 먹구름이 몰려와 검게 변한 하늘이 화면 왼쪽의 음울해 보이는 노란 달과 오른쪽의 핏빛 태양을 덮고 있었다.

'섬뜩하기도 해라. 이런 그림을 매일 보고 싶어 하는 사람도 있나?'

칠튼 교수의 목소리가 연구실 밖으로 새어나왔다.

"내가 약속하지요. 그래요. 잠깐만 기다려요. 결정을 내리기 전에 내가 제안하려는 걸 들어 보시오."

그의 목소리가 다시 작아졌다. 그림에만 집중하자고 속으로 다짐했음에도 코니는 칠튼 교수가 무슨 이야기를 하는지 궁금해서 저절로 귀가 쫑긋 섰다. 하지만 소리는 분명하게 들리지 않았다. '물질'이라는 단어 그리고 '단순한 돌멩이가 아니란 말일세.'라는 말이 들린 것도 같았는데 더 이상은 알아들을 수 없었다. 침묵 속에서 몇 분이 흐르는 동안 코니의 시선은 풍경화 속의 꼬불꼬불한 강을 따라갔다. 강은 마지막에 크게 한 번 굽어지더니 금단의 황무지 안으로 쏙 들어가 버렸다. 풍경화는 갖가지 허브와 덩굴식물의 종류를 분간할 수 있을 정도로 세밀하게 그려져 있었다. 그런데 식물들이 무리지어 자라는 모습이 다소 부자연스러웠다. 장일식물(일조 시간이 12시간 이상이어야 꽃이나 열매가 형성되는 식물-옮긴이)과 단일식물(어두운 시간이 일정 기간 이상이어야 꽃이나 열매가 형성되는 식물-옮긴이)이 함께 자라고 동시에 꽃을 피우기도 했다.

"나는 자네가 사소한 일에 정신을 팔지 않길 바라네."

칠튼 교수의 날카로운 목소리. 코니는 펄쩍 뛸 듯 놀랐다. 그림에 너무 몰두한 나머지 연구실 문이 열리는 소리도 듣지 못했던 것이다. 칠튼 교수를 따라 연구실로 들어가면서 코니는 방금 본 풍경화의 불쾌한 잔상을 머릿속에서 지우기 위해 눈을 깜박거렸다. 칠튼 교수의 책상 맞은편 의자에 앉으니 우연히 엿들은 통화 내용 때문에 마음이 조금 불편했다.

"어떻게 생각하나?"

칠튼 교수가 몸을 앞으로 내밀며 물었다. 코니는 눈앞에 자꾸만 떠오르는 풍경화 속의 기괴하고 불완전한 형상을 떨쳐 내려고 애썼다. 교수가 묻는 말에 대답해야 했다. 방금 뭐라고 하셨더라? 사소한 일로 시간을 낭비한다는 말이었지. 어떤 뜻에서 하신 말씀이었을까?

"교수님, 죄송해요. 제가…… 오늘 날씨가 너무 더워서 그런가 봐요. 방금 뭐라고 말씀하셨죠?"

코니는 자기 입에서 나오는 말이 마음에 들지 않았다. 학과에서 여성차별을 희석하기 위해 자기에게 특혜를 준다는 사실을 항상 의식하고 있었던 그녀는 칠튼 교수와 만날 때마다 정신을 바짝 차리려고 노력했다. 칠튼 교수의 입가에 상대를 압도하는 미소가 떠오르자 코니는 귓가가 확 달아올랐다.

"사소한 일이라고 했네. 우리는 자네가 연구에 소홀해지는 일이 없었으면 좋겠는데."

코니가 더듬거리며 대답했다.

"무, 물론 그런 건 아니에요."

"다른 관심거리를 가지는 게 나쁘다는 건 아니다. 여름에 청소라든가 하는 잡다한 일을 좀 할 수도 있지. 하지만 우리가 여름방학을 철부지 대학생들처럼 보내서는 안 되지 않겠나?"

원래 칠튼 교수는 정말로 머리끝까지 화가 날 때만 주어를 '우리'로 바꾸는 정중한 화법을 썼다. 코니는 지도교수가 노했다는 걸 알고 기가 죽었다.

"아가씨야, 자넨 집중할 필요가 있어. 학문하는 사람들에게 여름은 아무런 방해도 받지 않고 홀가분하게 연구에만 몰두할 수 있는 행복한 시간이야. 네 앞에 있는 기회를 헛되이 흘려보내지 마라."

코니는 잠시 귀를 의심했다. 내가 교수님의 어투를 제대로 알아들은 걸까? '아가씨야'라니. 재닌 실바 교수님이 아시면 여성을 비하하는 호칭이라고 펄펄 뛰실 일인걸. 하지만 만약 문제가 된다 해도 칠튼 교수 입장에서는 그게 격려를, 아니 애정을 담은 호칭이라고 하면 그만이었다. 남학생에게는 그런 식의 별명을 붙이지 않는다는 사실도 코니에 대한 각별한 관심의 표시라고 설명할 것이다. 칠튼 교수의 미소가 함박웃음으로 바뀌었고 입가에서는 아량이 빛났다. 코니는 마음을 가라앉히기 위해 무심코 주머니에 들어 있는 열쇠를 만지작거리다 냉랭하게 대답했다.

"올 여름을 낭비할 생각은 없습니다, 칠튼 교수님."

"물론 그럴 테지. 난 그저 자네가 다른 일에 마음을 빼앗기지 말았으면 하는 거야. 우리에게는 흔한 자료가 아닌 특별한 1차 자료가 필요해. 오늘 자네가 가져온 작은 수수께끼를 풀려 할 때에도 자네의 진짜 목표를 잊어서는 안 돼. 그러고 보니……."

칠튼 교수는 말을 멈추고 의자에 등을 기대며 책상 위의 놋쇠 재떨이에 올려놓은 파이프를 집으려고 긴 손가락을 뻗쳤다. 그의 손 안에서 성냥에 불이 붙는 순간 코니는 면담이 끝나가고 있음을 알아차렸다. 칠튼 교수는 성냥을 흔들어 불을 끄면서 생각을 정리한 후 말을 이었다.

"자네가 우연히 발견한 양피지가 행운의 물건일 수도 있겠군. 자료는 항상 우리를 기다리고 있다네. 우린 유심히 보기만 하면 되지."

코니는 고개를 끄덕이며 일어나 가방을 어깨에 둘러맸다. 한쪽 손으로 문 손잡이를 잡고 나서 용기를 내어 교수를 돌아보며 조심스럽게 입을 뗐다.

"교수님, 궁금해서 그러는데요, 올해 식민지 역사학회에서 발표하실 예정이세요? 저도 참석해야 하는지 알고 싶어서요."

말을 마친 코니는 칠튼 교수의 얼굴을 바라보았다. 통화 내용을 은근히 암시하고 있다는 사실을 교수가 알아차릴까?

칠튼 교수는 오랫동안 말없이 코니를 응시했다. 머릿속에서 방정식이라도 풀고 있는 걸까? 마침내 그는 얇은 입술로 파이프 담배를 빠끔빠끔 피우며 코로는 아지랑이 같은 연기를 내뿜었다. 그는 낄낄 웃으며 말했다.

"아하, 전화 받는 소리를 들었다 이거지."

그는 담배 연기를 한 번 내뿜고 나서 말을 이었다.

"얼마 전부터 특별한 연구를 하고 있거든. 식민지 역사학회 학술대회 때까지는 얼추 마무리가 될 것 같아서."

"어떤 연구를 하시는데요?"

코니는 지도교수의 얼굴 아랫부분으로 시선을 옮겼다. 피부가 흙빛이 다 되어 있었고, 눈가와 입가의 주름도 지난번보다 더 깊어진 듯했다.

칠튼 교수는 짐짓 태연한 말투로 대답했지만 적당히 얼버무리려는 티가 났다.

"아. 그건 나중에 이야기해도 늦지 않을 것 같네. 자네는 연구 걱정으로 바쁘지 않나?"

"예, 맞습니다."

칠튼 교수는 코니를 향해 미소를 지었다. 하지만 그 미소는 따뜻하지도 쾌활하지도 않았다. 그 표정을 묘사하기에 적합한 단어를 찾으려고 열심히 고민한 끝에 코니가 생각해 낸 최선의 답은 '메마른 미소'였다.

다음날은 여름철답게 공기가 축축해서 코니의 피부에도 습기가 내려 앉았다. 할머니 집의 실내도 뜨거운 열기로 가득 차서 더욱 답답해졌다. 코니는 마블헤드의 중심가로 통하는 큰길로 뛰쳐 나갔다. 잠시 후 그녀는 전화박스 안에서 샌들을 신은 한쪽 발로 문을 받치고 어깨와 귀 사이에 수화기를 끼우고 서 있었다.

전화선을 통해 들려오는 졸린 목소리에게 코니가 말했다.

"감사합니다, 기다리고 있을게요."

수화기에서 딸각 소리가 나더니 이내 조용해졌다. 길 건너편 아이스크림 가게 앞에는 수영복을 입은 십대들이 모여 몇 달 지난 「피플」 지를 휙휙 넘겨보며 팔꿈치로 서로를 쿡쿡 찔러 대고 있었다. 팔로 윗입술을 훔치던 코니는 어느새 부러움이 가득한 눈길로 시끄럽게 떠드는 십대들을 바라보고 있었다. 지난 시절에 대한 향수가 솟구치는 것 같기도 했다. 코니도 한때는 여름철마다 빈둥거리며 긴긴 시간을 지루하게 보냈을 텐데 그때가 언제였는지 기억조차 희미했다.

수화기에서 다시 딸각 소리가 났다. 코니는 딱딱 끊어지는 목소리의 상대방에게 물었다.

"전혀 없다고요? 확실합니까?"

전화기에서 소리가 났다. 지지직, 끽끽.

"철자를 달리해서 찾아보면 어떨까요? 가령 D-e-i-g-n은요?"

수화기 너머에서 상대방이 뭐라고 대꾸했다. 코니는 전화박스 안의 선반에 펼쳐 놓은 수첩에 메모를 하고 나서 한숨을 푹 쉬며 말했다.

"알았어요. 감사합니다."

낙심한 코니는 전화기를 제자리에 놓고 손은 뜨거워진 플라스틱 수화기에 힘없이 얹은 채 잠시 숨을 돌렸다. 엄마에게 전화를 걸까 말까 고민하는 중이었다. 할머니 집에 도착한 이후로 엄마와 이야기를 나눈 적이 없었다. 지난 몇 주간 코니의 의식 속을 비집고 들어온 기이하고 생생한 백일몽 이야기를 들으면 엄마가 뭐라고 말할지 자못 궁금하기도 했다. 코니는 입을 꾹 다물고 눈살을 찌푸렸다.

'엄마는 내가 잠을 충분히 자지 않는다고 걱정하면서 숙면에 도움이 되는 허브 차에 대한 장황한 강의에다 기 치료 이야기를 늘어놓겠지? 내가 아는 사람 중에 환각을 보는 게 좋은 일이라고 반길 사람은 엄마밖에 없을 거야.'

코니는 충동적으로 산타페의 집 전화번호를 돌렸다. 신호가 네 번인가 다섯 번 울렸지만 응답이 없었다. 코니가 전화를 끊으려는 순간 그레이스의 자동응답기가 돌아가기 시작했다.

"전화 주신 분, 행복한 하루 보내세요!"

코니는 성이 나서 콧김을 내뿜으며 전화박스에서 나왔다. 유리온실 같은 전화박스 안에 있다가 나오니 활활 타는 오후마저도 시원하게 느껴지면서 한시름 놓였다. 살갗에 맺혀 있던 땀이 한 꺼풀 벗겨져 나갔다. 역사협회에 문의하는 일은 이제 끝났다. 어떤 기록에도 '딜리버런스 데인'이라는 이름은 없다고 했다. '데인'의 철자를 달리 해도 마찬가지였고, 성이 다른 '딜리버런스'라는 이름도 없었다. 코니는 진 반바지 주머니에서 열쇠를 꺼내 눈부신 오후 햇빛 속에서 뒤집어 보았다. 열쇠에서 반짝 하고 빛이 났다.

칠튼 교수의 두 가지 조언 가운데 나머지 하나는 가까운 교회의 기록을 찾아보라는 것이었다. 그날 아침 코니가 마블헤드 공회당에 들렀더니 화사한 릴리 퓰리처(Lilly Pulitzer: 명품 브랜드 이름-옮긴이) 반바지 차림의 친절한 아주머니가 몇 가지 정보를 알려 주었다. '해변 제일 조합교회(First Church by the Sea, Congregational)'가 1720년경 '세일럼 제일교회(First Church in Salem)'에 통합되어 초창기의 신도 기록은 세일럼에 보관되어 있다는 것이다. 워낙 후텁지근하고 나른한 오후였으므로 코니는 이웃 마을을 찾아갈 핑계가 생긴 게 은근히 반가웠다. 하지만 예상했던 대로 역사협회에서 아무것도 알아내지 못하자 좌절한 코니는 해변에 가서 하루 쉬기로 마음먹었다. 그녀의 볼보 자동차 트렁크에는 줄무늬 양산과 수건, 수영복, 아까 갔던 교회의 알뜰상점에서 구입한 공포소설 한 권이 들어 있었다. 칠튼 교수의 못마땅한 얼굴이 잠시 눈앞을 맴돌았다. 코니는 그 얼굴을 똑바로 마주 보았다.

'이런 찜통더위 속에서 누가 공부를 할 수 있겠어요?'

그녀가 고집을 부리자 칠튼 교수의 얼굴이 눈앞에서 사라졌다.

'리즈에게 연락해서 해수욕을 하러 오라고 할까? 아 참, 오늘은 수요일이지. 지금 리즈는 강의를 하고 있겠구나.'

코니는 주머니에서 구겨진 1달러 지폐를 꺼내며, 아이스크림 가게 카운터 뒤에 있는 십대 소녀에게 말했다.

"록키로드(밀크초콜릿과 마시멜로가 들어간 아이스크림의 일종-옮긴이) 작은 사이즈요."

소녀가 코니를 힐끔 쳐다보더니 카운터에 얹어놓은 텔레비전으로 다시 고개를 돌렸다. 〈우리 생애 최고의 날들(Days of Our Lives)〉이라는 드라마가 나오고 있었다. 소녀가 말했다.

"잠깐만 기다리세요."

다른 날 같았으면 조바심이 났을 테지만 그날은 너무 더워서 그럴 기운도 없었다. 코니는 반바지 주머니에 엄지손가락을 걸치고 카운터에 기대 서서 기다렸다.

'그래도 난 일할 때 분홍색과 흰색의 줄무늬 모자를 쓰지 않아도 되니까 감사한 마음을 가져야겠구나.'

문득 오후에 해수욕장에 간다 해도 떳떳한 마음으로 누워서 빈둥거릴 수가 없겠다는 생각이 들었다. 기왕 할머니 집 치우는 일을 미루고 나왔으면 자료 조사라도 더 해야 할 게 아닌가. 코니는 발끝에 샌들을 대롱대롱 매달아 흔들면서 마을의 기록에 '딜리버런스'라는 이름이 없다는 사실을 곰곰이 생각해 보았다.

'칠튼 교수님 말씀이 틀렸을지도 모르지. 사람 이름이 아닐 수도 있잖아. 하지만 이름이 아니면 대체 뭐란 말이야?'

드라마 중간에 광고가 나오자 소녀는 의자에서 몸을 일으켜 잽싸게 계산대로 나아갔다.

"어떤 사이즈로 달라고 하셨죠?"

코니는 "작은 사이즈요."라고 대답하고 나서 덧붙여 말했다.

"와플 콘에 주세요."

인생은 짧다. 와플 콘이라도 즐기자!

"그러죠."

말투로 보아 소녀는 자기가 코니에게 특별한 호의를 베풀고 있다고 여기는 듯했다. 코니는 소녀가 카운터 밑에 놓인 커다란 통에서 아이스크림을 둥글게 떠내는 모습을 지켜보았다. 힘을 준 팔에 힘줄이 툭툭 불거져 나왔다. 줄무늬 모자를 쓴 소녀의 얼굴에는 도시 사람 특유의 냉정하고 무관심한 태도가 깃들어 있었다. 이 소녀는 지금은 예쁘장해도 한두 해만 지나면 다소 거친 외모로 바뀌고 입가의 선도 더 깊이 파일 것 같았다.

소녀가 코니에게 아이스크림을 건네며 물었다.

"다른 볼일은 없나요?"

1달러 지폐를 카운터 건너편으로 밀어 주며 코니가 대답했다.

"세일럼 제일교회로 가는 길을 좀 물어볼까 하는데요."

소녀는 무표정한 얼굴로 코니를 바라보며 입 안의 껌을 반대편으로 굴렸다. 짝, 짝. 껌을 두 번 씹고 나서 소녀가 말했다.

"오늘이 수요일이죠?"

"맞아요."

소녀는 코니를 빤히 보다가 어깨를 으쓱하며 "114번 도로를 타세요."라고 말했다. 그러고는 엄지손가락을 홱 틀어 보이며 덧붙였다.

"그리고 프랙터에서 좌회전이요."

"고마워요."

코니가 말하자 소녀는 눈썹을 실룩거리며 카운터 위에 놓여 있던 '팁스(TIPS)'라는 상표의 커피 깡통을 향해 고갯짓을 했다. 코니는 커피 깡통에 25센트 동전을 집어넣고 다시 작열하는 햇볕 속으로 나갔다.

한 시간쯤 지난 후, 코니는 공회당 입구에 서 있었다. 눈에 보이는 거라곤 어둠 속에 줄지어 늘어선 회중석 의자들의 어슴푸레한 윤곽뿐이었다. 뒤에서 문이 출렁거리며 닫히고 여름날의 열기가 차단되자 코니는 나무와 가구광택제 냄새가 나는 서늘한 공간에 남겨졌다. 조금 전에 길 건너편의 교회 사무실 문을 두드렸지만 닫혀 있어서 공회당으로 온 것이다. 우편물 투입구를 통해 슬쩍 들여다본 사무실은 회색으로 꾸며진 아담한 방이었는데 서류라고는 하나도 없고 빈 의자만 몇 개 놓여 있었다. 코니는 공회당 안에 가만히 서서 어둠에 적응하려 애썼다. 아치 형의 높다란 창문이 벽을 따라 모습을 드러내기 시작했고, 어둠 속에서 실내 공간의 윤곽도 서서히 나타났다. 주위에서 이따금씩 바스락 소리와 삐걱대는 소리가 들렸으나 황량한 실내에서 메아리처럼 울리는 통에 어디에서 나는 소리인지 짐작하기가 어려웠다.

"저기요!"

코니의 외침 소리가 휑한 실내에 메아리쳤다. 그러자 어디선가 대답이 들렸다.

"네?"

역시 어디에서 나는 소리인지 알 길이 없었다. 이쪽저쪽으로 고개를 돌려 보아도 아무것도 보이지 않았다.

"실례지만 목사님을 뵙고 싶은데요?"

코니는 평서문을 의문문처럼 말하는 자기의 말투가 신경에 거슬렸다.

정체불명의 목소리가 희미하게 들렸다.

"목사님은 포도 농장에 가셨습니다. 8월에나 돌아오실 예정이에요."

예상치 못한 대답을 듣고 코니는 잠시 생각에 잠겼다. 해변에 가서 휴식을 취하기에는 더할 나위 없이 좋은 기회가 생긴 셈이었다.

그러나 주머니에 들어 있는 열쇠의 모서리가 허벅지를 누르고 있었기 때문에 열쇠를 의식할 수밖에 없었다.

"실은 꼭 목사님을 만나야 하는 건 아니랍니다. 교회 문서보존실의 기록을 열람하고 싶어서 왔어요."

정체불명의 목소리가 대답했다.

"잠깐만 기다리세요."

그러고 보니 목소리는 위쪽에서 들리는 것 같았다. 다시 바스락 소리가 들리더니 낚싯줄을 던질 때와 흡사한 날카롭게 떨리는 소리가 울려 퍼졌고, 곧이어 코니가 서 있는 곳에서 1미터쯤 떨어진 회중석 가운데 통로에 시커먼 물체가 쿵 하고 떨어졌다. 코니는 깜짝 놀라 뒷걸음질을 쳤다. 통로에 떨어진 물체는 팔다리가 껑충한 젊은 남자로 변신했다. 페인트가 묻어 얼룩덜룩한 작업복을 입고 홀쭉한 엉덩이에 공구 벨트를 두른 청년이었다. 이제 보니 천장 바로 밑에 설치된 비계에 밧줄이 매달려 있었다. 청년은 현수하강 장비를 밧줄에서 분리한 후 성큼성큼 다가와 악수를 청했다.

"안녕하세요."

청년은 코니의 놀란 얼굴을 보고 싱긋 웃었다. 코니는 숨을 몰아쉬었다.

"아!"

코니는 더 이상 말이 나오지 않아 입을 다물어 버렸다. 손이 슬금슬금 올라오더니, 초조하거나 흥분하면 나타나는 습관대로 어깨에 드리워진 땋은 머리의 끝부분을 만지작거렸다. 그러자 청년은 더 환한 웃음을 지었다.

코니는 가까스로 입을 열어 "안녕하세요."라고 말하면서 손에 쥐고 있던 머리카락을 놓고 청년이 내민 손을 잡았다. 청년의 손바닥은 물기가 없고 단단했다. 코니는 자기가 지금 땀투성이인데다 차림새도 흐트러져 있다는 사실을 문득 의식했다.

"내가 문서보존실을 보여 준다고 해서 밥 아저씨가 화낼 것 같진 않은데요."

청년의 말에 코니는 다시 대화에 정신을 집중했다.

"문서보존실을 보러 찾아오는 사람은 거의 없거든요."

청년의 코에 걸린 장신구를 보고 코니는 우습다는 생각에 빙그레 웃었다. 그런지 록 밴드에서 활동하는 친구일까? 코니는 그가 어느 불쌍한 소녀에게 "미안하지만 난 '음악'에만 전념해야겠어."라고 진지하게 이야기하는 광경을 떠올리다가 웃음이 터져 나오려는 걸 겨우 참았다.

"밥 아저씨가 누군데요?"

"목사님을 말하는 거예요. 그분을 알고 오신 거 아니에요?"

청년은 호기심 어린 눈으로 코니를 바라보았다.

"아니에요. 난 그분을 몰라요. 난 대학원 학생인데 논문에 필요한 자료를 찾으려고 왔어요."

청년은 가장자리 통로를 거쳐 계단이 있는 곳으로 코니를 안내하며 말했다.

"그래요? 어느 학교에 다니는데요? 난 보스턴 대학에서 석사학위를 받았어요. 보존학 전공이고."

코니는 깜짝 놀라는 한편으로 자기 자신이 부끄러워졌다. 그녀는 청년을 잡역부로 오해했던 것이다. 코니는 수줍은 말투로 대답했다.

"하버드. 난 미국 식민지 시대 역사 전공이에요. 이름은 코니."

"나도 그곳 사람들 몇 명을 알고 지냈어요. 벌써 몇 년 전 일이긴 하지만. 좌우간 식민지 시대 역사 전공이라면 제대로 찾아온 셈이군요."

청년은 싱긋 웃었다. 코니의 판단 착오를 눈치 챈 기색은 보이지 않았다. 혹은 눈치를 채고도 모르는 척했거나.

청년은 코니를 계단 밑에 숨겨진 문으로 데려갔다. 2층 성가대석으로 통하는 문 같았다. 공구 벨트에서 커다란 열쇠 꾸러미를 빼낸 청년은 작고 화려한 열쇠 하나를 골라 열쇠구멍에 집어넣고 문을 열더니 코니에게 먼저 들어가라고 손짓했다. 청년이 서 있는 문간을 통과하는 코니의 티셔츠가 그의 작업복을 스칠 정도로 가까워진 순간, 코니는 자기를 주시하는 그의 시선을 느꼈다.

그들이 들어간 방 안에는 창문이 없었고 조명이라고는 천장에 달린 형광등 하나가 전부였다. 치지직, 두두둑! 요란한 소리를 내며 형광등이 켜졌다. 사면의 벽에는 거의 똑같은 가죽 장정 장부들이 너덜너덜한 것에서부터 새것에 이르기까지 층층이 꽂혀 있었다. 바로 오른쪽, 계단이 구부러지는 곳 밑의 빈 공간에는 목재로 만든 도서 목록함이 숨겨져 있었고, 방의 한가운데에는 평범한 탁자와 접이식 의자 몇 개가 놓여 있었다.

청년이 책꽂이를 하나씩 가리키며 말했다.

"세례 기록, 혼인 기록, 사망 기록. 그리고 내가 제일 좋아하는…… 신도 연보. 누가 공식적으로 교회 신도가 됐는지, 누가 신도 자격을 박탈당했는지 다 찾아볼 수 있지요."

코니는 방안을 둘러보며 감탄했다.

"대단하군요. 당신 교회에 이렇게 많은 기록이 있다니. 그것도 온전한 상태로!"

코니는 도서목록함 위에 한 손을 얹으며 말을 이었다.

"게다가 목록까지 있잖아요!"

청년이 팔짱을 끼고 씩 웃었다.

"거의 다 있어요. 누락된 기록도 간간이 있긴 하지만. 그런데 '당신 교회'라는 말은 틀렸어요. 난 여기서 지붕 복원 작업을 하고 있을 뿐이거든요. 7, 8월 중으로 끝내고 첨탑을 수리할 예정이죠. 그러고 나면 탑스필드에 가서 다른 일을 할 예정이에요."

청년은 작업복 주머니에서 명함을 꺼내 코니에게 건넸다. '새뮤얼 하틀리, 첨탑 수리공'이라고 적힌 명함이었다.

"난 샘이에요."

코니는 참지 못하고 웃음을 터뜨렸다.

"첨탑 수리공? 진심이에요?"

샘은 짐짓 자존심 상한 척하는 표정으로 코니를 바라보았다.

"당연히 진심이죠! 솔직히 말하면 보존학 전공자들이 다 이런 일을 하며 돌아다니는 건 아니에요. 난 대학원을 졸업하고 나서 '뉴잉글랜드 문화유적 보존협회'에서 얼마간 일했거든요."

코니는 자기가 아는 단체 이름을 듣고 말참견을 했다.

"훌륭하게 보존 활동을 하는 곳이죠. 뉴잉글랜드 문화유적 보존협회가 아니었다면 이런 건물들도 그냥 철거됐을 거예요."

"맞아요. 훌륭한 일을 하는 단체죠. 그런데 난 온종일 책상 앞에 앉아 있는 일은 싫더라고요. 내가 보존학을 전공으로 선택한 건 일반인이 손대지 못하는 근사한 골동품이나 문화유적을 만져 보기 위해서였거든요. 그래서……."

샘은 공구 벨트를 가리키며 말을 이었다.

"복원 공사로 방향을 틀었어요. 마침 뉴잉글랜드에는 첨탑이 많아서 이곳저곳 돌아다니며 일할 수 있더라고요."

코니가 샘을 향해 싱긋 웃으며 말했다.

"게다가 현수하강 장비를 몸에 두르는 특전도 있고요."

샘도 마주보며 웃었다.

"그런 셈이죠. 자, 이제부터 찾아야 할 게 뭐죠?"

코니는 그에게 열쇠를 보여 주고 싶은 충동을 느꼈다. 대학에서 학문을 하는 사람들의 냉담하고 무덤덤한 분위기와는 완전히 다른 그의 뜨거운 열정이 자신에게까지 전염되는 기분이었다. 코니는 매닝 칠튼 교수가 연금술의 역사에 관한 희한한 책들을 읽으며 열정을 뿜어 내는 모습을 머릿속으로 그려 보았지만 잘되지 않았다. 천생 학자의 길을 가게 될 토머스조차도 이미 새로운 것에 대한 감탄은 잃어버리고 체계적인 방식으로 학문을 탐구하고 있지 않은가. 샘과 이야기를 나누는 동안, 코니는 역사학이 가슴 두근거리도록 흥미롭게 여겨졌던 시절을 다시 떠올렸다. 샘은 장화를 신은 다리를 살짝 꼬고 팔짱을 낀 자세로 문간에 기대 서 있었다. 돌돌 말린 작업복 소매 밑으로 햇볕에 그을리고 근육이 발달한 팔뚝이 보였다. 코니는 자신이 그를 뚫어지게 바라보고 있다는 사실을 깨닫고 얼른 시선을 거두었다.

"할머니가 사시던 마블헤드의 집에서 오래된 책들을 훑어보다가 뭘 찾아냈거든요. 사람 이름 같긴 한데 확실하진 않아서요."

코니는 열쇠에 관해서는 언급하지 않고 두루뭉술하게 설명했다. 그러고는 주머니에서 작은 양피지를 꺼내 샘에게 건네주었다.

샘은 엄지손가락으로 양피지를 살짝 문질러 본 후 유심히 살피며 고개를 끄덕였다.

"그래요, 사람 이름일 가능성이 있겠네요. 역사협회에는 이미 알아봤겠죠?"

"헛일이었어요. 역사협회 기록에는 어떤 '딜리버런스'도 없대요. 그래서 교회를 찾아갔더니 기록이 모두 여기 있다고 하더군요."

"이게 식민지 시대 초기의 문서라고 생각하는 이유는?"

"흠, 우선은 종이와 필체를 보고 판단했어요. 그리고 '딜리버런스 데인'이 사람 이름이라고 가정하면 아주 구식 이름이어서 독립전쟁 시기에는 쓰이지 않았다고 봐야 해요. 19세기였다면 '딜리버런스'보다는 '템퍼런스(Temperance)'라는 이름을 붙이지 않았겠어요? 하지만 난 그저 추측에 근거해서 조사하고 있는 거예요. 사람 이름이 아닐 수도 있어요."

샘은 턱밑의 짧게 깎은 수염을 긁으며 말했다.

"당신의 추론은 무리가 없어 보이는데요. 그리고 글씨체도 예전에 내가 봤던 식민지 초기 시대 문서에 있는 글씨랑 비슷해요."

샘은 코니의 의아한 눈길을 의식하고 눈썹을 찡긋하며 설명했다.

"토지경계지표 보존위원회 사무실에서 오랫동안 일했거든요."

코니는 온전한 상태의 장부들이 가득 꽂힌 책꽂이를 바라보며 말했다.

"꽤 오래 걸릴 텐데."

샘이 웃으며 대답했다.

"어차피 조금 쉬려던 참이었어요."

세 시간 후, 두 손에 종이 부스러기를 잔뜩 묻힌 샘과 코니는 탁자 앞에 앉아 쉬고 있었다. 도서목록을 뒤지며 무수히 많은 철자의 조합을 다 확인했지만 '딜리버런스 데인'이라는 이름을 찾지 못하자, 그들은 책꽂이에서 장부를 가장 오래된 것부터 한 번에 두세 권씩 꺼내 넘겨 보기 시작했다. 현재까지는 별다른 성과를 얻지 못했다. 1629년부터 1720년까지의 세례식 기록을 모두 살펴보았지만 '딜리버런스 데인'이라는 이름은 없었다.

"결혼한 후에 성이 '데인'으로 바뀐 거라면 세례식 기록에는 당연히 없겠네요."

샘의 지적에 코니가 대답했다.

"맞는 말이에요. 그래도 일단 그 이름으로 찾아봐야지 어쩌겠어요. 이래서 남자들보다 여자들을 추적하기가 백 배는 까다롭다니까. 결혼을 할 때마다 이름이 바뀌잖아요. 결혼했다고 딴 사람이 된 것도 아닌데."

다음으로 샘과 코니는 혼인 기록부를 뒤졌다. 성이 '데인'인 사람들의 혼인기록이 드문드문 있었는데, 1713년에 '램슨'이라는 성을 가진 남자와 결혼한 '마시 데인'이라는 여자가 그중 한 명이었다. 혼인기록에 있는 성이 '데인'이라는 사람들 중에는 '딜리버런스'라는 이름이 없었고, '데인'과 '딜리버런스'는 서로 관련이 없는 이름처럼 보였다. 1670년대의 혼인기록에서 몇 페이지가 누락되어 있었기 때문에 확실히 그렇다고 단정할 수는 없었다. 하지만 몇 시간 동안 찾아도 성과가 나오지 않은 까닭인지, 샘과 코니의 머릿속에서는 '딜리버런스 데인'이 이름이 아닐 수도 있겠다는 생각이 슬금슬금 고개를 들었다.

다음으로 그들은 사망기록부로 넘어가서 빠른 속도로 책장을 넘겼다.

'1750~1770년'이라고 표기된 장부를 들고 금방이라도 부서질 것 같은 책장을 넘기던 코니가 중얼거렸다.

"오, 불쌍한 마시 램슨이 여기도 있네. 1763년에 사망했대요."

생전 처음 느끼는 숙연한 감정이 가슴속에 차올랐다. 코니는 지저분한 손으로 턱을 받치고 펼친 책의 가운데 부분을 물끄러미 쳐다보았다.

'1730~1750년'의 사망기록부를 무릎 위에 펼쳐 놓고 들여다보던 샘이 고개를 들었다.

"왜 그래요?"

코니가 한숨을 쉬며 대답했다.

"오, 아니에요. 그냥 뭘 좀 생각하고 있었어요."

샘이 탁자 맞은편에 앉은 코니를 향해 몸을 구부리며 낮은 목소리로 말했다.

"기분이 이상하지 않아요?"

코니가 샘에게 얼굴을 돌리며 되물었다.

"뭐가 이상한데요?"

"지금 우린 온전한 삶을 살고 있잖아요. 우리에겐 이런저런 의견이 있고, 사랑이 있고, 두려움도 있어요. 그런데 결국에는 이런 것들이 모조리 사라진단 말이죠. 우리를 기억하는 사람들도 언젠가는 죽게 마련이니까, 머지않아 우린 어떤 기록상의 이름으로만 남게 될 거예요. 이 '마시'라는 사람도 좋아하는 음식과 친한 친구들과 싫어

하는 사람들이 있었을 텐데, 우린 그녀가 어떻게 죽었는지도 모르잖아요."

샘은 서글픈 미소를 지으며 말을 이었다.

"그래서 내가 역사보다 보존학을 더 좋아하나 봐요. 보존 작업을 하고 있으면 삶의 흔적들이 사라지는 걸 조금이나마 막을 수 있다는 생각이 들거든요."

샘이 길게 이야기하는 동안, 코니는 그의 얼굴이 어딘가 부족해 보이면서도 묘하게 매력적이라는 사실을 깨달았다. 햇볕에 그을려 피부가 까진 코는 곧고 오뚝했으며 커다랗게 미소 짓는 입이 장난기 가득한 초록색 눈을 받쳐 주었다. 길게 길러 하나로 묶은 머리카락은 햇볕 때문에 갈색으로 변해 있었다. 코니는 샘을 향해 미소를 지으며 대답했다.

"무슨 말인지 알 것 같아요. 하지만 역사학도 의외로 보존학과 비슷한 측면이 있어요."

그녀는 사망기록부에 적혀 있는 '마시 램슨'이라는 이름을 손가락으로 더듬으며 말을 이었다.

"1991년에 생면부지의 사람들이 자기 이름을 읽으면서 이런저런 생각을 한다는 걸 마시 램슨이라는 사람이 안다면 깜짝 놀라지 않을까요? 마시 램슨은 1991년이라는 시간을 상상한 적도 없었을 거예요. 어떻게 보면…… 영원한 생명을 얻는 셈이죠. 이런 식으로 그녀를 기억하고, 그녀에 대해 생각하고, 관심을 가지는 사람들이 있으니까."

손가락 끝으로 사망기록부의 책장을 만지던 코니의 눈앞에 어떤 여자의 얼굴이 놀랍도록 선명한 이미지로 떠올랐다. 챙 넓은 밀짚모자 밑에서 웃고 있는 꽤 나이든 여자. 주근깨가 있는 얼굴, 그윽한 푸른 눈동자. 그녀는 뭔가를 바라보며 웃고 있었다. 이미지는 나타날 때와 마찬가지로 순식간에 사라졌고, 그 순간 코니는 가슴속의 공기가 다 빠져나가는 기분이었다. 그 감각이 어찌나 뚜렷하고 강렬하던지 백일몽일 뿐이라고 자신을 위안하기도 힘들 것 같았다. 현실세계가 눈앞에서 사라지고 밝은 셀로판 필름이 시야를 덮어 버린 것처럼 완전히 새로운 감각이었다.

"그것도 그렇네요."

샘의 목소리였다. 샘은 무릎 위에 있던 장부를 덮고 두 손을 뒤통수로 가져가 깍지 낀 후, 아무것도 눈치 채지 못하고 숨을 내쉬며 의자에 기댔다.

"이제 됐어."

코니는 태연한 목소리를 내려고 애쓰며 관자놀이를 문질렀다. 누군가와 상의해 봐야겠다는 생각이 들었다. 엄마한테 말하든가, 의사를 찾아가든가.

"괜히 시간만 낭비한 것 같아요. 이렇게 많이 도와줘서 정말 고마워요, 샘. 오후 시간을 다 뺏을 생각은 없었는데."

"말도 안 되는 소리. 교회 지붕 일은 언제든지 할 수 있잖아요. 문서보존실을 기웃거릴 핑계가 생겼으니 나야말로 좋았죠. 그런데 찾아볼 게 하나 더 있어요. 신도 연보."

코니가 내키지 않는다는 투로 말했다.

"그만둬요. 딜리버런스 데인이 사람 이름인지 아닌지도 모르는데요, 뭘. 혹 사람이었다 해도 이곳에서 태어나지도 않았고, 이곳에서 결혼하지도 않았고, 이곳에서 죽지도 않았다는데 교회 신도 명부에 올라 있을 턱이 있겠어요?"

그러자 샘이 코웃음을 치며 말했다.

"허! 이러면 곤란하지. 하버드는 훌륭한 학교인 줄 알았는데."

그는 벌떡 일어나 문 옆의 책꽂이 맨 아래 칸에서 장부 세 권을 한꺼번에 꺼내 탁자 위에 아무렇게나 내려놓고 말을 이었다.

"일류 대학이라는 곳에서 자료조사를 철저히 해야 한다는 것도 가르치지 않았단 말이에요? 여기서 그만두자는 건 이류 대학 학생들이나 보이는 태도예요. 어서 시작합시다, 코넬 양. 한 시간만 더 하면 끝날 거예요."

코니는 가장 가까이 있는 장부로 손을 뻗치면서 무심결에 쿡쿡 웃었다. 코넬 대학 출신인 리즈가 항상 신경을 곤두세우며 "코넬도 아이비리그 대학"이라고 사람들에게 꼬박꼬박 상기시키던 생각이 났던 것이다. 샘의 다정한 놀림 덕택에 코니는 머릿속에서 퍼져 나가던 두통을 잠시 잊고 연구의 진정한 즐거움을 되찾았다. 코니는 자기를 혼란스럽게 하면서도 알게 모르게 자기 일을 도와주는 이상한 청년에게 감사의 눈길을 던졌다. 그도 코니를 마주보며 활짝 웃었다.

두 사람은 한 시간 동안 말없이 장부를 넘기며, 교회의 정식 신도가 되기 위해 대기하고 있던 사람들의 명단을 훑어보았다. 어떤 이름은 수십 년 동안이나 대기자 명단에 반복해서 등장한 후에야 정식 신도로 인정받았다. 코니는 그 장부들이 시사하는 교회의 폐쇄적인 성격에 새삼 놀랐고, 그녀가 일생을 바쳐 연구해야 할 시대의 풍조에 시큰둥한 환멸을 느꼈다. 보통 때 같았으면 이런 문서들의 불명료한 성격이 코니에게 기쁨을 선사했을 것이다. 모호한 기록은 곧 아직 풀리지 않은 수수께끼가 아니던가. 서로 공통점이 없는 별개의 사실들을 솜씨 좋게 조립하기만 하면, 비록 먼 옛날일지라도 오늘날의 세상에 지대한 영향을 미치고 있는 과거의 세상이 어떤 곳이었는지 그려 볼 수 있었다. 하지만 사실들을 토대로 그림을 완성하고 나면 그 잔인한 성격에 깜짝 놀랄 때도 있었다. 환상에 빠진 역사 소설가들은 식민지 시대를 무척 이상적으로 그려내곤 했지만, 사실 뉴잉글랜드 식민지 정착민들은 현실 세계의 결점 많은 인간들 못지않게 거칠고 아니꼬운 사람들이었다. 옹졸하고, 거짓말 잘하고, 권모술수에 능한 사람들! 코니는 마지막 남은 장부 한 권을 집어 들고 책장을 훌훌 넘겼다. 아무것도 쓰여 있지 않은 처음 몇 장을 넘기고 나서 속표지에 이르렀을 때 코니는 깜짝 놀라 눈을 치켜떴다. 그 장부의 제목은 '파문'이었다.

엄밀히 말하자면 파문당한 사람들의 명부는 아직도 사용 중인 것처럼 보였다. 맨 뒤의 몇 장이 채워지지 않은 채로 남아 있었기 때문이었다. 가장 나중에 기록된 파문이 19세기 중반인 걸로 보아 그 이후로는 세일럼 제일교회가 보다 현실적인 문제들로 관심을 돌린 모양이었다. 남북전쟁 발발 전까지 뉴잉글랜드의 교구들은 대부분 노예 해방 활동에 열정적으로 참여했다. 인간을 노예로 삼는 문제에 비하면 교구 내에서의 파벌 싸움은 시급한 문제가 아니었을 것이다. 코니는 장부의 맨 처음으로 돌아가 천천히 책장을 넘기기 시작했다.

최초의 파문은 1627년에 있었는데 그 페이지의 일부가 물로 얼룩져 있어 내용을 읽을 수가 없었다. 이주민 정착이 완결된 후에는 몇 년 간격으로 산발적인 파문이 있었으나 설명이 첨부된 경우는 하나도 없었다. 1, 2년 간격으로 연달아 일어난 한 무더기의 사건들은 이른바 '반율법주의' 논쟁과 관련이 있는 듯했다. 선행만으로 신의 은총을 얻을 수 있는지 여부에 관한 교단 내의 대립이 청교도 사회를 뒤흔들던 시기였다. 반율법주의 논쟁이 일단락된 후에도 간혹 가다 파문된 사람들이 있었다. 코니는 마지막 페이지를 넘겼다.

"맙소사!"

코니는 흥분을 억누르지 못하고 소리를 질렀다.

"딜리버런스 데인이 왜 기록에 없었는지 이제야 알겠어요!"

장부를 들여다보던 샘이 고개를 들었다.

"뭐라고요?"

코니는 손에 들고 있던 장부를 샘에게 잘 보이는 위치로 가져다 놓고 마지막 페이지의 어떤 부분을 손가락으로 가리켰다. 아무렇게나 휘갈겨 쓴 제법 긴 목록의 아랫부분에 '델리버런즈 데인(Delliveranse Dane)'이라는 이름이 들어 있었다. 읽기와 쓰기에 능숙하지 못했던 서기가 철자를 엉망으로 쓴 듯했다.

"연도를 봐요."

샘은 연도를 보고도 영문을 몰라서 눈을 가늘게 떴다. 그는 어서 설명해 달라는 듯이 고개를 들어 코니를 쳐다보았다.

장부에 기록된 연도는 1692년이었다.

코니가 탁자 너머에 있는 샘의 팔을 움켜잡으며 말했다.

"샘, 딜리버런스 데인은 마녀였어요!"

5장

샘이 무거운 맥주잔을 코니에게 밀어 주면서 말했다.

"다시 설명해 봐요."

코니는 바에 팔꿈치를 대고 앉아 손가락 끝으로 머리를 톡톡 두드리고 있었다. 그 옆의 간이의자에서는 샘이 자기 맥주잔의 거품을 후루룩 마시고 있었다. 바의 반대편 끝에는 주황색 오리털 점퍼와 톱사이더(보트형 신발로 유명한 브랜드 이름-옮긴이) 신발을 신은 중년 남자 몇 명이 모여앉아 케이프코더(보드카를 넣은 크렌베리 주스 칵테일-옮긴이) 잔을 부딪치며 농담을 주고받다가 너털웃음을 터뜨리곤 했다. 어둑어둑한 술집의 내부에는 무려 40년 전에 열린 요트경주 장면을 촬영한 사진이 걸려 있었다. 암갈색 사진 속에서 뿔테안경을 쓴 남자들이 태양을 향해 활짝 웃고 있었다.

코니는 엄마가 집 열쇠와 함께 보낸 편지에 쓰여 있었던 잡다한 사항들을 떠올리며 말했다.

"여기가 세계에서 열 손가락 안에 드는 요트 테마의 술집이래."

엄마는 코니에게 할머니 집에 머무는 동안 제범공장(製帆工場)을 개조해서 만든 이 술집에 들러 보라고 권했다. 그러면서 엄마는 청소년 시절 이 술집에서 빈둥거리며 마을의 사내아이들이 경찰에게 귀를 잡혀 쫓겨나 집으로 돌아가는 장면을 구경하던 자신의 추억을 들려주었다. 물론 그 시절에 난리를 피우던 사내아이들은 이제 나이가 많아져서 술집에 드나들지도 않을 것 같았지만, 바의 끝부분에서 왁자지껄하게 떠드는 선원들 덕택에 그나마 분위기가 났다.

코니는 샘을 차에 태우고 함께 마블헤드로 돌아왔다. 그것은 다소 충동적인 행동이었다. 오후 내내 도와줘서 고맙다며 한턱내겠다고 제안하자 샘은 선선히 따라왔다. 전화를 걸어 봐야 되겠다거나 옷을 갈아입어야겠다는 말도 없이. 바에서 샘이 윗입술로 맥주 거품을 핥는 동안 옆자리에 앉은 코니는 곁눈질로 그의 피부를 관찰했다. 피부는 탐스럽고 매끄러웠으며, 햇볕에 그을린 탓에 웃을 때 눈언저리에 잡히는 주름이 더 선명해 보였다.

샘이 짧게 깎은 턱수염을 만지작거리고 선원들을 주의 깊게 보면서 말했다.

"그래서 1692년이 어쨌다는 건지 이야기 좀 해 봐요. 17세기 역사는 기억이 잘 안 난단 말이야. 다시 설명해 줄래요?"

코니는 맥주를 한 모금 마시고 나서 말했다.

"으으음. 온종일 너무 더웠어요."

코니는 바에 팔을 쭉 뻗었다. 편안한 자세를 취하자 비로소 그날 오후의 흥분이 가라앉기 시작했다.

"평소에는 맥주를 잘 마시지 않는데, 오늘은 정말 맛있네요."

"코니."

샘이 손가락 마디로 코니의 팔꿈치를 쿡쿡 찌르며 설명을 재촉했다. 코니는 여전히 입을 약간 벌린 채 맥주잔을 든 손을 허공에서 멈췄다. 샘이 뜨거운 열정이 담긴 눈으로 쳐다보고 있었다.

잠시 후 코니가 빙그레 웃으며 말했다.

"그래, 그 연도 말이죠."

코니는 간이의자를 샘 쪽으로 빙그르르 돌린 후 설명을 시작했다.

"모든 일은 1692년 1월, 세일럼 교구의 목사 새뮤얼 패리스의 딸이 병에 걸리면서 시작됐죠. 딸 이름은 베티였어요. 아홉 살밖에 안 된 아이였지요. 아버지인 패리스 목사는 딸이 어디가 아픈 건지 알 수가 없었어요. 그리고 패리스 목사는 파벌적 성향이 강한 사람이었대요. 마을 사람들의 일부는 그를 전폭적으로 지지했지만 어떤 사람들은 그가 돈을 너무 밝힌다고 생각했죠. 교구목사로 있으면서 전례도 없는 온갖 요구를 했거든요. 땔감을 무료로 달라, 목사관에 이름을 붙여 달라……."

"목사관에 이름을 붙인다니! 뻔뻔한 작자였군 그래."

샘은 빈정대는 투로 이렇게 말한 후 가슴에 손을 얹고 충격을 받은 척했다.

그러자 코니는 쿡쿡 웃으며 샘의 팔을 잡았다.

"그러게 말이에요. 자기가 대단한 사람인 줄 알았던 모양이에요. 그래서 딸 베티가 앓아누웠을 무렵에는 패리스 목사에게 이미 확실한 정적이 몇 사람 있었어요. 여러 가지 기록으로 보건대 마을 사람들이 대부분 관대하지 못했던 것 같아요."

코니는 설명을 하다 말고 맥주를 한모금 마셨다.

"요즘 사람들도 그렇긴 하죠."

샘이 한쪽 입가에 웃음을 흘렸다. 코니는 설명을 계속했다.

"패리스 목사는 의사를 불렀어요. 하지만 의사도 병명을 알아내지 못했죠."

"당시에는 의사가 할 수 있는 일이 많지 않았죠?"

"맞아요. 식민지 정착기 주민들의 가장 큰 불행은 그들이 과학혁명이 일어나기 전 세대라는 거예요. 과학적 사고방식이 없었기 때문에 상관관계와 인과관계를 구별하지도 못했거든요. 그 시대의 사람들에게 세상은 거대하고도 난해한 곳이었을 거예요. 모든 일이 예측 불가능한 사건들과 절대자인 신이 행하는 일들의 연속이었겠죠."

샘이 장난스러운 말투로 대답했다.

"그래서 난 역사 속의 어떤 시기를 동경하는 마음이 들 때마다 '항생제'를 생각하죠. 이야기를 계속해 봐요."

코니가 씩 웃으며 말했다.

"그래. 그 의사가…… 이름이 그릭스였지, 아마. 그가 베티의 피를 뽑았는데 그것 때문에 병이 더 악화된 거예요. 당시는 의사가 사회적으로 존경받는 직업으로 막 떠오르기 시작한 무렵이었고, 그 전까지는 정식 교육을 받지 않아도 의사가 될 수 있었거든요. 그러니까 그 의사가 자기 명성을 유지하기 위해 책임을 회피했을 가능성도 있어요. 아무도 모르는 일이긴 하지만. 하여간 의사는 패리스 목사에게 당신 딸은 병든 게 아니라 마법에 걸린 거라고 말했어요. 그러자 패리스 목사는 예배 시간마다 세일럼 마을에 악마가 침투했다고 주장하기 시작했죠. 마을 사람들의 죄 때문에 자기 딸이 대신 벌을 받고 있다면서, 악마를 몰아내야 한다고 모두에게 말하고 다녔어요.

물론 패리스 목사 역시 책임을 전가하고 있었던 셈이죠. 패리스 목사가 자기에 대한 교구민들의 불만을 덮기 위해 고발을 부추겼다고 해석하는 역사학자들도 있어요. 아무튼 오래지 않아 모든 사람이 마법에 대해 떠들어 댔고 마을 여자애들이 베티처럼 발작을 일으키기 시작했어요. 그중에서도 패리스 목사의 조카로 목사관에서 허드렛일을 하던 애비게일 윌리엄스가 제일 유명해요. 극작가 아서 밀러는 애비게일을 주인공으로 한 『크루서블(The Crucible)』이라는 작품을 썼죠."

샘이 두 손을 모아 손마디를 딱딱 꺾으며 말했다.

"그렇게 해서 세일럼의 마녀사냥이 시작됐단 말이지. 통탄할 일이군요!"

"그래요. 그다음에 벌어진 일들은 잘 알려져 있어요. 패리스 목사의 노예였던 티투바가 소녀들에게 마법을 걸었다는 혐의를 받았죠. 티투바에 관해서는 역사학자들의 의견이 엇갈리는데, 그녀가 흑인이었는지 아메리카 원주민이었는지 아무도 확실하게 밝혀내지 못했어요. 중요한 건 티투바가 '자백'을 했다는 거죠! 악마가 긴 검정 외투 차림으로 찾아와서 자기 일을 도와주면 고향인 바베이도스로 날아가게 해 준다고 약속했다는 고백이었어요."

코니는 맥주를 홀짝이고 나서 미소 띤 얼굴로 말을 이었다.

"어떤 역사학자들은 티투바가 묘사한 악마의 모습이 패리스 목사와 아주 흡사하다는 사실에 주목했어요. 그럴 만도 하죠. 그건 티투바가 패리스 목사에 관한 의견을 밝힐 수 있는 유일한 방법이었으니까요."

이야기를 듣고 있던 샘도 빙그레 웃었다.

코니는 설명을 계속했다.

"패리스 목사는 티투바에게 이야기했어요. 마을 사람 중에 또 누가 악마를 돕겠다고 서약했는지 이야기하면 주님으로부터 용서받을 수 있다고요. 티투바는 마을의 가난뱅이 여자 두세 명의 이름을 댔는데 그들은 물론 결백을 주장했죠. 그러나 발작을 일으킨 소녀들은 모두 티투바의 말에 동의했어요. 머지않아 일이 걷잡을 수 없이 번졌죠. 이후 몇 달간 에섹스 전역에서 수백 명이 마녀로 고발당했고 스무 명 정도가 교수형에 처해졌어요. 자일스 코리라는 남자는 유죄를 인정하라는 법원의 강요를 거부하다 돌에 깔려 죽기까지 했다더군요."

"허어, 대단히 끔찍한 죽음이로군요."

샘이 말했다. 코니는 무언가를 곰곰이 생각하며 대답했다.

"자일스 코리가 마지막으로 남긴 말은 '더 무겁게 해 주시오'였다는 이야기가 전해져요."

코니는 맥주를 한모금 더 마시고 눈앞의 허공을 멍하니 바라보다가 말을 이었다.

"내 생각에 그건 지나치게 선정적인 이야기 같아요. 자일스 코리가 죽은 후에 입에서 튀어나온 혓바닥을 도로 집어넣기 위해 사탕수수 줄기를 이용했다는 이야기도 있지 뭐예요."

코니는 고개를 흔들어 그 불쾌한 장면을 떨쳐 내고 나서 설명을 계속했다.

"그건 그렇고, 마녀사냥이 왜 그렇게 광범위하게 번졌는가에 대해서는 여러 가지 학설이 대립하고 있어요. 17세기에는 뉴잉글랜드 전역에서 산발적으로 마녀 소동이 벌어지긴 했지만, 세일럼의 마녀사냥만큼 치명적인 건 없었거든요. 세일럼에서 사건이 걷잡을 수 없이 커져 버린 이유를 아무도 명쾌하게 설명하지 못했죠. 그 여자애들은 그저 중년 여자들과 학식 있는 남자들을 향해 권력을 휘두르면서 청교도 사회의 위계질서를 전복하는 걸 즐겼던 걸까? 아니면 다른 요인이 작용했던 걸까? 여기서 특이한 사항이 하나 있어요. 마녀로 고발당한 여자들은 사형에 처해지기 전에 하나같이 교회에서 파문을 당했다는 거예요."

코니는 맥주를 한 모금 더 마시고 말을 이었다.

"1692년에 파문당했다고 교회의 신도 명부에 기록된 사람들은 대부분 마녀재판에 회부된 사람들이었어요. 아마도 일주일 내에 처형을 당했을 거예요."

샘이 물었다.

"죽이기 전에 파문을 먼저 했던 이유는?"

코니가 어깨를 으쓱하며 대답했다.

"마녀의 주술은 이단으로 간주됐거든요."

"정말이요? 난 그것도 하나의 신앙으로 볼 수 있다고 생각했는데. 기독교에서 분리된 여러 교파처럼 말이죠."

그 순간 바의 반대편 끝에 앉아 있던 선원들 중 한 사람이 큰 소리로 고약한 농담을 했다. 금발이 어떻고, 물고기가 어떻고, 바텐더가 어떻고 하는 소리가 들렸다. 선원들은 어깨를 들썩이며 웃어 댔고 금발의 바텐더는 눈을 부라리며 유리잔을 하나씩 꺼내 닦기 시작했다.

코니가 샘을 향해 말했다.

"그건 아니에요. 내가 읽은 모든 문헌은 마법에 대해 기본적으로 똑같은 전제 하에서 설명하고 있거든요. 첫째, 마법이란 17세기 사회에 실재했던 현상이 아니라 가공의 위협이었다는 것이죠. 둘째, 목사들이 마녀사냥에 열을 올린 이유는 마법이 기독교 신앙을 모독하고 있었기 때문이라는 거예요. 기도문이라든가 믿음의 체계 모두 종교개혁 이전의 가톨릭 교리에서 따왔거든요. 그리고 무엇보다 마법은 자기에게 허용된 것보다 많은 능력을 가지려 했던 사람들, 특히 여자들을 대변했어요. 청교도 교리에 의하면 그런 능력은 하나님만이 가질 수 있었죠."

샘이 팔짱을 끼며 말했다.

"그럼 마녀사냥은 사회불안이 투영된 사건에 지나지 않는다는 거네요."

코니가 맥주를 홀짝이며 대답했다.

"네. 사회불안 때문에 사형까지 당했다고 생각하면 처참하기 이를 데 없죠."

샘이 코니를 바라보며 물었다.

"맥주 다 마셨어요?"

"네. 왜요?"

"보여 줄 게 있어서 그래요. 나가요."

두 사람은 깜깜한 바깥으로 나갔다. 전면은 복층, 후면은 단층인 가옥들 사이에 드리워진 그림자 때문에 자갈길에 군데군데 진청색 웅덩이가 생겨나 있었다. 코니는 긴 청바지로 갈아입을 걸 그랬다고 생각하면서 스웨터를 끌어당겨 목과 어깨를 감쌌다. 케임브리지의 여름날 밤이었다면 하늘은 몽롱한 형광주황색으로 빛나고 아스팔트는 낮 동안 흡수한 열기를 뿜어냈을 것이다. 그러나 마블헤드의 밤은 온통 서늘하고 캄캄하기만 했다. 어둠에 휩싸인 집들, 육지를 씻어내는 차디찬 바닷물, 작은 얼음조각 같은 별들. 코니는 샘과 보조를 맞춰 걸었다. 어둠 속이라 똑똑히 보이지는 않았지만 바로 옆에 그가 있다는 게 느껴졌다. 코니는 그의 손을 덥석 잡고 싶은 충동을 느끼며 오른손 손가락 끝을 서로 비벼 댔다. 하지만 이내 오므린 손을 반바지 주머니에 깊숙이 찔러 넣고 발끝만 쳐다보며 걸었다.

샘이 속삭였다.

"교회 지붕 수리를 맡기 전에는 여기 구시가지에서 진행중인 복원 공사에 몇 번 참여했어요."

코니는 샘이 속삭이는 소리로 말해서 기뻤다. 그도 코니와 마찬가지로 고요한 밤 풍경을 가슴으로 느끼고 있었다는 뜻이니까.

"뭘 복원하는 작업이었는데요?"

"대개는 좁은 골목에 늘어선 집들이었죠. 요즘 보스턴 사람들이 오래된 어부의 집을 구입해서 고쳐 쓰는 경우가 많거든요. 오랜 세월 동안 개조공사가 이루어진 흔적을 모두 없애고 집을 원형대로 복원하는 일을 몇 번 했죠. 특히 1950년대와 1960년대에 벽을 추가해 연립주택으로 개조한 건물이 많았어요. 새로 집을 구입한 사람들은 천장의 방음용 타일을 뜯어내고 원래의 보를 노출시킨 후 근사한 부엌을 추가하고 싶어 하더라고요. 나는 새로운 집 주인들이 정말로 집의 역사적 성격을 보존하기를 원하는 경우에만 상담에 응했어요."

"좋은 일이네요?"

"나야 좋죠. 난 일거리가 필요하니까. 그 사람들한테도 좋은 일이에요. 말끔하게 수리된 집을 갖게 되니까. 하지만 원래 그 집에서 살던 어부의 입장에서는 좋을 게 없죠. 당신이 살던 집이 어느 은행가에게 팔려서 주말용 별장으로 쓰인다고 생각해 봐요."

샘이 언짢은 표정을 짓자 코니는 그를 바라보며 미소를 지었다. 샘이 얼른 덧붙여 말했다.

"미안. 내가 원래 신랄한 소리를 잘해요."

"괜찮아요. 난 늘 그러는 걸요."

"하지만 내가 그 이야기를 꺼낸 이유는 따로 있어요. 구시가지의 개조공사 현장에서 아주 흥미로운 걸 발견했거든요. 그걸 보여 주고 싶어서."

코니가 놀라며 물었다.

"그럼 남의 집에 몰래 들어가잔 말이에요?"

"걱정 말아요."

샘은 불쑥 방향을 틀어 이름 없는 골목길로 들어섰다. 골목길은 아주 좁아서 자동차 한 대가 통과하려 해도 몇몇 집의 대문을 건드릴 것만 같았다. 골목길 양편에 낮은 집들이 다닥다닥 붙어 있는 모습으로 보아서는 과거에 인근의 호화로운 저택들에 딸린 마구간이나 마차 차고, 혹은 곡식창고로 사용되었던 곳 같았다. 어떤 집들은 황토색, 선홍색, 암갈색 등의 밝은 색으로 칠해져 있어 약간 우스꽝스럽기도 했다. 작은 창문 주위에는 시들시들해진 팬지와 튤립 화분들이 놓여 있었다.

샘이 코니를 재촉하며 말했다.

"여기서 멀지 않은 곳이에요."

다시 모퉁이를 돌자, 옛날에 마구간으로 썼음직한 집들이 늘어선 골목이 나왔다. 집집마다 한 쌍의 굴뚝과 작은 널빤지 지붕이 있었고, 어떤 집은 민들레가 점점이 핀 소박하고 싱그러운 푸른 잔디로 둘러싸여 있었다. 집과 집 사이의 경계 부분에는 나무 울타리나, 허물어져 가는 이끼 낀 돌담, 바람에 살랑거리는 떡갈나무들이 있어서 시야를 가려 주었다. 이곳의 집들은 18세기 초 내지 19세기에 상인들이나 선장들의 거처로 쓰려고 지은 건물들인 것 같았다. 달빛이 나뭇잎과 잔디 위로 희끄무레한 회색 빛을 비추고 있어서 그림자는 한층 어두워 보였고, 어디선가 사과나무를 태우는 냄새가 풍겨 왔다. 그 향기로운 냄새에 코니는 콩코드 농가의 부엌에 엄마와 함께 앉아 있었던 기억을 떠올렸다. 추억을 회상하며 가슴이 벅차오른 코니는 내일은 꼭 엄마에게 전화를 걸기로 마음먹었다. 드디어 그 제범공장 술집에 갔다는 이야기도 해야지. 그러면 엄마도 기뻐할 거야. 백일몽 이야기도 해야 할까?

샘이 코니의 손을 잡아 돌담 쪽으로 끌고 가려 했다. 그러나 코니는 주저하며 낮은 소리로 말했다.

"샘! 지금 뭐 하는 거예요? 남의 집 뜰에 몰래 들어가는 건 곤란하단 말이에요!"

"쉿!"

샘이 미소를 지으며 덧붙였다.

"이 집엔 아무도 없을 거예요. 그래도 만약을 위해서 발끝으로 걸어가요."

"샘!"

흥분과 재미로 인해 코니의 두려움은 증폭됐다. 샘이 코니의 손을 더욱 꽉 잡으며 말했다.

"이리 와요!"

코니는 매끄럽지만 굳은살이 박인 그 손의 따뜻한 감촉에 전율을 느끼며 그에게 이끌려 돌담을 따라 나아갔다. 두 채의 집 사이에 있는 작은 잡목 덤불에 파묻힌 돌담이었다. 어느덧 샘은 돌담에서 비스듬한 각도로 뻗어 나온 높이 60센티미터 정도의 화강암 덩어리 옆에 멈춰 섰다. 돌담과 주변의 나무들로 인해 생긴 짙은 그림자가 화강암을 덮고 있었다. 코니는 초조한 얼굴로 두 채의 집 중 가까운 집을 돌아보았다. 커튼 뒤에서 사람의 얼굴이 나타나거나, 갑자기 현관에 불이 켜지면서 집 주인에게 발각당할 것만 같았다.

샘이 작업복 주머니를 뒤지며 중얼거렸다.

"잠깐만 기다려요."

딱, 쉬쉿 소리가 들리더니 곧 성냥에 불이 붙으면서 인(燐) 냄새가 확 풍겼다. 샘은 바닥에 쪼그려 앉아 성냥불을 화강암 덩어리 바로 앞으로 가져갔다.

"됐어요. 이걸 봐요."

코니도 그 옆에 무릎을 구부리고 앉아 화강암 덩어리를 바라보았다. 성냥불의 연노랑 원 속에 들어온 화강암 표면은 평평해 보였다. 그리고 머리 부분은 원, 사지와 체구는 단순한 직선으로 표현한 인체의 봉선화(棒線畵)가 새겨져 있었다. 키는 30센티미터 정도 되고 머리에 모자 내지 두건을 썼으며 사지를 똑바로 내뻗은 사람의 형상이었다. 사람의 왼손 옆에는 오각별이, 오른손 옆에는 초승달이, 왼발 옆에는 태양이, 오른발 옆에는 뱀인지 도마뱀인지가 새겨져 있었다. 형상을 새긴 솜씨는 서툴고 부정확했으며 화강암이 무척 오래 됐는데도 정을 잘못 놀린 흔적이 아직도 눈에 띄었다. 아무래도 묘석 만드는 직공이나 숙련된 조각가의 작품은 아닌 듯했다. 그 단순한 봉선화의 위쪽에는 '테트라그라마톤(TETRAGRAMMATON)'이라는 단어를 대문자로 새겨 놓은 모습이 보였다.

코니는 놀라서 눈을 동그랗게 떴다. 눈앞에 보이는 게 뭔지 통 알 수가 없었다.

"이게 뭐예요? 뭔지 모르겠는데요."

샘이 대답했다.

"나의 이성적인 친구여, 이건 토지 경계지표라네."

샘은 성냥을 흔들어 불을 끄고 잔디밭에 던진 후 다른 성냥에 불을 붙이고 말을 계속했다.

"식민지 정착 초기에 토지 경계를 표시하던 방법의 하나예요. 번거롭게 울타리를 만드는 대신 자기가 소유한 토지의 모서리마다 눈에 잘 띄는 돌덩이를 놓는 거죠. 구시가지를 둘러보면 이런 돌이 수두룩하게 많은데, 땅이 아주 좁을 때는 현관문 바로 옆에 돌을 놓기도 했어요."

"맞아요. 나도 그런 돌은 몇 번 봤어요. 그런데 여긴 부조가 있잖아요!"

"그래서 당신에게 보여 주고 싶었어요. 이 집들의 새 주인을 위해 담장이 구조적으로 안전한지 점검하다가 옛날에 거름더미로 쓰던 곳 밑에서 이걸 발견했어요. 그러고 나서도 부조가 새겨진 돌을 몇 개 더 찾았는데, 비바람에 닳아서 알아볼 수 없는 게 대부분이더라고요. 누군지 몰라도 깊게 새기지 않은 걸 보면 전문가는 아니었던 모양이에요. 지금까지 찾은 것 중에 가장 선명한 부조가 이거예요."

"그런데 왜 하필 '테트라그라마톤(히브리어로 '하나님'이라는 뜻-옮긴이)'이지? 무슨 뜻일까요? 토지 경계를 나타내는 돌에 '이 잔디밭은 아무개 소유' 같은 말이 아닌 이런 단어를 새긴 이유가 뭘까요?"

샘은 어깨를 으쓱해 보이며 두 번째 성냥을 흔들어 껐다.

"저 문양이 뭘 의미하는지는 모르겠지만, 내가 아는 한 저건 부적이에요. 악마를 쫓아내기 위한 부적."

코니가 되물었다.

"악마?"

"그냥 내 생각이에요. 당시에 누군가가 마법을 쓰고 있었을 가능성은 충분하잖아요. 마법이라는 개념이 존재하는 이상 누군가는 시도를 해 보게 돼 있어요. 아무리 청교도라 해도 사람의 본성은 어쩔 수 없잖아요. 이 부조는 분명히 누군가에게 어떤 의미가 있었을 거예요. 이 마을에 뭔가 무서운 게 있었다는 이야기죠."

샘은 코니의 표정을 살피며 말을 이었다.

"그 사람들에게 마법은 학문적인 관심사가 아니라 실제 생활이었어요. 실생활 속의 사람들은 때때로 공포를 느끼잖아요."

샘이 하는 말에 매료된 코니는 화강암에 얕게 새겨진 조각을 손가락으로 어루만졌다. 샘의 논지에는 나름대로 타당성이 있었다. 하지만 코니가 읽었던 모든 문헌에는 마법이란 실제로 존재한 게 아니었다고만 나와 있다. 계몽주의 이전 시대에 미지의 것에 대한 두려움을 사회적 약자에게 전가하는 데 이용된 비이성적인 통치수단이었다고 하지 않았던가. 화강암 덩어리에 올려놓은 코니의 손에 전율이 스치고 지나갔다. 마법은 단순한 허구가 아니었다. 인과관계가 명백하지 않았던 세계를 해석하고 설명하기 위한 정신분석학적 개념만이 아니었다. 일부 식민지 이주민들에게 마법은 현실이었다! 코니는 숨이 멎을 것만 같았다. 200년 이상이나 거름더미에 묻혀 있던 생생한 증거물이 눈앞에 있지 않은가.

코니가 샘에게 대답하려는 순간 그 집의 뒷문 쪽에서 "거기 누구 있어요?"라는 목소리가 희미하게 들렸다. 코니와 샘은 깜짝 놀라 입을 딱 벌리고 서로를 쳐다보았다. 코니가 샘의 가슴팍을 찰싹 치며 속삭였다.

"거 봐요, 내가 뭐랬어요?"

샘은 순진한 척 어깨를 으쓱하며 손바닥을 펼쳐 보였다. 마치 '나야 할 말이 없지'라고 말하는 것처럼. 그러고 나서 샘은 코니의 손을 잡았고, 두 사람은 숨을 헐떡이고 깔깔 웃으며 달리기 시작했다.

6장

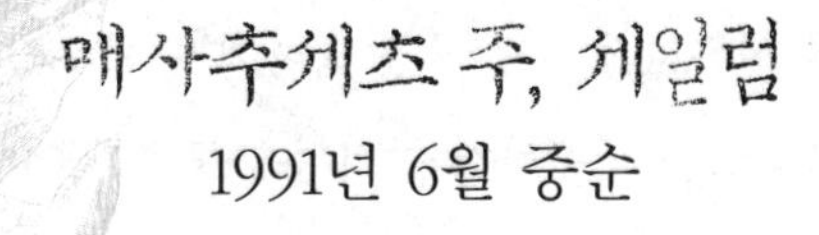

1991년 6월 중순

코니는 웅장한 그리스 복고풍 양식으로 지은 세일럼 법원 건물 앞에 팔짱을 끼고 서서 생각했다.

'내가 여기서 뭘 하고 있는 걸까?'

지난주에 시작된 작열하는 무더위는 이번 주에도 기세가 전혀 꺾이지 않았다. 온 마을이 외부의 더운 공기를 차단하려고 창문을 꼭꼭 닫아걸고 지냈다. 숙녀복 매장은 텅 비어 있었다. 스쿨버스 한 대가 주간캠프에서 돌아온 어린이들을 길에 우르르 쏟아 놓았다. 아스팔트에서 가물거리며 솟아오르는 열기 때문에 손을 마주잡고 자갈 깔린 오솔길을 뛰어다니는 아이들의 모습이 흐릿하게 보였다. 코니는 무늬 있는 철문을 통과해 법원에 들어섰다. 지나가는 바람 한 줄기라도 통하게 하려고 누군가가 두 짝으로 된 철문 사이에 금속재 접이의자를 끼워 놓은 것이다.

햇빛이 눈부신 거리에 있다가 들어오니 대리석으로 마감된 법원 홀이 어둑어둑하고 서늘하게 느껴졌다. 코니는 잠깐 걸음을 멈추고 눈을 어둠에 적응시켰다. 경비원 책상에는 아무도 없었다. 코니는 하버드 대학 학생증을 반바지 주머니에 도로 집어넣으며, 평소에는 지나치다시피 규율에 철저한 뉴잉글랜드 사람들도 여름에는 약간 느슨해지는 모양이라고 생각했다. 떡갈나무로 된 두 번째 문(역시 열려 있었다)을 통과하니 퀴퀴한 냄새가 나는 복도가 나왔다. 코니는 '유언검인과'라고 쓰인 간판 옆의 화살표가 가리키는 방향으로 갔다.

코니와 샘이 남의 집 뒤뜰에서 줄행랑을 놓은 날로부터 일주일이 지났다. 그동안 코니는 샘이 옆에 없는데도 그의 존재감은 남아 있다는 사실에 기분이 좋기도 하고 당혹스럽기도 했다. 그날 아침 시내의 공중전화에서 리즈와 수다를 떨 때만 해도 코니는 자신의 기분을 무더위 탓으로 돌렸다.

"날씨가 더우면 난 항상 정신이 몽롱해지나 봐. 젖은 손가락으로 잉크 글씨를 문지르면 지워지는 것처럼."

그러자 리즈가 말했다.

"더위 때문이 아닌 것 같은데."

코니가 신음 소리를 내며 말했다.

"오, 네가 몰라서 그래. 할머니 집에 있으면 더워서 숨이 막힌다니까. 게다가 플러그가 없으니 선풍기도 못 돌린다고. 어젯밤에는 욕조에 찬물을 가득 채워 놓고 30분 동안이나 들어앉아 있었지 뭐니. 알로는 공처럼 몸을 돌돌 말고 지내."

리즈는 여전히 회의적이었다.

"글쎄. 더위는 전에도 겪어 봤잖아. 그 남자를 만난 것 때문에 네가 평소와 다르게 행동하는 것 같은데? 좋은 방향으로 말이야."

코니는 무척 당황스러웠다. 리즈는 언제나 코니 자신도 제대로 표현하지 못하는 속마음을 꿰뚫어보고 명료하게 말로 표현하는 친구였다.

코니가 샘에게 보이는 반응이 평소와 다르다는 건 맞는 말이었다. 코니는 학부 시절에 괜찮은 남학생 몇몇과 데이트를 했다. 무덤덤하면서도 친절한 그들은 사교클럽 파티에서 기꺼이 코니 옆자리에 서 있다가 맥주를 날라 주기도 했지만 그 이상은 아니었다. 코니는 하버드에서 만난 남학생들과도 친밀한 관계로 발전하지 못했다. 하버드 남학생들이 빡빡한 대학원 생활에 매여 있어서 사교활동을 할 시간이 없다는 게 코니의 주장이었지만, 리즈는 남학생들이 코니를 겁내서 그런 거라고 말했다. 그러나 샘은 무덤덤하지도, 그녀에게 겁을 먹지도 않았다. 코니는 샘을 떠올리며 약간 삐딱한 미소를 지었다. 역설적이긴 하지만 샘과 함께 있으면 정신이 없으면서도 마음이 편안했다. 샘과 함께 있을 때 코니는 스스로 생각해도 놀라운 행동을 했다.

그날 하루를 함께 보내고 헤어지면서 샘은 그 신비로운 마녀에 관해 무엇을 더 알아내면 자기에게도 꼭 알려 달라는 약속을 받아냈다. 코니는 그를 정면으로 쳐다보지 않으려고 애쓰면서 떨떠름하게 고개를 끄덕였다. 마침내 그가 세일럼까지 타고 갈 심야버스가 도착했고, 코니는 그가 버스에 올라타는 모습을 지켜보았다. 그가 버스 뒤쪽으로 걸어가는 동안 버스는 앞으로 나아갔기 때문에 일순간 그가 정지해 있는 것처럼 보였다. 그는 코니에게 손을 흔들었다.

버스가 떠나자 다시금 주위에 고독이 내려와 장막처럼 코니를 둘러쌌다.

그날 오후 코니가 '딜리버런스 데인'과 관련된 무언가를 발견한다면 샘이 일하는 공회당 건물에 들를 핑계가 생길 터였다. 무엇을 발견했는지 알려 줘야 하니까. 뭔가를 찾아내서 샘에게 보여 준다고 생각하니 짜릿한 흥분이 코니의 팔과 다리를 관통했다. 박사과정 자격시험을 준비할 때 세일럼 마녀재판에 대해서도 공부했지만 2차 문헌에서 '딜리버런스 데인'이라는 이름이 언급된 걸 본 기억은 없었다. 만약 딜리버런스 데인이 마녀로 고발당한 여자들 중 하나였다면 역사 기록에서조차 완전히 배제된 사례인 셈이다. 어떻게 해서 그런 일이 벌어졌는지에 대해 아직은 설명할 길이 없었다. 지금껏 세상에 알려지지 않았던 세일럼의 마녀라! 코니는 어서 조사를 시작하고 싶은 마음에 종종걸음으로 홀을 가로질렀다.

'유언검인과'의 높은 안내 데스크에는 아무도 없고 선풍기 한 대와 작은 금속재 종만 놓여 있었다. 코니는 종을 울렸다. 곧이어 책상 너머로 몸을 구부려 사람을 부르려는 순간 뒤쪽에서 퉁명스러운 목소리가 들려왔다.

"무슨 일이시죠?"

코니가 놀라서 돌아보니 몸집이 작고 깡마른 여자가 서 있었다. 그녀는 쪽진 머리에 안경을 쓰고 A라인 스커트와 굽 낮은 운동화 차림이었으며 냉소적인 표정으로 얇은 입술을 꽉 다물고 있었다.

"안녕하세요. 유언 검인기록을 보고 싶어서 왔는데요."

코니가 얼른 생각을 가다듬으며 대답했다. 여자는 코니의 반바지와 샌들을 마뜩찮은 눈길로 바라보며 물었다.

"예약을 하셨나요?"

코니는 직원도 없고 손님도 없는 조용한 서가를 눈으로 살피며 두 손을 허리에 얹었다. 그러고는 단호한 말투로 입을 열었다.

"아니요. 하지만 잠깐만 보면 됩니다. 보아 하니 그렇게 바쁘신 것 같지도 않은데요."

여직원이 코니를 쏘아보았다.

"원래 여기는 예약을 해야 자료를 열람할 수 있어요."

"이번 한 번만 예외로 해 주시면 정말 감사하겠습니다. 1690년대에 검인된 유언장 하나만 찾으면 되거든요."

코니는 자신의 임기응변 솜씨에 은근한 만족을 느꼈다.

여직원이 퉁명스럽게 대꾸했다.

"날짜순이 아니라 알파벳순으로 분류돼 있어요!"

코니의 턱 근육이 밧줄을 두른 밧줄걸이처럼 팽팽하게 긴장하기 시작했다.

"그렇군요. 혹시 날짜를 기준으로 교차분류를 해놓지는 않았나요?"

여직원이 대답했다.

"그럴 필요가 없죠."

'그럴 필요가 없죠'라니. 그러고 보면 뉴잉글랜드 사람들에게는 다른 무엇보다, 이를테면 효율성보다도 일관성이 더 중요했다. 코니는 전에도 자료조사를 하다가 '늘 해 오던 대로 했으니까 그렇죠'라는 말을 들은 적이 있었다. 뉴잉글랜드 사람들의 이러한 성격은 외부 세계의 침투를 막는 흉벽과 같은 역할을 했다. 코니는 엄마가 청소년 시절에 가졌던 반항심에 일순간 공감했다. 외가쪽 식구들은 변화와 발전이 없이 항상 일정한 방식대로 질서정연하게 생활했을 게 틀림없어.

코니는 굳어진 얼굴에 미소를 띠며 여직원에게 물었다.

"그러면 D로 시작하는 이름들이 어느 쪽에 있는지 알려 주시겠어요?"

"저쪽에 도서목록카드가 있어요."

여직원이 가리킨 방향을 보니 서가 넓이의 절반쯤 되는 영역이 눈에 들어왔다. 여직원은 홱 돌아서서 '직원 외 출입금지'라는 팻말이 붙은 작은 문으로 들어가 버렸다.

"고마워요."

코니는 허공에다 대고 이렇게 중얼거리며 길쭉한 탁자에 가방을 내려놓고 도서목록함 쪽으로 돌아섰다.

코니의 지식에 따르면 딜리버런스 데인이 남편(남편이 있었다고 가정할 때)보다 먼저 죽었을 경우 그녀의 재산은 자동적으로 남편에게 넘어갔을 것이다. 만약 남편이 먼저 세상을 떠났다면 당시의 법률에 따라 남편 재산의 3분의 1 이상이 그녀에게 상속되고 나머지는 자식들에게 분배되었을 것이다. 딜리버런스 데인이 평생 독신으로 살았다면 문제가 더 복잡해지겠지만 식민지 시기에는 그런 일이 극히 드물었다. 그리고 코니에게는 마녀재판을 받았을 때 딜리버런스 데인이 몇 살이었는가에 대한 정보가 하나도 없었다. 통계학적으로 보면 마녀로 고발당한 여자들은 대부분 40대에서 60대 사이의 중년 여성들이었는데, 식민지 정착기 사회에서 여성의 사회적 지위가 정점에 다다르는 나이가 바로 중년이었다. 마녀로 고발당한 여자들에게는 보통 사람들과 확연히 다른 면이 한두 가지 있었다. 자녀의 수가 평균보다 적었다거나, 경제적으로 소외된 처지였다거나. 딜리버런스가 이러한 통계와 일치하는 마녀였다면 필시 나이가 많았을 테고 과부였거나 아이가 없는 여자였을 수도 있다.

유언 검인기록은 법적으로 유효한 서류이기 때문에 고문서들도 현대의 기록과 똑같은 체계에 따라 분류되어 있었다. 보존을 위해 특별한 조치를 취한 흔적도 없었다. 코니는 일렬로 늘어선 철재 서류 캐비닛을 뒤지다가 마침내 번호가 매겨지고 '유언장: 댐-댄포스'라고 표시된 서랍을 발견했다. 그 서랍을 끌어당겨 열자 구름처럼 뭉친 먼지가 확 일어나더니 그 밑으로 수백 개의 파일 폴더가 모습을 드러냈다. 파일 하나가 곧 한 사람의 일생이었다. 각각의 폴더 안에는 먼 옛날에 사망한 사람의 인격과 망각된 지 오래인 가문의 역사를 알려 주는 단서가 들어 있었다. 농장이 점점 잘게 쪼개졌고, 혼인이 성사되기도 하고 깨지기도 했다. 코니는 이처럼 일견 무미건조해 보이는 서류들 속에 간혹 숨어 있는 극적인 이야기에 감동을 받곤 했다. 하지만 그녀에게 연구의 즐거움을 새삼 일깨워 준 것은 바로 샘의 뜨거운 열정이었다. 코니는 서류를 뒤적이며 '여기 어딘가에 마시 램슨의 이름도 있겠지?'라고 생각했다. 지저분한 폴더들을 손가락으로 넘기는 동안 코니의 머릿속 한구석에는 환하게 웃는 나이든 여자의 얼굴이 어른거렸다.

드디어 '데인필드, 하비, 1934년 12월 12일'과 '데인필드, 재니스, 1888년 2월 23일' 사이에서 달랑 'D. 데인'이라고만 적힌, 다 부서져 가는 얇고 지저분한 마분지 폴더가 나타났다. 코니는 그 폴더의 위치가 부정확하다는 사실에 잠시 기분이 언짢았으나 곧 발견의 기쁨을 만끽하며 폴더를 꺼내 들고 탁자 앞에 앉았다.

일반적으로 20세기의 유언 검인기록 파일들은 유언장 작성 날짜와 유언 집행인 및 법원 서기의 서명이 기재된 공식적인 느낌의 표지에다 난해한 법률 문서와 유산 내역이 두툼하게 첨부되어 있었다. 이러한 표지들은 얼핏 보기에 다 비슷비슷해 보였고 보통의 필기체로 쓰여 있다는 점에서 19세기의 유언장들과 별반 다르지 않았다.

그러나 딜리버런스의 파일을 열어 보니 표지가 누락되어 있었다. 표지가 없이는 딜리버런스의 사망 날짜를 확인할 길이 없었다. 딜리버런스가 1692년에 파문을 당하고 바로 사형을 당했으리라 추측할 수는 있겠지만, 날짜가 기록된 유언장 표지가 없다면 그 사실을 확실히 입증하는 것은 불가능했다. 19세기의 어느 시점에 만든 걸로 보이는 딜리버런스의 폴더 안에는 서류가 딱 한 장밖에 없었다. 코니는 자리에서 일어나 여직원이 숨어 있는 직원 전용 사무실 앞으로 성큼성큼 다가가 문을 열고 고개를 들이밀었다.

"저, 잠깐만요."

연애소설을 무릎 위에 펼쳐 놓고 책상 앞에 앉아 있던 여직원은 커피잔을 입술로 가져가려는 순간 코니의 목소리를 듣고 화들짝 놀랐다. 코니는 문간에 서서 그녀에게 물었다.

"제가 보려는 유언장 파일에 표지가 누락된 것 같은데, 혹시 다른 데서 찾아볼 수 있을까요? 아니면 유언 검인 날짜를 기록해 둔 장부가 따로 있나요?"

깡마른 여직원이 코니를 쏘아보더니 퉁명스럽게 대답했다.

"그런 건 없어요. 지금으로부터 300년 전이니 말도 안 되는 일이 부지기수였겠죠?"

여직원는 더 이상 말을 시키지 말라는 신호처럼 다시 커피잔을 들었다.

코니는 한숨을 쉬며 사무실 밖으로 나와서 문을 닫았다. 그녀는 탁자로 돌아가 유산 목록을 집어 들고 훑어보기 시작했다. 딜리버런스 데인의 삶과 재산의 총합! 코니는 가방에서 공책을 꺼내 필기체로 쓰인 목록을 그대로 옮겨 적었다. 그렇게 상태가 좋지 않은 서류를 복사하겠다고 하면 여직원이 허락할 리가 없겠지.

딜리버런스 데인(Deliverance Dane)	
마블헤드의 집과 경작지(2에이커)	63 파운드[물로 얼룩져 있음]
각종 침구류 및 의류	13. 12 파운드
가구: 침대, 식탁, 의자 6개, 찬장	12.25 파운드
잡다한 철제 취사도구	90 실링
질그릇	67실링
잡다한 살림살이	54 실링
유리병	30 실링
나무 궤짝	22 실링
성경, 영수증 대장	15 실링
그 외의 책	12 실링
돼지 1마리	1.5 파운드
젖소 1마리	2.5 파운드
닭 7마리	34 실링

세금 총액 12.10 실링

이상은 유일한 자손 머시에게 상속함.

몇 분간 서류를 들여다보는 동안 머릿속에서 생각들이 부글부글 끓었다. 코니는 눈을 감고 딜리버런스 데인이 삶의 무대로 삼았을 황량한 방들을 그려 보았다. 우선 17세기 후반 농가의 전형적인 실내 풍경을 막연하게나마 그려 보니 널빤지를 깐 바닥과 커다란 벽난로가 있는 빈 집이 나왔다. 코니는 서류에 나타난 단서들을 머릿속의 그림에 하나씩 추가했고, 영역을 구분해 색을 칠하는 화가처럼 점차 세부적인 부분까지 묘사해 나갔다.

유언 검인증서에 남편에 대한 언급이 없는 걸 보면 딜리버런스는 과부였다는 결론이 나왔다. 코니는 난롯가 옆에 홀로 우두커니 서 있는 중년 여자를 떠올렸다. 그녀는 중류층 중에서도 경제적 지위가 낮은 편이었다. 농지를 소유하고 있었지만 온전한 농장을 가지고 있지는 않았고, 기본적인 살림은 갖추고 살았지만 은그릇이나 백랍그릇처럼 특별히 값나가는 물건은 없었다. 가구류와 침구류의 가격이 비슷하다는 사실은 가구 질이 좋았지만 비교적 평범했다는 해석을 가능케 했다. 의자에 대해 별도의 설명이 없는 걸로 보아 장식이 있는 의자나 팔걸이의자는 아닌 듯했고, 식탁보나 터키자수 장식품도 목록에 없었다. 이러한 결론들을 토대로 코니는 상상 속의 여자 주위에 가구를 그려 넣었다. 다리가 둥글게 다듬어진 소박한 나무 탁자를 그리고, 탁자 위에 단순한 접시들을 올리고, 난롯불 위에는 펄펄 끓는 커다란 철재 냄비를 올리고, 딱딱한 나무의자 몇 개를 탁자 가까이 끌어당기되 식사는 한 명 또는 두 명분만 차렸다. 탁자에 식탁보는 씌우지 않았다. 식당의 맞은편 방 혹은 옆방을 거실로 썼을 테고, 거실의 침대에 씌운 리넨 침구와 깃털 매트리스는 그 집에서 가장 비싼 물건이었으리라. 코니는 재미삼아 높은 선반에서 허브와 꽃을 말리고 있는 장면을 추가했다. 상상 속의 여자는 팔짱을 끼고 있었다.

코니는 상상 속의 실내 풍경에서 집 주위의 텃밭으로 눈을 돌렸다. 푸른 잎채소와 완두콩, 겨우내 저장해 두고 먹는 뿌리채소 그리고 과일나무도 한두 그루. 집의 측면에는 딜리버런스가 손수 팼거나 이웃집에서 사온 장작이 쌓여 있었다. 코니는 투박한 나무 우리를 그리고 두 귀를 펄럭이는 흑백 얼룩무늬 돼지를 집어넣었다. 그러고는 젖소를 넣기 위해 뒤뜰에 소박한 헛간을 그려 넣었다. 코니는 상상 속의 집 현관문 옆에서 드문드문 흩어져 흙바닥을 쪼고 있는 닭들을 그려 넣고 그림을 완성했다. 그리고 내친김에 딜리버런스의 생활을 머릿속으로 재구성해 보았다.

지금까지 밝혀진 사실을 종합하면 딜리버런스는 고독하긴 했어도 능력이 있는 여자였다. 손수 농사를 지어 양식을 마련하고 계란, 치즈 따위는 이웃과의 물물교환으로 해결했으며 어쩌면 세탁이나 옷 수선까지 남에게 맡겼을 수도 있다. 그러나 명쾌하게 설명되지 않는 사항도 몇 가지 있었다. 예컨대 출생일자와 사망일자가 구체적으로 밝혀지지 않았으므로 딜리버런스의 나이는 여전히 수수께끼였다. 유언 검인증서의 목록에는 머시라는 딸이 유일한 자손이라고 나와 있다. 그렇다면 딜리버런스는 젊은 나이에 과부가 됐는지도 모른다. 아이를 더 낳거나 재혼하기 전에 처형당했을 가능성도 있겠지.

하지만 그런 상황이었다면 유산은 어린 딸에게가 아니라 딜리버런스의 아버지나 다른 남자 친척에게 양도되지 않았을까? 머시 데인이 성인이었지만 아직 미혼인 상태로 어머니의 유산을 물려받았을 수도 있겠지. 그렇게 된 거라면 딜리버런스의 집은 당대의 다른 집들에 비해 유달리 적적했겠군. 어린아이들이 북적북적하지도 않고, 고용된 하인도 없고, 노인을 모시고 살지도 않는 집이라. 코니는 눈살을 찌푸렸다. 모녀지간인 성인 여자 둘이서만 생활하는 장면이 얼른 눈앞에 그려지지 않았다.

유리병들도 문제였다. '잡다한 살림살이'에 포함시키지 않고 유리병을 별도로 언급했다는 건 유리병이 아주 많았다거나 다른 이유로 언급할 가치가 있었다는 이야기였다. 코니는 머릿속에 그린 딜리버런스의 집에 크기와 모양이 다양한 유리병들을 추가하려 했지만 어떻게 해도 자연스러운 풍경이 나오지 않았다. 그래서 유리병 몇 개를 탁자 위에 흩어 놓고 나머지는 찬장에 꽉꽉 채워 넣고 말았다. 딜리버런스는 무엇 때문에 유리병을 그렇게 많이 가지고 있었을까? 코니는 목록의 양쪽에 팔꿈치를 올려놓고 손으로 턱을 받친 채 책상 위로 체중을 실어 몸을 구부렸다. 상상 속의 여자가 코니를 향해 빙긋 웃었다.

"이봐요!"

매끄러운 목소리가 코니의 귓가를 스쳤다. 코니는 약간 짜증을 내며 대답했다.

"예?"

의욕 없는 여직원이 팔짱을 끼고 서서 코니를 내려다보고 있었다. 원래는 코니의 앞을 가로막으려던 모양이었으나 덩치가 작아서 무리였다.

"30분 후에 문을 닫아요."

여직원은 뾰족한 코를 들어 도서목록함 위에 걸려 있는 나무 벽시계를 가리켰다.

"고맙습니다. 금방 끝낼게요."

그녀가 서류 캐비닛 뒤로 사라진 후 코니는 다시 고개를 돌려 유산목록을 뚫어져라 바라보았다.

유산목록에서 석연치 않은 점은 그것뿐만이 아니었다. 어딘가 잘못된 게 있었다. 코니는 아랫입술을 말아 올려 살짝 깨물고 열심히 머리를 굴렸다. 뭐가 문제일까? 세율은 적절해 보였고 부동산에도 지나치게 높지도 낮지도 않은 가격이 매겨져 있었다. 가축의 구성도 코니가 예측했던 것과 대충 맞아떨어졌다. 책이 문제인가? 하지만 청교도들이 사는 집에는 으레 책들이 있게 마련이었다. 아직 소설은 널리 보급되기 전이었지만 보스턴에서 판매되던 설교집, 도덕적 훈화를 위해 배포한 소책자 따위가 집집마다 있었다. 물론 성경은 필수였다.

코니는 유산목록의 한 줄을 소리 내어 읽었다.

"성경, 영수증 대장."

영수증 대장?

코니는 서류를 다시 한 번 자세히 보았다. 눈을 가늘게 뜨고 종이의 펜 자국 하나하나를 정밀하게 살피면 글자 뒤에 숨은 의미가 밝혀진다고 믿는 사람처럼. 영수증 대장이라? 장부 같은 건가? 딜리버런스가 무슨 사업이라도 했나? 영수증으로 뭘 했을까? 생각에 잠긴 코니의 눈동자가 커지고 눈썹은 이마까지 올라갔다. 상상 속의 여자는 여전히 초조한 표정으로 양손을 허리에 올리고 상상 속의 방 안에 서 있었다. 코니는 '영수증 대장'이라는 말을 웅얼거려 보았다. 때때로 부정확한 철자법과 발음이 만나면 의미의 왜곡이 일어날 수도 있는 법이지……. 어떤 생각이 코니의 머릿속을 맴돌았지만 아직 구체적이지 못하고 막연하기만 했다.

영수증(Receipt)이라.

'e'를 빼면 Recipt.

레시피(Recipe)와 비슷한 단어가 된다.

눈 깜짝할 사이에 코니의 머릿속에 명료하고 완전한 개념이 선명하게 떠올랐다. 코니가 숨을 몰아쉬며 고개를 똑바로 쳐든 순간 여직원이 전등을 확 꺼 버렸다.

인터루드

매사추세츠 주, 세일럼

1682년 7월 중순

'이 나무가 오늘 유난히 편안한걸.'

나무껍질에 등을 기대고 앉아 있던 소녀는 속으로 이런 생각을 했다. 소녀는 자신이 앉아 있는 굵은 나뭇가지와 등을 받치고 있는 울퉁불퉁한 나무둥치 사이의 홈 안으로 파고들어, 가지 한쪽 끝에 발을 걸치고 산들바람 속에서 자유롭게 발목을 흔들어 대며 즐거움을 만끽하고 있었다. 나무 위는 한결 시원했다. 여름철 바람이 주위에 모였다 흩어지면서 소녀의 헐거운 머리채를 이마 위로 휙 들어 올리는가 하면 소매와 두건 밑으로 살짝 들어가기도 했다. 소녀는 엉겁결에 킥킥거리다 이내 웃음을 그쳤다.

소녀의 발이 있는 곳에서 1~2미터 아래에 약간 경사진 땅이 있었다. 무성한 나뭇잎과 잔가지가 아늑하게 가려 주는 곳에 숨은 소녀는 무척 즐거웠다. 아무도 눈치 채지 못하는 가운데 높은 곳에 앉아서 다른 사람들을 감시하는 기분은 그야말로 꿀맛이었다. 오솔길 너머로 밀짚모자를 쓴 제임스 아주머니가 자기 집 뜰에서 허리를 구부린 모습이 보였다. 더 멀리, 오솔길이 굽어지는 곳에서는 제임스 아저씨가 노새를 몰고 부두 쪽으로 가고 있었다. 밭일을 하던 제임스 아주머니가 몸을 펴고 손을 허리에 갖다 대자 소녀는 생긋 웃었다.

바로 밑의 마당에서는 소녀의 아버지가 장작을 패는 소리가 율동이라도 하는 것처럼 들렸다. 퍽, 휙, 쿵! 그러고 나면 아버지가 방금 쪼갠 통나무를 등 뒤의 장작더미로 던지는 '덜거덕' 소리가 둔탁하게 들렸다. 퍽, 휙, 쿵! 소녀는 나뭇잎에 가려져서 아버지에게는 자기가 보이지 않는다는 사실을 알고 있었지만 혹시나 들킬까 싶어 꼼짝 않고 있으려고 애썼다. 그 주의 예배에서 목사가 게으른 아이들에 대해 설교한 탓에 마을 사람들이 여느 때보다 날카로운 눈으로 자식들을 감시하고 있었다. 소녀는 등 뒤의 나무둥치에 머리를 기대며 콧잔등에 주름을 잡았다.

뱃속에서 꼬르륵 소리가 났다. 소녀는 소리를 가라앉히려고 두 손으로 배를 살짝 누르고는 손가락으로 긴 머리를 배배 꼬면서 자기 눈높이에 있는 가지들을 응시했다. 뭐 먹을 게 없을까? 벌써 몇 주 전에 꽃이 다 졌는데도 나무에 열린 열매는 아직 사과라고 부르기 어려울 정도로 작았다. 소녀는 잎사귀와 열매가 잔뜩 달린 가지를 끌어당겨 두 손으로 감싸 쥐었다. 일찍이 어머니 친구들 몇몇이 그녀에게 식물을 '요령 있게' 잘 가꾼다고 칭찬한 적이 있었다. 소녀는 그런 칭찬의 말들을 떠올리며 약간 부끄러운 마음으로 작은 사과 열매들을 바라보았다.

'이건 나쁜 일이야.'

소녀는 스스로를 꾸짖었다. 그러나 뱃속이 다시 요동치자 소녀는 한데 뭉쳐 있는 열매들을 물끄러미 바라보았다. 소녀의 강력한 의지가 두 손으로 흘러가서 나뭇가지에 스며드는 듯했다. 별안간 소녀의 눈 바로 밑에 있던 열매 중에서 가장 큰 사과 열매가 흔들리고, 꿈틀거리며, 물집처럼 부풀어 오르고, 표면이 탱탱해져서, 연두색 기운을 띠던 것이 점차 진해져 붉은 기가 돌았다. 소녀의 손 안에서 자꾸만 커지고 부풀던 사과 열매는 어느덧 소녀의 주먹만 한 크기가 되고, 잠시 후에는 주먹 두 개를 합친 크기가 됐다가, 갑자기 가지에서 비틀려 떨어지더니 애석하게도 허공을 가르며 떨어졌다. 열매가 쩍 갈라지고 과육은 땅바닥에 흩어져 엉망이 됐다.

"마시!"

휙휙 움직이던 도끼가 갑자기 멈추고 아버지가 부르는 소리가 들렸다. 소녀는 아랫입술을 비죽 내밀었다.

'들켰구나.'

어느새 나무 밑동 가까이로 다가온 아버지가 말했다.

"마시 데인, 당장 내려와라."

마시라고 불린 소녀가 부루퉁해 있는 동안 바로 밑의 나뭇잎 사이에서 햇볕에 그을린 아버지의 얼굴이 불쑥 나타났다. 소녀는 아버지가 화났으리라는 생각에 불안한 표정으로 아래를 내려다보았다. 하지만 아버지는 양쪽 눈가에 깊은 주름을 만들며 웃고 있었다. 그래서 소녀도 배시시 웃었다. 아버지가 내려오라고 손짓하자 소녀는 두 손으로 나뭇가지를 움켜잡고 치마와 앞치마가 한데 엉킨 채로 그네를 타듯이 내려왔다. 소녀는 사과 과육이 흩어져 있는 곳에서 그리 멀지 않은 위치에 착지했다.

팔짱을 낀 아버지가 고개를 절레절레 흔들며 말했다.

"콩깍지를 벗기기로 해 놓고 종일 나무에서 빈둥거리면 어떡하니."

소녀는 두 손을 앞치마 밑에 감춘 채 고개를 들고 가만히 있었다.

"아빠가 날마다 빈둥거린다고 생각해 봐라. 식사준비를 하려는데 장작이 없으면 어떻게 되겠니?"

소녀는 어깨를 으쓱하면서 한쪽 발을 움직여 흙바닥에 작은 동그라미를 그렸다.

"마시?"

아버지가 다그치자 소녀가 기어들어가는 목소리로 말했다.

"죄송해요, 아빠."

아버지는 거칠거칠한 손을 소녀의 어깨에 올리며 말했다.

"그럼 얼른 시작해라."

아버지는 소녀가 한두 시간 전에 나무 밑동에 팽개친 골풀 바구니를 손가락으로 가리켜 보였다. 그러고 나서는 장작더미 쪽으로 돌아서서 나무에 꽂아 놓은 도끼를 다시 잡고 곧 일을 시작했다. 퍽, 휙, 쿵! 머시는 나무 밑동 쪽으로 살금살금 걸어가 바구니를 손에 들고 집 뒤편 텃밭으로 갔다.

더운 날 따가운 햇볕을 받으니 옷이 무겁고 불편하게 느껴졌다. 소녀는 줄기를 하나씩 훑으며 완두콩 꼬투리를 따서 바닥에 내려놓은 바구니에 담았다. 그러면서 숨이 차는 것도 아랑곳 않고 가락이 맞지 않는 찬송가를 흥얼거렸다. 밭이랑의 끝에 가까워졌을 때 소녀는 흙먼지에 뒤덮인 채 바닥에 놓여 있는 얼룩덜룩한 황갈색 꼬리를 발견했다. 자세히 보니 완두콩 덩굴 아래의 그늘에 강아지가 배를 깔고 누워 낮잠을 자고 있는 게 아닌가. 소녀는 흙바닥에 쪼그려 앉으며 강아지에게 인사했다.

"안녕, 독(Dog)."

강아지는 대답 대신 입을 쩍 벌려 하품을 하며 제가 고양이라도 되는 양 짧은 다리를 쭉 폈다. 소녀는 저 강아지와 처지를 바꾸면 정말 좋겠다는 생각을 했다. 자기가 홀라당 벗고 그늘에 누워 한숨 자는 동안 강아지가 더운 부엌에서 엄마와 함께 콩깍지를 벗기면 좋을 것 같았다. 그때 집 안에서 여자 목소리가 들렸다.

"머어어어시!"

장작더미 쪽에서 아버지가 대답했다.

"텃밭에 있소, 리비!"

머시(소녀의 이름은 머시였고, 아버지는 사투리를 써서 마시라고 불렀다)는 얼른 일어나서 옷소매로 얼굴을 쓱 닦고 무거워진 바구니를 들고 깡충깡충 뛰며 집 뒷문으로 들어갔다. 머시는 천천히 홀에 들어가 완두콩이 든 바구니를 방 한가운데의 길쭉한 널빤지 탁자에 올려놓았다. 오전 내내 커다란 난로에 불을 지펴 음식을 만들어서 그런지 여름인데도 방 안이 바깥보다 더웠다. 창문 세 개를 다 열어 놓았지만 워낙 작은 창문들이라 바깥 공기가 잘 들어오지 못했다. 연기가 피어오르는 갑갑한 홀에 들어온 머시는 눈을 깜박거리며 발판 위에 올려놓은 널빤지 탁자 옆의 의자에 앉아 콩깍지를 벗길 준비를 했다.

"거기 있었구나!"

숨을 헐떡이는 여자의 목소리가 문간에서 들리더니 어머니가 방으로 들어와 앞치마에 양손을 쓱쓱 문질렀다. 언제나 온화하고 구김살 없던 어머니의 얼굴이 몇 주 전부터 왠지 모르게 홀쭉해졌다. 늘 미소를 달고 다니던 어머니였건만 요즘은 입술을 꽉 다물고 다니면서 걸핏하면 화를 냈다. 그래서 머시가 나무 위에 숨거나, 찬장 뒤에 숨거나, 강아지와 함께 제임스 아저씨네 옥수수밭에 숨어서 보내는 시간이 부쩍 늘어난 것이다.

"콩깍지를 벗기고 있어요, 엄마!"

머시는 얼른 이렇게 말하며 콩깍지 하나를 엄지손톱으로 가르고 손가락을 움직여 콩알을 꺼냈다.

딜리버런스는 머시를 물끄러미 바라보다가 대답했다.

"그렇구나."

딜리버런스는 한숨을 푹 쉬더니 벽돌 화덕 안에서 구워지고 있는 빵 덩어리로 시선을 돌렸다. 딜리버런스와 머시는 한동안 말없이 일했다. 뜰에서 나다니엘 데인이 장작을 패는 '퍽, 휙, 쿵' 소리만 간간이 들렸다. 강아지 독이 슬며시 뒷문으로 들어와 탁자 밑의 장작더미에 자리를 잡았다.

얼마 후 현관문이 열리더니 모녀가 일하고 있는 홀에 몸집이 비대한 여자가 들어섰다. 매듭이 있는 두건 위에 넓적한 밀짚모자를 눌러쓴 그녀가 우렁차게 말했다.

"안녕, 리비 데인!"

그녀는 거침없이 식탁으로 걸어와서는 머시의 완두콩 바구니 옆에 천으로 싼 꾸러미를 내려놓았다. 화덕 앞에 있던 딜리버런스 데인이 돌아보며 그녀를 향해 미소를 지었다.

"안녕하세요."

딜리버런스의 가느다란 집게손가락이 머시의 어깨뼈 사이를 지그시 눌러 신호를 보냈다.

"안녕하세요, 바틀렛 아줌마."

머시가 약간 새된 소리로 인사를 했다. 머시는 사라 바틀렛 아줌마가 친절한 사람이라는 사실은 알고 있었지만 그녀가 가까이 있으면 왠지 마음이 편치 않았다. 그녀의 비대한 몸집을 보면 머시 자신이 너무 작게만 느껴졌다. 사라 바틀렛은 웃는 얼굴로 머시를 내려다보며 손으로 머시의 등을 가볍게 어루만졌다.

딜리버런스가 자기로 만든 잔을 사라에게 건네며 말했다.

"사과즙 좀 드세요. 날씨가 지독하게 덥죠?"

사라는 널빤지를 얹은 작업대에 걸터앉았다. 폭이 꽤 넓은 작업대였음에도 불구하고 거구의 부인이 앉으니 좁은 의자 같았다.

"더운 건 괜찮다우."

사라는 손을 내저으며 이렇게 말하고 나서 모자의 핀을 빼며 말을 이었다.

"어쨌든 고마워요."

딜리버런스가 물었다.

"송아지는 어때요? 오줌을 받아오셨나요?"

사라가 허리춤에 동여맨 주머니에 손을 집어넣으며 대답했다.

"응, 여기 가져왔수. 젖이 잘 나오질 않아. 고집 센 망나니 같으니라구. 우리 아저씨는 그 송아지가 곧 죽을 거라고 말하지만 그 녀석, 아직 기운은 좋다니까."

사라는 주머니에서 노란 액체를 가득 채워 봉한 유리병을 꺼내 탁자에 올려놓았다. 딜리버런스는 창문으로 들어오는 가느다란 햇살에 유리병을 비춰 보았다. 그녀가 이맛살을 찌푸리며 이쪽저쪽으로 기울여 보는 동안 병은 햇빛을 받아 반짝반짝 빛났다.

딜리버런스가 창가에 있는 동안 사라가 머시에게 말을 걸었다.

"봐라, 머시. 내가 너희 엄마한테 뭘 가져왔게?"

머시는 어깨를 으쓱했다. 사라는 탁자 위의 꾸러미를 풀고 머시가 안을 들여다볼 수 있도록 한쪽 귀퉁이를 들어 주었다.

머시는 의자에서 꿈틀거리며 손뼉을 쳤다.

"블루베리다!"

머시도 가끔 강아지와 함께 산책하다가 블루베리 덤불을 발견하곤 했지만 대개는 까마귀들이 열매를 다 따먹은 후였다. 머시는 처음에 사라를 경계했던 게 은근히 후회되기 시작했다.

'사라 바틀렛 아줌마는 우리 마을에서 가장 마음씨 좋은 아줌마일 거야. 목소리가 너무 커서 탈이지만.'

딜리버런스가 송아지 오줌이 든 유리병을 탁자 위에 내려놓고 딸을 향해 미소를 지었다.

"오, 사라. 저 애는 블루베리라면 사족을 못 써요. 정말 고맙습니다. 그리고 댁의 송아지한테는 다른 약을 써 봐야겠어요."

딜리버런스는 찬장 맨 아래 선반에서 커다랗고 무거운 책을 꺼내 탁자 위에 펼쳐 놓았다. 그녀는 가느다란 한쪽 팔을 탁자에 올려놓고 몸을 굽혀 책장을 넘겼다. 손가락으로 글자를 하나씩 훑으며 말없이 읽어 내려가는 그녀에게 사라가 말했다.

"우리 아들이 따온 거라우. 당신에게 안부 전해 달래요. 그리고 나다니엘에게도."

딜리버런스가 책을 뒤적이는 동안 방 안은 다시 조용해졌다. 머시는 발끝으로 의자 다리를 톡톡 치면서 완두콩 깍지를 몇 개 더 벗겼다. 사라는 화젯거리를 찾으려는 듯 홀 안을 둘러보다가 마음에 있던 말을 입 밖에 냈다.

"참 심술궂지? 그 펫포드라는 사람."

머시는 엄마의 등뼈가 일순간 긴장으로 뻣뻣하게 굳어지는 모습을 보았다. 머시가 식탁을 향해 돌아앉자 딜리버런스의 푸른 눈에 먹구름이 몰려들었다. 사라가 다시 말했다.

"우리 바깥양반 말로는 그 배심원들은 쓸모없는 자들이라던데? 메리 올리버야 말할 것도 없고, 흥."

사라는 콧방귀를 뀌었다. 메리 올리버가 무슨 소리를 할지는 세상 사람이 다 안다는 투였다.

"그리고 피터 펫포드, 그 양반은 절망해서 제정신이 아닐 거라우."

사라는 자못 심각한 표정으로 통통한 손가락을 허공에 휘저었다.

딜리버런스는 자리에서 일어나 팔짱을 끼면서 조용히 대답했다.

"그 사람은 하나밖에 없는 딸을 잃었잖아요. 원래 사람은 누구나 신의 섭리를 잘 모르기 때문에 헤매는 법이에요."

딜리버런스는 유리병에 금속으로 만든 핀을 몇 개 집어넣고 뚜껑을 닫은 후 난롯불에 던져 넣었다. 그러고 나서 높은 선반 위의 말린 허브를 뒤적이며 무언가를 찾다가 그녀가 원하는 허브를 한 다발 뽑아내 역시 난롯불에 던져 넣었다. 펑! 난로에서 폭발이 일어나면서 연기가 나고, 탁탁 소리와 함께 불꽃이 일어나고, 썩은 통나무 밑면에서 나는 냄새와 비슷한 자극적이고 시큼한 냄새가 방 안 가득 퍼졌다. 그동안 딜리버런스는 알아들을 수 없는 말로 뭐라고 조그맣게 중얼거렸다. 머시의 뱃속에서는 흥분이 솟구쳤다. 엄마가 약을 제조하는 모습을 볼 때마다 항상 느끼는 감각이었다. 엄마가 어떤 허브를 골랐는지는 아직 몰랐지만, 바틀렛 아주머니가 가고 나면 물어볼 작정이었다.

사라가 머시에게 물었다.

"머시, 넌 불쌍한 마사 펫포드를 몰랐지?"

딜리버런스가 사라를 힐끔 쳐다보며 고개를 가로저었다.

사라는 당황해서 더듬거리며 말했다.

"아. 그런데 이 약은 내, 냄새가 정말 고약하구먼, 리비. 잘 듣는 약이라 그렇겠죠?"

사라는 희미하게 웃어 보였다. 딜리버런스도 억지로 미소를 띠면서 사라가 블루베리를 싸온 천에다 아까 불에 넣었던 말린 허브를 조금 더 쌌다.

"이걸 빻아 가루로 만들어서 날달걀을 섞고 물을 부어 끈기가 생길 때까지 끓이세요. 그렇게 만든 고약을 소의 젖꼭지에 바르면 젖이 잘 나올 거예요."

딜리버런스에게서 꾸러미를 받아들어 주머니에 넣는 사라의 둥그스름한 얼굴에 안도의 빛이 어렸다.

"이럴 줄 알았어. 당신이 해결해 줄 줄 알았다니까. 내가 바틀렛 아저씨한테 말했다우. 우리 군에 똑똑한 사람이 아무리 많아도 약에 관한 한 리비 데인이 최고라고."

사라는 다시 한 번 거북하게 키득거리다가 딜리버런스의 얼굴에 불안한 빛이 나타난 걸 보고 멈췄다.

사라는 모자를 집어 들고 문 쪽으로 걸어가며 덧붙여 말했다.

"진짜야. 다들 알고 있다니까."

사라는 말하다 말고 머뭇머뭇 딜리버런스의 어깨에 손을 얹은 후 말을 이었다.

"이봐요, 리비. 속마음을 너무 억누르지 말아요. 당신이 아이를 해쳤다고 믿는 사람은 아무도 없어. 악마에 관한 헛소문도 조만간 가라앉을 거라우."

사라는 딜리버런스를 안심시키기 위해 그녀의 어깨를 잡은 커다란 손가락에 힘을 주고 나서 머시를 향해 고개를 끄덕인 후 집 밖으로 나갔다.

그녀가 가고 나서 문간에 나다니엘 데인이 나타났다. 리넨 셔츠가 땀에 흠뻑 젖어 있었고 팔과 얼굴에는 흙과 나무 부스러기가 묻어 있었다. 나다니엘 데인은 막 쪼갠 장작을 한 무더기 들고 탁자 모퉁이를 돌아와서 난롯가에 내려놓았다. 머시는 자기가 게으름을 피웠다고 아버지가 이야기할까 봐 불안해졌다. 어머니의 얼굴에 주름살이 생기고 손마디가 하얘진 걸로 보아 나쁜 짓을 했다는 게 알려지면 혼쭐이 날 분위기였다. 머시는 마치 근면하고 성실하게 일한다는 걸 강조하려는 듯이 잽싸게 콩깍지를 벗겼다.

나다니엘이 장작을 한 줌 집어 난로에 넣은 후 두 손을 바지에 문지르며 아내에게 물었다.

"누가 오솔길로 나가는 걸 봤는데, 바틀렛 부인이었소?"

딜리버런스가 대답했다.

"맞아요. 오, 나다니엘."

딜리버런스는 목멘 소리로 남편을 부르고 나서 앞치마 끝자락으로 얼굴을 가리고 숨죽여 흐느꼈다. 나다니엘은 그녀를 팔로 감싸 안았다. 아내는 어깨를 들썩이며 남편의 가슴팍에 얼굴을 묻었고, 남편은 더러워진 손으로 두건을 쓴 아내의 뒤통수를 쓰다듬었다.

"쉬이잇. 쉬이잇."

나다니엘이 머시에게 가만히 있으라는 신호를 보냈다. 머시는 어머니와 아버지를 말똥말똥 쳐다보며 생각했다.

'엄마가 우는 건 처음 봐.'

7장

매사추세츠 주, 마블헤드
1991년 6월 중순

코니는 마룻바닥에 가방을 쾅 하고 내려놓고 그녀가 서 있는 문간에서부터 시작해 할머니 집의 1층을 꼼꼼히 살피기 시작했다. 창문을 뒤덮고 빽빽하게 자란 덩굴의 틈새로 들어온 늦은 오후 햇살이 마룻바닥의 소나무 널빤지에 여기저기 얼룩무늬를 만들었다. 코니가 자료를 찾으러 나가 있는 동안 여름의 열기가 집 안에 흠뻑 스며들어, 나무와 회반죽과 말총으로 만든 여러 겹의 단열재를 뚫고 모든 방의 모든 구석을 더운 공기로 채운 모양이었다. 특히 계단 주변에는 더운 공기가 두툼한 벽처럼 뭉쳐 있었다. 그동안 코니는 현관 문지방을 넘어 집 안으로 들어설 때면 항상 잠시 멈춰 서서 숨을 돌렸다. 하지만 지금은 딜리버런스 데인에 관한 가설이 머릿속에서 소용돌이치는데다 집 안의 따가운 열기가 피부에 닿아 신경계에 흐르는 에너지와 섞이는 바람에 온몸의 신경이 곤두서 있었다. 수색을 시작하기에 적합한 장소는 아무래도 거실의 책꽂이 같았다. 코니는 사다리 같은 계단을 지나치다가 계단 널빤지에 돋아난 버섯을 발로 차고 말았다. 쿵! 버섯의 축축한 몸통이 넘어지면서 마룻바닥에 곰팡이 얼룩을 남겼다.

엄마가 띄엄띄엄 들려준 이야기에 따르면 코니의 할아버지 르뮈엘 굿윈은 고등학교 졸업이 학력의 전부인 평범한 사람이었고 책에는 취미가 없었다. 신발공장 노동자의 아들로 태어나 평생을 마블헤드에서 살았던 그는 주말에 항구 근처의 캣 아이랜드에 가서 가재잡이를 하는 게 인생의 가장 큰 낙이었다. 거실 벽난로 위의 장식 선반에는 세월이 흐르는 동안 탈색되어 허옇게 바랜 사진이 놓여 있었다. 사진 속의 할아버지 르뮈엘은 래드클리프 대학 정문의 화려한 아치 밑에서 그레이스의 어깨에 자랑스럽게 팔을 두르고 가늘게 뜬 눈으로 카메라를 쳐다보고 있었다. 그레이스의 흰 장갑과 단정한 모자로 보건대 사진은 그녀가 집에서 독립한 해인 1962년에 촬영한 것 같았다. 코니는 엄지손가락으로 사진 액자를 만지며 생각했다. 엄마는 왜 할아버지 이야기를 별로 하지 않았을까? 코니는 할아버지가 갑작스런 사고로 세상을 떠났다고만 들었을 뿐 정확한 사망 원인은 알지 못했다. 그래서 종종 의문이 생기기도 했다. 엄마와 할머니의 삶에서 할아버지가 갑자기 사라졌다는 사실이 엄마의 대학생활에 영향을 미쳐 결국 명예롭지 못한 파국을 초래했던 게 아닐까? 엄마와 할머니 사이의 완충장치가 없어져서 힘들지는 않았을까?

코니가 할아버지를 제대로 이해했다면 책꽂이에 꽂힌 책들은 대부분 할머니가 보던 것이라는 결론이 나온다. 여태껏 코니는 딜리버런스 데인의 이름이 왜 하필 이 집에서 발견되었는가라는 문제에는 별다른 주의를 기울이지 않았다. 뉴잉글랜드 사람들은 절약정신이 투철해서 사용이 거의 불가능한 물건도 좀처럼 내다 버리지 않았으므로, 까마득한 옛날에 살았던 촌수가 먼 친척들의 유물이 집에 쌓여 있다 해도 놀랄 일이 아니었다. 그러나 이제 코니는 한 가지 희망을 품고 있었다. 딜리버런스 데인이라는 이름이 할머니 집의 오래된 가족 성경에 깊숙이 숨겨져 있었던 만큼, 이 집 안에 딜리버런스의 삶을 보여 주는 흔적들이 더 있지 않을까? 할머니의 성경책이 딜리버런스의 유언 검인증서에 나오는 그 성경일지 누가 알겠는가! 코니는 양 손을 허리에 짚고 서서 눈으로 책들의 제목을 훑었다. 어느새 발치로 뛰어온 알로가 앞발로 코니의 다리를 긁어 댔다. 코니는 허리를 굽혀 진흙 색깔이 다 된 알로의 귀 한 짝을 만져 주었다.

"어제 시킨 대로 정원의 뱀을 잡았니? 집 안에 파충류가 돌아다닌다는 건 소름 끼치는 일이야. 그러니까 네가 정성껏 임무를 수행해야 한다."

알로는 대답도 없이 니들포인트 자수장식이 있는 팔걸이의자로 펄쩍 뛰어올랐다. 코니는 약이 올라서 한숨을 쉬고는 일단 큰 책들부터 살펴보기로 마음먹었다.

유산목록에 있었던 성경이 코니가 지난번에 발견한 바로 그 성경이었다고 생각해 보자. 영수증 대장 또는 레시피 북이 성경과 함께 적혀 있었다는 점으로 미루어볼 때 그 레시피 북은 성경과 크기가 얼추 비슷할 듯했다. 책꽂이 맨 아래칸의 책들은 모두 높이가 높고 두꺼운데다 무게도 상당히 나갔기 때문에 한 번에 한 권씩 꺼내 보아야 했다. 맨 처음 꺼낸 책은 열쇠가 끼워져 있던 성경이다. 1619년 영국에서 인쇄된 성경이었는데 몇 페이지는 물에 젖었는지 가장자리가 서로 붙어 있었다. 그 밖에도 맨 아래칸에는 성경이 두 권 더 있었는데, 하나는 1752년판이고 다른 하나는 1866년판이었다. 1866년판 성경의 속표지에는 전부 마블헤드 사람들이었던 르뮈엘의 조상들로 이루어진 미완의 가계도가 그려져 있었다. 그 성경의 「마태복음」 부분에는 니들포인트로 교회 첨탑 무늬를 수놓은 책갈피가 끼워져 있었는데 자수실에 좀이 슬어 있었다.

다음으로는 「시편」 두 권과 항해일지로 보이는 공책 한 권이 있었다. 공책을 대충 살펴보니 세일럼 항구에서 조분석 비료와 당밀을 싣고 바다로 나간 범선의 선장이 쓰던 일지임을 알 수 있었다. 그다음에 꺼낸 책은 1940년대에 '해변 제일 조합교회'에서 쓰던 찬송가였다. 할머니가 몰래 집에 가져온 걸까? 코니는 코로 숨을 훅훅 내쉬며 찬송가를 제자리에 꽂아 두려 했다. 그런데 책꽂이에서 조그맣게 바스락 소리가 나면서 뭔가에 걸려 책이 잘 들어가지 않았다. 코니는 대단히 불쾌한 물체를 예상하면서 마음을 단단히 먹고 책 뒤로 조심조심 손을 집어넣었다. 죽은 쥐일까? 딱정벌레 등딱지일까? 뜻밖에도 그녀가 끄집어 낸 물체는 자투리 무명천으로 된 옷을 걸치고 목에는 색이 바랜 실로 나비매듭을 만들어 두른 인형이었다. 옥수수 껍질의 매듭으로 만든 인형 얼굴에는 주황색 크레용으로 활짝 웃는 표정을 그려 놓았다.

"희한한 물건이네."

코니는 이렇게 중얼거리며 옥수수 껍질 인형을 손에 들고 뒤집으려다 별안간 엄지손가락에 날카로운 통증을 느꼈다. 얼른 엄지손가락을 살펴보니 지문이 있는 부분에 동그란 선홍색 핏방울이 솟아나 있었다.

"아야!"

코니는 인형을 자세히 들여다보았다. 인형의 옷자락 속에 숨겨져 있던 가느다란 바늘을 빼내자 칭칭 감긴 실이 딸려 나왔다. 코니는 벌떡 일어나 그 작은 인형을 그레이스와 르뮈엘의 사진이 있는 벽난로 위에 올려놓고 엄지손가락의 상처를 입술로 핥았다. 코니가 잔뜩 찡그린 얼굴로 인형을 바라보자 인형은 코니에게 주황색 웃음을 선사했다. 그레이스가 가지고 놀던 인형이라고 보기에는 너무 오래된 것 같았지만, 이 인형은 고서가 아니라 1940년대의 책 뒤에 감춰져 있었다. 그렇다면 할머니가 어린 시절에 가지고 놀던 장난감일 가능성이 높았다. 아니면 엄마가 가지고 놀다가 숨겨놓고 잊어버렸거나.

'오늘 밤에 엄마한테 전화해서 물어봐야겠다. 물론 엄마가 전화를 받아야 하겠지만.'

할머니의 책들을 살펴보느라 한 시간이 더 지났다. 하지만 뉴잉글랜드 중산층 가정에 흔히 있었을 법한 책들 말고는 별다른 게 없었다. 딱딱한 표지로 제본된 '이달의 책 클럽' 선정 도서들. 이런 책들은 표지가 없었고 하도 많이 읽어서 책장이 다 닳아 있었다. 19세기 역사를 다룬 책 몇 권, 숫자 퍼즐 책 서너 권, 듀플리킷식 브리지 지침서 한 권. 『요트 애호가의 작품집(The Yachtsman's Omnibus)』이라는 책. 원예학과 정원 가꾸기에 관한 책 몇 권. 그리고 『로마 제국 쇠망사(Decline and Fall of the Roman Empire)』. 코니가 세운 가설을 뒷받침할 만한 책은 하나도 없었고, 지난번에 발견한 성경을 제외하면 17세기 책도 없었다.

코니는 고개를 들어 거실 내부를 둘러보았다. 창문에 대롱대롱 매달린 바싹 마른 식물에 시선이 맨 먼저 닿았다가 이내 치펜데일 책상으로 옮아가는 순간 눈이 번쩍 뜨였다. 코니는 치펜데일 책상으로 달려가 단단하고 반질반질한 체리나무 상판을 두 손으로 쓰다듬었다. 뭐라고 표현하기 어려운 느낌이 왔다. 혹시 그 오래된 열쇠가 이 책상의 서랍에 맞지 않을까? 여태껏 그 열쇠를 현관문에도 맞춰 보고 식당에 있는 궤짝들에도 넣어 보았지만 맞는 곳이 없었다. 옛날 책상에는 흔히 끼웠다 뺐다 할 수 있는 판자와 중요한 서류를 보관하는 비밀 장소가 있지 않은가. 책상 상판 밑의 작은 돌출부를 손가락으로 살짝 잡는 순간 코니의 맥박이 빨라졌다. 혹시 숨겨진 서랍이 있을까? 코니는 무릎을 꿇은 채 손으로 바닥을 짚고 책상 밑을 들여다보았다. 서랍은 없었다. 식민지 시대의 고가구를 수리하는 요령을 몰랐던 누군가가 어색하게 못으로 박아 넣은 버팀목이 하나 있을 뿐. 코니는 허탈해져서 웃음을 터뜨렸다. 어리석은 생각이었어! 그 책상에 숨겨진 책 따위는 없었다. 청과물 상회에서 받은 오래된 영수증 서너 장, 지우개 부스러기, 할머니가 죽기 직전에 남긴 쪽지 한두 장이 전부였다.

창문으로 들어오던 햇빛이 조금씩 걷히면서 황혼이 다가오고 있었다. 어슴푸레한 이른 저녁 햇빛이 비칠 때마다 코니는 집 안의 모퉁이, 그녀의 시야를 살짝 벗어난 곳에서 뭔가가 움직이는 걸 감지했다. 하지만 그쪽으로 고개를 돌렸다 하면 그 희미한 움직임은 사라지고 없었다. 쥐들이겠거니 했지만 코니가 벽과 마루의 널빤지 사이에 군데군데 놓은 쥐덫에는 한 놈도 걸리지 않았다. 이제 얼마 후면 깜깜해져서 집 안을 살피기도 힘들어질 것 같았다. 비밀을 찾아 헤매는 코니를 방해하기 위해 이 집이 어둠을 재촉하고 있다는 착각마저 들었다.

코니는 식당의 오래된 벽난로 장식선반 위의 상자에 들어 있던 성냥을 이용해 램프를 켠 후 불꽃이 동그랗게 일어날 때까지 심지를 굴렸다. 식당에는 굳게 잠긴 나무 궤짝이 몇 개 있었고 벽면의 선반에 접시와 질그릇이 놓여 있었다. 이곳은 아직 청소를 하지 못한 구역이었다. 램프를 벽난로 위로 가져와서 폭이 넓은 텅 빈 난로 안을 들여다보니 각양각색의 철재 봉과 고리가 눈에 띄었다. 애초에 이 집을 지었을 때는 식당의 난로가 집의 중심이었으리라. 난로 바닥에는 한데 모아 둔 재가 차갑게 식은 채 방치되어 있었다. 코니는 벽난로 장식선반에 램프를 내려놓은 후 그 옆에 팔꿈치를 대고 손가락으로 재를 긁어 보았다.

질그릇이 놓인 선반을 손가락으로 쓸어 보니 두껍게 쌓인 먼지가 걷히면서 손가락이 지나간 자리에 줄무늬가 생겼다. 언젠가는 이 먼지투성이 그릇들을 모두 닦아 내고 상자에 담아 누군가에게 팔아야 할 판국이었다. 그다지 유쾌하지 않은데다 양도 엄청난 작업을 해낼 생각을 하니 피로와 좌절감이 몰려왔다. 코니는 식탁 앞의 방패 모양 등받이가 달린 의자들 중 하나를 빼내 한 손으로 턱을 받치고 앉았다. 조용한 집 안에 어둠이 내려앉고 있었다. 식당 안에는 말라죽은 화분 두 개가 천장에 매달려 있었고, 맞은편 벽에는 얼굴을 약간 비스듬하게 기울인 어느 여인의 초상화가 걸려 있었다. 검은 머리에 푸른색 눈동자의 여인이 초상화 속에서 1830년대에 유행하던 허리를 꽉 조이고 어깨가 경사진 옷을 입고 새침하게 웃으며 코니를 내려다보고 있었다.

코니가 초상화를 향해 물었다.

"왜 그렇게 새침한 표정을 짓고 있나요?"

당연한 일이지만 초상화는 아무 말이 없었다. 대신 코니의 무릎 위에 조그만 강아지의 앞발이 올라오더니 알로가 코니의 팔 아래로 코를 들이밀었다. 코니는 알로의 눈동자를 들여다보며 미소를 지었다.

"그거 괜찮은 생각이다, 알로."

코니는 자리에서 일어났다.

그날의 열기는 마블헤드 구시가지의 다른 집들에도 빠짐없이 스며든 모양이었다. 그래서인지 코니가 모퉁이를 돌아 전화박스로 향할 무렵에는 좁은 중심가가 사람들로 북적이고 있었다. 아이스크림 가게 창문에 십대 아이들 여럿이 달라붙어 팔다리를 드러내고 에어컨 바람을 쐬고 있었다. 거리 저편의 문을 활짝 열어 놓은 이탈리아 레스토랑 안에서도 왁자지껄하는 소리가 쏟아져 나왔다. 그 십대 아이들의 부모들이 삼삼오오 바에 모여 있었다. 야구 중계를 틀어 놓은 바의 텔레비전 앞에서 환호성이 터져 나왔다. 스케이트보드를 탄 소년들이 떼를 지어 지나갔다. 그들이 지나가는 동안 알로는 코니의 다리 뒤에 숨었다.

"요런 겁쟁이 같으니라고."

코니는 알로에게 핀잔을 주며 전화박스 문을 열고 들어가 어깨에 수건을 두르고 뉴멕시코 전화번호를 돌렸다.

전화벨이 딱 한 번 울렸을 때 그레이스가 전화를 받았다. 코니가 전혀 예상치 못한 일이었다.

"엄마?"

"코니! 드디어 연락이 닿았구나."

그레이스 굿윈이 명랑한 목소리로 말했다. 코니는 참지 못하고 되받아쳤다.

"전화한 사람은 저예요."

"오, 코니. 여전히 직설적이구나. 그래, 어떻게 지내니? 집은 어때? 이제 적응이 됐지?"

그레이스는 항상 긍정적인 말투로 이야기했다. 코니가 사춘기 소녀였을 때는 엄마의 그런 성격이 그렇게 거슬릴 수가 없었지만 이제는 오히려 그게 고마웠다. 코니는 자기도 모르게 미소를 짓고 있었다.

"응. 안부를 물어봐 준 건 고맙지만 엄마 말이 맞았어요. 집이 정말 엉망이더라니까요. 솔직히 말하면 집이 아직 멀쩡히 서 있는 게 놀라워. 정원은 야생 숲이 다 됐어요."

엄마가 깔깔 웃으며 말했다.

"그렇구나. 너희 외할머니는 뭐든지 옛날 방식대로 하는 게 최고라고 항상 말씀하셨으니까. 아마 집 관리도 옛날식으로 하셨겠지. 그래, 그곳에서 생활하니까 어떠니?"

"여긴…… 좀 달라. 여긴 케임브리지가 아니잖아."

코니가 솔직하게 대답하자 그레이스도 수긍했다.

"케임브리지랑은 많이 다를 테지."

코니는 엄마가 전화기와 그렇게 가까운 곳에서 무엇을 하고 있었는지 궁금해졌다. 그녀는 눈을 지그시 감고 상상력을 동원해 엄마가 사는 집의 서까래가 다 드러난 거실 풍경을 그려 보았다. 엄마가 푹신한 목재 팔걸이의자에 앉아 청바지를 걷어 올리고 무슨 아로마 액이 담긴 넓적한 스테인리스 대야에 두 발을 담그고 있는 광경이 떠올랐다. 코니는 무심결에 자기 발을 쳐다보다가 발바닥 한가운데에 통증을 느꼈다.

코니는 전화선을 잡아당기며 물었다.

"엄마는 오늘 뭐 했어요?"

그레이스가 한숨을 쉬며 대답했다.

"아, 나야 뭐. 별일 안 했지. 친구들이랑 사막 지대 하이킹을 다녀왔단다. 네 시간 동안 바위산을 오르내렸지. 그런데 엄마는 웨지힐을 신고 갔단다. 놀랍지 않니?"

그레이스는 혼자 쿡쿡 웃으며 말을 이었다.

"계획성이 부족하다는 게 바로 이런 거지."

코니는 자신의 추측이 맞았다는 생각에 은근히 기뻐하며 빙그레 웃었다.

"엄마. 혹시 딜리버런스 데인이라는 사람에 대해 아는 거 없어요?"

"누구라고?"

그레이스가 무관심한 말투로 물었다. 코니는 엄마가 푹신한 팔걸이의자에 머리를 기대고 눈을 감은 모습을 그려 보았다. 산타페에서는 해가 지고 있을 시간이었다. 코니가 서 있는 전화박스 밖의 거리에서는 자전거를 타고 지나가던 열 살쯤 된 아이 때문에 트럭 한 대가 날카로운 소리를 내며 급정차하는 소동이 일어났다. 트럭 운전사는 차창 밖으로 팔을 내밀고 욕설을 퍼붓고 있었으나 코니에게는 들리지 않았다. 알로가 전화박스 유리문을 앞발로 긁어 대기 시작했고, 코니는 조금만 기다리라는 뜻으로 손가락 하나를 들어 보였다.

"할머니 집에 있는 성경책에 열쇠가 끼워져 있었거든요. 그런데 열쇠 안에 숨겨진 종이에서 그 이름을 발견했어요. 내 생각에는 세일럼 마녀사냥 때 체포된 사람의 이름인 것 같아. 혹시 다른 단서가 있나 싶어서 저녁 내내 집을 뒤졌는데 아직까지 아무것도 못 찾았어요. 그래서 엄마가 뭐 아는 게 있나 해서."

코니의 귀에 엄마가 조그맣게 웃는 소리가 들렸다. 웃음소리가 얼마간 이어지더니 엄마가 말했다.

"오, 얘야. 또 그 역사 이야기였구나. 자, 화내지 말고 들어 보렴."

하지만 엄마가 그렇게 말하는 순간 코니는 화가 치밀어 올랐다.

"네가 오래전에 죽은 사람들을 생각하며 시간 보내는 것을 좋아하는 이유가 뭔지 생각해 본 적 있니? 혹시 현재 네 삶 속에 있는 사람들을 온전히 이해하기가 겁나는 건 아닐까? 현재에 초점을 맞춰 보렴. 다른 사람 이야기는 그만하고 네가 어떻게 지내는지 알려 주면 좋겠구나."

화가 난 코니의 눈에서 빨간 불꽃이 번쩍 했다. 그녀는 전화를 끊고 싶은 충동을 간신히 억눌렀다.

"엄마, 이게 내 일이에요. 어떻게 지내냐고 물으면 연구 이야기가 나오는 게 당연하지."

그레이스가 매끄러운 목소리로 말했다.

"아니지. 네 색깔이 변한 걸로 봐서는 너한테 다른 일이 생긴 것 같은데."

그레이스는 코니의 '기'가 달라졌다는 이야기를 이런 식으로 표현했다. 코니는 짜증을 억누르려고 애썼다. 콧마루를 꼬집고, 두 눈을 꼭 감고, 속으로 열까지 숫자를 셌다. 코니가 다시 입을 열기도 전에 그레이스가 조심스러운 말투로 물었다.

"남자 때문이니?"

"실은 여기로 이사온 이후로 굉장히 선명한 환영이 보여. 환영이 나타났다 하면 꼭 머리가 아프고. 그래서 병원에 가 볼까 생각 중이야."

코니가 환영 이야기를 꺼낸 건 일종의 휴전 제안이었다.

그레이스는 별로 놀랍지 않다는 말투로 물었다.

"오, 병원에 갈 필요는 없다. 어떤 환영인데?"

"할머니가 자주 나와. 그리고 할아버지도. 이상한 일이지? 난 할아버지를 만난 적도 없잖아."

그레이스는 잠시 말이 없었다. 코니는 괜히 할아버지 이야기를 해서 엄마를 슬프게 했다는 생각에 마음이 편치 않았다. 그레이스가 다시 한숨을 쉬더니 그리움 섞인 목소리로 말했다.

"아, 네가 할아버지를 알았다면 아주 좋아했을 거야. 할아버지는 엄마를 이해하지 못한 것처럼 너를 이해하지 못했겠지만 분명 널 굉장히 아끼셨을 거야. 네가 할아버지 생각을 한다니 좋은 일이구나."

코니는 마른침을 삼켰다. 조금 전에 울컥했던 게 미안해졌다. 엄마는 그냥 독특한 방식으로 의사를 표현하는 것뿐이야. 엄마가 이야기를 할 때는 단어나 표현에 집착하지 말고 내용에 귀를 기울이자고 다짐했잖아.

"엄마, 그게 다가 아니고……."

그레이스가 코니의 말을 자르고 끼어들었다.

"코니, 사람의 '기'라는 건 말이야, 물건들에 흔적을 남긴단다. 지각이 남다른 사람들은 고인이 남긴 미세한 흔적을 감지할 수 있어. 알다시피 그런 영상은 놀랄 만큼 구체적으로 나타나기도 한단다. 네가 지각력이 뛰어난 애인 줄은 내가 진작 알았지."

코니는 기분이 묘했다. 엄마의 칭찬이 은근히 기쁘면서도 한편으로는 화제가 마음에 들지 않아 짜증이 났다. '기'라고? 또 그 이야기네. 코니는 자신의 상상력이 지나치게 풍부하다거나, 자신이 외로운 나머지 이 세상에 없는 것들을 그리워하고 있다는 설명이라면 기꺼이 받아들일 수 있었다. 하지만 그 이상은 곤란했다.

"엄마, 그만 끊어야겠어요. 여긴 푹푹 찌는 날씨라 공중전화 박스에 있는 것도 고역이야."

그레이스가 의심스럽다는 투로 물었다.

"남자 때문이 아닌 게 확실하니? 그런 일이 있으면 엄마한테 알려 줘야 한다."

코니가 씩씩거리며 말했다.

"엄마, 진짜로 끊어야 해. 또 전화한다고 약속할게. 엄마가 잘 받기나 했으면 좋겠네."

그레이스가 깔깔 웃었고, 코니도 미소를 지었다. 코니는 그냥 수화기를 내려놓으려다 마음을 고쳐먹고 "사랑해, 엄마"라고 말하고 가만히 기다렸다.

그러자 그레이스가 대답했다.

"나도 사랑한다, 우리 딸. 괜찮으면 일요일에 전화하렴."

"알았어."

수화기를 내려놓는 코니의 뺨이 발그레하게 물들어 있었다.

코니는 쿵쿵거리며 따라오는 알로를 데리고 배다리 위를 발끝으로 걷고 있었다. 마블헤드 항구 서쪽 해안에서 화강암 절벽에 정박시킨 수영 뗏목으로 가는 길이었다. 집에서부터 걸어오는 동안 습한 저녁 공기가 점점 무거워지는가 싶더니, 시원한 항구와 만나는 지점에 이르자 수증기가 응결해 안개로 변했다. 안개가 어찌나 자욱한지 점토처럼 빚어 갖가지 모양을 만들 수 있을 것만 같았다. 뗏목에 닿을 무렵에는 안개가 뒤쪽의 배다리를 완전히 덮어 버렸으므로 코니는 혼자가 된 기분이었다. 코니가 늘 들고 다니던 수건을 바닥에 떨어뜨리자 알로는 그 위에 올라가 다리를 쭉 뻗고 낑낑거렸다. 사방으로 흩어지는 달빛 속에서 알로의 털은 회색과 검정색으로 얼룩져 보였으나 배경에 나무로 된 뗏목이 있어서 거의 보이지도 않았다. 코니는 발걸음을 멈추고 짜디짠 공기를 들이마시며 바다의 소리에 귀를 기울였다.

안개 속에서 삭구가 서로 부딪치는 철컥철컥 소리가 희미하게 들리지 않았다면 2미터쯤 떨어진 곳에 배들이 정박해 있다는 사실을 몰랐을 것이다. 잔잔한 바다가 뗏목 옆면에 조용히 부딪치고 있었다. 코니는 안도의 한숨을 쉬며 땀으로 얼룩진 티셔츠와 반바지를 벗어 던지고 어둠 속에 속옷 바람으로 섰다. 포근한 안개가 서늘하게 피부에 와 닿았다. 코니는 소리 없이 바닷물에 몸을 담갔다. 짠 바닷물이 그녀의 지친 몸을 부드럽게 감싸자 몸의 열기가 빠져나가는 느낌이었다. 코니는 아예 잠수를 해서 앞이 보이지 않는 새카만 밤바다를 누볐다. 사방이 침묵에 휩싸이자 발가벗고 월든 호수에 몰래 뛰어들어 놀았던 어린 시절의 밤들이 문득 생각났다.

해변에서 조금 떨어진 바다의 얇은 막 같은 표면을 뚫고 코니가 얼굴을 내밀었다. 장막 같은 안개에 가려 뗏목도 잘 보이지 않았다. 코니는 몸을 쭉 펴서 바다에 누워 둥둥 떠다녔다. 그야말로 한밤중의 바다에 떠오른 하얀 섬이었다. 드디어 엄마와 통화를 할 수 있어서 기분이 좋았다. 때때로 대화 내용이 신경에 거슬려서 그렇지 엄마와 통화를 하고 나면 늘 안심이 됐다. 그런데 제범공장을 개조한 술집에 갔다는 이야기를 빼먹었잖아! 코니는 씩 웃었다. 그러자 입가로 바닷물이 약간 스며들었다. 일요일에 꼭 이야기해야지. 코니는 한 손을 뻗어 자욱한 안개를 만지며 흐릿한 손가락 자국을 냈다.

개 짖는 소리가 들렸다. 습기를 많이 머금은 공기 때문에 소리가 잘 들리지는 않았다. 코니는 고개를 물 밖으로 내밀고 헤엄을 치면서 소리쳤다.

"알로?"

반가운 듯 끙끙대는 울음소리가 들리더니 곧이어 첨벙 소리가 났다. 코니는 뗏목이 있는 쪽으로 방향을 틀었다.

안개를 가르며 앞으로 나아가던 코니는 물의 움직임에 일어난 변화를 감지했다. 물 속에 다른 생명체가 있다는 뜻이었다.

"알로?"

강아지가 물장구를 치는 모습이 어렴풋이 보이는 것도 같았다. 코니는 팔을 앞으로 쭉 뻗었다. 그녀의 손이 무언가에 닿는 순간 사람의 목소리가 들렸다.

"조심!"

소스라치게 놀란 코니가 "악!" 하고 비명을 지르자 목소리가 다시 들렸다.

"코니?"

자세히 보니 코니의 눈앞에서 안개를 뚫고 솟아나는 형체는 젊은 남자의 몸이었다. 한쪽 팔로 뗏목을 잡고 매달려 있는 남자와 뗏목 위에서 꼬리를 덜덜 떨며 서 있는 알로의 윤곽이 보였다. 코니가 미심찍게 소리쳤다.

"샘?"

그는 뗏목을 잡고 있던 손을 놓고 코니를 향해 헤엄쳐 왔다.

"안녕!"

눈이 휘둥그레진 코니가 다시 웃음을 터뜨렸다.

"여기서 뭐 하는 거예요?"

샘이 근엄하게 대답했다.

"수영하고 있었죠. 너무 뻔한 질문이잖아요."

코니는 약이 올라서 샘에게 물을 튀겼다.

"왜 여기서 수영을 하고 있냐고요. 샘은 저 윗동네에 살잖아요!"

"세일럼의 항구를 본 적 있어요? 물이 너무 지저분해서 갑자기 폭발할지도 모른다고요. 난 항상 여기서 수영을 해요."

샘은 얼굴까지 물 속에 푹 담갔다가 잠시 후에 물 밖으로 나와 고개를 뒤로 젖히고 눈을 가린 머리카락을 뒤로 넘겼다. 물이 줄줄 흘러내리는 얼굴에 달빛이 비치자 코 아래의 작은 링이 반짝 하고 빛났다.

'저 링은 언제부터 달고 다녔을까?'

평소 코니는 액세서리를 착용한 남자라면 질색이었다. 하지만 샘의 코에 걸린 링은 관습에 얽매이지 않는 자유스러운 분위기를 풍겼다. 그래서 조금은 위험해 보이기도 했다.

"방금 전에 알로와 마주쳤어요."

샘의 말에 코니의 사색은 끊기고 말았다.

"멋진 녀석이더군요. 어쨌든 날 물진 않았으니까요. 하지만 당신 수건을 훔쳐가려 하니까 덤벼들 기세던데요."

코니가 짓궂은 미소를 지으며 대답했다.

"당연하죠."

코니는 뗏목과 반대 방향으로 유유히 헤엄쳤다. 샘이 뒤를 따랐다.

"참, 마녀 연구는 진척이 있어요?"

코니는 눈을 흘기고 한쪽 발로 물장구를 쳐서 샘의 얼굴에 정면으로 물을 팍 튀겼다.

샘이 고개를 마구 흔들며 물을 뱉어 냈다.

"어이! 내가 뭘 어쨌다고 그래요?"

"이렇게 더운 날씨에 공부 이야기를 하니까 그렇죠. 그 이야기를 또 하려면 각오해야 할 걸요."

샘이 누그러진 목소리로 말했다.

"흠, 좋아요. 그럼 공부 이야기는 하지 말기로 하죠."

물 속에서 샘이 코니에게 스멀스멀 다가가며 눈동자를 좌우로 굴렸다. 코니는 발로 물장구를 치며 그를 바라보았다. 코니의 하얀 어깨가 새카만 바다 위로 솟아올랐다. 풀어헤친 머리가 물 속에서 소용돌이치고 짙은 갈색 눈썹도 물에 쓸렸다. 샘이 속삭이듯 말했다.

"있잖아요, 사실 이렇게 늦은 밤에 여기서 수영하는 건 위험한 일이에요."

코니도 덩달아 목소리를 낮췄다.

"왜 위험한데요?"

"오징어가 있거든요."

샘이 심각한 체하며 말하자 코니는 한쪽 눈썹을 찡긋하며 대꾸했다.

"오징어라고요?"

"맞아요. 독을 내뿜는 희귀한 북아메리카 오징어예요. 안개 낀 날에만 먹잇감을 찾으러 나오죠. 만약 뭔가가 다리를 스치는 느낌이 난다면……."

샘은 코니에게 바짝 다가오면서 낮게 속삭였다.

"그땐 이미 늦은 거예요."

코니는 물 속에서 자기 무릎을 더듬는 발가락의 움직임을 느꼈다. 그녀는 아래로 손을 뻗어 그 발의 발목을 붙잡고 물 밖으로 끌어냈다.

"야호! 내가 한 마리 잡았다!"

코니가 의기양양하게 소리치는 동안 거꾸로 처박힌 샘은 물 속에 고개를 파묻고 입에서 거품을 뿜으며 마구 웃어 댔다.

코니가 샘의 다리를 살피며 말했다.

"아, 잠깐. 이 오징어는 몸에 문신을 했네."

샘이 팔을 휘저으며 수면에 물보라를 일으켰다. 붙잡힌 다리를 빼낸 그는 헉헉거리며 코니에게 물을 튀겼고, 코니는 웃으며 선헤엄으로 달아났다.

수건 위에 편안히 누워 있던 알로는 첨벙대는 소리와 요란한 웃음소리를 들었다. "당신 이제 죽었어, 코넬!", "먼저 날 잡아 보셔, 하틀리!" 하는 외침소리도 간간이 섞여 있었다. 알로는 잠시 고개를 치켜들고 귀를 쫑긋 세웠으나 웃음소리는 곧 조용히 킥킥거리는 소리로 바뀌었다. 그 후로는 속삭이는 소리밖에 들리지 않았으므로, 알로는 다시 앞발 사이에 고개를 묻고 새하얀 달빛 색깔로 물든 안개 속에 숨어서 기다리는 수밖에 없었다.

8장

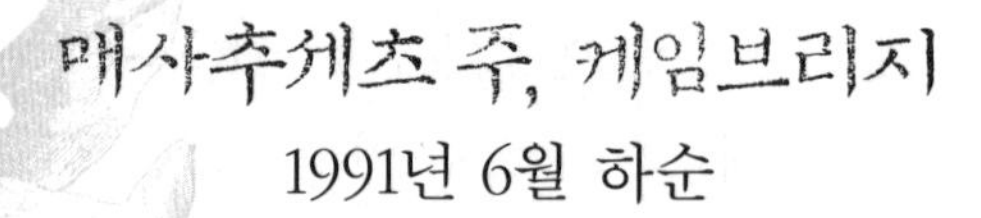

1991년 6월 하순

코니는 하버드 대학 교수회관 1층의 좁은 여자 화장실 안에서 머리를 땋아 단정한 머리모양을 만들고 있었다. 잠시 거울을 들여다보니 정수리 부분에 머리카락 한 줌이 앞으로 삐져 나와 있었다.

코니는 머리를 도로 풀면서 중얼거렸다.

"에이, 젠장."

코니는 빗을 세면대로 가져가 물을 묻힌 후 빗살이 두피를 파고들 정도로 세게 머리를 빗었다. 코니는 아직도 머리카락을 한 번에 깔끔하게 모으는 기술을 익히지 못했다. 정장을 입어야 하는 자리라도 있으면 매번 초조해하며 옷차림에 실수가 있을까 봐 전전긍긍했다. 머리를 땋으면서 코니는 조그만 소리로 혼잣말을 했다.

"그런데 칠튼 교수님이 왜 여기서 점심을 먹자고 하셨을까? 연구실에서도 얼마든지 만날 수 있을 텐데."

칠튼 교수가 대학원 학생들을 교수식당으로 부르는 이유는 딱 두 가지밖에 없었다. 축하할 일이 있을 때, 아니면 무섭게 야단칠 때.

코니는 땋은 머리의 끝부분을 끈으로 묶어 어깨 위로 늘어뜨리며 중얼거렸다.

"바보 같기는."

코니는 거울에 비친 자기 모습을 물끄러미 보았다. 세면대 위에 놓여 시야를 상당 부분 가리고 있는 윤기 나는 보랏빛 난초 뒤로 하늘하늘한 원피스를 입은 푸른 눈의 아가씨가 서 있었다. 멋있는 옷도 맞춤 정장도 아니었지만 단정한 옷이니 괜찮게 보이기를 바랄 뿐이었다. 평소에 신고 다니던 샌들 대신 발목에 끈이 있는 구두를 신은 건 현명한 선택이었다. 어깨에 메는 가방은 그대로였다. 코니는 한숨을 푹 쉬었다. 리즈에게 가방을 빌려 달라고 할 걸 그랬다는 생각이 들었다.

"웃긴다."

코니는 이렇게 중얼거리면서도 지금의 상황이 웃긴다는 건지 자신의 차림새가 웃긴다는 건지 정확히 알지 못했다. 어쩌면 둘 다일지도. 손목시계를 들여다본 코니는 더 이상 화장실에 숨어 있을 시간이 없다고 판단하고 문을 열었다.

대학원 학생들은 절대로 하버드 교수회관의 휴게실에 함부로 들어가지 않았다. 코니는 '왜 그럴까?'라는 생각을 하며 조심스럽게 안으로 들어섰다. 원래는 누구나 출입하라고 만든 곳이 아닌가? 낮은 탁자와 장식 소파, 광택 나는 가죽 안락의자가 짝을 이루어 군데군데 놓여 있었고, 바닥의 카펫은 수십 년간 구둣발에 밟히고 여과없이 들어오는 햇빛을 받아 색이 바랜 상태였다. 오래전에 세상을 떠난 하버드 출신 성직자들의 자애로운 눈들이 초상화 속에서 휴게실을 감독하고 있었다. 광을 낸 목재의 냄새, 커피 냄새 그리고 파이프 담배 냄새가 섞인 방 안의 공기는 쾌적한 편이었다. 그래도 대학원 학생들은 마치 그 고상한 공기에 독성이라도 있는 양 위축되기 일쑤였다.

그날 오후에는 머리가 하얗게 센 신사가 키 큰 괘종시계 아래의 소파에 앉아, 코에 걸친 금테 안경과 비슷한 높이로 신문을 펼쳐 들고 달콤한 파이프담배 냄새를 풍기고 있었다. 그는 신문을 읽다가 입에 파이프를 문 채 연기를 내뿜었다. 코니는 휴게실의 반대편 끝으로 걸어가서 기다렸다.

코니는 지금까지 알아낸 사실을 칠튼 교수에게 이야기할 생각에 들떠 있었다. 교수님이 얼마나 놀라실까? 코니는 기대에 부풀어 한쪽 발을 위아래로 흔들거리며 한쪽 입가에 희미한 미소를 지었다.

"굿윈 양인가요?"

웨이터가 다가오는 소리를 듣지 못했던 코니는 흠칫 놀랐다. 그녀는 초조한 손놀림으로 옷자락을 잡아당기며 대답했다.

"예. 맞는데요?"

"칠튼 교수님께서 식당으로 오라고 하십니다."

코니처럼 냉소에 익숙해진 사람만이 알아차릴 수 있는 능글맞은 웃음이 웨이터의 얼굴에 아주 잠깐 스쳐갔다. 그 능글맞은 웃음은 '이봐, 교수가 직접 데리러 오지 않는 게 당연하잖아'라고 말하고 있었다. 코니는 한숨을 푹 쉬며 일어났다.

"그럼 식당으로 가야겠죠."

웨이터가 보일락 말락 고개를 까딱하며 대답했다.
"그렇게 하시죠, 굿윈 양."

식당에는 오후의 햇빛을 가리기 위해 커튼이 드리워져 있었다. 잠시 어둠 속을 헤매던 코니는 호화로운 별실에 앉아 있는 매닝 칠튼 교수를 발견했다. 칠튼 교수는 『도덕적 순결로서의 연금술』이라는 글씨가 빽빽한 책을 읽고 있다가 코니가 다가오는 걸 보고 식탁 밑의 가방에 책을 집어넣었다.
"코니, 우리 아가씨가 왔군."
칠튼 교수는 품위 있게 일어서서 몸을 살짝 굽혔다. 코니는 그와 악수를 나눴다.
'오늘도 아가씨 타령이구나.'
코니는 곤혹스러웠지만 애써 밝은 미소를 지었다. 웨이터가 그녀를 위해 의자를 빼주자 칠튼 교수가 말했다.
"초대에 응해 주어서 기쁘구나. 제임스에게 메뉴를 달라고 할까? 아니면 자네가 원하는 음식을 그냥 이야기할까?"
제임스라는 이름의 웨이터는 코니의 옆에서 서성거리다가 아까 휴게실에서와 똑같이 능글맞은 태도로 한쪽 눈썹을 추켜올렸다.
"어……."
코니는 얼른 대답하지 못하고 뜸을 들였다. 빳빳하게 다림질한 리넨 냅킨과 은제 나이프가 있는 식당에 가면 항상 마음이 불편했다. 대다수 대학원 학생들은 학과 행사가 끝나고 남은 음식들을 골라내 아무렇게나 섞어 먹으며 지냈다. 지난 학기에 코니와 리즈는 고전학과 신입생 환영만찬에서 슬쩍해 온 치즈 한 접시를 일주일 동안이나 먹지 않았던가. 공짜 음식을 구하기 힘들 때는 학교식당에 가서 평범한 토마토소스 스파게티와 참치 캐서롤만 줄기차게 먹기도 했다. 코니는 '대학원생들이 집단으로 구루병에 걸리지 않는 게 신기하지' 하는 생각을 하다가 아직 칠튼 교수의 질문에 답하지 않았다는 사실을 깨달았다. 제임스가 우아하게 헛기침을 했다.

코니는 칠튼 교수와 웨이터 사이의 허공을 애매하게 응시하며 물었다.

"메뉴를 주시겠어요?"

가죽 표지를 씌운 길쭉한 메뉴판이 손에 쥐어졌다. 음식과 관련된 화려한 형용어구들이 코니의 눈앞에서 외국어처럼 헤엄치며 돌아다녔다. 자세히 보니 그건 진짜 외국어였다. 프랑스어로 된 메뉴판!

"그냥 닭고기 요리로 주세요."

코니는 메뉴에 실제로 닭고기가 있기만을 바라며 말했다. 제임스가 코니의 손에서 메뉴를 휙 낚아채더니 어둑어둑한 식당 한구석으로 사라졌다.

칠튼 교수가 기대된다는 듯 두 손을 마주 비비며 말했다.

"자, 그럼 자네가 무슨 대단한 발견을 했는지 들어 보지."

혹시 비아냥거리시는 건가? 코니가 지도교수의 얼굴을 힐끔 쳐다보았지만 그는 진지해 보였다.

"세상에 하나밖에 없는 완벽한 1차 자료를 찾았습니다. 엄밀한 의미에서는 아직 찾은 게 아니지만요. 그 완벽한 1차 자료가 존재한다는 증거를 발견했거든요."

칠튼 교수가 팔꿈치를 탁자에 올리며 몸을 앞으로 내밀었다.

"그게 뭔지 말해 보게."

코니는 '딜리버런스 데인'이라는 이름을 찾기 위해 세일럼 공회당 자료실에 갔던 이야기부터 시작했다. 단 하나, 샘에 관한 이야기만 빼놓고. 코니가 발견한 이상한 이름 이야기가 또 나오자 칠튼 교수는 얼굴을 찡그렸지만 별다른 말은 하지 않았다. 코니는 교수가 끼어들 틈을 주지 않고 빠르게 설명해 나갔다. 세일럼 법원의 유언검인과를 방문했던 이야기며, 딜리버런스가 세상을 떠나면서 남긴 유산목록 이야기가 이어졌다.

이야기 도중에 칠튼 교수가 끼어들었다.

"코니, 장광설은 그만하고 결론을 이야기해 보게. 지금까지 나온 이야기는 자네가 자료실을 어슬렁거리며 시간을 많이 보냈는데 성과는 별로 없다는 결로밖에 들리지 않는군."

코니는 칠튼 교수의 논평에 기분이 상했지만 아랑곳하지 않았다. 교수에게 인정받고 싶은 마음보다 그녀 자신의 열의가 더 컸다. 그녀는 기죽지 않고 설명을 계속했다.

"하지만 저는 그 목록이 좀 이상하다고 생각했습니다. 왜 유언 집행인들이 딜리버런스의 영수증 대장을 집 안에 있었던 다른 책들과 똑같이 취급하지 않고 성경과 같은 줄에 써넣었는지 의문이 들었거든요. 경제적 가치로 따져도 단순한 장부책이 집안의 가보인 크고 값비싼 성경과 같은 가치를 가질 리 없잖아요?"

코니는 말을 중단하고 얼음물을 한모금 마셨다.

그 순간 웨이터가 코니의 옆에 다시 나타났다. 그는 김이 모락모락 나는 치킨 프리카세(닭고기나 쇠고기 등을 잘게 썰어 무친 요리-옮긴이) 접시를 은수저 사이로 소리 없이 밀어 주고 칠튼 교수 앞에는 구운 연어가 담긴 접시를 내려놓았다.

"더 필요하신 게 있습니까?"

제임스의 말에 칠튼 교수는 코니의 얼굴을 쳐다보았다. 코니는 어깨를 으쓱했다.

"지금은 없어. 고맙네, 제임스."

칠튼 교수가 이렇게 말하며 웨이터를 내보냈다. 코니는 웨이터를 향해 겸연쩍은 미소를 지어 보였고, 웨이터는 대답 대신 아주 살짝 눈동자를 굴리고 나서 물러갔다.

코니는 교수를 향해 설명을 계속했다.

"딜리버런스의 전 재산은 머시라는 딸에게 상속되었습니다. 그래서 저는 그 책이 진짜로 중요한 물건이었다면 딸 머시의 유언 검인 기록에도 남아 있으리라고 추측했어요."

코니가 포크를 들어 손짓을 하자 칠튼 교수의 얼굴에 마뜩찮다는 표정이 스쳐갔다. 그는 연어를 썰며 대답했다.

"그렇겠군."

"그런데 '머시'라는 이름은 어디에도 없었어요. 물론 식민지 시대의 기록이니 완전하지 못할 가능성이 있지만, 그녀가 아무런 흔적도 없이 사라졌다는 건 좀 이상하다는 생각이 들었지요. 하지만 곧 제가 너무 좁게 생각했다는 걸 깨달았어요."

칠튼 교수가 코니를 바라보며 물었다.

"좁게 생각했다니?"

"'머시(Mercy)'를 발음해 보세요."

칠튼 교수가 놀라서 되물었다.

"지금 뭐라고 했지?"

"칠튼 교수님, 교수님께서는 옛날식 브라민 사투리를 쓰시잖아요."

코니는 자기가 도를 넘은 행동을 하는 게 아닌지 걱정하며 대답했다. 보통 사투리를 쓰는 사람들이 그 사실을 알고 있나? 그러고 보니 칠튼 교수의 제자가 된 이래로 그런 희망에 부합하는 증거를 본 적이 한 번도 없었는데. 에라, 모르겠다.

"저를 봐서 한 번만 해 주세요."

칠튼 교수가 그녀를 똑바로 쳐다보며 말했다.

"메흐시(Mehcy)."

"그렇습니다. 'r'이 빠지고 모음으로 바뀌지요. 그럼 M-a-r-c-y라고 쓰는 이름을 발음해 보세요."

"메흐시(Mehcy)."

코니가 다시 포크를 치켜들며 말했다.

"맞아요! 사전이 나오고 인쇄술이 발달해서 언어가 표준화되기 전에는 다들 표음식 철자법을 썼잖아요. 표음식 철자법에 따르면 '머시'와 '마시'는 같은 이름이 되는 거죠!"

코니는 커다란 닭고기 조각을 입에 넣고 의기양양하게 씹었다. 흥분한 제자를 보며 칠튼 교수가 빙그레 웃었다. 코니는 드디어 지도교수가 넘어오기 시작하는 것 같아서 기분이 좋아졌다.

"그래서 '마시 데인'이라는 이름을 찾아보았더니 여러 가지 기록이 나왔어요. 사실은 그녀가 중요한 인물이란 걸 몰랐을 때 이미 세일럼 제일교회에서 그녀와 관련된 서류들을 우연히 본 적이 있었지만요."

"어떤 기록이었나?"

"마시 데인의 정확한 출생연도는 알아내지 못했지만, 그녀가 성인이 된 이후로는 줄곧 마블헤드의 제일교회에 다녔고 항상 세금도 꼬박꼬박 냈다고 기록되어 있었습니다. 그녀는 세일럼 출신의 랩슨이라는 성을 가진 남자와 결혼했는데 그의 이름은 아직 알아내지 못했어요. 마시는 1715년에 어떤 법률 소송에 휘말린 적이 있었고, 1763년에 세상을 떠났습니다. 물론 유산 검인기록도 남겼지요."

코니는 물을 한모금 더 마시면서 이야기에 완전히 몰입한 칠튼 교수를 바라보았다.

'하지만 교수님은 이 이야기가 어디로 흘러갈지 짐작도 못하고 계실걸.'

칠튼 교수가 다그쳤다.

"그래서?"

"마시 데인의 유산 검인목록에는 딜리버런스 데인에게 물려받은 집 외에 '책-약 영수증'이라는 항목이 있었습니다."

"장부책이 하나 더 있다는 뜻인가?"

"처음엔 저도 그렇게 생각했지요. 그런데 읍내를 돌아다니는 도중에 흥미로운 유물을 발견했어요."

코니는 부적 같은 기묘한 부조가 새겨진 토지경계석 이야기를 했다. 이번에도 샘에 관한 이야기는 쏙 빼놓고. 샘 이야기를 하지 않은 이유가 칠튼 교수에게 그녀의 자료조사 능력이 뛰어남을 보이기 위해서였는지, 아니면 샘을 떠올릴 때마다 느끼는 뜨거운 감각을 혼자만의 비밀로 간직하기 위해서였는지는 확실치 않았다. 거북한 옷차림으로 칠튼 교수와 마주앉아 있는 이 순간에도 샘을 생각하니 자신감과 활력이 솟았다. 유쾌한 자극이 정수리에서 뒷덜미까지 내려가는 동안 코니는 남몰래 미소를 지었다.

"코니, 난 이해를 못 하겠네. 토지경계석이 영수증 대장과 무슨 상관이지?"

"잠깐만요."

코니는 닭고기 요리를 후딱 먹어치우고 나서 대답했다.

"그 토지경계석은 현실 세계에 민간 신앙으로서 마법적 사고가 존재했다는 징표입니다. 그리고 딜리버런스 데인이라는 여자에 대해 확실히 밝혀진 사실이 하나 있습니다. 그녀는 파문을 당했어요. 1692년에, 세일럼에서요."

"청교도 사회에서 파문은 종종 있는 일이었어."

"하지만 누군가가 마녀로 고발당해 유죄 선고를 받으면 맨 먼저 당하는 일이 파문이었지요!"

코니는 흥분을 감추지 못하고 포크로 접시를 두드렸다. 그러자 칠튼 교수가 빙그레 웃었다.

"저는 이렇게 생각해 봤어요. 청교도 사회에서 사람들이 마법의 효과를 기대하고 그런 토지경계석을 만들었다면, 그 시대의 마법적 사고를 보여 주는 다른 증거도 남겼을 거라고요. 만약 영수증 대장이 진짜 영수증 대장이 아니라면 어떨까요?"

칠튼 교수는 말없이 기다렸다. 코니가 부연 설명을 했다.

"레시피(recipe)의 철자를 약간만 바꾸면 영수증(receipt)이 되지요."

칠튼 교수가 미간에 주름을 잡으며 물었다.

"레시피?"

"머시의 유언 검인기록을 찾았을 때 저는 확신할 수 있었어요. 유산 검인목록에 별도의 항목으로 오르고, 어머니가 딸에게 물려줄 만큼 가치 있는 책이 대체 무엇이었을까요? '약'을 만드는 레시피가 담긴 책, 마법을 썼다고 고발당한 걸로 보이는 여자가 가지고 있었던 책이 무엇이었을까요?"

칠튼 교수의 얼굴에 놀라움과 기쁨이 번지기 시작하더니 입술이 천천히 벌어져 함박웃음 띤 얼굴로 바뀌었다. 코니는 지도교수가 이를 드러내고 웃는 모습은 처음 본다고 생각했다.

코니가 큰 소리로 답을 말했다.

"마법의 치유책이지요!"

식탁 맞은편에서 칠튼 교수가 코니를 응시했다. 그의 눈에서는 강렬하고도 차가운 빛이 번쩍이고 있었다.

9장

매사추세츠 주, 마블헤드
1991년 6월 하순

"어디다 설치할까요?"

남자가 정원의 돌길 위에 공구함을 쾅 하고 내려놓으며 물었다.

현관에 서 있던 코니가 빙그레 웃으며 대답했다.

"글쎄요. 잘 모르겠네요. 보통 어디다 설치하죠?"

"하나만 설치하게요?"

남자가 머리에 쓴 야구모를 고쳐 썼다. 코니는 그의 반짝이는 대머리를 얼핏 보았다.

"그럼 현관 홀에다 해야죠."

코니는 남자를 집 안으로 안내하며 말했다.

"그게 좋겠네요. 커피라도 한잔 하실래요?"

"맥주로 주세요."

코니는 잠시 주저했으나 곧 어깨를 으쓱했다. 안 될 게 뭐 있어? 날씨가 워낙 덥잖아.

"잠깐만 기다리세요."

그러자 남자가 대답했다.

"밖에서 기다리지요."

부엌에 들어간 코니는 고풍스러운 나무 아이스박스 뚜껑을 열고 얼음 속에 손을 집어넣었다. 올 여름 들어 걸핏하면 얼음을 뒤적이는 습관이 생겼다. 코니는 얼음을 휘젓던 손을 멈추고, 녹고 있는 얼음의 냉기를 얼굴에 쐬고 나서 아이스박스를 닫았다. 그녀는 맥주를 가지고 정원으로 나가며 혼잣말을 했다.

"이렇게 자주 상자를 열지만 않으면 얼음이 더 오래 갈 텐데."

남자는 현관문 근처의 좁은 텃밭에 무릎을 꿇고 앉아 있었다. 공구함은 열려 있었다. 남자는 헐거워진 지붕널을 떼어 낸 후 돌돌 말린 긴 전화선을 풀고 있었다. 코니가 맥주를 내려놓자 그가 말했다.

"예전에 전화를 설치한 흔적이 있네요."

어느새 토마토 줄기 밑에서 나타난 알로가 남자의 작업화 밑창에 코를 대고 킁킁거렸다. 그러더니 필요한 정보를 모두 알아냈는지 이내 그늘 속의 자기 자리로 돌아가 앞발을 포개고 그 위에 턱을 올려놓았다.

코니가 놀라서 물었다.

"그래요? 그건 어떻게 됐는데요?"

남자가 작은 펜치를 부지런히 놀리며 대답했다.

"도로 떼어 냈네요."

"오."

코니는 반바지 허리의 고리에 엄지손가락을 걸고 서서 남자가 일하는 모습을 지켜보았다. 그러자 남자는 일감에서 시선을 떼지도 않고 말했다.

"시간이 좀 걸려요."

그의 말에 난처해진 코니가 대답했다.

"아! 그렇겠죠. 미안해요."

코니는 다시 집 안으로 들어가서 일부러 현관문을 열어 두고 거실의 치펜데일 책상 앞에 앉아 기다렸다. 그러고 보니 요즘 코니는 굳이 현관문을 잠그지 않고 지냈다. 할머니 집은 무성한 관목과 덩굴식물에 뒤덮여 잘 보이지 않기 때문에 공구함을 든 기술자가 집을 찾아온 게 신기할 지경이었다. 코니는 혼자 빙그레 웃으며 생각에 잠겼다.

'집에서 전화를 걸면 엄마가 깜짝 놀라겠지?'

칠튼 교수와 점심식사를 한 날 이후로 코니는 자신감에 넘쳐 있었다. 코니가 1차 자료를 찾을지도 모른다고 이야기하자 칠튼 교수는 예상보다 훨씬 반가워했다.

"마녀를 찾아내는 방법에 대한 옛날 지침서들이 아직도 남아 있지. 15세기 독일에서 발간된 『마녀소추 지침(Malleus Maleficarum)』이라는 책이 있고, 1692년에 코튼 매서가 쓴 「보이지 않는 세상의 신비(*Wonders of the Invisible World*)」라는 논문도 있어."

그날 점심식사 때 칠튼 교수가 했던 말이었다.

코니는 이렇게 대답했다.

"맞아요. 하지만 제가 조사한 바에 따르면 식민지 시대 북아메리카에서 실제로 행해졌던 마술에 관한 책이나 지침서는 현존하는 게 없던데요. 일반적으로는 실제로 마술을 행한 사람이 없기 때문에 그런 책도 없다고 해석하잖아요? 만약 딜리버런스 데인이 가지고 있었던 책이 제가 생각한 대로 약을 만드는 레시피고, 그 책이 아직까지 남아 있다면 놀라운 발견이 될 겁니다. 그 책의 내용으로 인해 역사를 해석하는 방법이 근본적으로 바뀔 테니까요. 약학의 역사, 조산술의 역사, 과학의 역사……."

코니가 말끝을 흐리자 칠튼 교수가 말을 받았다.

"그리고 두말할 필요 없이 세일럼 마녀사냥에 대한 해석도 달라지겠지. 현재로서는 가정에 입각한 게 너무 많구나. 하지만 흥미로워 보이니 조사할 가치가 있겠다."

따뜻한 브레드푸딩 접시 두 개가 식탁에 놓였다. 칠튼 교수는 푸딩을 먹으며 코니를 주의 깊게 보다가 말했다.

"아가씨, 말해 봐라. 올해 식민지 역사학회에 참석할 계획이라고 했지?"

코니는 고개를 끄덕이며 대답했다.

"예, 참석할까 해요. 토론자로 선정된 건 아니고, 그냥 논문 발표를 들으러 가려고 했지요."

코니는 부드러운 푸딩에 포크를 집어넣어 황금색 건포도를 쿡 찔렀다.

"좋은 생각이야. 항상 자기 분야의 최신 동향에 관심을 기울여야지."

칠튼 교수는 잠시 머릿속으로 저울질을 하다가 아무렇지도 않은 말투로 덧붙였다.

"실은 올해 학회에서 내가 기조발제를 하기로 했어."

코니가 놀라며 물었다.

"정말요?"

"그래. 지금 하고 있는 연금술적 사고의 역사에 대한 연구를 발표하기로 했는데, 새롭고 획기적인 주장도 몇 가지 내놓을 생각이야."

칠튼 교수는 자기를 쳐다보는 코니의 눈길을 알아차리고 잠시 쉬다가 말을 이었다.

"그 자리에서 자네를 소개하면 좋겠군."

칠튼 교수는 이렇게 말하고 식사를 마쳤다는 표시로 포크를 옆에 내려놓았다.

어리둥절해진 코니가 물었다.

"왜 저를?"

그러자 칠튼 교수가 껄껄 웃으며 말했다.

"구체적인 의논은 나중에 하자. 너무 앞서가지 말자고, 우리 아가씨. 지금은 그 책을 찾아서 자네 추측과 일치하는지 확인하는 일에만 관심을 쏟아라. 진전이 있으면 나에게 바로바로 알려 주고."

칠튼 교수는 깊은 생각에 잠길 때 으레 하는 것처럼 두 손을 세모꼴로 포갰다.

그날 오후 교수회관을 나오는 코니의 마음은 흥분으로 일렁거렸다. 한편으로는 칠튼 교수의 인정을 받아서 기분이 좋았고, 한편으로는 다음 단계의 연구 계획을 세우느라 머릿속이 복잡했다. 자기 생각에만 몰두하며 걷다가 코니는 학부생 도서관 통로에서 그녀를 향해 다가오던 토머스와 부딪히고 말았다.

"아야! 코니 선배."

토머스는 코니에게 밟힌 발을 손으로 문지르며 끙끙거렸다. 코니는 웃음을 터뜨리고 말았다.

"미안, 토머스!"

코니는 휘청거리는 토머스의 팔꿈치를 붙잡아 주며 소리쳤다.

"방금 박사논문 때문에 칠튼 교수님을 만났거든. 그래서 생각이 너무 많았나 봐."

두 사람은 함께 하버드 교정을 거닐었다. 토머스는 자기가 치명적인 부상을 입었음을 강조하기 위해 때때로 한 발로 폴짝폴짝 뛰면서 걸었고, 코니는 토머스의 아르바이트에 대해 물었다. 토머스는 여름 동안 학부 도서관에서 책을 정리하는 일을 맡고 있었다.

토머스가 섭섭한 어조로 말했다.

"저한테 전화를 안 하다니, 어떻게 그러실 수가 있어요? 선배님 도움 없이 대학원 입학원서를 어떻게 쓰라고요? 벌써 입학 에세이 초안을 잡고 있는데 완전히 엉망이에요, 엉망."

코니가 한숨을 쉬며 대답했다.

"오, 토머스. 진짜로 대학원에 가고 싶은 건 아니겠지? 졸업해서 은행 같은 근사한 직장에 들어가도 되잖아."

그러자 토머스가 인상을 썼다.

"그건 우리 어머니가 하시는 말씀인데. 이제 선배까지 똑같은 소리를 하네요."

"미안. 나도 나이가 드나 보다. 어쨌든 너한테 전화할 수가 없는 형편이었어. 우리 할머니 집에는 전화가 없거든."

토머스가 믿기지 않는다는 표정으로 물었다.

"전화가 없다고요?"

"실은 전기도 없어. 뭐 어쩔 수 있니? 여름 내내 전원생활을 즐겨

야지. 가전제품이라고는 하나도 없는 불편한 친환경 주택을 사려는 사람이 과연 있을지 의문이지만 말이야. 전기를 쓰지 않는 아이스박스를 본 적 있니?"

토머스가 제안했다.

"하나 설치하지 그래요? 회전식 전화는 전기가 없어도 되는데."

코니는 발걸음을 멈추고 토머스를 바라보며 씩 웃었다.

❧

"다 됐어요."

열린 현관문 틈으로 남자가 소리쳤다. 책상 위의 서류를 들여다보다가 그의 목소리를 들은 코니는 거실 모퉁이가 어둠에 젖고 있다는 사실을 문득 깨달았다. 사람들은 왜 어둠이 '내린다'고 이야기할까? 코니에게는 어둠이 아래에서 위로 올라가는 걸로 보였다. 나무와 덤불 밑에서 덩어리를 이루고, 가구 밑에서 쏟아져 나오고, 지면에서 가까운 공간을 다 채우고 나서야 하늘에 닿는 어둠. 코니는 일어서서 기지개를 켜고 손가락 마디를 딱딱 꺾었다.

"좋은데요."

코니는 이렇게 말하며 현관홀의 협탁 위에 얌전히 놓인 검은색 회전식 전화기로 손을 뻗었다.

남자는 다시 한 번 모자를 살짝 올렸다 내리며 말했다.

"요즘은 다들 무선 전화기를 선호하지요."

"그렇겠죠. 집에 콘센트가 없어서요."

20세기 말, 주거 밀집지역에 위치한 집에, 그것도 사람이 사는 집에 전기 설비가 없다는 소리를 듣고도 남자는 놀라는 기색 없이 어깨를 으쓱하기만 했다. 그는 거리로 통하는 돌길 쪽으로 돌아서며 웅얼거리듯 말했다.

"청구서는 우편으로 갈 겁니다."

코니는 그의 등 뒤에 대고 소리쳤다.

"고맙습니다!"

남자가 멀어져 가면서 "정원에 조명이 있어야겠네요."라고 대꾸하는 소리가 희미하게 들렸다. 코니는 또다시 혼자 남았다.

전화벨이 네 번 울린 후, 수화기에서 와장창 소리와 함께 그레이스의 목소리가 들렸다.

"여보세요?"

"엄마?"

코니는 현관홀과 식당 사이의 문간에 기대서서, 말라죽은 거미처럼 꼼짝도 않고 창문에 걸려 있는 죽은 식물의 화분에 저녁 어스름이 모여드는 광경을 바라보았다. 저건 정말로 내다 버려야겠어. 왜 이제껏 창문 청소를 하지 않았을까?

"코니, 우리 딸! 반갑다, 얘. 이렇게 빨리 연락할 줄이야."

코니는 어째서인지 몰라도 엄마가 빵을 굽고 있었으리라는 상상을 했다. 이제 흰머리가 나기 시작하는 엄마가 산타페에 있는 집 부엌에서 전화기를 뺨에 대고 서 있는 모습이 눈앞에 그려졌다. 엄마의 손은 밀가루 범벅일 테고, 이젠 수화기에도 밀가루가 묻었겠군.

코니는 한번 넘겨짚어 보기로 했다.

"난 잘 지내요. 엄마 뭐 만들어요?"

"사모사(튀김만두와 비슷한 인도 음식-옮긴이)를 만들고 있는데 점도를 조절하기가 힘들구나. 반죽에 찰기가 없어서 뚝뚝 떨어지네."

"버터를 더 넣어야죠."

"그렇잖아도 넣고 있어. 그런데 버터를 많이 넣으니까 반죽이 너무 기름져!"

그레이스는 한숨을 쉬었다. 코니는 엄마가 흘러내린 머리카락 한 올을 훅 불어 넘기는 장면을 떠올렸다. 산타페는 아직 햇빛이 남아 있을 시간이었으므로, 엄마의 부엌 싱크대를 떠올리자 굵고 단단한 선인장과 각종 허브가 가득 놓인 창턱이 그려졌다. 엄마는 서부로 이사를 간 이후로 건조한 데서 잘 자라는 가시투성이 식물들을 기르기 시작했다. '땅의 명령에 따라 변화한다'는 알쏭달쏭한 말을 하면서. 엄마에게는 날씨와 의식의 관계에 관련된 복잡한 이론이 있었는데, 그 이론에 따르면 사람의 의식은 물론 식물의 의식도 날씨와 밀접한 연관이 있다고 했다. 기후조건이 바뀌면 전자기장도 함께 바뀌기 때문에 사람의 기에 직접적인 영향을 미쳐 성격이나 능력까지도 변화시킨다고도 주장했다. 코니는 그런 주장에 동의하지는 않았지만 인내심을 가지고 듣는 편이었다. 어차피 엄마는 뭐든 심오한 이론으로 설명했으니까.

"나도 사모사가 먹고 싶어지네."

코니의 말에 그레이스가 깔깔 웃었다.

"얘야, 집 청소는 어떻게 되고 있니?"

"천천히, 꼼꼼하게 하고 있어요."

코니는 신축성 있는 전화선을 한쪽 엄지손가락에 감았다. 그러다 숫자판이 빨간색으로 변하는 모습을 보고 선을 놓았다.

"그러니까…… 몇 군데는 깔끔해진 것 같아."

"집에 전화를 설치한 건 참 잘한 일이다."

그레이스의 목소리는 물기 있는 반죽을 나무 숟가락으로 휘젓는 소리에 섞여서 들렸다. 코니가 깔깔 웃으며 물었다.

"엄마! 어떻게 알았어요?"

"저녁식사 시간인데 네가 집이 아니면 어디서 전화를 걸겠니? 너희 외할머니도 한때는 전화를 놓고 사셨단다. 그런데 너무 시끄러워서 싫다고 하시면서 1960년대에 철거해 버렸지. 엄마가 얼마나 걱정했는지 아니? 혹시 무슨 일이 생겨도 아무에게도 연락할 방법이 없잖아. 그래도 너희 외할머니는 마음을 바꾸지 않으셨어."

"성미가 까다로운 분이셨나 보네."

그러자 그레이스가 사춘기 소녀 시절의 감정이 살짝 묻어나는 목소리로 말했다.

"오, 넌 짐작도 못할 거야. 그런데 집을 팔 준비가 되려면 얼마나 걸리겠니?"

코니는 얼른 대답을 못하고 우물거렸다.

"음……."

사실 연구에 시간을 고스란히 쏟느라 집 청소는 아직 손도 대지 못한 형편이었다. 하지만 더 솔직하게 말하자면 대답을 주저한 이유는 그것만이 아니었다. 코니의 눈길이 금 간 중국산 도자기 화분 속의 죽은 화초에 잠시 멎었다가 팔걸이의자가 여러 개 놓인 어둑어둑한 거실로 옮겨 갔다. 지난주에 모직물 전용 세제로 팔걸이의자의 니들포인트 장식을 열심히 닦아 낸 덕택에, 이제는 쾌적하고 깨끗한 의자들이 따뜻한 느낌의 적갈색으로 빛나고 있었다. 코니는 저녁식사 후 난로에 불을 살짝 지피고 졸음이 올 때까지 거실에 앉아 독서를 할 작정이었다. 그녀는 그 작은 거실을 어지럽히지 않고 그대로 보존하고 싶은 묘한 충동을 느끼고 있었다.

"좀 기다려야 될 것 같아요."

그러자 그레이스가 다시 마흔일곱 살 여자의 목소리로 말했다.

"코니."

"엄마, 집이 진짜 난장판이었단 말이에요. 생각보다 오래 걸릴 것 같아요."

그러자 그레이스는 한숨을 쉬며 말했다.

"흐음. 그럼 다른 이야기를 해 보렴. 약속대로 집을 치우지 않았다면, 그동안 뭘 했니? 지난번에 이야기한 두통은 어때?"

나무 숟가락을 내려놓고 나무도마 위에서 반죽을 미는 소리가 들렸다. 그레이스의 턱이 전화기 숫자판을 누르는 바람에 삐! 소리가 났다.

"두통은 괜찮아졌어요."

그러고 보니 생생한 환영이 나타나는 건 여전했지만 그 후에 찾아오는 두통은 예전만큼 심하지 않았다. 알아차리지도 못할 정도로 서서히 진행된 변화였지만 분명히 두통이 한결 덜해졌다.

그레이스가 얼른 말했다.

"그것 봐. 병원에 갈 필요가 없다고 했잖아."

"네."

코니는 동의하지 않는다는 투로 대답하고 나서 다른 화제를 꺼냈다.

"실은 박사논문 자료조사를 하고 있어요."

코니는 위엄이 실린 목소리를 내려고 애썼다. 그러나 그레이스는 무관심한 투로 대꾸했다.

"그러니?"

"지난번에 내가 물어 봤던 이름 있잖아요. 그 이름에 대해 조사를 해 봤는데, 박사논문의 1차 자료를 찾는 데 도움이 될 것 같아요."

"1차 자료? 어떤 자료 말이니?"

엄마의 목소리에서 희미한 의혹의 빛이 느껴졌으나 코니는 모른 체하고 계속 말했다.

"딜리버런스 데인이라는 사람이 마법 지침서 비슷한 책을 가지고 있었던 것 같아요! 놀랍지 않아요?"

그레이스가 무미건조한 목소리로 대답했다.

"놀랍구나."

코니는 목소리를 높였다.

"식민지 시대 여성과 민간 신앙의 관계에 대한 역사학자들의 주장을 모조리 뒤엎는 강력한 증거물이 될 거예요!"

푹푹, 철벅철벅. 손으로 반죽을 치대면서 엄마가 말했다.

"네 말이 맞았다. 버터를 더 넣어야겠어."

"엄마!"

"듣고 있다."

"이제 그 책을 찾는 일만 남았어요. 여태껏 조사한 바에 의하면 유언 검인기록들이 꽤 정확하더라고요. 그래서 난 그 책을 소유했던 사람들이 사망할 때마다 기록을 확인하면서 책의 행방을 추적하려고 해요. 모든 후손들이 그 책을 유언장에 언급할 만큼 가치 있는 물건으로 여겼다고 가정하고 말이에요. 설령 그게 다른 책들과 함께 목록에 올라 있다 해도 책들의 행방을 한꺼번에 추적할 수는 있을 거예요. 그러다 운 좋게 그 책을 발견할지 누가 알아요?"

그레이스가 한숨을 쉬며 말했다.

"얘야. 꼭 오래된 먼지투성이 책이 있어야만 운이 좋은 건 아니란다."

코니는 식당 문간에 놓인 의자에 앉으며 말했다.

"그레이스 여사님. 그 책을 찾는 일이 나한테는 중요하단 말이에요. 획기적인 발견이 될 수 있고, 내가 유명해질 수도 있다고요. 이게 나한테 중요하다는 걸 이해하기가 그렇게 어려워요?"

"그게 너한테 중요하다는 건 안다, 코니. 네가 하고 있는 일을 무시하는 게 아냐. 그렇게 연구에 에너지를 모조리 쏟아 붓다가 너의 참된 자아를 발견하지 못할까 봐 걱정하는 거지."

코니는 숨을 깊이 들이마시며 치밀어 오르는 화를 깔쭉깔쭉한 공 모양으로 뭉쳐 횡격막 아래로 쑤셔 넣었다. 그러고는 코로 조용히 숨을 내쉬었다. 어느새 식당 안이 캄캄해져서 식탁과 의자가 보이지 않았고 천장에 매달린 화분마저도 흐릿하게 보였다. 식탁 밑에서 쉬고 있다가 엉금엉금 기어 나온 알로가 옆으로 다가오더니 털이 북슬북슬한 턱을 코니의 무릎에 묻었다.

화난 목소리를 내리고 애쓰며 코니가 대답했다.

"난 나 자신을 아주 잘 알아요."

그러자 그레이스가 달래듯 말했다.

"널 화나게 하려는 건 아니었단다, 얘야. 잠깐만 기다리렴. 이걸 오븐에 넣고 올게."

덜그럭 소리가 들렸다. 두 시간 시차가 나는 산타페의 부엌 싱크대 위에 전화기를 올려놓는 소리. 곧이어 그레이스의 오븐이 끼익하고 열리더니 사모사를 얹어서 무거워진 오븐 팬이 들어가는 소리가 들렸다. 코니는 엄마가 활기찬 동작으로 밀가루 묻은 손을 앞치마에 쓱 문지르는 광경을 떠올렸다. "마음이 있는 곳에 '옴(힌두교에서 신성한 의미로 쓰는 단어-옮긴이)'이 있나니"라는 글자가 박힌 그 앞치마를 코니는 질색했다. 수화기가 어딘가에 쾅 부딪치는가 싶더니 엄마의 부드러운 숨결이 전화선을 타고 넘어와 코니의 뺨을 씻어 내렸다. 그러자 코니의 짜증도 조금은 가라앉는 듯했다.

"엄마는 그저, 너의 내면에서 어떤 일이 벌어지는지 들여다보는 데 시간을 조금 들여서 나쁠 건 없다고 말하는 거란다. 코니, 넌 특별하고 놀라운 사람이야. 그 책을 찾든 못 찾든 마찬가지란다. 지금은 너한테 그 책이 필요할 것 같지 않구나. 딴 뜻은 없었다."

코니의 윗입술이 실룩거렸고 붉어진 뺨 위로 눈물이 흘러내렸다. 코니는 눈물을 억지로 삼키고 팔을 아래로 뻗어 알로의 한쪽 귀를 잡았다. 그러고는 알로의 귀를 잡아당기며 한동안 말없이 있었다.

그레이스는 코니의 격정적인 침묵을 모르는 척하면서 말했다.

"자, 이제 그 남자 이야기를 해 줄 때도 되지 않았니?"

코니는 심호흡을 하고 빙그레 웃었다. 어느새 눈물이 입으로 흘러들어가고 있었다.

"아니."

그레이스가 탄식하며 말했다.

"그래. 더 기다려도 늦지 않지. 하지만 조만간 그 이야기도 해야 한다."

"알았어요, 엄마."

코니는 눈동자를 또르르 굴리며 대답하고 나서 전화를 끊었다.

10장

매사추세츠 주, 마블헤드
1991년 하지 무렵

"어이, 코넬!"

누군가의 목소리가 들렸다. 꿈을 꾸고 있는 코니의 머릿속에 그 글자들이 산세리프체로 떠올랐다. 둥둥 떠다니는 글자들 밑으로는 환자복을 입고 눈 속에 맨발로 서 있는 그레이스가 보였다. 아니, 아래층 초상화 속의 여자 같기도 했다. 아무튼 꿈속의 여인은 두 팔을 뻗고 입을 벌려 뭐라고 고함치고 있었다. 그러나 아무런 소리도 들리지 않았고, 머리 위의 하늘에는 해와 달이 동시에 떠 있었다. 여인이 갑자기 사라지더니 똬리를 틀고 몸부림치는 뱀이 나타났다. 뱀은 자꾸만 불어나 눈 덮인 벌판을 가득 메우면서 코니에게 슬금슬금 다가왔다. 코니는 잠결에 얼굴을 찡그리며 팔다리를 뒤틀었다.

"어이! 코넬!"

다시 한 번 글자들이 나타났다. 집 현관문을 쾅쾅 두드리는 소리의 진동이 전해지자 글자들은 잘게 쪼개져 빗방울처럼 똑똑 떨어졌다. 꿈속의 풍경이 희미해지고 생각들이 꼬리에 꼬리를 물기 시작하는 가운데 코니는 정신을 차렸다. 일어나 보니 침대 위였고, 강아지 발이 뒷덜미를 누르고 있었다. 코니는 한쪽 눈을 떴다.

코니를 꿈에서 깨어나게 만든 쾅쾅 소리는 이제 현관문 빗장을 덜거덕거리는 소리로 변해 마룻바닥을 울리고 있었다. 코니는 벌떡 일어나 머리를 삐딱하게 기울이고 한쪽 팔로 눈을 비볐다. 알로가 옆으로 돌아누우며 방금 전까지 코니가 누워 있었던 따뜻한 자리로 발을 뻗었다.

"칫. 아침부터 무슨 일이람?"

코니는 이렇게 중얼거리고 나서 무거운 발걸음으로 천장이 경사진 다락방을 가로질렀다. 그러고는 좁은 판자를 발끝으로 살살 디디며 계단을 내려가, 머리를 긁적이고 하품을 하면서 현관문을 열었다.

"자, 받아."

아까 "어이, 코넬!"이라고 고함치던 그 목소리가 이렇게 말하며 코니의 손에 테이크아웃한 커피를 쥐여 주었다. 커피잔 뒤에는 카고 반바지에 록밴드 '블랙 플래그'의 티셔츠를 입고 발목까지 올라오는 작업화를 신은 샘이 도넛 상자를 들고 서 있었다. 그는 씩 웃으며 코니의 등 뒤로 돌아 현관홀로 들어섰다.

"대학원 시간표대로 생활하는 모양이죠?"

샘의 팔이 코니의 어깨를 스치는 순간 티셔츠 아래 감춰진 코니의 피부가 화끈 달아올랐다. 코니는 말없이 눈을 깜박였다.

"여기가 식당이군!"

샘은 오래된 식당으로 천천히 걸어 들어가서 도넛 상자를 식탁에 올려놓으며 말했다.

"접시를 놓을까요? 아냐, 필요 없겠다."

"샘, 이게 무슨……."

코니가 질문을 끝내기도 전에 샘이 종이냅킨에 싼 보스턴 크림 도너츠를 건네며 말했다.

"11시 30분이에요."

코니가 도너츠를 받아들며 말했다.

"이런. 정말로?"

"커피를 마셔 봐요. 그럼 정신이 들 거예요."

코니는 다시 질문을 시작했다.

"그런데 어떻게 이 집을……."

샘은 방패 모양 등받이 의자에 앉아 장화 신은 다리 하나를 식탁 위에 걸쳐 놓으며 빙그레 웃었다.

"찾기 쉬웠어요. 덩굴에 완전히 가려진 집은 단 한 채였으니까. 어쨌든 훌륭한 집이네요. 외관이 멋진데요."

코니가 대답했다.

"지금 농담하는 거죠? 이 집은 난장판이라고요. 2층으로 올라갈 때마다 집이 와르르 무너지지 않을까 걱정된다고요."

샘이 고개를 가로저었다.

"그럴 리 없어요."

"이걸 봐요."

코니는 이렇게 말하고 식당과 현관 사이의 문지방에 가로놓인 나무 대들보를 손톱으로 찔렀다. 그러자 머리 위에서 나무 부스러기가 후두두 쏟아져 내렸다. 코니는 식탁 앞의 의자에 앉으며 샘을 힐끔 쳐다보았다.

"이 집은 무너져 가고 있어요."

샘은 코니를 향해 어깨를 으쓱해 보였다.

"나무좀이 있어서 그래요. 오래된 보에는 으레 나무좀이 있어요. 어쩌면 이 집을 지을 때부터 나무 안에 있었는지도 몰라요. 그게 1700년경이죠? 그렇다면 200년 동안이나 너끈히 버틴 셈이네. 겉보기에는 형편없어 보일지라도 저 대들보는 강철처럼 단단해요."

샘은 젤리 도넛을 한 입 베어 물었다. 그러고는 입가에 하얀 설탕 가루를 묻힌 채로 설명을 계속했다.

"이 집을 지은 사람들은 말이죠, 기둥과 보를 연결할 때 나무로 만든 못을 썼어요. 나무못은 이음매에 넣기 쉽고 단단히 고정되거든요. 이 집을 무너뜨리려면 불도저가 필요할 거예요."

샘은 활짝 웃으며 한쪽 팔로 입가에 묻은 설탕 가루를 천천히 닦아 냈다. 그러고 나서 코니를 빤히 보며 말했다.

"오래된 나무는 천하무적이라고 할 수 있어요."

코니는 마른침을 삼켰다. 양쪽 귀가 확 달아올랐다. 그녀는 샘을 쳐다보던 시선을 얼른 거두고 도넛을 베어 물었다.

엄지손가락에 묻은 초콜릿 부스러기를 빨아먹으며 코니가 말했다.

"이런 집을 엄청나게 무서워하는 여자들도 있을 걸요."

샘이 인정했다.

"그렇긴 해요. 그런 여자들이랑 데이트를 몇 번 해 봤어요."

샘이 도넛을 먹는 동안 식탁 밑에서 알로가 불쑥 나타나 샘의 다리에 대고 킁킁거렸다. 그들은 한동안 말없이 도넛을 먹었다. 코니는 커피를 홀짝홀짝 마셨다. 색 바랜 격자무늬 잠옷 차림으로 샘의 앞에 앉아 있다는 사실이 못내 신경 쓰였다. 어둠 속에서 속옷만 입고 함께 수영하던 때보다 이렇게 마주앉아 있는 지금이 더 창피하고 심지어는 은밀한 분위기까지 나는 이유가 뭘까? 수영을 했던 그날 밤에는 어둠과 안개 때문에 시야가 흐릿했다. 그래서 모든 게 코니의 상상이 아니었나 의심스러울 지경이었다. 그날 밤 두 사람은 몇 시간 동안 물장구를 치며 실컷 놀았고, 그다음에는 지친 몸으로 뗏목 위에 나란히 누워 하늘을 올려다보았다. 마침 안개가 살짝 걷혀 있어 하늘에 흩뿌려진 별들이 보였다. 두 사람은 침묵에 젖어들었다. 서로 건드리지도 않았고 이야기를 주고받지도 않았다. 코니는 샘이 가까이 있다는 사실을 강하게 의식하면서도 그의 손을 잡을 엄두를 내지 못했다. 그렇게 하면 그날 밤의 신비로운 분위기가 달아날 것만 같았다. 밝은 햇빛 아래 함께 앉아 있는 지금에야 비로소 그날 밤의 일이 진짜였구나 싶었다. 코니의 양쪽 귀에 번진 홍조가 이마를 거쳐 뺨으로 내려갔다. 코니는 무심결에 다리를 꼬았다.

기분이 좋아진 알로가 꼬리를 흔들며 일어나서는 양쪽 앞발로 샘의 무릎을 더듬었다. 샘은 알로의 볼을 만져 주며 코니를 향해 물었다.

"자, 오늘 우린 뭘 하죠?"

도넛 속의 크림을 한가득 물고 있던 코니가 되물었다.

"뭐라고요?"

"난 오늘 일을 쉴 거예요. 당신이 조사하던 신비로운 마녀 생각이 자꾸 나서. 조사할 게 많지 않아요? 말하자면 당신의 논문 주제를 위해 시간을 투자할까 하는데…….”

샘은 두 손을 펼쳐 보이며 어깨를 으쓱했다. 그는 잠시 코니의 대답을 기다리다가 말을 이었다.

“물론 당신이 오늘은 연구하고 싶은 마음이 없다면 그냥 이곳을 구경시켜 줄 수도 있어요. 좋을 대로 해요.”

말을 마친 샘은 코니를 쳐다보지 않고 상자에서 도넛을 하나 더 꺼냈다.

유쾌한 흥분이 코니의 허리를 관통해 팔과 다리로 전해졌다.

“조금만 기다려요. 옷을 갈아입고 올게요.”

꼭대기에 자주색 반짝이 장식이 달린 커다란 검정색 마녀 모자를 쓴 여자아이가 잽싸게 뛰어나와 소리쳤다.

“아브라카다브라!”

아이는 마법의 효과를 극대화하기 위해 두 손을 벌리고 소리친 후 깡충깡충 뛰어가서 담쟁이덩굴 뒤에 숨었다. 담쟁이덩굴 옆의 카페 테이블에는 행복에 겨운 미소로 미루어보아 아이의 엄마가 틀림없는 여자가 앉아 있었다. 샘은 벽돌 깔린 인도에 넘어져 팔다리를 비스듬히 내뻗어 휘젓고 있었다.

“우웃! 난 마법에 걸렸어!”

샘이 이렇게 소리치자 담쟁이덩굴 뒤에서 까만 마녀 모자가 불쑥 튀어나왔고, 모자 밑으로 걱정스런 한 쌍의 눈동자가 보였다.

코니가 샘에게 속삭였다.

“어서 일어나요! 아이가 겁먹겠어요!”

샘은 몹시 고통스러운 척하며 고개를 앞뒤로 젖히다가 힘겹게 말했다.

"마법의 단어를 말해야지!"

코니가 말했다.

"제발?"

샘은 있지도 않은 상처를 움켜쥐며 소리쳤다.

"아니, 다른 마법의 단어! 얼른!"

코니가 다시 시도했다.

"일어나, 바보야?"

샘이 고개를 번쩍 들고 코니에게 말했다.

"마법 실력이 시원찮군요?"

코니가 한숨을 쉬며 말했다.

"아브라카다브라?"

그러자 샘은 승리감에 젖어 벌떡 일어났다.

"오, 하나님 감사합니다! 난 구원받았어."

샘이 환성을 지르자 마녀 모자가 흔들리면서 킥킥대는 소리가 났다. 아이의 엄마로 보이는 여자도 그들을 향해 미소를 지었다. 코니는 기가 막혀서 하늘을 쳐다보았다.

가까운 나무 그늘 안으로 들어섰을 때 샘이 말했다.

"아슬아슬했어요. 하마터면 마녀에게 잡혀갈 뻔했다고요."

코니가 다소 퉁명스럽게 말했다.

"원래는 평범한 여자 모자였어요. 헤닌이라고도 부르죠."

"뭐가?"

"방금 그 여자애가 쓰고 있었던 마녀 모자 말이에요. 길쭉하고 끝이 뾰족한 모양은 헤닌이라는 15세기 여성용 모자에서 유래했고, 넓은 챙은 영국 모자를 단순화한 거예요. 중세 말기의 중산층 여자들이 흔히 머리에 썼던 거예요. 본래는 마법이랑 전혀 상관이 없는 물건이었는데."

그러자 샘은 고개를 뒤로 젖히고 양팔로 배를 감싸 쥐며 웃어 댔다. 실컷 웃고 나서 눈물을 닦으며 그가 말했다.

"후. 아직도 구두시험의 세계에서 못 벗어났나 보군요."

두 사람은 세일럼 구시가지의 중심부를 따라 구불구불 이어지는 길을 걷고 있었다. 텅 빈 부두에서 출발한 길은 오래된 여인숙을 지나고, 중국산 도자기와 선박 모형이 꽉꽉 들어찬 소규모 박물관을 돌아, 벽에 낙서가 가득한 통근열차 정류소까지 이어지며 세일럼 주민들의 생활을 낱낱이 보여 주었다. 인도에 드문드문 늘어선 노점상들 사이로 관광객들이 여유롭게 거닐면서 '마녀의 도시'라는 글자를 새긴 홀치기 염색 티셔츠며 이른바 '행운을 부르는 크리스털'이며 시원한 레모네이드며 분재 따위를 구경하고 있었다.

샘이 코니에게 물었다.

"그럼 다른 소품들은?"

'마법의 도시'라고 새겨진 스노우볼을 손에 쥐고 흔들어 본 후 노점 수레에 도로 내려놓으면서 코니가 되물었다.

"다른 소품이라뇨?"

샘이 장난스럽게 말했다.

"빗자루! 검은 고양이! 왜 있잖아요. 마녀의 소품들."

코니가 콧방귀를 뀌며 대답했다.

"글쎄, 고양이는 혼령의 대용물일 뿐이에요. 하지만 고양이만 혼령으로 쓰였던 건 아니었는데."

노점 수레의 가죽끈 위에 놓인 크리스털을 만지작거리던 샘이 물었다.

"혼령이라고?"

"악마나 혼령이 동물로 변장하고 마녀의 심부름을 하는 거예요. 내가 읽은 세일럼 마녀재판 기록에는 보이지 않는 노란 새가 어깨에 앉아 있다는 이유로 기소된 어떤 불쌍한 여자 이야기가 나와요. 또 마녀로 고발당한 소녀 하나는 법정에서 황당한 증언을 했죠. 자기 엄마가 혼령이 깃든 뱀 한 마리를 줬고, 손가락 사이의 사마귀에서 젖을 짜내 뱀에게 먹였다나."

코니는 얼굴을 찌푸리고 설명을 계속했다.

"민간 신앙에서 유독 고양이를 마녀와 연결시키는 이유는 잘 모르겠어요. 고양이가 마녀와 함께 등장하는 전설이 많기 때문이 아닐까요? 그리고 빗자루에 대해서는, 리즈가 목판화를 보여 준 덕분에 조금은 알아요. 리즈가 구두시험을 준비하기 위해 읽었던 책에 그런 목판화가 나왔거든요."

"나한테도 알려 줘요."

"빗자루 이야기는 엉터리예요. 중세의 마녀는 악마의 연회에 갈 때 옷을 몽땅 벗었대요."

코니는 샘의 얼굴이 하얘지는 걸 보고 깔깔 웃으며 말을 이었다.

"알몸이 된 마녀는 '하늘을 나는 연고'를 바르고 빗자루에 걸터앉는 거예요. 반드시 밀짚 부분이 위로 가게 해야 하는데, 그 이유는 어둠 속에서 날아갈 때 촛불을 밀짚 위에 올려놓기 때문이래요. 빗자루가 준비되면 마녀는 주문을 외우고 굴뚝으로 날아오르는 거예요. 엉터리 같은 이야기죠?"

샘이 한쪽 눈썹을 찡긋하며 말했다.

"으으음. 하늘을 나는 연고라."

코니가 샘의 가슴팍을 가볍게 치며 장난스럽게 말했다.

"닥치고 계셔."

깃털 장식 모자에 반바지 차림인 한 무리의 중년 여자들이 사진기를 손에 들고 천천히 지나갔다. 그들은 마녀재판을 테마로 하는 전차관광 광고가 인쇄된 불룩한 비닐 쇼핑백을 하나씩 들고 있었다. '지하감옥과 마녀 화형 디오라마'라는 광고가 나붙은 밀랍인형 박물관 앞에는 새까만 아이라이너를 짙게 바른 십대 소녀가 입술을 말아 올리고 서서 포즈를 취하고 있었다.

곰곰이 무언가를 생각하던 코니가 말했다.

"사람들은 마녀 이야기를 오락거리로 삼는군요."

샘이 대답했다.

"오늘은 하지잖아요. 이게 못마땅하단 말이에요? 할로윈 날에는 더하잖아요."

코니는 푸른 눈을 크게 뜨며 불만 섞인 어조로 말했다.

"그렇구나. 이건 우리가 역사와 동떨어진 삶을 살아간다는 증거예요. 마녀재판은 수백 년 동안 아무도 공공연히 논하지 않을 만큼 수치스러운 일로 간주됐어요. 19세기 말까지는 마녀재판에 대한 제대로 된 역사서도 없었을 정도라고요. 그런데 여기…… 완전히 축제 분위기잖아요."

코니는 한가로이 거리를 누비는 사람들을 둘러보고, 마녀의상을 파는 상점의 진열장이며 카드 리더기를 물끄러미 바라보았다. 역사상의 모든 잔혹하고 압제적인 시기 중에서 이처럼 오락과 관광의 대상으로 변해 버린 시대가 또 있을까? 아무리 생각해도 없는 듯했다. 스페인에 종교재판을 기념하는 밀랍인형 박물관이 있었던가? 고문대에서 뼈가 부러진 사람들의 모습을 재현해서 보여 주던가?

코니의 불만을 알아차린 샘이 말했다.

"참혹한 죽음에는 매력적인 요소가 있어요. 우리와 직접적인 관련이 없는 사람들에게 일어난 일일 경우에는 더욱 매력적이죠. 런던탑만 해도 그렇잖아요. 그곳의 관광은 처음부터 끝까지 참수형에 관련된 것뿐이에요. 사슬에 묶인 왕들과 왕비들이 목을 축 늘어뜨린 모습을 보여 주죠. 게다가 런던탑 안에는 감탄을 자아내는 대관식용 보석도 있어요! 관광객들은 왕족이 누리던 부와 특권을 생각하면서 그들이 자신과 다른 사람들이라고 느끼게 되지요. 물론 먼 옛날 사람들이기도 하고. 그래서 그들의 고통을 오락거리로 삼으면서도 죄책감을 느끼지 않는 거예요."

"그래도 이건 너무해요. 당시 세일럼에서 처형당한 사람들은 어디서나 볼 수 있는 평범한 사람들이었단 말이에요."

"꼭 나쁘다고만 볼 수는 없어요."

샘이 밀랍인형 박물관 입구에 서 있는 코니를 다른 방향으로 이끌며 말했다.

"마녀사냥이 상품화되면서 특이한 부수적 효과도 생겼어요. 오늘날의 이단자들이 세일럼에 굉장한 매력을 느끼고 사방에서 찾아온다는 거죠."

샘은 큰길에서 뻗어 나간 좁은 골목길에 위치한 초록색 상점을 가리켜 보였다. 그 상점의 간판에는 꼬불꼬불한 필체로 "릴리스의 정

원: 허브와 마법용품"이라고 쓰여 있었다.

코니는 마뜩찮다는 듯 콧방귀를 뀌고 나서 말했다.

"저런 건 더 나빠요. 진짜 이단자들이 이곳에 와서는 300년 전에 처형당한 사람들에 대한 관광객들의 불건전한 호기심을 자극해 푼돈을 뜯어내다니. 그리고 마녀사냥으로 죽은 사람들은 이단자가 아니었어요! 기독교도였는데 단지 권력에 굴종하지 않았을 뿐이죠."

"오늘 우린 좀 냉소적인 것 같은데요. 당신은 사람들을 조금 더 믿어야겠어요, 코넬. 이리 와요."

이렇게 말한 샘은 코니의 팔을 잡아 억지로 끌면서 초록색 상점으로 들어갔다.

문이 열리는 순간, 흔히 기념품 상점 문을 열 때 딸랑거리며 울리는 종소리 대신 부드러운 징 소리가 울려 퍼졌다. 향료 냄새 같았지만 어떤 종류라고 딱 꼬집어 말하기 어려운 향기가 공중을 떠돌고 있었다. 어둠침침하고 매캐한 향기. 카운터에 올려놓은 카세트 플레이어에서는 조용한 팬플룻 연주곡이 흘러나왔는데, 딱딱한 자주색 촛농 몇 방울이 스피커의 철망에 달라붙어 있어서 그런지 소리가 약간 금속성으로 들렸다. 유리 진열장 안에는 각양각색의 크리스털과 보석류가 검은 가죽끈에 매여 있었고, 마법사와 요정 모양의 오밀조밀한 백랍 인형들이 가느다란 팔로 우윳빛 구슬을 받치고 있었다. 한쪽 벽면에는 풍경이 장식되어 있었다. 샘이 지나가면서 어깨로 슬쩍 건드리자 풍경은 일제히 쨍그랑쨍그랑, 딸랑딸랑 소리를 쏟아냈다.

"어서 오세요!"

금전등록기 옆에 펼쳐 놓은 연감에 팔꿈치를 올리고 있던 여자가 활짝 웃으며 새된 목소리로 말했다.

"두 분, 행복한 하지를 보내세요."

상점 주인이자 점원인 그녀는 두 갈래로 탐스럽게 묶은 머리를 어깨에 늘어뜨리고, 귀에는 반달 모양의 귀걸이를 걸고 있었다. 블라우스 주름장식 사이로 살짝 보이는 가슴에는 장미와 백합이 휘감긴 별(옛날에는 별표에 마귀를 쫓는 힘이 있다고 믿었다-옮긴이) 모양의 문신이 있었다. 코니가 입 속에서 비웃음을 흘리자 샘이 조용히 하라는 뜻으로 그녀를 살짝 꼬집었다.

샘은 활짝 웃는 여자에게 인사를 건넸다.

"안녕하세요."

여점원이 말했다.

"찾으시는 물건이 있나요? 잘 아시겠지만 오늘은 특별 행사가 있답니다. 30분 후에 타로 카드 점이 시작되고요, 다섯 시에는 기(氣)를 촬영하는 '키를리안 사진' 전문가가 올 거예요."

"우린 그냥 구경만 할게요."

코니와 샘이 거의 동시에 말했다.

"책이 어디 있는지 알려 주시겠어요?"

여점원은 짙게 그린 눈썹을 찡긋하며 더 활짝 웃었다.

"물론이죠. 뒤쪽 왼편을 보세요."

"감사합니다."

샘은 이렇게 말하며 코니를 뒤쪽으로 이끌었다. 그러자 여점원이 고개를 끄덕이며 말했다.

"복 받으세요."

두 사람은 가게 뒤편의 책꽂이 앞으로 갔다. 책꽂이에는 신비주의 탐구가 알리스터 크롤리, 타로 카드, 점성술 그리고 이른바 '유체이탈'에 관한 책들이 칸칸이 꽂혀 있었다.

코니가 시큰둥하게 물었다.

"마법의 8번 공(점을 치는 공 모양의 장난감-옮긴이)은 어디 있지?"

그러자 샘이 코니를 쿡쿡 찌르며 말했다.

"그래도 재미있다는 생각이 들지 않아요? 난 사람들이 다양한 믿음을 가진다는 게 흥미롭다고 생각하는데. 자, 여길 봐요. 세계 각지에서 온 물건들이 있어요. 켈트족의 매듭, 동양 철학, 뉴에이지. 과거와 현재의 신앙들이 동등한 가치를 인정받으면서 함께 진열되어 있어요. 매혹적이지 않아요? 세일럼에서 사는 게 재미있는 이유 중 하나가 바로 이런 희한한 이단적 요소들 때문이에요. 나는 확고한 불가지론자인데도 말이에요."

샘의 눈이 진실하고 정직한 호기심으로 반짝이는 모습을 보면서 코니는 야박하게 굴었던 걸 후회하기 시작했다.

"불가지론자인 뾰족탑 수리공이라? 그건 모순인데요."

코니는 팔짱을 끼고 다소 누그러진 말투로 말을 이었다.

"당신 말이 맞아요, 샘. 사실은 나도 재미있다고 생각해요. 미안, 미안. 나의 비정상적인 어린 시절이 생각나서 심통을 부린 거예요."

코니는 철재 꽂이에 걸려 있는 손뜨개 기도복을 만지작거리다 고개를 떨어뜨렸다.

그러자 샘이 코니의 어깨에 손을 올리고 몸을 낮춰 코니의 얼굴을 들여다보며 말했다.

"어이, 걱정 말아요."

코니는 배시시 웃으며 그를 쳐다보았다. 반짝이는 초록빛 눈동자가 코니를 내려다보고 있었다. 코니는 침을 꼴깍 삼켰다.

짧은 침묵을 깨고 코니가 농담조로 말했다.

"딜리버런스 데인이나 마시 램슨이 이걸 봤다면 뭐라고 했을까요?"

샘이 웃음을 터뜨리더니 '외계인 납치' 사례를 모은 얇은 책을 집어 들며 대답했다.

"그걸 어떻게 알겠어요. 내 생각엔 딜리버런스가 이걸 제일 좋아했을 것 같은데요?"

코니는 깔깔 웃으며 고개를 돌리다가 흠칫 놀라 뒷걸음질을 쳤다. 그녀가 서 있는 곳의 맞은편에 바닥에서 천장 바로 밑까지 선반이 층층이 설치되어 있었고, 선반마다 가루로 만든 허브와 갖가지 액체를 담은 작은 비닐봉지가 빼곡히 놓여 있었다. 그리고 비닐봉지에는 손으로 쓴 꼬리표가 붙어 있었다.

"우와."

코니는 감탄사를 내뱉으며 허브를 자세히 보려고 가까이 다가갔다. 진열된 물품은 오레가노와 세이보리처럼 주방에서 흔히 쓰는 허브에서부터 유황이나 유리병에 담긴 액체 수은 따위의 무기 화합물에 이르기까지 다양했다. 허브의 대부분은 코니가 알고 있는 것이었고 할머니 집 정원에서 야생으로 자라고 있는 식물이기도 해서 다소 놀라웠다. 코니는 생각에 잠겨 이마에 주름을 잡으며 작은 비닐봉지들을 만져 보았다. 그 선반을 보니 문득 떠오르는 게 있었다.

할머니 집 부엌에 있는 단지와 유리병들. 거기에도 이 가게에 있는 것과 비슷한 색이 바랜 꼬리표가 달려 있었지. 세월이 너무 많이 지나서 거의 알아볼 수 없다는 점만 다를 뿐.

"이상한 일도 다 있네."

코니는 이렇게 중얼거리며 선반에 있는 사리풀 봉투를 꺼내 꼬리표를 살펴보았다. 오른쪽 아래 귀퉁이에 작은 활자체로 '1989년 6월에 수확'이라고 인쇄된 꼬리표였다. 코니는 코웃음을 치고 말았다. 허브가 수확하는 순간부터 효능을 잃기 시작한다는 건 원예의 초보자도 아는 사실이었다. 요리책에도 그렇게 쓰여 있었다. 말린 허브와 신선한 허브의 풍미가 다르다는 건 요리의 기초 상식이었으니까.

코니는 사리풀이 든 비닐봉지를 선반에 올려놓으며 중얼거렸다.

"이건 사기나 다름없어."

코니는 샘을 찾으러 갔다. 샘은 가게 입구의 유리 진열장에 있는 코걸이를 구경하고 있었다. 코니가 다가오자 그는 링을 코밑에 들어 보이며 물었다.

"지금 걸고 있는 링을 계속 달고 다닐까요, 아니면 하나 더 장만할까요? 작은 오팔 장식이 달린 것도 있고, 모조 지르코니아가 달린 것도……."

코니가 말허리를 끊고 샘에게 불만을 늘어놓았다.

"여기서 파는 허브는 다 유효기간이 지났어요. 허브는 갓 따온 게 제일 좋고, 말린 것도 두 달 안에 써야 해요. 두 달이 넘게 지나면 소용이 없거든요. 그런데 저쪽에 진열된 허브는 죄다 2년 이상 지났더라고요. 순전한 사기예요."

머리를 양 갈래로 묶은 여점원이 말참견을 했다.

"원하는 물건을 찾으셨어요?"

여점원은 '마법의 도시'라는 글씨가 새겨진 연보라색 머그잔에 가격표를 붙이고 있었다. 그녀가 얼굴을 찡그리자 화장용 연필로 그린 눈썹이 한데 몰렸다. 코니와 샘의 대화를 엿들은 걸까?

"다 됐어요. 고맙습니다."

코니는 뉴잉글랜드에서 거래를 끝낼 때 널리 쓰는 표현을 써서 대답했다. 식사를 마쳤을 때, 옷을 입어 볼 마음이 없을 때, 도로 방향을 이미 알고 있을 때, 자동차에 기름이 차 있을 때 뉴잉글랜드 사람들은 "다 됐다"고 말했다. 보통은 아무것도 사지 않겠다는 뜻이었다. 머리를 양갈래로 묶은 여자의 눈에 먹구름이 서서히 몰려들었다. 그녀는 반달 모양의 귀걸이를 흔들며 몸을 홱 돌리더니 싸늘한 침묵 속에서 찰싹찰싹 소리를 내며 머그잔에 이름표 붙이는 일을 계속했다.

코니가 샘의 팔을 잡으며 속삭였다.

"그만 가요."

코니는 마음이 불편하기 그지없었다. 그러나 상점 문에 붙어 있는 징 아래를 지나치는 순간 불편한 감정은 눈 녹듯 사라지기 시작했다.

세일럼의 하늘은 서늘하게 식어 있었다. 머리 위에 펼쳐진 청회색 들판에 얼룩이 지듯 연분홍빛이 스며들었다. 코니는 숨을 깊이 들이마시며 바닷가의 짜디짠 저녁공기를 음미한 후 기분 좋게 숨을 뱉어냈다.

"그거 그만 먹을 거예요?"

코니가 들고 있는 팟타이(태국식 볶음면 요리-옮긴이) 테이크아웃 용기를 들여다보며 샘이 물었다. 그가 기대에 찬 표정으로 젓가락을 쥐고 있는 모습을 본 코니는 웃음을 터뜨리고 말았다.

"남자들은 어떻게 그럴 수 있지? 하나같이 너무 잘 먹는다니까요. 내가 지도하는 남학생만 해도 그래요. 그 애는 고작해야 40킬로그램밖에 안 나가게 생겼는데도 점심식사를 함께할 때마다 두세 번씩 덜어 먹더라고요."

샘은 코니가 남긴 국수를 입 안 가득 물고 깔깔 웃었다.

"그냥 운이 좋은 거예요. 으으으음. 내 것보다 더 맛있다."

부두 끄트머리에 맨발로 걸터앉은 코니는 발밑에 펼쳐진 항구 풍경을 바라보았다. 요트 몇 척이 한데 모여 정박해 있었고, 분홍빛으로 물드는 하늘 아래 어둠이 깔리기 시작했으며, 마룻줄이 돛대에 부딪치는 둔탁한 소리가 해수면 위로 번졌다. 코니는 세일럼이 식민지 시대의 대도시이자 번창하는 항구였던 시절 이 부두의 풍경은 어땠을지 상상해 보았다. 과거를 상상하는 데 익숙한 그녀였지만 그 먼 옛날의 풍경을 그려 내기란 쉽지 않았다. 일단은 지금 그들이 앉아 있는 부두에 돛대 3개짜리 웅장한 목조 범선이 있다고 상상했다. 그러고 나서는 항해용 궤짝이며 살아 있는 닭들을 넣은 상자며 곡물과 건빵이 든 자루며 매끈매끈하게 기름칠을 한 럼주 통이 높다랗게 쌓여 있는 모습을 그려 보았다. 길게 뻗은 부두의 가장자리를 따라 허물어져 가는 창고와 제범소들이 빽빽하게 늘어서 있었고, 나무로 만든 간판이 산들바람에 흔들렸다. 코니는 선장이 돛대 위에서 일하는 선원들에게 고함치는 소리를 들어 보려고 귀를 기울였으나 들리는 소리라고는 물 밖으로 5미터가량 튀어나온 썩어 가는 말뚝 위에 앉은 갈매기의 울음소리밖에 없었다.

'그래, 엄마 말이 맞을지도 몰라. 과거를 생각하느라 흘려 보내는 시간이 너무 많아서 현재에 충분히 주목하지 못하는 건지도…….'

그때 샘이 코니에게 바짝 다가앉으며 말을 걸었다.

"서둘러야 해요."

코니가 미소를 지으며 대답했다.

"왜요? 특별히 갈 곳도 없잖아요."

그러자 샘은 벌떡 일어나 코니에게 손을 내밀었다.

"아녜요, 갈 데가 있어요."

코니는 샘을 따라 오래된 상공회의소 건물 뒤쪽의 주택가 사이로 난 어두운 골목길을 걸었다. 발걸음을 멈춘 곳이 그들이 처음 만난 장소인 세일럼 제일교회 앞인 걸 알고 코니는 약간 놀랐다. 지난번에 왔을 때와 반대 방향에서 교회에 접근한 것이다. 코니는 낯익은 장소를 낯선 시각으로 바라볼 때마다 항상 이상야릇한 현기증을 느꼈다. 샘이 공회당 문을 열쇠로 열고 코니를 위해 열린 문을 잡아주었다.

지난번에 교회 문서보존실에 들어갈 때 보았던 계단으로 코니를 안내하며 샘이 말했다.

"자, 온종일 나 때문에 농땡이를 쳤으니 말인데, 다음 조사 계획은 어떻게 되는 거예요? 마시 램슨의 유언 검인기록은 봤다고 했죠?"

"네."

좁은 나선계단을 오르고 있었기 때문에 코니는 발밑을 주의 깊게 살피며 말을 이었다.

"머시는 딸인 프루던스에게 '약 제조법' 책을 물려주었어요."

"프루던스(Prudence: 분별, 사려 깊음을 뜻하는 여자 이름-옮긴이)라. 후아."

"네. 이름들이 상당히 교훈적이죠."

"그럼 친애하는 프루던스를 찾으러 유언검인과에 다시 가야겠네요?"

샘은 이렇게 묻고 나서 노래 한두 소절을 흥얼거렸다. 노랫소리는 메아리를 치면서 나선계단 한가운데의 텅 빈 공간을 타고 떨어져 내렸다. 계단은 위로 올라갈수록 가팔라지고 곰팡이 냄새가 심했다. 자주 사용하지 않은데다 여기저기 말벌이 죽어 있었던 것이다. 게다가 불도 켜지 않아서 깜깜했다.

이윽고 코니가 입을 열었다.

"그럴 거예요. 아니, 확실히 갈 거예요. 하지만 머시가 1715년에 어떤 법률 소송에 관여했다고 해서 먼저 그게 무슨 소송인지 찾아보려고요. 그게 바로 내일 할 일이에요. 법원에 가는 것! 프루던스의 유언 검인기록은 그다음에 조사해 볼 예정이에요."

코니는 계단을 오르느라 숨을 헐떡였다. 잠시 후, 앞장서서 올라가던 샘이 걸음을 멈추고 열쇠고리를 만지작거렸다.

"여기예요."

잠긴 문에 열쇠를 집어넣으며 샘이 말했다. 그는 무거운 나무문을 한쪽 어깨로 밀어 활짝 열고 뒤로 돌아 코니에게 손을 내밀었다. 코니는 잠시 주저하다가 샘이 내민 손을 잡았다.

"문설주에 부딪치지 않도록 조심해요."

샘은 이렇게 말하면서 코니를 저녁하늘 아래로 데려갔다. 코니는 숨이 멎을 것만 같았다.

두 사람은 공회당 종탑을 둘러싼 얇은 놋쇠 난간 앞에 서 있었다. 밤을 맞이한 세일럼 시가지에 불이 하나씩 켜지는 광경이 내려다보였다. 높은 종탑 위에 올라오니 옹기종기 모인 벽돌집들이며 나무 꼭대기며 상점의 전면들은 물론 그들이 앉아 있었던 부두와 항구가 훤히 보였고, 항구 너머로는 검게 변해 가는 바다에 아담한 마블헤드 반도가 누워 있는 모습이 보였다. 머리 위에서는 하늘이 희미한 분홍빛에서 붉은 기가 도는 주황색으로 변해 갔고, 물결치는 바다 역시 같은 빛깔로 물들고 있었다.

"오."

발밑에 펼쳐진 도시의 풍경에 눈이 휘둥그레진 코니가 탄성을 질렀다. 난간을 잡은 코니의 손 위에 샘이 자기 손을 얹었다. 코니의 손가락에 닿는 샘의 피부는 따뜻하고 건조했다. 샘의 다른 한쪽 손이 코니의 턱을 어루만지다가 목과 귀에서 멈췄다. 코니가 무언가를 물어보려고 고개를 돌리는 순간 두 사람의 입술이 포개졌다. 진한 키스는 주황색 커튼 같은 일몰의 햇빛이 완전히 사라지고 머리 위에서 별들이 반짝일 때까지 오래오래 계속됐다.

인터루드

매사추세츠 주, 세일럼
1715년 10월 하순

'덧댄 헝겊조각이 2년도 넘게 잘 붙어 있었는데 하필이면 오늘 외투가 찢어질 게 뭐람. 임시로 기워 넣을 헝겊이라도 있으면 몇 시간은 때우련만.'

머시 램슨은 얼굴을 찌푸리며 성가신 외투 구멍에 엄지손가락을 집어넣었다. 거친 모직물에 피부가 쓸렸다. 머시는 누더기가 다 된 외투에 복수하기 위해 구멍을 더 크게 죽죽 찢고 싶은 충동을 느꼈다. 하지만 그렇게 분별없는 행동을 할 수는 없었다. 머시는 얼굴을 찌푸리며 생각했다.

'새 외투를 사려면 돈이 너무 많이 들 거야.'

머시는 방금 짜증낸 걸 사람들에게 들켰나 싶어서 주변의 회중석에 줄지어 앉은 마을 사람들을 눈여겨보았다. 아무도 알아채지 못했거나, 알아챘으면서도 티를 내지 않는 듯했다. 드문드문 흩어져 앉은 여자들은 천조각 사이로 자수용 털실 바늘을 놀렸고, 남자들은 두런두런 이야기를 주고받았다. 머시 램슨의 뒷자리에 앉은 낯선 남자는 딱딱한 걸상 등받이에 머리를 기대고 입을 벌린 채 조용히 코를 골며 자고 있었다. 머시는 한숨을 푹 쉬며 자세를 고쳐 앉아 외투에 난 구멍의 가장자리를 가능한 단정해 보이도록 매만졌다.

'나중에 꿰맬 시간이 있겠지.'

머시는 벌써 몇 시간째 앉아 있는 방 안을 둘러보았다. 잠시라도 좋으니 생각을 다른 데로 돌리기 위해 색이 옅은 눈동자를 굴려 벽면의 널빤지를 하나하나 더듬었다. 세일럼을 떠난 지 제법 오래였던 지라, 세일럼 공회당이나 치안판사의 집 응접실이 아니라 새로 지은 시청에서 재판이 열린다는 소식을 들었을 때 머시는 적잖이 혼란스러웠다. 세일럼 공유지에 자리 잡은 시청 건물은 영국 법원처럼 번듯해 보였다. 사실 머시도 영국 법원을 직접 본 적은 없고 이야기로만 들었지만. 시청 건물은 2층이었고, 질 좋은 새 벽돌로 지었고, 부두에서 가까운 거리에 있었다.

'하지만 영국 법원은 이곳처럼 새 건물 특유의 광택제 냄새를 풍기지는 않을 거야.'

원래 머시는 영국에 대해서 별로 생각해 본 적이 없었다. 제데디아와 결혼하기 전까지는.

걸상에서 몸을 꿈틀거리는 다른 원고들과 함께 머시가 앉아 있는 방은 그녀가 젊었을 때는 구경도 못했던 웅장한 분위기로 꾸며져 있었다. 맨 앞에는 소용돌이무늬로 장식한 높은 좌석이 있었고 그 양 옆으로 배심원들이 앉을 묵직한 나무 의자가 놓여 있었다. 소용돌이무늬 의자 밑에는 변호사들과 서기를 위한 섬세하게 조각된 탁자가 두 개 놓여 있었고, 그 두 개의 탁자 사이에 봉으로 둘러싸인 빈 공간이 있었다. 그 자리에 서면 배심원석, 소용돌이무늬 의자 그리고 재판을 방청하러 온 마을 사람들이 한눈에 들어왔다. 그날 아침에만 해도 머시는 네 명의 불쌍한 청원자가 차례로 그 자리에 불려 나가 방 안에 모인 모든 이들의 날카로운 시선을 받는 모습을 보았다. 마치 배율 높은 확대경 밑에 놓인 것처럼. 갑자기 뱃속에서 메스꺼운 느낌이 올라왔고 이마가 차갑게 식으면서 땀이 배었다. 곧 머시의 차례가 될 참이었다.

치안판사 좌석 뒤편의 벽에는 긴 곱슬머리에 모피로 장식한 법복을 입고 굵은 반지를 주렁주렁 낀 위풍당당한 남자의 실물 크기 초상화가 걸려 있었다. 머시는 다시금 이 기묘한 그림에 주의를 돌렸다. 그녀는 오전 내내 그 그림을 유심히 보고 있었다. 이렇게 진짜 사람 같은 초상화를 보기는 처음이었다. 멀리 떨어진 2층 좌석에 앉은 머시가 보기에도 그의 눈은 온화하고 친절해 보였고 피부는 분홍빛과 흰빛이 돌아서 건강해 보였다. 어느새 머시는 저 매끄러운 곱슬머리에 손가락을 집어넣어 빗어 내리면 어떤 느낌일까를 생각하고 있었다. 부드럽고, 매끄럽고, 라벤더 향이 나는 머리가 아닐까? 자기도 모르게 이런 상상을 하던 머시는 수치심을 느끼고 의자에서 몸을 약간 움직였다.

'아무튼 놀랍도록 실물 같은 그림이야. 저 남자가 마블헤드의 거리를 걷고 있으면 당장에 알아보겠는걸.'

바다로 나간 제데디아는 두 달은 더 있어야 돌아올 예정이었다.

'이제부터 내가 하려는 말을 들으면 그의 기분이 어떨까?'

머시의 눈빛이 어두워졌다. 제데디아도 그녀의 의도를 잘 알고 있긴 했지만, 지금 이 자리에 그가 없는 게 얼마나 다행인지 몰랐다.

법정 맨 앞에서 누군가가 움직였다. 머시는 두 발을 가지런히 모으고 자세를 바로잡아 딱딱한 걸상에 체중을 실었다. 고개를 축 늘어뜨리고 손목을 묶인 먼젓번 청원자가 거들먹거리는 보안관 두 명에게 끌려 나갔다. 판사석 주변이 부산해지더니 배심원석에서 다음 소송의 시작을 알리는 신호를 보냈다. 서기가 몸을 숙여 판사에게 뭐라고 이야기를 하자 판사는 고개를 끄덕이고 머시를 힐끗 쳐다보았다. 머시의 뱃속이 요동치기 시작했고, 갑자기 혓바닥이 바싹바싹 말랐다. 머시는 마른침을 삼켰다.

"메흐시 데인 램슨 대 에섹스 카운티 세일럼!"

서기가 소리치자 수십 명이 일제히 머시가 앉아 있는 곳으로 고개를 돌렸다. 일순간 놀란 머시의 눈가가 긴장으로 팽팽해졌다. 세일럼을 떠난 지 오랜 세월이 지났기 때문에 자리에서 일어나 방청석을 둘러보았을 때 아는 얼굴이 하나도 없었다. 그녀는 중앙의 빈 공간으로 나아가며 생각했다.

'마을이 이렇게나 달라졌는데 그 오래된 사건을 기억할까?'

판사는 얼굴이 목랍처럼 누렇고 창백했으며 육중한 체구에 검은 법복을 걸친 남자였다. 그는 방 한가운데의 텅 빈 직사각형 증언석에 들어서는 머시를 응시하고 있었다. 머시는 거의 무의식적으로 판사의 죽어 가는 간을 되살리는 데 필요한 허브를 나열해 보았다.

'저 판사는 보나마나 술을 좋아하는 사람일 거야.'

판사가 큰 소리로 물었다.

"변호사는 없습니까?"

머시는 말을 하려고 입을 열었지만 바싹 마른 혀가 입천장에 달라붙어 떨어지지 않는 통에 대답 대신 마른기침을 내뱉고 말았다.

판사가 언성을 높여 말했다.

"대답하시오!"

머시는 허리를 쭉 펴고 두 손으로 치맛자락의 주름을 편 후 광택 나는 봉에 손을 올리고 대답했다.

"예, 판사님. 변호사는 없습니다."

판사는 헛기침을 했고, 모퉁이의 배심원석 쪽에서도 키득키득 웃는 소리가 들려왔다. 머시는 초상화 속에서 그녀를 내려다보는 위풍당당한 남자의 따뜻한 두 눈에 시선을 고정했다. 방 안이 차츰 조용해졌다. 오른쪽 벽의 길쭉한 창문들에서 구름이 걷히면서 변호사들의 책상 위에 노란 네모꼴로 햇빛이 비쳤다. 창유리에는 이미 성에가 끼기 시작했다.

판사가 소리치듯 말했다.

"어서 시작하시오, 부인!"

판사의 초조한 마음이 뜨거운 바람처럼 머시를 덮쳤다. 서기가 옆으로 다가와 속삭였다.

"지금 선서 증언을 해야 합니다."

서기는 그녀를 격려하듯 고개를 끄덕여 보였다.

"아! 알았습니다."

머시는 불안한 말투로 이렇게 대답하고 나서 몇 주 전부터 집에서 틈틈이 써내려 간 두꺼운 종이 뭉치를 꺼냈다. 머시는 손 안에서 바스락대는 종이 뭉치에게 제발 가만히 있으라는 의지를 전했다. 그녀가 목을 가다듬자 방 안의 모든 사람이 귀를 활짝 열고 몸을 기울이며 증언을 기다렸다.

"저는 현재 마블헤드에 거주하는 머시 데인 램슨입니다. 이 자리에서 저는 모친인 딜리버런스 데인의 명예를 회복시키고 근거도 없이 그분에게 덮어씌운 모든 혐의를 무효로 함으로써, 그분의 후손인 우리가 수치와 불명예 속에서 살지 않게 해 줄 것을 에섹스 카운티 세일럼 읍에 청원하는 바입니다. 그런 오명을 덮어쓴 탓에 우리는 사업상 거래와 일상생활에 어려움을 겪었습니다. 저에게는 제 자신과 가족을 부양할 재산이 거의 없습니다. 우리는 이웃의 호의와 우정도 얻지 못하고 가난하고 궁핍한 처지에서 살아가고 있습니다."

머시는 이런 이야기를 하는 게 정말로 싫었다. 제데디야가 알면 얼마나 비참해하겠는가. 마치 그가 돈을 충분히 벌어다 주지 못한다는 이야기처럼 들리지 않는가. 증언을 들은 방청객들이 뭐라고 수군거리는 가운데 머시의 뺨이 진홍색으로 달아올랐다.

판사가 머시의 왼쪽에 놓인 변호사 책상 앞에 앉은 사치스러운 옷차림의 나이든 남자를 보며 말했다.

"세일럼 읍측 대리인 샐턴스톨 씨, 진행하시오."

변호사가 끙끙거리며 일어나더니 머리 위에 약간 비뚤게 얹힌 미끈한 회색 가발을 고쳐 썼다. 등이 약간 굽긴 했지만 살찐 체격은 아니었고 눈에서는 젊은이와 다를 바 없는 정열이 빛났다. 머시는 그의 얼굴을 쳐다보며 속마음을 읽어 내려고 애쓰다가 그의 얼굴에서 어쩐지 눈에 익은 구석을 발견했다. 하지만 구체적인 기억은 이미 오래전에 사라지고 없었다.

자리에서 일어선 샐턴스톨 변호사는 책상에 두 손을 올리고 질문을 하기 시작했다.

"램슨 부인. 알다시피 명예훼손의 정도를 측정하기는 굉장히 어렵습니다. 그러니 이 자리에서 더 자세히 이야기를 해 주십시오."

머시가 물었다.

"무슨 말씀이신지?"

"남편이 있지요?"

변호사의 물음에 머시는 곤혹스러운 표정으로 대답했다.

"예."

변호사가 목을 길게 빼고 회중석을 둘러보며 물었다.

"이 자리에 남편이 함께 와 있습니까?"

머시는 미간을 찌푸리며 대답했다.

"바다에 나가 있습니다."

변호사는 뒷짐을 지고 머시가 서 있는 증인석 안으로 걸어 들어와서 말했다.

"아하! 선원이란 말이지요? 고된 일이군요. 하지만 가족을 먹여 살릴 수는 있을 텐데요."

변호사가 빈정대는 투로 이렇게 말하자 2층 좌석에서 웃음이 터져 나왔다. 머시는 신경을 곤두세우며 말했다.

"결혼해 달라고 졸라 대던 건실한 청년들이 어머니가 감옥에 갇힌 후로는 저를 외면했습니다. 그렇게 몇 년을 흘려 보내고 나니 저는 사실상 노처녀가 됐지요. 영국에서 건너온 제데디아 램슨 씨로부터 구애를 받았을 때 제 나이가 서른다섯이었습니다."

2층 좌석에 앉아 있던 여자들이 속삭이는 소리로 이야기를 주고받았다. 머시는 뒤쪽에서 여자들의 마음속에 숨겨진 불안감이 꿈틀거리고 있음을 느꼈다. 지금 그들의 앞에 서 있는 머시가 여자들이 은근히 걱정하는 상황을 몸소 보여 주고 있지 않은가. 머시는 얼떨결에 외투에 난 구멍에 손가락을 집어넣었다가 곧 정신을 차리고 증인석의 봉을 꽉 잡았다.

"그래요?"

변호사가 다시 한 번 머시의 앞으로 지나가며 말했다.

"그것 참 운이 좋았군요. 그러면 램슨 씨가 구애하기 전에는 어떤 생활을 했습니까?"

머시가 조용히 대답했다.

"어머니가 유죄판결을 받은 후에는 이웃과 친구들이 저와 어울리려 들지 않았습니다. 착실하고 순종적인 사람들의 눈에는 제가 혐오스러운 존재로 보였겠지요. 사람들은 저에게 일을 맡기지 않았고, 저를 그들의 집에 들여놓거나 먹을 것을 주지도 않았고, 저와 물물교환을 하지도 않았습니다. 심지어는 말을 섞지도 않으려 했습니다. 저는 생업으로 하던 일을 중단해야 했고, 사회의 낙오자가 돼 버렸습니다. 결국에는 다른 마을로 이사를 가서 원래보다 훨씬 작은 규모로 병 고치는 일을 다시 시작했습니다."

뒤쪽에 앉은 사람들의 입에서 속삭이는 소리가 계속 맴돌았다. 머시의 귀에도 낱말 하나, 구절 하나가 간간이 들어왔다. '도망갔구먼'이라는 소리를 들은 것 같았다. '어린아이'라든가 '미치지는 않았네'라는 소리도 들렸다. 하지만 가장 자주 들리는 말, 그녀가 가장 무서워하는 말은 따로 있었다. '마녀.'

샐턴스톨 변호사가 팔짱을 낀 채 머시를 뚫어져라 바라보며 물었다.

"당신이 말하는 병 고치는 일이라는 건 뭡니까?"

머시는 겁먹은 얼굴로 주위를 두리번거리다가 다시 초상화 속의 온화한 눈동자를 쳐다보았다.

"저는 식물과 허브를 가지고 병자나 산모에게 약을 지어 줍니다.

병을 진단할 줄 알고, 아픈 사람들의 고통을 어느 정도 덜어 줄 수도 있습니다. 이런 일을 해 주고 대가로 물건이나 돈을 받았지요."

"뭐라고요?"

변호사가 얼굴을 바짝 들이대고 소리치자 머시는 약간 움츠러들었다.

"그러니까 당신은 민간요법을 쓰는 치료사란 말입니까?"

힐난 섞인 질문에 머시는 얼굴이 다 달아올랐다. 은제 단추를 달고 코담배에 중독된(그가 워낙 가까운 거리에 있어서 입냄새를 맡을 수 있었다) 이 남자에게 그녀의 사정을 설명한다는 게 참으로 어리석은 일이라는 생각이 고개를 들었다.

머시는 아직도 뱃속을 맴도는 메스꺼운 기운을 가라앉히며 대답했다.

"제가 하는 일에 굳이 이름을 붙이고 싶지는 않습니다."

여러 겹 껴입은 모직과 리넨 옷 속에서 끈적끈적한 땀이 겨드랑이에 고였다. 허파에서 공기가 빠져나가는 것 같기도 했다.

"병에 걸린 사람은 의사에게 진찰받는 게 낫지 않은가요? 의사는 인체의 구조와 체액의 변화에 대해 전문적인 교육을 받은 사람이니까요."

이것은 배심원단을 염두에 둔 질문이었다. 윤기 나는 배심원석 난간에 한쪽 발을 걸치고 앉아 있던 사람이 흡족해하며 씩 웃었다. 머시는 속으로 생각했다.

'저 사람이 의사인가 보지? 필시 케임브리지에서 대학 교육을 받았겠군. 하지만 책을 달달 외운다고 병자를 고치는 데 필요한 지식을 얻는 건 아니지!'

머시는 변호사의 질문에 답했다.

"의사의 진료를 선호하는 사람들도 있지요."

"선호한다고요?"

변호사가 으르렁거리듯 되묻자 판사는 미소를 지었다.

"아니, 이제 보니 돌팔이 의사였구먼!"

2층 좌석에서 사람들이 각자 자기 의견을 말하고 소리를 질러 댔다. 변호사가 길쭉한 손가락을 뻗어 머시를 가리키자 소맷부리의 레이스가 덩달아 물결쳤다. 머시의 인내심은 반으로 쪼개지고 있었다.

"제가 돌팔이인지 아닌지는 소송과 무관한 문제입니다!"

머시의 목소리가 점점 커졌다.

"지금 저는 딜리버런스 데인의 유죄 판결을 무효로 해 달라고 법원에 청원하는 중입니다. 그것은 저의 기억을 위해서이기도 하지만 어머니의 명예를 위한 일이며, 저의 어린 아기를 위한 일이기도 합니다. 1692년 세일럼 읍의 요청으로 설립된 고등 형사재판소에서, 시월 판사 본인도 조작이라고 나중에 인정한 조잡한 증거와 악의적인 거짓말을 토대로 사형을 선고받은 다른 모든 불행한 사람들은 이미 명예회복이 이루어졌단 말입니다!"

머시는 마지막 말과 함께 주먹으로 증언석의 봉을 쾅 내리쳤다. 그녀의 강인한 의지가 배꼽 주위에 뭉쳤다가 떨리는 팔로 내려가며 탁탁 소리를 냈고, 그녀의 눈에는 얼음장 같은 찬 기운이 서렸다. 그녀가 어찌나 세게 내리쳤는지 나무 봉에 금이 가서 반으로 갈라지기 직전이었다. 방청석의 군중은 숨을 몰아쉬며 침묵을 지켰다.

리처드 샐턴스톨 변호사는 동요하지 않고 머시 램슨이 서 있는 곳을 향해 느릿느릿 걸어갔다. 머시는 머리끝까지 화가 나서 손가락 마디가 새하얗게 변했고 콧구멍이 파르르 떨렸다.

"그건 사실입니다. 고등 형사재판소에서는 우리의 신성한 고장에서 사악한 기운을 몰아내려고 지나치게 서두르는 과정에서 마녀에 대한 증언과 정신 나간 소녀들의 말을 성급하게 받아들였던 면이 있습니다."

변호사는 우울한 표정으로 고개를 흔들며 말을 이었다.

"본 법원에서는, 이제는 전지전능하고 자애로우신 하나님의 보호를 받고 있는 그 불쌍한 이들에게 내려졌던 판결을 무효화하고 복권 조치를 취함으로써 그 후손들의 권익과 생활을 배려하고 있습니다."

그는 발길을 돌려 느릿느릿 걸어가더니 배심원석 앞에 멈춰 섰다. 배심원석에서는 열두 쌍의 눈동자가 덜덜 떠는 머시를 응시하고 있었다.

"또한 원고의 어머니가 유죄판결을 받은 후에 원고가 악조건 속에서 생계의 어려움을 겪은 것도 사실로 인정됩니다. 그리고 마지막으로……."

변호사는 몸을 돌려 2층 좌석을 바라보았다. 군중은 숨소리조차 내지 않고 그의 말을 기다렸다.

"그리고 마지막으로, 램슨 부인……"

머시는 고개를 들고 초상화 속의 따스해 보이는 분홍빛 얼굴과 화려한 곱슬머리를 쳐다보았다. 이제 와서 보니 그것은 생명이 없는 물감이 칠해진 평면에 지나지 않았다.

"그리고 마지막으로……"

변호사가 세 번째로 말을 끊었다. 이번에는 머시의 침착한 눈동자와 그의 눈이 마주쳤다.

"그 불행한 사람들은 무죄였습니다."

11장

매사추세츠 주, 보스턴
1991년 7월 3일

보스턴 도서관 2층의 특수자료 열람실은 텅텅 비어 있었다. 코니는 한 시간 동안 다섯 번이나 시계를 보았다. 이걸 노골적인 의사표시로 받아들여야 할까? 코니가 그 책을 직접 보고 싶다고 말했을 때 특수자료 담당 사서는 짜증을 숨기려 하지도 않고 작은 소리로 대답했다.

"알았어요. 안 될 건 없는데, 오늘은 문을 일찍 닫아요. 저쪽에서 기다리세요."

사서는 창문 아래의 햇빛 드는 영역에 정확히 놓인, 선풍기와 거리가 제일 먼 의자를 가리켰다. 그 의자에 앉아 있으려니 따뜻한 햇볕이 등에 와 닿아 담요를 덮은 기분이었다. 구슬 같은 땀이 눈썹에서부터 천천히 흘러내려 콧잔등 옆의 오목한 곳으로 들어갔다. 코니는 초조한 마음으로 땀을 닦으며 생각했다.

'15분 더. 15분만 더 기다리자.'

코니의 연필은 그녀가 공책 모서리에 그려 놓은 민들레 잎사귀 사이에 있었다. 그 그림을 보니 금방 마음이 누그러지면서 책상 앞에 얇고 투명한 막 같은 백일몽이 펼쳐졌다. 코니는 환상 속의 얇은 막에다 달빛 아래 젖은 머리를 쓸어 넘기는 샘의 모습을 완벽하게 투사했다. 백일몽 속으로 더 깊이 빠져드는 코니의 입술에 미소가 번졌다.

젊은 사서가 뾰로통한 얼굴을 하고 물었다.

"바틀렛 일지를 보겠다고 하신 분이죠?"

코니는 눈을 깜박이며 책상, 공책, 등을 감싸는 햇살 그리고 문서 보존용 상자가 켜켜이 쌓인 카트 위로 몸을 구부린 사서가 있는 현실 세계로 돌아왔다.

"예, 맞아요."

코니는 얼른 이렇게 대답하고 의자를 뒤로 빼면서 맨 위에 놓인 상자로 팔을 뻗었다.

젊은 사서가 코니의 팔을 가볍게 밀어내며 말했다.

"잠깐만요. 고문서를 다루는 규칙은 알고 계시지요? 펜을 대면 안 되고, 책을 펼칠 때는 책등에 금이 가지 않도록 스티로폼 블록으로 받쳐야 합니다. 복사는 불가능하고요. 상자는 한 번에 하나씩만 여시고, 가급적 책에 손이 적게 닿도록 하세요. 그리고 이 장갑을 끼세요."

그는 코니의 옆자리에 빳빳한 흰 면장갑 한 켤레를 놓았다.

"그리고 실례지만 햇빛이 비치는 곳에 앉아 계시면 안 됩니다."

사서는 코니에게 곱지 않은 눈길을 던지며 말을 맺었다. 코니는 언쟁을 하기도 피곤하다는 생각이 들었다.

"자리를 옮길게요."

잠시 후 코니는 긴 탁자의 끝으로 가서 햇빛이 들지 않는 쾌적한 자리에 앉아, 장갑 낀 손으로 첫 번째 상자의 모서리를 살짝 잡고 끌어당겼다. 중성지로 된 상자를 열고 책을 감싼 가느다란 끈을 풀어 보니 두 개의 초록색 스티로폼 블록 위에 첫 번째 일기장이 놓여 있었다. 코니는 조심스럽게 일기장을 펼쳐 속표지에 쓰여 있는 제목을 읽었다. 속표지에는 수성 잉크로 희미하게 다음과 같이 쓰여 있었다.

프루던스 바틀렛의 일기

1741년 1월 1일 - 1746년 12월 31일

코니는 벅찬 기대감에 숨도 제대로 쉴 수 없었다. 머시 램슨의 1715년 소송에 관한 불완전한 기록에는 프루던스라는 이름이 나오지 않았지만, 머시의 유언 검인기록에는 프루던스가 유일한 자손임이 명시되어 있었다. 본래 뉴잉글랜드 사람들은 읽고 쓰기에 능한 걸로 유명했지만, 식민지 이주자들이 일기와 같은 확실한 기록을 남긴 경우는 흔치 않았다. 하물며 여자가 일기를 써서 세상에 남긴 경우는 더욱 드물었다. 그래서 혹시나 하고 보스턴 도서관에 전화를 걸어 봤다가 프루던스 램슨 바틀렛이라는 사람이 일기를 썼고 그게 어찌어찌해서 특수자료실에 보관되어 있다는 이야기를 들었을 때 코니는 펄쩍 뛸 듯이 놀랐다. 지금까지 코니가 알아낸 바에 의하면 문제의 레시피 북은 머시가 사망했을 때, 혹은 그 이전에 프루던스의 손으로 넘어갔다. 옛날 기록들은 으레 완전하지 못하거나 손상된 부분이 있게 마련이지만, 지난주에 프루던스의 유산목록이 남아 있지 않다는 사실을 알고 코니는 적잖이 좌절했다. 우울했던 그날 오후, 코니는 겁을 잔뜩 집어먹고 자기연민에 빠진 상태로 리즈에게 전화를 걸어 딜리버런스의 책을 영영 찾지 못하게 됐다고 하소연했다.

지금 코니는 상상을 초월할 만큼 희귀한 1차 자료를 게걸스럽게 소화하기 위해 열람실 책상 앞에 앉아 있었다. 프루던스의 일기는 스물여섯 살 무렵이고 결혼 다음 해인 1741년부터 시작해서 여러 권에 걸쳐 이어지다가 1798년 사망하기 직전에서 멈추었다. 세일럼 마녀재판을 기준으로 하면 100년 이상 지난 시점이었다. 코니는 프루던스의 일기장을 펼치고 흥분한 마음에 옅은 푸른색 눈동자를 빛내면서 읽기 시작했다. 물론 공책 위에는 연필을 준비해 두고.

1747년 1월 1일. 지독하게 추웠다. 집에 머물렀다.
1747년 1월 2일. 추위가 계속됐다. 집에 머물렀다.
1747년 1월 3일. 솥을 거의 완성했다. 눈이 내렸다.
1741년 1월 4일. 눈이 계속 내렸다.
1741년 1월 5일. 날씨가 조금 풀렸다. 독(Dog)은 침대에서 꼼짝도 않는다.

코니는 신음 소리를 내며 두 손에 얼굴을 묻었다. 18세기에 살았던 한 여성에게 내면을 고스란히 드러내는 길고 사색적인 문장을 기대하는 건 무리일지라도, 이건 아니잖아! 눈앞에 펼쳐진 프루던스의 소소한 일상사들 사이로 오후의 나른함이 코니를 강타했고, 흥분은 발밑으로 서서히 빠져나가 바닥에 스며들었다. 코니는 두꺼운 책장을 한 번에 여러 장씩 넘기며 뒤로 넘어갔다.

1747년 3월 25일. 한나 글로버에게 다녀왔다. 그녀는 딸을 낳았다. 커피 3파운드 받음.

코니는 책장에 눈을 바짝 갖다 대며 정신을 집중했다.

1747년 3월 30일. 정원에서 일했다.
1747년 3월 31일. 허브를 수확했다. 말리려고 난롯가에 걸어 놓았다.
1747년 4월 1일. 몸이 좋지 않았다. 집에 머물렀다.
1747년 4월 2일. 비가 왔다. 조사이어는 읍에 나갔다. 나는 집에 머물렀다.
1747년 4월 3일. 비가 계속 내렸다. 리지벳 코핀이 아이를 낳는다는 연락을 받았다.
1747년 4월 4일. 코핀네 집에 있다. 리지벳이 아들을 낳았는데 사산했다.
1747년 4월 5일. 코핀네 집에 있다. 리지. 상태 악화.
1747년 4월 6일. 코핀네 집에 있다. 리지벳이 회복되는 중이다. 완두콩 2파운드 받음.
1747년 4월 7일. 집에 돌아왔다. 조사이어가 돌아와 있었다.

일기를 자세히 살펴보니 거의 똑같은 내용이 여러 번 반복되는 경우가 많았다. 코니는 일견 바보스러워 보일 만큼 똑같이 반복되는 대목들을 꼼꼼히 살피면서 프루던스가 명확하게 기록하지 않은 세부사항을 행간에서 읽어 내려고 애썼다. 손수 농사를 지어 양식을 마련했던 여자라면 일기를 쓸 때도 날씨를 중요시하는 건 당연한 일이었다. 연감을 열심히 읽었던 것도 농사 때문이었으리라. 코니는 청교도의 후예인 이 과묵한 여인에게 자기의 내면세계를 기록하는 데 필요한 문화적 소양이 없었다는 결론을 내리고 좌절할 뻔했다. 하지만 그런 좌절감은 번지수가 틀린 것일 수도 있었다. 어떤 측면에서는 프루던스가 날마다 했던 일들이 곧 그녀의 내면세계였을 테니까. 코니는 일기를 계속 읽어 나갔다. 매일같이 반복되는 날씨 기록, 정원일, 수수께끼의 인물 조사이아가 돌아왔다거나 떠났다는 이야기, 진통을 겪는 이웃 여자들의 요청을 받고 도와주러 갔다는 이야기. 아! 명백한 답을 찾아냈다. 코니는 깔깔 웃으며 소리쳤다.

"맞아! 프루던스는 산파였던 거야!"

책상 뒤에서 사서가 코니를 향해 눈을 흘겼다.

코니는 짜증이 나서 열람실 맞은편까지 들리도록 크게 소리쳤다.

"이봐요, 어차피 여긴 아무도 없잖아요!"

사서는 조용히 하라는 표시로 손가락을 입술에 대며 말했다.

"쉬이이이잇!"

코니는 공책에 간단하게 필기를 하면서 혼자 깔깔 웃었다. 그녀는 작은 반항을 내심 즐기고 있었다. 어쩌면 프루던스의 경험에 제약을 가했던 무언의 속박에 대한 불만을 조금이나마 해소하기 위해 사서에게 반항했는지도 모를 일이었다. 일기를 읽는 내내 코니는 열람실 책상 위에 올라서거나 통로에서 재주넘기를 하고 싶은 충동에 몸이 근질근질했다. 마치 삐딱한 행동을 하는 게 프루던스를 위해 그녀가 수행해야 할 의무라도 되는 것처럼.

코니는 일기를 통해 알아낼 수 있는 사실을 일일이 공책에 적으면서 그 단조로운 낱말들 사이에서 생동감 있고 활기찬 생활의 흔적을 찾아보려고 노력했다. 네 시간 동안 정신을 집중한 결과 1745년부터 1763년까지의 일기를 독파하는 데 성공했다. 거의 20년 동안의 날씨, 집안일, 여자들의 출산을 도와주고 받은 물건에 대한 기록. 코니는 두 팔을 머리 위로 올리고 어깨뼈를 의자 등받이에 댔다. 손가락 끝에서 피가 마르는 기분이어서 연필을 높이 들고 손가락 관절을 구부렸다가, 펼쳐 놓은 일기책을 잠시 밀어 놓고 눈꺼풀을 살살 문지른 후 공책에 눈길을 주었다.

이제껏 살펴본 바에 의하면 일기에는 프루던스의 외할머니, 즉 마녀라는 판결을 받았던 딜리버런스 데인에 대한 언급이 전혀 없었다. 대신 프루던스가 살았던 삶의 윤곽이 차츰 드러났다. 그녀는 산파였고, 아기가 죽은 적은 두어 번 있어도 산모가 죽은 경우는 없었던 걸로 미루어보건대 유능한 산파였음이 분명했다. 그녀는 조사이아 바틀렛이라는 남자와 결혼했다. 그는 마블헤드 부두에 배가 닿을 때 화물을 싣고 내리는 일을 생업으로 했던 부두 노동자였다. 정확히 어디서 그런 인상을 받았다고 딱 집어 말하기는 어려웠지만 코니가 보기에 바틀렛 일가는 프루던스 가족과 오랫동안 가까이 지내온 사이인 듯했다. 프루던스는 이웃들과 그럭저럭 잘 지냈으나 '친구'라고 할 만한 사람들은 없어 보였다. 그녀는 마블헤드에 살았고, 교회는 띄엄띄엄 나갔다. 여행은 산모를 도와주러 갈 때만 했지만 범위는 넓어서 댄버스, 맨체스터, 비벌리 그리고 북쪽의 뉴베리포트에서 남쪽의 린에 이르기까지 에섹스 카운티 곳곳을 돌아다녔다.

그대로 옮겨 적을 가치가 있을 만큼 눈에 띄는 내용도 몇 가지 있었다. 코니는 그런 대목들을 다시 읽어 보았다.

1741년 10월 31일. 날씨가 추워지고 있다. 피터 펫포드 노인이 죽었다. 하나님이 그를 용서하시길.

코니는 이 대목이 무엇을 뜻하는지 잘은 몰랐지만, 프루던스의 일기에 환자와 가족이 아닌 다른 사람의 이름이 나오는 경우는 극히 드물었으므로 피터 펫포드가 누구냐를 떠나서 이 대목은 눈에 확 들어왔다. 코니는 공책에 쓴 피터 펫포드라는 이름 옆에 별표를 그렸다. 나중에 그 이름을 찾아볼 작정이었다.

1747년 11월 6일. 눈이 왔다. 거의 밤새도록 진통한 끝에 여자아이를 무사히 출산했다. 이름은 페이션스. 나는 집에 머물렀다.

코니는 빙그레 웃었다. 이 대목을 꼬박 5분 동안 뚫어지게 보고 나서야 1746년 11월 6일에 프루던스 자신이 딸을 낳았다는 기록임을 유추해 낸 것이다. 딸의 이름은 어머니 프루던스만큼이나 근엄했다.

1749년 7월 17일. 비가 오고 바람이 불었다. 꽃상추는 피해를 입지 않았다. 제디드 렘슨이 바다에서 실종됐다는 소식이 전해졌다.

확실하지는 않았지만 이 대목은 프루던스의 아버지가 세상을 떠났다는 의미인 듯했다. 코니는 의자에 등을 기대고 생각에 잠겼다. 부모를 여의고도 이렇게 간결한 글을 쓰다니, 프루던스는 왜 이렇게까지 감정을 억제했을까? 코니라면 아버지 리오가 바다에서 실종됐다는 소식을 들었다고 가정할 때 그렇게 무덤덤하게 반응한다는 건 있을 수 없는 일이었다. 코니의 엄마 그레이스는 그녀의 아버지 르뮈엘 굿윈에 대해 이야기하는 법이 거의 없었지만, 어쩌다 아버지 이야기가 나올 때면 항상 애정과 회한을 내비치곤 했다. 제데디아 램슨이 죽었을 때 머시는 어떤 반응을 보였을까? 일기장에는 여기에 대해 아무런 말이 없었다. 르뮈엘 할아버지가 돌아가셨을 때 할머니는 어땠을까? 코니가 아는 역사학자 가운데 남편을 먼저 떠나 보낸 여자들의 정신세계를 논한 사람은 아무도 없었다.

코니는 얼굴을 찡그렸다. 딜리버런스의 후손들을 추적하는 과정에 이름이 나온 남자들은 대부분 아내보다 먼저 죽었다. 그뿐 아니라 하나같이 사고로 세상을 떠났다. 비참하고 잔인한 사고로. 딜리버런스보다 먼저 세상을 떠난 나다니엘 데인에 대한 정보가 더 있었다면 어땠을까? 그 역시 사고로 세상을 떠났을까? 오래전에 살았던, 위험한 일을 했던 남자들.

머시 램슨과 결혼한 남자의 이름이 제데디아라는 다른 증거는 없었다. 하지만 그게 아니면 프루던스의 일기에 그 사건이 중요하게 기록될 이유가 무엇이겠는가. 다음달인 1794년 8월의 일기는 그녀의 추측에 확신을 더해 주었다.

1749년 8월 20일. 햇빛이 나고, 더웠다. 어머니가 도착했다. 정원

에서 일함.

1749년 8월 20일 이전까지 프루던스는 어머니를 언급한 적이 없었다. 하지만 이날 이후로는 어머니 머시가 간간이 등장했는데, 다른 식구들 이야기가 나올 때와 별반 다르지 않은 어조였다. 머시가 교회에 갔다는 이야기, 프루던스와 함께 아기 페이션스('패티'라는 애칭으로 불렸다)를 돌보았다는 이야기, 정원에서 일했다는 이야기. 산모를 찾아가려고 머시와 프루던스가 함께 길을 떠났다는 이야기도 간혹 있었다. 모녀는 한 집에서 평화롭게 지낸 듯했으나 머시가 생활비를 보태 주었다는 언급은 없었다. 프루던스는 어머니가 좋아서라기보다는 연민의 감정 때문에 함께 살았던 걸로 보였다.

살림을 합치기 전 4년 동안 프루던스가 어머니를 한 번도 찾아가지 않았던 이유는 무엇일까? 도무지 모를 일이었다. 그들은 사이가 좋지 않았던 걸까? 하긴 어머니와 딸이 모두 고집이 세면 세계관이 완전히 다를 수도 있었겠지. 코니는 자신과 엄마 그레이스의 관계에도, 나아가 그레이스와 소피아의 관계에도 그런 면이 있다는 사실을 문득 깨닫고 기분이 언짢아져서 콧잔등에 주름을 잡았다. 몇 년 후인 1760년 어느 날의 일기에는 머시와 프루던스가 사이가 좋지 않았으리라는 코니의 추측을 뒷받침하는 내용이 있었다.

1760년 12월 3일. 몹시 추웠다. 패티가 몸이 좋지 않았다. 어머니가 연감을 찾았다. 그걸 소셜 리바르에 기증했다고 이야기하자 화를 버럭 내셨다. 습포를 만들어 주었다. 패티는 나아지고 있다.

코니는 이 간결한 문장들을 바라보며 고개를 갸웃했다. 프루던스의 일기는 너무나 짧고 요점만 있어서 섣불리 어떤 어조나 의도를 가정하고 읽었다가는 과장된 해석을 할 우려가 있었다. 그런 점을 감안하더라도 이날의 일기는 왠지 중요한 내용 같았다. 화난 마음으로 쓴 것 같기도 했다. 코니는 두 손으로 이마를 받치고 손가락으로 머리를 톡톡 두드리면서 공책에 시선을 고정했다.

1763년의 일기를 읽던 코니는 이미 교회와 유언검인 사무소에서 그 흔적을 찾아낸 바 있는 어떤 사건과 관련된 내용을 발견했다. 책상 너머에 앉아 있는 젊은 사서를 어깨 너머로 힐끔 보니 그는 서가 정리에 여념이 없었다. 코니는 책상 밑에서 면장갑의 손가락 끝부분을 잡아당기며 왼손을 슬쩍 빼냈다. 그러고는 왼손을 슬금슬금 책상 위로 올려 맨살로 글씨의 감촉을 느껴 보았다. 바로 여기서 프루던스의 손이 움직이며 종이를 꾹꾹 눌렀겠지. 프루던스가 깃펜 끝을 핥으며 쓴 부분이나 잘못 쓴 단어를 손으로 문질러 지운 부분에는 수백 년 전 사람인 그녀의 피부가 아주 미미하게나마 남아 있겠지. 코니는 프루던스와 머시가 살았던 세상으로 들어가고 싶었다. 그래서 프루던스의 사라진 자아를 환히 비춰 줄 감각을 되살려 내고 싶었다. 그 페이지의 맨 아래에 있는 문단에서 코니의 손가락이 멈췄다. 딱정벌레 한 마리에 달라붙은 개미떼처럼 글자가 너무 빽빽하게 뭉쳐 있어서 읽기가 힘든 문단이었다.

1763년 2월 17일. 진눈깨비가 내렸다. 어머니가 아팠다. 패티가 어머니를 간호하고 있다. 우리는 집에 머물렀다.
1763년 2월 18일. 비가 계속 내렸다. 슬래터리 변호사의 아내가

와 달라고 했다. 패티를 그녀에게 보내고 우리는 집에 머물렀다.
1763년 2월 19일. 습기 차고 추웠다. 어머니가 여전히 좋지 않다.
조사이아가 의사를 부르러 읍에 나갔다. 어머니는 노발대발했다.
패티는 슬래터리 씨 집에 있다.
1763년 2월 20일. 추위가 계속되고 있다. 어머니는 깊이 잠들지
못한다. 패티를 불러오라거나 연감을 가져오라고 하신다.
조사이아는 세일럼에 있고, 패티는 슬래터리 씨 집에 있다.
1763년 2월 21일. 날씨가 추웠다. 나는 집에 머물렀다. 패티가 돌
아왔다. 슬래터리 부인은 순산했다고 한다. 6실링 3펜스 받음.
1763년 2월 22일. 너무 추워서 눈도 오지 않았다. 나는 집에 머물
렀다.
어머니의 건강이 매우 나빠졌다. 베이츠 목사님이 오셨다.
1763년 2월 23일. 날씨가 추웠다. 조사이아가 의사인 헤이스팅스
씨를 모셔왔다. 어머니는 진찰을 받지 않겠다면서 나를 찾았다.
매우 괴로워 보였다.
1763년 2월 24일. 너무 추워서 글씨를 쓰기도 어렵다. 어머니가
돌아가셨다.

코니는 고개를 들고 둥근 천장이 있는 열람실 내부를 둘러보았다. 딜리버런스의 유산목록이 다시 생각났다. 망원경을 들여다보듯 과거로 되돌아가서 옛날에 살았던 어느 여인의 거실을 들여다볼 수는 없을까? 지금 코니는 한 여인의 일생의 절반에 해당하는 세월을 하루하루 기록한 일지를 손에 쥐고 있는데도 그녀가 전보다 더 낯설게 느껴졌다. 프루던스의 냉정하고 실제적인 성격과 끝끝내 감정

을 드러내지 않는 태도가 코니에게는 절대로 이해되지 않는 공백과도 같았다. 아무리 사회적 금기가 있었다 해도 그렇지! 코니는 일기를 열람실 저편 바닥에 내던지고, 그 바싹 마른 종잇장들을 모아 쥐고 짝짝 찢어 버리고, 프루던스를 붙잡고 마구 흔들어 억지로라도 말을 시키고 싶었다. 그러나 프루던스는 200년이라는 세월의 벽 너머에 있었으므로 코니의 좌절감을 그녀에게 전달할 수는 없는 노릇이었다.

어디선가 물방울이 똑 떨어져 공책 모서리에 있는 민들레 그림이 번지고 말았다. 코니는 팔로 눈가를 쓱 문지르고 오래된 일기책을 치워 버렸다.

12장

매사추세츠 주, 마블헤드
1991년 7월 4일

"솔직히 말해서 그 사람이 너한테 전화까지 했다는 건 놀랍다, 얘."

그레이스의 목소리는 온화했다. 하지만 코니는 엄마가 선택한 단어들의 밑바닥에 불안한 마음이 깔려 있음을 알아차렸다.

코니는 엄마를 안심시키기 위해 말했다.

"교수님은 내가 프루던스의 일기에서 뭘 찾아냈는지 정말로 궁금해서 그러신 거예요. 내가 어제 보스턴 도서관에 예약해 놓은 걸 알고 계셨거든. 그리고 그 일기에서 레시피 북에 대한 언급을 찾아내는 건 대단히 중요한 일이었어요. 그걸 찾지 못하면 다음에 뭘 조사해야 할지 막막해지니까."

그레이스가 조심스러운 말투로 물었다.

"찾지 못했다고 하니까 뭐라고 하든?"

그레이스는 코바늘뜨기를 하고 있을 때는 늘 조심스러운 말투로 이야기했다. 통화를 하던 코니는 문득 궁금해졌다. 엄마가 코바늘을 빠르게 놀리면서 뭘 만들고 있을까? 거실에 앉아 수화기를 어깨와 귀 사이에 끼우고, 무릎 위에 무지개 색깔 털실로 짠 옷감을 펼쳐 놓고, 발치에는 털실 뭉치를 두고 있는 엄마의 모습이 눈앞에 떠올랐다.

코니는 현관에 걸린 거미줄 낀 거울을 손으로 쓸어내리며 한숨을 내쉬었다.

"솔직히 말하면 상당히 언짢아하셨어요."

사실은 '언짢아했다'보다는 '노여워했다'가 더 적절한 표현이었다. 그날 아침 코니가 커피를 마시며 지방신문인 「가제트 앤 메일」 지(신문의 표제기사는 "불꽃놀이 9시에 열린다", "모형 요트 경주대회 참가자 수 역대 최대", "로터리 클럽 모임 연기" 등이었다)를 읽고 있을 때 매닝 칠튼 교수가 전화를 걸어왔다. 프루던스의 일기에서 레시피 북이나 치유책을 언급한 대목을 찾지 못했고, 프루던스가 산파 일로 생계를 꾸렸던 무뚝뚝한 여자였다는 사실 외에 알아낸 게 없다고 코니가 이야기하자 칠튼 교수는 다음 계획이 뭐냐고 물었다. 지도교수가 집으로, 그것도 휴일에 직접 전화를 걸었다는 사실만으로도 곤혹스러웠던 코니는 그 질문에 답할 준비가 되어 있지 않았다.

그레이스가 물었다.

"언짢아했다니? 어떻게?"

코니는 모호하게 대답했다.

"그냥 조금 흥분하신 거예요. 그게 아주 흥미로운 1차 자료인데다, 내가 좋은 성과를 거두기를 진심으로 바라시니까……."

그러나 그것은 좋게 해석한 것일 뿐이었고, 교수가 실제로 했던 말은 "대체 네가 하는 일이 뭐냐? 네 시간과 내 시간을 이런 식으로 낭비하다니. 솔직히 네가 이 정도밖에 안 될 줄은 몰랐다."였다. 코니는 지도교수와 나눈 대화를 떠올리며 어깨를 부르르 떨었다.

그레이스가 재차 물었다.

"코니, 어떻게 언짢아했냐니까?"

코니는 한숨을 푹 쉬었다. '부디 엄마가 제 학업에 관심을 가지게 해 주세요'라고 날마다 기도했던 게 후회스러웠다.

"교수님은 뭐랄까…… 나한테 호통을 치셨어요."

코니는 이렇게 말하고 황급히 덧붙였다.

"그건 별일 아냐."

코니가 이렇게 말하는 순간 그레이스는 "오, 코니!"라고 소리치며 성난 마음에 코바늘을 내던져 버렸다.

"진짜로 별일 아니었어요, 엄마."

칠튼 교수가 실제로 했던 말은 이러했다. '그걸 찾는 일에 집중하는 게 좋을 거다. 그렇지 않으면 자네가 정말로 역사학을 공부하려는 사람인지 의심할 수밖에 없어. 내년에 자네를 장학생으로 추천하기도 어렵겠지.' 교수의 말을 다시 떠올리자 위장이 다 조여드는 기분이었지만 코니는 애써 스스로를 안심시켰다.

'교수님은 단지 나의 의욕을 고취하려는 거야. 우격다짐으로 그렇게 하셔서 탈이긴 하지만.'

그레이스는 말없이 코로 숨을 내쉬었다. 그녀의 숨결이 수화기를 통해 코니의 귀로 흘러들었다.

"칠튼 교수님은 내가 그 책을 꼭 찾기를 바라시는 거예요. 그런데 지금으로서는 프루던스 바틀렛이 그걸 어떻게 했는지 알아낼 방법이 없으니까 언짢아지신 거죠. 내가 준비를 더 잘했어야 하는데."

코니는 식당으로 들어가며 전화선을 그릇장 바로 앞까지 잡아 늘였다. 지난주에 비로소 짬을 내어 먼지가 두껍게 내려앉은 접시를 일일이 닦았기 때문에 이제 어두운 식당 구석에서 접시들이 반짝반짝 빛나고 있었다. 코니는 머그잔 하나를 집어 들고 밑면을 살펴보았다. 머리카락 굵기의 금이 가 있는, 19세기 영국산 제품이었다. 머그잔을 도로 올려놓으며 코니가 말했다.

"교수님 말씀도 일리는 있어요. 이제부터 뭘 해야 할지 전혀 감을 못 잡고 있거든요. 프루던스는 유언검인 기록을 남기지 않았고, 일기에도 레시피 북에 대해 언급하지 않았어요. 그 책의 행방을 알아내지 못할 경우엔 논문 주제를 다시 잡아야 할 형편이에요."

"흐으음."

그레이스가 수긍할 수 없다는 뜻을 아주 약하게 표시했다.

"너희 지도교수는 왜 그렇게 열성인데?"

"교수들은 다 그래요. 제자가 성공을 거두게 하려고 열성이잖아요."

코니는 자기가 지나치게 강력한 어조로 말하고 있어서 오히려 설득력이 없다는 사실을 깨달았다. 쇼핑 전단지의 문구 같다고나 할까.

"내가 대학에 다닐 때와는 분위기가 영 다르구나."

그레이스가 이렇게 말하고 한숨을 쉬는 순간 코니는 이렇게 말했다.

"대학이 아니라 대학원이야."

그레이스는 순순히 인정했다.

"그럼, 그럼. 대학원이지. 그게 진짜로 그렇게 중요한 거니?"

코니는 예민한 태도로 숨을 훅 들이마셨다. 하지만 그녀가 뭐라고 쏘아붙일 말을 생각해 내기도 전에 엄마가 말했다.

"그래, 알았다."

코니는 한숨이 나오려는 걸 꾹 참고 화제를 바꾸기로 마음먹었다. 그래서 여전히 식당 천장에 매달려 있는 죽은 화초를 만지작거리며 물었다.

"오는 4일에는 뭘 할 계획이야?"

그러자 그레이스의 명랑한 웃음소리가 울려 퍼졌다.

"핫도그를 먹고 불꽃놀이를 구경할 거냐고 묻는다면 그건 아니란다. 생협에서 기금 모금을 위해 빵 바자회를 개최하거든. 수익금은 전액 우리 조합의 오존층 소위원회에 기증하기로 했어. 엄마는 축제에서 사람들의 기를 읽어 주는 역할을 맡았단다."

코니는 아무 말도 하지 않았지만 속으로는 이렇게 생각했다.

'그래서 지금 내기는 무슨 색깔인가요, 그레이스 여사님?'

그레이스가 코니의 침묵을 깨며 다시 말했다.

"있잖니, 그 책에 대해 다른 방식으로 생각해 보면 도움이 될지도 몰라."

"응?"

"프루던스라는 여자가 그 책을 레시피 북으로 여기지 않았던 건 아닐까? 다른 말로 표현했을 수도 있지. 그 여자의 외할머니가 살았던 시대보다 100년 후였으니까. 누구나 자기 어머니와 같은 방식으로 세상을 바라보는 건 아니잖니."

코니는 웃음기 섞인 엄마의 목소리를 들으며 자기도 모르게 활짝 웃었다.

"넌 휴일을 어떻게 보낼 건데?"

"주말에 리즈가 오기로 했어요. 저녁을 만들어 먹고 새…… 아니, 내가 아는 남자랑 같이 불꽃놀이를 보러 갈 거예요. 지도교수의 전화도 피할 겸 해변으로 떠나는 거죠. 평소랑 똑같아요."

코니는 식당에 있는 궤짝 위의 시커멓게 변한 단지 하나를 뒤집어 보았다. 단지를 뒤덮은 먼지에 검은색 구멍이 하나 생겼다.

"이제야 남자 이야기가 나오네. 이름도 안 알려 준다 그거지?"

코니는 말없이 빙그레 웃기만 했다.

그레이스가 밝은 어조로 말했다.

"오, 알았다. 아무튼 재미있는 계획을 짰구나. 그만 끊어야겠다. 그런데, 코니."

그레이스는 신중하게 단어를 선택한 후 말을 이었다.

"그 칠튼이라는 교수가 왠지 마음에 걸리는구나."

코니는 어깨를 으쓱하며 대답했다.

"무슨 소리예요? 교수들은 너나없이 자기가 지도하는 학생들에게 야단을 치게 돼 있어요. 지난 학기에는 나도 토머스에게 성질을 냈는걸. 그게 그거지, 뭐."

"별다른 뜻은 없었다. 그저 조심하라는 이야기야."

코니는 손가락을 꼬불꼬불한 전화선 안에 밀어 넣으며 말했다.

"알았어, 엄마. 걱정 말아요."

전화를 끊는 순간 엄마가 '푸른색'이라고 말하는 소리가 얼핏 들리는 것 같기도 했다.

코니는 할머니의 치펜데일 책상 앞에 앉아 한쪽 다리를 의자에

올려놓고, 프루던스의 일기장 내용을 발췌한 공책을 다시 들여다보고 있었다. 일기를 처음부터 끝까지 읽어 봤는데도 딜리버런스 데인에 관한 이야기나 그 책이 어떻게 됐는가에 관한 단서를 찾아내지 못하다니! 프루던스를 향한 코니의 좌절감은 깊어만 갔다. 날마다 반복되는 텃밭 가꾸기, 부엌일, 산파 일. 글로만 읽어도 절망적이니 실제로 이런 삶을 살았던 사람은 훨씬 더했겠지. 하지만 그런 생각을 해 보아도 코니의 답답한 마음은 좀처럼 풀리지 않았다.

'프루던스는 침착하고, 현실적이고, 조금은 모질기도 한 여자였던 거야. 자기 이름과 똑같이 살았다고 할 수 있겠네.'

코니가 공책을 들여다보는 동안 알로는 현관에 배를 깔고 누워 갈라진 문틈에 코를 바짝 붙이고 있었다. 알로의 털 색깔에 입스위치 소나무 널빤지 색깔이 섞여 보이기도 했다. 그런데 잠시 후 알로가 흥분해서 꼬리를 흔들어 대며 입 속에서 으르렁거렸다. 귀는 돌돌 말려 머리 윗부분에 닿아 있었다. 코니는 공책을 한 장 넘기며 자기도 모르게 어금니를 꽉 다물었다.

"어이, 거기 아가씨!"

별안간 현관문 쪽에서 여자 목소리가 들렸다. 코니는 몽상에서 깨어나 알로를 찾기 위해 고개를 돌렸다. 알로는 꼬리와 뒷다리를 기분 좋게 흔들며 리즈 다워스의 품 안으로 뛰어들고 있었다.

코니는 화들짝 놀라서 벌떡 일어났다.

"리즈! 차 소리도 못 들었는데 언제 왔니? 어서 와!"

리즈는 한 팔에 알로를 안은 채 다른 팔로 코니를 껴안으며 잔소리를 했다.

"오늘은 공휴일이잖니. 공부를 하고 있으면 안 되지."

코니가 신음하듯 말했다.

"칠튼 교수님에게 그 이야기를 좀 해 줄래? 교수님은 오늘 아침에도 친히 전화하셨단다. 내게 크게 실망하셨고, 내가 자기 시간을 낭비하고 있다더라."

리즈가 엄숙하게 선언했다.

"칠튼 교수는 나빠."

코니가 입을 열려고 했으나 리즈는 반박하지 말라는 듯 손을 내저었다.

"미안하지만 그건 사실이야. 몇 년 동안 내가 지켜봐서 다 아는데, 그 교수님은 널 너무 혹사시킨단 말이야. 자, 나가자. 내 차에 식료품이 실려 있어."

코니가 미소를 지으며 말했다.

"재료를 너무 많이 사온 건 아니지? 알다시피 냉장고가 없잖니."

리즈가 대답했다.

"그래서 얼음도 가져 왔지."

식탁 위의 냅킨 옆에 포크를 놓으며 리즈가 말했다.

"자, 그동안 있었던 일을 얘기해 봐. 어떻게 지내고 있어?"

부엌 안에서 코니가 큰 소리로 대답했다.

"어디서부터 시작해야 할지 모르겠네. 사라진 책과 엉망이 된 박사논문 주제 그리고 성난 지도교수 이야기를 들려 줄까? 아니면 샘에 관한 이야기를 자세히 듣고 싶니? 이따가 그를 놀리는 데 도움이 되도록 말이야."

"음, 둘 다 구미가 당기는데. 그런데 사실은 집 정리가 어떻게 돼 가고 있는지 궁금했어."

코니는 오븐용 장갑을 낀 손에 김이 모락모락 나는 작은 여과기를 들고 나타나 식탁 위의 그릇에 파스타를 쏟아 부었다.

"아, 집?"

리즈가 팔짱을 끼며 말했다.

"아예 손을 놓고 있었구나. 그렇지?"

오븐용 장갑을 벗으며 코니가 대답했다.

"그건 아니지. 전화를 설치했잖아."

리즈는 허리를 굽혀 식탁 위의 석유램프를 바로 놓았다. 주황색 불꽃이 확 솟아오르면서 리즈의 오밀조밀한 이목구비를 부조처럼 비추고는 다시 작아졌다. 작아진 불꽃은 더욱 따뜻한 빛을 발했다. 바깥에서는 하늘이 아직 황혼녘의 옅은 푸른색과 회색을 띠고 있었지만 실내는 이미 어둠에 푹 젖어 있었다. 리즈가 정색을 하고 말했다.

"내가 가을 학기에 다른 룸메이트를 구해야 하는 사태가 생기면 미리 말해 줘야 해."

"리즈! 당연히 아니지! 아직 7월인 걸."

리즈가 코니의 시선을 피하며 중얼거렸다.

"알아. 그냥 해 본 말이야."

"바보 같은 소리 마. 좌우간 그 책의 행방을 알려 줄 프루던스 바틀렛의 유언 검인기록이 없으니, 더 이상 이 무익한 박사논문 자료 조사에 시간을 쏟지 않아도 되겠어. 마침내 청소와 집수리와 매매에 전념할 수 있게 된 셈이지. 대학원을 그만두고 외인부대에나 들어갈까 봐."

리즈는 코니의 냉소 섞인 말을 무시하고 이렇게 물었다.

"그 남자는?"

코니는 앞니로 아랫입술을 지그시 깨물었다가 배시시 웃으며 대답했다.

"그 사람 말로는 둑길에서 불꽃을 쏘아 올린대. 이따가 여기로 와서 자기가 아는 장소로 우리를 데려가겠대."

"자기가 아는 장소라."

리즈는 손가락을 얼굴 양 옆으로 가져가 인용부호 표시를 만들었다. 코니는 깔깔 웃으며 리즈에게 오븐용 장갑을 던졌다.

코니와 리즈는 석유 램프에서 나온 빛이 동그란 우물처럼 비치는 길쭉한 식탁의 끝에 나란히 앉아 포크로 파스타를 휘저었다. 리즈는 코니에게 그녀가 라틴어를 가르치는 여름학교 학생들 이야기를 들려 주었다. ("어떤 애는 책상 위에 엄청나게 큰 휴대전화를 올려놓고 있더라니까! 무슨 고등학생이 휴대전화를 갖고 다닌다니? 그렇게 커다란 전화기는 금융업자들이나 쓰는 거 아냐?") 케임브리지의 지루한 여름방학 이야기들도 곁들여서.

코니는 수다를 떠는 리즈를 물끄러미 바라보았다. 그녀 자신이 아닌 누군가의 목소리가 집 안의 황량한 방들을 채우는 게 마냥 좋았다. 식료품을 사거나, 자료를 찾거나, 커피를 마시느라 마블헤드를 누비고 다닐 때마다 코니는 사람들과 대화를 되도록 많이 나눴다. 짧은 순간이긴 해도 다른 사람이 앞에 있으면 외로움이 달아났다. 하지만 결국에는 외딴 동굴 같은 할머니 집으로 돌아와야 했다. 때때로 코니는 무릎 위에서 자기를 말똥말똥 바라보는 알로의 갈색 눈동자를 보고서야 자신이 몇 시간째 한마디도 하지 않았다는 사실을 깨닫곤 했다.

똑똑. 조심스럽게 문을 두드리는 소리가 들렸다. 리즈가 특별히 운이 나빴던 지난주 어느 날의 이야기를 하다 말고 코니를 향해 눈을 빛내며 속삭였다.

"나가 봐야 하지 않아?"

코니는 싱긋 웃어 보이고 냅킨을 식탁 위에 던지며 소리쳤다.

"나가요!"

문지방 위에 샘이 서 있었다. 그의 뒤쪽으로는 시커먼 그늘과 덩굴이 한데 뭉친 뜰이 보였다. 샘은 한 손에는 여섯 개들이 캔맥주 묶음을, 다른 손에는 튼튼한 손전등을 들고 있었다. 그는 불이 켜진 손전등을 턱 밑으로 가져가 자기 얼굴을 비추고는 뻣뻣하게 고개를 숙이는 동작을 하며 사뭇 진지하게 말했다.

"안녕하십니까, 부인. 마을에서 짐꾼이 도착했습니다."

코니는 '영국의 무정부주의자'라고 쓰인 티셔츠를 입은 샘의 모습을 보고 자기도 모르게 킥킥 웃었다.

'독립기념일을 축하하기 위한 복장인가 보지?'

코니는 손가락으로 식당을 가리키며 샘에게 말했다.

"샘 하틀리 씨, 리즈 다워스를 소개합니다. 리즈, 여긴 샘 하틀리야."

손으로 삼각모를 벗는 시늉을 하며 샘이 말했다.

"처음 뵙겠습니다."

문간에 서 있는 코니의 뒤쪽에서 팔에 담요를 걸친 리즈가 나타났다.

"하틀리 씨죠?"

리즈는 장난스럽게 무릎을 살짝 굽혀 인사하며 야외용 담요를 한쪽으로 넘겼다. 마치 무늬가 화려하고 무거운 옷자락을 쓸어 넘기는 귀족처럼.

코니가 물었다.

"우리 이제 가야 하지 않아? 불꽃놀이가 9시라고 했지?"

코니는 리즈가 재빨리 샘을 훑어보는 모습을 보았다. 리즈는 샘이 잠시 손전등 불빛을 쳐다보는 틈을 타서 코니에게 입모양으로 "멋지다"고 말했다. 샘이 다시 고개를 들었을 때 리즈는 천사 같은 모습으로 돌아와 있었다.

세 사람은 밤거리로 나갔다. 거실 창문에 드리워진 잎사귀 사이로 알로의 반짝이는 눈동자가 그들의 뒷모습을 좇고 있었다.

마지막 불꽃들이 마블헤드 항구의 가장 깊숙한 곳에 소나기처럼 쏟아지자 바다에 정박해 있던 요트 몇 척에서 일제히 나팔을 불어 댔다. 구슬픈 나팔 소리는 머리 위에서 메아리처럼 울리는 폭발음에 섞였고, 여기에 공원이며 건물 옥상 위에 담요를 깔고 모여 앉은 마을 사람들의 탄성 소리가 더해졌다. 항구를 에워싼 빨간 불꽃이 흩어지기 시작했다. 마지막 불꽃이 깜빡이다가 흔적도 없이 사라지자 둑길 위에는 구름 같은 연기가 자욱하게 깔렸고 공원에서는 박수 소리와 휘파람 소리가 터져 나왔다. 코니는 늘 경계선에서 어슬렁거리기만 했던 이 마을에 처음으로 따스한 애착을 느꼈다. 어둠 속에서 수많은 사람 중 하나로 머무르면서 하늘의 휘황찬란한 불꽃을 구경하는 게 좋았다. 코니는 흡족한 한숨을 쉬고 나서 친구들을 바라보며 미소를 지었다. 샘과 리즈는 팔꿈치를 땅에 대고 누워 목을 길게 빼고 하늘을 보고 있었다.

리즈가 중얼거렸다.

"굉장하다."

그러고는 부드러운 팅! 소리가 들렸다. 리즈가 한쪽 엄지손가락으로 텅 빈 맥주 캔의 따개를 잡아당긴 것이다.

뿌연 연기에 차츰 틈이 생기더니 조금씩 걷혔고, 머리 위로 맑은 밤하늘이 다시 나타났다. 놀러 나온 가족들도 하나둘씩 담요를 개고 아이들을 불러 모아 집으로 발걸음을 옮겼다. 코니 일행은 아무 말도 하지 않고 정적을 즐기고 있었다.

코니는 등을 대고 누우며 기지개를 켰다. 두 팔을 머리 위로 쭉 뻗으니 손가락과 발뒤꿈치가 담요 바깥의 촉촉한 잔디에 닿았다.

밝은 별똥별이 하늘에 금을 그으며 지나가더니 작고 둥근 불꽃이 번쩍 빛났다. 코니는 미소를 지었다. 이기적인 행동이 될지라도 별똥별 이야기는 혼자만의 비밀로 간직할 생각이었다. 별똥별이 사라진 수평선에 파란 불꽃이 반짝이는가 싶더니 눈 깜짝할 사이에 사라졌다.

마침내 코니가 입을 열었다.

"늦었다. 우리도 돌아가야지."

어둠 속에서 샘의 목소리가 들렸다.

"내일은 뭐 할 거예요?"

이제 공원은 텅 비어 있었다. 바위투성이 해변에 파도가 철썩철썩 부딪치는 소리 외에는 아무 소리도 들리지 않았다.

리즈가 졸린 목소리로 말했다.

"해변에 가려고요. 그렇지, 코니?"

"응."

코니는 겨우 일어나 앉으며 이렇게 대답하고 나서 리즈의 다리를 살짝 밀며 말했다.

"자, 리즈. 샘이 집에 가야 할 시간이야."

리즈는 가기 싫다는 듯 낑낑대는 소리를 내면서 일어섰다. 세 사람은 잔디밭에 깔린 담요를 걷어 낸 후 밀크 스트리트를 향해 걷기 시작했다.

샘은 손전등을 비추어 캄캄한 밤거리에 예쁜 원뿔 모양의 불빛을 만들었다. 그러자 길바닥의 자갈 하나, 낙엽 하나까지도 또렷이 눈에 들어왔다.

"있잖아, 우리 그레이스 여사님이 나더러 너무 좁게 생각하지 말라고 하더라. 그래서 공책을 다시 훑어볼 작정이야. 엄마 말대로 프루던스가 그 책을 다른 명칭으로 언급했을 수도 있으니까……."

리즈가 코니의 말을 자르며 근엄하게 말했다.

"코니. 그것도 좋아. 다 좋은데 내일은 쉬기로 했잖아. 해변으로 가서 햇빛 아래 누워 있다가 해수욕을 실컷 하고, 저녁에는 최대한 싸고 허름한 술집을 찾아서 노닥거리는 거야. 샘, 당신도 찬성이죠?"

샘은 손전등을 움직여 그들의 발끝을 비추었다가 다시금 길 위에 노랗고 길쭉한 타원을 만들었다.

"좋죠."

리즈가 말했다.

"어쩐지 저 친구가 마음에 들더라니까."

손전등 불빛이 할머니 집의 경계선에 해당하는 무성하게 엉켜 자란 울타리를 따라 위로 올라갔다가 관목에 가려진 출입문 위로 미끄러졌다. 코니가 그 빛 속으로 팔을 뻗어 빗장을 끌렀다. 정원으로 들어간 세 사람은 바닥에 깔린 돌 사이로 삐죽삐죽 고개를 내밀고 무더기로 자라난 허브를 헤치며 앞으로 나아갔다.

"정말로 당신은 하루쯤 쉬어야 해요, 코니."

샘이 이렇게 말하며 손전등을 움직였다. 환한 타원이 바닥의 돌 위를 미끄러지다 현관문으로 올라갔다.

일순간 세 사람은 그 자리에 얼어붙고 말았다. 리즈는 비명을 질렀다.

코니가 겁에 질린 얼굴로 현관문을 바라보며 속삭이듯 말했다.

"오, 맙소사."

코니는 덜덜 떨며 스웨터를 턱까지 끌어당겼다. 리즈도 코니와 무릎을 붙이고 현관에 웅크려 앉았다. 두 사람의 시선은 덩치 좋은 남자 두 명과 낮은 소리로 이야기를 주고받는 샘에게 고정되어 있었다. 경찰차에서 나오는 빙빙 돌아가는 빨간색과 파란색 빛 때문에 세 사람의 모습이 한층 선명하게 보였다. 빨갛고 파란 빛은 웃자란 덩굴식물 틈새를 뚫고 들어와 조용하고 무감각한 집의 외벽에 닿았다.

리즈가 조그만 소리로 말했다.

"저 사람들이 곧 밝혀낼 거야."

그러나 그 말은 코니뿐 아니라 리즈 자신을 안심시키기 위한 주문처럼 들렸다. 코니는 리즈의 어깨에 팔을 둘러 꽉 끌어안으며 대답했다.

"그럼."

리즈의 어깨를 꽉 잡는 순간 코니의 심장은 더 빠르게 뛰기 시작했다. 샘이 손가락으로 코니 쪽을 가리키는 모습이 보였고, 곧이어 덩치 좋은 두 남자가 깜깜한 정원을 가로질러 성큼성큼 다가왔다.

"코니 굿윈 양이시죠?"

두 남자 가운데 하나가 물었다. 나머지 한 명은 뜰을 가로질러 조심스럽게 앞으로 나아가더니 손전등을 움직여 집 전면의 창문들을 비추었다. 코니의 앞을 가로막고 선 경찰관은 머리를 아주 바싹 깎아 대머리처럼 보였고, 코가 멍든 것처럼 빨간 걸로 보아 술고래인 듯했다. 빙빙 돌아가는 새빨간 불빛이 그의 얼굴을 비추고 있어서 실제보다 더 우스워 보였는지도 몰랐다. 코니는 벌떡 일어섰고,.리즈도 따라 일어섰다.

"예."

코니가 이렇게 대답하자 경관이 물었다.

"이 집 주인이신가요?"

"예. 아, 정확히 말하면 아니에요. 우리 외할머니가 사시던 집이에요. 할머니 성함은 소피아 굿윈인데, 지금은 돌아가셨죠."

코니는 일부러 현관문 쪽은 쳐다보지 않고 팔짱 낀 자세로 대답했다. 그러자 경관이 작은 수첩의 새 페이지를 펼치며 말했다.

"굉장히 찾기 힘든 집이군요. 릿치맨 경관과 저는 마블헤드에 사는 사람들인데도 우여곡절 끝에 찾아왔어요."

식당 창문 근처에서 다른 경관이 소리쳤다.

"억지로 들어간 흔적은 없네, 렌."

코니는 '저 사람이 릿치맨 경관인가 보군' 하고 생각했다. 그는 손전등을 여기저기 비추며 창문 너머로 집 안을 들여다보고 있었다.

"알겠네."

첫 번째 경관이 수첩에 뭐라고 휘갈겨 쓰며 이렇게 대꾸하고는 코니에게 몸을 돌려 물음을 던졌다.

"아가씨가 여기 머무르는 걸 아는 사람이 있습니까?"

코니가 얼굴을 약간 찌푸리며 대답했다.

"없을 걸요. 어머니는 알고 계세요. 어머니가 저더러 여름 동안 이 집에 있어 달라고 부탁했거든요. 물론 제 친구들도 알고, 지도교수님도 아시는 것 같아요."

"지도교수요?"

"저는 대학원 학생이거든요. 저를 가르치시는 담당 교수님 말하는 거예요."

경관은 수첩에 메모를 하면서 대답했다.

"알았습니다."

그때 뒤쪽에서 개가 사납게 컹컹 짖는 소리가 들렸다. "이런 제길!" 하고 외치는 릿치맨 경관의 소리가 울리자마자, 그의 손전등이 바닥에 떨어져 구르는 소리가 뒤따랐다.

첫 번째 경관(렌이라고 했던가?)이 코니에게 물었다.

"집 안에 개가 있습니까?"

"예, 알로가 집 안에 있었죠."

코니는 릿치맨 경관을 향해 큰 소리로 외쳤다.

"미안해요!"

릿치맨 경관은 숨이 턱에 닿도록 욕설을 퍼부으며 손전등을 찾아 정원의 잡풀을 더듬고 있었다.

렌 경관이 뭐라고 끄적이면서 말했다.

"개가 침입자를 쫓아버리지 않은 게 참 이상하네요."

코니가 당황스러운 말투로 대답했다.

"그러게요."

어느새 다가온 샘이 코니의 허리를 팔로 감쌌다.

리즈가 경관의 제복에 붙은 이름표를 읽으며 말했다.

"카둘로…… 경관님. 누가 이런 짓을 했는지 혹시 짐작하시나요? 대체 코니를 위협하는 이유가 뭐죠? 얘는 여기 사람들을 하나도 모른단 말이에요!"

리즈의 목소리가 높아져서 약간 날카롭게 들렸다. 코니는 리즈의 팔을 가만히 잡았다.

그들은 다시 고개를 돌려 현관문을 물끄러미 바라보았다.

문짝에 직경 60센티미터쯤 되는 원이 새겨져 있었다. 나무로 된 문짝을 방금 불태워 만든 듯했다. 그 원 안에 작은 원이 하나 더 있고 가로, 세로 방향의 직선이 각각 원을 이등분하고 있어서 표적과 흡사한 형상이었다. 위쪽 반원 안에는 고문체 같은 비뚤비뚤한 손글씨로 '알파(Alpha)'라고 새겨져 있었고 그 위에 십자가 내지 가위표 모양이 두 개 있었다. 왼쪽 위의 4분원의 바깥쪽 부분에는 '메우스(Meus)'라는 글씨가 있었고 그 양 옆으로 가위표가 보였다. 오른쪽 위 4분원의 같은 위치에도 두 개의 가위표 사이에 '아주토르(Adjutor)'라는 글씨가 있었다. 아래쪽 반원에도 똑같은 방식으로 글씨와 문양이 새겨져 있었는데, 중앙에는 '오메가(Omega)', 왼쪽 아래 4분원에는 '아글라(Agla)', 오른쪽 아래 4분원에는 '도미누스

(Dominus)'라는 글씨가 있고 각각 양 옆에 가위표가 있었다.

카둘로 경관이 무기가 장착된 허리띠에 한쪽 손을 얹으며 말했다.

"뭐라 말하기가 어렵군요. 세일럼에 사는 이상한 인간들이 종종 우리 마을에 들어옵니다. 이를테면 말썽꾸러기 아이들이 몰려와서 벽에 스프레이 낙서를 해 놓기도 하지요. 별 모양도 있고, 이것저것 있어요. 그렇지만 이렇게 복잡한 낙서는 드문데."

릿치맨 경관이 다가와 이야기에 끼어들었다.

"빈집인 줄 알았겠지요. 덩굴이 이렇게 무성하고 조명도 없지 않습니까. 아이들이 심심해서 장난칠 거리를 찾은 거죠. 개가 무섭게 짖어 대는 바람에 집 안으로 들어가지도 못하고 도망쳤을 겁니다. 집 안에 뭐 없어진 거라도 있습니까?"

코니가 무심코 손톱을 입에 넣고 잘근잘근 깨물면서 대답했다.

"아무것도 없어요. 어차피 훔쳐갈 만큼 값나가는 물건도 없고요."

코니는 더 이상 자제력을 발휘하기가 어려웠다. 껍데기처럼 그녀를 감싸고 있던 침착한 태도에 금이 가고 있었다.

카둘로 경관이 코니를 바라보며 물었다.

"저 글씨가 무슨 뜻인지 혹시 알겠어요?"

코니가 모기만 한 소리로 대답했다.

"아뇨."

현관문에 해독 불가능한 문양이 새겨져 있었고, 밤공기에는 나무 타는 자극적인 냄새가 진하게 배어 있었다. 아직도 탄내가 나는 걸로 보아 현관문에 붙은 불은 코니 일행이 도착하기 직전에 꺼진 듯했다. 현관 계단에 작은 잿더미가 만들어져 있었다. 코니의 한쪽 눈가에서 나온 뜨거운 눈물이 구불구불한 선을 그리며 뺨으로 흘러내렸다.

샘이 코니의 허리에 두른 팔에 힘을 주며 말했다.

"알파와 오메가는 그리스어 알파벳의 첫 글자와 마지막 글자입니다."

리즈도 떨리는 목소리로 말했다.

"'도미누스 아주토르 메우스'는 라틴어예요."

리즈는 샘에게서 받아든 손전등을 현관문의 문양에 바짝 대고 살피며 말을 이었다.

"물론 옛날식 철자법으로 하면 '아주토르(adjutor)'의 'j'는 'i'로 바뀌어야겠지요. 대충 옮기자면 '저를 도와주는 신이시여' 또는 '저를 대리하시는 신이시여'가 되겠네요. 아무래도 '대리하는'보다는 '도와주는'이라는 뜻일 가능성이 높겠죠."

리즈는 눈살을 찌푸리고 글자를 뚫어져라 바라보며 말했다.

"그런데 '아글라'는 뭔지 모르겠어요. 그리스 신화에 '아글라이아'라는 미의 여신이 나오긴 하지만, 여기선 그런 뜻이 아닌 것 같아요."

"와, 실력이 좋으십니다."

릿치맨 경관이 말했다. 그는 팔꿈치로 카들로 경관을 쿡쿡 찌르며 덧붙여 말했다.

"자네한테 말한 적은 없지만 실은 나도 어릴 때 복사(服事) 노릇을 했다네."

샘이 물었다.

"그래서 누구 짓이란 말입니까?"

모두의 시선이 두 경관의 얼굴로 모였다. 경관들은 재빨리 눈짓을 교환했다.

한동안 불편한 침묵이 이어지던 끝에 카둘로 경관이 수첩을 바지 뒷주머니에 집어넣으며 말했다.

"자. 여러분의 진술은 우리가 다 기록했습니다. 다음 주에 차를 몰고 와서 순찰을 몇 번 돌겠습니다만, 이 사건은 아가씨의 정원에 대한 단순한 반달리즘(문화유적, 예술품, 공공시설 등을 파괴하는 행위-옮긴이) 같습니다. 애들이 말썽을 일으킨 거죠."

샘이 믿기지 않는다는 말투로 받아쳤다.

"정원에 대한 반달리즘이라고요? 농담이시죠? 반달리즘을 일삼는 사람들은 스프레이 페인트나 마커로 낙서나 하고 만다는 걸 모르십니까?"

코니는 샘의 목소리를 듣고 그가 화났다는 걸 알았다. 그의 불타는 눈동자가 코니의 눈동자와 마주치자 코니는 보일락 말락 하게 고개를 가로저었다. 경찰에게 따진다고 해서 그들이 이 사건을 진지하게 받아들일 리 만무했다.

카둘로 경관이 말했다.

"이봐요, 학생들. 미안하지만 나도 어쩔 도리가 없어요. 여긴 외딴집인데다가 조명도 없잖소. 거기다 학생들은 불꽃놀이를 보러 나가서 집에 없었지, 오늘 밤은 워낙 시끄러웠고, 사건을 목격한 사람도 없단 말입니다. 내가 보기에는 운 나쁘게 말썽꾸러기 애들한테 걸린 것 같소만."

릿치맨 경관도 동료와 의견을 같이한다는 뜻으로 고개를 끄덕였다.

"자, 내 명함입니다. 또 무슨 일이 생기면 우리에게 연락해요. 이제 됐지요?"

코니가 명함을 받아들며 웅얼웅얼 대답했다.

"아, 고맙습니다."

두 명의 경관은 어둠 속으로 사라졌다. 둘 중 하나가 멀어져 가면서 큰 소리로 말했다.

"여긴 조명이 하나 있어야겠어요!"

코니는 힘없이 피식 웃었다. 빙빙 도는 빨간색과 파란색 불빛은 사라지고 자동차 미등에서 나오는 시뻘건 빛으로 바뀌었다.

코니는 멍하니 서 있었다. 싸늘한 밤바람이 코니의 두 다리를 휘감으며 고운 회색 재를 풀풀 날렸다.

인터루드

매사추세츠 주, 마블헤드

1760년 4월 하순

선술집 안에서 와장창 소리가 요란하게 새어 나오더니 곧이어 방종한 웃음소리와 환호성 소리가 들려왔다. 어느 방향에선지 몰라도 고래고래 소리치는 조셉 허바드의 목소리가 들렸고, 와! 하는 함성과 비명 소리가 점점 가까워지더니 문이 벌컥 열리면서 몸집에 비해 지나치게 큰 너덜너덜한 외투를 걸친 청년이 쫓겨 나왔다. 청년의 얼굴은 상처투성이였고 눈에는 핏발이 서 있었다.

청년은 두 손과 무릎으로 땅을 짚고 비척거리며 분명치 않은 발음으로 말했다.

"나는 돈을 내려고 했어요."

프루던스 바틀렛의 아래턱이 꽉 다물어졌고, 원래도 서늘하던 눈빛이 한결 차가워졌다. 그녀는 허리를 구부려 청년의 팔 밑에 한 손을 집어넣고 힘을 써 가며 청년을 일으켰다. 그녀가 마르고도 강인한 두 손으로 청년의 양쪽 어깨를 꽉 쥐고 똑바로 세우는 동안, 청년의 심한 몸부림도 어느 정도 멎었다. 이제 보니 그는 청년이 아니라 어린 소년이었다. 프루던스의 딸 패티보다 한두 살 더 먹었을까? 그의 머리에는 모래가 엉겨 붙었고, 변발에서 튀어나온 머리카락이 지저분하게 사방으로 삐쳐 있었다. 입가에는 솜털 같은 수염이 드문드문 보일 따름이었다. 프루던스는 한숨을 푹 쉬었다.

소년이 다시 입을 열었다.

"나는……."

소년의 숨결에는 시큼한 바베이도스 럼주 냄새가 짙게 배어 있었다. 프루던스는 고약한 냄새를 참기 어려워서 마른기침을 했다.

"너, 악덕에 몸을 담그면 못쓴다."

프루던스의 말에 소년의 코가 빨갛게 물들었다. 소년은 눈과 뺨을 일그러뜨리며 훌쩍훌쩍 울기 시작했다.

프루던스는 소년의 뜨거운 뺨에 두 손을 올려놓고 그의 얼굴을 응시했다. 그녀는 정신을 집중하느라 눈에서 하얀 빛을 뿜으면서 손바닥을 통해 엄격한 지시를 흘려 보냈다. 그러자 소년의 몸이 그녀의 의지를 흡수해 병든 혈관 구석구석으로 퍼뜨리는 게 느껴졌다. 그녀의 손 밑에서 소년의 피부는 진홍색으로 물들었다. 소년은 조그맣게 훌쩍이고 있었다. 프루던스는 짧은 말을 몇 마디 속삭인 후 그를 놓아 주었다.

"집에 가거라. 앞으로는 독한 술을 마시지 말고."

소년은 천천히 손을 들어 얼굴을 만져 보았다. 벌겋던 매질 자국이 희미해져 거의 사라지고 있었고, 눈을 깜박거리자 핏발 선 눈도 금방 맑아졌다. 소년은 마른침을 삼키며 놀랍다는 눈으로 프루던스를 바라보다가 말없이 돌아서서 부두로 통하는 골목길을 내달렸다.

프루던스는 웃음기 없이 코를 킁킁거렸다.

소년이 모퉁이를 돌아 사라진 골목 끝부분에서 누군가가 소리쳤다.

"변소 비워요!"

그러더니 골목에 면한 어느 집 창문에서 질척한 똥물이 와르르 쏟아졌다.

"에이, 지저분한 자식!"

지나가던 부두 노동자가 고함을 쳤다. 그의 바지에 똥물이 튀었던 것이다. 좁은 골목에 썩은 냄새가 퍼지자 프루던스도 불쾌해져서 콧잔등을 찌푸렸다.

프루던스는 선술집 문을 열고 내부를 둘러보며 자신이 만나기로 약속한 사람을 찾았다. 술집 안은 짙은 파이프담배 연기와 맞은편 벽면의 커다란 난로에서 나오는 연기에 절어 있었다. 거친 나무탁자 주위의 낮고 길쭉한 의자에 몇 명씩 모여 앉아 빈둥거리는 남자들의 모습도 연기에 덮여 희미하게 보였다. 나무 타는 냄새와 맥주 냄새, 펄펄 끓는 생선 스튜 냄새와 바닷물에 젖어 딱딱해진 모직외투 냄새는 그다지 나쁘지 않았다. 프루던스는 옆구리에 끼고 온 묵직한 꾸러미를 내려놓고 무심결에 허리에 두른 스토마커(15~16세기에 유행한 삼각형의 가슴 장식-옮긴이)를 어루만졌다. 자극적인 스튜 냄새를 맡으니 입 안에 침이 가득 고였다. 그 로버트 후퍼라는 남자한테 한 그릇 사 달라고 해 볼까?

맞은편 벽 쪽에서 선술집 주인이 고개를 까딱하며 쉰 목소리로 인사를 건넸다.

"안녕, 프루."

프루던스도 고개를 까딱하며 답례했다.

"안녕, 조."

프루던스는 왁자지껄한 선술집 안을 헤쳐 나갔다. 꾀죄죄한 어부 옷을 입은 술 취한 남자들 몇몇이 아무렇게나 내뻗는 손을 밀쳐 내면서. 마침내 술집 주인이 앉아 있는 탁자 앞에 도착한 그녀가 물었다.

"로버트 후퍼라는 사람 안 왔나요?"

술병을 끼고 앉아 있는 술집 주인 조셉 허바드의 옆자리에서 젊은 여자가 깔깔 웃고 있었다. 레이스가 주렁주렁 달린 꽉 끼는 웃옷을 걸치고 얼굴에는 부자연스러울 만큼 짙은 화장을 한 여자였다.

조셉 허바드는 한 손으로 턱수염을 긁적이면서 다른 손은 죽 뻗은 무릎에 올려놓았다. 허리가 늘어난 반바지 위로 불룩한 뱃살이 축 늘어져 있었고, 외투는 단추가 풀려 있었다. 텁수룩한 회색 눈썹 밑에서 검은 눈동자가 반짝 빛났다.

"로버트 후퍼라면 저 언덕 위에 사는 사람 말이오? 크고 멋진 새 저택에 산다던데."

"맞아요."

프루던스는 술집 주인의 설명과 일치하는 사람이 있나 하고 술집 내부를 둘러보았다. 사실 선술집 '염소와 닻'은 언덕 위에 사는 신사들이 즐겨 찾을 법한 곳은 아니었다. 조셉은 활기차게 껄껄 웃어 대다가 술을 들이켜고 나서 물었다.

"그가 당신에게 무슨 볼일이 있나 보지?"

"네. 기다려 봐야겠네요."

벽과 가까운 빈자리를 발견한 프루던스는 그녀가 가져온 꾸러미를 탁자에 내려놓았다. 그러고는 의자에 앉아 끈 달린 실내용 모자를 고쳐 쓰고, 느슨하게 삐져나온 머리카락을 모자 속으로 집어넣고, 옷소매를 잡아당겨 주름을 폈다. 로버트 후퍼가 상류층 사람이라는 말을 들으니 왠지 신경이 쓰였다.

조셉이 젊은 여종업원에게 손짓을 하면서 큰 소리로 말했다.

"설마 당신을 아내로 삼으려는 건 아니겠지? 불쌍한 자식!"

조셉의 옆자리에 앉은 여자가 부채로 얼굴을 가리고 째지는 음성으로 깔깔거렸다. 프루던스는 속으로 생각했다.

'저런 농담에 깔깔거리는 걸 보니 그렇게 젊은 여자는 아닌 모양이네.'

조셉이 자신만만하게 웃으며 말했다.

"당신이라면 그 여자를 금방 낫게 할 거요. 부디 후퍼의 애인을 잘 돌보시오."

프루던스는 조셉의 암시가 마음에 들지 않아서 얼굴을 찌푸리며 날카로운 질문을 던졌다.

"허바드 부인과 어린 메리는 잘 지내나요?"

여종업원이 프루던스의 탁자에 맥주병을 내려놓은 후 조셉 허바드를 쳐다보며 지시를 기다렸다.

"아, 잘 지내고말고. 고게 벌써 두 살이 다 돼 간다오. 덕분에 우리가 피곤해 죽겠소."

조셉은 여종업원이 자기를 쳐다보는 걸 알고 고개를 가로저었다. 여종업원은 팁을 받지 못하고 물러갔다. 조셉이 킬킬거리며 프루던스를 향해 자기 맥주잔을 들어 올리며 말했다.

"프루, 당신의 건강을 위해 건배합시다."

프루던스도 자기 잔을 들어 올리며 대답했다.

"당신의 건강도요."

하지만 그녀는 조셉을 노려보며 속으로 생각했다.

'저 인간의 아기만 열두 번을 받았어. 허바드 부인이 아닌 다른 여자의 아이도 있었지.'

프루던스는 호주머니에서 작은 도자기 파이프와 며칠 전부터 몸에 지니고 다녔던 구깃구깃한 전단지를 꺼냈다. 그러고는 탁자 위에 전단지를 펼쳐 놓고 찬찬히 들여다보면서 파이프에 담배 한 줌을 채우고 램프 불을 파이프에 붙였다. 전단지에는 다음과 같은 문구가 인쇄되어 있었다.

'오래된 서적 구함. 희귀하고 독특한 책은 현찰로 매입. 후퍼 씨에게 문의하시오. 주소는 아래에.'

프루던스가 파이프를 물고 훅 빨아들이자 창백한 뺨이 쏙 들어갔다. 매운 연기가 그녀의 폐를 가득 채웠고, 얼마 후에는 뒤틀리는 신경조직 속으로도 조용히 스며들었다.

'지금이라도 마음을 바꿀 수 있어. 어차피 그 사람도 안 왔잖아. 책을 살 생각이 없는지도 모르지.'

프루던스는 꾸러미를 힐끔 쳐다보고 나서 그 위에 손을 얹었다. 책을 감싼 깔깔한 천을 엄지손가락으로 문지르면서, 그녀의 문의에 대한 답장으로 로버트 후퍼가 보내 온 편지에 언급된 금액을 떠올렸다. 2년쯤 산파 일을 해서 버는 것보다 많은 돈. 그러나 그녀가 책을 팔려는 건 돈 때문만은 아니었다. 그 책을 없애 버리고 싶은 나름의 이유들이 있었다.

갑자기 선술집 문쪽이 조용해지면서 잔잔한 파문이 일었다. 무슨 일인가 하고 프루던스가 고개를 들어 보니, 반짝이는 단추와 길고 우아한 소매가 달린 값비싼 심홍색 웃옷을 입은 젊은 신사가 한 손으로 머리를 쓸어 넘기며 들어오고 있었다. 새로 산 삼각모를 벗을 때 머리가 흐트러졌던 것이다. 그는 버터처럼 말랑말랑한 송아지 가죽 장화에 묻은 진흙을 털어내기 위해 발을 몇 번 구르고 나서 누구를 찾으려는 듯 선술집 안을 둘러보았다. 프루던스는 그와 눈을 마주치며 턱을 들어올렸다. 그는 미소를 지으며 그녀에게 다가왔다. 그가 걸음을 옮길 때마다 한쪽 겨드랑이에 낀 모자가 소리 없이 흔들렸다.

젊은 신사가 고개를 살짝 숙이며 물었다.

"바틀렛 부인이신가요?"

"그냥 프루라고 부르세요."

젊은 신사, 로버트 후퍼가 화려한 몸짓으로 자리에 앉았다. 그가 난롯가 구석 자리의 산파와 마주앉자 술집 안의 시선이 일제히 그를 향했다. 사람들은 이 어울리지 않는 장면을 해석해 보려고 애쓰다가 이내 고개를 돌려 자기들끼리 유쾌하게 떠들기 시작했다.

후퍼가 프루던스의 양 팔꿈치 사이에 있는 꾸러미를 가리키며 열성적으로 물었다.

"이게 그 책입니까?"

후퍼는 손을 뻗치려 했으나 프루던스의 말에 제지당하고 말았다.

"이 술집은 스튜가 유명하답니다."

교화에 가까운 차분한 말투였다. 프루던스는 파이프를 빨아들이고 연기를 옆으로 내뿜고 나서 침착한 얼굴로 후퍼를 쳐다보았다.

어느새 탁자 앞에 서 있는 여종업원에게 고개를 돌리며 후퍼가 말했다.

"아, 좋습니다. 스튜 두 그릇을 주시오. 그리고 펀치도 부탁해요."

여종업원이 대답 대신 코를 킁킁거리자 후퍼는 다시 꾸러미로 눈을 돌렸다. 프루던스는 꾸러미를 그에게 밀어 주고 나서 그가 면포 보자기를 푸는 동안 눈으로 그의 외모와 인상을 살펴보았다. 옷은 분명 새것이었지만, 안절부절못하는 품을 보면 그런 옷에 익숙하지 않은 사람 같기도 했다. 레이스 달린 소매에 계속 신경을 썼고, 의자에 내려놓은 모자를 어떻게 다룰지 몰라서 자꾸만 이리저리 옮겼다. 얼굴을 보면 아직 술과 여자와 안락한 생활에 찌들지 않은 착실한 젊은이 같았다. 그의 얼굴에는 들판이나 바다에서 오랜 시간을 보내는 남자에게서나 볼 수 있는 밤색 색조가 아직도 남아 있었다. 스튜가 나오자 그는 백랍 스푼을 쥐고 입을 그릇 가까이로 가져가려고 고개를 숙였다. 프루던스는 살며시 미소를 지으며 입에 물고 있던 파이프를 빼냈다. 이윽고 후퍼가 스튜 그릇을 옆으로 치우고 책으로 손을 뻗었다.

그는 책장을 하나씩 넘기며 말했다.

"놀랍습니다. 한 사람이 이걸 다 쓰지는 않았을 테죠?"

"예, 아니에요."

책장을 계속 넘기던 그가 글자를 뚫어지게 보며 물었다.

"이건 뭡니까? 라틴어인가요?"

"예, 라틴어가 대부분이고 뒤로 가면 영어도 있어요. 암호로 된 내용도 있고요. 제가 다 말씀드릴 수는 없어요."

"부인이 보낸 편지에는 이게 영국에서 온 책이라고 되어 있던데요?"

"그렇게 들었어요. 일종의 가족 연감이에요."

"아주 흥미롭군요."

그는 이렇게 말하며 가죽 표지를 손으로 문질렀다. 그 부드러운 손놀림에 프루던스는 새삼 놀랐다. 그의 손가락은 아직도 가시와 굳은살이 박여 있고 거칠었다. 저 사람이 오래된 책을 좋아하는 건 자신의 책을 가져 본 적이 없어서가 아닐까?

"얼마나 오래된 책인지는 모르신다고 했죠? 가장 오래된 날짜는 언제인가요?"

프루던스는 말없이 그를 향해 한쪽 눈썹을 추켜올리며 얌전히 스튜를 떠먹었다. 잠시 침묵이 흐르는 동안, 후퍼는 눈을 가늘게 뜨고 기호와 가위표가 가득한 어느 페이지를 들여다보았다. 프루던스는 돈 이야기가 언제 나올지 궁금해졌다.

그녀의 눈길을 피하면서 후퍼가 털어놓았다.

"저는 라틴어를 읽을 줄 모릅니다."

프루던스는 깍지 낀 손으로 턱을 받치고 주의 깊게 그를 응시했다. 하지만 속으로는 작은 한숨을 내쉬고 있었다.

'누구나 치유하고 싶은 상처가 있지. 그런 사람들은 죄다 나를 찾아오는 것 같아.'

프루던스는 자기 앞에 앉아 있는 부유한 젊은 신사를 관찰하다가 그가 어떤 상처를 간직하고 있는지 알아차렸다. 그런 생각을 하고 있노라니 피로가 몰려왔다.

후퍼가 고개를 들면서 덧붙여 말했다.

"하지만 제 아들에게는 가르칠 생각입니다."

프루던스는 입을 열지 않고 옅은 눈동자로 그의 얼굴을 응시했다. 그러다 마침내 백랍 스푼 손잡이를 만지작거리며 물었다.

"후퍼 씨, 오래된 책들을 매입하시는 이유가 뭐죠?"

그는 수줍은 듯 웃음을 터뜨리며 대답했다.

"요즘 제가 하는 사업이 잘되고 있습니다. 세일럼의 대상인 가문들과 친분이 있어서 도움을 많이 받았거든요."

그는 펀치를 꿀꺽꿀꺽 마시고 나서 소매로 입술을 훔치려다 말았다. 대신 소매에서 얇은 손수건을 꺼내 입가를 톡톡 두드린 후 살며시 도로 집어넣었다.

"실은 제가…… 어떤 신사들의 추천으로 '월요일 저녁 클럽'에 가입하게 됐거든요. 교양과 학식이 풍부한 신사들이 모이는 클럽인데, 이번에 그 클럽에서 공공 도서관을 만들기로 했습니다. 인류의 문학과 과학적 지식을 한데 모아 모든 사람이 두루 혜택을 받도록 하자는 취지에서요."

그는 말을 끊고 탁자 위에 놓인 펀치 잔을 빙글빙글 돌렸다.

"그래서 클럽 회원이면 누구나 자기가 소장한 도서의 일부를 기증해야 합니다."

그는 여기까지 말하고 프루던스를 쳐다보았다. 그녀가 이어받아 말했다.

"그런데 소장하신 책이 없단 말씀이죠?"

"괜찮은 책 몇 권을 구했고, 앞으로도 찾아볼 생각입니다. 하지만 부인이 가져오신 책은 그중에서도 가장 훌륭하고 보기 드문 책입니다."

후퍼는 호주머니에서 끈으로 묶인 작은 가죽 주머니를 꺼내 탁자 한가운데에 올려놓았다. 불룩한 가죽 주머니는 꽤 묵직해 보였다. 후퍼가 프루던스를 바라보며 말했다.

"책값으로 얼마를 드려야 할지 말씀해 보십시오."

탁자 위의 불룩한 가죽 주머니를 바라보자 프루던스의 뱃속이 울렁거리기 시작했다. 가죽 주머니 옆에는 그녀의 연감이 놓여 있었다. 아니, 그녀 어머니의 연감이라고 해야 마땅했다. 비록 기력이 쇠하긴 했지만 아직 그녀의 집에 멀쩡히 살아 있는 어머니. 나이가 들어도 여전히 고운 어머니의 얼굴이 눈앞에 어른거렸고, 그 주위로 평생 그녀를 따라다니던 속삭임이 들리는 것만 같았다. 어머니 머시는 프루던스보다 더 기운이 셌고 날마다 고개를 빳빳이 쳐들고 다녔다. 어머니가 이 책에 얼마나 많은 정성을 쏟았는지는 잘 알고 있었지만, 프루던스 자신으로 말할 것 같으면 그 책이 혐오스럽기만 했다. 어머니만 해도 평생 사회의 주변부에서 살지 않았던가. 마을 사람들은 어머니를 외면했고 심지어는 프루던스가 패티를 데리고 예배당에 나가도 자기들끼리 수군거리곤 했다. 프루던스는 그 사람들을 향한 원망을 고스란히 이 너덜너덜한 가죽 장정의 책 탓으로 돌렸는지도 모른다.

다음으로 프루던스는 조사이아를 생각했다. 그는 허리가 욱신거린다고 했는데, 부두에 도착하는 보트를 끄는 일을 하다 보니 하루가 다르게 통증이 심해지고 있었다. 프루던스는 닳아빠진 밧줄이 갑자기 뚝 끊기면서 밧줄에 묶여 있던 무거운 나무 술통이 부두의 널판 위로 데굴데굴 굴러와 겁에 질린 남편을 덮치는 장면을 상상해 보았다. 조사이아가 없는 삶은 생각조차 하기 싫었다. 프루던스는 그 장면을 지워 버리려고 눈을 질끈 감았다. 그녀의 아버지는 한순간에 일어난 사고로 바다에 떠내려갔고, 그녀의 외할아버지도 마찬가지였다. 그녀의 모계 선조들과 혼인한 남자들은 하나같이 같은 운명을 맞이했다. 혹시 연감을 없애 버리면 조사이아가 안전해지지 않을까? 복수심에 찬 신의 손길에서 조사이아를 구해 낼 수 있지 않을까? 하나님은 우리에게 주시고 또 거둬 가시니까. 프루던스는 그 책을 집 밖으로 내보내고 싶을 따름이었다. 그녀의 가족에게 더 이상 상처를 입히지 못하도록 그 책을 멀리 떨어진 곳으로 보내 버리고 싶었다.

그녀의 배신이 들통 날 경우 어머니 머시가 뭐라고 할지 생각하면 온몸이 부들부들 떨렸다. 하지만 어머니도 이제 나이가 들어서 기운이 없었다. 그래서 오후 내내 정원을 거닐거나, 부엌에서 패티와 놀아 주거나, 강아지와 함께 나무 밑에서 낮잠을 잤다. 어머니는 몇 년째 그 책을 찾지 않았고, 어머니를 찾아오는 환자가 끊긴 지는 더욱 오래였다. 머시 램슨은 하루하루를 천천히 흘려보내고 있었다. 오늘이나 내일이나 별로 다를 바 없는 날들. 그러다가 머지않아 생의 마지막 날을 맞이할 터였다.

다음에는 지난 크리스마스 이후로 키가 7센티미터 가까이 자라 깡충깡충 뛰어다니는 패티를 떠올렸다. 마음씩 착한 패티는 정원 가꾸기와 닭을 치는 일에 남다른 재주가 있었다. 패티가 돌보는 닭들은 매일 아침 작은 멜론 열매만큼이나 탐스럽고 둥글둥글한 달걀을 낳았다. 그런 패티가 왜 과거의 수치와 미신을 짐처럼 짊어져야 하는가? 이 불룩한 가죽 주머니에 든 돈은 잘 간수했다가 패티가 시집갈 때 지참금으로 쓰거나, 밀크 스트리트에 있는 집을 수리하는 데 쓰면 좋을 것 같았다. 패티는 노상 햇볕 아래에서 지내다 보니 얼굴에 주근깨가 있긴 했지만, 차갑고 초췌한 프루던스의 눈과 달리 그 아이의 푸른 눈은 밝고 따스했다. 더욱이 패티가 지금의 푸루던스와 같은 나이가 될 무렵이면 세상은 19세기로 접어든다. 프루던스는 때때로 상상해 보았다. 팔다리를 서투르게 놀리며 찻잔을 넘어뜨리는 딸 패티가 세상에 뛰어들 때면 어떤 일이 벌어질까? 그런 생각을 할 때면 그녀의 집 부엌에 있는 정지된 식탁을 기점으로 시간이 날아가는 모습이 보이는 듯했다. 상상하기 힘들 만큼 멀리멀리, 오래오래 흘러가는 시간. 때로는 그 엄청난 세월의 무게에 눌려 주눅이 들기도 했다.

프루던스는 결단을 내리고 다 피운 파이프를 내려놓았다. 그녀는 손을 뻗어 가죽 주머니를 집으며 짤막하게 말했다.

"저에게는 더 이상 그 책이 필요 없답니다."

프루던스는 그렇게만 말하고 작은 가죽 주머니를 챙겨 들고 일어섰다. 그러고는 놀란 얼굴의 로버트 후퍼에게 고개를 까딱해 보인 후, '염소와 닻'의 떠들썩한 실내를 가로질러 무거운 선술집 문을 열고 밖으로 나갔다. 그녀의 미래를 향해.

13장

매사추세츠 주, 케임브리지

1991년 7월 초순

코니는 칵테일을 길게 들이마시고 잔을 바에 내려놓다가 자신이 손을 떨고 있다는 사실을 알고 조바심이 났다. 최근 애브너 술집에서는 어쿠스틱으로 편곡된 레드 제플린 히트곡 모음을 들여왔고, 코니가 바에 앉아 있는 내내 그 음반만 줄기차게 틀었다. 늘 허둥대는 재닌은 오늘도 늦게 올 모양이었다. 코니는 5분 내로 재닌이 애브너 술집 문을 열고 들어오지 않을 경우 벌떡 일어나 주크박스를 의자로 내리쳐 부숴 버리고 싶은 심정이었다. 머릿속으로는 이미 무거운 의자를 번쩍 들어 올려 주크박스의 둥근 유리천장에다 처박고 있었다. 유리 천장은 의자의 무게를 이기지 못하고 부서져 내렸고, 음악 소리가 길게 늘어지더니 마침내 멈췄다. 이런 공상을 하면서 코니는 흐뭇한 미소를 지었다.

그때 재닌 실바 교수가 코니의 옆자리에 털썩 주저앉으며 발밑에 가방을 내려놓았다.

"코니! 안녕, 안녕. 늦어서 미안. 뭘 마시고 있니? 위스키 칵테일?"

재닌 실바 교수는 바 뒤쪽에 있는 애브너에게 손가락 두 개를 추켜올려 신호를 보냈다. 애브너는 고개를 끄덕이고 돌아섰다. 연한 자주색 안경을 코끝에 걸친 재닌이 팔꿈치를 바에 올리며 말했다.

"자, 보자꾸나."

여전히 옆얼굴만 보이게 앉은 코니는 다시 한 번 칵테일을 들이켰다. 그러고는 반바지 주머니에 손을 넣어 할머니 집에서 발견한 열쇠를 꺼내 탁! 소리와 함께 바에 올려놓고 재닌 쪽으로 몸을 돌렸다.

"할머니 집에 처음 들어간 날 발견한 열쇠인데 아무 데도 맞지 않아요."

재닌이 영문을 모르겠다는 표정을 지었다. 코니는 설명을 계속했다.

"그리고 열쇠 안에 딜리버런스 데인이라는 이름이 숨어 있었답니다."

코니가 손톱을 입에 넣고 잘근잘근 씹는 사이에 애브너가 물방울 맺힌 무거운 칵테일 잔 두 개를 그들 앞에 내려놓았다. 재닌은 말없이 1달러 지폐 몇 개를 밀어 주었다.

빈 잔을 밀어내고 새 잔으로 손을 뻗으며 코니가 말했다.

"제가 알아봤더니 딜리버런스 데인은 기존의 기록에 남아 있지 않은 세일럼 마녀재판의 희생자였어요. 다른 희생자들과 달리 그녀는 병을 고치는 치료사였고, 자기가 하는 일을 기록한 책을 유산으로 남겼대요."

재닌이 눈을 동그랗게 뜨며 큰 소리로 말했다.

"이런, 코니! 잘됐구나! 그건 큰 행운이야. 다른 사람들이 일평생 노력해도 손에 넣기 힘든 귀한 자료를 찾았구나. 더욱이 마녀사냥은 여성사 연구와 관련해서도 이야깃거리가 많은 주제……"

재닌은 코니가 난처한 표정을 짓는 걸 보고 말끝을 흐렸다.

코니는 기어들어 가는 목소리로 말했다.

"맞아요! 그런데 칠튼 교수님은 제가 그걸 못 찾아내면 장학생 자격을 박탈한다고 협박하고 계세요! 그리고 제가 머무는 집에 누가 못된 장난을 쳤어요."

코니는 딸꾹질을 하며 숨을 깊이 들이마셨다. 눈에 눈물이 고이려는 걸 간신히 참았다.

"전 어찌해야 좋을지 모르겠어요."

재닌은 걱정스러운 표정으로 입을 꾹 다물고는 코니의 손 위에 자기 손을 얹어 부드럽게 어루만지며 말했다.

"그래, 그래. 한 번에 하나씩 이야기해 봐. 일단 내가 한 가지 말해 주지. 우리끼리만 하는 이야기니까, 절대 밖으로 새나가지 않았으면 좋겠구나."

코니는 눈가를 훔치며 고개를 끄덕였다. 학부 시절의 지도교수였던 재닌이 코니에게 바짝 다가와 목소리를 낮춰 말을 꺼냈다.

"매닝 칠튼 교수님이 말이지……."

재닌은 잠시 머뭇거리며 칵테일을 한모금 마시고 생각을 정리하다가 다시 입을 열었다.

"그분은 물론 저명한 학자야. 학과에서의 역할도 나무랄 데 없이 해내고 있고."

코니의 눈썹이 옅은 푸른색 눈동자 위로 덮였다. 어떤 식으로든 칠튼 교수의 명성이 더럽혀졌다면 학자로서 코니의 앞날에도 그만큼 지장이 생기기 때문이었다. 재닌은 헛기침을 하고 어둑어둑한 술집 내부를 둘러본 후 의자를 살짝 당겨 코니에게 가까이 갔다.

"그런데 그분이 요즘 하시는 연구가…… 뭐랄까, 기상천외한 방향으로 흐르더구나."

코니가 당황해서 물었다.

"무슨 말씀이세요?"

코니는 칠튼 교수가 가을에 열릴 식민지 역사학회의 기조발제를 앞두고 뭔가 중대한 구상을 하고 있다는 사실을 알고 있었지만 그게 뭔지는 몰랐다.

"칠튼 교수님은 오래전부터 융의 정신분석 이론을 토대로 연금술의 기호를 탐구하고 있었단다."

재닌의 목소리는 술집 뒤편의 음악 소리와 여름학교 학생들이 떠드는 소리에 묻혀 희미하게 들렸다.

"그분이 연금술에 관심을 가진 건, 사람들이 과학적 방법에 의해서가 아니라 유사성을 기준으로 사고했던 시대를 이해하기 위해서였어. 연금술사들이 쓰던 언어를 연구하면 근대 이전의 주술적 사고와 의식을 정신분석 방법론으로 해석할 수 있다고 본 거지. 그런데 지난번에 미국 식민지 역사가 협회에서 발표한 논문은 조금 더……"

재닌은 정확한 단어를 골라내기 위해 머릿속을 뒤지는 듯했다.

"관념적이었어."

그녀는 같은 말을 반복하며 설명을 마무리했다.

"상당히 관념적이었어."

코니가 몸을 앞으로 숙이며 물었다.

"관념적이었다고요? 어떤 면에서요?"

페퍼민트 향기가 옅게 풍기는 재닌의 부드러운 숨결이 코니의 얼굴을 스쳐갔다.

"연금술에서 이야기하는 '현자의 돌'이라는 개념을 알고 있니?"

코니는 더욱 혼란스러워졌다.

"예. 중세 연금술의 주된 목표 중 하나였죠? 비금속을 황금으로 바꿀 수 있는 신비의 물질이자, 어떤 질병이든 치유할 수 있는 궁극의 약이요. 그러나 그 물질이 정확히 무엇인지, 어떤 색깔인지, 어떤 성분인지는 아무도 알아내지 못했죠. '현자의 돌'에 관한 모든 설명과 제조법은 신의 손길이 있어야만 풀 수 있는 수수께끼로 표현됐지요."

"맞아. 그 수수께끼 중에 이런 게 있지. '현자의 돌'은 돌이면서 돌이 아니고, 귀중하지만 값어치는 없고, 누구나 알고 있는 미지의 물질이다! 어쨌든 요즘에는 연금술을 근대 화학의 선조격으로 해석하고 있지. 사실 그렇기도 했단다. 연금술은 자연의 물질을 다른 물질로 바꾸기 위한 학자들의 첫 실험 사례였으니까. 하지만 중세 연금술의 종교적 측면을 중시하는 학자들도 많아. 칠튼 교수님도 그중 하나지."

"종교적 측면이라고요?"

"그럼. 연금술사들은 유추의 방법으로 사고를 했거든. 연금술사들은 우리를 둘러싼 세계가 여러 가지 의미를 내포하고 있으며 우주의 생김새가 사람의 생김새를 그대로 보여 준다고 생각했어. 사실

점성술의 밑바탕에도 그런 사고방식이 자리하고 있지. 별과 행성의 움직임은 인간의 모습을 거울처럼 비추는 동시에 인간에게 영향을 미치기 때문에, 천체의 움직임을 잘만 읽어 내면 생활 속의 모든 진리를 밝혀낼 수 있다는 사고방식 말이야. 아무튼 연금술사들은 유사한 성질에 근거해 세계를 몇 가지 범주로 분류했어. 한쪽에는 태양이 있는데, 태양은 뜨거움, 남성다움, 진보, 건조한 성질 그리고 낮을 관장하지. 반대로 달은 차가움, 여성다움, 후퇴, 습한 성질, 밤을 관장해. 그리고 모든 물질은 흙, 불, 공기, 물이라는 네 가지 기본 원소로 구성된다고 믿었어. 물질의 성질도 네 가지로 분류했지. 뜨겁고, 차갑고, 습하고, 건조한 성질. 연금술사들의 논리에 의하면 지상의 모든 물체는 이런 범주로 설명이 가능했단다. 예컨대 금은 태양, 흙, 불, 뜨거움, 건조한 성질의 결합이라는 식으로 설명하면 색깔과 질감과 쓰임새가 얼추 드러나잖니. 이건 그냥 나의 추측이지만, 무슨 말인지는 알겠지?"

"예."

코니는 자기가 재닌의 말뜻을 이해했는지 확신하지 못하면서도 이렇게 대답했다.

"희한한 사고방식이에요. 그런 식으로 따지면 신도 원소들의 결합에 불과한 존재가 되잖아요?"

"그래. 하지만 중세 사람들은 그걸 잘 몰랐어. 원자와 DNA에 대한 지식이 없는 시대였으니 세계가 얼마나 이상한 장소로 보였겠니. 당시에 사람들이 원소의 성질을 탐구했던 건 세상을 더 잘 이해하고 나아가 세상을 '통제'하기 위해서였단다. 연금술에서는 재주 있는 사람들이 기본 원소와 성질을 조작하면 자연 상태의 물질을 다른 형태로 바꿀 수 있다고 믿었어. 용광로에서 금속을 녹이는 과정과 인체에서 물질이 변화하는 과정이 비슷하다고 여기기도 했지. 사람이 섭취한 음식과 물이 뼈와 근육으로 변하는 과정 말이야. 그리고 체내의 정자는 땅에 뿌려진 씨앗과 흡사하게 무에서 유를 창조하지. 따라서 '현자의 돌', 즉 '위대한 작품'을 찾으려면 순도가 가장 높은 원소들과 가장 탁월한 재능이 필요하다고 여겼단다. 말하자면 완벽한 물질과 완벽한 정신을 찾아야 했어."

코니가 이의를 제기했다.

"그렇지만 그건 다 사이비 과학이잖아요. 그걸 진지하게 받아들인 사람은 아무도 없었다고요. 적어도…… 음, 200년 동안은요!"

"글쎄, 칠튼 교수는 그게 사이비가 아니라고 주장했어. 그분이 논문을 발표할 때 나도 토론자로 참석했는데, 그건 정말 충격적인 논문이었단다. 아이작 뉴턴을 비롯한 17세기, 18세기의 유명한 화학자들이 남긴 개인적인 기록을 파헤쳤더구나. 뉴턴도 소위 '금속의 생장'이라는 주제로 연금술 연구에 심취한 적이 있거든. 금속의 생장이란 금속이 열과 압력을 받아 변화하는 과정을 식물과 동물의 성장과 연결시킨 개념이었어. 좀 전에 내가 말한 수수께끼 있잖니? 칠튼 교수님은 그 수수께끼에 언급된 물질이 탄소라는 학설을 내놓았어. 모든 생명의 기초를 이루는 탄소는 열과 압력의 세기에 따라 석탄에서 다이아몬드에 이르는 다양한 물질로 변하기 때문이래. 탄소로 만들어 낼 수 있는 물질이 하나 더 있는데, 현대과학에서도 알아내지 못하고 있지만 연금술사들의 기술을 활용하면 가능할 거라고 칠튼 교수님은 주장했단다."

"연금술사들의 기술이요?"

재닌이 조그맣게 한숨을 쉬며 말했다.

"코니, 칠튼 교수님은 '현자의 돌'이 진짜일 가능성이 있다고 주장했던 거야. 인간의 논리적 사고를 바라보는 데 있어서 연금술을 상징으로만 보지 말고 액면 그대로 받아들여야 한다는 거지."

코니는 눈을 동그랗게 떴다. 칠튼 교수가 연단에 서 있고, 슬라이드 프로젝터에서 나온 밝은 빛이 교수의 얼굴과 눈에 진홍색 돌의 이미지를 투사하는 모습이 떠올랐다. 상상 속의 칠튼 교수는 주먹으로 연탁을 탕탕 치며 뭐라고 열변을 토하고 있었지만 코니의 귀에는 청중의 웃음소리밖에 들리지 않았다. 눈을 깜박이자 상상 속의 장면은 사라졌다. 코니는 지끈지끈 아파 오는 관자놀이에 한쪽 손을 갖다 댔다.

재닌이 웃음을 터뜨리며 말했다.

"그 이야기를 하니까 나도 두통이 나려고 하는구나. 아무튼 그 학술대회가 끝나고 야외 행사가 열렸는데, 그 자리에서 동료 학자들이 칠튼 교수를 비난했어. 개중 얌전한 말은 '역사와 무관한 연구를 했다'는 거였고 심하게는 휴가나 좀 다녀오라는 충고도 있었단다."

재닌은 앞니 사이로 숨을 내쉬고 목소리를 한층 더 낮춰서 말을 이었다.

"나중에는 대학 총장이 칠튼 교수와 따로 면담을 했어. 학과장 일이 힘에 부치는지 묻기도 했다더라. 이 이야기는 너랑 나만 알고 있어야 한다."

자세를 고쳐 앉으면서 코니가 말했다.

"정말 놀라운 이야긴데요."

도무지 믿기지 않는 이야기였다. 칠튼 교수가 전에 전화에다 대고 뭐라고 했더라? '결정을 내리기 전에 내가 제안하려는 걸 들어 보시오.'라고 했다. 학과장 자리를 박탈할지도 모른다는 소리를 들었다면 그는 무척 초조해했을 것이다.

"그래. 너도 교수님 성격을 알지? 사람들이 그런 반응을 보였을 때 그분이 어떻게 받아들였을지 상상이 가니? 그건 엄청난 충격이었어."

재닌은 고개를 절레절레 흔들며 말을 이었다.

"칠튼 교수님이 평소보다 훨씬 엄격하게 구는 이유를 이제 알겠지? 그날의 일을 어느 정도 만회하고 명성을 되찾고 싶으시겠지. 중요한 연구, 독창적인 연구를 하는 우수한 제자를 추천할 수 있다면……."

재닌은 말하다 말고 손을 앞으로 내밀어 열쇠를 만져 보았다. 술집의 따스한 불빛 아래서 열쇠를 돌려 보며 그녀가 물었다.

"아름다운 열쇠로구나. 오래된 거니?"

코니는 아무 말도 하지 않고 무거운 칵테일 잔을 입술로 가져갔다. 잔의 가장자리에서 칵테일이 출렁거렸다. 코니는 재닌 실바 교수에게 들키기 전에 얼른 다른 손을 뻗어 떨리는 잔을 붙잡았다.

끽 소리와 함께 볼보가 멈췄다. 차 앞유리에 굵은 빗방울이 떨어져 얼룩지고 있었다. 코니는 가슴에 얼굴을 파묻었다. 전속력으로 달리다가 나무에 기대 쉬면서 숨을 헐떡거릴 때처럼 심장이 불규칙하게 쿵쾅거리고 있었다. 누군가 집 현관문에 괴상한 원 문양을 새겼다고 털어놓자 재닌 실바 교수는 몹시 놀라며 걱정해 주었다. '태웠다'니 그게 무슨 말이지? 너희 할머니 집 문을 반달리즘의 대상으로 삼을 사람이 누가 있어? 경찰에서는 뭐라고 하든? 그래, 신고를 했으면 더 이상은 손쓸 수가 없겠구나. 그래도 네가 그 집에서 혼자 지낸다는 게 영 찜찜하구나. 불안하진 않니?

코니는 차창 너머로 길 건너편의 상점 정면을 노려보며 눈살을 찌푸렸다. 굵은 빗방울이 자동차 후드와 지붕에 부딪쳐 팅 소리를 내더니 뱀처럼 구불구불한 자국을 남기며 유리창 위로 굴러 내려왔다. 그렇다. 그 원 문양과 나무 문짝의 검은 화상 자국에서 피어나던 연기는 '왜'라는 문제를 던지고 있었다. 경찰이 떠나고 나서 세 사람은 거실에 모여 앉았고, 샘은 때때로 초조한 듯 일어나 창가로 가서 손전등을 켜고 뜰을 비춰 보았다. 해답은 나오지 않았다. 리즈가 "경찰들 말이 맞아. 세일럼의 말썽꾸러기 아이들이 한 짓일 거야."라고 말했지만 셋 중 그 말을 믿는 사람은 아무도 없었다.

이상한 원이 나타난 이유를 밝혀내지 못하자 세 사람은 방향을 틀어 기호의 의미를 탐구하기 시작했다. 리즈가 해석해 낸 라틴어는 '나를 도와주시는 하나님'이었고, 그리스 문자인 '알파'와 '오메가'는 시작이면서 끝인 '하나님'을 뜻하는 것 같았다. 하지만 그 밖의 것들은? '아글라'라는 낱말은? 괴상한 가위표는? 여기에도 분명 의미가 있을 터였지만 세 사람은 그걸 알아낼 수가 없었다. 그러다 결국, 긴장과 공포로 지친 코니와 리즈는 위층으로 올라가서 곰팡내 나는 사주식 침대에 누웠다. 그들은 남아 있겠다고 고집을 부리는 샘을 굳이 말리지 않았다. 샘은 벽난로 옆의 팔걸이의자에 누워 손전등을 들고 선잠을 자다가 하늘에 슬금슬금 동이 터올 무렵에야 돌아갔다. 코니는 그 기억을 떠올리며 몸을 부르르 떨었다. 지금 하늘에는 먹구름이 낮게 깔려 있어 언제 천둥이 칠지 몰랐다. 소리만 들어서는 몇 블록 떨어진 곳에서 야수나 괴물이 어슬렁어슬렁 돌아다니는 것만 같았다.

'릴리스의 정원: 허브와 마법 용품'이라는 상점의 문을 열자 부드러운 징 소리가 울려 퍼졌다. 카운터 뒤에는 지난번에 봤던 귀걸이를 한 여점원이 있었는데, 오늘은 머리를 틀어 올리고 유리 진열장 위에서 영수증을 정리하고 있었다.

"신의…… 가호가 있기를!"

여점원은 코니를 보고 이렇게 말하고 나서 읽던 책을 탁 덮어 표지가 바닥으로 가도록 내려놓았다.

"아글라가 무슨 뜻이죠?"

코니는 양손을 허리에 올리고 밑도 끝도 없이 이렇게 물었다. 코니는 우스꽝스러운 귀걸이를 하고 있는 이 여자가 정말 싫었다. 그녀가 운영하는 상점의 이윤은 무고하게 죽임을 당한 사람들의 시체 위에 쌓아올린 게 아닌가. 코니는 그녀를 똑바로 쏘아보았다. 그녀는 자기 자신을 매우 친절하고 예민하고 지각력 있는 사람으로 간주하고 있는 듯했다. 하지만 코니가 보기에 그녀가 생각하는 지각력이란 순진한 믿음에 불과했다. 따지고 보면 커다란 귀걸이를 하고 있는 이 여자도 천성이 나쁜 사람은 아닐 터였다. 단지 좁고 안락한 세계에 갇혀 사는 사람일 뿐.

당황한 여점원이 금전등록기 뒤의 의자에서 몸을 빳빳이 세우며 물었다.

"뭐라고요?"

"아글라."

코니가 카운터 쪽으로 다가가면서 지나치게 크다 싶은 소리로 말했다.

"그게 무슨 뜻인지 꼭 알아야겠어요. 가위표에 둘러싸인 이상한 원 속에 그 말이 있으면 뭘 뜻하는 거죠?"

코니의 목소리에 힘이 들어갔고, 여점원은 불편해하는 기색이 역력했다. 그녀의 불편한 마음이 곧 눈에 보이는 파동으로 나타날 것만 같았다. 그녀는 코니를 쳐다보던 눈을 상점 한구석으로 잽싸게 돌리며 소리쳤다.

"모…… 몰라요!"

"누군가가 우리 할머니 집 현관문을 불태워 그런 형상을 새겨 놓았어요. 저에게 겁을 주려는 거겠죠."

코니가 이렇게 말하고 두 손으로 카운터를 짚고 서자 여점원의 눈꺼풀이 가늘게 떨렸다. 그 원이 나타난 이후로 내내 공포에 사로잡혀 있던 코니는 누군가에게 책임을 떠넘기고 싶었다. 그래서 치사하긴 하지만 여점원이 말다툼이라도 시작하기를 바라고 있었다. 그러면 코니는 얼씨구나 하고 언성을 높여, 일상생활에서는 꼭꼭 숨겨둘 수밖에 없었던 공포를 마음껏 분출할 심산이었다.

"현관문을 불로 태웠단 말이에요. 그러니 적어도 거기 새겨진 단어가 무슨 뜻인지는 알아야겠어요."

여점원은 마른침을 삼키면서 놀라움과 걱정이 뒤범벅된 눈으로 코니를 바라보았다.

"그 원이요, 어느…… 정도였나요?"

"무슨 말이에요?"

"잘못 태운 자국은 없었나요? 새긴 자국의 깊이가 들쭉날쭉하지는 않았나요?"

코니는 팔짱을 끼며 대답했다.

"아니에요."

여점원은 무슨 말을 하려다가 현명한 일이 아니라고 생각했는지 입을 다물어 버렸다. 그녀는 일어나서 코니에게 따라오라는 손짓을 했다.

"그럴 것 같더라니. 이쪽으로 와요. 나는 그게 무슨 뜻인지 모르지만 어디를 찾아봐야 할지는 알아요."

코니는 그녀를 따라 상점 뒤편 구석으로 갔다. 한쪽에 책꽂이가 있고 그 맞은편은 유효 기간이 지난 허브가 진열된, 지난번에 본 바로 그 모퉁이였다. 여점원은 책꽂이에서 두꺼운 책 한 권을 꺼내더니 책장을 휙휙 넘기며 말했다.

"있잖아요. 이곳의 마법 숭배자 무리를 내가 잘 알거든요. 그중에는 마법 3단인 사람도 있는데, 그런 경지에 도달한다는 건 정말 어려운 일이죠."

여점원은 코니의 얼굴을 살폈다. 그러나 코니의 얼굴에는 수긍하는 기색이 전혀 없었다.

"그런 무리에는 영혼을 불러내는 마법에 능한 사람이 많아요. 그래서 그들의 모임인 마녀 잔치 때 영혼을 불러내곤 하죠. 그런데 이상한 건……"

그녀는 자기가 찾은 대목을 손가락으로 훑어 내리다가 코니에게 보여 주기 위해 책을 거꾸로 돌렸다.

"내가 아는 사람 중에는 아무도………"

그녀는 잠시 망설이다가 말을 이었다.

"당신이 말한 그런 원을 만들어 내는 수준에 도달한 사람이 없거든요. 어느 집단에서 나무에 불을 붙여 원을 만든 적이 있긴 한데 그건 아주 작은 원이었어요. 그리고 그때도 불탄 자국으로 만든 원은 완전하지 않았어요. 성공하지 못했다는 거예요."

여점원이 책꽂이에서 꺼낸 무거운 책은 비술(秘術)에 관한 백과사전이었다. 코니는 그녀가 손가락으로 가리키는 항목을 들여다보았다.

> 아글라(AGLA). 비주류 신앙에서 쓰이는 하나님의 이름인 '아타 기보 레올람 아도나이(Atah Gibor Leolam Adonai)'를 가리키는 것으로 추측되는 노타리콘(notarikon: 유대교 신비주의 전통에서 어떤 종류의 문자 조합으로 새로운 문구를 만든 것-옮긴이). 경우에 따라서는 "위대한 하나님은 영원하고 전능하시다"라고 해석하기도 한다. 1615년에 발간된 연금술 서적인 『슈피겔 데어 쿤스트 운트 나투르(Spiegel der kunst und Natur)』에 '신(God)'을 뜻하는 독일어인 '고트(Gott)', 그리스 문자인 '알파'와 '오메가'와 함께 언급된 바 있다.

"기술과 자연의 대칭성."

코니가 소리 내어 말하자 근처에서 서성이던 여점원이 물었다.

"그게 뭐죠?"

코니가 미간을 찌푸리며 대답했다.

"책 제목이요. 1615년 독일에서 발간된 책이래요."

코니는 고개를 들고 여점원과 눈을 마주쳤다. 그녀의 얼굴에는 진심으로 걱정스러운 기색이 어려 있었다. 코니는 상당히 무거운 백과사전을 여자의 손에 넘겨주고 일어서서 팔짱을 끼고 생각에 잠겼다.

이윽고 코니가 곁눈질로 여점원을 바라보며 물었다.

"아무 집이나 골라서 장난으로 그런 기호를 새겨 넣을 수도 있다고 생각하세요?"

여점원은 숨을 들이쉬더니 입술을 오므리며 대답했다.

"겁을 주려는 건 아니지만, 그렇게 생각하지는 않아요. 주술로 그런 기호를 만들려면 품이 많이 들거든요. 아무 이유 없이 그런 일을 하는 사람은 없을 거예요."

두 여자는 서로를 물끄러미 바라보았다. 여점원의 눈동자가 커지고 초롱초롱해졌다. 코니에게 자기를 믿어 달라는 의지를 전하려는 듯했다. 그러나 코니의 이성은 여점원의 설명을 납득하지 못했다. 주술로 혼령을 불러낸다니! 대체 그게 무슨 뜻인데? 그렇다면 누군가의 의지로 말미암아 그 원이 저절로 생겨났다는 이야기잖아. 그건 너무나 비상식적이지 않나? 그런 거짓말을 지어내지 않아도 세상에는 불가사의한 일이 충분히 많지 않은가?

여점원이 책을 덮어 가슴팍에 끌어안으며 말했다.

"이봐요. 당신이 마녀 신앙을 믿지 않는다는 건 알아요. 당신 얼굴을 보고 읽을 수 있었어요."

코니는 굳이 아니라고 말하지 않고 얼굴을 찌푸리기만 했다. 여점원이 말을 이었다.

"하지만 원한다면 강력한 부적을 만들어 줄 수 있어요."

코니가 의심스럽다는 투로 물었다.

"뭐라고요?"

"부적이요. 집에 계신 할머니를 안전하게 지켜 드리는 부적 말이에요."

여점원이 눈썹을 추켜올리자 그녀의 눈 위에 두 개의 작은 초승달 모양이 생겨났다. 코니는 생각했다.

'결국엔 돈 이야기를 꺼내는구나. 왜 아니겠어.'

코니가 대답했다.

"우리 할머니는 20년 전에 돌아가셨어요."

책을 책꽂이에 꽂으며 여점원이 말했다.

"마음대로 하세요. 하지만 이것 하나만은 기억하세요. 당신이 어떤 걸 믿지 않는다고 해서 그게 존재하지 않는 건 아니랍니다."

코니는 "어쨌든 고맙습니다."라고 입속말로 중얼거리고는 상점 문을 향해 성큼성큼 걸어갔다. 문을 열고 밖으로 나오니 하늘에 금이 쩍 가면서 빗방울이 마치 드럼스틱처럼 땅을 똑똑 두드리기 시작했다.

몇 시간 후, 비가 그치고 나서 코니는 할머니 집에서 침묵에 주의를 기울이고 있었다. 침묵을 깨는 소리라고는 알로가 발톱으로 바닥의 소나무 널빤지를 긁어 대는 소리와 거실 창문에 드리워진 덩굴의 잎사귀들이 여름 바람에 바스락대는 소리밖에 없었다. 집 안의 공기는 여전히 숨이 막히도록 답답했다. 코니는 혹 무슨 소리라도 들리지 않나, 누군가 자신의 등 뒤에 서서 어깨 너머로 들여다보고 있지는 않나 하는 불안감에 촉각을 곤두세웠다. 자신의 심장박동 소리가 귀에 들리는 것만 같았다. 그녀는 애써 스스로를 안심시켰다.

'경찰에서도 겁낼 필요 없다고 했잖아. 집 안에는 아무도 없어. 설령 누가 있다 해도 알로가 쫓아버릴 텐데 뭐.'

그것은 무척 합리적인 생각이었지만 코니는 불과 5분 만에 고개를 홱 들고 무슨 소리가 들리나 싶어 신경을 곤두세웠다.

그녀가 앉아 있는 의자 밑에서 알로가 나타나더니 혀를 쭉 내밀며 늘어지게 하품을 했다. 코니는 아래로 손을 뻗어 알로의 어깻죽지를 긁어 주면서 한 손으로는 공책을 넘겼다.

코니가 알로에게 말했다.

"넌 왜 그렇게 느긋한지 모르겠구나. 우리가 불꽃놀이를 보고 돌아와서 태운 자국을 발견한 그날 밤에도 넌 아무렇지도 않았지. 아, 그 경찰관이 창문에다 손전등을 비췄을 때는 조금 난리를 쳤지만."

알로는 자기 몸을 긁어 주는 코니의 손이 턱까지 닿도록 몸을 옆으로 굴렸다. 그러더니 털이 북실북실한 입을 활짝 벌려 나른하게 웃었다. 코니는 머릿속에 흩어진 생각의 가닥들을 한 움큼 쥐고 일관된 논리로 엮으려고 노력했다.

'프루던스의 일기에는 딜리버런스의 치유책에 관한 언급이 없었어. 하지만 그 책이 다른 이름으로, 혹은 다른 방식으로 설명됐을지도 모른다고 엄마가 그랬지. 칠튼 교수님은 내 연구가 늦어진다고 노발대발했어. 하지만 재닌의 말에 따르면 교수님 본인의 연구가 문제라는 거지. 마법용품 상점의 여점원은 부적이 있다고 말했고. 진실한 사람 같았지만 할머니 집 현관문에 새겨진 원에 대해서는 구체적으로 알지 못했어. 친구들은 내가 이 집에 혼자 머무는 게 걱정된

다고들 하는데, 늘 초조해하던 강아지 알로는 오히려 대단히 평온한 모습으로 졸고 있단 말이지.'

코니는 의자에 발을 올려놓고 치펜데일 책상에 정강이를 붙이고 앉았다. 책상 위에는 공책이 흐트러져 있었고, 코니가 손으로 깨작거린 흐릿한 글씨들 속에서 이따금씩 단어들이 툭툭 튀어나왔다. '집,' '정원,' '연감,' '나는 집에 머물렀다.'

코니는 다시 알로에게 말을 걸었다.

"그 여자가 나한테 부적을 팔려고 했다. 웃기지?"

느리고 깊은 숨을 쉬며 자고 있던 알로가 잠결에 앞발을 씰룩거렸다. 코니는 다시 공책을 들여다보면서, 뭔가 만지작거릴 거리가 없나 하고 손으로 책상을 더듬었다. 손가락은 책상 모서리에 놓인 종이 아래 감춰진 작고 날카로운 금속성 물체에서 멈췄다. 코니는 한쪽 손으로 그 물체를 집어 들었다가, 앞뒤로 굴렸다가, 심심풀이로 꾹 누르기도 하면서 눈으로는 프루던스의 일기에서 발췌한 내용을 훑어보았다. 매일같이 프루던스는 정원일을 했고, 날씨를 기록했다. 누군가가 아팠고, 낯선 사람의 아이가 태어났다. 사례비를 받았다. 프루던스의 아버지가 사망했다. 어머니 머시가 함께 살려고 왔다. 프루던스의 남편 조사이아는 읍에 나갔다 돌아왔다를 반복했다. 어느 정도 자란 딸은 집안일을 점점 많이 맡았다. 머시가 사망했다. 패티는 이사를 갔다. 조사이아가 사망했다. 부두에서 어떤 사고가 있었다고 했다. 일기는 1798년에 갑자기 끊겼다. 코니는 그 금속성 물체에 손가락을 하나씩 갖다 대면서 눈을 가늘게 뜨고 공책을 다시 앞으로 넘겼다.

코니는 일기를 발췌한 내용을 읽어 보았다.

"1760년 12월 3일. 몹시 추웠다. 패티가 몸이 좋지 않았다. 어머니가 연감을 찾았다. 그걸 소셜 리바르에 기증했다고 이야기하자 화를 버럭 내셨다. 습포를 만들어 주었다. 패티는 나아지고 있다. 흠."

코니는 빈집을 향해 혼잣말을 했다.

"소셜 리바르(Sociall Libar)란 '공공 도서관'을 가리키는 말일까? 어떻게 생각해, 알로?"

의자 밑에서는 아무런 대답도 나오지 않았다. 아래를 내려다보니 알로는 어디론가 사라지고 없었다.

"배은망덕한 것."

코니는 이렇게 중얼거리며 공책에 대문자로 '마블헤드 또는 세일럼의 공공 도서관?'이라고 쓰고 주위에 별표를 둘렀다. 그러고는 다시 의자에 등을 기대고 무언가를 곰곰이 생각하다가 자신의 생각이 그럴싸하게 들리는지 확인하려고 중얼거렸다.

"연감."

그것은 그럴싸하게 들렸다. 코니의 입가에 미소가 번지더니 곧 얼굴 전체로 퍼져 올라가며 두 눈에도 반짝이는 빛을 던졌다. 무심코 손바닥을 내려다보던 코니는 지금까지 공책을 들여다보는 동안 손으로 만지작거리던 물체에 생각이 미쳤다.

그 물체는 단면이 불규칙한 사각형으로 된 녹슨 못이었다. 못은 크기가 작았고 아주 오랫동안 쓴 것처럼 표면이 헐어 있었다. 코니가 할머니 집 현관문을 맨 처음 열었을 때 썩은 문설주에서 떨어졌던 바로 그 못이었다. 코니는 못을 움켜쥐고 앞뜰로 나갔다.

머리 위로 뻗은 덩굴 밑에 저녁 기운이 모여들고 있었다. 맨발로 나간 코니는 이끼 낀 현관의 판석을 발끝으로 디디고 섰다. 젖은 이끼 밑으로 서늘하고 딱딱한 돌의 촉감이 느껴졌다. 날씨가 더워서 그런지 등나무 꽃들이 종잇장처럼 얇고 힘없이 늘어져 있었다. 현관문을 덮은 등나무 덩굴손들을 옆으로 밀쳐 낸 코니는 불안한 각도로 대롱대롱 매달린 말편자를 발견했다. 그녀는 현관문의 커다란 원을 물끄러미 쳐다보았다.

'도미누스 아주토르 메우스. 알파. 오메가. 아글라.'

코니는 작은 못을 쥔 손을 꽉 쥐면서 무언가를 결심했다.

"그래, 해 보지 뭐."

큰 소리로 이렇게 말한 코니는 말편자를 집 외벽의 페인트가 벗겨지고 녹이 슨 부분과 일직선이 되도록 놓았다. 그러고는 엄지손가락 끝을 이용해 휘어진 나무에 못을 찔러 넣었다. 코니는 한 발 물러나 팔짱을 끼고 집을 올려다보았다. 그러자 집은 찬성의 뜻을 표하는 것처럼 코니를 마주보았다.

코니는 어느 결엔가 그녀의 발치에 나타난 알로를 향해 짓궂게 웃으며 말했다.

"신의 가호가 있기를."

14장

매사추세츠 주, 마블헤드
1991년 7월 중순

할머니 집에서 편안하게 지내려고 갖은 노력을 했는데도 코니는 노상 부엌에만 있는, 아니 숨어 있는 자신의 모습을 발견하곤 했다. 그녀의 활동 범위가 무척 좁은 건 나무로 만든 아이스박스 때문이기도 했다. 언제든 뚜껑을 들어 올리라고 유혹하는 듯한 아이스박스는 무더운 한여름에 시원한 공기를 쐴 수 있는 유일한 곳이었다. 코니는 연구와 관련된 공책은 거실에 있는 할머니 책상에만 두었고, 늦은 밤에는 위층의 사주식 침대에서 잠을 잤고, 집 안의 나머지 부분을 돌아다닐 때는 걸음을 빨리 했다. 그러나 부엌에서는 싱크대에 물을 흘려보내기도 하고 조리대에서 채소를 썰기도 하면서 얼마간 시간을 보냈다. 부엌에 있을 때면 중압감이 한결 덜했다. 이대로는 판매가 불가능한 집을 새로 태어나게 한다는 건 어마어마한 과제였지만, 일단 부엌은 좁았으므로 그나마 유한하고 끝이 보이는 일로 다가왔다. 부엌의 설비들도 고풍스럽긴 했지만 적어도 지금이 20세기라는 걸 알려 주고는 있었다. 누가 뭐래도 코니는 20세기에 속한 사람이 아닌가. 오늘 아침에도 코니는 가느다란 한쪽 팔로 아이스박스 뚜껑을 받치고 기대앉아, 아이스박스 밑바닥에서 안개처럼 올라오는 냉기를 쐬려고 턱을 쑥 내밀었다. 그러자 차가운 공기가 촉촉한 두피에 스며들어 귀 뒤쪽의 틈새까지 파고들었다.

그날 아침따라 차분하고 집중이 잘되었다. 그날의 계획도 다 세운 상태였다. 코니는 계획을 확실하게 세워 놓을 때 기분이 최고로 고조되곤 했다. 집 안에 있으면 늘 불안했지만, 뒤뜰로 통하는 반투명 문과 오래된 유리병으로 가득한 선반이 있는 좁은 부엌에 서 있을 때면 조금은 용기가 났다. 아침마다 유리병 몇 개를 열고, 바싹 마르고 시커먼 내용물을 뒤뜰 한구석의 퇴비더미에 쏟아 버리는 습관도 생겼다. 텅 빈 유리병은 잘 닦은 후 뚜껑을 열어 뒤뜰과의 경계를 이루는 단에 늘어놓고 말렸다. 반투명 문 너머로 줄지어 늘어선 유리병들을 바라보면 기분이 좋아졌다. 점점 높아지는 퇴비더미와 날마다 줄어드는 부엌 선반의 유리병들은 코니의 달력인 셈이었다. 벌써 부엌 선반의 맨 아래칸을 모두 비웠다. 선반에 남은 먼지를 닦아 내고 걸레에 묻은 먼지를 싱크대 배수구로 흘려보낼 때면 작은 일 하나를 끝냈다는 안도감을 만끽할 수 있었다.

코니는 약간 후회스러운 심정으로 아이스박스를 닫고 그날 아침에 닦을 유리병을 고르기 위해 선반으로 눈을 돌렸다. 바삭바삭해진 라벨이 붙어 있는 중간 크기의 병 세 개가 마침 눈높이에 있었다. 코니는 그 병들을 하나씩 꺼내 팔과 허리 사이에 끼웠다. 그런데 마지막 병을 꺼내려던 손가락에 정체 모를 물체가 만져졌다. 선반 가장자리로 끌어당겨 보니 그것은 작은 회색의 평범한 금속제 상자였는데, 런치박스에 있는 것과 같은 죔쇠가 달려 있을 뿐 자물쇠는 없었다. 코니는 상자를 선반에 놓아둔 채 세 개의 유리병을 퇴비더미까지 가져갔다가 잠시 후 돌아와 젖은 손을 반바지에 문질렀다.

코니는 금속제 상자를 두 손으로 잡고 죔쇠를 열었다. 상자 안에는 두꺼운 메모카드가 들어 있었는데, 첫 번째 카드에는 희미하게 기억나는 외할머니의 빽빽한 글씨로 '키라임 파이(연유와 라임으로 만든 미국의 전통요리-옮긴이)'라고 쓰여 있었다. 코니는 혼자서 조용히 킥킥거렸다.

"라드(돼지기름-옮긴이)."

카드에 적힌 단어를 소리 내어 읽은 코니는 느끼한 돼지기름을 떠올리며 혀를 쏙 내밀었다. 어차피 부엌에는 아무도 없지 않은가. 코니는 금속제 상자를 옆으로 밀어 놓고 카드를 한 장씩 넘기며 할머니가 펜으로 쓴 조리법을 살펴보았다. 토마토 젤리, 돼지 안심구이, 콩과 프랑크푸르트 소시지로 만든 캐서롤. 이만하면 1950년대 요리치고는 신식이라 할 수 있었다.

'이 레시피 카드들을 잘 간직했다가 이제는 채식주의자가 된 엄마에게 보내야겠다. 그러면 엄마가 어릴 때 뉴잉글랜드에서 먹던 요리가 생생하게 떠오르겠지?'

문득 떠오른 장난스러운 생각에 즐거워하던 코니는 손목시계를 들여다본 후 레시피 카드들을 반바지 뒷주머니에 쏙 집어넣었다. 그녀는 가방을 집어 들고 문을 쾅 닫은 후 세일럼 도서관으로 향했다.

오후 내내 노스쇼어에 있는 각종 역사협회에 일일이 전화를 걸어본 결과, 코니는 세일럼에 한때 '공공 도서관(Social Library)'으로 불리던 시설이 있었다는 사실을 알아냈다. 18세기에 어떤 신사 사교클럽의 자매기관으로 설립된 이 도서관은 수년간 회원들이 터무니없이 비싼 회비를 내고, 세일럼의 부유한 상인들이 해외에 나가서 입수한 책을 기증한 덕택에 유지됐다. 그러다가 '공공 도서관'은 1810년 과학기술 전문 사립도서관인 '철학 도서관(Philosophical Library)'과 합병되어 '세일럼 문예진흥원(Salem Athenaeum)'으로 재탄생했다. 세일럼 문예진흥원이 19세기 내내 성공적으로 운영됐다는 사실을 알았을 때 코니는 놀랍기도 하고 반갑기도 했다. 선박건조업이 쇠퇴하면서 세일럼은 주요 항구도시로서의 명성을 점차 잃어가다가 보스턴과 볼티모어 그리고 캐롤라이나 주의 도시들에 완전히 자리를 내주게 된다. 그러나 그 시절에도 그 문예진흥원은 학문의 조류에서 점점 뒤처지는 줄도 모르고 잘만 굴러갔던 모양이다. 1907년에 건설된 '새로운' 문예진흥원 건물 맞은편에다 볼보를 가까스로 주차하면서 코니는 뉴잉글랜드 사람들의 철저한 절약정신의 근간을 이루는 현상유지에 대한 헌신에 새삼스레 애정을 느꼈다.

코니는 햇볕이 잘 들고 시설이 훌륭한 열람실의 좌측에 있는 책상으로 다가갔다. 열람실에 손님이라고는 후면 발코니에서 한쪽 팔로 지팡이를 짚은 채 레모네이드를 마시는 노신사 한 사람밖에 없었다. 책상에서는 젊은 여자 사서가 뜨개질을 하다가 매듭을 짓고 있었다.

"실례합니다."

코니가 속삭이듯 말하자 젊은 사서는 그녀를 쳐다보며 빙그레 웃었다. 그녀는 뜨개질감을 치우고 일어나 코니와 악수를 하며 말했다.

"굿윈 양이죠?"

코니는 흠칫 놀랐다. 사서가 목소리를 낮추지 않았기 때문이다. 게다가 사서의 책상 위에는 차 한 잔이 놓여 있었다. 도서관에서 으레 맡을 수 있는 나무 냄새와 책 냄새에 상큼한 레몬 향이 배어들고 있었다.

"오늘 아침에 전화하셨죠? 로라 플러머라고 해요."

"안녕하세요."

사서의 친절한 환대에 기분이 좋아져서 코니도 미소를 지으며 인사했다. 사립 도서관의 사서들은 신경과민 상태의 대학원 학생들보다 어린이와 노인들을 많이 만난다. 그러니 사근사근한 태도를 유지하기가 더 쉬울 수밖에.

플러머 양이 코니를 서가 출입문 쪽으로 안내하면서 물었다.

"우리 도서관의 초창기 장서 중에 한 권을 보고 싶다고 하셨죠?"

코니가 고개를 끄덕이며 대답했다.

"예. 그게 연감이라는 건 확실한데…… 저는 그 연감의 행방을 추적하고 있었거든요. 그게 '공공 도서관'에 기증됐다는 믿을 만한 근거를 찾았답니다."

플러머 양은 걸음을 옮기면서 탁 하고 스위치를 눌러 전등을 켰다. 좁은 책꽂이 사이에서 코니는 요즘 할머니 집 부엌에서 느낀 것과 비슷한 아늑하고 편안한 느낌을 받았다. 이 갈색 표지의 책들 중 하나가 딜리버런스의 약 레시피를 담은 책이라고 생각하니 흥분에 몸이 살짝 떨리기도 했다.

'잘하면 한 시간 내에 찾을 수도 있어.'

그때 플러머 양이 말했다.

"이쪽이에요."

플러머 양은 코니와 나이 차가 많지 않아 보였다. 코니는 작고 둥근 깃이 달린 블라우스와 주름치마를 산뜻하게 차려입은 그녀를 '로라'라는 이름과 연결시키기가 쉽지 않았다. 플러머 양은 책꽂이 맨 뒤쪽 벽에 꽂힌 얼마 되지 않는 책들을 가리키며 말했다.

"공공 도서관은 15년에서 20년 동안만 단독으로 운영되다가 보스턴 문예진흥원으로 통합됐어요. 공공 도서관의 장서는 당시 기준으로는 대단히 많았다고 하는데 오늘날의 기준으로 보면 그저 소박한 수준이지요. 설교집과 소설이 대부분이고 연감이랑 항해안내서 같은 책도 몇 권 있어요. 나는 입구 쪽에 앉아 있을 테니까 필요하면 그리로 와요."

플러머 양은 미소를 지으며 나갔다. 코니는 가방을 발밑에 툭 떨어뜨린 후 손가락을 배배 꼬았다가, 쭉 폈다가, 딱딱 꺾었다.

몇 시간이 지났다. 코니가 맨 먼저 한 일은 도서목록에 프루던스 바틀렛이나 머시 램슨이나 딜리버런스 데인의 이름이 기증자나 저자로 올라 있는지 확인하는 것이었다. 그들의 이름은 도서목록에 없었다. 다음으로는 도서목록 카드를 한 장씩 넘기며 '연감'이라는 단어를 찾았다. 하지만 연감이라는 단어가 들어가는 모든 책은 하나같이 주류 출판사가 펴낸 유명한 책이었다. 농부들을 위해 날씨를 알려 주고 농사법을 안내하는 연감. 벤자민 프랭클린의 금언이 수록된 『가난한 리처드의 연감(Poor Richard's Almanack)』도 한 권 있었다. 그러나 특별히 오래된 책이나 직접 손으로 쓴 책은 없었다. 크게 낙담한 코니는 책꽂이에 꽂힌 책의 제목을 하나하나 검토했고, 마침내는 '연감' 코너에 있는 책들을 하나씩 꺼내 속표지를 확인했지만 소득은 없었다.

코니는 의기소침해져서 서가를 빠져나왔다. 공책과 펜을 잔뜩 집어넣은 불룩한 가방이 여느 때보다 더 무겁게 어깨를 짓눌렀다. 코니는 엄지손가락으로 가방 끈 밑을 받치고 사서 플러머 양의 책상 앞으로 갔다.

"죄송하지만요……."

코니의 말에 플러머 양이 웃으며 고개를 들었다. 그녀의 미소 덕택에 코니의 가방이 약간은 덜 무거워지면서 어깨도 한결 거뜬해지는 기분이었다.

"왜요? 원하는 책은 찾았나요?"

코니가 한숨을 쉬며 대답했다.

"없는 것 같네요. 혹시 소장 도서를 매각한 적이 있었나요? 그 책이 이곳에 기증됐다는 건 확실한데, 누가 그걸 훔쳐가거나 하지는 않았을 테고……."

"매각이야 자주 하죠. 보통은 상태가 나쁜 소설 같은 문학책들을 몇 년간 보관하고 있다가 매각해요. 보다시피 서고 공간이 한정돼 있으니까요. 서류를 한번 찾아보죠."

플러머 양은 일어서서 책상 뒤쪽에 있는 커다란 서류 캐비닛 쪽으로 몸을 돌렸다. 그러고는 캐비닛의 서랍을 열며 코니를 격려했다.

"찾을 수 있을 거예요."

코니는 속으로 대답했다.

'부디 그러면 좋겠어요.'

이번에도 실패하면 칠튼 교수에게 뭐라고 말할지 막막하기만 했다.

플러머 양이 빛바랜 서류철을 넘기며 말했다.

"여기 기록이 있네요. 1877년에 최초로 대규모 매각을 진행했군요. 열람 기록이 한 번도 없는 책들을 새킷(Sackett)에 의뢰해 경매했다고 나와 있어요."

플러머 양은 고개를 들고 "새킷은 보스턴에 있는 경매회사예요. 크리스티나 소더비 같은 거죠."라고 덧붙인 후 서류철을 덮고 코니를 바라보며 말했다.

"매각된 책들의 제목은 기록되어 있지 않네요. 하지만 새킷에는 기록이 남아 있을 거예요. 보스턴의 공공기관들이 기록 보존을 얼마나 중요시하는지 알죠?"

코니는 에섹스의 유언검인과에서 겪은 일을 떠올리며 소리 죽여 키득키득 웃었다.

서류철을 책상 뒤의 서랍에 도로 집어넣는 플러머 양에게 코니가 말했다.

"도와주셔서 고맙습니다."

코니가 발길을 돌려 나가려고 할 때, 젊은 사서는 자리에 앉아 다시 뜨개질감을 집어 들며 밝은 어조로 말했다.

"꼭 찾을 수 있을 거예요."

어떤 이유에선지 몰라도 코니는 그녀의 말을 믿었다.

여름날 오후, 가방을 옆구리에 끼고 세일럼 공유지를 향해 걸어

가면서 코니는 재닌과 나눈 대화를 다시금 떠올렸다. 학부생 시절 코니는 18세기 미국 약학의 전문화 과정을 다룬 매닝 칠튼 교수의 독창적인 저서를 읽고 그의 밑에서 박사학위를 따고 싶다는 생각을 했다. 칠튼 교수는 지적인 역사가의 눈으로 과학을 바라보았다. 과학은 시대를 초월하는 진리들의 집합이 아니라 역사적 맥락 속에서 형성된 하나의 세계관이라는 입장이었다. 더욱이 칠튼 교수는 숨 가쁜 시대의 격류를 다루면서도 역사 속의 개개인에게 무심하지 않았다. 피가 뚝뚝 흐르는 수술용 칼을 든 의사들, 초조해하는 산파들, 우편 주문을 받는 아편 밀매상들이 칠튼 교수의 유려한 문장 속에서 생생하게 되살아났다. 그의 역사책에 나오는 인물들이 코니에게는 기숙사 복도에서 마주치는 학생들이나, 대학 주변의 거리에 드문드문 자리 잡은 거지들과 다를 바 없는 진짜 인물로 느껴졌다. 옛날 어부들이 보트 밑에 바닥이 유리로 된 양동이를 박아 넣고 수심을 측정했던 것처럼, 칠튼 교수는 현재 시점에서 과거를 훤히 꿰뚫어보는 탁월한 능력을 지니고 있었다.

칠튼 교수가 연금술에 관심을 기울이는 건 충분히 있을 법한 일이었다. 연금술은 세심하게 갈고 닦은 기술을 이용해 초월성을 추구하는 학문이 아니던가. 연금술사들은 화학을 비롯한 과학 지식을 도구 삼아 현실을 뛰어넘으려 했다. 재닌의 설명에 의하면 가히 영적인 탐구라 할 만했지만 그 성과는 이론적인 영역에 머물렀다. 연금술은 무에서 출발해 가치와 아름다움을 창조하려 했던 것이다. 무한한 가능성을 숨기고 있는 미지의 물질. 그것은 연금술사들의 믿음에 불과했을까? 그들은 인내를 가지고 충분히 훈련하고 연구하면 그 신비로운 가능성을 밝혀낼 수 있다고 믿었다. 숙련된 명인이 정확한 공식을 활용하면 '현자의 돌'을 얻을 수 있고, 그렇게만 되면 모든 것이 가능해진다고 믿었다. 부, 수명 연장, 문명의 발달.

'부'라! 코니는 얼굴을 찌푸리며 생각에 잠겼다. 칠튼 교수는 논문에서 '현자의 돌'이란 원재료인 탄소를 여태껏 인류가 상상하지 못한 방법으로 변형한 거라고 주장했다고 재닌이 말했지. '현자의 돌'이란 귀중하지만 지금은 값어치가 없고, 누구나 알고 있는 미지의 물질이라고 했어. 생명을 이루는 물질.

코니는 정신없이 생각하다가 걸음을 멈췄다. 재닌의 짐작과 달리 칠튼 교수님은 학자로서의 명성만 걸고 도박을 하고 있는 게 아닐지도 몰라. 교수님은 나이가 많이 들었고 은퇴할 날이 얼마 남지 않으셨지. 하버드 대학 역사학과 학과장이라는 자리에도 오르셨어. 명예란 명예는 이미 다 가지셨단 말이야. 어쩌면 명예를 넘어선 무언가를 원하시는 건지도…….

이런 생각을 하면서 가만히 서 있던 코니는 교회로 이어지는 길 위에 드리워진 격자무늬 그림자를 멍하니 보았다. 지금 교회에서는 샘이 첨탑 아랫부분의 원형천장에 금박을 입히고 있을 터였다. 코니는 연구에 너무 몰두한 나머지 날짜도 잊어버릴 지경이었다. 샘과는 밤마다 5분씩 통화를 했지만 할머니 집 대문에 이상한 원이 나타난 날 이후로는 얼굴을 본 적이 없었다. 코니는 샘의 모습을 그려 보았다. 철재 비계에 한쪽 다리를 걸치고, 몸에 밧줄과 케이블을 칭칭 감고, 손등에는 금도금 액을 방울방울 묻히고, 뻣뻣한 붓을 머리 위로 놀리느라 이마에도 금색 점이 몇 군데 찍혀 있는 샘! 코니는 지난 며칠간 자기가 샘을 얼마나 그리워했는가를 불현듯 깨닫고, 당장이라도 방향을 틀어 교회로 향하고 싶은 강렬한 충동을 느꼈다.

샌들을 신은 양발에 체중을 번갈아 실으며 길모퉁이에서 한동안 서성거리던 코니는 마침내 스스로에게 타협안을 내놓았다. 샘의 일을 방해하지 말고 이따가 저녁에 전화를 걸어서 만날 약속을 잡자고. 스스로 납득할 만한 결론이 나오자 코니는 공유지 쪽으로 계속 걸어가며 다시금 칠튼 교수 생각에 빠져들었다.

재닌의 말처럼 칠튼 교수가 다른 곳도 아닌 학술 발표회에서 연금술을 문자 그대로 받아들여야 한다고 주장했을지라도, 그가 납을 금으로 바꿀 수 있다는 식의 터무니없는 이야기를 했을 리는 없었다. 무슨 럼펠스틸스킨(그림형제 동화에 나오는 난쟁이-옮긴이)도 아니고……. 코니는 마법의 주괴에 둘러싸인 난쟁이가 물레를 돌려 지푸라기에서 금을 뽑아내는 장면을 떠올리며 혼자 빙그레 웃었다. 그건 아냐. 교수님에게는 다른 뜻이 있었을 거야. 그게 뭘까? 어떤 물질, 혹은 개념인가? 대관절 칠튼 교수는 무슨 뜻으로 '현자의 돌'을 언급한 걸까?

세일럼 공유지가 눈앞에 펼쳐져 있었다. 나무가 없이 민숭민숭해서 더위에 땅이 갈라지고 열기가 아롱거리는 곳이 더러 있었다. 코니는 가지 밑으로 짙은 그늘을 드리운 나무 한 그루를 발견하고 허리를 구부려 그늘에 핀 민들레를 꺾었다. 하얗고 부드러운 솜털을 윗입술에 가져다 대고 지그시 눈을 감았다.

'부디 새킷 경매회사에서는 딜리버런스의 책이 어디로 갔는지 알아낼 수 있게 해 주세요.'

코니는 소원을 빌면서 뜨거운 입김을 내뿜었다. 하지만 눈을 떠보니 지저분하고 끈적끈적해 보이는 홀씨들은 하나도 날아가지 않고 여전히 꽃줄기에 딱 붙어 있었다. 코니는 민들레를 내던져 버리고 나무 밑 그늘로 들어가 가방을 내려놓고 털썩 주저앉았다.

그늘에 앉아 있으려니 반바지 뒷주머니 안에서 뭔가가 살을 눌러서 불편했다. 뭔지 알아보려고 뒷주머니에 손을 넣어 그 거치적거리는 물체를 꺼내 보니, 그날 아침 할머니 집 부엌에서 찾아낸 레시피 카드 묶음이었다. 소피아 할머니의 목소리로 가득 찬 봉투를 열어 보면 산타페의 엄마는 어떤 반응을 보일까? 코니는 빙그레 웃으며 맨 위에 놓인 카드를 뒤로 넘기고 다른 레시피로 눈을 돌렸다. 두 번째 카드에는 '치킨 프리카세(송아지나 닭고기를 잘게 썰어 스튜 또는 찜으로 한 요리-옮긴이)'라고 쓰여 있었다.

> 신선한 닭고기를 준비해서 털을 제거하고 끓는 물에 삶은 후 당근과 셀러리를 넣어 끓인다. 소금과 후추로 간을 맞추고, 크림과 닭 삶은 국물을 약간 곁들인다. 6시간 소요. 흰 쌀과 함께 먹으면 좋음.

레시피를 읽던 코니는 밀크 스트리트 집의 부엌에서 은발이 다 된 머리를 뒤로 넘긴 할머니가 굵어진 허리를 주름 잡힌 손등으로 짚고 부글부글 끓는 냄비에 긴 나무 스푼을 집어넣는 모습을 떠올렸다. 상상 속 추억의 장면에 닭고기 익는 냄새가 퍼져 갔다. 코니는 할머니가 어깨 너머로 그녀를 돌아보며 '한 시간만 더 기다려라.'고 말하며 미소 짓는 모습을 마음의 눈으로 보았다.

코니는 그 카드를 맨 뒤로 넘기고 새로운 카드를 들여다보았다.

다음 카드의 요리는 '데친 가재'였다.

살아 있는 가재를 싹싹 씻어 펄펄 끓는 소금물에 집어넣고 냄비 뚜껑을 꽉 닫는다. 통증에 쓰려면 마요라나(박하와 비슷한 요리용 식물-옮긴이)를 첨가한다. 가재가 분홍색으로 변할 때까지 끓이는데, 익히는 시간은 가재의 크기에 따라 달리한다. 레몬 한 조각과 녹인 버터를 곁들이고, 호두까기 도구를 이용해 껍질을 벗겨 먹는다.

코니는 샌들을 양쪽 다 벗고 잔디밭에 배를 깔고 엎드렸다. 레시피 카드를 손에 들고 있노라니 할머니보다 나이가 많은 턱수염 기른 남자의 모습이 떠올랐다. 허옇게 탈색된 선장 모자를 쓴, 얼굴이 햇볕에 그을리고 눈에는 주름이 자글자글한 남자가 한 손으로 부엌의 반투명 문을 두드렸다. 할머니는 빗자루를 지금과 똑같은 구석으로 치워 두고 한쪽 엉덩이로 스크린도어를 받치면서 남자가 내미는 거칠거칠한 나무 상자를 받아들었다.

'그 사람들한테 매번 미안하네요.'

할머니의 말에 나이든 남자가 대답했다.

'이번 주엔 넉넉히 잡았다오, 소피에르.'

코니는 작은 소리로 외할머니 소피아를 불러보았다.

"할머니."

손에 쥐고 있는 몇 자 안 되는 글씨를 가지고, 기억조차 희미한 할머니에 대해 어떻게 이런 장면들을 상상할 수 있었을까? 다소 의아해하며 다음번 레시피 카드를 보니 '토맷에 특히 효과가 좋음'이라고 쓰여 있었다. '토마토'를 '토맷'이라고 발음하는 할머니의 목소리가 귓가에서 울리는 듯도 했지만, 제목 밑에 쓰인 글씨는 얼른 알아볼 수가 없었다. 코니는 몸을 구부려 카드를 코앞까지 가져와서, 서둘러 쓴 것 같은 글자들을 읽으려고 눈을 가늘게 떴다. 코니는 잔디밭에 올려놓은 두 손으로 카드를 잡고 입속말로 웅얼거리며 한 글자씩, 한 번에 한 음절씩 조합하며 읽었다.

"파테르 인 …… 카엘로(Pater in …… caelo)."

코니는 할머니가 어떻게 해서 라틴어로 된 레시피를 가지고 있었는지 궁금해하며 계속 읽어 나갔다.

"테 오로 엣 옵섹…… 옵세크로 인 벤…… 베니그니타테 투아(Te oro et obsec…… obsecro in ben…… benignitate tua)."

코니는 미간을 좁히며 카드를 꽉 쥐었다. 가시투성이 쐐기풀에 찔린 것처럼 손바닥이 따가웠기 때문이었다.

"웃 시나스 항크 헤르밤, 벨 리그눔(Ut sinas hanc herbam, vel lignum)."

손바닥은 더욱 뜨거워졌고, 따가운 느낌도 고통스러울 정도로 커졌다. 게다가 레시피 카드에서 동그랗고 푸르스름한 빛이 나는 게 아닌가! 코니는 정신없이 눈을 깜박였다. 거짓말 같은 아픔에 얼굴을 찌푸린 채 카드를 마저 읽었다.

"벨 플란탐, 크레세레 엣 비게레 카테나 템포리스 논 빙탐(Vel plantam, crescere et vigere catena temporis non vinctam)."

푸르스름한 빛이 코니의 손바닥 사이에서 점점 작아져 깜박이는 구체로 압축되더니, 바지직거리는 전류가 생겨나 바닥에 떨어진 마른 민들레 홀씨로 들어갔다. 코니는 얼떨결에 입을 벌리고 눈을 동그랗게 떴다. 민들레 홀씨가 떨리고, 부풀고, 부글거리더니 가늘고 약한 줄기가 위로, 위로, 위로 자라나 맨 끝에서 노란 꽃이 피어난 것이다! 눈앞에 펼쳐지는 광경을 코니가 제대로 이해하기도 전에 노란 민들레꽃은 펑 하고 터져서 흰색 홀씨로 바뀌었다.

소스라치게 놀란 코니는 민들레를 뚫어져라 바라보았다. 두 손이 아래로 툭 떨어졌다. 방금 전까지 느꼈던 통증은 나타날 때와 마찬가지로 순식간에 사라졌다. 구름처럼 하얗고 부드러운 민들레 홀씨는 때마침 불어온 바람에 날려 위로 올라가고 사방으로 흩어져 흔적도 남지 않았다.

"오, 맙소사."

코니는 그 자리에 얼어붙고 말았다. 수명을 다한 민들레 줄기는 갑자기 시들어 원래의 고향인 대지로 돌아갔다.

제2부

체와 가위

태초에 말씀이 계시니라. 이 말씀이 하나님과 함께 계셨으니, 이 말씀은 곧 하나님이시니라.
그가 태초에 하나님과 함께 계셨고.

-「요한복음」 1장 1-2절

또 내가 네게 이르노니, 너는 베드로라. 내가 이 반석 위에 내 교회를 세우리니, 음부의 권세가 이기지 못하리라.

-「마태복음」 16장 18절

15장

매사추세츠 주, 마블헤드

1991년 7월 중순

레시피 카드 여러 장을 식탁 위에 열을 맞춰 놓았다. 혼자서 카드 놀이라도 하는 것처럼. 코니는 석유램프의 심지를 조절해 주황색 불빛을 더 밝게 만든 다음 방패 모양 등받이가 달린 의자 하나를 빼 내, 두 손은 다리 밑에 깔고 어깨는 귀까지 끌어올린 자세로 식탁 앞에 앉았다. 대부분은 단순한 레시피 카드였다. 데친 가재 요리, 파이 몇 종류, 갖가지 캐서롤, 닭고기 요리 등. 날마다 쓰는 주방용품이 모두 그렇듯 이런 카드에는 하나같이 밀가루가 묻어 있고 손가락 자국도 나 있었다. 그러나 단순한 레시피 카드가 아닌 것도 있었다.

코니는 다시 일어서서 식당 안을 거닐었다. 이렇게 왔다갔다 한 지가 벌써 한 시간째. 식탁 앞에 앉았다가도 좀 처럼 마음이 가라앉지 않아서 벌떡 일어나곤 했다. 기운을 다 써 버려서 그런지 정맥 안에서 요동 치는 혈액이며 울렁거리는 신경이며 가슴속에서 솟구치는 아드레날린이 불편하리 만치 생생하게 느껴졌다.

레시피와 무관한 카드는 세 장이었다. 코니는 식탁 위에 따로 놓아둔 세 장의 카드를 경계하는 눈빛으로 바라보았다.

물론 이런 경우에는 이성적으로 행동해야 한다. 공포에 질려 세일럼 공유지를 허겁지겁 뛰쳐나와 볼보를 요란하게 몰면서 집으로 돌아온 코니는 '민들레 사건은 우연일 뿐'이었다고 꽤나 명확한 언어로 스스로를 설득했다. 그때 난 긴장하고 있었고, 겁을 먹고 있었어. 게다가 요즘 혼자 보내는 시간이 너무 많지 않았나? 코니는 안전한 곳에서 냉철하게 조사해 볼 요량으로 식탁 위에 카드를 늘어놓았던 것이다.

코니는 탁자 앞으로 걸어가 '토맷에 특히 효과가 좋음'이라는 제목이 붙은 카드를 집어 들었다. 그러고는 이맛살을 찌푸린 채 그 카드를 가지고 나가서 금이 간 중국산 도자기 화분 속의 말라죽은 식물 옆에 쪼그려 앉았다. 우스운 짓이라고 생각하면서도 코니는 한 손으로 죽은 식물을 가리키면서 카드에 쓰인 낱말들을 소리 내어 읽었다.

아무 일도 일어나지 않았다.

코니는 계단에 모습을 드러낸 알로에게 말했다.

"봤지? 다 피곤해서 그랬던 거야. 쉽고 단순한 설명이지."

그러자 알로가 코니를 쳐다보았다. 알로의 털에 계단에 칠해진 페인트 색깔이 군데군데 섞여 있었다. 코니는 알로를 물끄러미 바라보다가 일어서서 식당으로 돌아갔고, 알로는 코니를 쫄래쫄래 따라갔다.

코니는 다시 천장에 걸린 말라죽은 거미식물(spider plant: 백합과 클로로피툼 속에 속하는 아프리카산 식물-옮긴이) 화분 앞에 섰다. 워낙 오래전에 죽은 거미식물이어서 손으로 잎사귀를 건드리기만 해도 부서져 가루가 될 것 같았다. 잎사귀 사이사이에는 찢어진 거미줄이 남아 있었다. 당연히 거미들도 죽은 지 오래였다. 화분 안의 흙은 수분이 완전히 말라 버린 상태였는데, 죽은 뿌리의 단단한 마디와 화분 가장자리 사이로 흙이 갈라져서 생긴 깊은 틈새가 보였다.

코니는 카드를 옆으로 치우고 죽은 거미식물에 정신을 집중하며 혼잣말을 했다.

"좋아."

코니는 두 손을 높이 들고 손가락을 펼쳐 거미식물 주위를 동그랗게 감쌌다. 눈썹을 살짝 찌푸리고 구의 중심점에 정신을 모았다. 구의 중심점은 화분 안에서 부서져 가는 흙 속에 있었다.

"파테르 인 카엘로(하늘에 계신 아버지)."

이렇게 중얼거리는 순간 뜨겁고 따끔한 감각이 양쪽 손바닥에 퍼졌다. 코니는 계속해서 읽어 나갔다.

"테 오로 엣 옵세크로 인 베니그니타네 투아(당신의 자비하심을 믿고 간구합니다)."

코니의 쭉 뻗은 손가락 사이에서 옅은 푸른색 광채가 나타나 소용돌이치며 구 모양을 만들었다. 신경이 팔딱팔딱 뛰고 뚝뚝 끊어지는 것처럼 고통스러웠다.

"웃 시나스 항크 헤르밤, 벨 리그눔, 벨 플란탐, 크레세레 엣 비게레 카테나 템포리스 논 빙탐(이 식물과 허브들이 자라고 강해져서 세월의 사슬에 묶이지 않게 하소서).”

낭독을 마치자 푸르게 빛나는 구체가 더욱 단단하게 뭉치는가 싶더니, 코니의 손가락 끝에서 톱날처럼 깔쭉깔쭉한 광선이 바지직거리며 빠져나와 도자기 화분의 한가운데로 들어갔다. 그 순간 말라죽은 거미식물의 잎사귀들이 촉촉하게 되살아났다. 검은 잎사귀 밑에서 싱싱하고 윤기 나는 초록빛 생명이 올라오고, 색깔이 돌아온 잎사귀들이 꿈틀거리며 쑥쑥 자라나고, 작고 연약한 새싹이 돋아나고, 급기야는 화분 위와 가장자리 너머로 어린 잎사귀가 새로 돋아났다. 코니는 높이 들고 있던 두 손을 옆구리로 내렸다. 촉촉한 흙냄새가 진동하는 가운데 무성하게 자란 거미식물이 후텁지근한 저녁 공기 속에서 가볍게 흔들리고 있었다.

코니는 비틀거리며 뒤로 물러섰다. 숨을 몰아쉬느라 헥헥거리며 손으로는 몸을 기댈 식탁을 찾았다. 눈에 뜨거운 눈물이 고였다. 어찌나 기겁을 했는지 숨을 한 번 내쉴 때마다 날카로운 흐느낌 소리를 내고 있었다. 드디어 방패 모양 등받이 하나가 손에 잡혔다. 그것을 얼른 끌어당기지 않았다면 몸을 가누지 못하고 쓰러졌을 것이다. 모든 게 다 끔찍했다. 코니는 두 팔로 배를 감싸고 몸을 앞으로 구부려 이마를 무릎 위에 올렸다. 숨소리는 토막토막 끊어져 딸꾹질 섞인 흐느낌으로 변하고 있었다.

머릿속에서는 각기 다른 여자 얼굴이 그려진 커다란 퍼즐 조각들이 마구 돌아다녔다. 조각들이 빙빙 돌고 서로 끌어당기다가 차츰 완전한 그림을 이루었다. 외할머니의 얼굴이 눈앞에 둥둥 떠다녔다. 진회색 머리를 야무지게 묶고 창백한 눈을 빛내는 할머니. 뜰에서 따온 알이 굵고 윤기 나는 토마토 하나를 치켜든 할머니. 그 그림은 스르르 녹아 없어지고, 머리에 새하얀 리넨 두건을 쓰고 어깨는 소박한 청교도식 옷깃으로 덮은 볼이 발그레한 젊은 여자가 나타났다. 딜리버런스였다. 아니, 코니가 상상한 딜리버런스의 모습이었다. 그녀는 커다란 책을 펼쳐 놓고 읽으며 입술을 움직이고 있었지만 소리는 들리지 않았다. 다음으로는 햇볕에 그을린 얼굴에 실내용 모자를 쓴 초췌하고 피곤해 보이는 여자가 나타났다. 프루던스였다. 그녀는 탁자 맞은편에 앉은 사람의 손에 꾸러미를 넘겨주었는데 그 사람의 얼굴은 보이지 않았다. 마지막으로 그레이스가 나타났다. 생머리를 어깨까지 늘어뜨리고, 산타페의 서까래가 드러난 부엌에 앉아, 흐느껴 우는 환자의 머리 위에서 손을 놀리는 그레이스.

그들은 모두 얼음장 같은 옅은 푸른색 눈동자를 가지고 있었다.

코니는 붉게 물든 이마를 손바닥으로 문지르며 일어났다. 이마에서 손을 떼고 나니 그녀의 무릎에 턱을 올려놓고 걱정스러운 표정을 짓고 있는 알로가 맨 먼저 보였고, 곧이어 그 뒤쪽 벽에 걸린 초상화 속의 여인이 눈에 들어왔다. 이제껏 눈여겨본 적이 없었던 그 초상화의 액자에는 '템퍼런스 홉스'라는 글씨가 새겨져 있었다. 초상화 속의 여자는 19세기에 유행하던 어깨선이 비스듬하고 허리가 쏙 들어간 옷을 입고 있었다. 그녀는 코니를 바라보며 다 알고 있다는 듯 살며시 웃었다.

"그럴 순 없어!"

코니는 이렇게 속삭이며 웅크린 채 의자 위에서 앞뒤로 몸을 흔들거렸다. 그레이스가 생각났다. 당장 엄마와 이야기를 해야겠어. 그런데 외할머니는? 코니는 정신 나간 사람처럼 눈동자를 이리저리 움직이며 집 안을 둘러보았다. 식당의 시커멓게 변한 유리병들, 벽난로 위에 놓인 면포로 옷을 입고 털실로 짠 리본을 단 옥수수 껍질 인형. 그리고 가족 성경 깊숙한 곳에 감춰져 있던 딜리버런스의 이름.

집 현관문에 새겨진 원.

코니는 벌떡 일어나 전화기 쪽으로 달려갔다.

현관홀에 도착해서 수화기를 손에 쥔 순간 현관문이 삐걱대며 열렸다. 코니는 등골이 오싹했다.

"코니?"

샘이 현관홀을 들여다보며 말했다. 그의 목소리에 코니는 안도의 한숨을 쉬며 수화기를 내려놓았다. 그의 목을 끌어안고, 그의 피부에서 나는 소금기 배인 냄새를 맡고, 하나로 묶은 머리에 여전히 달라붙어 반짝이는 페인트 방울을 보니 기분이 조금은 풀렸다.

샘이 걱정스러운 목소리로 말했다.

"어이."

샘은 코니의 떨리는 등에 다정하게 둘렀던 팔을 허리까지 내렸다. 코니는 샘의 어깨에 두른 팔에 힘을 주면서 그의 근육이 저항하지 못하게 하고는, 그가 놀라움을 가라앉히고 긴장을 풀 때까지 그의 어깨와 목이 만나는 곳에 턱을 대고 있었다. 그들은 현관문을 열어 둔 채 잠시 그렇게 서 있었다. 그가 그녀를 끌어안고. 식당을 유유히 빠져 나온 알로가 두 사람의 발 네 개가 한데 엉킨 곳까지 왔다가 뜰로 나가 버렸다.

코니가 작은 소리로 말했다.

"샘."

이제야 기억이 났다. 코니는 집에 들어오자마자 샘에게 전화를 걸어, 불안한 목소리로 숨을 헐떡이며 자동응답기에 메시지를 남겼다. 세일럼 공유지에서 있었던 일을 이야기하고, 이따가 만나고 싶다고도 말했다. 그러고 나서는 그가 도착할 때까지 까맣게 잊고 있었던 것이다.

샘이 코니를 어둑어둑한 거실로 데리고 가며 말했다.

"우리 앉아서 이야기해요."

샘은 코니를 팔걸이의자에 앉히고 그녀의 두 손을 무릎 위에 얌전히 얹어 주고 나서 낮은 뜨개질용 발판을 가져와 그녀의 발치에 앉았다. 그러고는 갈색으로 그을린 팔뚝을 무릎에 올리고 코니를 쳐다보았다.

가만히 기다리던 샘이 먼저 입을 열었다.

"그래, 카드를 소리 내어 읽었는데 민들레가 날아갔다고?"

샘의 얼굴에는 관심이 나타나 있었지만, 그 관심의 밑에는 걱정이 숨어 있었다. 그의 눈 속 깊은 곳, 희미하게 반짝이는 망막 너머에서 코니는 그가 그녀의 말을 믿지 않는다는 사실을 읽어 냈다. 당연하지 않은가? 그딴 이야기를 어떻게 믿겠는가?

"그냥 날아가기만 한 게 아녜요, 샘."

코니는 초조해졌다. 샘에게 진실을 털어놓으면 그가 납득할까? 아니, 차라리 오늘 사실로 밝혀진 게 다 거짓이라고 샘이 그녀를 설득해 줬으면 싶기도 했다.

"내가 그걸 날아가게 만들었어요. 그저 할머니의 레시피 카드에 쓰여 있는 라틴어를 몇 줄 읽기만 했는데, 없던 민들레가 갑자기 생겨나서, 꽃을 피우더니, 죽었다고요! 그것도 한순간에!"

"그래, 그래요. 하지만 그런 이야기를 들으면 누구나 당신이 우연히 숨을 내쉬거나 해서 날아간 거라고 생각할 거예요. 그게 논리적인 설명인 건 당신도 인정하죠?"

샘은 부드러운 말투로 코니에게 물었다. 그의 얼굴은 피곤해 보였다. 내면의 목소리가 코니에게 말했다. 내가 이 이야기를 계속하면 샘은 내가 제정신이 아니라고 생각할 거야. 이성적인 사람이라면 이런 상황에서 당연히 나와 거리를 두겠지. 그는 나와 직접적으로 관련 없는 핑계를 대면서 멀리멀리 달아나고, 곧 내 인생에서 사라지겠지. 코니는 눈을 크게 뜨고 마른침을 삼켰다.

"그게……."

코니는 말을 시작했다가 일부러 뜸을 들였다. 그녀는 마음을 고쳐먹는 시늉을 하고 나서 말을 이었다.

"그래, 그 말이 맞아요. 그게 논리적인 설명이죠."

코니는 샘과 눈을 마주치는 대신 두 팔로 샘의 가슴을 꽉 끌어안고 닳아서 실밥이 다 보이는 카펫의 한 부분만 뚫어져라 바라보았다.

샘은 두 손으로 머리를 감싸고 손가락 끝으로 관자놀이를 누르며 이마와 턱을 문질렀다. 코니는 문득 그의 일이 어떻게 되고 있는지 물어보지 않았다는 생각을 했다. 그는 온종일 인적 없는 교회 건물에 있으면서 열기가 모이는 천장 근처까지 올라가 공중에 매달린 채 혼자 원형지붕 가장자리에 페인트칠을 했을 텐데.

코니는 한 손을 앞으로 내밀어 샘의 이마에 흘러내린 머리카락 몇 올을 뒤로 넘기며 물었다.

"금도금 작업은 어땠어요?"

샘의 이마는 땀으로 번들거리고 있었다. 손가락으로 그의 피부를 만지는 순간 코니는 굉장히 크게 덩어리진 피로가 그의 두피에서 그녀의 손과 팔로 넘어오는 느낌을 받았다. 코니의 손과 팔은 마치 진짜 무게가 더해진 양 아래로 처졌다.

"그럭저럭 괜찮았어요. 덥긴 했는데, 괜찮았어요."

샘이 숨을 크게 내쉬며 대답했다. 코니는 엄지손가락으로 그의 미간을 가볍게 어루만졌다. 시험 삼아, 아니 시험을 해 보자고 마음먹을 겨를도 없이, 그녀는 자기 신경계로 샘의 피로를 풀어 주려는 의도를 전달하려고 노력했다. 그러자 더욱 놀라운 일이 벌어졌다. 코니의 엄지손가락 밑에서 조직이 약간 느슨해지더니, 샘이 들릴락 말락 한숨을 내쉬는 게 아닌가! 코니는 샘의 얼굴에서 손을 떼고 놀라움이 역력한 표정으로 그 손을 내려다보았다. 옅은 푸른색의 엄지손가락 자국이 샘의 이마에서 잠깐 반짝 했다가 이내 사라졌다. 코니는 입을 크게 벌리고 샘을 바라보았으나 그는 방금 일어난 이상한 일을 전혀 모르는 눈치였다.

샘은 발판에서 일어나 벽난로 근처의 다른 팔걸이의자로 자리를 옮기더니 양쪽 손바닥으로 눈을 지그시 눌렀다. 여전히 손으로 얼굴을 가린 채 그가 말했다.

"괜찮아져서 다행이다."

코니는 잠시 주저하다가 샘의 무릎 위에 앉아 그의 목덜미에 팔을 둘렀다. 샘은 코니의 허리를 팔로 감싸 안고 그녀를 가까이 끌어당겼다. 그는 코니의 머리카락 사이로 우물우물 말했다.

"당신이 남긴 메시지가 정말로 다급하게 들렸거든요! 그래서 걱정이 됐어요."

코니가 미소를 지으며 물었다.

"그랬어요?"

샘이 그녀를 더 세게 안으며 대답했다.

"응."

샘의 손에 있는 온기가 코니의 다리 피부를 뚫고 들어왔다. 마음이 편하면서도 강렬한 느낌.

코니는 샘의 가슴에 얼굴을 묻었다. 당분간은 그가 호기심을 가지지 않겠지? 샘이 바로 옆에 있다는 달콤한 자각과 함께, 종일 혼란스럽고 불안하던 마음이 그제야 편안해지기 시작했다. 그들은 한동안 그렇게 앉아 있었다. 팔걸이의자 안에서 꼭 끌어안고, 아무 말도 없이. 샘의 엄지손가락이 코니의 허벅지를 쓰다듬으며 피부의 촉감을 음미했다.

"샘?"

코니의 목소리는 샘의 페인트로 얼룩진 작업복 셔츠에 파묻혀 조그맣게 들렸다. 샘이 손으로 그녀의 등을 쓸어내리며 대답했다.

"응?"

샘의 입술이 코니의 목과 귀 뒷부분이 만나는 곳에 닿았다. 그의 숨결 때문에 코니의 목덜미에 드리워진 머리카락이 살짝 일어나면서 목의 피부가 간질거렸다. 코니의 몸 아래에서 샘이 자세를 고쳐 의자에 체중을 실었다.

코니가 헛기침을 하고 나서 말했다.

"있잖아요, 오늘 자고 가고 싶으면 그래도 되는데."

이 초대의 말은 코니의 귀에도 한심하게 들렸다. 코니의 기억은 나선형으로 시간을 거슬러 올라가 대학 시절 그녀를 무척 힘들게 했던 점잔빼는 대화들로 돌아갔다. 하나같이 솔기 하나 없는 오만의 옷을 걸치고 있어서 속이 들여다보이지 않던 남자들. 코니는 샘이 웃음을 터뜨리지 않을까 걱정하며 대답을 기다렸다.

과연 샘은 웃음을 터뜨렸다. 하지만 그것은 따뜻한 웃음이었다. 샘은 코니의 허리를 쥔 손에 힘을 주었다. 그의 피부에서 발산되는 열과 그의 가슴 깊은 곳에서 울리는 웃음소리가 작업복 셔츠의 무명천을 통해 전해졌다. 샘의 턱이 코니의 이마 위에서 살살 움직였다. 코니는 자기가 얼마간 숨을 참고 있었다는 걸 그제야 알아차리고 부드럽게 숨을 내쉬었다. 샘이 눈을 뜨면서 소리쳤다.

"그거 다행이군요. 반달리즘으로부터 당신을 보호한다느니 하면서 바보 같은 핑계를 지어내지 않아도 되니 말이에요."

코니는 샘에게로 얼굴을 돌렸다. 샘은 그녀에게 키스를 했다. 그리고 한 번 더. 이번에는 더 진하게, 엄지손가락으로 그녀의 턱을 조심스럽게 끌어당기며.

무슨 일이 벌어지는지 코니가 알아차리기도 전에 샘이 벌떡 일어나 코니의 다리를 허리께로 들어 올렸다. 샘은 그녀를 안고 계단 쪽으로 걸어가며 의미심장한 목소리로 말했다.

"너무 오래 참았어."

코니는 고개를 뒤로 젖히고 유쾌하게 깔깔 웃었다. 샘이 다락 침실로 통하는 좁은 계단을 오르기 시작하자 그녀는 들보에 걸리지 않으려고 머리를 쏙 집어넣었다.

16장

매사추세츠 주, 케임브리지
1991년 7월 중순

하버드 대학 역사학부 건물, 매닝 칠튼 교수 연구실 앞의 복도에 놓인 딱딱한 검정색 나무 벤치는 윈저 의자(영국과 미국에서 대단한 인기를 모은 나무 의자의 일종-옮긴이)의 모조품이었다. 가느다란 나무 막대기들을 끼워 놓은 등받이를 보면 앉고 싶은 마음은 별로 들지 않았다. 코니는 왼손을 펴고 손바닥을 가만히 들여다보며, 손가락을 하나씩 구부려 엄지손가락에 갖다 댔다. 지난밤 샘이 고집을 부리는 바람에 코니는 마침내 그 라틴어로 된 레시피 카드를 꺼냈고 샘은 그걸 몇 번이나 읽어 보았다. 한 번은 거실의 죽은 화초 옆에 손을 올리고 낭독했지만 아무 일도 일어나지 않았다. 그러자 샘은 이렇게 말했다.

"자, 봤죠? 당신이 겪은 일은 그냥 우연의 일치였어요."

코니는 대답했다.

“그런가 봐요. 내가 연구를 너무 열심히 해서 그랬나 봐.”

그러자 샘은 그녀를 놀렸다.

“당신 머릿속엔 마녀가 너무 많아, 코넬.”

그건 그렇다 치고, 왜 샘이 읽었을 때는 레시피 카드가 아무런 효력을 발휘하지 못했을까? 그럴듯한 답을 찾으려고 머리를 굴릴 때마다 그것은 코니의 손 안에서 젖은 종이처럼 찢어져 버렸다. 샘은 그 카드가 평범한 메모카드에 불과하다는 사실을 확인한 이후로 그 이야기는 끝난 걸로 간주했다. 코니 역시 시간이 갈수록 설마 거미식물이 되살아난 일이 진짜였을까 하는 의구심이 강해졌다. 그러나 그것은 엄연한 사실이었다.

코니는 손목을 뒤집어 시계를 보았다. 칠튼 교수가 그녀를 기다리게 하는 건 매우 드문 일이었다. 항상 헐떡거리며 예정 시간보다 늦게 다니는 재닌 실바 교수와 달리, 칠튼 교수는 엄격하게 짜인 일과를 준수하는 사람이었다. 정신이 몽롱해지는 무더운 여름날이면 대다수 교수가 캠퍼스를 떠났지만 칠튼 교수는 꼬박꼬박 연구실에 나왔다. 코니는 해와 달이 나란히 있는 심란한 풍경화를 쳐다보지 않으려고 애쓰며 한쪽 발을 쭉 뻗어 발끝에 걸린 샌들을 흔들어 댔다. 어깨는 나무 벤치 등받이 한가운데의 막대에 닿아 있었다. 등받이에는 깊숙이 파낸 소용돌이무늬와 함께 ‘베리타스’라는 하버드 대학의 교훈이 부조로 새겨져 있었다. 부조의 튀어나온 부분이 근육을 압박하는 통에 코니는 그 압력을 피하기 위해 팔꿈치를 무릎에 올려놓았다. 얼마나 더 기다려야 할까? 칠튼 교수답지는 않지만, 그가 약속을 잊어버렸을지도 모른다는 생각이 들었다.

코니가 읽을거리라도 찾아보려고 가방에 손을 넣는 순간 칠튼 교수의 연구실 문이 끼익 소리를 내며 열렸다. 코니의 시야 가장자리에 잘 닦인 신사 구두 두 짝이 가지런히 나타났다. 고개를 들자 남색 나비넥타이 위로 매닝 칠튼 교수의 야위고 초췌한 얼굴이 보였다.

"코니, 우리 아가씨가 왔구나. 오늘 약속이 있었지? 어서 들어오게."

지친 목소리였다. 코니는 미처 대답할 틈도 없이 가방을 챙겨 들고 그를 따라 연구실로 들어갔다. 무언가에 사로잡혀 있는 그의 얼굴을 보자 지난밤에 일어난 이상한 사건들은 코니의 머릿속 한구석으로 밀려났다. 코니는 지도교수와의 면담에 집중하기 위해 애써 마음을 가다듬었다.

평소에는 아무것도 놓여 있지 않고 텅텅 비어 있던 반질반질한 떡갈나무 책상에 서류가 어수선하게 널려 있었다. 책상 모퉁이에는 흐트러진 서류들이 아무렇게나 쌓여 있었고, 칠튼 교수의 팔꿈치 옆에는 책이 대여섯 권 쌓여 있었는데 책갈피로 쓰는 길쭉한 종이가 군데군데 삐져 나와 있었다. 칠튼 교수 앞에는 빈 공간이라고는 없이 빽빽하게 글씨를 쓴 노란색 노트가 놓여 있었다. 팔이 닿을 만한 곳에 놓인 지저분해진 재떨이와 주둥이에 잇자국이 남은 파이프도 보였다. 의자에 등을 기댄 칠튼 교수는 얼굴 앞에서 두 손을 붙여 세모꼴로 만들었다. 녹색 유리로 된 탁상용 스탠드 밑에 깔린 종이에 동그란 커피잔 자국이 남아 있는 게 언뜻 보였다. 칠튼 교수는 의자를 가볍게 흔들고 있었지만 코니를 정면으로 응시하지는 않았다. 맞은편에 앉아 있는 제자의 존재를 반쯤 잊은 듯했다.

코니는 칠튼 교수와 눈을 마주치려고 몸을 앞으로 기울이며 그를 불렀다.

"칠튼 교수님?"

그는 의자를 몇 번 더 흔들고 나서야 눈을 깜박이며 코니에게 초점을 맞췄다. 코니는 지도교수가 전보다 더 나이 들어 보이고, 머리도 더 하얘졌고, 피부도 한결 누르께해졌다는 생각을 했다. 논문으로 인한 마음고생이 재닌이 말했던 것보다 훨씬 심한 모양이었다. 재닌이 언급했던 학술대회에서 칠튼 교수에게 쏟아진 조롱을 상상하면서, 코니는 그의 제자가 된 이래 처음으로 그에게 보호본능에 가까운 감정을 느꼈다. 혹시 그의 연구가 너무 심오하고 철학적이어서 주류 역사학자들의 마음에 들지 않았던 건 아닐까? 코니는 칠튼 교수를 심정적으로 지지했고, 역사에 대한 이해를 근본적으로 바꿀 만한 능력을 가진 사람과 함께 공부한다는 자부심에 일순간 마음이 뜨거워졌다.

"그래, 코니. 자네가 찾던 식민지 시대의 그림자 책은 어떻게 됐나?"

칠튼 교수의 물음에 코니의 생각은 중단됐다. 뜨거운 지지와 자부심은 삽시간에 흩어지고 농땡이를 치는 학생처럼 떨리는 심정으로 바뀌었다.

"그림자 책이라니요? 제가 최근에 알아본 바에 의하면 그 책은 일종의 연감이던데요."

코니의 목소리는 떨리고 있었다. 지도교수의 말을 정정해도 되는 걸까?

칠튼 교수가 몸을 앞으로 기울이며 말했다.

"아가씨야, 나도 나름대로 조사를 해 봤지. 그리고 '그림자 책(book of shadows)'이란 주술사들이 특별한 효능이 있는 치유법과 주문을 모아 만든 책을 가리키는 용어야. 주술의 대가가 초심자에게 물려주는 책이지. 연감이라고 부르고 싶으면 그래도 되지만, 나는 우리가 논의하고 있는 게 다름 아닌 그림자 책이라고 확신한다. 이 사실을 모르는 걸 보니 아직도 책이 어디 있는지 알아내지 못한 게로구나. 그럼 어떤 진전이 있었는지 이야기해 주겠나?"

칠튼 교수는 떡갈나무 책상의 옹이에 두 손을 올리고 기대에 찬 눈으로 코니를 바라보았다. 그림자 책? 코니는 그 희한한 명칭을 듣고 적잖이 당황스러웠다. 교수님은 대체 어디서 '조사'를 해 봤다는 걸까? 본인의 연구가 위태로운 상황이라면서 제자의 연구를 따로 조사하는 이유가 뭐지? 코니는 자기 영역을 지키고 싶은 묘한 감정에 사로잡혔다. 지도교수가 그녀의 연구에 관해 세심하게 추적하고 있었다는 사실이 괜히 거슬리기도 했다. 코니는 자신이 알아낸 사실들 가운데 일부만 골라 칠튼 교수와 공유하고 나머지는 머릿속에 숨겨 두기로 마음먹었다. 칠튼 교수에게 자신의 머릿속에 있는 걸 고스란히 알려 주기가 싫었다. 전에 없던 이런 식의 영역 구분은 기만적인 행동일까? 어쨌든 지도교수에게 앞으로의 계획을 숨기고 싶은 욕구가 사뭇 강렬했다. 코니는 책의 행방을 알아내는 데서 진전이 있었다는 사실은 그에게 이야기하되 그 책의 내용에 대한 추측은 혼자만 간직하기로 했다.

"1870년대에 세일럼 문예진흥원에서 그 책을 매각했다는 사실을 알아냈어요. 그래서 경매회사 기록보존소를 찾아갈까 해요. 경매회사는 기록을 자세히 남겨 놓는다고 들었거든요."

"새킷이겠군."

칠튼 교수가 지루하다는 투로 코니의 말을 자르고 끼어들었다. 코니는 깜짝 놀라 눈썹을 치켜 올리며 대답했다.

"예. 어떻게 아셨어요?"

칠튼 교수는 별 것 아니라는 듯 손을 내저으며 대답했다.

"아가씨야, 19세기에 보스턴에서 이루어진 경매는 모조리 새킷에서 맡았지."

그는 코니에게 냉랭한 눈길을 던졌다. 그녀가 그 사실을 아직 모른다는 데 대한 놀라움을 적나라하게 드러내며.

코니는 기죽지 않고 이야기를 계속했다.

"세일럼 문예진흥원 사서는 그 책이 미국 초창기의 고서 수집가에게 넘어갔을 거라고 말했어요. 그럴 경우에는 추적 가능한 기록이 남아 있겠지요. 개인 수집가들의 손을 거치며 이리저리 옮겨 다녔을 가능성도 있고요. 시간을 조금 더 주세요."

칠튼 교수는 코를 킁킁거리며 책상 위의 재떨이에 놓인 닳아빠진 파이프로 손을 뻗었다.

"시간을 조금 더 달라?"

코니의 말을 되뇌는 교수의 목소리는 차가웠다. 그는 파이프를 들고 책상의 맨 위 서랍에서 꺼낸 담배 한 줌을 대통에 집어넣었다. 기계적인 손놀림으로 담배 피울 준비를 하는 동안에도 그의 눈은 코니의 얼굴을 향하고 있었다. 하버드 광장의 담배 가게에서 사온 둥근 상자표 담배의 달콤한 냄새가 풍기기 시작했다.

'저 파이프 담배는 교수님이 어설프게 신사 흉내를 내던 대학시절에 들인 습관일까?'

코니는 십대의 매닝 칠튼을 상상해 보았다. 머리를 뒤로 빗어 넘기고, 나비넥타이를 엉성하게 매고, 말린 담뱃잎을 담은 넓적한 단지의 유리 뚜껑을 들어 올리는 모습을. 하지만 그 이미지는 별로 그럴싸하지 않았다. 바로 지금, 대단히 못마땅한 표정으로 그녀를 쏘아보고 있는 엄격한 귀족 출신의 남자와 도무지 어울리지 않았던 것이다.

칠튼 교수가 파이프를 길게 빨아들이고 나서 입을 열었다.

"코니. 원래는 자네가 그 책을 찾아낸 후에 말해 주려고 했다만, 보아 하니 자네에게는 더 강력한 동기부여가 필요할 거 같군."

그의 말에 코니는 낯을 찌푸렸다. 대체 뭘 기대하시는 거지? 연구에는 시간이 필요한 법이잖아. 교수님도 그걸 알고 계실 텐데.

"자네도 알다시피 나는 9월 마지막 주에 식민지 역사학회 학술대회에서 기조발제를 해 달라는 요청을 받았어. 내가 최근에 하고 있는 미국의 초창기 연금술과 주술적 사고에 대한 연구를 발표할 예정이야. 자네니까 이야기하는 건데, 내 연구는 상당한 흥미를 끌고 있지. 자네가 나와 함께 발표를 하면 어떻겠나?"

말을 마치고 파이프를 뻐끔뻐끔 피우는 칠튼 교수의 눈에는 곤혹스러운 빛이 어려 있었다. 그의 제안에 대한 감사의 말이 쏟아져 나올 줄 알았던 모양이었다. 물론 코니도 기쁘고 놀라웠다. 지도교수와 함께 논문을 발표한다는 건 의심할 나위 없이 굉장한 일이었으니까. 그런데 어쩐지 마음 한구석이 개운치 않았다. 생각해 보니, 칠튼 교수가 현재 진행하고 있는 연구에 대해 재닌이 해 준 이야기가 떠올랐다. 코니는 말없이 지도교수의 얼굴을 쳐다보았다.

코니가 흥분한 기색을 보이지 않자 칠튼 교수는 일순간 당황했으나 곧 마음을 가라앉혔다. 그는 목을 가다듬고 나서 말했다.

"자네도 잘 알겠지만, 아직 박사과정에도 들어가지 않은 자네 같은 학생에게 이런 기회는 좀처럼 주어지지 않는 거야. 권위 있는 자리에 자네 연구결과를 내놓을 수 있다면 나도 무척 기쁠 거야. 그리고 학술대회 자리에서 만난 사람들을 통해 좋은 기회를 얻을 수도 있겠지."

그는 목소리를 낮춰 말을 이었다.

"상당히 괜찮은 기회가 기다리고 있다. 하지만 그 책이 어디 있는지 끝내 알아내지 못한다면 내 동료들에게 자네를 소개할 수가 없겠지. 지금 뭐가 문제인지 알겠지?"

코니는 침을 꿀꺽 삼켰다. 신중하게 대답할 필요가 있었다.

"칠튼 교수님. 혹시 발표하실 주제가 뭔지 알려 주실 수 있나요? 그러면 저도 준비하기가 한결 편하겠는데요."

칠튼 교수는 코니를 응시하며 알맞은 단어를 고르다가 입을 열었다.

"타당한 질문이로구나. 그 책을 찾아서 가져오면 구체적인 대답을 해 주지."

코니가 대답했다.

"알겠습니다."

칠튼 교수는 코니를 응시하며 파이프를 빨아들였다. 그의 콧구멍에서 아지랑이 같은 연기가 뿜어져 나와 그의 머리 주위에 달콤한 향내 나는 구름을 만들었다. 그는 의자에 몸을 기대며 물었다.

"알아들었단 말이지?"

코니의 뱃속이 불편하게 일렁거렸다.

"예. 그리고 좋은 기회를 주셔서 정말 감사합니다. 실망시켜 드리지 않을게요."

입에서 낱말들이 대본을 읽듯이 튀어나왔다. 코니는 자리에서 일어나 가방을 가슴팍까지 끌어올리며 칠튼 교수의 시선을 피했다. 그녀는 돌아서서 문 쪽으로 걷기 시작했다. 양쪽 발을 번갈아 내딛다가 마침내 놋쇠 손잡이를 돌려 문밖으로 나가는 순간, 칠튼 교수의 음성이 복도까지 따라 나왔다.

"책을 꼭 찾아라, 코니."

문이 철컥 소리를 내며 닫혔다.

17장

매사추세츠 주, 보스턴

1991년 7월 중순

신호음이 울리자 수많은 사람이 열차의 문 가까이로 모여들었다. 팔과 다리와 헤드폰과 배낭이 단단한 바리케이드처럼 한데 엉켰다가 처음에는 한둘씩, 문이 활짝 열리고 나서부터는 밀물처럼 쏟아져 나왔다. 코니는 사람들의 급류에 실려 이리저리 흔들리며 지하철 플랫폼에 내렸다. 공기에 향수 냄새, 땀 냄새, 아스팔트 냄새, 뜨거운 더위에 녹는 타이어 냄새가 섞여 있어서 코니는 입을 꾹 다물어 버렸다. 그녀는 팔 밑에 낀 가방을 꽉 잡고 군중 속에 섞여 정신없이 플랫폼을 따라 걸어가다가, 계단을 올라가고, 칙칙한 카키색의 지저분한 침낭 속에서 자고 있는 노숙자를 지나쳐, 알링턴 역을 빠져나갔다. 퍼블릭 가든(보스턴의 유명한 식물원-옮긴이)의 넓은 공터에 이르자 통근열차를 탔던 사람들은 두셋씩 흩어졌다.

코니는 가지를 우아하게 늘어뜨린 버드나무 밑에서 발걸음을 멈췄다. 구부러진 버드나무 가지가 땅에 닿도록 내려와 있었다. 코니는 그늘로 들어가 나무에 몸을 기대고, 이마와 두 팔에 맺힌 땀이 바람에 날아가는 감각을 즐기며 잠시 쉬었다. 일반적으로 보스턴이라고 하면 매사추세츠 주 북동부의 광활한 영역에 걸쳐 있는 아담하고 깔끔한 읍들을 망라하는 개념이지만, 외부인들이 흔히 예상하는 것과 달리 그 작은 구역들은 각자의 개성을 대단히 고집스럽게 간직하고 있었다. 코니는 콩코드 근처의 아늑한 숲에서 어린 시절을 보냈고 지금은 케임브리지의 벽돌로 단장한 거리들을 오가며 생활하고 있지만, 어린 시절이나 지금이나 보스턴 시내를 구석구석 체험할 기회가 거의 없었다. 방향감각을 완전히 상실한 그녀는 보일스턴 거리에서 퍼블릭 가든의 수련 연못까지 이어지는 잔디를 물끄러미 바라보며 서 있었다. 보스턴의 명물인 백조 모양 보트를 타고 유유히 떠다니는 관광객들이 인도교 밑으로 사라졌다. 코니는 가방에서 구겨진 종이 한 장을 꺼내, 지난번에 전화통화를 하면서 받아 적은 주소를 다시 확인했다.

"프로비던스 거리."

그녀는 주소를 소리 내어 읽으며 왼쪽과 오른쪽을 번갈아 쳐다보았다. 기껏해야 한두 블록 떨어진 곳을 찾아가는 일이었지만, 보스턴 시내에 나오면 코니는 언제나 미아가 된 기분이었다. 외관이 거의 똑같은 저택들을 수없이 지나친 후에야 낯익은 거리 이름이 나오곤 했으니까. 길 건너편에 무리 지어 주차된 타운카(운전석과 뒷자리 사이에 유리 칸막이가 있는 자동차-옮긴이) 뒤로 리츠 칼튼 호텔이 보였다. 길모퉁이 뒤편에는 보스턴의 오래된 명품 보석 상점인 슈레브 건물이 있었다. 쇼핑백을 잔뜩 든 여자들이 슈레브 진열장 앞에 모여 반짝이는 보석을 보면서 감탄하고 있었다. 코니는 눈을 질끈 감고 어림짐작으로 방향을 정했다. 그러고는 오후 차량이 몰려 교통이 혼잡해지기 직전의 대로를 건넜다.

놀랍게도 코니의 추측은 상당히 정확했다. 몇 분 더 걷다 보니 새킷 경매·감정 회사의 견고한 문이 나타났다. 문을 밀고 안으로 들어가자 보스턴 소재의 여타 건물들과 마찬가지로 약간 낡았지만 우아하고도 널찍한 로비가 나왔다. 바닥에 깔린 진청색 동양풍 러그는 군데군데 닳아 떨어지고 꽃무늬에 좀이 슬어 있었다. 몇 군데가 갈라진 가죽 소파 위로는 담배연기가 배어 갈색으로 얼룩진 금도금 액자 안에 돛을 활짝 편 클리퍼선의 그림이 걸려 있었다. 품위 있는 탁자 위에는 수십 년 전에 발행된 「양키 홈(*Yankee Home*)」 잡지 몇 부가 펼쳐져 있었다. 코니는 잠시 생각에 잠겼다.

'뉴욕은 앞만 바라보고, 보스턴은 늘 뒤를 돌아보는구나.'

코니는 만년필로 방명록에 이름을 쓰고 주전시관으로 통하는 계단을 올라갔다.

별로 유명해 보이지 않는 미국 풍경화 작품들을 놓고 경매 준비가 한창이었다. 평범한 바다 풍경화들 속에 극적인 구름과 말라죽은 나무둥치가 간간이 보였다. 클리퍼선을 그린 그림이 다수였는데 그중 하나는 얼음으로 뒤덮인 글로스터 항구를 그린 풍경화였다. 계단 맨 위에서 코니는 하마터면 그 그림과 부딪칠 뻔했다. 액자 밑으로 미술품을 운반하는 남자의 발이 보였다. 코니는 잠시 길을 가로막고 서 있다가 그가 얼어붙은 항구 그림을 벽에 기대 세워 놓은 후에야 그의 어깨를 두드렸다. 그는 고개를 홱 돌리며 전시장 구석에 있는 눈에 띄지 않는 문을 가리켰고, 코니는 고맙다는 뜻으로 고개를 끄덕였다.

그 문으로 들어가자 각 부서의 명칭이 표시된 나무문들이 늘어선 긴 복도가 나왔다. 코니는 '악기', '보석류', '인쇄물 및 서류'라고 표시된 문들을 지나 마침내 '희귀문서 및 서적' 부서 앞에서 발걸음을 멈췄다. 손마디로 조심스럽게 두드렸는데도 문은 끽 소리를 내며 열렸고, 서류와 서류철이 어지럽게 널려 있는 사무실이 눈앞에 펼쳐졌다. 보석 상인들이 쓰는 확대경을 안경에 붙인 통통하고 인상 좋은 남자가 사무실 중앙에 앉아 있었다.

남자는 몸을 4분의 1쯤 숙이며 일어났다. 손색없는 신사이긴 하지만 매우 바쁜 사람이라는 인상을 주는 몸놀림이었다. 그는 자기 직책도 밝히지 않았지만 코니를 기다리고 있었던 것처럼 행동했다.

"자, 앉아요, 앉아."

남자는 자기 앞에 놓인 서류더미를 향해 손짓을 했다. 알고 보니 서류더미 너머에 딱딱한 팔걸이의자가 하나 있었다. 코니는 서류더미(대부분은 경매 카탈로그였다)를 조심스럽게 들어 올렸다가 바닥에 내려놓고 나서 말했다.

"실례합니다. 성함이 어떻게……."

남자는 맨 위에 놓인 카탈로그를 손가락으로 휙휙 넘기며 대답했다.

"비튼이요. 누군가가 조사할 가치가 있는 걸 문의한 게 얼마만인지 모르겠군요."

그는 못마땅하다는 듯 코로 숨을 내쉬고 나서 말을 이었다.

"요즘 사람들은 수집품의 진짜 가치를 따질 줄 모른다니까."

그는 카탈로그를 한 페이지 더 넘겼다.

"하여튼 아가씨가 남긴 메시지는 받았어요. 누구랑 통화했죠?"

코니가 대답하려는 순간 비튼 씨가 말허리를 자르고 끼어들었다.

"아, 상관 없어요. 프론트에 앉혀 놓은 여자애들은 아무것도 모르니까. 결혼에만 눈이 멀어 가지고! 난 그 애들한테 뉴욕에 가고 싶으면 당장 가라고 말한다오. 그들이 이야기를 잘 들어 주던가요?"

비튼 씨는 다시 카탈로그의 페이지를 넘기며 말을 이었다.

"제대로 된 교육을 받지 못한 불쌍한 어린 양들이지요. 마운트 홀리오크 대학이나 웰즐리 여자대학을 나온 애들이, 보잘것없는 미술사 학위 하나 가지고 돈 많은 남자를 잡겠다고 난리라오. 그저 사들이기만 하면 수집이 되는 줄 알아요!"

그는 말을 쏟아 내며 창백한 손을 올려 보석 상인용 확대경 렌즈를 조절했다.

코니는 웃음이 터져 나오려는 걸 꾹 참으며 입을 다물었다가 용감하게 입을 열었다.

"사실은요, 저도 마운트……."

열성적인 비튼 씨는 그녀의 말을 자르고 끼어들었다.

"진정으로 훌륭한 수집가의 징표가 뭐라고 생각해요? 응?"

그는 자기가 훑어보던 카탈로그를 내려놓고 길쭉한 종이조각으로 한 군데에 표시를 한 후 두꺼운 서류철을 꺼냈다.

"돈만 있으면 좋든 싫든 마구 사들이는 거요?"

코니가 어림짐작으로 대답했다.

"아니겠죠?"

"실내장식 전문가를 고용해서 그 사람이 사라고 하는 온갖 취향의 작품들을 한 군데 모아놓기만 하면 되는 거요?"

비튼 씨는 이렇게 말하면서 한 장을 넘길 때마다 엄지손가락을 혀끝으로 핥아 가며 서류철을 뒤적였다. 코니는 부정적인 말투로 대답했다.

"아니요."

"그러면 뭐요? 연구와 사색을 통해 자기의 취향을 연마하고, 부단히 훈련하고 독학하면서 단순히 가격이 비싼 것과 진정으로 귀한 것의 차이를 알아 나가는 거요?"

확대경 달린 안경 뒤에서 버튼 씨가 기대에 부푼 눈으로 코니를 바라보았다. 코니는 입을 벌렸지만 뭐라고 말이 나오지 않았다. 비튼 씨는 손가락 끝을 맞대고 대답을 기다렸다.

마침내 코니가 대답했다.

"훈련을…… 해야죠."

"맞았소!"

비튼 씨가 탄성을 지르며 카탈로그와 펼쳐진 서류철을 책상 맞은편으로 밀어 놓았다. 그러고는 자세를 고쳐 앉으며 이렇게 말했다.

"주니우스 로렌스."

책상 모서리에 쌓아 둔 서류 근처에서 그의 팔꿈치가 위태롭게 흔들렸다. 코니는 그가 건네준 서류철을 훑어보며 물었다.

"지금 뭐라고 하셨죠?"

"1877년에 세일럼 문예진흥원의 소장도서를 몽땅 사들인 사람 말이오. 물론 중개인을 통해서 구입했지요. 그 사람은 자기 취향이 완전히 마구잡이라고 거리낌 없이 광고했던 셈이죠. 뭐, 실제로도 그랬겠지만."

비튼 씨는 의자에 체중을 실었다.

코니는 1877년 당시의 매각 광고 전단을 자세히 들여다보았다. 매우 희귀한 책 몇 권(그 연감은 여기에 포함되지 않았다)에 대한 평가 금액이 첨부된 전단이었다. 코니는 펼쳐진 파일 폴더로 눈을 돌렸다. 서류철 안에는 세일럼 문예진흥원 소장도서의 상당 부분에 대해 구매자가 지불한 가격 목록이 있었다. 대금은 익명의 지주회사로 청구됐는데, 가격 목록 뒤에는 그 지주회사를 대표하는 사람들의 서명과 영수증이 있었다. 서명을 실마리로 그 지주회사를 추적해 보니 매사추세츠 주 보스턴 백 베이에 거주하는 주니우스 로렌스라는 사람의 이름이 나왔다.

코니가 고개를 들고 물었다.

"이 사람이 누군데요?"

비튼 씨가 한껏 으스대며 껄껄 웃다가 대답했다.

"산업 자본가예요. 말하자면 신흥 부호였어요. 화강암 채굴인가 하는 천한 일로 거액을 벌어들였다는군요. 신사인 체하는 벼락부자들이 흔히 하는 대로 그도 곧바로 사회의 인정을 받기 위해 돈을 써 대기 시작했다오. 그가 인정받는 방법은 돈밖에 없었으니까."

코니가 헷갈린다는 표정으로 물었다.

"왜 하필 책을 샀을까요?"

"그게, 책만 산 게 아니었어요. 가구도 샀는데 대부분이 벨터 가구(1850년대 존 벨터가 장미목을 얇게 베어 붙여 만든 화려한 가구-옮긴이)였고 나머지는 겉만 번지르르한 빅토리아 전성기 제품이었지요. 그리고 미국 화가들의 풍경화도 여러 점 샀다오. 아마 그림에 관해서는 괜찮은 사람의 조언을 들었던 모양이오. 그가 구입했던 그림

중 한두 점은 나중에 보스턴 미술관 소장품이 됐으니까. 그런 식으로 돈을 뿌려 댔던 거요. 그가 샀던 그림 가운데 조금 덜 유명한 풍경화 한 점은 이 건물 2층에 걸려 있어요. 피츠 휴 레인이라는 루미니즘(19세기 미국의 풍경화 양식-옮긴이) 화가의 작품인데 모작일 가능성도 없지 않아요. 그런데 굿윈 양, 그가 왜 책을 사들였다고 생각하시오?"

비튼 씨는 질문을 던지고 나서 코니를 빤히 쳐다보았다. 어수선한 사무실의 먼지가 그녀의 콧구멍으로 몰래 들어와 목구멍으로 내려가는 느낌이었다. 눈도 따끔거리기 시작했다. 그건 그렇고 누군가가 오래된 책을 산다면 그 이유가 뭘까? 그것도 비싼 책을?

코니의 생각을 읽고 있었던 것처럼 비튼 씨가 대답했다.

"그야 새로 만든 서재를 채우기 위해서가 아니겠소. 굿윈 양이 도착하기 전에 조사를 좀 해 봤지요. 주니우스 로렌스는 1874년 비콘 거리의 해변 쪽에 웅장한 새 저택을 짓기 시작했지요. 그 저택의 스케치를 복사한 게 어디 있었는데…… 새 집을 지은 건축가는 당연히 서재도 만들었어요. 그런데……."

그는 콧방귀를 뀌고 나서 말을 이었다.

"그 사람은 광산업자였잖소. 그러니 그동안 모은 책이 있을 리가 없지. 어디선가 신속하게 책을 구해야 했소. 그의 아내는 카보츠 가문의 먼 친척이고 무일푼이었는데, 그녀가 1877년 12월에 파티를 열었죠."

비튼 씨는 누렇게 변색된 신문기사를 코니의 손에 쥐여 주었다. 기사 제목은 "읍이 훤히 내려다보이는 집"이었고 로렌스의 저택을 정면에서 본 그림이 실려 있었다.

"그건 그 해의 최고로 멋진 파티였다더군. 로렌스는 단박에 유명 인사가 됐지요. 그러니 집 안 곳곳에 훌륭한 고서를 놓아 둘 필요가 있었겠지요? 훌륭한 서재를 사람들에게 보여 주면 인정을 받기도 쉬워지는 법이니까. 때가 되자 두 딸도 자기 역할들을 썩 잘 해냈어요."

비튼 씨는 만족스러운 미소, 조금은 심술궂은 미소를 지으며 확대경 달린 안경을 이마로 밀어 올렸다. 그는 100여 년 전에 사교계에서 벌어졌던 사기극을 마치 그가 개인적으로 잘 아는 사람들에게 일어난 일처럼 너무나 열정적으로 해설했다. 그의 머릿속에 든 뉴잉글랜드 귀족사회의 지도 속에서는 인간관계와 혼인관계, 은행 계좌와 갖가지 추문이 모두 살아 꿈틀거리고 있었다. 그렇다. 훌륭한 역사학자가 되려면 세상에 떠도는 소문에도 귀를 기울여야 한다. 코니는 오려낸 신문기사를 그에게 돌려 주었다.

하지만 이런 이야기들이 딜리버런스의 책을 찾는 데 무슨 도움이 된단 말인가? 코니는 의아하게 생각하면서도 비튼 씨에게 말했다.

"아주 흥미로운 이야기네요. 로렌스 가문에 대해서는 전혀 몰랐어요."

그러자 비튼 씨가 말했다.

"1891년에는 보스턴 공공도서관에 작은 건물 하나를 기증했지요. 두 딸은 시집을 가서 조용히 살았던 것 같아요. 바람직한 일이었지요. 로렌스 가문은 남아 있던 재산을 1929년 대공황 때 모두 잃었고, 저택은 작은 지방대학에 팔았다고 해요."

설명을 마친 비튼 씨가 흥 하고 코웃음을 쳤다.

"제가 찾고 있는 연감은 보스턴 공공도서관 별관으로 보냈을까요? 아니면 두 딸 중 하나가 가지고 있었을까요?"

"아, 둘 다 아니오. 우리 회사의 희귀문서 및 서적 부서에서는 우리 손을 거쳐 간 중요한 소장품의 행방을 계속 기록하는 걸 원칙으로 하고 있어요."

비튼 씨는 위엄 있는 목소리로 말을 이었다.

"로렌스 가문에서 세일럼 문예진흥원 소장도서를 기증하려고 마음먹었을 때 우리를 찾아왔더라면 좋았겠지요. 하지만 내가 알아본 바에 의하면……."

그는 서류철에 끼워진 서류 몇 장을 넘기며 말을 이었다.

"그 책들 중 딸들이 가져간 건 한두 권밖에 없었어요. 두 딸도 독서에 취미가 없었으니까요. 그리고 주니우스 로렌스가 사망한 게……"

그는 다른 서류를 뒤적이다 말했다.

"1925년이군요."

그는 코니에게 「보스턴 헤럴드」 지에서 오려낸 부고기사를 건네주었다. "자선사업가이자 광산 재벌인 주니우스 로렌스, 74세의 나이로 별세"라는 제목이 붙은 기사였다.

"책들이 기증된 곳은…… 아, 여기 있군요…… 하버드 대학."

비튼 씨는 이렇게 말하고 코니의 손에 서류 한 장을 쥐여 주었다. 그것은 기부할 재산의 목록이 첨부된 주니어스 로렌스의 유언장 복사본이었다.

'4년 후에 그의 딸들은 아버지가 너무 관대했다고 원망했겠네.'

이런 생각을 하던 코니의 머릿속에 비튼 씨의 마지막 말이 들어와 박혔다. 그녀는 순간 멈칫했다.

"잠깐만요. 하버드라고 하셨나요?"

믿기지 않는다는 투로 조그맣게 묻는 그녀에게 비튼 씨가 큰 소리로 대답했다.

"그래요! 거기 사람들은 빼대 있는 부자를 선호하는 척하지만 실제로는 그렇지도 않잖소."

그는 코니를 향해 가느다란 회색 눈썹을 씰룩거렸다.

코니의 머릿속에서 톱니바퀴가 맞물리기 시작했고, 두 손의 근육이 오그라들었다. 코니는 손가락 사이에 있는 주니우스 로렌스의 유언장 사본을 구기고 싶은 충동을 느꼈다.

"주니우스 로렌스가 세일럼 문예진흥원에서 사들인 책들을 읽어봤을 거라고 생각하세요?"

코니의 귀에는 질문을 던지는 자신의 목소리가 아득히 멀게만 들렸다.

비튼 씨는 입술을 오므리고 잠시 생각하다가 대답했다.

"읽지 않았을 거요. 돈을 펑펑 쓰느라 그럴 시간이 없었겠지요."

그 책이 하버드에 있다. 그 책은 줄곧 하버드에 있었다! 코니는 유언장을 다시 읽어 보았다. 그러고는 귀중한 카탈로그와 서류에 둘러싸여 있어서 조금 왜소해 보이는 비튼 씨에게 시선을 돌렸다. 그의 얼굴에는 엷은 미소가 떠올라 있었다.

코니는 침착한 말투를 유지하려고 애쓰며 말했다.

"정말 큰 도움이 됐습니다. 이 목록의 복사본을 가져가도 될까요?"

"그건 아가씨 거요."

비튼 씨는 어서 가라는 손짓을 하고 한숨을 푹 쉬더니 덧붙여 말했다.

“요즘 수집가들이 아가씨만큼만 관심을 가지면 더 바랄 게 없겠는데. 그건 불가능한 일이겠지요.”

비튼 씨는 고개를 절레절레 흔들었다. 코니가 자리에서 일어나며 맞장구쳤다.

“맞아요.”

코니의 마음은 벌써 저만치 앞으로 나아가, 하버드 대학 도서관의 대리석이 깔린 어둑어둑한 홀로 쏜살같이 달려가고 있었다. 딜리버런스의 책이 그곳에 있다! 내일이면 찾을 수 있어! 일단 찾고 나면 칠튼 교수가 그걸로 뭘 하려는지 알아낼 수 있겠지. 그 책은 아직 코니의 손이 닿지 않는 곳에서 둥실둥실 떠다니고 있었다. 그러나 어디를 찾아야 할지는 이제 정확히 알았다.

“정말 감사합니다.”

코니는 주니우스 로렌스의 유언장을 가슴에 꼭 끌어안고 홀로 나갔다. 비튼 씨가 말하는 소리가 희미하게 들렸다.

“행운을 빌어요.”

산타페의 사막지대에서 수화기 드는 소리가 나자마자 코니가 냅다 소리쳤다.

“하버드에 있대요, 엄마!”

그레이스 굿윈이 물었다.

“뭐가?”

코니가 숨을 내쉬며 대답했다.

"딜리버런스 데인의 레시피 북 말이에요. 오늘 엄청나게 재미있는 사람을 만났거든요. 그 사람이 내가 할 연구를 절반쯤 해 놓은 거 있죠."

코니는 긴 전화선을 뒤쪽으로 늘이면서 평소 습관대로 어두컴컴한 할머니 집 식당 안을 돌아다니며 물건들을 손으로 더듬었다.

"진짜 운이 좋았구나. 그 사람에게 고맙다는 인사는 했니?"

그레이스의 목소리에서 약간 비꼬는 분위기가 묻어나고 있었다. 코니는 경고조로 말했다.

"엄마!"

그러자 그레이스가 코를 킁킁거리며 말했다.

"그래, 우리 딸. 나도 안다. 그래서 이제부터 어떻게 할 작정이니? 도서목록에서 '내가 찾는 바로 그 책'이라는 항목을 찾아볼 거니?"

그레이스가 깔깔 웃었다. 목구멍 뒤에서 높게 울리는, 영락없는 소녀의 웃음소리였다.

"그랬으면 좋겠어요."

코니는 그 책이 어떻게 분류되어 있을지 전혀 감을 잡지 못하고 있었다. 어떤 의미에서는 그 책이 감질나도록 가까운 곳에 있다는 사실이 절망적이기도 했다. 하버드 대학의 중앙도서관인 와이드너 도서관은 규모로 보나 복잡한 구조로 보나 뉴욕 공공도서관에 견줄 만한 수준이었다. 전용 출입증을 가지고 있는 대학원 학생인 코니는 마치 도서관이 그녀의 전유물이기라도 한 양 강한 애착을 느끼고 있었다. 하지만 하버드 대학 도서관의 장서는 그 양이 실로 어마어마했다. 앞이 보이지 않는 통로들이 갈래갈래로 뻗어 있는 그 광대한 영역에서 정확한 책 제목도 모르는 상태로 길을 찾는다는 건 불가능에 가까웠다. 그래서 코니는 자신에게 주어진 과제가 썩 반갑지만은 않았다.

그레이스가 말했다.

"당연한 이야기지만, 네가 그걸 꼭 찾아야 하는 건 아니란다."

코니는 이를 앙다물고 할머니의 협탁에 놓인 땅딸막한 자기 찻주전자를 손가락 끝으로 만지다가 말했다.

"칠튼 교수님이 가을에 열릴 식민지 역사학회에서 중요한 발표를 하는데 내게도 같이 하자고 하셨어요. 그렇게 되려면 그 책을 찾아야 해요."

"그래서 발표를 하겠다는 거야? 네 목소리는 정말 하고 싶다는 걸로 들리진 않는데."

그레이스의 목소리는 여전히 온화했지만 아주 희미한 질책도 섞여 있었다. 그레이스의 어깨에서 수화기가 잠깐 미끄러졌다가 다시 제자리에 놓였다. 코니는 엄마가 손을 놀려 뭔가를 하고 있음을 알아차렸다.

"아주 좋은 기회란 말이에요."

코니는 자신의 목소리가 엄마를 설득하려는 것뿐 아니라 자기 자신도 설득하려는 것처럼 들린다는 사실을 문득 깨달았다. 그녀는 반바지 허리 부분의 고리에 엄지손가락을 걸치고 할머니 집 찬장에 몸을 기댔다.

"네가 그렇게 말한다면야."

그레이스의 말에 이어 조그맣게 "아야!" 소리가 들렸다. 코니가 물었다.

"엄마 뭐 하고 있어? 요리는 아닌 것 같은데?"

이를 꽉 물고 아픔을 참으면서 그레이스가 대답했다.

"그래, 요리는 아니지. 내가 키우는 다육식물을 다른 화분에 옮겨 심는 중이란다. 날이 더워서 식물들이 다 죽어 가고 있거든. 그런데 분갈이를 하다가 자꾸 가시에 찔리는구나."

피가 흐르는 손바닥을 입술로 핥는 소리가 들렸다.

"엄마가 키우는 건 선인장이잖아요. 더운 날씨에서 잘 자라지 않나?"

"원래는 그런데, 요즘 같은 날씨는 아니지. 온난화가 진행되고 있잖니."

건성으로 대꾸하는 걸로 미루어보아 그레이스는 상처를 살피느라 여념이 없는 듯했다.

"자연적인 변화이긴 한데, 오존층에 생긴 구멍 때문에 지나치게 빨라지고 있단다. 불쌍한 알로에가 그걸 견디지 못하네."

코니가 되물었다.

"오존층 때문이라고?"

그레이스가 한숨을 쉬며 대답했다.

"신문은 보고 살아야지, 얘야."

코니는 천장에 매달린 거미식물을 힐끗 쳐다보았다.

"나 있잖아…… ."

코니는 엄마에게 라틴어로 된 레시피 카드에 대해 물어보고 싶었으나 어떻게 이야기를 꺼내야 할지 몰라서 우물쭈물하다가 말했다.

"내가 이 집에 온 이후로 화초들이 이상해졌어."

"오, 그건 놀랍지도 않은데. 연구에 몰두하기 전까지만 해도 넌 화초를 곧잘 가꿨잖니."

코니가 낮은 목소리로 말했다.

"그런 정도가 아냐. 괴상한 일이야. 엄마, 내가 부엌에서 할머니가 쓰시던 오래된 레시피 카드 한 묶음을 찾아냈거든. 그러고 나서…… 설명이 불가능한 일이 일어났어."

그러자 그레이스가 조그맣게 쿡쿡 웃으며 말했다.

"있잖니, 모든 걸 설명할 수 있어야 한다고 여기는 건 우리의 오만이란다. 인간과 환경의 관계가 바로 그래. 엄마가 산타페로 이사 온 이유 중 하나는 이곳의 흙이 뉴잉글랜드와 다른 걸 가르쳐 주기 때문이란다. 공기가 다르고, 빛이 다르고, 식물과 토양이 달라. 잊어버리기 쉬운 사실이지만 우리의 몸은 살아 있는 유기체야. 우리는 주변 환경의 리듬에 영향을 많이 받는 존재란다. 사람들은 지구가 계절의 변화보다 더 큰 범위에서 주기적으로 변화한다는 사실을 이해하지 못해. 자연계가 항상 정지된 상태라고만 생각하지. 너무 어리석지 않니?"

"엄마."

코니가 끼어들려고 했으나 그레이스는 이야기를 계속했다.

"오존층 문제만 해도 그래. 더워진다는 것 자체가 문제는 아니란다. 속도가 문제지. 기온이 상승하는 속도가 지나치게 빨라져서 때가 되기도 전에 변화가 일어나고 있거든. 그런데 행성의 리듬이라는 건 주위의 모든 것에 영향을 미친단 말이야. 이렇게 가다가는 기후가 변하고, 식물이 바뀌고, 동물의 서식처가 사라질 거야."

그레이스는 화분에서 커다란 선인장을 뽑으려고 끙끙댔다. 코니는 멀리 떨어진 집의 안뜰에 부서진 흙이 우르르 쏟아지는 소리를 들었다.

"대다수 사람들은 아직 모르고 있지만, 우리에게 일어나는 모든 일은 땅의 성질과 불가분의 관계로 얽혀 있단다. 우리의 기, 우리의 신체, 우리가 활동하는 방식이 다 그래. 다른 사람에게 미치는 영향도 마찬가지고. 우리의 특성이나 기질 가운데 어떤 건…… 더욱…… 두드러지게 나타나기도 하지."

"엄마, 내 말 좀 들어봐요!"

코니가 사정하듯 말했지만 그레이스는 끄덕도 않고 하던 이야기를 계속했다.

"이런 식으로 리듬이 깨지는 변화가 옛날에도 있었다는 걸 아니? 하지만 예전에 일어난 변화는 반대 방향이었지. 최초의 식민지 이주민들이 도착했을 때 북아메리카는 소빙하기였단다. 정말이야!"

전화선을 타고 그레이스의 숨결이 전해졌다. 코니는 수화기에서 귀를 약간 뗐다. 그러는 동안 식탁 밑에서 알로가 기어 나와 꼬리를 두 번 흔들고 부엌으로 들어갔다. 코니는 수화기를 다시 귀에 바짝 댔다.

"…… 처음 몇 해 동안 겨울철마다 사람들이 떼죽음을 당했던 이유 중 하나가 그거야. 18세기에 사람들이 어떤 옷을 입었는지 책에서 본 적 있니?"

코니는 씁쓸한 미소를 지으면서도 인내심 있게 대답했다.

"이래 보여도 내가 식민지 시대 전공이야, 엄마."

"그래, 그럼 내가 무슨 말을 하는지 잘 알겠구나. 18세기 뉴잉글랜드의 기후가 요즘 같았으면 그렇게 모직 외투를 입고 옷을 겹겹이 껴입을 필요가 없었겠지?"

안뜰 구석에서 다른 선인장을 뽑아 내던 그레이스가 다시 끙끙거리는 소리를 냈다.

"게다가 뉴잉글랜드 사람들은 실용적인 성격 빼면 시체잖니."

코니는 엄마의 쓸데없는 장광설을 끊을 요량으로 숨을 깊이 들이마셨다. 그러나 엄마는 그새 다시 말을 시작했다.

"소빙하기는 1690년대 초반에 절정에 달했어. 부끄러운 일이지만 인간의 힘으로는 이런 변화가 어떻게 진행될지 정확히 예측하지 못한단다."

그레이스는 약간 서글픈 한숨을 쉬었다.

1692년. 코니는 순간 멈칫 하면서 수화기를 꽉 잡았다. 무심결에 몸을 기대기 위해 찬장 앞으로 걸어간 코니는 냉담한 목소리로 물었다.

"엄마. 나한테 이런 이야기를 하는 이유가 뭐예요?"

그레이스가 까르르 웃으며 대답했다.

"그냥 생각나는 대로 말한 거란다, 얘야. 네 몸에 일어나는 변화를 있는 그대로 받아들이라는 이야기야. 현명한 여신께서 행하는 불가사의한 우연의 일치라고 생각하고 나름의 방식으로 세상과 대면해 보렴. 그런데 알로는 잘 있니? 꼬박꼬박 밥 주고 있지?"

"아니, 난……."

코니는 더 말하려다 입을 다물었다. 그레이스는 항상 뉴에이지식으로 에둘러 말하는 습관이 있었다. 코니는 엄마가 방금 특유의 언어를 써서 뭔가 중요한 이야기를 했다는 사실을 직감적으로 알았다. 현관홀의 거미줄 쳐진 금도금 거울을 힐끔 보니, 유리에 층층이 덮인 세월 탓인지 거울에 비친 자신의 얼굴은 일그러져 있었다.

'인간은 언어를 통해서만 세계를 이해할 수 있어. 언어가 렌즈라고 치면, 시대별로 언어가 달랐으니까 세상을 보는 방식도 달랐을

거야.'

코니는 확실한 깨달음을 얻었다. 그때 거울에 비친 그녀 뒤로 현관문이 삐걱거리며 열리더니 와인 병이 삐죽 나온 식료품 봉지를 든 샘이 나타났다. 코니의 얼굴에 행복한 미소가 떠올랐다. 그녀는 전화선 위로 손가락을 빙빙 돌리며 말했다.

"이제 그만 끊어야겠어요, 엄마."

그레이스가 다급한 목소리로 물었다.

"코니, 잠깐만…… 거기 있는 게 그 남자니?"

"나중에 이야기해요, 엄마. 그만 끊을게. 사랑해요."

그레이스가 기다리라고 말하려는 순간 코니의 손가락이 아래로 내려갔다. 수화기에서 딸깍 소리가 나더니 윙윙거리는 신호음으로 바뀌었다.

18장

매사추세츠 주, 마블헤드
1991년 8월 초순

코니의 눈꺼풀 뒤쪽이 발갛게 달아올랐다. 코니는 침실 창문을 덮은 담쟁이덩굴이 조용히 흔들리는 걸 알아차리고 눈을 깜박였다. 가느다란 햇빛 한 줄기가 여전히 눈을 감고 있는 코니의 얼굴을 어루만지며 뺨과 코에 온기를 전했다. 여름이 끝나 가는 모양이었다. 몇 주 전까지만 해도 할머니의 사주식 침대에서 잠을 깨면 햇살이 허리를 비추었는데, 그 위치가 점점 올라오더니 7월 말경에는 턱까지 이른 것이다. 코니는 빙그레 웃으며 베개 밑으로 팔을 뻗어 손등으로 침대 머리판을 두드렸다.

옆자리에서 누군가가 잠든 채로 가볍게 끙끙거렸다. 코니는 옆으로 돌아누워 한쪽 눈을 살짝 뜨고는 헝클어진 머리카락 사이로 그를 보았다. 햇볕에 그을리고 수염이 까칠까칠한 뺨과 감긴 한쪽 눈이 하얗고 불룩한 베개에 반쯤 파묻혀 있었다. 눈썹 바로 밑의 움푹 파인 곳에는 금색 페인트가 떨어져 마른 자국이 남아 있었다. 그의 몸이 약간 움직이자 금빛 페인트 얼룩이 아침 햇빛 아래 반짝반짝 빛났다. 그는 입을 벌리더니 낮고 요란한 소리를 내며 코를 골았다. 코니는 활짝 웃다가 베개로 입을 막고 소리죽여 쿡쿡거렸다.

"당신 지금 침대를 흔들고 있어요."

샘이 말했다. 여전히 눈을 감은 채. 코니는 웃음을 참느라 헥헥거리며 물었다.

"뭐라고요?"

"지금 웃고 있잖아. 그것 때문에 침대가 흔들려요."

절반만 보이는 샘의 입이 곡선을 그리며 미소를 지었다. 코니가 해명했다.

"당신이 코를 골고 있어서 그랬어요."

여전히 눈을 감은 채 샘이 대답했다.

"거짓말. 난 코를 골지 않아요."

코니가 활짝 웃으며 말했다.

"오, 코를 골았다니까."

그러자 샘이 말했다.

"알로! 네가 내 편을 들어 줘야겠다."

깃털 이불 위, 코니의 발과 샘의 발 사이에 숨어 있던 알로는 대답 대신 배를 보이며 벌렁 드러누워 네 발을 아무렇게나 벌렸다.

코니가 샘에게 다가가며 말했다.

"알로가 내 말이 맞대요."

이제 눈을 뜬 샘이 초록색 눈동자로 코니를 바라보다가 활짝 웃으며 대답했다.

"내가 듣기론 그게 아닌데. 알로는 '잠 좀 자려는데 누가 침대를 이렇게 흔드는 거야?'라고 하는데요."

"그래? 그러고 보니 알로가 '지붕에 페인트칠을 해야 하는 사람은 모두 일어나야 할 시간이야'라고 말한 것 같기도 하다."

코니는 이렇게 말하며 샘에게 손을 뻗었다.

"그럴 리가."

샘은 이렇게 말했으나, 코니의 손가락이 그의 겨드랑이에 닿자 간지러움을 참지 못하고 소리를 질렀다. 곧이어 난투가 벌어졌다. 알로는 침대에서 유유히 내려와 옆방으로 슬금슬금 기어가 다른 사주식 침대 위에 자리를 잡았다. 그러고는 풀썩 주저앉아 숨을 내쉬고 앞발을 씰룩거리며 꾸벅꾸벅 졸았다. 옆방 창문으로 들어오는 햇빛은 점점 길어졌다. 침대 머리판까지 빛이 들어오자 알로는 침대보 위에 흙색 털을 몇 개 남기고 사라졌다가 잠시 후, 부엌으로 들어가는 문 옆에 모습을 드러냈다. 그곳에는 목욕가운 차림의 코니가 손에 커피잔을 들고 서서 여전히 깔깔대고 있었다.

입에 치약을 가득 물고 있는 샘이 물었다.

"오늘 하루는 어떻게 보낼 작정이에요?"

코니가 대답했다.

"착한 대학원 학생이 되려면 케임브리지에 가서 와이드너 도서관 책꽂이를 뒤지며 딜리버런스의 책을 찾아야겠지요. 착한 딸이 되려면 집에 있으면서 진짜 정리라는 걸 하려고 노력해야 할 테고."

부엌 싱크대의 수도꼭지 밑에다 대고 칫솔을 헹구며 샘이 말했다.

"그래서 뭐가 되려고? 둘 다 되기는 불가능하겠는걸."

"기쁘게도 착한 딸이 되면 게으름을 피울 수 있겠더라고요. 죽은 마녀들이랑 그림자 책은 잠시 잊어버리고 쉴까 해요. 오늘 난……."

코니는 커피잔을 들어 올려 건배하는 시늉을 하면서 말을 이었다.

"청소를 할 거예요."

작업복 가슴팍에 달린 주머니에 칫솔을 꽂으며 샘이 대답했다.

"잘 생각했어요."

그날 아침 그 칫솔을 보았을 때 코니는 당황스럽기 그지없었다. 이게 기뻐할 일일까, 아니면 불안해할 일일까? 코니는 팔을 뻗어 샘의 작업복 주머니에서 칫솔을 빼내고 눈썹을 활처럼 구부리며 그를 응시했다.

그러자 샘은 영문을 모르겠다는 듯 눈을 크게 뜨며 물었다.

"왜 그래요?"

코니는 칫솔을 그의 주머니에 도로 넣어 주며 말했다.

"이따 전화해요."

샘은 재빨리 코니에게 키스하고 가 버렸다. 그래서 코니는 그의 따뜻하고 까끌까끌한 수염이 뺨에 닿는 감촉을 마음껏 즐기지 못했다.

"칫솔 하나 가지고 너무 걱정하지 마."

리즈의 목소리였다. 코니가 아침식사 설거지를 끝내고, 부엌에 있던 밀봉된 유리병 몇 개를 닦고, 할머니 집에 처음 도착한 날 밤에 부엌에 처박아 둔 맨드레이크 뿌리를 보고 소스라치게 놀란 후였다.

맨드레이크 뿌리는 바싹 말라 있어서 옛날 연금술사들이 만들었다는 쭈글쭈글한 아기 인형과 흡사해 보였다. 돌돌 말린 뿌리의 긴 잔털은 사람의 손가락과 발가락에 비길 만했다. 손 안에서 맨드레이크 뿌리를 뒤집어 마른 흙을 털어내고 있자니 '이런 독초를 퇴비 더미에 버려도 괜찮을까?' 하는 의문이 들었다.

"걱정하지 않아도 될까?"

코니가 엄지손톱을 물어뜯으며 물었다. 맨드레이크 뿌리를 보고 할머니 집에서 보낸 첫날 밤을 떠올리자 리즈가 무척이나 그리워졌다. 곧 가을 학기가 시작될 테고, 그러면 샐턴스톨 코트의 조용한 방으로 돌아갈 수 있겠지. 케임브리지에서의 예측 가능한 생활로. 도서관에서 공부를 하고, 걱정 때문에 초췌해진 토머스를 도와주고, 재닌 실바 교수나 매닝 칠튼 교수와 면담하는 일의 반복이었던 그 생활이 묘하게도 그녀를 끌어당겼다. 이제는 그 생활이 멋져 보이는 동시에 생소하게 느껴졌다. 그녀가 케임브리지에 없었는데도 그런 삶의 쳇바퀴는 변함없이 돌아가고 있었던 걸까?

"당연하지. 점심식사 후에 양치질을 하려고 일터에 칫솔을 가져갔을 거야. 그런 사람이 얼마나 많은데."

룸메이트인 리즈의 목소리를 들으니 할머니 집에서 종종 느꼈던 외로움이 가시는 기분이었다. 지금의 코니에게 리즈는 현실 세계의 상징이었다. 어느새 마음이 놓인 코니는 연감이 있는 곳을 대강이나마 알아냈다는 이야기를 하고 나서 곧바로 샘과 보낸 전날 밤에 대한 상세한 분석으로 넘어갔던 것이다.

"그럴 수도 있겠다."

코니가 미심쩍은 투로 대답했다. 그러자 리즈가 다시 주의를 주었다.

"칫솔에 관해서 그에게 묻지는 마."

다음 강의를 앞두고 잠깐 쉬는 시간에 전화를 받은 리즈는 시리얼을 입 안 가득 넣고 우물거리고 있었다. 코니는 리즈가 절대 안 된다는 의미로 스푼을 휘젓는 모습을 그려 보았다. 리즈가 덧붙여 말했다.

"그건 네가 불안해하고 있다는 이야기로 들릴 거야."

"그게 사실인걸, 뭐."

"아냐, 불안해할 거 없어. 그런데 오래 통화하진 못하겠다. 오늘 수업 내용이 고대 로마 검투사들이 결투할 때 쓰던 라틴어인데, 여름학교가 시작된 이래 처음으로 애들이 즐거워하고 있거든."

리즈는 한숨을 쉬며 말을 이었다.

"참, 너희 할머니 집 문에 새겨진 문양에 대해서 생각해 봤는데 말이야."

코니가 풀 죽은 목소리로 대답했다.

"그건 아직 그대로 있어. 이번 주에 페인트칠을 해 버릴까 생각도 했는데 왠지 손대고 싶지 않더라고."

코니는 잠시 침묵하다가 말을 이었다.

"주변을 어슬렁거리면서 집 안을 엿보는 사람은 없는 것 같아. 그래도 현관문을 쳐다볼 때마다 오싹해지더라."

리즈가 달래듯 말했다

"그래. 누군들 안 그렇겠니. 그래도 그 집에 계속 머무르는 걸 보면 기분이 아주 나쁘진 않다는 거네. 솔직히 말해서, 그 문제를 생각하면 할수록 우리가 그 원의 의미를 오해했다는 생각이 들어."

"뭐? 그게 무슨 소리야?"

"우린 그 원이 너를 위협하는 거라고 가정했잖아?"

코니는 수화기를 뺨과 한쪽 어깨 사이에 끼워 고정시킨 후 현관문을 열었다. 그러고는 문설주에 기대서서 눈앞의 원을 자세히 살펴보았다. 집 외벽에 달라붙은 등나무 꽃은 거의 다 졌고, 아직 남아 있는 꽃들이 향긋한 냄새를 솔솔 풍겼다. 라틴어로 쓰인 글자와 여러 개의 가위표로 이루어진 이해할 수 없는 문양이 그녀를 마주 보고 있었다.

코니는 현관문을 얇게 태운 자국을 손가락으로 쓸면서 리즈에게 말했다.

"다시 봐도 무섭긴 하다, 얘."

코니의 손가락이 지나간 자리에서 타들어간 나무가 약간 벗겨졌다. 리즈가 말했다.

"그게 무섭게 느껴지는 이유는 그런 문양을 처음 보기 때문일 거야. 생각해 보자고. 그 원 안에는 신을 부르는 이름들이 있었잖아? '알파'와 '오메가'는 시작과 끝인 하나님을 가리키고 있어. '아글라'는 히브리어로 '신'을 가리키는 알려지지 않은 이름이라고 네가 말했지? '도미누스 아주토르 메우스'는 '저를 도와주시는 신이시여', 즉 '신이여 저를 도우소서'로 해석되지. 라틴어, 히브리어, 그리스어로 된 신의 이름들 속에, 신에게 도움을 청하는 문구가 있었다는 거야. 그리고 글씨 바깥쪽에는 뭐가 있었지?"

"가위표."

코니가 대답했다. 그러자 리즈가 의기양양한 목소리로 말했다.

"십자가로 해석할 수도 있지. 그리스 정교회 십자가는 오늘날의 십자가와 비율이 다르잖아. 동서남북 길이가 똑같은 십자가."

코니는 눈을 동그랗게 뜨고 현관문의 문양을 다시 들여다보았다. 그러자 그 문양은 시커먼 적의의 옷을 벗어 버리고 완전히 다른 의미로 반짝이는 것 같았다.

"이런!"

리즈의 목소리에 코니의 사색은 끊기고 말았다.

"지금 가지 않으면 늦겠다. 라이오넬 챈들러가 쓴 『미신의 물질문화(The Material Culture of Superstition)』라는 책을 너도 가지고 있지?"

"그럴걸. 구두시험 목록에 있는 책이었으니까."

"그럼 그 책을 보면서 내 추측이 맞는지 확인해 봐. 생각하면 할수록 그 원이 너를 해치려는 게 아니라 보호하려는 거라는 확신이 들거든. 누가 그런 원을 그려 놓았는지는 여전히 오리무중이지만, 적어도 그게 무슨 뜻인지에 대한 가설은 생긴 셈이지."

코니는 한동안 원을 빤히 쳐다보다가 입을 열었다.

"리즈. 넌 천재야."

리즈가 한숨을 내쉬며 대답했다.

"그 말을 우리 여름학교 학생들에게 좀 해 주렴. 난 걔네들이 고생하는 꼴을 보고 싶어서 쪽지시험이라도 볼까 생각 중이야."

코니는 수화기를 제자리에 내려놓았다. 현관문은 여전히 오후의 햇살 속으로 열려 있었다. 현관문 밖에서는 알로가 가시투성이 허브 덤불 밑의 땅을 파면서 힘을 쓰느라 꼬리를 흔들어 댔다. 코니는 팔짱을 끼고 정원을 둘러보았다. 불안이 차츰 사라지고 마음이 편안해졌다. 코니는 심호흡을 하면서 갈비뼈 사이사이로 공기를 불어넣었다. 그때 전화벨이 울렸다. 리즈가 덧붙일 말이 있어서 다시 전화한 줄로만 알았던 코니는 잽싸게 수화기를 들고 다짜고짜 이렇게 말했다.

"늦었다고 하지 않았어?"

그러나 수화기 너머에서는 아무런 대답도 나오지 않았다. 상대방은 침묵을 지키다가 헛기침을 했다.

"코니 굿윈 양이에요?"

여자 목소리. 그녀의 말투로 미루어보아 뭔가 나쁜 일이 생긴 게 틀림없었다. 코니는 얼른 대답했다.

"예."

엄마한테 무슨 일이 생긴 걸까? 그러나 섬광처럼 빠르고도 정확한 직감이 코니의 머리를 스쳐갔다. 집 안에 앉아서 기 치료를 받으러 온 환자의 아픈 무릎에 두 손을 올려놓고 있는 엄마의 모습. 그래, 엄마는 괜찮은 거야.

"누구세요?"

여자는 대답하지 않았다. 그녀의 뒤쪽 어딘가에서 안내방송 같은 소리가 희미하게 울려 퍼졌는데 뭐라고 하는지 내용은 잘 들리지 않았다. 방송에 귀를 기울이던 전화선 너머의 여자가 말했다.

"코니 양, 난 린다 하틀리예요. 샘의 엄마 되는 사람이에요."

뒤쪽에서 한 남자가 걸어와 린다를 부르는 소리가 들렸다. 린다가 수화기를 손으로 가리고 있었기 때문에, 코니가 제대로 들은 말이라고는 "그래요?"와 "알았어요."밖에 없었다. 수화기에서 손을 떼고 린다가 말했다.

"그 애가 아가씨한테 전화해 달라고 부탁했어요. 샘은……."

린다는 말을 잇지 못하고 마른침을 삼켰다.

"지금 어디 있어요?"

이렇게 묻는 코니는 이미 가방 안에 손을 집어넣어 자동차 열쇠를 찾고 있었다.

❧

노스쇼어 보훈병원까지 어떻게 차를 몰고 왔는지 기억도 나지 않았다. 찬찬히 주변을 둘러볼 수 있게 된 순간 코니는 자신이 유리 미닫이문 안으로 들어서서 성큼성큼 걷고 있다는 사실을 깨달았다. 주차를 어디에 했는지도 기억이 가물가물했다. 코니는 청바지 주머니에 차 열쇠를 찔러 넣고 응급실로 가는 방향을 알리는 간판을 들여다보았다. 우중충한 진회색으로 칠한 병원 복도에서 화살표를 따라 정신없이 나아가다가, 모퉁이를 돌고, 엘리베이터를 타고, 한쪽 손으로 버튼을 눌렀다. 엘리베이터에서 내려서는 또다시 병원 복도를 따라 걸었다. 헐렁한 임시 환자복 차림의 주름살 많은 할머니들이 휠체어를 타고 복도에 늘어서 있었다. 코니가 허둥지둥 지나가도 할머니들은 눈길 한번 주지 않았다. 공지 같은 안내방송이 흘러나오자 눈가에 피로가 역력한 젊은 여의사가 어깨에 청진기를 걸치고 터벅터벅 걸어갔다. 코니는 눈을 깜박이며 주위를 둘러보고 나서 모퉁이를 한 번 더 돌았다.

문을 세 개 더 지나, 군데군데 긁힌 자국이 있는 갈색 유리섬유 의자가 일렬로 놓인 곳 맞은편에서 코니의 발이 멈췄다. 하늘하늘한 카디건과 걷기 편한 신발을 신은 상냥해 보이는 여자가 무릎에 커다란 손가방을 올려놓고 앉아 있었다. 그녀는 바닥의 사각형 리놀륨에 시선을 고정하고 자기 눈에만 보이는 세상을 응시하는 듯했다.

코니는 그녀의 시야 가장자리에서 서성거리며 기다렸다. 이윽고 그녀가 코니에게 눈을 돌려 미소를 지었다. 걱정스러운, 아니 슬픔이 묻어나는 미소였다.

"린다 아주머니?"

"아가씨가 코니로군요."

그녀가 이렇게 말하며 한쪽 손을 내밀었다. 코니는 그 손을 잡았는데, 린다의 손은 땀이 배어 있어서 꼭 미끈미끈한 생선 같았다. 린다가 힘없이 웃으며 말했다.

"샘이 예쁜 아가씨라고 했는데 정말이었군요."

코니는 린다의 옆자리에 앉았다.

린다가 복도를 힐끔거리며 말했다.

"남편은 공중전화를 찾으러 갔어요. 코니가 온 걸 알면 기뻐할 거예요."

누가 기뻐할 거라는 이야기지? 샘, 아니면 그녀의 남편? 하지만 코니는 굳이 물어볼 생각이 없었다. 천장에 달린 형광등 불빛이 린다의 머리 위로 쏟아져 내리면서 머리를 옅은 회색으로 물들였다. 코니는 두 손으로 가방을 꽉 잡았다 놓았다를 반복했다. 코니는 린다 하틀리가 좋아질 것 같았다. 그녀와 함께 부엌에 앉아 차를 마시는 장면도 상상이 갔다. 그녀의 입가에는 샘과 똑같은 웃음 자국 같은 주름이 있었다. 린다가 마침내 입을 열었다.

"다친 곳이 다리밖에 없어서 다행이에요. 그렇게 높은 데 있다가 머리를 다쳤으면 어쩔 뻔했어."

린다는 양쪽 손으로 팔꿈치를 감싸며 말을 이었다.

"그랬더라면 목숨을 잃었을지도 몰라요."

코니가 마침내 질문을 했다.

"무슨 일이 있었는데요?"

그때 복도 맞은편에서 니트 조끼를 입고 해진 코듀로이 바지 주머니에 두 손을 찔러 넣은 키 작은 남자가 심각한 표정으로 걸어왔다. 그는 린다의 옆자리에 앉아 그녀의 무릎에 손을 올리며 말했다.

"10분 후에 나올 거라더군. 충격이 심하지만 우리가 들어가서 만나 볼 수는 있다고 하오."

린다가 어깨를 축 늘어뜨리며 말했다.

"오, 잘 됐네요. 마이크, 여긴 코니예요. 샘이 말한 친구."

린다가 코니를 가리키자 마이크는 고개를 끄덕여 보였다. 코니는 굳은 미소로 답례를 했다. 그녀가 '샘이 부모님에게 나에 대해서 어디까지 이야기했을까?'라는 의문을 품자마자 린다가 이야기를 시작했다.

"오늘 아침 샘은 비계에 올라가서 일하고 있었아요. 페인트칠을 하고 있었지."

린다는 숨을 몰아쉬며 말을 이었다.

"그런데 왜 그랬는지는 몰라도 안전장비를 착용하지 않았다는군요."

마이크가 끼어들었다.

"그런데 바닥으로 떨어진 거예요. 2층 높이는 족히 됐을 걸. 지금은 다리 수술을 받고 있어요."

코니의 뱃속이 갑자기 요동쳤다. 그날 아침의 일이 떠올랐다. 치약 거품을 가득 물고 부엌 싱크대에서 코니를 향해 웃던 샘. 코니는 앞으로 나아가 샘의 팔을 덥석 잡고 싶었으나 자책감이 시커먼 커튼처럼 그녀를 덮쳤다.

'아침에 그가 집에서 나갈 때 위험이 도사리고 있다는 사실을 감지했어야 하는 건데. 아냐, 어리석게 굴지 말자. 샘이 깜박 잊고 안전장비를 착용하지 않을 줄 내가 어떻게 알았겠어?'

샘의 아버지 마이크가 턱에 주름을 잡고 성난 얼굴로 말했다.

"애초에 직업을 잘못 선택했어."

"마이크."

린다가 남편의 손 위에 자기 손을 얹으며 그를 달랬다.

세 사람은 병원 복도에 앉아서 기다렸다. 코니는 다리를 꼬고 한쪽 발을 다른 발의 발목에 감고 앉아 있었다. 시간이 텅 빈 천연색 스냅사진 속에서 흘러가는 듯했다. 점심식사 식판을 나르는 간호사 두 명이 재잘거리며 걸어갔다. 멜빵바지를 입은 청소부가 허리를 굽혀 넘어지려는 양동이를 가까스로 붙잡았다. 머리에 적갈색 상처 자국이 있는 체구가 작고 쇠약해 보이는 남자가 줄무늬 환자복 차림으로 휠체어에 앉아 있었고, 괴로운 표정의 중년 여자가 휠체어를 밀고 있었다. 복도에는 창문이 하나도 없었고 형광등을 24시간 켜 놓았기 때문에 시간을 가늠하기가 어려웠다. 얼마나 오래 기다렸는지 확실히는 알 수 없었지만 마침내 착실한 인상의 젊은 의사가 다가와서 말했다.

"하틀리 씨와 부인이시죠? 저를 따라오십시오."

샘의 부모가 벌떡 일어났다. 그들이 의사를 따라 조금 떨어진 방으로 들어가는 동안 코니는 뒤에서 조용히 따라갔다.

코니는 샘의 부모가 들어간 방의 문앞에서 기다리며 손가락을 엮었다 풀었다 했다. 이제야 생각할 시간이 생긴 셈이었다. 샘이 그녀에게 연락해 달라고 부모님에게 부탁한 일은 조금 뜻밖이었지만 무척 기뻤다. 평소 코니는 수줍은 성격 때문에 사람들, 특히 남자들과는 거리를 두는 편이었는데 샘에게는 달랐다. 그와 함께 있으면 마음이 편하고 긴장이 풀려 코니 자신의 모습에 더 가까워졌다. 어떻게 다른 사람과 함께 있을 때 자기 모습에 더 가까워질 수가 있을까? 혼자 있을 때라야 순수한 자기 자신이 될 수 있다고 생각했던 그녀가 아닌가. 코니는 샘을 생각하며 살며시 웃었다. 맨 처음 지붕에서 주르륵 내려왔을 때, 도넛 한 박스를 손에 쥐여 주었을 때 얼마나 놀랐던가. 코니는 목구멍이 팽팽하게 조여드는 느낌이었다. 그때 문이 열리더니 린다가 문틈으로 얼굴을 반쯤 내밀고 말했다.

"코니? 들어와도 되는데."

코니는 침을 꿀꺽 삼키며 문을 밀었다.

병실 안으로 들어가 보니 마이크와 린다가 환자 침대 앞에서 몸을 구부리고 있었고 젊은 의사는 침대 발치에 서서 회진기록을 들여다보고 있었다. 환자 침대에는 창백한 얼굴의 샘이 베개를 여러 개 받치고 누워 있었다. 검붉은 얼룩이 남아 있는 다리는 도르래와 띠로 고정시킨 상태였다. 코니는 침대 옆으로 걸어가 미소를 지으며 속삭였다.

"안녕."

샘이 대답했다.

"안녕, 코넬."

기진맥진해서 목이 쉰 소리였다. 샘은 억지로 미소를 지으려 했으나 입을 절반쯤 움직이다가 결국 얼굴을 찡그리고 말았다. 코니는 두 손을 아래로 뻗어 샘의 손바닥을 자기의 두 손 사이에 놓았다. 놀랍게도 코니는 샘의 세포가 갑작스럽고 극단적인 고통으로 말미암아 엉망으로 흐트러졌음을 알 수 있었다. 샘의 몸은 아직도 충격을 받고 있었는데, 충격이 폐쇄된 순환계 안에서 마구 출렁이며 돌아다니고 있어서 피할 수도 진정시킬 수도 없었다. 거대한 파도가 수영장을 덮친 격이었다.

코니는 샘의 손을 지그시 누르며 손가락으로 그의 손바닥을 더듬었다. 그녀의 감각은 피부 아래로 침투했다. 그녀의 두 손이 샘에 관한 정보를 모으고 있다는 사실을 깨닫고 코니는 소스라치게 놀랐다. 그녀는 그 정보를 어떻게 처리해야 할지도 잘 몰랐다. 하지만 요전 날 식물에다 실험을 해 보고 나서 코니는 자신의 몸이 어떤 균형 상태에 도달했다는 사실을 발견했다. 세상과 그녀 사이에 놓여 있던 두꺼운 벽이 갑자기 제거된 기분이랄까? 그것은 실로 엄청나고 불가사의한 변화였다. 어쨌든 지금 그녀는 샘의 몸에 대해 대단히 명료한 결론을 내리고 있었다. 샘의 몸에 퍼져 있는 무질서에는 다리뼈가 부러진 불행한 사고 외에 더 심각한 원인이 있었다. 코니는 얼굴을 찌푸리며 의사를 힐끔 쳐다보았다.

의사는 샘의 진료기록으로 보이는 서류를 휙휙 넘기며 입을 열었다.

"자, 좋은 소식은 다리가 순조롭게 회복될 걸로 예상된다는 점입니다. 환자분이 워낙 튼튼하기 때문에 머지않아 깁스를 하고 집으로 돌아갈 수 있을 겁니다. 그런데 심상찮은 문제가 하나 있습니다."

의사는 회진기록을 한쪽 팔 밑에 끼고 두 손을 모아 입가로 가져가며 샘과 그의 부모를 번갈아 쳐다보았다. 모두 의사의 설명을 기다리고 있었다. 샘은 코니의 손을 꽉 잡았다.

의사가 말했다.

"추락사고가 일어난 근본적인 원인을 알아보아야 할 것 같습니다."

"그야 안전장비인가 뭔가를 착용하지 않아서 그런 거잖소."

마이크 하틀리가 언성을 높이자 린다가 작은 소리로 달랬다.

"마이크, 가만히 있어요."

의사가 침착한 말투로 대답했다.

"그게 다가 아닙니다, 하틀리 씨. 샘, 사고 직전에 있었던 일을 얼마나 기억하고 있어요."

샘은 혀로 입술을 핥았다. 코니는 그가 아직까지 목구멍 안에 남아 있는 마취 기운을 밀어내려고 애쓰며 얼굴을 찡그리는 모습을 보았다.

샘은 목을 가다듬고 나서 부모를 올려다보며 말했다.

"사실 기억이 잘 안 나요. 교회 원형지붕에 금박 입히는 작업을 마무리하는 단계였고……."

그는 말하다 말고 침을 꿀꺽 삼켰다.

"전 조금 피곤했어요. 왜냐하면……."

그는 코니를 힐끔 보며 말을 이었다.

"잠을 잘 못 잤거든요. 그래서 잠깐 쉬려고 내려왔죠. 아이스박스에 있던 물을 마셨는데 맛이……."

샘은 입술을 씰룩거리며 몸으로 맛을 기억해 내려 애썼다.

"맛이…… 좋지 않았어요. 금속 같은 맛이 났죠. 그래도 개의치 않고 물을 마시고 나서 신도용 의자에 앉아 잠깐 쉬었어요."

샘은 숨을 들이마셨다. 긴장 때문에 눈가가 팽팽하게 당겨지면서 주름살이 생겼다.

“그리고 다시 일을 하려고 올라갔어요.”

그의 얼굴에 불안한 기색이 스쳐갔다.

“여기까지입니다. 기억나는 건 이게 다예요.”

샘은 난처한 얼굴로 코니를 바라보았다.

의사가 다시 질문을 던졌다.

“떨어진 기억은 없어요? 구급차를 탄 기억은?”

그제야 상황의 심각성을 인식한 샘이 대답했다.

“아뇨. 누가 저를 발견했는지도 모르겠어요.”

샘은 부모에게 시선을 돌리며 물었다.

“저를 발견한 사람이 누구죠?”

린다와 마이크는 얼굴을 마주보았으나 둘 다 아무 말도 하지 않았다. 의사가 진료기록에 뭐라고 쓰면서 말했다.

“흥미롭군요.”

의사는 심각한 표정으로 샘의 부모를 바라보다가 말을 이었다.

“환자분의 사고는 대발작(전신에 경련을 일으키는 것이 특징인 간질성 발작-옮긴이) 때문인 것 같습니다.”

샘이 물었다.

“뭐라고요?”

샘의 어머니 린다가 소리쳤다.

“오, 세상에나.”

마이크가 린다의 어깨에 손을 얹었고, 코니는 샘을 쳐다보았다. 샘은 당황해서 얼굴을 일그러뜨리고 있었다. 코니는 마른침을 삼키며 샘의 손을 꾹 눌렀다.

“일반적으로 대발작을 일으키는 환자는 이른바 ‘전조증상’을 경험합니다. 전조증상이란 지각이나 감정 상태에 급격한 변화가 일어나는 걸 뜻하는데, 때로는 뇌 신경세포 이상 때문에 환자가 이상한 맛이나 냄새를 느낀다고 착각합니다. 환자분이 마신 물에서 금속 맛이 났다는 게 바로 그런 경우지요. 대발작의 두 번째 단계에서는 사지가 뻣뻣해져서 넘어지게 되고 손발에 경련이 일어납니다. 그리고 환자는 발작 중에 있었던 일을 기억하지 못합니다."

의사는 계속 뭐라고 쓰면서 날카로운 눈으로 샘을 관찰했다.

"안타깝게도 문제는 그것만이 아닌 것 같습니다. 지금은 우리가 진정시켜 놓은 상태지만, 환자분은 다리 수술 도중에 또 발작을 일으켰습니다. 심각한 구토 증상도 있었고요. 경련 방지제를 투여해도 소용이 없더군요. 혹시 가족 중에 간질이나 발작성 질환을 앓은 사람이 있었습니까?"

린다가 아연실색하며 대답했다.

"아니요."

린다는 남편 마이크에게 눈짓을 했다. 큰 충격을 받은 그는 마치 누군가가 던진 커다란 돌에 맞은 사람처럼 숨을 헐떡이며 비틀거리고 있었다.

"없는 걸로 알고 있소."

마이크가 낮은 목소리로 말했다. 샘은 오히려 정신이 들었는지 침대 위에서 몸을 움직여 자세를 바꾸었다. 코니는 그의 팔에 손을 올렸다.

샘이 차분한 눈길로 의사를 바라보며 물었다.

"제가 또 발작을 일으킬 수 있다는 건가요?"

"불행히도 그럴 가능성이 높습니다."

그러자 린다가 숨을 몰아쉬며 손으로 입을 가렸다.

의사가 소견을 말했다.

"이건 조금 특이한 경우이긴 합니다. 유전적 요인이 있는지, 아니면 어떤 외적 요인이 작용하고 있는지는 아직 밝혀내지 못했습니다. 좌우간 구토는 심각한 문제를 일으킬 수 있으니 검사를 몇 번 더 해 볼 계획입니다. 두말할 필요도 없이 환자분은 안정을 찾을 때까지 병원에 머물러야 합니다. 몸에 경련이 일어날 때 부러진 다리를 난폭하게 움직일 위험이 있으니까요. 신경에 이상이 생길 염려도 있고, 아까처럼 심한 구토 현상이 또 나타날 경우에는 탈수 위험도 있습니다. 따라서 환자가 충분히 회복될 때까지는 퇴원시켜 드릴 수가 없습니다."

샘의 부모는 의사를 쳐다보던 눈을 샘에게 돌렸다가 이내 서로 마주 보았다. 코니는 샘의 손을 꽉 잡았다. 그녀의 눈가에서 눈물 한 방울이 흘러내렸다. 그녀는 겁먹은 모습을 샘에게 보이지 않으려고 소매로 눈물을 훔쳤다.

의사가 설명을 계속했다.

"20대에 간질 발작이 일어나는 건 흔한 일은 아닙니다. 보통 이런 증상은 아동기가 끝날 무렵이나 청소년 시절에 처음 나타나거든요. 또 구토 증상의 원인을 아직 알아내지 못했는데, 신경 이상과는 상관없는 문제로 보입니다. 어쨌든……."

의사는 미소를 지었다. 하지만 코니는 의사의 자신만만한 얼굴 밑에 깔려 있는 근심을 읽어냈다.

"내일 이 시간까지 구체적인 치료계획을 세우겠습니다."

의사는 활기차고 사무적인 동작으로 방 안의 모든 사람과 악수를 나누었다. 의사의 하얀 가운이 병실 문밖으로 사라지는 순간 코니의 뱃속에 있던 공포가 뭉치기 시작해서 차갑고 딱딱한 덩어리를 이루었다.

코니의 눈에는 그 의사도 어찌할 바를 모르고 있다는 사실이 밝은 컬러사진처럼 명료하게 보였기 때문이었다.

인터루드

매사추세츠 주, 세일럼

1692년 2월 하순

재빨리 탁 치자 달걀의 볼록한 부분이 깨지면서, 미끈미끈한 내용물이 펼쳐진 손바닥 위로 쏟아졌다. 곧이어 손가락 사이가 살짝 벌어지더니 둥근 노른자만 남고 끈끈한 흰자는 아래쪽의 물이 담긴 두꺼운 유리잔 속으로 떨어졌다. 머시 데인은 코를 킁킁거리며 손바닥 안의 노른자를 엄지손가락으로 살살 굴려 보았다. 얇은 막에 틈이 생기긴 했지만 완전히 터지지는 않았고, 매끈하고 따뜻한 촉감과 진하고 선명한 주황색도 그대로였다. 닭에게 밀짚과 말린 옥수수 껍질을 먹여서 그런지 노른자에서는 신선한 흙냄새가 풍겼다. 머시는 손바닥 위의 노른자를 작은 질그릇에 쏟았다. 질그릇에는 이미 네댓 개의 달걀 노른자가 식당의 희미한 조명 아래 반짝이고 있었다. 노른자를 모아 뒀다가 나중에 만들 커스터드를 생각하니 머시의 입에 침이 살짝 고였다. 우유를 조금 붓고, 호밀 죽이랑 지난주에 따온 까치밥나무 열매 그리고 사탕수수즙을 넣어야지. 손에 묻은 달걀을 닦아 내던 머시는 푸딩 냄새를 상상하며 입 속에서 혓바닥으로 앞니를 핥았다.

한편 유리잔 속의 흰자들은 흐리멍덩한 구름처럼 한데 뭉쳐 있었다. 이미 지친 엄마가 손을 내밀어 유리잔을 잡더니 높이 들어 올려 이쪽저쪽으로 돌려 보았다. 엄마는 속삭이는 소리로 주문을 외우고 나서, 버팀다리에 흠집 난 판자를 올려놓은 간이식탁 위에 유리잔을 도로 내려놓았다.

젊은 여자가 조바심을 내며 물었다.

"어때요?"

머시는 난롯가에서 분주하게 움직이고 있었다. 그녀는 기다란 철재 갈고리로 부글부글 끓는 솥을 움직여 난롯불의 가장 뜨거운 부분에서 조금 떨어뜨려 놓았다. 머시는 의견이 있더라도 속으로만 생각하고 일체 참견하지 않는다는 조건으로 엄마의 조수 노릇을 해도 좋다는 허락을 받은 터였다. 철재 갈고리가 벽돌 난로에 부딪쳐 딸그락 소리를 냈다. 머시는 불을 돋우면서 확 피어오르는 얕은 불꽃을 냄비 밑바닥 주변으로 올려 보냈다. 그녀는 식탁 앞에 앉은 두 여인으로부터 등을 돌리고 있었지만 이쪽을 쳐다보는 엄마의 따가운 시선을 느낄 수 있었다. 어깨 너머로 슬쩍 돌아보자 엄마 딜리버런스가 말없이 그녀를 바라보고 있었다. 머시는 뾰로통한 표정으로 엄마의 시선을 받아 낸 후 난로에서 끓고 있는 채소 수프 쪽으로 몸을 돌렸다. 머시는 메리 시블리라는 여자를 이해할 수 없었다.

'엄마는 저런 여자를 왜 상대하고 있을까? 남의 일에 간섭하고 소문 퍼뜨리기나 좋아하는 여자잖아.'

머시는 나중에 자신이 가업을 물려받게 되면 저 메리라는 여자와는 상종하지 않겠다고 다짐했다. 그러는 것이 너무나 당연해 보였다.

딜리버런스 데인이 한숨을 푹 쉬며 말했다.

"모르겠어요, 메리. 유리가 좋지 않아서 수정점을 칠 수가 없네요."

식탁 앞에 앉아 있던 젊은 부인은 꽉 잡고 있던 손수건을 비틀었다.

"아, 리비! 점을 쳐야만 해요! 마을 여자애들이 벌써 3주째 병으로 고통 받고 있잖아요. 하나만 더 깨 봐요."

메리 시블리는 바로 옆에 놓인 바구니에서 반점이 있는 둥글고 매끈한 달걀을 하나 더 꺼냈다. 딜리버런스는 메리 시블리가 건네는 달걀을 마지못해 받아들었다.

메리 시블리를 빤히 보면서 딜리버런스가 물었다.

"이게 패리스 목사의 헛간에서 나왔다고 했죠?"

딜리버런스의 시선을 피해 눈을 아주 살짝 내리깔면서 메리가 대답했다.

"그렇다고 하던데요."

딜리버런스가 지친 목소리로 물었다.

"이게 어떻게 당신 손에 들어왔죠? 패리스 목사가 자기 집 달걀로 점을 치기를 바라진 않았을 텐데요."

메리 시블리는 눈동자를 좌우로 굴리며 속삭였다.

"목사의 딸 베티를 못 봤나 보군요. 그 아이는 아무도 못 알아듣는 말을 웅얼거리고 격렬한 발작을 일으켜요. 그 집에서 시중을 드는 애비게일 윌리엄스도 그렇고요. 목사는 날마다 묵상 기도를 드리느라 헛간에 신경 쓸 시간이 없답니다."

딜리버런스가 자리에서 일어나며 말했다.

"부디 하나님의 가호가 있어서 소녀들이 곧 의식을 찾길 바라요."

딜리버런스는 난롯가 쪽으로 걸어가며 물었다.

"채소 요리는 어떻게 돼 가니, 머시?"

딜리버런스는 손에 든 행주로 냄비의 철재 뚜껑을 들어 올리고 보글보글 끓는 채소 냄새를 맡았다. 차가운 바람이 굴뚝을 통해 아래로 들어와 딜리버런스의 발치에 재가 날렸다. 머시와 딜리버런스는 행여 타다 남은 불이 옷에 옮겨 붙을까 봐 얼른 허리를 구부려 치마에 묻은 검댕을 털어 냈다.

모녀가 법석을 떠는 동안 메리 시블리가 벌떡 일어나 식탁에 두 손을 짚고 소리쳤다.

"리비! 목사가 윌리엄 그릭스를 불렀다고요!"

"그래요? 그릭스 씨는 훌륭한 의사라고 들었어요."

딜리버런스는 무관심한 말투로 대답했다. 메리 시블리는 총총히 탁자 모퉁이를 돌아와서 두 손을 엉덩이에 올리고 섰다. 그녀가 딜리버런스에게 얼굴을 어찌나 바짝 들이밀었던지 그녀의 뜨거운 숨결이 머시에게도 닿았다. 메리가 이를 앙다물고 말했다.

"이번 일은 악마의 소행이라고 그릭스 씨도 말했다니까요. 한 번 더 봐 주는 게 어때요?"

메리 시블리가 계란을 내밀었지만 딜리버런스는 고개를 돌렸다. 머시는 엄마를 향하던 시선을 메리에게 돌렸다가 다시 엄마를 쳐다보았다. 엄마가 저렇게 무엇을 숨기는 건 드문 일이었다.

"정말로 아무것도 안 보여요, 시블리 부인. 악마가 내 시야를 가리나 보죠, 뭐."

딜리버런스는 이렇게 대답하고 메리 시블리를 쳐다보았다. 메리 시블리는 턱을 꽉 다물고 눈에서는 분노의 빛을 발하고 있었다.

딜리버런스는 팔짱을 끼며 단호하게 말했다.

"우린 하나님을 믿어야 해요. 하나님의 섭리로 기적이 일어나 그 소녀들이 건강을 되찾기를 기도합시다. 내 느낌으로는 머지않아 회복될 것 같은데요."

메리 시블리는 실망한 얼굴로 발을 동동 굴렀다. 그녀가 문쪽으로 걸어가는 동안 머시는 그녀의 어깨에 부딪치지 않으려고 등을 벽에 붙이고 살살 움직였다. 딜리버런스는 메리가 걸어가는 모습을 무표정한 얼굴로 바라보았다. 메리는 문 앞까지 가서 고개를 돌려 손으로 두툼한 모직 외투를 찾으면서 말했다.

"그 여자애들이 마법에 걸렸다는 건 내가 여기 서 있는 것만큼이나 분명한 사실이에요. 리비, 당신이 그 애들을 도와주지 않는다면 내가 직접 마녀 케이크를 만들겠어요. 특별한 능력이 없어도 그건 만들 수 있으니까!"

메리 시블리는 의미심장하게 콧방귀를 뀌며 턱밑에서 외투 끈을 묶고, 현관문을 활짝 열고 구름이 잔뜩 낀 바깥으로 걸어 나갔다. 문이 쾅 닫히더니 그녀의 등 뒤로 작은 눈보라가 일어나 현관에 깔린 널빤지에 눈이 쌓였다. 메리가 가 버리자 딜리버런스는 식탁 끝에 놓인 다리 세 개짜리 의자에 앉아 두 손에 얼굴을 파묻고 손가락 끝으로 두건 뒷부분을 톡톡 두드렸다.

머시는 난롯불 위에 올려놓은 채소 수프를 점검하고 난로 안의 벽돌 오븐 안에서 익어 가는 빵 덩어리를 들여다보는 척했다. 엄마의 일거수일투족에 신경이 쓰였지만 잠자코 기다리기로 했다.

딜리버런스는 팔꿈치를 식탁에 괴고 손가락을 관자놀이로 가져가며 한숨을 쉬었다. 머시가 슬쩍 훔쳐보니 엄마는 눈을 지그시 감고 있었다.

"케이크를 만든다고 뭐가 달라지겠어."

딜리버런스가 여전히 눈을 감은 채 혼잣말처럼 중얼거렸다. 머시는 이제 이야기가 시작되려나 보다 생각하면서 철재 갈고리를 다른 조리도구들과 함께 난롯가에 두고 식탁 앞에 앉았다. 그녀는 달걀 노른자가 담긴 질그릇을 앞으로 끌어당기고 휘휘 저어 커스터드 반죽을 만들기 시작했다. 식탁 밑에서 그녀의 발에 따뜻한 덩어리 같은 뭔가가 닿았다. 그러자 그 덩어리에서 끄응 소리가 났다. 독은 겨울철마다 어두운 식탁 밑에 숨어서 낮잠을 자는 습관이 있었다.

모녀는 한동안 조용히 앉아 있었다. 나무 숟가락으로 달걀 노른자를 풀고 사탕수수즙 한 숟갈을 넣어 휘젓던 머시가 말문을 열었다.

"엄마, 왜 시블리 아주머니한테 아무것도 안 보인다고 했어요? 엄마는 늘 물 속에 달걀을 넣고 점을 치잖아요."

딜리버런스가 눈을 뜨고 딸을 마주 보았다. 엄마가 이런 식으로 속마음까지 훤히 들여다볼 때마다 머시는 자신이 물잔 속에 둥둥 떠다니는 달걀 흰자가 된 기분이었다. 머시는 눈길을 슬쩍 돌렸지만 엄마는 시선을 거두지 않았다.

딜리버런스가 손을 뻗어 머시의 리넨 옷깃을 건드리면서 말했다.

"그 옷을 세탁한 지 얼마나 됐지? 내일은 그 옷을 밖에 내다 말리자. 트렁크에 낡은 옷이 하나 더 있으니까."

머시는 나무 숟가락을 내려놓고 엄마를 마주 보았다. 머시는 지난해부터 엄마보다 키가 커졌고 몸집도 조금 더 실해졌다. 하지만 그녀는 집안 살림을 도맡아 하면서도 엄마에게 꼼짝을 못했다. 머시는 참지 못하고 보채기 시작했다.

"왜요, 엄마? 꼭 대답을 듣고 말겠어요!"

딜리버런스가 우울한 미소를 지으며 대꾸했다.

"오, 그러니? 어디 한번 말해 봐라. 내가 뭐라고 대답했으면 좋겠니, 머시 데인?"

딜리버런스는 자리에서 일어나 창가로 걸어가서 서리 낀 창문을 손가락으로 문질렀다. 창가의 공기는 더 차가웠으므로 딜리버런스의 숨결이 눈에 보이는 하얀 막으로 변해 창문에 달라붙었다. 그녀가 차가운 말투로 물었다.

"그 여자애들이 연극을 하는 거라고 말해야겠니? 따분한 나날을 보내던 애들이 기분전환 삼아 못된 장난을 치고 있다고 이야기할까? 그러면 엄마가 목사님 딸을 비난하는 셈이지. 그 애가 거짓말쟁이라고 말했다가 만약 내가 틀렸다는 증거라도 나오면 명예훼손 혐의를 덮어쓰겠지. 아니면……."

딜리버런스는 가슴 높이로 팔짱을 끼고 머시에게 얼굴을 돌리며 말을 이었다.

"메리 시블리의 말이 옳다고 해 줄까? 그 여자애들이 마법에 걸린 게 틀림없다고? 그러면 어떻게 되겠니?"

딜리버런스는 식당을 가로질러 머시가 앉아 있는 난롯가로 다가왔다. 그녀는 어깨까지 내려온 머시의 아마빛 머리카락을 한 움큼 잡고 손가락 사이에서 비벼대다가 한결 부드러운 목소리로 물었다.

"마을 사람들이 누구를 탓할 것 같니? 그들은 앓던 송아지가 나은 일, 없어진 백랍 그릇을 찾아 준 일, 파종 시기를 맞춰 주고 환자를 고쳐 준 일 따위는 까맣게 잊고 애꿎은 사람을 비난할 게다."

머시는 푸른 눈을 동그랗게 뜨고 흔들리는 난롯불을 쳐다보며 속삭였다.

"하지만, 엄마. 거짓말은 치명적인 죄라잖아요."

딜리버런스는 식탁 앞에 앉아 있는 다리가 길고 얼굴에 주근깨가 있는 발랄한 소녀를 내려다보며 미소를 지었다. 그러고는 손에 쥐고 있던 머시의 머리카락을 내려놓으며 대답했다.

"엄마의 불멸의 영혼은 예수 그리스도의 것이란다. 모든 일이 그분의 뜻대로 되겠지. 만약 내가 구원을 받는다면 그건 오로지 주님의 은총 덕택이고, 만약 나에게 무슨 일이 생긴다면……."

딜리버런스는 여전히 미소 띤 얼굴로 말을 멈췄다. 머시의 가슴속에 먹구름이 몰려왔다.

"그렇게 된다면…… 우리 딸에게는 고통을 면해 주고 내가 다음 생에서 그 고통을 치러야겠구나."

다음 며칠은 데인 집안의 평범한 겨울철 날들과 다를 바 없이 흘러갔다. 모녀는 난롯가에 머무르면서 빵을 굽고 옥수수 죽을 끓이는가 하면 촛불을 켜 놓고 눈을 가늘게 떠 가며 옷을 수선했다. 독은 식탁 밑에서 코를 골며 내리 잤다. 오후가 되면 딜리버런스는 그녀의 책을 꺼내 머시에게 공부를 시켰다. 말린 허브를 하나씩 꺼내 식탁에 올려놓고 교리문답을 하듯이 머시에게 식물의 이름과 속성과 용도를 또박또박 말해 보라고 시키기도 했다. 집 밖에는 눈이 계속 쌓였다. 모녀가 사는 방 두 개짜리 집은 하얀 언덕에 묻혀 버렸다. 쌓인 눈은 거실 창문에 압력을 가하고, 굴뚝을 타고 내려오고, 현관문 아래의 좁은 틈으로 파고 들어왔다. 식료품이 떨어져서 물물교환을 하러 오는 이웃들 외에는 손님도 거의 없었다. 머시는 단조로운 생활에 싫증이 나서 날마다 손가락이 근질거렸다. 마을에 떠도는 소문이라도 듣고 싶은 마음이 간절했다.

추위가 아직 꺾이지 않은 3월의 첫째 날, 머시가 대뜸 말했다.

"부두에 좀 나가 볼게요."

바깥 세상은 하얀 구름에 덮여 온통 한 덩어리로 보였다. 머시는 두툼한 외투를 걸친 다음 나다니엘의 낡은 펠트 모자를 찾기 위해 창고의 침대 발치에 놓인 트렁크를 뒤적였다. 지난해에 나다니엘이 사고로 사망했을 때 머시는 사고 당일에 입었던 옷만 빼고 그의 옷가지를 고스란히 간직해 두었던 것이다. 아직도 머시는 간혹 가다 대로에서 번쩍이는 빨간 불빛을 보거나 마차바퀴가 쩍 갈라지는 소리를 듣는 상상을 했다. 머시는 그 불쾌한 장면을 지워 버리려고 눈을 비볐다. 언제부턴가 울적하고 기운이 없을 때면 아버지 나다니엘의 낡은 옷가지를 꺼내 입는 습관이 생겼다. 그런데 요즘 들어 기분이 울적할 때가 부쩍 많아졌다.

문간에서 딜리버런스가 물었다.

"무슨 일로?"

머시는 조금이라도 위엄 있게 보이려고 키 큰 몸을 일으켰다. 하지만 입술에는 파르스름한 빛이 돌았다.

"농장 소식이 궁금해서요."

머시가 말한 '농장'이란 '세일럼 마을'의 옛 이름이었다.

모녀는 해변 가까이 위치한 세일럼 읍의 작은 집에서 살고 있었다. 세일럼 읍은 지난 수십 년 동안 꾸준히 성장했고, 인구가 급증하는 읍에 식량을 공급하기 위해 언젠가부터 외곽지대에 '세일럼 농장'이 형성됐다. 세월이 흐르면서 일정 수준의 자치권을 획득한 세일럼 농장은 '세일럼 마을'로 이름을 바꿔 달았다. 이곳의 문화와 풍습은 세일럼 읍과는 달랐다. 세일럼 농장, 즉 세일럼 마을 사람들은 의심 많고 파벌 성향이 강한 시골 사람들이었다. 배를 타는 선원들은 이 마을에 없었다. 머시는 이제 키 큰 소녀가 됐는데도 아직도 자신이 작게만 느껴졌다. 마을에 새로운 얼굴들이 자꾸 생겨나서 마음이 불안했기 때문이었다. '동쪽에서' 온 사람들이 썰물처럼 읍으로 밀려들었다. 메인 주에 정착하려다 인디언의 공격을 받고 밀려난 사람들, 영국에서 배를 타고 온 사람들 등, 세일럼 읍의 거리에는 날마다 낯선 사람들이 우글거렸고, 머시는 어디를 가나 낯선 사람들과 마주쳤다. 시장에 갈 때나 일요일 예배 시간에는 물론이고 때로는 데인 모녀의 초라한 거실에까지 낯선 사람들이 들어와 딜리버런스에게 여러 가지 부탁을 했다. 최근 머시는 모든 동네와 광장을 옛날 이름으로 부르는 습관이 생겼다. 그래야만 자신의 존재가 희미해지는 것을 막을 수 있다는 듯이. 하지만 자신이 옛날 이름을 쓰고 있다는 사실을 의식할 때마다 은근히 짜증이 났다. 머시는 가슴 높이에 팔짱을 꼈다.

"농장 소식을 모르는 게 너한테 이로울 게다. 외투를 입은 김에 젖소한테 여물이나 주지 그러니?"

딜리버런스는 이렇게 말하고 거실 난로 쪽으로 몸을 돌렸다. 계획이 틀어져서 성질이 난 머시는 얼굴을 찡그렸다.

"무슨 일이 벌어지는지 나도 알고 싶단 말이에요!"

머시의 얼굴은 빨갛게 달아올라 있었다. 딜리버런스는 고개를 돌려 냉담한 눈길로 머시를 바라보며 덧붙였다.

"부엌에 불을 지펴야 하니 땔나무도 더 가져와라."

더 이상 왈가왈부하지 말라는 뜻이 담긴 단호한 말투였다. 엄마가 그런 식으로 이야기할 때마다 머시는 신경이 곤두서곤 했다. 결국 머시는 투덜투덜 불평을 늘어놓으며 외투로 몸을 감싸고 혹한의 오후에 바깥으로 나갔다.

뜰로 한 발짝 내딛는 순간 뉴잉글랜드의 겨울이 머시를 덮쳤다. 차가운 바람이 머시의 뺨을 후려갈기고 치마를 다리에서 떼어 놓았다. 머시가 집 뒤에 있는 헛간으로 터벅터벅 걸어가자 발이 눈 속에 푹푹 빠졌다. 머시는 슬슬 짜증이 났다. 엄마가 부두에 나가지 못하게 해서 다행이라는 생각도 들었다. 엄마가 가지 못하게 말리지 않았다면 자존심 때문에라도 기어이 부두까지 갔을 테니까. 그런데 그녀의 장화 속에서는 벌써부터 발가락의 감각이 무뎌지고 있지 않은가.

한두 시간 후 일을 끝마친 머시는 장갑 낀 손으로 뒷문을 밀어 열고, 땔나무 한 아름을 안은 채 자세를 고치면서 열린 문틈으로 살살 들어갔다. 그녀는 발을 몇 번 굴러 커다란 얼음 덩어리를 털어 내고는 낑낑대며 거실로 가서 땔나무를 난롯불 근처의 장작더미에 내려놓았다. 난로 쪽으로 돌아서서 벙어리장갑을 낀 손으로 손뼉을 짝짝 치니 비로소 꽁꽁 언 손에 피가 돌고 감각이 돌아오는 듯했다. 나다니엘의 낡은 모자를 벗으며 식탁을 향해 돌아서는 순간 머시의 눈에 덩치 좋은 사라 바틀렛이 눈에 띄었다. 그녀는 침통한 얼굴로 식탁 앞에 앉아 두 손으로 딜리버런스의 손을 꼭 잡고 있었다. 두 사람은 속삭이는 소리로 무슨 이야기를 주고받고 있었다. 머시를 본 딜리버런스가 재빨리 고개를 들고 마른침을 삼키며 말했다.

"네가 듣고 싶어 하던 소식을 바틀렛 아주머니가 가져오셨다, 머시."

머시는 식탁 앞의 딱딱한 벤치에 앉아 두 여인을 번갈아 쳐다보다가 인사를 했다.

"안녕하세요, 바틀렛 아주머니."

머시는 두 손을 무릎 위에 가지런히 올려놓았다.

"잘 있었니, 머시?"

이렇게 말하는 사라 바틀렛의 얼굴은 여느 때처럼 불그스름한 빛이 아니라 흐릿한 회색이었다. 그것이 추위 때문인지, 아니면 근심 때문인지 머시는 알지 못했다.

딜러버런스가 말했다.

"계속해요, 사라. 머시도 들어야지요."

"마녀 케이크라는 건 병든 여자애들의 오줌을 호밀가루에 섞어서 만든대요. 그걸 개에게 먹이는 거죠. 그래서 그 개가 비슷한 증상을 나타내면 환자가 마법에 걸린 걸로 간주한다나요."

사라 바틀렛은 딜리버런스에게서 머시에게로 눈을 돌렸다가 다시 딜리버런스를 바라보며 자신 없는 말투로 덧붙였다.

"듣기론 그랬어요."

사라 바틀렛은 무거운 한숨을 내쉬며 고개를 절레절레 흔들고, 두 손으로는 딜리버런스가 그녀의 앞에 놓아 준 뜨거운 사과즙 잔을 감쌌다. 머시는 사라 바틀렛이 저렇게 부정적인 말투로 뭔가를 이야기하는 모습은 처음 본다고 생각했다. 그녀가 아는 바틀렛 아주머니는 늘 쾌활한 사람이었다.

"일이 이상하게 돌아가고 있어요, 리비. 난 이해할 수가 없다우. 오늘 아침에 마을에 다녀왔거든요. 정신이 나가 버린 여자애들이 아주 많더군요. 어떤 애들은 여기 있는 머시보다도 어리더라니까. 그 여자애들이 한 달째 발작을 일으키고 있는데, 목사의 딸도 그중 한 명이죠. 패리스 목사는 악마가 세일럼 마을에 장난을 치고 있다고 굳게 믿고 있어요. 설교 시간에 악마를 추방하자고 말했고, 모두 금식 기도를 하면서 하나님께 용서를 구하자고도 했어요. 그런데 그 메리 시블리라는 여자가 티투바, 그러니까 패리스 목사의 집에서 일하는 인디언 노예에게 마녀 케이크를 만들라고 지시했다는 말이 돌더군요."

딜리버런스는 작은 신음 소리를 내며 고개를 가로저었다. 그러고는 무미건조하게 물었다.

"어떤 방법으로 만들었는지 아세요?"

사라가 빙그레 웃으며 말했다.

"병에 걸린 여자애들의 오줌을 받아다가 호밀가루에 섞어서 개에게 먹였어요. 그러면 나쁜 마법이 개에게 넘어가기 때문에 여자애들이 고통에서 해방되리라고 생각했대요. 개는 혼령이 깃드는 동물로 알려져 있다고 그 여자가 말했다는군요."

딜리버런스는 어처구니가 없다는 듯 코웃음을 치고 자기 앞에 놓인 사과즙을 한모금 들이켰다. 머시가 소리를 죽여 키득거리자 딜리버런스는 그녀를 매섭게 노려보았다. 머시는 입을 꾹 다물고 억지로 심각한 표정을 지으며 속으로 생각했다.

'돌덩어리처럼 아둔한 사람들 같으니.'

사라가 설명을 계속했다.

"며칠 전부터 로슨 목사가 와서 돕고 있어요. 로슨 목사는 마녀 케이크라는 건 악마의 도구라며, 환자들이 아무리 괴로워해도 악마의 도구를 써서는 안 된다고 비판했어요. 역시 설교단에서요! 그날 예배에서 애비 윌리엄스가 로슨 목사에게 그의 설교 제목이 뭐냐고 대뜸 물었죠. 목사가 제목을 말해 주자 그 여자애가 글쎄, '긴 제목이네'라고 하지 않겠어요? 고귀한 성직자에게 애들이 그 따위로 말하는 건 내 평생 처음 들었수다."

딜리버런스가 사과즙을 한 모금 더 마시며 맞장구를 쳤다.

"그러게 말이에요."

그녀는 옆에 있는 머시를 향해 덧붙여 말했다.

"그리고 나라면 그런 방법을 쓰지 않을 게다."

머시는 고개를 끄덕였다. 사라가 다시 입을 열었다.

"그런데 리비, 그게 다가 아녜요. 목사가 그 여자애들한테 그 애들을 고문하는 사람의 이름을 대라고 했거든요. 악마가 누구의 모습으로 나타났느냐고 물었단 말이에요. 이번 주에는 사라 굿, 사라 오스본 그리고 티투바의 이름이 나왔대요!"

딜리버런스와 머시는 눈짓을 교환했다. 사라 굿과 사라 오스본은 마을에서 모르는 사람이 없는 여자 거지들이었다. 늘 이 집 저 집을 돌아다니며 음식과 잠자리를 청하는, 이악하고 곤궁한 여자들. 억센 마을 사람들은 두 여자를 바라보며 내심 두려움을 느꼈고, 그 불행한 처지가 자기들에게 전염될까 걱정하듯이 그들을 피해 다녔다. 티투바는 어릴 때부터 패리스 목사 가족과 함께 살았던 바베이도스 섬 출신의 인디언 노예였다.

"메리 시블리는 이제 하나님께 의지해야겠군요. 그녀에게는 잘된 일이네."

딜리버런스는 웅얼거리며 이렇게 말하고 자리에서 일어나 창가로 가서 바깥을 내다보았다. 그러자 사라 바틀렛이 소리쳤다.

"리비, 잘 들어요! 오늘 그 세 명이 공회당으로 끌려가 조사를 받았어요!"

식탁 앞에 그대로 앉아 있는 사라에게 얼굴을 돌리며 딜리버런스가 물었다.

"뭐라고요?"

"그게 바로 오늘이에요, 리비! 그리고 그 티투바라는 애가 자백을 했다우!"

사라는 '자백'이라고 말하면서 손바닥으로 탁자를 세게 내리쳤다. 머시의 눈이 휘둥그레졌다.

딜리버런스가 손을 관자놀이에 갖다 대며 속삭였다.

"주님의 은혜라고들 하겠군요. 하지만 그건 거짓말이에요. 우리 마을에는 사악한 장난을 치는 사람이 없어요."

"패리스 목사가 티투바에게 어서 예수님 곁으로 돌아와서 자백을 해야 한다고 말했어요. 그리고 악마의 일을 누구와 함께했는지 이름을 대라고 했지요."

사라는 침을 꿀꺽 삼켰다. 다급한 마음에 눈이 뜨겁게 달아올랐다.

"리비, 당신에게 말해 주려고 곧장 달려왔수다. 그 피터 펫포드라는 자가 심문에 참석했는데, 그가 티투바에게 당신도 한패였냐고 물었지 뭐유."

식당 안에 침묵이 내려앉았다. 딜리버런스의 얼굴에서 핏기가 가셨다. 그녀는 선 채로 비틀거리기 시작했다. 머시가 얼른 일어나 한쪽 팔을 엄마의 허리에 두르고 부축했다.

딜리버런스를 식탁 머리에 놓인 세 발 달린 의자에 앉히면서 머시가 말했다.

"앉아서 이야기해요, 엄마."

"내가…… 머시, 내가……."

딜리버런스는 숨을 헐떡이며 말을 잇지 못했다. 머시는 딜리버런스의 옷 앞자락에 달린 끈을 살짝 잡아당겼다. 그러자 묶인 끈이 헐렁해져 딜리버런스가 숨을 깊이 들이마실 수 있게 됐다.

머시는 고개를 돌리지도 않고 말했다.

"습포가 필요해요. 바틀렛 아주머니, 부탁드려요."

그녀의 목소리에는 전에 없던 위엄이 배어 있었다. 사라 바틀렛은 허둥지둥 머시의 뒤로 돌아가서 깨끗한 천을 찾아 양동이에 담갔다. 마침 양동이 안에서는 머시가 청소할 때 쓰려고 모아 둔 눈이 녹고 있었다. 사라가 물에 적신 천을 머시의 손에 쥐여 주자 머시는 그 차가운 천으로 딜리버런스의 이마를 살살 문질렀다. 두건을 뒤로 젖히니 회색 섞인 갈색 머리카락 한 가닥이 엄마의 얼굴 위로 내려왔다.

머시는 천을 딜리버런스의 귀 뒤쪽과 목에 갖다 대며 속삭였다.

"숨을 쉬어 봐요, 엄마."

딜리버런스의 호흡이 차츰 깊고 고르게 변해 갔다. 머시는 엄마의 시선에 초점이 돌아올 때까지 엄마에게서 눈을 떼지 않았다. 엄마의 피부를 유심히 살펴보기는 처음이었다. 어쩐 일인지 피부가 종잇장처럼 얇아져 있었고, 눈가와 입가에는 가느다란 주름살이 그물망처럼 퍼져 있었다. 기억도 희미한 어린 시절에는 엄마가 조금 멀게 느껴진 적도 있지만 머시에게 엄마는 항상 강하고 유능한 존재였다. 그런데 지금 머시는 엄마의 얼굴에서 그동안 잘 볼 수 없었던 걱정과 두려움을 읽을 수 있었다.

엄마의 얼굴을 살피며 머시가 말했다.

"피터 펫포드요? 그 불쌍한 아저씨는 제정신이 아니잖아요. 그렇죠, 바틀렛 아주머니?"

사라는 딜리버런스가 앉아 있는 의자 옆으로 다가가며 대꾸했다.

"맞아. 그 사람의 주장을 뒷받침하는 근거는 아무것도 없단다. 내가 그 자리에서 그렇게 말하고 왔지."

사라는 통통한 손을 앞으로 뻗어 딜리버런스의 무릎을 가볍게 두드렸다.

딜리버런스는 마른침을 삼키고 걱정 말라는 듯 머시의 옷소매를 만지며 말했다.

"그 사람 말이 엉터리라는 건 저도 알아요. 하지만 법정에서 무슨 이야기가 나왔는지 알아야겠어요."

딜리버런스는 사라의 얼굴을 응시하며 대답을 기다렸다.

"티투바는 모르겠다고만 대답했어요. 패리스 목사는 펫포드에게 왜 그런 질문을 하느냐고 물었지요. 그러자 펫포드는 당신이 옛날에 자기의 어린 딸 마사를 죽게 했다고 주장했다우."

딜리버런스는 말없이 듣기만 했지만 그녀의 얼굴은 팽팽하게 굳어졌다. 그녀는 머시의 소매를 꽉 잡고 있었다. 머시는 그들의 집 앞 샛길 쪽에서 말발굽 소리가 희미하게 들린다고 생각했지만 아무 말도 하지 않았다. 깊어 가는 어둠 속에서 독이 나타나 딜리버런스의 무릎에 달라붙었다. 그러자 사라가 숨을 몰아쉬며 벌떡 일어서서 소리쳤다.

"오!"

딜리버런스와 머시는 아무 말 없이 사라를 쳐다보았다.

"우리 멍멍이가 너무 조용하게 있어서 몰랐구나."

사라의 힘없는 웃음소리가 조용한 방 안에 울려 퍼졌다. 말발굽 소리는 이제 더 커졌다. 눈 때문에 선명하게 들리진 않았지만 셋 다 분명히 그 소리를 듣고 있었다.

딜리버런스가 낮은 소리로 물었다.

"그래서 어떻게 결정이 났나요?"

사라는 다시 침을 꿀꺽 삼켰다.

"패리스 목사가 말하길……."

사라가 말을 시작하자마자 말발굽 소리가 집 앞에서 멈추더니 누군가가 말에서 내렸다. 언뜻 보니 체구가 건장한 남자 같았다. 그는 쌓인 눈을 힘겹게 헤치며 현관문 쪽으로 걸어왔다. 그의 모직 바지가 빽빽하게 쌓인 눈에 스치는 소리가 집 안에 있는 세 여자에게도 들렸다.

사라가 두 손을 깍지 끼며 목멘 소리로 말했다.

"당신을 심문하려는 것 같아요, 리비."

딜리버런스는 무언가를 결심한 사람처럼 침착한 얼굴로 사라를 쳐다보았다.

"그렇군요."

딜리버런스는 이렇게 말하며 자리에서 일어났다. 그녀는 두 손으로 치마의 주름을 펴고, 옷자락에 달린 끈을 다시 조여 단정하게 리본 모양으로 묶고, 손을 올려 두건을 고쳐 쓰고, 흘러내린 머리카락을 도로 집어넣었다. 그러고는 숨을 들이마셨다가 위엄 있는 태도로 천천히 숨을 내쉬었다. 그때 현관문을 두드리는 소리가 났다. 딜리버런스가 말했다.

"신속하기도 하네요. 네가 문을 열어 줘라, 머시."

엄마는 점점 침착해졌지만 머시는 점점 더 겁이 났다.

"엄마! 숨으면 되잖아요! 내가 시간이 느리게 가는 마술을 할 테니까 엄마는 어서 헛간으로 도망가요. 그러면 내가……."

머시는 다급한 목소리로 속삭이다 말고 입을 다물어 버렸다. 딜리버런스가 엄한 눈길을 던졌던 것이다. 그녀는 머시의 뺨을 가볍게 어루만지며 말했다.

"슬퍼서 넋이 나간 펫포드 아저씨가 소동을 피운 것뿐이란다. 엄마가 마을 어른들에게 그렇게 설명하면 아무 일 없을 거야."

다시 현관문을 두드리는 소리가 났다. 사무적인 태도로 쾅쾅 두드리는 소리.

"문을 열어 줘라, 머시."

사라는 당황해서 꼼짝도 못하고 서 있었다. 머시는 간신히 정신을 차리고 문 쪽으로 걸어갔다.

"머시!"

딜리버런스가 그녀를 멈춰 세우고 이렇게 속삭였다.

"내가 없는 동안 그 책에 관해서는 아무에게도 이야기하지 마라."

머시가 말없이 고개를 끄덕이자 딜리버런스는 손가락으로 문을 가리켰다. 머시는 몸을 돌려 문을 열었다. 어둠 속에 서 있는 사람은 이웃 읍인 마블헤드에서 온 조나스 올리버였다. 그는 시골 치안판사가 공무를 수행할 때 입는 정복 외투 차림이었다. 챙이 넓은 모자에는 서리가 두껍게 쌓여 있었고 장식 달린 어깨에도 눈이 쌓여 있었다. 그의 뒤쪽에서는 벼룩에게 시달린 말이 꽁꽁 언 땅에 발을 구르느라 쿵쿵 소리를 내고 있었다.

"안녕, 마시 데인."

머시는 쌀쌀맞은 인사로 답했다.

"안녕하세요, 올리버 아저씨."

천천히 식당 안을 둘러보던 조나스 올리버는 입술이 하얗게 변한 채 식탁 앞에 서 있는 딜리버런스를 알아보았다. 사라는 두 손을 꽉 모아 쥐고 한쪽 구석에 못박힌 사람처럼 서 있었다. 독은 어디 갔는지 보이지 않았다.

조나스 올리버가 말했다.

"내가 무슨 일로 왔는지 알 거요."

머시는 조나스 올리버의 입에서 이렇게 긴 문장이 나오는 건 처음 듣는다고 생각했다.

"준비할 시간을 조금만 줘요."

딜리버런스는 이렇게 말하면서 두꺼운 외투를 걸치고, 머시가 말리려고 난롯가에 벗어둔 장갑을 집었다. 멍하니 있던 사라도 어느새 정신을 차렸는지 딱딱한 옥수수빵과 작은 사과즙 주머니를 꾸러미에 싸 놓고 있었다. 조나스 올리버는 무표정한 얼굴로 현관에 서서 꼼짝 않고 기다렸다. 강풍이 그를 스쳐 안으로 들어왔고, 지저분한 눈과 얼음이 함께 날려 들어왔다. 머시는 엄마가 떠날 준비를 하는 광경을 바라보았다. 살을 에는 밤바람이 그녀를 휙휙 스치면서 집안의 안락이란 안락은 모조리 빼앗아 가는 것만 같았다. 가슴속에서 솟아난 공포가 붉은색과 검정색의 거대한 파도를 이루어 온몸으로 퍼졌다. 머시의 머릿속에서는 조나스 올리버가 엄마를 데려가지 못하게 할 방법이 없는지 궁리하느라 정신이 없었다. 요즘 연습하고 있는 시간 역전 마법을 써볼까? 과일을 점점 조그맣게 만들어서 씨앗으로 되돌리는 그 마법은 어떤 상황이나 사람에게도 쓸 수 있었다. 머시가 머릿속의 서랍을 뒤적이며 그 마법에 필요한 주문을 찾는 동안, 딜리버런스는 사라가 준비한 꾸러미를 들고 현관문 쪽으로 걸어갔다.

딜리버런스는 머시의 어깨에 한 손을 올리고 눈을 마주치며 속삭였다.

"내가 말한 걸 잊지 마라."

머시는 터져 나오려는 감정을 가까스로 억누르며 고개를 끄덕였다.

"엄마가 없는 동안 집안일은 네가 알아서 해야 한다. 일을 게을리하지 마라."

머시는 다시 고개를 끄덕였다. 하지만 조나스 올리버가 현관을 벗어나 딜리버런스에게 따라오라고 손짓하는 모습을 본 순간 머시는 자제력을 완전히 잃고 소리쳤다.

"엄마!"

머시는 달려가서 엄마의 목에 매달렸다. 머시의 얼굴에서 줄줄 흘러내린 눈물과 콧물이 엄마의 외투와 머리카락을 적셨다.

딜리버런스는 나다니엘이 살아 있을 때 하던 것처럼 머시의 등을 쓰다듬으며 달랬다.

"쉬, 쉬."

그러자 머시는 아버지 생각이 나서 몸을 부르르 떨며 더 큰 소리로 흐느껴 울었다.

"소동은 곧 가라앉을 거야. 우리에게 용기를 달라고 하나님께 기도드리자."

딜리버런스는 머시의 팔을 억지로 떼놓고 천천히 포옹을 풀었다.

고개를 푹 숙이고 서 있는 머시의 마음은 분노와 슬픔으로 뒤범벅이 되어 있었다.

딜리버런스가 사라 바틀렛에게 말했다.

"좋은 친구가 돼 줘서 고마워요, 사라."

사라도 인사를 했다.

"하나님의 뜻을 따르세요, 리비 데인."

딜리버런스는 머시의 이마에 입을 맞추고 마지막으로 집을 한 번 둘러본 후 조나스 올리버를 따라 캄캄한 바깥으로 나갔다.

딜리버런스가 떠나가는 광경을 보면서 머시는 조나스 올리버를 증오했다. 세일럼 마을도, 패리스 목사도, 꽥꽥거리며 비명을 질러 대는 여자애들도, 너무 일찍 세상을 떠난 아버지도, 사라 바틀렛도. 그리고 인정하고 싶지 않았지만 이 모든 일이 일어나는 걸 보고만 있는 하나님도 미웠다. 두 사람을 태운 말이 달리기 시작했고, 멀어져 가는 그들의 모습 뒤로 눈발이 날렸다. 머시는 현관에 선 채로 그들이 멀어지는 모습을 하염없이 바라보았다. 말발굽 소리가 점점 작아지다가 아예 사라지고 을씨년스러운 눈보라 소리만 들리다가, 온 밤이 침묵에 휩싸이고, 심지어는 그녀의 발치에 나타난 조그만 개에게도 침묵이 내려앉았다.

19장

매사추세츠 주, 마블헤드
1991년 8월 중순

할머니 집 뜰 위로 지붕처럼 촘촘하게 드리워진 덩굴 밑은 다른 데보다 일찍 어두워졌지만, 현관문에 남아 있는 원 모양의 불탄 자국이 보이지 않을 정도는 아니었다. 가방을 바닥에 툭 떨어뜨리고 양손을 허리에 올린 채 서 있던 코니는 팔다리에 스며드는 피로를 느꼈다. 오후 시간을 꼬박 병원에서 보내고 나니 공허하고 쓸쓸한 마음만 남았다. 샘의 다리는 서서히 회복되는 중이었지만 발작은 나날이 심해지고 있었다. 온몸을 파고드는 요란한 발작 때문에 병실에 있던 경험 많은 간호사들조차 겁먹은 기색이 완연했다. 팔과 다리, 허리와 목에 근육 경련을 일으킨 샘은 뻣뻣해진 몸을 괴상한 모양으로 구부리고 혀를 축 늘어뜨리다 의식을 잃기 일쑤였고, 때로는 몸을 비틀며 심한 구토 증세를 나타내기도 했다.

샘의 얼굴에 지친 기색이 나타나기 시작했다. 눈 밑에 짙은 보랏빛이 둥근 얼룩처럼 번져 갔는데도, 잠깐씩 발작이 가라앉는 짧은 순간을 빼고는 잠을 잘 수가 없었다. 의사들이 서너 가지나 되는 경련 방지제를 처방했지만 하나같이 효과가 없었다. 코니는 의사들끼리 이런저런 의견을 교환하는 소리를 들었으나 어떤 진단도 샘의 증상에 꼭 들어맞지 않았다. 콜레라는 아니었다. 간질도 아니었다. 종양? 그것도 아니었다. 의사들은 이른바 '라인쉬 검사(Reinsch test)'라는 걸 지시하기도 했다. 그게 대체 무슨 검사인지 궁금해서 찾아보니 독극물 중독 여부를 알아보는 검사였다. 그렇다면 페인트의 화학성분이 원인이란 말인가? 하지만 검사 결과는 명확하게 나오지 않았다. 의사들은 샘과 그의 부모 앞에서는 자신만만한 척했지만, 굳어진 그들의 표정 이면에서 꿈틀거리는 불안감을 코니는 똑똑히 볼 수 있었다. 그날 오후 병원에 도착했을 때만 해도 그랬다. 코니는 경련을 일으키는 샘의 몸을 관찰하고 있던 일고여덟 명의 의대생과 마주쳤다. 그들은 기록을 위해 수첩과 펜을 들고 있었는데 누구의 펜도 움직이지 않았다. 코니가 들어서자 그들은 일제히 고개를 들었지만 충분히 훈련된 의사들이 아니어서 그런지 떡 벌어진 입을 다물지 못했다.

지금 코니는 현관문의 불탄 자국을 바라보면서 머릿속으로 리즈의 견해를 곱씹어 보고 있었다. 리즈는 그 원이 그녀를 위협하려는 의도가 아니라 보호하려는 의도로 새겨진 거라고 말했다. 하지만 리즈의 추론은 그 원이 어디서 왔는지, 나아가 누가 그 원을 새겼는지를 밝혀내는 데는 도움이 되지 않았다. 코니는 좌절감을 느끼며 손가락 끝으로 눈썹을 살짝 눌렀다. 눈 속에서는 그녀 자신의 무기력

함에 대한 분노의 빛이 하얗게 번쩍이고 있었다.

코니는 자신의 삶에 대한 통제권을 잃어버린 느낌이 못 견디게 싫었고, 샘을 돕기 위해 할 수 있는 일이 아무것도 없다는 것도 싫었다. 그녀는 비단 자기 자신만이 아니라 현관문에 문양을 새긴 보이지 않는 손과 의사들의 무능과 쓸모없는 하얀 가운에게도 분노를 터뜨리고 있었다. 바로 그날 오후에도 코니는 린다가 병원 복도의 공중전화에다 대고 속삭이는 소리를 우연히 들었다.

"그 애는 죽어 가고 있어요, 마이크. 하나밖에 없는 우리 아들…… 의사들이 병의 원인을 빨리 알아내지 못하면……."

이렇게 말하던 린다는 코니가 듣고 있다는 사실을 알아차리고 즉시 화제를 바꿨지만, 린다의 해쓱한 얼굴은 그녀가 느끼는 절망의 깊이를 여실히 보여 주고 있었다. 코니는 바닥에 떨어뜨린 가방을 집어 들고 팔로 얼굴을 쓱 문지른 후 현관문을 열고 마침내 집 안으로 들어섰다.

거실은 이미 캄캄한 밤이었다. 코니는 난롯가에 놓인 두 개의 팔걸이의자를 지나 조심조심 나아가다가 할머니의 치펜데일 책상에 손이 닿자 발걸음을 멈췄다.

"알로?"

코니가 큰 소리로 외쳤지만 집 안은 고요하기만 했다. 혹시 강아지가 앞발을 놀리는 소리나 코 고는 소리가 들리지 않나 하고 귀를 기울여 보았지만 아무 소리도 들리지 않았다. 코니는 반바지 주머니에서 싸구려 종이성냥을 꺼내 손으로 가리고 불을 붙였다. 치펜데일 책상 위의 작은 석유 램프를 켜고 유리 등잔 안에 있는 심지를 돋우었더니 따스한 주황색 불빛이 거실을 가득 채웠다.

할머니의 책상 위에는 코니의 연구 노트가 두껍게 쌓여 있었고, 바닥에는 케임브리지에서 가져온 책들이 마구잡이로 놓여 있었다. 코니는 무릎을 바닥에 대고 앉아 두 손으로 책등을 만지작거리다가 라이오넬 챈들러의 『미신의 물질문화』를 발견했다. 봄에 구두시험을 치르기 위해 공부했던 책이어서 주요 논지는 어렴풋이나마 기억하고 있었다. 코니는 치펜데일 책상 앞의 의자에 앉아 맨발을 포갠 자세로 챈들러의 책을 펼치고, 목차를 눈으로 훑으며 십자가나 원이 나오는 소단원이 있는지 찾아보았다. 권두화, 발행정보, 감사의 글이 나오는 페이지가 끝나고 '미신과 민간신앙'이라는 제목이 붙은 1장으로 넘어가기 직전, 조잡한 목판화가 코니의 시선을 붙들었다. 소박한 농부 옷차림의 젊은 여자가 한 손에 두꺼운 책을 들고 팔을 쭉 뻗은 장면을 거칠게 새긴 목판화였다. 코니는 눈썹을 살짝 찌푸리며 도판에 붙은 설명을 읽었다.

> '열쇠와 성경' 점을 치는 젊은 여자. 작자 미상. 1567년, 영국 이스트 앵글리아 지역에서 발견됨. 원본은 대영박물관 특수자료실에 소장된 『말레피키아 토탈리스(Maleficia Totalis)』에 실려 있음. 자세한 설명은 43페이지 참조.

"뭐라고?"

코니가 혼잣말을 하는 순간 보들보들한 강아지 혓바닥이 그녀의 무릎을 핥았다. 어느새 나타난 알로가 치펜데일 책상의 발 부분에 앉아 있었다.

"오. 안녕, 알로."

그러자 알로가 깨갱 소리를 냈다. 코니는 43페이지를 펼치고 손가락 끝으로 책장을 훑어 내리며 읽기 시작했다.

"…… 집에서 쉽게 구할 수 있는 물건을 활용하는 경우가 많았다. 몇몇 문헌에 언급된 점치는 방법의 하나로 이른바 '열쇠와 성경'이 있다. 이 점은 19세기 초까지 민간에서 널리 행해졌던 것으로 보인다. 점을 치는 방법은 간단하다. 커다랗고 무거운 책에 열쇠를 끼우는데, 보통은 성경을 이용한다. 점치는 사람이 책을 손에 들고 소리내어 질문을 던진다. 책이 뒤집어지고 열쇠가 빠져나오면 질문에 대한 대답이 '예'인 것으로 간주한다."

본문을 읽는 동안 집이 점점 오그라들어 코니의 어깨를 조이고 아주 좁은 상자에 그녀를 억지로 밀어 넣는 것만 같았다. 코니는 계속해서 읽어 나갔다.

"때로는 이 점을 변형해서 종이쪽지에 이름이나 질문을 써서 열쇠 안에 집어넣기도 한다. 그렇게 하면 더 구체적인 질문에 대한 답을 얻을 수 있다."

코니는 고개를 번쩍 들고 책상 위에 있던 책을 무릎 위로 내린 후 손으로 책상 위의 종이더미를 뒤적였다. 여름 내내 호주머니에 넣어 가지고 다닌 열쇠가 손에 잡혔다. 코니는 공책 밑에 깔린 열쇠를 조심스럽게 빼내 눈높이까지 들어 올리고 석유 램프의 따뜻한 불빛 아래서 뒤집어 보았다. 길쭉한 열쇠 기둥이 반짝 빛났다. 코니는 딜리버런스 데인이라는 이름이 처음 발견된 종이쪽지의 끝부분을 엄지손톱으로 살짝 잡고 꺼낸 후 손가락 사이에서 굴려 보았다.

코니는 할머니 집에서 보낸 첫날 밤의 기억을 되짚어 보았다. 왠지 무서워서 잠을 이루지 못했던 밤. 리즈는 2층의 축축한 누비 침대커버 위에 올려놓은 침낭 속에서 곤히 자고 있었고, 석유 램프가 활활 타오르고 있었어. 그날 밤에 나는 뭘 했더라? 초조하고 불안한 마음으로 읽을거리를 찾고 있었지. 코니는 벌떡 일어나 그날 밤과 똑같이 램프를 손에 들고 책꽂이 앞으로 갔다.

'그래, 그날 다 부서져 가는 『톰 아저씨의 오두막집』을 발견했지.'

코니는 기억을 되살리며 그 작은 책에 손을 얹었다. 그러고는 책꽂이에 꽂힌 책들의 제목을 손가락으로 더듬었다.

'그다음에는 맨 아래칸에 꽂힌 커다란 책들을 구경했어.'

코니는 바닥에 무릎을 대고 램프를 맨 아래칸의 책들 앞으로 가져갔다.

'그리고 성경을 꺼냈지.'

코니는 무거운 성경책에 손을 올리면서 얼굴을 살짝 찌푸렸다. 그녀는 책꽂이까지 쫄래쫄래 따라온 알로에게 말을 걸었다.

"그렇지만 뭐라고 말한 기억은 없는데. 질문은 더더욱 안 했고."

알로는 별 관심 없다는 듯 코니를 올려다보았다. 코니는 엄지손톱을 입에 넣고 물어뜯기 시작했다.

"머릿속으로 생각은 했겠지. 난 항상 생각을 하니까. 그때 무슨 생각을 했을까?"

코니는 그날 밤 잠옷 차림으로 성경의 앞부분을 훑어보며 책장을 넘기는 자신의 모습을 상상했다. 마룻바닥에 무릎을 꿇고 책을 읽는 자신의 모습이 떠오르자 코니는 자세히 보려고 미간을 좁혔다. 이윽고 그녀가 손에 따끔한 아픔을 느끼고 움찔 하는 모습이 보였다. 그리고 그날 밤에는 미처 알아차리지 못한 현상이었지만, 그녀의 손가락 끝에서 푸르스름한 연기 내지는 안개 같은 게 흘러나오는 모습도 보였다. 상상 속의 그녀는 아픔을 떨쳐 내기 위해 손을 비비고 손가락을 구부리다 오래된 성경을 떨어뜨렸다. 코니가 그녀에게 물었다.

"지금 무슨 생각을 하고 있니?"

그러자 상상 속의 그녀가 코니 쪽으로 얼굴을 돌렸다. 그녀는 빙그레 웃으며 바닥에 떨어진 성경에서 열쇠를 빼내 현실 세계의 코니에게 보여 주려는 듯 높이 들어 올렸다. 잠시 후 그녀는 어둠 속으로 사라졌다.

시야에 커튼이 쳐지는 느낌이었다. 방금 전까지 상상 속의 자신이 있었던 허공을 향해 코니가 말했다.

"그때 난 '이 집에서 어떤 사람의 이야기를 발견하게 될까'라는 질문을 던지고 있었어. 소리 내어 묻지도 않았는데 '열쇠와 성경'이 내 질문에 대답했던 거야!"

코니는 쿵쿵 뛰며 일렁이는 가슴을 진정시키려고 두 팔로 몸을 감쌌다. 그러고는 낮은 소리로 혼잣말을 했다.

"어떤 말 때문에 그랬나?"

코니는 석유 램프를 내려놓으려고 할머니 책상 쪽으로 총총히 걸어갔다. 그 뒤로 알로가 폴짝폴짝 뛰며 따라갔다. 마치 자기도 똑같이 그 문제에 몰두하고 있는 양.

"하지만 말 때문만은 아니야. 샘이 라틴어로 된 카드를 읽었을 땐 아무 일도 없었잖아."

코니는 이런저런 사실들을 따져 보면서 다시 책상 앞에 앉았다. 그녀는 민간신앙을 다룬 라이오넬 챈들러의 책을 다시 집어 들고, 쓸 만한 내용이 더 있는지 보려고 아까 펼쳐 놓은 페이지를 살피기 시작했다. 중세 말기와 근대 초기에 유행했던 '열쇠와 성경' 점의 다양한 형태를 대충 훑어보던 코니의 눈길이 세 페이지 뒤에서 멈췄다.

> 마찬가지로 조잡하긴 하지만 계층을 막론하고 널리 활용된 바 있는 보편적인 점치기 기법으로 '체와 가위'가 있다. 체 위에다 가위를 날이 벌어지게 올려놓고 예, 아니오로 대답할 수 있는 질문을 던질 때, 가위가 체 위로 넘어지면 질문의 답이 '예'인 것으로 해석한다는 점에서 '열쇠와 성경'과 유사하다. 일설에 의하면 이 점은 가위가 상대적으로 비싼 물건이었다는 사실에서 유래했다고 한다. 당시 가위는 보편적인 도구인 동시에 값이 비싸고 만들기도 어려운 물건이었다. 미국은 가위를 독자적으로 생산하는 기술을 비교적 늦게 획득했으므로 식민지 초창기에 가위는 특별히 가치 있는 물건이었다. 당시 사람들은 잃어버린 물건을 찾거나 도둑을 잡아내기 위해 '체와 가위' 점을 널리 활용한 것으로 보인다. 이웃들의 압력과 감시 외에는 경미한 범죄를 수사하고 처벌하는 공식적인 통로가 거의 없는 시대였기 때문이다.

코니는 의자에 등을 기대고 무릎을 가슴까지 끌어올리면서 천천히 숨을 내쉬었다. 코니의 마음은 온통 혼자 병마와 싸우는 샘에게 쏠려 있었다. 괴이한 사고가 있었고, 지금 샘은 꼼짝 못하고 누워 있다. 문득 코니는 리오가 사라진 후 그레이스의 삶이 궁금해졌다. 엄마는 무슨 일이 일어났는지도 모른 채 하루하루를 어떻게 버텼을까? 하긴 리오는 전쟁터에 갔으니까. 전시에는 행방불명되는 사람들이 종종 있지 않은가. 대학 졸업반이었던 스물한 살의 그레이스가 하염없이 약혼자를 기다렸을 생각을 하니 코니의 가슴에 슬픔이 파도처럼 밀려왔다. 엄마가 실날같은 희망을 부여잡고 애타게 기다린 시간이 얼마일까? 이제 포기해야 한다는 사실을 언제 깨달았을까?

코니는 불현듯 무언가를 결심했다.

"해 보자."

석유 램프를 들고 부엌으로 성큼성큼 걸어가는 코니의 뒤를 알로가 쫑쫑거리며 따라갔다.

부엌을 한참 뒤지던 코니는 1970년대에 만든 구식 여과기와 녹슨 정원용 가위를 찾아냈다. 연녹색 세라믹을 입힌 여과기는 군데군데 이가 빠져 있었고, 녹슨 정원용 가위는 식용유를 몇 방울 떨어뜨리자 날을 움직일 수 있게 됐다. 코니는 텅 빈 부엌에다 대고 물었다.

"여과기도 체로 쳐 주나요?"

코니의 발치에서 어슬렁거리던 알로가 그녀를 올려다보았다. 하지만 코니는 알로에게 질문을 던진 게 아니었다. 소피아 할머니라면 어떻게 생각했을지 감을 잡고 싶었던 것이다. 확실히 할머니는 요리에 취미가 없었던 것 같다. 선반에 늘어놓은 유리병과 단지들을 빼고는 놀랄 만큼 검소한 부엌이었다. 조리용 나무 숟가락 두 개, 날이 무딘 식칼 하나, 철재 냄비 하나. 코니는 언젠가 엄마가 투덜대던 일을 생각하며 자기도 모르게 미소를 지었다. 엄마가 어릴 때 할머니가 준 음식이라고는 슬라이스 치즈와 크래커, 통조림 순무, 매운 햄

밖에 없었다고 했던가? 그런 음식을 준비하는 데는 조리도구가 별로 필요 없었겠지. 코니는 정원용 가위의 날을 벌렸다 닫았다 해 보았다. 가위의 이음매가 거칠게 삐걱거리며 움직이기 시작했다.

"됐다."

코니는 이렇게 말하면서 주위를 둘러보았다. 밀랍이 엉겨 붙은 빗자루가 놓여 있고 엉성한 반투명 문이 달린 비좁은 부엌은 마법 실험에 어울리는 극적인 배경이 아니라는 생각이 들었다. 그래도 부엌에 있어야 마음이 편하고 자신감이 솟는데 어쩌겠는가. 석유 램프 불빛이 부엌을 가득 채우고 있어서 그늘이라고는 아직 치우지 않은 유리 단지 뒤쪽의 좁은 공간밖에 없었다. 코니는 무한히 넓지 않은 장소, 자신의 힘으로 통제 가능한 장소에 있다는 안도감을 느꼈다.

"좋아."

코니는 정원용 가위의 날을 직각으로 벌리고 그 사이에 여과기를 둥근 부분이 아래로 오도록 끼웠다. 그녀는 천천히 여과기에서 손을 떼고 가위 손잡이를 한쪽만 잡았다. 나머지 한쪽 손잡이는 마음대로 흔들리게 내버려 두었다.

이제 질문을 던질 일만 남았다. 책에는 예, 아니오로 대답할 수 있는 질문이어야 한다고 쓰여 있었다. 코니는 턱에 힘을 주고 등을 곧게 폈다. 린다가 겁먹은 목소리로 공중전화에 대고 속삭이던 말이 생각났다. 코니는 마침내 입을 열었다.

"빨리 치료하지 못하면 샘은 죽나요?"

가위 손잡이를 잡고 있는 손바닥에 예의 따갑고 날카로운 아픔이 느껴지더니 거의 고통스러울 만큼 강해졌다. 진동하는 에너지가 손가락을 통과해 이마까지 올라갔다가 가위 날로 내려왔다. 텅 빈 여과기 한가운데에서는 타다닥 소리와 함께 푸르스름한 불꽃이 일어나면서 작은 번개 모양의 광선들이 나왔다. 그중 한두 줄기는 여과기 밖으로 튀어 나가 싱크대 옆의 조리대 상판에 닿았다가, 낡은 아이스박스를 건드린 후, 다시 천장을 치고 바닥으로 내려왔다. 별안간 가위의 한쪽 날이 홱 튕겨 나갔고, 여과기는 보이지 않는 손이 찰싹 쳐 내기라도 한 것처럼 센 힘으로 바닥에 떨어졌다. 여과기가 반동에 의해 튀어 오른 순간 푸르스름한 에너지는 온데간데없이 사라졌다.

코니는 혼비백산한 상태로 멍하니 서 있었다. 진짜로 되네. 진짜로 되잖아! 어떻게 이럴 수가 있지? 공유지에서 민들레가 꽃을 피운 일이나 거실의 거미식물이 되살아난 일은 우연이라고, 어쩌다 그렇게 됐다고 이성적으로 생각하고 잊어버리면 그만이었다. 그러나 지금 이곳, 할머니 집 부엌에서 아직도 코니의 몸속을 헤집고 다니는 아픔은 그간 경험한 일들이 진짜라는 생생한 증거였다. 그게 다 진짜였다니. 커다란 귀걸이를 한 마술용품 상점 여자의 목소리가 귓가에 쟁쟁했다.

'당신이 어떤 걸 믿지 않는다고 해서 그게 존재하지 않는 건 아니랍니다.'

챈들러의 책에 뭐라고 나와 있었지? 체가 뒤집히면 긍정적인 대답으로 간주한다고 했어. 그렇다면 이번 질문에 대한 대답은 '예'인 거야. 빠른 시일 내에 손을 쓰지 못하면 샘은 죽는다!

코니는 침을 꿀꺽 삼키며 바닥에 떨어진 체를 주우려고 허리를 굽혔다. 부엌 구석에서 알로가 아이스박스 뒤에 몸을 반쯤 숨긴 채 내다보고 있었다.

"좋아, 좋아."

코니는 혼자 속삭이면서 펼쳐진 가위 날 위에 다시 체를 올려놓았다. 세상의 모든 일을 설명할 수 있으리라는 기대는 오만이라고 엄마가 그랬지. 코니는 지금 벌어지고 있는 일들의 원리에 대한 궁금증을 떨쳐 버리고 결과에만 신경을 쓰려고 애썼다. 한 팔을 내밀고, 여과기에 시선을 집중하고, 나머지 한 손은 옆구리에 올려놓고, 목을 가다듬었다. 두려움은 마음속의 작은 상자에 집어넣고 자물쇠를 채워 버렸다.

"의사들이 샘의 병을 고칠 수 있을까요?"

좁은 부엌에 코니의 목소리가 울려 퍼졌다. 따가운 아픔이 코니의 손과 팔 아랫부분의 신경에 전해졌다. 여과기 안에서 푸른 불꽃이 일어나더니 번개 모양의 광선이 앞으로 뻗어나가 부엌의 벽을 강타했다. 그러나 이번에는 여과기가 움직이지 않았다. 불꽃은 서서히 작아지고 불꽃에서 나온 광선도 점점 짧아지더니, 여과기의 볼록한 부분에서 불꽃이 꺼지기 시작했다. 코니는 눈을 질끈 감았다.

"안 돼, 안 돼, 안 돼!"

코니는 정신없이 중얼거리며 다른 대답을 얻어 내려고 가위를 세게 떠밀고 흔들어 댔다. 하지만 여과기는 움직이지 않고 가위 날 위에 그대로 얹혀 있었다. 마치 가위 날의 일부인 것처럼. 누가 접착제로 붙여 놓은 것처럼!

코니의 충혈된 눈에 뜨거운 눈물이 고였다. 그녀는 피곤한 얼굴을 팔로 문지르며 속삭였다.

"나더러…… 뭘…… 어쩌라고?"

공포에 사로잡혀 호흡이 가빠진 코니는 머릿속을 마구 더듬으며 질문을 찾았다. '예, 아니오'로 대답이 가능한 질문. 샘이 처한 상황을 정확히 알아보는 데 도움이 될 질문. 코니는 다시 침을 꼴깍 삼켰다. 폐 안에서 호흡이 얕아지고 있었다.

"그래, 그래. 알아냈어."

코니는 숨을 깊이 들이마시고 등을 곧게 펴고는 가위를 들지 않은 손의 축축해진 손바닥을 반바지에 쓱 문질렀다.

"샘을 구할 수 있는 사람이 있나요?"

따끔거리는 아픔은 더 강해졌다. 그 불쾌한 느낌, 지글거리는 감각이 팔을 타고 스멀스멀 움직여 어깨까지 올라가는 동안 코니는 이를 악물고 참았다. 여과기에서는 번개 모양의 푸른 광선이 더 길게 뻗어 나왔다. 푸른 광선은 유리병 몇 개를 쳐서 떨어뜨리고, 천장에 부딪쳤다가, 코니의 땀에 젖은 이마에 닿았다. 눈과 아주 가까운 곳에 충격을 받은 코니가 눈살을 찌푸리는 동안, 벌어진 가위 날의 끝부분에서 핑그르르 돌던 여과기가 튕겨 나가 라벨이 없는 유리 단지에 부딪쳤다. 여과기는 조리대 모서리를 스치며 날아가 바닥에 툭 떨어졌다. 코니가 탄성을 질렀다.

"좋았어! '예'야! 그리고 내 실력도 좋아지고 있어. 식물에다 할 때랑 똑같네. 점점 분명한 결과가 나오잖아."

코니는 바닥에 떨어진 여과기를 주우면서 중얼거렸다.

"하지만 샘을 구할 수 있는 사람이 누군지 알려 주진 않겠지?"

여과기는 조리대의 날카로운 모서리에 부딪쳐 이가 한 군데 더 빠지고 페인트칠도 벗겨져 있었다. 코니는 칠이 벗겨진 금속을 엄지손가락으로 문질렀다.

"왜냐하면 '예, 아니오'로만 대답하니까."

코니는 가능한 질문들을 하나씩 떠올리면서 가위 날을 다시 벌리고 여과기를 조심스럽게 올려놓은 후 손을 뗐다. 하나씩 물을 때마다 통증이 심해지는 게 확연히 느껴졌기 때문에 질문을 신중하게 골라야 할 듯했다. 오래지 않아 통증이 너무 심해져서 점을 치지 못하게 될 테니까.

불현듯 던져야 할 질문이 마음속 깊은 곳에서 온전한 형태로 떠올랐다. 그래, 알았어.

코니는 남은 기운을 있는 대로 긁어모아 방 안을 가득 채울 만큼 큰 목소리로 물었다.

"내가 샘을 구할 수 있나요?"

코니는 얼굴 근육을 긴장시키고 눈을 살짝 치켜뜨면서 고개를 뒤로 젖혔다. 손에 든 오목한 여과기 안쪽에서 폭포처럼 쏟아져 나오는 선명하고 푸른 불꽃을 피하기 위해서였다. 톡톡 쏘는 아픔이 팔을 타고 올라오더니 가슴과 등의 근육을 덩굴처럼 휘감으며 괴롭혔다. 코니는 자기도 모르게 어금니 사이로 그리고 콧구멍으로 높은 음색의 신음 소리를 내뱉고 있었다. 가위 날 위에 있던 여과기가 뱅글뱅글 돌면서 날아가다가 맨 위쪽 선반에 기세 좋게 부딪친 후 마룻바닥으로 수직 하강했다. 쨍그랑 소리가 났지만 다시 튀어 오르지는 않았다.

여과기가 마룻바닥에 닿는 순간 통증은 사라졌다. 코니는 숨을 헐떡이며 꾹 다문 입술 사이로 공기를 내보냈다. 그녀는 가위를 다른 손으로 옮겨 들고, 그동안 가위를 들고 있었던 손에서 아픔과 뻐근함을 털어 내기 위해 손가락 관절을 구부렸다 폈다 했다. 이제 질문을 딱 하나만 더 할 수 있을 듯했다. 그 이상으로 하게 되면 고통이 너무 심해져서 고문으로 바뀔 것 같았다. 전략적으로 사고할 필요가 있었다. 곰곰이 생각하던 코니는 무엇을 물어야 할지를 정확히 알아냈다.

코니는 통증 없이 떨리기만 하는 한쪽 손으로 날이 벌어진 가위를 들고 어깨 높이로 팔을 뻗었다. 여과기를 가져와서 가위 날 사이에 살짝 올려놓고, 나머지 한 손은 주먹을 쥐고 등 뒤로 가져갔다. 코니는 손톱으로 손바닥을 꽉 눌렀다. 손톱이 살을 파고드는 아픔에 신경을 쓰다 보면 앞으로 겪게 될 따가운 통증을 조금은 잊을 수 있지 않을까? 그때 아이스박스 뒤에서 조그맣게 낑낑대는 소리가 들렸다. 코니는 속삭이듯 말했다.

"다 끝나 가, 알로. 우린 할 수 있어. 그렇지?"

코니는 숨을 깊이 들이마셨다가 내쉬면서 다짐하듯 말했다.

"그럼, 할 수 있지."

코니는 다시 등을 곧추세우고 가슴속 가장 깊은 곳에서 불러낸 목소리로 말했다.

"샘을 구하는 방법이 딜리버런스 데인의 마법책에 나오나요?"

코니의 입에서 말이 떨어지기가 무섭게 여과기 안에서 파란 불꽃이 타올랐다. 가위 날 한가운데에서도 푸른 색조의 불꽃이 확 일어나더니 너무 오래 놓아 두어서 부풀지 못한 빵처럼 보글보글 끓어올랐다. 곧이어 불꽃이 사방에서 소나기처럼 쏟아져 내렸고, 모든 벽과 바닥에 철썩철썩 부딪쳤고, 코니의 얼굴과 가슴과 팔과 다리를 때렸다. 금속을 녹여 버린 열기가 코니의 팔을 관통하는가 싶더니, 손가락 끝에서부터 목까지 올라갔다가 다시 왼쪽 옆구리로 내려와 다리와 발목과 발가락으로 전해졌다. 코니는 입을 앙다물고 코로 가쁘게 숨을 쉬며 가위를 들지 않은 손의 손톱으로 손바닥을 꾹 눌렀다. 어찌나 세게 눌렀던지 손가락 마디에 피가 고이는 기분이었다.

가위 날 사이에서 여과기가 달그락거리기 시작했다. 가위는 엄청난 힘으로 벌어지더니 빙글빙글 돌면서 코니의 손을 빠져나갔고, 계속 회전하면서 작은 부엌을 가로질러 부엌문의 나무 손잡이에 철썩하고 부딪쳤다. 가위 날은 나무에 5센티미터쯤 들어가 박혀 있었다. 여과기는 잠시 제자리에서 흔들리다가 맹렬하게 날아가 높은 벽장 모서리에 부딪쳤다. 벽장에 움푹 팬 자국을 남긴 여과기는 다시 휙 날아가 맞은편 벽을 때리고는 도로 튀어나와 선반 위의 다른 유리병에 부딪쳤다. 유리병은 산산조각이 났고, 여과기는 바닥에 거칠게 내려앉으며 리놀륨을 1센티미터도 넘게 푹 꺼뜨렸다.

코니는 땀에 흠뻑 젖은 얼굴로 헉헉거리며 두 손을 무릎 위에 올리고 몸을 앞으로 기울였다. 바닥에 떨어져 부서진 여과기의 볼록한 부분을 보니 마지막 남은 푸른 불꽃이 꺼져 가고 있었다. 여과기가 떨어진 곳 주변에는 벗겨진 페인트와 깨진 유리 조각이 물보라처럼 흩뿌려져 있었다. 석유 램프의 불빛이 힘없이 깜빡거렸다. 움직이는 물체들 뒤로 그림자들이 펄쩍 뛰기도 하고 옆으로 기울어지기도 하면서 춤추듯 너울거렸다. 코니는 눈을 질끈 감았다 뜨면서 천천히 몸을 일으켰다. 아이스박스 뒤의 좁디좁은 틈에서 갈색 눈동자가 나타나 깜박거렸다.

조심조심 고개를 내미는 알로에게 코니가 말했다.

"괜찮아, 알로. 이제 내가 할 일을 알아냈거든."

20장

매사추세츠 주, 케임브리지
1991년 8월 하순

코니가 학생증을 통과시켰을 때 경비원은 제대로 쳐다보지도 않았다. 경비원은 와이드너 도서관의 회전식 개찰구 옆 카운터에 발을 올려놓고 앉아 있었고, 호화로운 대리석으로 된 입구는 늦여름의 나른한 침묵에 젖어 있었다. 경비원은 무릎 위에 올려놓은 십자말풀이 퀴즈에서 눈을 떼지도 않고 무심한 태도로 고개를 끄덕이며 코니를 들여보냈다. 코니는 자료실로 성큼성큼 걸어가면서 반바지 주머니에 학생증을 찔러 넣었다. 검색대 쪽으로 걸어가는 동안 샌들이 발뒤꿈치에 부딪치는 소리가 텅텅 울리는 바람에 왠지 모르게 위축되고 주위를 의식할 수밖에 없었다.

음침한 녹색의 컴퓨터 화면들이 일렬로 늘어서서 기다리고 있었고, 화면 안에는 노란 커서가 깜박이고 있었다. 코니는 '연감', '딜리버런스 데인', '약 제조법' 등의 간단한 키워드를 검색해 보았다. 그런데 디지털 도서목록 검색 결과는 모두 1972년에서 멈췄다. 코니는 얼굴을 찡그리며 사서들이 앉아 있는 커다란 떡갈나무 책상 쪽으로 돌아섰다.

코니는 흠집이 많은 책상 상판을 손가락 끝으로 두드리며 책상 너머에 앉아 있는 안경 쓴 젊은 사서가 눈길을 주기를 기다렸다. 손에 연필을 쥐고 눈앞에 펼쳐 놓은 공책을 향해 몸을 구부리고 있던 사서는 잠깐만 기다리라는 뜻으로 한쪽 집게손가락을 세워 보였다. 코니가 초조하게 코로 숨을 내쉬자 사서는 연필을 내던지며 일어섰다. 공책에는 한자가 빼곡히 채워져 있었다.

"미안해요. 번역 작업이 있어서. 도와드릴 일이 있나요?"

사서의 목소리는 퉁명스러웠지만 비협조적으로 들리지는 않았다.

코니는 자료실 책상에 팔꿈치를 대면서 말했다.

"네. 오래된 책을 찾으려고 유닉스(AT&T사의 시분할 처리 시스템용 OS-옮긴이)로 검색을 했는데, 1972년 이전의 책은 나오지 않는 건가요?"

사서는 귀찮은 기색을 숨기려 하지도 않고 눈동자를 굴리며 대답했다.

"맞아요. 데이터베이스에는 1972년 이후의 책만 있어요. 스캔 작업이 1972년도까지 진행됐으니까요. 우리 도서관에서는 현재의 간행물부터 시작해서 시간을 거슬러 올라가며 작업을 하고 있습니다. 따라서 1972년 이전의 책에 관한 기록을 찾으려면 카드로 된 목록을 이용하셔야 합니다."

사서는 연필 끝에 달린 지우개로 작은 나무 서랍이 가득한 벽을 가리켰다.

코니는 한숨을 푹 쉬었다.

'또다시 도서목록 카드를 뒤져야 한다니.'

사서가 자기 컴퓨터로 고개를 돌리며 물었다.

"몇 년도에 발행된 책을 찾으시는데요?"

코니는 사서가 타이핑하는 내용을 보고 싶어서 목을 약간 늘이며 대답했다.

"연도는 몰라요. 1680년 이전이라는 건 확실한데……."

사서는 입 속에서 나지막하게 휘파람을 불며 손가락으로 키보드를 탁탁 두들겼다. 그러고는 마지막으로 위엄 있게 탁! 하고 엔터키를 눌렀다.

"그런 책들은 모두 특수자료실에 보관되어 있습니다. 일일 허가증을 발급받아야 볼 수 있죠. 학생증을 보여 주세요."

코니가 학생증을 건네주자 사서는 작은 녹색 카드에 그녀의 이름을 옮겨 썼다. 카드에 인쇄된 글자의 서체로 보아서는 적어도 1920년대부터 쓰던 양식인 듯했다.

젊은 사서는 복잡한 일련번호를 카드에 쓰면서 말했다.

"보통은 교직원들에게만 출입을 허락하지만, 박사과정으로 올라가셨으니까 괜찮을 겁니다."

사서는 일일 허가증을 책상 맞은편의 코니에게 밀어 주고, 연필 끝에 달린 지우개를 움직여 서명할 곳을 알려 주었다.

"특수자료실 입구에 도착하면 찾으려는 자료의 청구번호 목록과 함께 이 허가증을 보여 주세요. 그러면 등록을 하라고 할 수도 있어요. 하지만 더운 여름이니까 무난하게 넘어갈 겁니다."

코니가 의욕 없는 목소리로 대답했다.

"알았어요. 감사합니다."

젊은 사서는 연필을 움직여 인사를 대신한 후 자리에 앉아 번역 작업을 시작했고, 코니는 내키지 않는 걸음으로 도서목록함 앞으로 갔다. 목록함 앞에 가서는 잠시 멈춰 서서 그 책에 관해 수집한 정보를 머릿속으로 정리해 보았다.

주니우스 로렌스라는 사람이 1925년에 세상을 떠나면서 세일럼 문예진흥원의 소장도서를 하버드 대학에 기증했다. 딜리버런스의 마법책도 그중 하나였다. 지금까지 알아낸 사실은 그게 다였다. 코니는 팔짱을 끼고 서서 작은 나무서랍이 빼곡한 벽을 마주 보았다. 첫 번째 의문. 도서목록에 저자가 어떻게 표기되어 있을까? 그게 1650년대 이전의 책이라면 딜리버런스의 이름으로 되어 있을 가능성은 희박했다. 얼마나 오랫동안 활용된 책이냐에 따라 저자는 여러 명, 심지어는 십여 명일 수도 있었다. 유명한 마법 교과서들을 봐도 여러 가지 해석과 신화가 겹겹이 쌓이면서 저자가 불분명해진 경우가 종종 있지 않은가. 현존하는 유럽의 희귀한 마법책들은 저자가 성경에 나오는 인물이나 예언자로 되어 있는데 대부분은 신빙성이 없었다.

두 번째 의문. 책의 제목이 무엇일까? 지금까지 그 책은 시대와 서술자의 시각에 따라 다양한 명칭으로 불렸다. 영수증 대장, 레시피 북, 치유책, 연감. 매닝 칠튼 교수가 쓰는 용어인 그림자 책과 마법서. 누구의 시각으로 보느냐에 따라 책의 성격이 확확 달라졌다. 정확한 책 제목은 어떤 자료에도 언급되지 않았다. 아마도 제목이 없는 책인 듯했다.

결론적으로 말해서 코니는 제목도, 정확한 발행 연도도, 저자의 이름도 알지 못하는 책을 찾아야 했다. 그녀가 가진 정보는 그 책의 대략적인 나이와 하버드에 기증된 정확한 연도가 전부였다. 하지만 박물관과 달리 도서관에서는 책을 기증받은 날짜를 잘 기록해 두지 않는다. 혹시 기증 날짜가 표기되어 있을까? 코니는 시험 삼아 도서 목록 카드에서 『톰 아저씨의 오두막집』을 찾아보았다. 제목이 동일하지만 세부사항이 다른 책들은 어떻게 분류되어 있을까? 결과는 코니의 짐작대로였다. 도서목록 카드에는 책의 취득 경로와 관련된 정보가 없었다. 코니는 작은 소리로 투덜거렸다. 그래도 혹시나 하고 '세일럼 문예진흥원 소장도서'라는 제목이나 키워드가 있는지 살펴보았지만 그런 항목은 없었다.

얼마 동안 코니는 의기소침한 기분으로 이런저런 제목이 붙은 서랍 몇 개를 뒤적이며 가능성 있어 보이는 책들의 위치를 메모했다. 좋게 말하더라도 주먹구구식으로 조사하고 있는 셈이었다. 우선 개인이 발행한 연감이 한 권 있었다. 1670년대의 책이고, 특수자료실 소장이며, 저자 정보는 없었다. 다음으로는 약용 허브와 채소에 관한 책 한 권. 역시 저자 정보는 없고, 발행 시기는 1660년 전후로 추정된다고 나와 있었다. 그리고 1680년대 영국에서 출간된 초창기 의학 교과서. 저자는 옥스퍼드 대학 교수였다. 코니는 연금술 입문서와 교과서 항목도 찾아볼까 하다가 그만두기로 했다. 칠튼 교수가 오랫동안 그 분야를 파헤쳤는데도 발견하지 못한 책이라면 연금술 서적은 아닐 터였다. 그 밖에도 가능성 있는 책이 한두 권 더 있었다. 코니는 그 책들의 청구번호를 적으면서, 이런 식으로 책을 찾는다는 건 하버드 대학 교정에 숨겨진 금괴가 우연히 발에 걸리기를 바라는 격이라고 생각했다.

마음이 어두워진 코니는 둥근 천장이 있는 대리석 깔린 통로를 지나 특수자료실 데스크에 도착했다. 따분한 표정을 짓고 있는 사서에게 청구번호 목록과 일일 허가증과 학생증을 보여 주자, 사서는 1인용 카드놀이 게임이 떠 있는 컴퓨터 화면을 감추려는 시늉도 않고 손짓으로 서가의 문을 가리켰다.

코니는 도서관의 오래된 책과 문서에서 풍기는 독특한 냄새에 익숙해져 있었고, 콧구멍 안에 먼지가 쌓이는 느낌이나 책 제목을 열심히 읽다가 목이 뻐근해지는 감각쯤은 예사로 여기는 학생이었다. 하지만 특수자료실 서가에 들어섰을 때의 기분은 참으로 생소했다. 원래 오래된 책에서는 좀벌레와 곰팡이와 부스러지는 가죽 냄새가 진하게 풍기는 법이다. 하버드 대학 도서관은 자금원이 풍부하고 온도와 습도 조절 장치도 제대로 갖추고 있었지만, 조잡하게 제본된 책들이 세월의 압력에 굴복하는 걸 막을 도리는 없었다. 자료를 조사하는 학생들이 기름기 묻은 손가락으로 원본을 만져 훼손되는 것을 막기 위해 가장 상태가 좋지 않은 책들부터 마이크로필름으로 저장하는 작업에 착수하긴 했지만, 그것은 시지프스의 노동과도 같은 일이었다. 코니는 일 년에 대여섯 명밖에 찾지 않는 서가를 터덜터덜 걷고 있었다. 사방의 책들이 저마다 강력한 기운을 내뿜는 것만 같았다. 마치 지금은 사라지고 없는 옛날 사람들의 정신이 책에 남아 있기라도 한 것처럼. 코니가 답답한 서가를 걷는 동안 양 옆의 책꽂이에서는 복사와 서자, 책을 소유했던 사람, 주석을 달았던 사람들의 심성의 일부가 눈에 보이지 않는 덩굴손처럼 뻗어 나와 공중을 떠돌았다. 코니는 부들부들 떨고 싶은 충동을 억눌렀다.

어느덧 목록에 첫 번째로 올라 있는 책이 보관된 칸까지 왔다. 코니는 떨리는 심정으로 깊고 어둑어둑한 책꽂이를 들여다보았다.

왠지 서가에 있는 사람이 그녀 혼자가 아닌 것 같았다. 코니는 그 막연한 느낌을 떨쳐 내려고 일부러 큰 소리로 말했다.

"말도 안 돼."

코니는 책꽂이 한쪽 끝에 있는 타이머의 스위치를 눌렀다. 그러자 책꽂이 사이의 통로에 전등이 환하게 켜졌고, 요란하게 째깍째깍 소리가 나면서 타이머가 15분을 재기 시작했다. 코니는 서둘러 통로로 걸어 들어가 손가락으로 책등을 더듬으며 낮은 소리로 청구번호를 읽었다. 이윽고 목록에 첫 번째로 올라 있는 후보 도서가 손가락에 닿았다. 조심스럽게 꺼내 보니 1660년경에 발행된 약용 허브에 관한 책이었고, 표지 안쪽에 풀로 붙인 권두화에는 수성 잉크로 1705년 리처드 샐턴스톨이라는 사람이 도서관에 기부했다고 가느다란 글씨체로 쓰여 있었다. 1705년부터 하버드 도서관에 있었다면 세일럼 문예진흥원 소장도서가 아니라는 이야기였다. 코니는 한숨을 쉬며 그 책을 제자리에 꽂았다. 그녀는 목록에 써 넣은 그 책의 청구번호에 줄을 그어 지워 버리고, 붉은 가죽 부스러기가 묻은 손을 반바지에 쓱 문지르며 발걸음을 옮겼다.

다음 후보 도서는 세 칸 너머에 꽂혀 있었다. 책꽂이를 여러 개 지나치는 동안 등 뒤에서 들리던 타이머 소리는 알아듣기도 힘든 희미한 틱, 틱, 틱 소리로 바뀌었다. 코니는 옆 통로의 타이머 스위치를 눌렀다. 이번에 찾아보려는 책은 맨 아래칸에 있었다. 코니는 가방을 내려놓고 바닥에 앉아 책을 무릎 위에 올려놓았다. 책에 먼지가 두껍게 쌓여 있어서 코니는 팔로 가리고 재채기를 했다. 표지는 오랫동안 좀이 슬어서 가느다란 창살처럼 조금씩 뜯겨 나가 있었다. 책이 망가지지 않게 하기 위해서는 각별히 조심해서 다루어야 할 듯했다. 손톱으로 살살 책을 펼치고 텅 빈 첫 번째 페이지를 넘기는 찰나, 코니는 귀를 쫑긋 세웠다. 어디선가 바스락 소리가 들린 것 같아서였다.

코니는 앉은 채로 가만히 귀를 기울였다. 폐 위쪽에서 호흡이 멎는 기분이었다. 그녀가 있는 통로의 타이머에서 째깍째깍 소리가 희미하게 들렸고, 뒤이어 딸깍 소리가 한 번 났다. 코니는 안도의 한숨을 내쉬었다.

'아까 있었던 통로에서 타이머가 저절로 꺼지는 소리였구나. 아무렴, 이 무더운 여름에 특수자료실 서가에 들어올 사람이 누가 있겠어?'

코니는 책의 앞부분 몇 장을 더 넘겨 보았다. 시체를 정면에서 절개해 각종 내장과 기관을 드러내고 라틴어로 명칭을 써 넣은 그림이 나왔다. 코니는 적잖이 실망했다.

'이건 영국에서 출간된 의학 교과서에 불과해.'

코니는 손가락 끝을 그 그림에 대고 움직여 보았다. 해부용 시신의 얼굴 가죽을 벗겨 낸 모습을 보니 소름이 살짝 돋았다. 말없이 얼굴을 찡그린 시체의 입술은 말려 올라가 있었다. 그 책이 출간된 시기인 1680년대에는 해부가 의학적으로 널리 인정받는 기술이 아니었다. 코니는 흠칫 떨면서 몇 장을 더 넘겨 보았다. 라틴어 일색이어서 리즈가 옆에서 해석해 주지 않으면 내용을 이해할 방법이 없었지만, 민간에서 사용되던 의술서가 아닌 것만은 분명했다. 여러 사람이 공동으로 집필한 흔적도 없었다. 모든 글씨는 인쇄되었고 내용은 학문적으로 명쾌하게 정리되어 있었다.

이런 생각이 머리를 스치는데 아까보다 더 크게 '딸깍' 소리가 들렸다. 코니가 그 소리를 감지하는 순간 칠흑 같은 어둠이 통로를 덮었다.

"쳇."

타이머의 시간이 다 된 모양이었다. 코니는 책을 덮고 어둠 속에서 빈 칸을 찾아 책을 도로 꽂았다. 그리고 힘겹게 일어서서 손으로 책꽂이를 짚으며 앞으로 나아갔다. 잠시 후 그녀의 손이 빈 공간에 쑥 들어갔다. 그녀는 다시 중앙 통로에 섰다. 다음번 후보 도서인 저자 미상의 연감은 바로 옆 통로에 있었으므로 코니는 어둠을 헤치고 앞으로 나아갔다. 마침내 타이머가 손에 잡혔다. 코니는 스위치를 눌렀다. 타이머가 째깍거리면서 불이 확 켜지는 순간, 활짝 웃고 있는 매닝 칠튼의 얼굴을 발견한 그녀는 화들짝 놀라고 말았다.

"오!"

코니는 무의식적으로 한 손을 가슴에 갖다 댔다. 칠튼 교수는 유쾌한 표정으로 팔짱을 끼고 책꽂이에 기댄 채 서 있었다.

"코니, 우리 아가씨. 뜻밖에 여기서 만나는구나. 우리 둘 다 자료를 찾고 있었나 본데?"

칠튼 교수는 코니를 향해 철사 같은 눈썹을 구부려 보였다. 코니는 이렇게 먼지가 많은 서가에 자료를 찾으러 오면서 실크 나비넥타이와 신사화 차림을 하는 사람은 자신의 지도교수밖에 없을 거라고 생각했다. 칠튼 교수가 아주 가까이 있었기 때문에 그의 나비넥타이에 새겨진 으르렁거리는 멧돼지 머리 문양까지 다 보였다. 그것은 하버드 대학에서 가장 입회가 까다로운 남성 사교클럽인 포셀리언의 문양이었다. 포셀리언 클럽은 보스턴의 귀족 출신 남학생들에게 협동조합과 같은 역할을 한다고 알려져 있었다. 아직 핏줄이나 혼인 관계로 엮이지 않은 사람들도 클럽을 통해 좋은 기회를 얻고 인맥을 만들 수 있었다. 그 세계에서는 부를 당연시했고, 귀족의 특권을 강조했고, 여성에 대해서는……. 음, '포셀리언 남자들'의 여성관에 대해서는 이런저런 말들이 많았다.

코니는 마른침을 삼키며 눈을 깜박였다.

"여기 사람이 있을 줄은 꿈에도 몰랐어요."

그러자 칠튼 교수는 냉정하고 엄격한 얼굴에 미소를 띠며 대답했다.

"난 방금 들어왔다."

그는 잠시 뜸을 들이다가 덧붙였다.

"지난번에 이야기한 학회 발표 때문에 자료를 찾으러 왔지."

코니는 억지로 미소를 지으려 했지만 움츠러든 표정밖에 나오지 않았다.

칠튼 교수가 바짝 다가서며 말했다.

"그래서 말인데, 자네가 보여 주겠다던 자료는 어떻게 됐나? 그 책을 빨리 봐야겠는데."

코니는 문득 자신이 덫에 걸렸다는 사실을 깨달았다. 딜리버런스의 책을 손에 넣으려는 시점에 칠튼 교수가 나타난 것은 우연으로 볼 수도 있었지만, 어쩌면 의도적인 방문일 가능성도 있었다. 코니는 지도교수의 귀족적인 얼굴을 들여다보았다. 핏발 선 푸른색 눈동자와 파이프 담배 때문에 누렇게 변색된 앞니를 보는 순간 코니는 자신의 우려가 사실일 수도 있겠다고 생각했다. 칠튼 교수도 그 책을 찾으려고 했는데 실패한 것일까? 지난번에 '나도 나름대로 조사를 해 봤지.'라고 말한 게 그런 뜻이었을까? 그럼 이제는 코니가 찾은 자료를 숨기지 못하게 하려고 여기까지 따라왔단 말인가? 하지만 그를 피할 수도 없었다. 마지막으로 찾아볼 책이 있는 칸에 도착했는데, 칠튼 교수는 바로 거기서 기다리고 있었던 것이다.

코니는 그녀가 찾은 자료를 지도교수에게 숨기고 싶은 까닭을 아직도 명료하게 설명할 수 없었다. 칠튼 교수는 분명 자기의 명성을 드높이기 위해 그녀의 연구가 성공하기를 바라고 있었다. 코니는 그가 식민지 역사학회 학술대회에서 결과를 보여 주겠다고 약속하는 말을 들은 적도 있었다. 무슨 결과를 보여 주겠다는 건지는 알 길이 없었지만. 지난번 면담에서 칠튼 교수는 코니가 연구를 더 빨리 진척시키도록 학회 발표의 영예라는 당근을 제시하기도 했다. 그러나 칠튼 교수가 여기까지 와 있다는 사실, 제자의 논문 자료를 확 낚아챌 준비를 하고 있다는 사실은 무엇을 뜻하는가? 재닌 실바 교수가 말했던 것보다 그는 훨씬 절망적인 상태인 것이다.

코니는 주춤거리며 입을 열었다.

"사실은, 그 책을 곧 찾을 것 같은데요. 오늘이요."

코니는 입 안에 다시 침이 고이기를 바라며 마른침을 삼켰다. 얼룩진 도자기 접시에 금이 가듯이 칠튼 교수의 얼굴에 미소가 번졌다.

"듣던 중 반가운 소식이군. 자네가 해낼 줄 알았지. 자, 어서 찾아보지 그러나?"

칠튼 교수는 선심이라도 쓰듯이 마디가 굵은 손을 저어 보였다.

코니는 그의 탐욕스러운 시선을 받으며 주머니에서 목록을 꺼내 청구번호를 확인하며 낡은 책들의 제목을 살폈다.

"우리 아가씨, 내가 연금술의 역사 연구에 왜 이렇게 공을 들이는지 알고 있나?"

코니가 책을 찾는 동안 칠튼 교수가 물었다. 코니는 책꽂이에서 눈을 떼지 않고 대답했다.

"글쎄요. 그런 이야기는 해 주신 적이 없었는데요."

칠튼 교수는 씁쓸하고 메마른 웃음소리를 냈다.

"나 같은 배경을 가진 사람이 연금술 연구에 매달린다니, 희한한 일이긴 하지."

그가 말을 시작했지만 코니는 평소와 마찬가지로 내용보다는 그의 사투리에 신경이 쓰였다. 연금술이라는 화제가 나오자 칠튼 교수는 열변을 토하기 시작했다.

"나는 타고난 재능보다 노력이 중요하다고 믿는 사람이지. 열심히 노력해서 기술을 익히는 거야. 코니, 자네도 알고 있겠지? 어떤 의미에서 타고난 재능이란 존재하지 않는다고 믿지. 그런 시각으로 보면 나는 항상 실력 있는 학자였지. 공부를 열심히 해서 기술을 익히고 세세한 것까지 신경을 쓰면 어떤 불리한 조건도 능히 극복할 수 있어. 학자로서 성공을 거두기 위해서는 그런 것들이 필요하지."

칠튼 교수는 동의하는 대답을 기다리며 코니를 물끄러미 쳐다보았다. 그의 목소리에는 스스로 어떤 확신을 가지고 있다고 여기면서도, 마음 한구석의 의구심을 감추기 위해 열심히 남을 설득하는 사람의 음색이 있었다. 코니는 아무 말도 하지 않고 책 찾는 일에 집중하는 척했다. 연금술을 열정적으로 연구하는 이유에 관한 칠튼 교수의 설명은 그의 행동에서 보여지는 것과 판이했다. 코니에게서 대답이 나오지 않자 칠튼 교수는 이야기를 계속했다.

"그런 의미에서 나는 옛날 연금술사들과 대단히 유사한 방식으로 세계를 바라보고 있는 셈이야. 연금술사들은 암흑의 시대와 계몽주의 시대 양쪽에 다리를 걸치고 있었지! 낡은 미신과 과학적 사고방식의 접점에 서 있었던 사람들! 연금술사들은 과학의 힘이 신성의 가면을 벗기리라고 믿었어. 물질을 조작함으로써 진리의 본질에 도달하려 했던 거야."

칠튼 교수의 눈이 빛났다. 코니는 책꽂이에 꽂힌 책들의 제목을 살피는 속도를 조금 늦추어 한 번에 하나씩만 손가락을 움직이면서 말없이 앞으로 나아갔다.

"진리."

칠튼 교수는 의미심장한 침묵을 지키다가 말을 이었다.

"요즘은 상대주의와 가짜 인도주의자들의 엉터리 논리가 판을 치는 시대야. 어떤 건 성서 논리에 따라 해석하고, 어떤 건 여성주의로 해석하고, 또 어떤 건 논쟁을 벌이지."

칠튼 교수는 낮은 소리로 조롱하듯 쿡쿡 웃으며 코니에게 다가갔다.

"자네 같으면 어떤 대가를 치르겠나? 현실 세계와 인간의 지각에 대해 더 심층적으로 이해할 수 있는 열쇠가 내 손 안에 있다고 동료 학자들 앞에서 말할 수 있다면?"

칠튼 교수는 이야기를 끝내고 숨을 몰아쉬었다. 코니는 그의 숨결에서 파이프 담배 냄새를 맡았다.

"현실 세계의 본질을 해명하는 열쇠는 입자물리학에 있지 않나요?"

코니는 이렇게 말하고 곁눈질로 그를 보았다. 칠튼 교수의 얼굴에 먹구름이 드리워지고 눈썹이 한 곳으로 몰렸다.

"흠, 그건 자네가 잘못 알고 있는 것이야."

칠튼 교수의 목소리가 책꽂이 사이의 좁은 통로에 쩌렁쩌렁 울렸다.

"과학은 의심할 줄은 알아도 믿음을 가질 줄은 몰라. 믿음은 단순한 과학적 사고와 연금술적 사고를 가르는 기준이지. 연금술 지식의 진정한 가치가 바로 여기에 있어."

"무슨 말인지 모르겠는데요. 어떤 가치를 말씀하시는 거죠?"

코니는 그녀가 찾으려던 청구번호를 이미 발견했지만 그 책의 책등에 곧바로 손을 올리지 못하고 망설이고 있었다. 긴장과 불안 때문에 온몸이 덜덜 떨렸다. 마음 한구석에는 고문과도 같은 고통에 시달리는 샘의 형상이 보였다.

'두 시간마다 한 번씩 그런 고통을 겪는다니.'

코니는 지도교수가 집요하게 결과를 기다리면서 바로 앞에서 어슬렁거리는 게 싫었다.

"이제는 다 알겠지?"

칠튼 교수가 무언가를 곰곰이 생각하며 물었다. 코니는 언성을 높여 대답했다.

"모르겠어요! 식민지 시대의 연감. 그림자 책. 그게 이런 이야기랑 무슨 상관이 있죠?"

원하는 책이 눈에 들어오자 용기를 얻은 코니는 일부러 질문을 던졌다. 칠튼 교수의 주의를 딴 데로 돌리고 싶었다. 혹시 그를 쫓아버릴 방법도 찾아낼 수 있지 않을까?

'하지만 나를 추적하다가 여기까지 따라온 거라면 내가 찾으려는 책의 청구번호도 이미 알고 있겠지. 단순한 거짓말로는 어림도 없겠구나.'

코니는 칠튼 교수의 주의를 돌리기 위한 책략들을 하나씩 검토했지만 하나같이 가능성이 없어 보였다.

"코니, 난 성차별주의자가 아니야."

칠튼 교수의 말투가 조롱조였기 때문에 코니는 약간 움찔했다. 칠튼 교수는 히죽히죽 웃었고, 코니는 어리둥절한 표정으로 그를 바라보았다. 그는 코니가 당황한 걸 알고 더 활짝 웃다가 말을 이었다.

"셀 수 없이 많은 남자들이 현자의 돌을 연구하는 데에 상당한 역량을 쏟았지. 그들 가운데는 인류 역사에 길이 남은 위대한 과학자들도 있어. 청교도에 선민이라는 개념이 있지? 고귀한 목적을 달성하기 위해 신에게 선택받은 사람들 말이야. 연금술 명인들은 매우 지체 높은 남자들이었어. '위대한 작품'을 만드는 사람들. 이 경이로운 물질은 금속을 순수한 물질로 바꿀 뿐만 아니라, 인체에도 지대한 영향을 미친다고 알려졌지. 그 물질의 색깔과 성분과 구조는 오래전부터 논란의 대상이었지만, 그게 진짜라는 건 의심의 여지가 없어. '현자의 돌'은 인류의 지혜와 노력으로 얻을 수 있는 것 중에서 가장 귀하고 위대한 물질이야. 신의 힘을 전달하는 통로 역할을 하고, 지상의 모든 생명체에 영향을 미치는 물질."

칠튼 교수의 설명을 듣는 동안, 전율이 코니의 척추를 타고 올라왔다. 코니의 손은 아주 약하게 떨리고 있었다.

"연금술사들은 모두 고등교육을 받은 박식한 사람들이었고 당대의 가장 훌륭한 선각자들이었는데도 끝내 성공을 거두지 못했어.

왜 그랬을까?"

코니는 그를 힐끔 쳐다보고 그가 정말로 대답을 기다리고 있다는 사실을 알았다. 그녀는 기어드는 목소리로 대답했다.

"왜냐하면 그건 허구니까요. 현자의 돌이란 상징에 불과해요. 인류의 꿈이지만 절대로 가질 수 없는 모든 걸 상징하는 거라고요."

칠튼 교수가 고개를 뒤로 젖히고 껄껄 웃었다.

"아! 아주 자신만만하구나. 당연히 그렇게 생각하고 있겠지. 하지만 이걸 생각해 봐라. 그들 중 누구도……"

그는 의미심장하게 말을 멈췄다가 강조의 뜻으로 손가락 하나를 치켜세우고 말을 이었다.

"그들 중 누구도 민간 마법사들이 남긴 책에 담긴 지혜를 눈여겨보지 않았다는 거야. 연금술사들에게는 부와 학식이 있었지만 연금술에 반드시 필요한 기술은 없었어. 그 기술을 어떻게 찾아야 할지도 몰랐지! 왜냐하면 민간에서 활약하는 마법 치료사들은 대개 여자였거든. 근대 초기의 교양 있는 신사들은 절대로 치료사에게 병을 고쳐 달라고 하지 않았어. 아무리 명성이 높은 치료사라도 말이야. 여자 치료사들은 그들에 비해 사회적 지위나 학력이 현저히 낮았으니까. 연금술사들은 똑똑했지만 그 점에 있어서는 생각이 짧았지. 그러나 현대의 남성인 나는 그런 편견과 환상에 젖어 있지 않단 말이야. 자, 이제 우리의 책을 찾았겠지?"

코니는 놀랍기도 하고 두렵기도 했다. 목 주위의 근육이 뻣뻣해지고 머리가 핑글핑글 돌았다. 놀랍게도 칠튼 교수는 자신이 하는 말이 진리라고 확신하고 있었다. 예전에 그는 전화에다 대고 "내가 제안하려는 걸 들어보시오."라고 말한 적이 있었다. 그는 현자의 돌을 만드는 공식을 찾고 있었던 것이다. 게다가 그 공식을 발견할 시점이 임박했다고 믿고 있었다. 코니가 보기에 그의 견해는 상식에 어긋나는 것이었지만, 칠튼 교수의 열띤 미소를 보면 그는 진짜로 그렇게 생각하는 듯했다.

더 시간을 끌어봤자 소용없을 것 같았다. 코니는 바닥에 무릎을 대고 앉아 그녀가 찾은 책을 한쪽 팔로 받치면서 책꽂이에서 조심스레 빼냈다. 코니는 칠튼 교수가 책을 자기에게 먼저 보여 주기를 원하나 싶어서 그를 힐끔거렸다. 하지만 그는 기대에 찬 시선으로 바닥을 내려다보고 있을 따름이었다. 그의 얼굴에는 엄청난 자기과시욕 밑에 감춰진 진짜 탐구열과 호기심이 나타나 있었다. 내면 깊은 곳을 보자면 매닝 칠튼 교수는 여전히 학자였던 것이다. 그가 탐하고 있는 부와 권력이 아무리 대단한 것이든 간에 지금 그는 새로운 발견 자체에 훨씬 더 흥미를 보이고 있었다. 코니는 구부린 손가락으로 아무 글자가 없는 표지의 귀퉁이를 잡아 책을 펼쳤다. 한 페이지를 넘겼다. 또 한 페이지, 또 한 페이지. 코니의 입가에 회심의 미소가 떠올랐다.

코니는 칠튼 교수를 올려다보며 물었다.

"보여 드릴까요?"

칠튼 교수는 고개를 끄덕이며 손짓으로 책을 넘겨 달라는 의사를 표시했다. 코니가 일어서서 책을 건네자 그는 덥석 받아들었다. 그가 서두르는 바람에 약한 가죽 표지에서 떨어져 나온 얇은 조각이 바닥에 떨어졌다. 칠튼 교수는 엄지손가락에 침을 묻혀 권두화를 넘겼다. 코니는 이제부터 벌어질 일을 예상하면서 약간 겁이 났지만 마음을 가라앉히고 그의 반응을 지켜보기로 했다.

"이게 무슨……."

그의 목소리가 점점 작아지다가 사라졌고, 수지를 먹인 커다란 책장 사이에 있던 그의 얼굴에서 흥분이 가시기 시작했다. 그는 책장을 넘기며 소리쳤다.

"이건 조석표잖아!"

그는 책의 내용을 소리 내어 읽었다.

"1672년 1월의 일기예보."

다음 페이지.

"옥수수 재배 요령."

여기까지 읽고 나서 칠튼 교수는 분노로 팽팽하게 당겨진 얼굴을 일그러뜨리며 코니를 노려보았다.

"이게 뭐야!"

코니는 짤막하게 대답했다.

"연감이에요."

내친김에 코니는 손에 든 메모지를 들여다보며 설명까지 덧붙였다.

"1670년대 보스턴에서 개인 자격으로 발행했는데, 저자 이름은 없어요."

칠튼 교수가 부글부글 끓는 목소리로 물었다.

"그림자 책이 아니란 말이지?"

코니는 어깨를 으쓱하며 대답했다.

"아닌 것 같은데요. 마법서인 줄 알고 찾은 건데, 옛날에 농촌에서 쓰던 평범한 연감이네요."

칠튼 교수는 눈에서 번들거리는 광채를 내뿜으며 코니의 팔을 향해 책을 내던졌다. 또다시 가죽 표지에서 떨어져 나온 조각들이 바닥에 흩어졌다. 칠튼 교수는 턱을 꽉 다문 채 쉿쉿거리는 소리로 말했다.

"자네에게 크게 실망했다, 코니."

그는 몸을 홱 돌려 특수자료실 서가의 중앙 통로 쪽으로 성큼성큼 걸어갔다. 중앙 통로에 도착한 그는 다시 코니에게 얼굴을 돌리고 집게손가락으로 그녀를 가리키며 말했다.

"경고해 두겠는데, 무슨 일이 있어도 그 책을 찾아야 한다. 무슨 말인지는 자네도 알고 있겠지? 그리고……."

코니는 말없이 그를 응시하고 있었다. 그는 째깍거리는 타이머를 가리키며 한 마디를 덧붙였다.

"시간이 별로 없다."

그의 말이 끝나자마자 타이머에서 요란하게 딸깍 소리가 났고, 코니는 어둠 속에 홀로 남았다.

하버드 교정 곳곳에서 잎이 무성한 느릅나무 가지들이 머리 위에서 서로 스치면서 쉭쉭거리는 소리를 냈다. 곧 저녁 폭풍우가 몰아친다는 신호였다. 코니는 고개를 푹 숙이고 팔짱을 낀 채 걷고 있었다. 걸음을 옮길 때마다 가방이 엉덩이에 부딪쳤다. 서늘한 바람이 나무 둥치를 빙빙 돌다가 코니의 맨다리를 휘감는 바람에 소름이 돋았다. 코니는 태어날 때부터 뉴잉글랜드에서 살았는데도 계절이 바뀔 때마다 놀라곤 했다. 그녀는 팔꿈치 위쪽을 따뜻하게 하려고 두 손으로 팔을 세게 비벼댔다. 캠퍼스가 다시 학생들로 북적일

날이 얼마 남지 않았다. 머지않아 장난감 원반을 던지고 놀거나 헤드폰을 끼고 고개를 까딱거리는 학생들의 발 밑에서 낙엽이 사각거릴 터였다. 계절의 변화가 시작될 때면 코니는 시간이 그녀를 버리고 달아나는 기분이었다. 손에 쥔 흙이 손가락 사이로 빠져나가는 것처럼. 가차 없이 질주하는 시간에 비하면 그녀 자신은 한없이 작고 무력한 존재라는 생각이 들었다.

코니는 어깨 너머로 뒤를 돌아보았다. 따라오는 사람은 없었다. 칠튼 교수는 역사학과 건물로 돌아간 모양이었다. 그가 특수자료실 밖으로 나가면서 내뱉은 위협적인 말이 코니의 머릿속을 맴돌고 있었다. 불길하고 모호한 위협. 식민지 역사학회 일정 때문에 연구를 빨리 끝내야 한다는 중압감이 있어서 그럴까? 그러나 칠튼 교수의 눈동자에 깃든 어둠은 그보다 한결 무섭고 위협적인 의미를 내포하고 있었다. 그가 떠나고 캄캄해진 특수자료실 서가에 홀로 남았을 때 코니는 앞으로 어떤 행동을 취할지 고민하느라 몇 분간 멍하니 서 있었다. 칠튼 교수가 연금술이며 현자의 돌이며 그걸 발견할 가능성에 대해 장광설을 늘어놓는 동안, 코니의 머릿속에서 어떤 아이디어가 반짝 하고 떠올랐던 것이다.

'칠튼 교수는 비꼬는 말투로 자기가 성차별주의자가 아니라고 말했지…….'

코니가 하버드 교정을 걸어가는 동안 그 아이디어는 코니의 의식 속에 뿌리를 내리고, 싹을 틔우고, 가지를 뻗었다. 코니는 캠퍼스에서 가장 오래되고 거미줄처럼 빽빽한 덩굴로 뒤덮인 작달막한 벽돌 건물들을 지나, 하버드 광장을 메운 차들 앞에서 발걸음을 멈췄다.

자동차가 꽉꽉 들어찬 넓은 매사추세츠 거리를 정신없이 뛰어다니면서, 코니는 다시 샘을 생각했다. 체와 가위를 가지고 실험을 해 본 후부터 모든 걱정이 하나의 커다란 고리로 연결되어서 코니가 가는 곳마다 날카롭게 소리치며 따라다녔다. 끔찍한 발작에 시달리는 샘을 구하려면 딜리버런스의 책을 찾는 수밖에 없었기 때문이었다. 그 책을 바라보는 코니의 시각은 또다시 바뀌었다. 처음에는 세상에 하나밖에 없는 역사학의 자료였으나, 이제는 샘의 목숨을 구할 수 있는 유일한 수단이었다. 물론 그 책의 학문적 가치는 아직도 변함이 없었지만 코니는 더 이상 그런 이유로 그 책을 찾지 않았다.

문득 고개를 들어 보니 고풍스러운 케임브리지 공동묘지를 지나치고 있었다. 위태로운 각도로 기울어진 묘석들과, 불건전한 호기심과 반달리즘을 차단하기 위해 사슬을 채워 둔 녹슨 철문을 바라보면서도 코니의 머릿속에는 샘에 관한 생각밖에 없었다.

코니는 다시금 턱을 꽉 다물었다. 연구는 중요하지 않았다. 칠튼 교수도 신경 쓰이지 않았다.

와이드너 도서관 서가의 어둠 속에 홀로 서 있을 때 떠올랐던 아이디어가 코니의 머리 뒤쪽을 두드렸다. 이제야말로 정답을 찾았다는 확신에 머리가 아플 지경이었다. 1925년에 하버드 대학에 여자가 쓴 책이 입수되었다면 자매학교인 래드클리프 대학의 작은 도서관으로 보내졌을 것이다! 래드클리프는 현재 거의 기능이 정지되고 방치된 건물 몇 채만 남아 있었다. 그 건물들 안에는 구시대의 유물밖에 없었고, 가끔 허가를 받고 방문하는 페미니스트 학자들 외에는 찾는 사람도 없었다. 코니는 케임브리지 공원 모퉁이에서 왼쪽으로 돌아, 래드클리프 교정으로 가는 혼잡한 길을 빠른 걸음으로 헤쳐 나갔다.

밀크 스트리트의 풀이 무성한 끝부분에 볼보가 덜컹거리며 멈췄다. 스트럿이 힘들어하며 끼익 소리를 내는 동안 코니는 허둥지둥 차에서 내렸다. 삐걱대는 철문을 밀고 할머니 집 뜰로 들어가다가 하마터면 알로를 밟고 넘어질 뻔했다. 바닥에 깔린 돌을 따라 빽빽하게 늘어선 로즈마리 덤불 밑에 알로가 누워서 기다리고 있었던 것이다. 코니가 집 안으로 후다닥 뛰어 들어가자 알로도 껑충거리며 따라갔다. 반짝이는 빛이 현관문에 새겨진 원을 스치고 머리 위에 박혀 있는 말편자로 옮겨 갔지만 코니는 알아차리지 못했다. 코니는 문을 쾅 닫고 얼른 전화기로 뛰어가서 손가락으로 황급히 번호를 눌렀다. 산타페의 그레이스 굿윈과 그녀를 연결해 줄 전화번호를.

"긴 이야기는 못하겠구나."

수화기에서 딸깍 소리가 나더니 그레이스가 다짜고짜 말했다.

"빌 홉킨스 씨가 기 치료를 받으러 와 있거든. 네가 보면 깜짝 놀랄 거야. 온몸에 구불구불한 선이 있어. 우울증이 심하다는……."

코니가 다급하게 끼어들었다.

"엄마, 나 그걸 가지고 있어요."

"뭘 말이니, 얘야?"

곧이어 수화기 너머에서 '잠깐만 기다려요, 빌. 딸이랑 통화 좀 할게요.'라고 말하는 소리가 조그맣게 들렸다.

"딜리버런스 데인의 마법책이요!"

코니는 이렇게 소리쳤다. 심장이 쿵쾅거렸다.

"그렇게 됐겠지. 너한테는 아직 필요 없을 텐데."

그레이스는 조용히 한숨을 쉬고 나서 말을 이었다.

"하긴, 가져서 나쁠 거야 없겠지. 그 남자가 많이 걱정될 테니까. 처음에는 친절한 지침서가 있는 게 좋을 거야."

코니는 그레이스가 '차라도 한잔 하세요.'라고 조그맣게 말하는 소리를 들었다. 낮은 사막지대의 집에 있는 그레이스가 빌이라는 환자에게 손짓으로 부엌 쪽을 가리키는 모습도 눈앞에 그려졌다.

코니는 종잡을 수가 없어서 눈살을 찌푸리며 물었다.

"그게 무슨 말이에요?"

"뭐긴 뭐겠니. 샘을 구해 줘야 한다는 이야기지."

엄마의 가느다란 눈썹이 활 모양으로 구부러지는 모습이 코니의 눈앞에 그려졌다.

"솔직히 말하자면 그 남자가 너무 일찍 사고를 당해서 조금 놀랐단다. 너희 둘의 결속력이 굉장히 강한 게 틀림없어."

"뭐라고요?"

코니는 자기 귀를 의심하며 되물었다. 그러자 그레이스가 낮은 목소리로 말했다.

"보통은 한참 지나서 사고가 나거든. 하여튼 반드시 일이 터진단다. 왜 그런지는 아무도 몰라. 너희 외할머니는 항상 하나님이 주시고 다시 거둬 가신다는 말로 표현했단다. 다른 사람들의 몸을 훤히 꿰뚫어보는 능력에 대한 대가인지도 모르지. 우리에게는 특별한 능력이 있지만, 그것 때문에 고통을 겪는단다. 처음에는 두통이 찾아오고, 나중에는 가장 사랑하는 사람을 잃고 슬퍼하게 된단다. 모든 일이 그렇지만 그런 사고에도 주기가 있어서, 대지의 상태에 따라 고통의 크기가 달라지지. 20세기가 끝나 가면서 그 리듬이 점점 짧아지는 게 아닌가 싶구나. 나는 불쌍한 리오와 18개월밖에 함께하지 못했는데, 우리 엄마와 아버지는 20년 남짓 함께 사셨거든. 그런데 너의 짝인 샘은 8주 만에 그렇게 됐잖니."

그레이스는 슬픈 한숨을 쉬고 나서 덧붙였다.

"가여워서 어쩌니."

코니가 다그쳐 물었다.

"샘이 사고를 당한 걸 어떻게 알아? 이름은 또 어떻게 알고?"

코니가 생각하기에도 그들 모녀 사이에는 직관적으로 통하는 부분이 있었다. 하지만 샘과의 관계는 엄마에게 털어놓지 않았는데. 엄마가 샘에 대해 그렇게 극성스럽게 물어본 이유가 이거였던가?

그레이스는 초조한 듯 코로 숨을 내쉬었다. 그러고는 '미안해요, 빌.'이라고 속삭이더니 서까래가 드러난 거실의 소파에 앉으라고 그에게 손짓했다.

"잘 들어라, 코니. 뭘 하든 간에 모든 일이 집 안에서 벌어지게 해야 한다. 집보다 안전한 곳은 없거든. 집은 말하자면 너의 세력권이야. 알겠니?"

엄마의 목소리는 단호했다.

"엄마, 난……."

코니는 뭐라고 말하려다 말꼬리를 흐리고는 다른 질문을 던졌다.

"잠깐. 엄마는 샘에게 무슨 일이 생길 줄 알고 있었다는 거야?"

그레이스는 조바심을 내며 코를 킁킁거렸다. 코니가 뻔히 보이는 사실을 모른 척한다고 여길 때 그레이스가 항상 하는 동작이었다.

"이런. 콘스탄스, 넌 가끔 눈앞에 있는 걸 외면하려 하더라."

코니는 그 자리에 얼어붙고 말았다. 수화기를 든 손이 그녀의 몸에서 분리되어 얼굴 바로 옆에서 나방처럼 펄럭이며 날아다니는 것 같았다. 엄마가 방금 뭐라고 말했지?

콘스탄스.

코니의 본명이었다.

애칭으로만 불리는 사람들이 흔히 그렇듯 코니는 자신이 '콘스탄스'라는 단어와 관련이 있다는 사실조차 잊고 지냈다. 언젠가 리즈와도 그런 이야기를 나눈 적이 있었다. 그때 리즈가 뭐라고 했더라? 누군가가 그녀를 '엘리자베스'라고 부를 때마다 그녀 뒤에 서 있는 딴 사람에게 말을 거는 거라고 착각했다고 했지.

콘스탄스. 검은 에나멜가죽 구두와 주름장식 달린 양말을 신은 새침하고 깐깐한 여자애에게나 어울리는 이름. 코니는 어릴 때부터 그 이름을 싫어했고, 콩코드 공동체를 드나들던 엄마의 친구들도 모두 반체제 문화 속에서 느긋하게 살아가는 사람들이었으므로 정식 이름 따위를 부르는 일은 없었다. 코니가 자라는 동안 그곳에서 아기를 낳은 사람들은 하나같이 아기에게 요란한 히피식 이름을 지어 주었다. 브랜치 월터 앨퍼트. 그는 이제 브랜다이스 대학 학생이었다. 사마디 마커스. 까다로운 성격에 우익 성향의 청년이 된 그는 '존'으로 개명해서 노스캐롤라이나 주 애슈빌에 살고 있었다. 누가 그를 탓하랴.

그래서 코니는 몇 년 동안 신다가 작아서 못 신게 된 신발을 치울 때처럼 미련 없이 그 이름을 멀찌감치 치워 놓고 있었다. 어찌나 철저히 잊고 있었던지, 그 이름을 듣고 놀랐을 뿐만 아니라, 콘스탄스라는 단어에 나름의 의미가 있다는 사실마저도 새롭게 다가왔다. 콘스탄스. 영속성, 지조, 변하지 않는 성질. 사람들이 바람직하다고 여기는 성격 혹은 상태를 가리키는 말이지. 우아함, 신의 은총을 뜻하는 그레이스처럼.

해방, 액막이 등의 뜻을 지닌 딜리버런스처럼.

코니는 갑자기 무언가를 명확하게 깨닫고 눈을 동그랗게 뜨며 속삭였다.

"오, 맙소사."

'그렇게 됐겠지.'라는 엄마의 말. 그리고 외할머니의 이름은 소피아. 그리스어로 '지혜'라는 뜻이라고 리즈가 말했지. 자비, 연민, 인정 등을 뜻하는 머시. 사려, 분별을 뜻하는 프루던스. 인내, 참을성을 뜻하는 페이션스. 그리고 할머니 집 식당의 초상화 속에서 차분한 얼굴로 코니를 내려다보던 19세기 중반의 여성 템퍼런스의 이름은 절제, 자제를 뜻한다. 현재 코니의 삶 속에 있는 여자들의 계보와 그녀가 추적하고 있었던 과거의 여인들의 계보 사이에 조용한 연결고리가 만들어졌다. 세월이 흐르는 동안 혼인관계 때문에 성은 매번 바뀌었지만 이름에는 혈통의 흔적이 상당히 뚜렷하게 남아 있었다.

코니는 놀랍다는 시선으로 자신의 손바닥을 뚫어지게 보았다. 체와 가위 점을 쳤을 때, 고통스러워하는 샘을 진정시키기 위해 그의 이마에 손을 올렸을 때, 그녀의 의지가 바로 그 작고 움푹한 손바닥으로 흘러나와 따갑고 고통스러운 푸르스름한 빛으로 나타났던 것이다. 코니는 엄마의 삶을 세세한 부분까지 돌이켜보았다. 모호하고 야단스러운 뉴에이지 용어들을 걷어 내자, 언어의 변화와 함께 그때그때 옷을 갈아입었던 진실이 똑똑히 보였다. 코니의 조상들은 모두 시대적 제약에서 자유롭지 못했고, 각자 자기 시대에 알맞은 말로 그 능력을 표현했던 것이다. 어떻게 보면 코니도 그중 한 명이었다. 코니는 침을 꼴깍 삼키며 수화기를 입에 가까이 대고 속삭임에 가까운 소리로 말했다.

"엄마, 현관문을 불태워 문양을 새긴 사람이 누군지 알아요?"

그레이스는 소리 죽여 킥킥거렸다. 내심 우쭐해하는 것 같기도 했다.

"이것만 말해 두자. 엄마는 너의 안전을 세상 그 누구보다 염려하는 사람이란다. 진짜야."

침묵이 흐르는 가운데 코니는 불현듯 모든 걸 이해했다.

"그런데 어떻게……."

그레이스가 코니의 말을 끊었다.

"미안하다, 얘야. 엄마는 진짜로 가봐야 해. 빌의 기가 엉망이라 더 이상 기다리게 할 수가 없어."

"엄마!"

코니는 소리치며 항의하려 했지만 엄마가 말을 가로막았다.

"마지막으로 몇 마디만 하자. 모든 게 잘 해결될 거야. 지구에 주기가 있다고 엄마가 이야기한 거 기억나니? 다른 사람들은 그걸 그저 계절의 변화로만 느낀다고 했지? 엄마는 조금도 걱정하지 않고 있다. 너의 직감을 믿고 그대로 행동하면 될 거야. 말하자면……."

그레이스는 적합한 단어를 고르면서 천장을 쳐다보며 눈동자를 굴렸다.

"음악을 연주하는 것과 비슷하지. 악기가 있고, 음악을 들을 줄 아는 귀가 있어야 해. 그리고 연습도 해야지. 이 세 가지 요소를 한데 모아야 연주가 되는 거야. 물론 안내사 역할을 해 주는 악보란 것도 있지. 하지만 악보 그 자체는 어떻지? 악보만 달랑 있으면 그냥 종이에 그려진 부호일 뿐이야."

코니는 막연한 불안에 사로잡혔다. 냇가에 서서 어두운 물을 헤치며 방금 떨어뜨린 반짝이는 귀한 물건을 찾는 심정이랄까. 수화기를 귀에 대고 세게 누른 탓에 코니의 귀가 성난 것처럼 붉어지기 시작했다.

"아직 이해되지 않는 게 너무 많아."

그레이스가 자신 있는 목소리로 말했다.

"너한테는 불가사의한 수수께끼로 보이지? 난 이걸 하나의 능력으로 여긴단다."

그레이스는 코니가 대답할 틈도 주지 않고 "금방 가요, 빌."이라고 소리치더니 다시 수화기에다 대고 말했다.

"사랑한다, 코니. 부디 조심해라."

수화기에서 딸깍 소리가 났고, 그레이스는 가 버렸다. 코니는 연결이 끊긴 전화기에 대고 말했다.

"하지만 아프단 말이야."

수화기를 들지 않은 손을 구부리자 피부 바로 밑에서 아주 약한 전기 같은 따가운 자극이 느껴졌다.

인터루드

매사추세츠 주, 보스턴

1692년 6월 28일

생쥐 한 마리가 벌써 15분째 귀 뒤쪽과 까끌까끌한 볼을 앞발로 박박 문지르며 세수를 하고 있었다. 살찐 생쥐는 느릿느릿 움직이다가 두 귀에 반들반들 윤기가 흐르게 되자 엉덩이께 돌돌 말려 있는 분홍빛 도는 갈색 꼬리에 주의를 돌렸다. 생쥐는 발가락을 정교하게 움직여서 꼬리를 아래에서 위로 빗질하듯 죽 쓸어 벼룩과 먼지를 털어 냈다. 그러고는 꼬리 끝부분을 추켜올려 가볍게 떨리는 수염 밑의 혀에 갖다 댔다. 생쥐는 좁은 네모꼴의 양지에 웅크리고 있었다. 햇빛은 빗장 지른 천창을 통해 새어 들어왔다. 천창으로는 밖에서 지나가는 사람들의 신발과 짐승들의 발굽도 보였다. 생쥐가 단추 같은 까만 눈을 영리하게 빛내며 꼬리를 움직이는 동안 컴컴한 감방 구석에서 끙끙대는 소리가 희미하게 들렸다. 곧이어 누군가 발을 뻗는 바람에 생쥐가 올라앉은 지저분한 짚이 흔들렸다. 깜짝 놀란 생쥐는 네모꼴 양지에서 폴짝 뛰어나가 다른 곳에서 몸단장을 마쳤다.

방금 전까지 생쥐가 앉아 있던 양지에는 덜덜 떨리는 발이 놓여 있었다. 거무스레하게 때가 탄 모직 양말의 올이 풀어진 부분에서 더러운 발가락 두 개가 삐죽 나온 게 보였다. 양말 신은 발에는 짧은 항해용 사슬에 묶인 무거운 철재 족쇄가 채워져 있었다. 발은 워낙 작아서 족쇄를 가장 작은 눈금에 채웠는데도 안쪽에 1센티미터도 넘는 빈 공간이 있었다. 족쇄와 닿는 양말에는 새카맣게 녹이 묻어 있었다.

발의 임자인 도르카스 굿은 어둑어둑한 감방 구석에 옆구리를 대고 웅크린 자세로 누워 덜덜 떨고 있었다. 얼굴에는 거미줄처럼 뒤엉킨 머리카락이 내려와 있었으며, 눈을 크게 뜨고는 있었지만 눈빛은 공허했다. 도르카스는 무릎과 팔을 가슴까지 끌어당기고 입으로는 작은 엄지손가락을 쪽쪽 빨고 있었다. 몇 주 전부터는 숫제 말도 하지 않았다. 네 살인 도르카스는 본래 어느 모로 보나 활달하고 상냥한 아이였으나 이제는 깡마르고 기진맥진한 모습이었고, 마치 갓난아기처럼 끙끙대는 소리와 울부짖는 소리를 이따금씩 내뱉을 뿐이었다.

그때 누군가의 손이 끈적끈적한 땀 때문에 이마에 달라붙은 도르카스의 머리카락을 어루만졌다. 감방 안은 초여름의 열기로 인해 공기가 답답한데다 썩은 짚과 오물이 넘치는 양동이에서 악취가 짙게 풍겼다. 딜리버런스 데인은 그녀를 멀뚱멀뚱 쳐다보는 어린 도르카스의 눈동자 위로 손을 뻗었다. 손바닥이 따끔따끔 쑤시면서 열기가 나왔다. 딜리버런스는 속삭이는 소리로 주문을 외웠다. 그 주문은 나날이 효과가 좋아지고 있었다. 도르카스의 눈꺼풀이 내려갔다가, 올라왔다가, 다시 내려갔다. 온몸을 감싸고 있던 공포를 떨쳐 낸 도르카스는 고른 숨을 쉬면서 깊은 잠에 빠져들었다.

감방의 다른 구석에서 누군가 쉰 목소리로 말했다.

"다시 잠들었수?"

딜리버런스가 손을 무릎 위에 올리며 대답했다.

"네."

딜리버런스는 거친 돌벽에 기댄 어깨의 위치를 바꿔 보았다. 지난 몇 달 사이 살이 너무 많이 빠져서 어떤 자세로 앉아도 편하지가 않았다. 한 번에 수백 그램씩 살이 떨어져 나가는 것만 같았다. 이제는 손가락 사이사이에도 빈틈이 생겨났다. 딜리버런스는 감방 맞은편을 보려고 햇빛 드는 네모진 천창 밑으로 손을 올렸다.

쉰 목소리의 주인공이 아는 체를 하며 다시 말했다.

"사람이 이렇게 깊이 잠들 수 있다니. 자연스럽지가 않아."

딜리버런스는 한숨을 쉬며 눈을 감아 버렸다. 오스본 부인과 이런 대화를 나누는 게 벌써 몇 번째였던가.

"하나님께서는 순수한 영혼을 악마의 고문으로부터 보호하신답니다."

딜리버런스가 나직이 말했다. 그러자 쉰 목소리의 주인공이 웃음을 터뜨렸다. 깔깔거리는 비웃음 소리가 작아지더니 밭은 기침 소리로 바뀌었다. 기침도 잦아들 무렵 감방 맞은편 구석의 어둠 속에서 희미하게 보이는 사라 오스본의 몸이 오르락내리락하다가 앞으로 슬금슬금 기어 나왔다. 잠시 후, 개숫물과 똑같은 색깔의 두건을 쓴 마마 자국이 있는 얼굴이 딜리버런스가 앉아 있는 곳에서 1미터도 되지 않는 곳에 나타났다. 입술이 말려 올라가서 이가 듬성듬성 난 잇몸이 드러난 얼굴이었다. 그녀의 입에서 나는 고약한 냄새 때문에 딜리버런스는 헛기침을 했다. 사라 오스본이 코웃음을 치며 말했다.

"난 당신의 정체를 알아, 리비 데인. 지옥 같은 저쪽 감방에 있는 도르카스의 엄마도 다 알고 있지. 당신이 한 짓을 내가 다 말할 거야. 우리 모두 알고 있거든."

딜리버런스의 눈이 천천히 옆으로 움직이다가 사라 오스본의 얼굴에서 멎었다. 그녀의 미간은 고무처럼 뻣뻣하고 주름이 자글자글했다. 만성적인 정신병을 앓고 있는 사라 오스본은 늘 정신이 오락가락 했고 쉴 새 없이 욕설과 악담을 퍼부었다. 온전하지 못한 정신 때문에 그녀는 세일럼 마을 사람들에게 구걸을 해서 먹고 살 수밖에 없었다. 그녀는 아무 집에나 가서 대문을 박박 긁으며 동전 한 닢이나 빵 한 조각을 달라고 했고, 비바람을 피하기 위해 헛간에서 하룻밤만 자게 해 달라고 부탁하기도 했다. 그러면 마을 사람들은 겉으로는 자선과 박애라는 기독교도의 덕목을 운운하며 기꺼이 청을 들어주었지만 속으로는 그녀가 얼른 가 버리기만을 바랐다. 도르카스의 어머니인 사라 굿은 근처 감방에 갇혀 있었는데, 그녀는 사라 오스본보다 젊긴 해도 비슷한 정신병을 앓고 있어서 불행하고 곤궁한 신세이기는 매한가지였다. 언제나 공허하고 초점이 없는 사라 굿의 눈동자는 비참한 처지와 상습적인 음주 때문에 누렇게 변해 있었다. 마을 사람들이 은밀하게 숙덕거리는 소문에 따르면 도르카스의 아버지가 누군지는 아무도 몰랐고, 그 때문에 사라 굿이 간통 혐의로 감옥에 갇히고 벌금을 낸 적도 있다고 했다.

딜리버런스는 입을 꾹 다문 채 동정과 혐오가 섞인 싸늘한 시선으로 사라 오스본의 상한 얼굴을 바라보았다. 구걸로 연명했던 삶이 불쌍하긴 했지만, 겁에 질려 힘들어하는 어린 도르카스에게 미약한 도움을 준 걸 가지고 사라 오스본이 과장된 이야기를 늘어놓을 생각을 하니 정나미가 떨어졌다. 그렇게 되면 딜리버런스가 받고 있는 혐의는 공인된 사실로 굳어질 판이었다. 그들은 몇 달 전부터 벽에 쇠사슬로 고정된 족쇄를 차고 감방에 갇혀 있었다. 핍스 주지사가 재판에 대한 법적 권리를 위임하는 증서를 가지고 세일럼에 도착할 날을 기다리는 것이었다. 사라 오스본은 정신이 멀쩡해지는 시간(얼마 되지도 않았지만)을 모조리 쏟아 딜리버런스를 빈틈없이 감시했다. 마치 가만히 누워서 먹이가 걸려들기를 기다리는 거미처럼.

핍스 주지사는 지난 5월 영국에 도착하자마자 칙령을 발표해, 확산 일로에 있는 악마의 위협을 고발하고 차단하기 위해 세일럼 읍에 고등 형사재판소를 설치하도록 했다. 지난 몇 달간 패리스 목사의 딸 베티를 비롯한 귀신들린 여자아이들은 상상 가능한 모든 사람에게 화살을 돌렸다. 그중에는 도무지 마녀라고 상상할 수 없는 사람도 있었다. 그들이 세일럼의 전직 목사를 보고서도 비명을 질러댔다는 소문이 감옥 안까지 돌았다. 세일럼 마을이 불안과 흥분에 휩싸여 금방이라도 불이 붙을 분위기로 변하자, 격렬한 발작을 일으키던 귀신들린 소녀들은 세일럼 읍을 벗어나 앤도버와 탑스필드까지 고발의 범위를 넓혔다. 마을 사람들의 원망스런 눈동자를 다른 데로 돌리기 위한 부질없는 행동이었다. 6월 초에 최초의 마녀재판이 열렸고, 그 자리에서 브리짓 비숍이 교수형 선고를 받았다. 그로부터 일주일도 지나지 않아 그녀는 세일럼 서부의 황량한 언덕 위에서 군중의 환호 속에 밧줄에 묶여 교수대에 매달렸다. 브리짓 비숍의 처형으로 마녀 사건이 일단락되리라고 믿은 사람들도 있었다. 그러나 마녀 혐의로 고발당한 여자들은 여전히 감방에 앉아 심판을 기다리고 있었다.

감방 안은 몹시 더웠지만 딜리버런스는 흠칫 떨면서 팔로 몸을 감싸고 가느다란 손가락을 한데 모았다. 그녀는 피로가 배어나는 목소리로 말했다.

"자, 오스본 부인. 우리 같이 기도해요."

사라 오스본은 "흥!" 하고 큰 소리로 코웃음을 치더니 감방의 그늘로 쏙 들어가 버렸다. 그러고는 앞뒤가 맞지 않는 말로 뭐라고 웅얼거렸다. 빠르게 지껄여 대는 의미 없는 말들 속에서 "지금은 어떤 기도도 우릴 도와주지 못해."라는 한 마디가 딜리버런스의 귀에 들어왔다.

딜리버런스는 몇 시간째 두 손을 턱 밑에 포개고 조용히 기도문을 읊조리고 있었다. 어린 도르카스는 여전히 잠들어 있었는데, 잠든 채로 팔다리를 가볍게 떨고 있어서 때때로 발목에 채운 쇠사슬이 바닥에 긁히는 소리가 났다. 구석 자리에 숨은 사라 오스본은 무릎 위에 짚을 다시 덮었다. 감옥에서는 어떻게 시간이 이다지도 느리게 갈까? 딜리버런스는 아직도 궁금했다. 햇빛이 비쳐 만들어진 작은 네모꼴은 곰팡이 핀 바닥에서 조금씩 움직이다가 맞은편 벽 위로 접혀 올라가서 이내 길쭉한 직사각형으로 바뀌었다. 딜리버런스는 그 광경을 지켜보며 묵묵히 앉아 있었다.

무거운 감방 문 바깥쪽의 좁은 복도에서 열쇠가 철컹거리며 부딪치는 소리가 들리는가 싶더니 여자들이 뭐라고 이야기하는 소리가 어렴풋이 들렸다. 소리는 점점 가까워졌고, 딜리버런스가 짐작한 대로 어둠 속에서 감방 문을 여는 삐걱삐걱, 절걱절걱 소리가 났다. 이윽고 감방 문이 활짝 열리면서 수지 양초를 든 간수와 수수한 옷차림의 중년 여자 서너 명이 나타났다.

여자들 중 한 명이 몇 발짝 앞으로 나왔다. 딜리버런스는 그녀를 알아보았다. 럼니 마쉬에게서 그녀가 솜씨 좋은 산파라는 이야기를 들은 적이 있었다. 그런데 이름이 뭐였더라? 메리? 딜리버런스는 고개를 약간 돌려 그녀를 올려다보았다. 그 여자가 아닐지도 모르지. 어두운 곳에서 보니 알아보기가 어렵네. 그 여자가 딜리버런스에게 다가왔다. 그녀는 감방에서 진동하는 악취 때문에 콧구멍을 벌름거리면서도 애써 무표정한 얼굴을 유지했다.

그녀가 한 손을 내밀며 침착한 목소리로 말했다.

"리비 데인, 나오세요. 우리는 오늘 중으로 당신을 조사하라는 지시를 받았어요."

그녀가 말하는 동안 간수는 몸을 구부려 딜리버런스의 발목에 감긴 철재 족쇄를 풀었다. 간수의 손가락이 딜리버런스의 종아리를 덮고 있는 양말 위를 뻔뻔하게 더듬고 지나갔기 때문에 그녀의 몸이 일순간 굳어졌다. 그녀는 족쇄가 풀리자마자 발을 치마 밑으로 집어넣었다. 열쇠를 들고 바닥에 앉아 있던 간수가 꾀죄죄한 얼굴로 그녀를 쳐다보며 추파를 던졌다. 한쪽 눈썹을 의식적으로 추켜올리면서. 몇 주 전에 그는 이렇게 말한 적도 있었다.

"내가 널 도와줄 수 있는데. 다정한 눈길로 날 바라보라고. 그러면 어떻게 되는지 알지?"

딜리버런스는 간수와 눈을 마주치면서 그의 뇌 한가운데를 겨냥해 새로운 형상을 전송했다. 그의 뇌에 '거미'라는 신호가 전해졌다. 그는 즉시 목을 졸리는 사람처럼 비명을 지르며 열쇠고리를 바닥에 떨어뜨리고 팔과 머리를 박박 긁어 댔다.

딜리버런스는 여자가 내민 손을 잡고 일어섰다. 맞아, 이제 기억난다. 메리 조셉스였어. 한곳에 고여 있던 피가 갑자기 다리를 타고 내려가는 바람에 그녀는 불안정하게 휘청거렸다. 조셉스 부인은 딜리버런스의 허리에 한쪽 팔을 두르고 다른 여자들이 기다리고 있는 감방 문간으로 그녀를 데려갔다.

"허바드 부인의 집으로 갈 거예요."

조셉스 부인이 이렇게 말하자 여자들은 딜리버런스를 데리고 감방 복도를 따라 걸었다. 간수는 아직도 몸을 긁어 대면서 감방 문을 잠그고 있었다. 그가 욕설을 퍼붓는 소리가 복도에 울려 퍼졌다.

보스턴의 거리는 이미 해가 지고 있었지만, 얼굴에 와 닿는 황혼녘의 희미한 빛이 딜리버런스에게는 한낮의 햇빛처럼 강렬하게 느껴졌다. 그녀는 자신이 얼마나 오랫동안 감옥에 갇혀 있었는지를 실감했다.

"내일 재판이 열린다고요?"

딜리버런스가 조셉스 부인에게 물었다. 마치 두 여자가 일을 하다가 잠깐 쉬면서 그날의 소문을 확인하는 듯한 말투였다.

조셉스 부인이 고개를 끄덕이며 대답했다.

"그래요."

딜리버런스가 물었다.

"여자애들이 아직도 발작을 일으키고 있나 보죠?"

이번에는 아무도 대답하지 않았다.

어느덧 구조가 단순한 집 앞에 도착했다. 이웃집과의 간격이 조금 더 좁다는 점 외에는 세일럼 읍에 있는 딜리버런스의 집과 다를 바가 없었다. 여자들은 딜리버런스를 집 안으로 데리고 들어갔다.

현관홀에서는 머시와 같은 또래로 보이는 소녀가 난롯불을 살피고 있었다. 그들 일행이 나타나자 소녀는 난롯불에 장작 두 개를 더 넣더니 말없이 사다리를 올라가서 다락방으로 들어가 버렸다. 딜리버런스가 속으로 생각했다.

'나에게 가까이 가지 말라는 주의를 받았나 보지. 아니면 나를 무서워하고 있거나.'

홀을 둘러보는 동안 딜리버런스의 몸 속에서 슬픔이 파도처럼 일어나 구석구석으로 퍼졌다. 벌써 몇 달째 만나지 못한 딸 머시가 생각났기 때문이었다.

'그 애가 무슨 수로 감옥에 돈을 내고 있을까?'

조셉스 부인이 억센 팔뚝 위로 블라우스 소매를 걷어 올리며 말했다.

"허바드 부인, 촛불을 켜 주세요."

곧이어 그녀는 딜리버런스에게 얼굴을 돌렸다.

"옷을 벗어요, 리비. 서둘러야 해요. 곧 밤이 될 테니까."

딜리버런스는 여자들의 냉정한 얼굴들을 번갈아 쳐다보았다. 얼굴을 아는 사람은 조셉스 부인밖에 없었지만, 다른 여자들도 산파인 게 분명해 보였다. 그들은 의혹의 눈길을 피하기 위해 자진해서 법원의 일을 돕기로 한 모양이었다.

'여자들은 항상 서로를 비난하는구나. 대체 이유가 뭘까? 여자들은 남자들은 가만 놔 두고 늘 다른 여자를 위험에 빠뜨린단 말이야.'

딜리버런스는 옷의 가슴 부분에 달린 끈으로 손을 뻗어 매듭을 풀었다. 여러 사람이 팔짱을 끼고 지켜보는 방 안에서, 그것도 한 명은 연기가 피어오르는 양초를 들고 불이 꺼질세라 한쪽 손을 오므리고 있는 가운데 옷을 벗는다는 건 참으로 이상한 일이었다. 잠시 후 그녀는 두건과 슈미즈와 양말만 걸치고 서 있었다. 그동안 평상복 밖으로 삐져 나와 있었던 슈미즈의 소맷부리와 옷깃과 옷단이 더럽혀져서 신경이 쓰였다. 딜리버런스는 양말을 신은 발가락으로 한쪽 발등을 비볐다.

조셉스 부인이 재촉하듯 말했다.

"슈미즈랑 두건도 벗어요."

딜리버런스는 기겁을 하며 눈을 동그랗게 떴다. 슈미즈도 입지 않고 다른 사람 앞에 섰던 때가 언제인지 기억조차 까마득했다. 머시를 낳으며 격심한 고통을 겪었던 순간에도 딜리버런스는 슈미즈를 벗지 않았다. 비록 피와 땀으로 얼룩지긴 했지만. 젊은 시절 나다니엘이 제발 한 번만 슈미즈를 벗어 보라고 애원한 적도 있었다. 하지만 그녀는 결혼하고 나서도 몇 주 동안 그의 요청을 들어주지 않았다. 여기저기 얼룩이 진 슈미즈를 억지로 벗는 지금, 그녀는 나다니엘의 호소에 못 이기는 척 넘어갔던 그날 밤을 떠올렸다. 그녀는 양말만 신고 서 있었다. 머리를 풀어헤쳐 어깨까지 치렁치렁 늘어뜨리고 벌거벗은 몸에 팔을 두르자 난롯불의 온기가 그녀의 엉덩이를 감쌌다. 그리고 나다니엘의 목소리.

"오, 리비. 너무너무 아름답소."

딜리버런스는 구깃구깃한 슈미즈를 바닥에 내려놓고 놀라운 눈으로 자신의 알몸을 내려다보았다. 감옥에서 형편없는 식사를 한 탓에 몸무게가 팍 줄어서 그런지, 갈비뼈 사이와 축 늘어진 가슴 밑에 짙은 그림자가 졌고, 엉덩이뼈는 비스듬히 튀어나와서 보기 흉했다. 딜리버런스는 항상 쓰고 다니던 두건을 벗어 발치의 옷 무더기 위에 떨어뜨리고는, 허리를 구부려 모직 양말을 내리고 한 번에 한 짝씩 발을 빼냈다. 그녀는 고개를 숙이고 서서 홍조와 떨림을 감추기 위해 흰머리가 섞인 머리카락으로 얼굴을 가렸다.

'오, 자비로우신 주님. 나다니엘, 당신을 다시 만나고 싶은 마음이 간절해요.'

누군지 모를 여자 한 명이 홀의 길쭉한 탁자 위로 올라가라는 손짓을 했다. 딜리버런스는 다리를 덜덜 떨면서 탁자 위로 올라가 팔다리를 뻗고 누워 산파들의 우악스런 손에 몸을 내맡겼다. 그녀는 눈을 질끈 감아 버렸다. 온몸이 수치로 물들었다. 여자들은 마녀의 표징을 찾기 위해 그녀의 피부 위로 손가락을 민첩하게 움직였다. 겨드랑이의 털을 헤집고, 옆구리를 쓸어내리는 손길들. 촛불의 온기가 느껴지는 작은 동그라미가 무릎 뒤를 비추더니 곧이어 다리 사이의 은밀한 곳으로 파고들었다. 다른 한 쌍의 손은 머리카락을 쓸어내려가면서 이마에서부터 귀 뒤쪽의 움푹한 곳까지 꼼꼼하게 살폈다.

딜리버런스는 벌어진 허벅지 사이에서 촛불이 어른거리는 느낌을 받았다. 그 불꽃은 그녀의 가장 비밀스러운 부위의 부드러운 피부 바로 앞에서 잔인하리 만치 뜨겁게 빛났다. 여자들이 속삭이며 의논하는 소리도 들렸다. 그들 중 한 명이 '부자연스럽게 돌출된 부분'이라고 중얼거리는 소리, 뭐라고 쓰는 소리, 탁자 끝에서 몇 명이 동의하는 소리가 들리더니 거친 손가락들이 다리를 더 벌리고 살을 콕콕 찔렀다. 비참한 심정이 된 딜리버런스의 눈에 뜨거운 눈물이 가득 고였다. 눈물은 눈꺼풀 가장자리로 흘러나와 귓속으로 똑똑 떨어졌다. 잠시 후 촛불이 사라졌다. 딜리버런스가 눈을 뜨자 탁자를 둘러싼 얼굴들이 그녀를 내려다보고 있었다. 모두들 유죄 판결을 확신하는 표정이었다.

"당신한테는 마녀의 젖꼭지가 있어, 리비 데인. 그리고 당신의 저주받은 그 부분에도 표시가 있어."

그들 중 한 명이 이렇게 선언하자 다른 여자가 장단을 맞췄다.

"당신, 악마의 새끼나 혼령에게 젖을 물렸지? 어서 자백해!"

딜리버런스는 팔꿈치를 짚고 일어나 앉았다. 그녀의 얼굴은 흥분과 격정으로 일그러져 있었다.

'그건 사람들이 지어낸 음란한 이야기에 불과해. 그리고 혼령은 악마적인 게 아니라고.'

그러나 눈앞에 있는 여자들에게 그렇게 말할 수는 없었다.

"난 그런 짓을 한 적이 없어!"

딜리버런스가 냅다 소리치자 여자들은 그 기세에 눌려 한 발 물러났다. 딜리버런스는 힘겹게 탁자에서 내려와 슈미즈를 입으면서 격하게 소리쳤다.

"당신은 어리석고 비열한 사람이에요, 메리 조셉스! 아기를 숱하게 받아 봤으면서 어떻게 하나님께서 만드신 여자의 몸을 모를 수가 있지요? 나는 하나님의 형상으로 빚어진 사람이고, 당신도 마찬가지잖아! 당신 몸에 있는 마녀의 젖꼭지를 찾아낼 테니까 내 손에 촛불을 줘!"

성난 여자들이 모여들어 일제히 입을 열고 비난과 욕설을 퍼부었지만 딜리버런스는 귀를 닫아 버렸다. 급히 옷을 주워 입은 딜리버런스는 손가락질을 해 가며 시끄럽게 떠드는 여자들에게 붙잡힌 채 감옥으로 돌아갔다. 그녀는 내일 열릴 재판을 생각하고 있었지만, 무엇보다 딸 생각이 가장 많이 났다.

21장

매사추세츠 주, 마블헤드

1991년 9월 초순

쪽지와 서류가 여기저기 놓인 식탁의 중앙에 콘스탄스 굿윈이 앉아 있었다. 그녀는 기름 먹인 짙은 색 가죽 표지를 두꺼운 삼끈으로 동여맨 두꺼운 책 위로 머리를 숙이고 있었다. 세월 탓에 누런 갈색으로 변한 책장에서는 래드클리프 대학 도서관 특수자료실에서 맡았던 것과 비슷한 나무좀 냄새가 났다. 책은 옛날 성경과 비슷한 크기였고, 책갈피 사이사이에 바싹 마른 허브가 끼워져 있었다. 코니는 며칠째 그 책을 읽고 있었다. 그녀의 팔꿈치 옆에는 다른 책이 한 권 놓여 있었다. 『뉴잉글랜드의 허브와 토착식물 안내서』라는 제목의 책이었는데, 펼쳐진 페이지에는 펜으로 그린 화란국화의 삽화가 있었다. 책들의 위쪽으로는 작은 메모카드 세 장을 가지런히 놓아둔 모습이 보였다. 첫 번째 카드는 라틴어로만 쓰여 있고 토마토와 관련된 제목이 붙어 있었다. 두 번째 카드에는 '열과 오한을 치료하는 확실한 방법'이라고 쓰여 있었다. 제목이 붙어 있지 않은 세 번째 카드의 내용은 낱말 퍼즐과 비슷해 보였다. 코니는 펜 끝으로 관자놀이를 톡톡 두드리고 있었지만, 옆에 놓아 둔 노트패드는 여전히 백지였다. 책을 읽는 데 골몰한 나머지 메모하는 것도 잊고 있었던 것이다. 코니는 소리 없이 입술만 조금씩 움직이며 책을 읽어 나갔다.

펜을 들지 않은 손에는 며칠 전에 할머니의 책상 서랍에서 발견한 놋쇠 손잡이가 달린 무거운 확대경을 들고 있었다. 코니가 소리 내어 읽으려는 낱말들이 확대경 유리 밑에서 부풀어 오르거나 길쭉해지면서 미끄러졌다. 그 책은 체계나 순서가 전혀 없었고 목차 따위는 물론 없었다. 지금까지 발견한 필체만 해도 여섯에서 여덟 가지였고, 인쇄된 활자체도 한두 종류가 아니었으며, 수많은 표제어가 뒤죽박죽으로 섞여 있었다. 표제어의 일부는 라틴어 같았다. 리즈와의 오래된 우정 덕택에 코니도 라틴어로 된 문단을 약간은 해석할 수 있었지만 한두 구절 이상은 아니었다. 책 내용의 대부분은 다양한 옛날식 영어로 쓰여 있었는데, 표준을 벗어난 철자법에다 식물과 성분과 치유법을 서술하는 오래된 용어들 때문에 복잡하기 이를 데 없었다. 그래도 코니는 곪은 상처, 감염, 탄광부진폐증, 출혈, '학질'을 치료하는 습포 제조법을 열거하는 장을 다 읽었다.

그 책에는 기도문과 비슷하지만 그보다는 주문에 더 가까운 글들도 수록되어 있었다. 주문은 모두 '전지전능하신 신'에게 도움을 청하는 내용이었다. 코니는 그 주문들이 종교개혁 이전 시대의 기독교 관습을 연상시키는 뚜렷한 종교적 색채를 띠고 있다는 점에 놀랐다. 기독교가 현실의 개념과 긴밀한 연관을 유지했던 시대를 반영하는 언어들. 주술의 실체가 이런 거였다면 청교도 신학자들이 주술을 커다란 위협으로 받아들일 만도 했다. 오직 은총에 의해서만 구원과 온갖 축복을 받을 수 있으며 인간의 행동은 영혼에 아무런 영향을 미치지 못한다는 사고방식, 그래서 병이나 불행한 사건을 하나님이 노했다는 징후로 해석하던 사고방식에 따르면, 병과 불행에 맞서기 위해 일개 개인이 하나님에게 직접 호소하고 비밀스러운 초창기 과학의 힘을 빌리는 방법은, 청교도 사회의 기득권 세력들이 유지하기를 원하던 질서와 사사건건 충돌했으리라. 청교도 신학자들은 그런 행동을 신성모독으로 여겼을 것이다. 나아가 악마의 편에 서는 일로 여겼을 수도 있다.

코니가 파악한 바에 따르면 딜리버런스의 마법책에 나오는 치유법들은 세 가지의 결합으로 힘을 발휘했다. 기도, 허브와 여타 천연재료의 정확한 혼합 그리고 형언하기 어려운 어떤 것. 의지? 그건 아니었다. 하지만 비슷하긴 했다. 의도! 그 책에는 '기술', '솜씨', '기량' 등의 다양한 용어가 나왔지만 코니는 아직 그런 개념을 현대적인 어휘로 명료하게 표현하지는 못하고 있었다. 그녀는 할머니의 레시피 카드를 발견했을 때 거미식물을 되살려 낸 일을 돌이켜보았다.

'샘도 같은 마법을 시도했지.'

코니는 어느새 '마법'이라는 단어를 쓰고 있었다. 그렇게 하면서도 스스로 약간 꺼려지긴 했지만.

'하지만 샘이 시도했을 때는 죽은 식물에 아무런 변화가 없었어.'

코니는 찌푸린 얼굴로 곰곰이 생각하다가 다음 페이지로 넘어갔다.

샘! 그의 상태는 점점 나빠지고 있었다. 코니는 그날 오후 병문안을 갈 계획이었다. 처음에는 일정한 간격으로 병원에 오다가 이제는 불침번을 서다시피 하는 샘의 부모의 부담을 덜어 주고 싶었다. 샘의 피로는 극에 달한 상태였다. 다리는 낫고 있었지만, 그것은 온종일 강한 압박 붕대로 조이고 지낸 결과일 따름이었다. 온몸에 경련을 일으킬 때 부러진 뼈들이 움직이지 않게 하려면 강한 압박이 필요했던 것이다. 게다가 주기적으로 나타나는 심한 구토 증상 때문에 물을 충분히 마시기도 어려웠다. 그래서 얼굴이 누리끼리해지고 혈색이 나빠졌다. 특유의 익살도 줄어들었다. 의사들은 여전히 해결책을 찾을 수 있으리라는 자신감을 표출했지만, 코니는 그들의 얼굴에서 확신이 썰물처럼 빠져나가는 것을 읽어 냈다. 샘의 눈을 들여다보니 그 역시 의사들의 당황스러운 마음을 눈치 채고 있는 듯했다. 의사들이 병을 고쳐 줄 수 있다는 믿음이 흔들리고 희미해졌다. 그렇게 믿음이 사라져 가는 가운데 샘의 마음속에서는 진짜 두려움이 고개를 들기 시작했다.

코니는 마법의 치유책을 한 장 더 넘겼다. 글자가 빽빽한 부분에 확대경을 대고 시선을 집중하려 하자 머리가 지끈지끈 아파 왔다. 코니는 확대경을 내려놓고 눈을 꽉 감은 후 손가락 끝으로 눈꺼풀을 문지르다가 억지로 힘을 내서 놋쇠 손잡이를 다시 집었다.

단어 하나가 확대경의 볼록한 렌즈 표면을 떠돌다가 코니의 시야로 들어왔다. '발작.' 코니는 고개를 숙이고 그 난해한 글에 확대경을 더 가까이 가져갔다.

제목은 '발작을 가라앉히는 방법'이었다. 코니는 숨을 죽였다. 식민지 시대의 문헌에 나오는 '발작'이라는 단어가 정확히 무엇을 의미하는지에 대해서는 아직 역사적 해명이 부족했다. 실신을 의미한다는 설도 있었고, 종교적 황홀경에 빠져 몸을 떨며 혀짤배기소리로 중얼거리는 증상을 가리킨다는 설도 있었다. 둘 다 나름의 근거를 가진 학설이었다. 코니는 지난번 발작 때 근육경련 때문에 몸을 부들부들 떨던 샘을 떠올렸다. 혀를 쑥 내밀고, 눈동자는 흰자가 드러날 정도로 까뒤집어진 모습.

그게 '발작'이 아니라면 뭐란 말인가?

코니는 지시문의 첫머리를 읽어 보았다.

"환자의 병이 주술 때문인지 아닌지 알아보기 위해서는, 그의 오줌을 '마녀의 보텔(witch-bottel)'에 넣고 바늘과 못을 몇 개 집어넣은 후 아주 뜨거운 불 속에 넣어 끓인다."

코니는 고개를 들고 생각에 잠겼다. '마녀의 보텔'이 뭘까? '보텔은 병이라는 뜻의 '보틀(bottle)'을 소리 나는 대로 쓴 것일 테지. 마녀의 병이라……. 코니는 책을 옆으로 밀어 놓고 공책을 뒤져 딜리버런스의 유언 검인기록을 베껴 쓴 부분을 펼치고 손가락으로 하나씩 짚어 내려갔다. 여기 있다! 30실링어치의 '유리병.' 유산 목록을 처음 봤을 때도 왜 유리병을 특별히 언급했는지 궁금했지만 답은 알아내지 못했지.

코니는 손을 올려 식당의 선반 위를 더듬어 보았다. 그동안 커다란 벽난로 옆의 벽감에 보관된 그릇과 유리잔을 닦는 데 시간을 쏟아 부은 터였다. 벽감 밑의 어두운 찬장 안도 들여다보기는 했으나 안쪽에 겹겹이 쌓인 먼지를 보고 불쾌해져서 그냥 내버려 두고만 있었다. 찬장 안에는 오래된 병들을 비롯한 여러 가지 물건이 들어 있었지만 그 당시에는 흥미로워 보이지 않았다. 골동품 상점에나 갖다 놓아야 할 쓸데없는 물건으로 보였다. 부엌을 가득 메운 다른 유리병과 단지들은 그렇게 오래된 물건이 아니었다. 할머니가 쓰던 물건이라는 것 외에 다른 상상의 여지가 없었다.

코니는 어깨 너머로 고개를 돌려 식당 벽감 아래에 놓인 작은 벽장을 물끄러미 보았다. 눈을 가늘게 뜨고 그 구석진 곳에 정신을 집중하자, 꽃무늬 옷을 입은 할머니의 뒷모습이 눈앞에 그려졌다. 얇은 면 앞치마를 허리에 두르고, 무릎을 꿇고 앉아 피곤한 듯 툴툴거리며 벽장 문을 여는 할머니. 상상 속의 할머니는 흘러내린 머리카락을 쓸어 넘기고 나서 벽장 안에 손을 집어넣었다. 나무 문 안쪽에서 뭔가를 뒤적이는 소리와 짤랑짤랑 울리는 소리가 들리는 듯했다.

'쓸데없는 물건이 아니었어.'

코니는 의자에서 내려와 벽장 문 옆에 무릎을 꿇고 앉았다. 그러고 보면 집 안 구석구석에 이상한 수납공간이 숨어 있었다. 다락의 좁은 침실들에는 창턱 밑이 의자처럼 되어 있었는데, 코니는 그 안에서 이불 몇 채와 모음이 거의 다 없어진 스크래블 게임을 발견했다. 그리고 쥐들이 대를 이어 살았던 불쾌한 흔적도. 코니는 작은 빗장을 풀고 벽감의 찬장 문을 활짝 열었다.

찬장 안에는 두껍게 쌓인 먼지로 옷을 입고 가느다란 거미줄로 장식된 갖가지 형태의 질그릇이 아무렇게나 쌓여 있었다. 작은 무쇠 솥과 냄비, 녹슨 와플팬, 긴 손잡이가 달린 직화구이용 생선 그릴 그리고 구리로 만든 베드워머(침대 덥히는 기구-옮긴이) 두세 개. 뜨거운 석탄을 넣도록 만든 베드워머는 녹이 슬어 초록색으로 변해 있었다. 그리고 수십 개, 아니 백 개는 족히 되는 두꺼운 유리병들.

모래 성분이 녹고 세월이 흐른 탓에 유리병에도 푸르스름한 녹색 빛이 아른거렸다. 병들의 주둥이는 고르지 못했고, 바닥은 바위 덩어리처럼 단단했다. 크기는 다양했으나 모든 병들은 유리를 산업혁명 이전 시기, 즉 유리를 기계로 만들지 않고 입으로 불어서 만들던 시대의 물건 같았다.

병들은 마개가 닫혀 있지 않았고 대부분 속이 비어 있었다. 코니는 벽장 안으로 손을 뻗어 먼지에 푹 파묻힌 유리병 하나를 꺼냈다. 옆면이 둥글고 두꺼운 그 유리병을 높이 들어 올려 식당의 희미한 빛에 비추어 보니, 병 안에 들어 있는 녹슨 못 두세 개가 보였다. 코니는 병을 식탁 위에 올려놓고 다시금 두꺼운 책으로 시선을 돌렸다.

"병을 불 속에 던지고 주기도문을 외운 후 다음과 같은 강력한 주문을 외운다. 아글라 파테르 도미누스 테트라그라마톤 아도나이. 하늘에 계신 아버지시여, 악인을 제게로 데려다 주십시오."

코니는 당혹감을 느끼며 의자에 앉아 등을 곧게 폈다. 점점 넓은 범위로 퍼지는 맥박을 진정시키려고 두 손으로 양쪽 머리를 눌렀다. 아글라, 이건 현관문에 새겨진 글자였지. 그다음에는 모두 하나님을 부르는 이름이야. 테트라그라마톤…… 이걸 전에 어디서 봤더라? 코니는 손목 윗부분이 감은 눈을 덮을 때까지 손을 움직이다가 눈을 감은 채 어둠 속에서 천천히 숨을 내쉬었다. 머릿속으로는 서랍을 하나씩 열어보면서 '잡다한 지식'이라는 꼬리표가 붙은 파일을 열심히 찾았다. 어떤 이유에선지 몰라도 그 단어는 샘을 연상시켰다.

별안간 코니의 눈이 휘둥그레졌다. 이제 기억이 났다. '테트라그라마톤'은 그들이 처음 만난 날 밤에 샘이 보여 준 토지 경계석에 새겨져 있던 말이었다. 코니는 공책을 다시 뒤적여 그 단어의 뜻을 찾아보았다. 민간 마법의 물질문화에 관한 책에서 발췌한 내용에 따르면 그것은 '야훼(YHWH)'를 뜻하는 네 개의 히브리어 문자로 된 단어였다. 하나님을 부르는 또 하나의 이름.

코니는 손목시계를 들여다보았다. 예정보다 늦어지고 있었다. 그녀는 지금 읽고 있는 단락을 마저 읽고 나서 출발하기로 했다.

"환자의 오줌을 팔팔 끓이면 주술을 건 사람이 불 앞으로 오게 된다. 그러면 바늘을 이용하거나 솜씨를 발휘해서 그 자를 회유해 환자에게 걸린 주술을 풀어 주게 한다. 다른 방법을 써야 할 경우에는 죽음의 미약 제조법을 참조할 것."

그 밑에는 "확실한 치료를 위해 함께 태울 재료"라는 제목이 붙은 긴 목록이 있었다. 라틴어로 된 식물과 허브의 목록이었다.

코니는 의자에 등을 기대고 앉아 펜으로 앞니를 톡톡 두드리며 조용히 생각에 잠겼다. 잠시 후 그녀는 녹슨 못이 담긴 작은 병을 가방에 넣고 서둘러 집 밖으로 나갔다.

인터루드

매사추세츠 주, 세일럼
1692년 6월 29일

머시가 도착할 즈음 공회당 안은 귀청이 터질 것처럼 시끄러웠다. 공회당 입구에서 걸음을 멈춘 머시는 먼 거리를 걸어오느라 묻은 진흙 덩어리를 털어 내기 위해 돌계단에 장화를 탁탁 쳤다. 아무래도 집 안에서 너무 미적거린 듯 싶었다. 홀에서 공연히 이쪽저쪽으로 서성거리며 '이제 가야 하는데. 그래, 조금만 더 있으면 마음의 준비가 될 거야'라고 몇 번이나 다짐했던가. 딱히 무슨 이유가 있어서 꾸물댄 건 아니었다. 엄마가 그리웠고, 얼른 다시 만나고 싶지 않았던가. 아마도 겁이 나서 그랬으리라.

만약에 두 손으로 귀를 틀어막아 세상이 다 사라지게 할 수 있었다면 머시는 기꺼이 그렇게 했을 것이다. 그냥 집 안에 머물면서 두 팔로 개를 끌어안고 앉아 침착하기 그지없는 태도로 하나님과 흥정을 했으리라. 한 발짝도 움직이지 않을 테니 시간도 멈추게 해 달라고. 그래서 상황이 더 나빠지는 것만이라도 막아 달라고. 하지만 미적거리는 동안 머시는 자신이 어린애처럼 고집을 부리고 있음을 깨달았다. 그녀가 가지 않는다고 해서 고등 형사재판소가 정지되는 것도 아니었다. 머시는 홀을 몇 바퀴 더 돌고 나서 어리석은 착각을 떨쳐 버리고 세일럼의 축축한 거리로 나가 공회당 계단까지 줄곧 내달렸다. 날씨가 흐리고 우중충해서 그런지 옷이 옆구리에 찰싹 달라붙었고 머시의 뺨에는 불편한 홍조가 돌았다.

유감스럽게도 머시가 공회당 문틈으로 슬쩍 들어갔을 때 재판은 원활하게 진행되는 중이었다. 앞쪽에는 얇은 검정색 외투를 입고 머리를 구불구불하게 말아 올린 저명한 신사들이 길쭉한 책상 앞에 나란히 앉아 있었다. 모두 언짢은 얼굴이었다. 깃이 넓은 옷을 입고 한가운데 앉은, 안색이 창백하고 긴 코와 주름진 이중턱을 가진 남자가 부지사 윌리엄 스토턴인 듯했다. 머시는 전에 부지사를 본 적이 없었지만 그에게서는 매우 지체 높은 사람 같은 분위기가 풍겼다. 그를 위시한 판사들이 자기들끼리 뭐라고 이야기를 주고받았지만 한참 뒤쪽에 있었던 머시에게는 아무것도 들리지 않았다. 머시는 앞쪽에 빈자리가 있나 보려고 까치발을 한 채 목을 길게 뺐다.

마을 사람들의 어깨와 머리 너머로 머시는 기소된 여자들이 한 줄로 늘어선 광경을 볼 수 있었다. 손이 쇠사슬에 묶인 채 고개를 숙인 여자들이 높은 판사석 앞에 가만히 서 있었고, 판사석의 한쪽 옆의 난간 뒤로 배심원석이 있었다. 딜리버런스는 왼쪽에서 두 번째였다. 머시는 조나스 올리버가 엄마를 데려갔던 날 엄마가 입고 있던 옷을 알아보았다. 그 옷은 이제 갈색으로 지저분하게 얼룩지고 군데군데 찢겨 있었다. 머시는 엄마의 등에 시선을 고정한 채 법정 뒤쪽 모서리를 천천히 돌아, 통로를 가득 메운 사람들의 다리를 헤치고 나아갔다. 그때 딜리버런스가 재빨리 뒤를 돌아보았다. 안도감과 절망이 묻어나는 피곤한 얼굴이 머시의 눈에 들어왔다.

"어이, 잘 보고 다녀야지!"

옷에서 생선 비린내를 풍기는 반백의 남자가 쏘아붙였다. 그는 정강이를 문지르며 화난 눈빛으로 머시를 쳐다보고 있었다. 머시는 웅얼웅얼 사과의 말을 하고 나서 빽빽하게 들어찬 사람들의 다리 사이를 비집고 계속 앞으로 나아갔다. 앞쪽 모퉁이까지 가면 엄마 얼굴이 보일 것 같았다. 주위의 모든 사람들이 잡담을 나누거나 수다를 떨고 있었지만, 아무도 특정한 사람에게 주의를 기울이는 것 같지는 않았다. 관찰자인 군중의 입장에서는 피고들이 모두 한 묶음으로 보일 따름이었다.

"……레베카 너스가 그럴 줄이야……"

"……밤중에 그 여자가 나타났대. 촛불을 켠 빗자루에 올라탄 모습으로……"

"……애가 여덟이었는데 다 죽었대. 태어나자마자 그 여자의 팔 안에서 죽어 갔다지……"

"……악마와 그 새끼들에게 젖을 먹이려는 거래……"

"……복수하겠다고 소리쳤대. 나도 봤는데……"

머시의 눈이 이 사람 저 사람의 얼굴로 옮겨 다녔다. 얼굴에 주름이 잡히고 이가 다 빠진 노인들, 젊은 아낙네들, 레이스 옷깃을 달고 나온 점잖은 남자들, 볼이 토실토실한 아이들. 어느 누구 할 것 없이 얼굴을 찡그리고 비난을 퍼붓고 있었다. 물 속에서 먹이를 덥석 무는 성난 물고기처럼 입을 벌렸다 닫았다 하면서.

반대편 모서리에 도착한 머시는 어깨를 벽에 붙이고 앞치마 속에서 주먹을 꽉 쥐었다. 방청객의 시선은 피고들이 서 있는 곳 바로 뒤쪽 신도석 맨 앞줄의 소녀들에게 집중되고 있었다. 신도석 맨 앞줄에는 머시와 나이가 비슷한 소녀들이 앉아서 손을 비틀고 몸부림을 치고 날카로운 비명을 질러 대며 소란을 피웠다. 몇 명은 머시보다 나이가 많았고, 몇 명은 머시보다 어렸다. 머시는 인상을 팍 썼다. 아는 얼굴도 한둘 보였다. 저기 있는 건 앤 퍼트남이잖아. 하나님, 저 아이를 용서하소서. 그렇게 생각하면서도 머시는 그녀를 증오했다. 오만하고 경박한데다 자기 머리로 생각할 줄 모르고 언제나 남의 의견을 좇아 목청만 높이는 아이. 머시는 콧구멍이 달아오르는 기분이었다. 앤 퍼트남은 다른 여자애들보다 나이도 한두 살 많을 텐데 저렇게 바보 같은 행동을 하다니.

기소당한 여자들 중에서 엄마를 제외하고 머시가 알아볼 수 있는 사람은 둘이었다. 한 명은 사라 굿. 머시는 세일럼 읍이나 세일럼 마을에서 어린 딸을 데리고 거리를 배회하며 미친 듯이 소리치던 그녀를 자주 보아서 익히 알고 있었다. 지금 재판정에서도 그녀는 입을 느슨하게 벌리고 눈을 부라리며 한쪽 손을 실룩실룩 움직이고 있었다. 머시는 항상 사라 굿을 약간 무서워했다. 거칠게 자라는 그녀의 딸도 비명을 지르며 사람을 물어뜯는다고 알려져 있었다.

'도르카스는 지금 어디에 있을까?'

사방을 둘러보아도 도르카스는 보이지 않았다. 그런데 엄마의 옆자리에 수척해진 모습으로 구부정하게 서 있는 저 사람은…… 레베카 너스가 아닌가! 교회의 정식 신도! 신앙심이 깊기로 유명한 분이잖아. 마녀가 아닌 거야 말할 것도 없고.

'그녀가 고발을 당했단 말이오? 허어, 판사들은 이 미친 짓을 당

장 그만둬야 하오.'

머시는 자기도 모르게 아빠의 목소리를 떠올렸다. 아빠가 이 자리에 있었으면 얼마나 좋을까. 마을 사람들도 아빠 말이라면 잘 들었는데. 아빠였다면 무슨 조치를 취하셨을 ㄴ거야. 집 안을 어슬렁거리다 재판 시작 시간을 넘기지는 않았을 거야.

이런 생각들이 머시의 머릿속을 맴도는 동안 판사들의 협의가 끝났다. 그들 중 한 명이 울부짖는 소녀들의 맞은편 좌석에 앉아 있던 누군가에게 짧게 몇 마디 했는데 너무 조용히 말해서 뒤쪽의 2층석까지는 들리지 않았다. 머시는 몇 줄 뒤에서 누군가가 속삭이는 소리를 들었다.

"존 헤이손이다. 전직 치안판사."

머시는 눈을 가늘게 떴다. 그녀는 때때로 양쪽 눈의 초점이 잘 맞지 않을 때가 있었다. 체구가 작고 벗겨진 머리에 갈색 반점이 여러 개 있는 나이든 남자가 일어서는 모습이 보였다. 헤이손 판사는 조용히 하라는 뜻으로 두 손을 앞으로 내밀었다. 그러자 파도가 밀려오듯 맨 앞줄부터 조용해졌다. 파도는 방청석의 군중을 휩쓸고 나서 맨 뒤쪽의 벽에 부딪쳐 소용돌이치며 부서졌다. 방청석이 고요해지자 남자가 입을 열었다. 머시는 그의 말을 놓치지 않으려고 신경을 곤두세웠다.

"……오래전부터 데인 부인이 악마의 주술을 행한다는 의심을 품고 있었습니다."

마침내 소곤거리는 소리가 어느 정도 잦아들어 머시에게도 그 남자의 목소리가 들리게 됐다.

"10년 전의 어느 날 밤, 저는 그 의심이 맞았다는 무시무시한 사실을 확인하게 됐습니다. 그날 밤 저의 가엾은 딸 마사는 데인 부인의 치료를 받는 도중에 어떤 사악한 손길에 의해 숨을 거두었습니다."

그러자 신도석의 소녀들이 고함을 지르며 울부짖기 시작했다. 앤 퍼트남은 날카로운 소리를 지르며 벌떡 일어나 딜리버런스를 손가락으로 가리키며 소리쳤다.

"전 봤어요! 바로 저 여자의 환영이 한밤중에 저를 찾아와서 '내가 마사 펫포드를 죽였다. 네가 나를 고발하면 너도 죽여 버리겠어!'라고 말했어요!"

방청객들이 숨을 몰아쉬었다. 다른 소녀 몇몇도 딜리버런스로부터 협박과 비난을 받았다는 주장을 펼쳤다.

"제 방 창문에 나타나서 불붙은 빗자루를 여봐란 듯이 휘둘렀어요!"

한 명이 이렇게 소리치자 다른 소녀도 따라 소리쳤다.

"제 방 창문에도 왔어요! 저더러 마녀들의 연회에 참석해서 악마의 명부에 이름을 올리라고 했어요!"

부지사 스토턴은 격노해서 지팡이를 든 손을 떨며 의사봉으로 탁자를 탁탁 때렸다. 소녀들 중 한 명은 실신하는 사람처럼 쓰러졌다. 앤 퍼트남이 목소리를 높여 말했다.

"맞아요! 그녀는 저에게 옷을 벗으라고 말했어요. 저에게 수의를 입은 우리 아버지의 환각을 보여 주면서, 아버지가 죽는 꼴을 보기 싫으면 따라오라고 했어요!"

손발을 마구 흔들어 대는 앤을 붙잡기 위해 몇몇 사람이 손을 내밀었다. 앤은 옷깃에다 대고 눈물을 흘리는 것처럼 보였다. 누군가가 쓰러지려는 그 소녀를 일으켜 세우고 눈꺼풀이 실룩거릴 때까지 뺨을 부드럽게 어루만져 주었다. 부지사 스토턴이 자리에서 일어나 의사봉을 두드리며 고함을 쳤다.

"참으로 망측하도다! 피고가 뭐라고 하는지 어디 한번 들어봅시다!"

부지사의 말에 방청객들은 입을 다물었다. 그들은 딜리버런스의 말을 놓치지 않으려고 일제히 몸을 앞으로 기울이며 숨을 죽였다. 머시는 앞치마 밑에서 주먹을 더 꽉 쥐었다. 분노와 모욕감으로 말미암아 의도하지 않은 사태나 걷잡을 수 없는 일이 생기는 사태를 방지하기 위해서였다. 머시는 조그만 소리로 야유를 보냈다.

"거짓말이야. 저 애는 우릴 알지도 못한다고! 저건 거짓말이야!"

신도석 앞에 서 있던 딜리버런스는 판사들의 얼굴과 방청객들의 얼굴을 살피듯 좌우를 둘러보았다. 옆에서 레베카 너스가 주름이 자글자글한 손을 부드럽게 들어 올려 딜리버런스의 팔을 어루만졌다. 약간 구부정하게 있던 딜리버런스가 몸을 쭉 펴고 턱을 치켜들었다. 멀찌감치 서 있던 머시가 보기에도 엄마는 몇 달 사이에 무척 야위었고 나이도 더 들어 보였다. 눈 밑에 짙은 보랏빛 원이 생겨났고, 머리카락은 질척질척하고 흰머리가 많아졌다. 눈동자 색도 약간 흐릿해져서 서늘하고 창백한 푸른색만 남았다.

딜리버런스가 입을 열었다.

"10년 전의 그날, 저는 펫포드 씨의 딸 마사를 봐 달라는 요청을 받았습니다. 마사는 발작을 일으키며 몹시 괴로워하고 있었죠."

방청객들은 조용히 그녀의 말에 귀를 기울였다.

"저는 마사가 병에 걸린 줄 알고 치료를 하려고 했습니다. 제가 가져간 약을 먹이고 밤늦도록 그 아이를 위해 기도했습니다."

2층 좌석에서 누군가가 소리쳤다.

"마녀는 온전한 기도를 할 수가 없어!"

딜리버런스는 조용히 대답했다.

"저는 매일 기도를 합니다."

의심의 물결이 군중들 사이를 스쳐 갔다. 머시는 두 손을 앞치마 밖으로 내밀어 깍지를 끼고 턱을 받친 후 눈을 동그랗게 뜨고 다음 말을 기다렸다.

딜리버런스는 묵묵히 쇠사슬에 묶인 자신의 손을 내려다보다가 고개를 들어 판사들을 쳐다보았다. 머시는 엄마가 무슨 생각을 하는지 궁금해서 엄마의 얼굴을 정면으로 바라보면서 귀를 기울였다. 하지만 아무것도 읽어 낼 수가 없었다. 딜리버런스는 마른침을 삼키고 입술을 한 번 핥고 나서 말했다.

"펫포드 씨는 딸이 발작을 일으키기 몇 달 전에 아내를 잃었습니다. 그래서 제가 판단하기에는……."

딜리버런스는 말하다 말고 피터 펫포드에게 곁눈질을 했다. 그는 증인석에서 적의를 숨김없이 드러내며 그녀를 노려보고 있었다.

"그가 슬픔에 젖어 사실을 있는 그대로 보지 못했다고 생각합니다."

다른 판사가 물었다.

"아이가 그날 밤 죽었다는 건 맞소?"

머시의 뒤쪽에서 누군가가 소곤거렸다.

"조나단 코윈이에요. 그 비숍이라는 여자가 교수형에 처해지자 나다니엘 샐턴스톨이 너무 큰 충격을 받아서 저 사람이 후임으로 왔다지요."

딜리버런스가 대답했다.

"예. 슬픈 일이지요. 그 아이는 제 팔에 안긴 채 숨을 거두었습니다."

피터 펫포드의 턱이 덜덜 떨리고 얼굴은 붉은 빛으로 물들기 시작했다.

코윈이라는 판사가 팔꿈치를 책상에 대고 몸을 구부려 딜리버런스와 눈높이를 맞추며 물었다.

"그 아이는 아팠던 거요? 아니면 주술에 걸려 있었소?"

딜리버런스는 콧망울을 가볍게 떨면서 시선을 좌우로 움직였다. 머시는 창자를 내리누르는 공포를 느꼈다.

"주술에 걸려 있었다고 할 수 있지요. 예전에 저의 오명을 벗겨 달라고 청원했을 때 법정에서 그렇게 증언한 바 있습니다. 지금에 와서 말을 바꾸지는 않겠어요."

판사가 가느다란 한쪽 눈썹을 심술궂게 추켜올리며 물었다.

"그러면 피고는 그 아이가 주술에 걸렸다는 걸 어떻게 알았소? 당신이 한 짓이 아니라면 범인은 누구요?"

딜리버런스가 작은 소리로 대답했다.

"그건 말할 수 없습니다, 판사님. 저는 주술의 원리에 대해서는 알지 못합니다. 그러나 제가 간곡히 청을 드리면 지혜롭고 선량하신 하나님께서는 때때로 저에게 사물의 진실을 보여 주십니다. 그러니 저는 하나님을 섬기는 사람입니다."

코윈 판사가 물었다.

"하나님이라고? 데인 부인, 당신이 하나님께 청을 드린다는 이야기요?"

"하나님의 자녀는 누구나 그분께 이야기할 수 있다고 생각합니다만."

딜리버런스는 이렇게 말하고 재판을 참관하는 한 무리의 성직자들에게 눈을 돌렸다. 한두 명은 고개를 끄덕였지만 몇몇은 팔짱을 끼고 찌푸린 얼굴로 앉아 있었다.

"자, 데인 부인."

다른 판사가 끼어들어 말했다. 하지만 이번에는 누군가가 옆 사람에게 판사의 이름을 속삭이지 않았다. 아니면 머시가 엿듣지 못할 만큼 조그맣게 속삭였던 걸까?

"당신에게 뭔가를 보여 주는 분이 전능하신 하나님이라고 어떻게 확신할 수 있소?"

딜리버런스가 어리둥절한 목소리로 물었다.

"무슨 말씀이신지?"

"당신도 그 주술의 원리는 모른다고 방금 말했잖소. 그렇다면 그게 우리의 구세주이신 하나님이 하시는 일이라는 걸 어떻게 믿게 됐느냐는 말이오."

판사는 눈에 보이지 않는 턱수염을 쓰다듬듯 손으로 턱을 쓸면서, 어린애와 논쟁을 벌여 이기기 직전인 사람처럼 자신만만한 얼굴로 딜리버런스를 응시했다.

"당신이 악마를 섬기고 있는 게 아니라고 어떻게 장담하겠소? 악마가 당신에게 부와 명예를 약속하며 하나님의 일을 하는 척하라고 말한 건 아니오?"

방청객들은 수긍이 간다는 듯 웅성거리면서 서로 마주보고 고개를 끄덕였다.

딜리버런스는 잠시 생각에 잠겼다가 모두에게 똑똑히 들릴 만큼 큰 소리로 말했다.

"왜냐하면 천상과 지상의 모든 것을 만드신 분이 하나님이기 때문입니다. 이 세상에나 다음 세상에나 하나님의 피조물이 아닌 게 어디 있겠습니까?"

방청객들은 시끄럽게 떠들면서 딜리버런스를 향해 의심스럽다는 시선을 보냈다. 머시는 뒤쪽에서 누가 분개한 목소리로 '신성모독'이라고 속삭이는 소리를 들었다.

깜짝 놀란 스토턴 부지사가 눈썹을 추켜올리며 말했다.

"데인 부인, 당신도 악마가 존재한다는 걸 믿기는 하지요? 악마가 지상에서 심부름꾼들의 힘을 빌려 이곳 세일럼의 순진한 영혼들에게 못된 마법을 걸어 놓았다는 것도 알고 있겠지요?"

공회당 안의 모든 사람이 조용히 대답을 기다렸지만 딜리버런스는 아무 말도 하지 않았다. 스토턴 부지사가 다시 물었다.

"이 법정이 속임수에 넘어가 그릇된 재판을 하고 있다고 말하진 않겠지요, 데인 부인?"

"저는 그렇게 말할 수밖에 없습니다. 무고한 사람들에게 죄를 덮어씌우는 것이야말로 악마의 목표가 아닐까요? 저 정신 나간 몹쓸 소녀들이 소리를 지르는 건 악마와 아무런 상관이 없는 일입니다."

딜리버런스는 이렇게 말하고 눈을 질끈 감았다. 군중은 마구 고함을 쳐 댔다. 소녀들은 발끈해서 비명을 지르고, 신도석 앞에 서 있는 쇠사슬에 묶인 여자들을 향해 돌진하려다 앞줄에 앉아 있던 몇몇 남자와 성직자들의 만류에 겨우 제자리로 돌아갔다.

"악마가 보여!"

앤 퍼트남이 손가락으로 딜리버런스를 가리키며 소리를 빽 질렀다. 그녀의 얼굴은 자줏빛으로 물들어 있었다.

"저기요! 시커먼 악마가 데인 부인의 귀에 대고 뭐라고 속삭여요!

다들 안 보여요? 저기! 바로 저기 있다고요!"

공회당의 소음은 이제 광란을 방불케 했다. 머시는 사람들에게 밀려 공회당 벽에 처박히는 바람에 무슨 말이 오고 가는지 듣지 못했다. 다만 엄마가 조용하고 침착하게 서 있는 모습과, 레베카 너스가 엄마에게 뭐라고 귀엣말을 하는 모습과, 고발당한 다른 여자들이 항의하듯 그들에게 몰려갔다가 사방에서 고함치고 헐떡이며 달려드는 군중을 피해 몸을 움츠리는 모습을 보았다. 판사들은 머리를 한데 모으고 손짓을 하기도 하고 손가락으로 서로의 가슴을 쿡쿡 찌르기도 했다. 어딘가 의견이 일치하지 않는 지점이 있는 모양이었다. 하지만 의견 차이는 금방 해소되고 판사들은 원래의 자리로 돌아갔다. 스토턴 부지사가 판결문을 낭독하기에 앞서 정숙을 유지해 달라는 표시로 의사봉을 두드렸다.

방청석이 여전히 들끓는 동안 스토턴은 단조로운 음조로 판결을 발표했다.

"수잔나 마틴, 사라 와일즈, 레베카 너스, 사라 굿, 엘리자베스 호우 그리고 딜리버런스 데인. 법정에 제출된 증거에 의하면 적막한 밤에 그대들의 환영이 이 소녀들에게 나타나 악마를 섬기라고 강요했다고 하고, 믿을 만한 사람들에게 의뢰해 조사한 결과 그대들에게서 악마의 새끼에게 젖을 물리는 이상한 젖꼭지가 발견됐다고 하며, 그대들 가운데 몇몇은 이웃과 다투고 나서 은밀한 수단으로 이웃의 가족이나 재산에 피해를 입혔다는 증언이 있었고, 이 자리에서 악마와 교제하는 모습을 목격한 사람이 있는데도 그 사실을 부인하고 있으니, 이 자리에서 그대들의 마녀 혐의에 대해 유죄판결을 내리고 교수형을 언도한다."

충격에 휩싸인 머시가 비명을 질렀다. 스토턴 부지사가 의사봉으로 탁자를 두드리자 공회당 안에서는 안도와 좌절의 외침소리가 터져 나왔다. 어떤 방청객들은 "하나님을 찬양할지어다! 우리는 이제 해방되었습니다!"라고 말하며 울부짖었고, 귀신들린 소녀들은 사시나무 떨듯 덜덜 떨었다.

앤 퍼트남이 외쳤다.

"모두 보세요! 그녀가 오고 있어요! 데인 부인이 저를 때리려고 악령을 보내고 있어요! 부인, 당신에게 유죄판결을 내린 건 내가 아니에요! 내가 아니란 말이에요!"

앤 퍼트남은 진짜로 누군가의 주먹을 피하기라도 하듯 몸을 웅크리고 두 손으로 머리를 감쌌다.

머시는 웅크린 채 훌쩍훌쩍 울고 있는 앤 퍼트남에게 시선을 돌렸다. 그러고는 생각할 겨를도 없이 자신의 결연한 의지를 모아 공 모양으로 뭉쳐 그 몹쓸 소녀쪽으로 세게 던졌다. 누군가에게 진짜로 뺨을 얻어맞기라도 한 것처럼 앤 퍼트남의 고개가 뒤로 젖혀지면서 그녀의 얼굴에 선명한 붉은색 매질 자국이 생겨났다. 그녀는 울음을 터뜨렸다.

광분한 앤 퍼트남에게서 시선을 돌린 머시는 엄마의 담담한 눈동자를 보았다. 놀랍게도 딜리버런스는 화난 기색도 두려워하는 기색도 없었다. 훌쩍훌쩍 우는 여자들을 바깥에 세워 둔 수레로 호송하려고 간수가 쇠사슬을 끄는 동안, 머시는 엄마가 조금 슬퍼 보일 뿐 무표정한 얼굴이라고 생각했다.

22장

매사추세츠 주, 세일럼
1991년 9월 초순

코니는 병실 문 손잡이를 아래로 살짝 내리고 볼트가 금속과 맞물리는 딸각 소리를 들으며 살그머니 안으로 들어갔다. 문에서 가까운 침대는 텅 비어 있었고 매트리스는 반으로 접혀 있었으며 침대 발치에는 장식 없는 하얀 베개가 여러 개 쌓여 있었다. 코니는 안쪽에 있는 침대를 향해 살금살금 걸어갔다. 그 침대에서 자고 있는 환자가 깨지 않도록 조심하면서. 그는 요즘 잠을 제대로 잔 적이 거의 없었다.

안쪽 침대에는 한쪽 다리의 무릎 아래 부분을 석고로 고정한 근육질의 청년이 누워 있었다. 그는 입을 약간 벌린 채 똑바로 누웠는데, 입술 사이로 나직한 속삭임 같은 숨소리가 새어 나왔다. 머리카락은 이마 뒤로 넘어가 있었고, 여러 해 동안 웃을 때마다 움푹 팼던 눈 밑의 선이 잠자는 동안에도 선명하게 보였다. 코니는 의사의 진찰용 의자를 침대 옆에 펼쳐 놓고 앉아 두 손으로 턱을 괴고 샘을 바라보았다. 꿈이라도 꾸고 있는지 샘의 눈꺼풀이 바르르 떨렸고, 입이 크게 벌어지면서 가볍게 코 고는 소리가 났다. 의사들이 코의 링을 떼어 낸 이후로 샘의 얼굴은 더 순하고 어려 보였다. 코니는 눈으로 샘의 몸을 훑었다. 팔 위쪽을 빙 둘러싸고 새겨진 뚜렷한 기하학적 문양의 문신이 맨 먼저 눈에 들어왔다. 샘의 표현에 따르면 그 문신은 철없는 대학생 시절에 객기를 부린 결과였다. 코니의 시선은 샘의 가슴으로 옮아 갔고, 근육이 잘 발달한 두 팔을 따라 내려가다가, 그의 손목을 침대의 금속 뼈대에 고정시킨 부드러운 띠에서 멎었다.

'오, 샘!'

코니는 속으로 샘을 불러 보았다. 지난주에 샘의 어머니 린다 하틀리는 커피잔을 앞에 놓고 코니에게 이렇게 말했다.

"코니, 우린 다 이해할 테니까 걱정 마라."

어리둥절해진 코니가 물었다.

"뭘 이해하신다는 거예요?"

린다는 코니의 시선을 피하며 커피잔을 두 손에 쥐고 빙빙 돌리다 말했다.

"샘의 아버지와 나는…… 우린…… 이 상황이 너한테 너무 벅찰 수도 있다고 생각해."

코니는 그제야 린다의 말뜻을 알아차렸다.

'샘과 헤어져도 된다고 말씀하시는 거구나.'

그렇다고 린다가 둘을 떼어 놓기를 바라는 건 아니었다. 코니는 린다의 눈을 보면서 대답했다.

"벅차지 않아요."

코니는 병실의 침묵에 귀를 기울이며 홀로 앉아 있었다. 간간이 복도의 스피커에서 나오는 안내방송이 희미하게 들릴 뿐이었다. 샘의 가슴이 부풀어 오르더니 숨을 훅 내쉬면서 얇은 이불을 흐트러뜨렸다. 코니는 손을 뻗어 이불을 원래대로 덮어 주었다. 샘은 움직이지 않았다.

샘과 어서 이야기를 나누고 싶긴 했지만 지금으로서는 그가 잠들어 있는 게 다행인지도 몰랐다. 코니는 가방을 열고 밀크 스트리트의 집에서 가져온 작은 유리병과 할머니의 레시피 카드에 섞여 있던 제목 없는 카드 한 장을 꺼냈다.

'내가 이런 일을 하는 걸 누가 본다면 나를 미친 사람으로 여기겠지?'

코니는 이런 생각을 하면서 활짝 웃었다.

'그렇게 되면 샘도 욕을 먹겠지.'

코니는 다시 한 번 잠든 샘의 얼굴로 눈길을 돌렸다. 샘은 상을 찌푸리고 있었다. 나쁜 꿈이라도 꾸는 걸까? 곧이어 샘의 눈꺼풀이 빳빳하게 굳어졌다.

'신속하게 움직여야 해.'

코니는 티셔츠 소매를 팔꿈치 위까지 걷어 올리고 벽에 부착된 디스펜서에서 종이타월을 한 장 뜯어냈다. 뒤쪽의 창턱에 종이타월을 펼쳐 놓고, 그 위에 먼지투성이 유리병을 올린 후 마개를 열었다. 병실 문쪽으로 걸어간 코니는 문을 살짝 열고 복도의 양쪽을 살폈다. 간호사, 의사, 샘의 부모 등 코니와 우연히 마주칠 만한 사람이 있는지 확인하기 위해서였다. 자원봉사를 하러 온 청소년들이 복도 저편 끝에 모여 킬킬거리는 걸 제외하면 복도는 텅 비어 있었고, 반질반질한 리놀륨 바닥에 반사되는 거라고는 형광등 불빛밖에 없었다. 코니는 철컥 소리를 내며 문을 닫았다.

코니는 발소리를 죽여 샘이 잠들어 있는 침대로 다시 다가갔다. 띠로 고정된 샘의 두 팔이 일순간 뻣뻣해졌다. 코니는 마음 한구석으로 의문을 품었다. 샘의 휴식은 언제 끝날까? 조만간 몸이 마비될 것이고, 근육 경련 때문에 잠에서 깰 수밖에 없겠지. 코니의 심장박동이 약간 빨라졌다. 아드레날린이 팔과 다리를 타고 내려가는 가운데 코니는 금속재 침대 아래 무릎을 꿇고 앉았다.

침대 밑에 비닐봉지가 매달려 있었다. 침대 커버 밑에서 나와 도관을 타고 구불구불 기어 올라온 액체가 비닐봉지로 들어가게 돼 있었다. 코니는 재빠른 손놀림으로 튜브에서 비닐봉지를 빼냈다. 약간 불쾌한 마음에 입술을 삐죽 내밀면서.

'다른 사람이었으면 이렇게까지 하기 어려웠을 거야.'

코니는 이런 생각을 하면서 봉지를 손에 들고 몸을 일으켜 샘의 얼굴을 내려다보았다. 잠을 깬 기색은 없었다.

'좋아.'

코니는 창턱으로 몸을 돌려 비닐봉지를 유리병 주둥이에 대고 기울였다. 봉지에 담긴 얼마 되지 않는 액체가 유리병 안으로 천천히 흘러내렸다. 비닐봉지가 반쯤 비워지자 유리병은 3분의 2쯤 찼다. 샘의 몸에서 나온 액체가 들어가자 푸른빛을 띠던 유리는 녹색으로 반짝였다. 일을 무사히 끝내자마자 코니는 다시 무릎을 꿇고 앉아 비닐봉지를 침대 밑에 고정시켰다.

코니가 손과 무릎을 바닥에 대고 쪼그려 앉아 있는 동안 머리 위의 침대에서 뒤척이는 소리가 나더니 쉰 목소리가 들렸다.

"코넬, 당신이지?"

코니는 얼른 발뒤꿈치를 땅에 대고 일어나 앉아 샘의 얼굴을 들여다보았다. 반쯤 열린 눈꺼풀 밑에서 부드러운 초록색 눈동자가 잠에서 깨어나고 있었다. 미소를 지을락 말락 하는 얼굴로 샘이 속삭였다.

"바닥에서 뭐 하는 거예요?"

코니는 의자에 앉으며 달래듯 대답했다.

"아무것도 아니에요. 귀걸이를 떨어뜨렸어요."

그러자 샘은 한쪽 눈썹을 이마까지 추켜올리며 활짝 웃었다.

"거짓말. 당신은 귀걸이 안 하잖아."

"정말이에요. 깨워서 미안."

코니가 미소를 지으며 대답했다. 샘은 침대에서 자세를 바꾸며 말했다.

"아니. 당신 때문에 깬 게 아니에요. 의사들은 잘 수 있을 때마다 무조건 자라고 그러는데, 잠들어도 금방 깨니까 문제지."

샘이 창턱에 놓아둔 유리병을 못 보게 할 방법이 없을까? 머리를 굴리던 코니가 물었다.

"물 마실래요?"

샘은 메마른 입술을 핥아 보더니 머리를 베개에 올리며 대답했다.

"좋아요."

그는 손목을 고정시킨 띠를 살짝 잡아당기며 덧붙여 말했다.

"이것도 좀 풀어 줄래요? 답답해서 못 견디겠어요."

코니는 의자에서 일어나 종이타월 디스펜서 밑에 있는 작은 세면대 쪽으로 돌아서서 더운물을 틀고 손을 박박 문질러 씻었다. 그러고는 유리잔을 하나 집어 들고 수도꼭지에서 물을 채우며 나직이 물었다.

"오늘 물을 마셨어요?"

그러자 샘이 걸걸한 목소리로 물었다.

"지금 몇 시예요?"

코니는 벽에 걸린 평범한 벽시계를 힐끔 보고 대답했다.

"4시 33분이요."

"그럼 물을 마신 지 두 시간쯤 됐네."

샘이 피곤한 목소리로 대답했다. 코니는 침대 옆의 협탁에 잔을 내려놓고 허리를 구부려 샘의 손목에 감긴 띠를 느슨하게 해 주었다. 손목이 풀려나자 샘은 두 팔을 머리 위로 쭉 뻗어 기지개를 켰다 손목을 돌렸다 하면서 숨을 크게 내쉬었다. 코니는 겉으로 드러난 샘의 탄탄한 몸을 보며 즐거워하다가 멈칫했다. 샘이 환자가 된 마당에 그런 쾌감이나 느끼고 있다니! 샘은 코니를 바라보며 물을 꿀꺽꿀꺽 마셨다. 잔을 입술에서 떼면서 그가 물었다.

"왜 그래요?"

"아무것도 아네요."

코니는 홍조가 이마 꼭대기에서부터 얼굴로 내려오는 걸 느끼고 손으로 양쪽 귀를 감쌌다. 그러자 샘은 유리잔을 협탁에 내려놓고 팔짱을 끼며 장난스럽게 물었다.

"뭔데? 말해 줘요."

코니의 입가에 미소가 살짝 떠올랐다.

"아무것도 아니라니까."

샘은 몸을 앞으로 내밀어 코니의 목덜미에 팔을 두르고 그녀를 끌어당겨 입을 맞추었다. 입맞춤이 끝나고 몇 분 후, 두 사람은 이마를 맞대고 있었다. 물론 코도 살짝 닿았다.

코니의 뒷덜미에 손을 올린 채로 샘이 말했다.

"일이 이렇게 될 줄은 꿈에도 몰랐어."

코니는 샘의 따뜻한 손가락이 뒷덜미를 누르는 걸 느끼면서 한쪽 손으로 그의 팔을 잡았다.

"어떤 일을 말하는 거예요?"

이마가 팽팽해진 걸로 보아 샘은 긴장한 듯했다. 일분일초가 지날 때마다 다음번 발작이 점점 가까워지는 셈이었고, 발작 때는 두 사람 다 아무것도 할 수 없을 테니까.

샘이 대답했다.

"모든 게 예상 밖이었어요. 원래는 당신을 만날 줄 꿈에도 몰랐다는 이야기를 하려던 거지만."

코니는 빙그레 웃었다. 하지만 어딘가 딱딱하고 슬퍼 보이는 미소였다. 코니는 말없이 손을 들어 샘의 귓불을 잡아당겼다.

잠자코 있던 샘이 입을 열었다.

"있잖아, 당신한테 할 말이 있어요."

"괜찮으니까 말하지 말아요."

"내가 무슨 말을 하려는지도 모르면서."

코니는 자기 이마를 샘의 이마에다 더 세게 누르면서 속삭였다.

"다 알아요."

두 사람은 한동안 말없이 눈을 감고 앉아 있었다. 한마디도 하지 않았지만 서로의 마음을 나누기에는 충분했다.

이윽고 샘이 한숨을 쉬며 말했다.

"띠를 다시 조여야겠다."

코니는 샘의 심상한 말투 밑에 숨어 있는 두려운 마음을 감지할 수 있었다. 코니는 고개를 끄덕이고 샘의 손등에 입을 맞춘 다음 그의 손을 침대 난간에 고정된 띠에 다시 고정시켰다. 샘이 그녀에게 말했다.

"꽉 조여 줘요."

샘의 다른 쪽 손에 띠를 감고 있던 코니가 말했다.

"샘. 당신 걱정시키고 싶진 않지만, 며칠 동안 내가 못 올지도 몰라요."

"왜? 무슨 일 있어요?"

샘의 왼손에 띠를 매는 작업을 마무리하며 코니가 대답했다.

"응. 할 일이 있는데, 굉장히 중요한 일이라서요."

"전에 말했던 그 학회 때문이에요? 칠튼 교수가 당신을 데려가고 싶어 했다는 자리?"

샘은 애써 밝은 표정을 지으면서 이렇게 말했다. 그는 수시로 코니의 연구에 대해 물었고, 마치 커피를 마시며 여유롭게 대화를 나눌 때처럼 그 이야기를 계속하려고 애썼다. 그럴 때마다 코니는 죄책감 때문에 가슴이 미어졌다. 하지만 샘은 점점 나빠지는 자기 몸 상태를 부단히 떠올리기보다는 평소처럼 연구와 아이디어 이야기를 나누는 게 좋다고 고집을 부렸다. 코니는 그의 말을 믿으려고 노력했다.

코니가 샘의 머리카락을 쓸어내리며 대답했다.

"아직은 확실치 않아. 어쩌면 학회에 참석하게 될 수도 있죠. 내가 항상 당신 생각을 하고 있다는 것만 기억해요."

여기까지 말한 코니는 몸을 구부려 샘의 귀에 대고 속삭였다.

"그 책을 손에 넣었어요."

샘은 흥분해서 눈을 반짝이며 베개로 몸을 받치고 일어나 앉았다.

"정말이에요? 그런데 그걸 가져오지 않았단 말이에요? 당연히 가져왔어야지! 나를 만나러 오면서 어떻게 그냥 올 수가 있어요?"

샘은 진심으로 기뻐하고 있었다. 코니의 갈비뼈 밑에서 부드럽고 따스한 기운이 확 피어올랐다. 코니는 심호흡을 하면서 샘을 향해 활짝 웃었다.

"곧 보여 줄게요. 이번 일만 끝내고 나서."

코니는 샘의 머리를 베개 위에 도로 올려놓고 한쪽 손바닥을 그의 이마에 댔다. 유쾌하고 편안하고 졸린 기분을 그의 피부로 전달하고 그의 뇌에 깊이 침투시키려고 노력했다. 잠시 후 발작이 일어날 것에 대비해 그의 몸을 준비시키는 조치였다. 코니는 문득 벽에 걸린 시계를 쳐다보았다. 그 순간 너무 속이 들여다보이는 행동을 했다는 후회가 밀려왔다. 코니는 중얼거리듯 샘에게 말했다.

"걱정 말아요. 모든 게 정상으로 돌아올 테니까 조금만 참아요."

코니가 이렇게 말하는 동안 샘의 눈꺼풀이 점점 무거워지더니 두꺼운 벨벳 커튼처럼 눈 위로 내려왔다. 샘의 입가에 미소가 어른거렸고, 몸의 긴장이 풀렸고, 띠로 묶인 두 손은 축 늘어졌다. 코니는 그의 이마를 누르고 있는 손 밑에서 그의 의식이 흘러 나가는 걸 느끼며 속으로 생각했다.

'이번 발작은 잠든 채로 지나갈 수도 있겠어.'

마침내 샘의 눈이 완전히 감겼을 때 코니는 천천히 손을 치우고 그의 가슴이 오르락내리락 하는 모습을 지켜보았다.

코니는 흡족한 표정을 지으며 창턱에 내내 놓여 있던 유리병 쪽으로 몸을 돌려 마개를 닫고 가방에 병을 쏙 집어넣었다. 그러고 나서는 종이타월을 구겨 세면대 옆의 쓰레기통에 조용히 던져 넣었다.

침대 쪽으로 돌아온 코니는 주머니에 넣어 가져온 제목 없는 메모카드를 꺼냈다. 토마토를 기르는 라틴어 주문과 함께, 20세기 중반의 고기 젤리와 캐서롤 레시피 사이에 숨겨져 있던 카드였다. 코니는 카드에 적힌 내용을 다시 읽어 보며 고개를 가로젓고 믿기지 않는다는 얼굴로 미소를 지었다.

그 카드에는 역삼각형으로 배열된 무의미해 보이는 글자들이 있었다. 코니는 아직 그 부적을 전적으로 믿지는 않았지만, 그게 부적이라는 사실만큼은 삼척동자도 알아볼 수 있을 듯했다. 부적의 모양은 다음과 같았다.

A B R A C A D A B R A
A B R A C A D A B R
A B R A C A D A B
A B R A C A D A
A B R A C A D
A B R A C A
A B R A C
A B R A
A B R
A B
A

그 희한한 삼각형 밑에 있는 지시문은 딱 한 문장이었다. 코니는 속삭이는 소리로 지시문을 읽어 보았다.

"병을 몸에서 빼내려면 이 부적을 몸에 붙이라."

코니는 카드를 작은 네모꼴로 접은 후 앞으로 몸을 기울여 샘의 이마에 입을 맞추면서 그가 베고 있는 베개 커버 밑에 부적을 슬쩍 밀어 넣었다. 그는 조용히 코를 골며 자고 있었다. 그를 내려다보던 코니의 얼굴이 조금은 평온해졌다.

"분명히 효과가 있을 거야."

그것은 혼잣말인 동시에 온 세상에다 대고 하는 말이었다.

잠시 후 코니는 조용한 발걸음으로 방 안을 가로질러 밖으로 나갔다.

인터루드

매사추세츠 주, 보스턴

1692년 7월 18일

어두운 복도에 사람들의 목소리가 울려 퍼졌다. 젊은 여자가 무뚝뚝한 남자를 상대로 빠르고 단호한 말투로 이야기하고 있었다. 복도를 따라 늘어선 좁고 불결한 감방 안에 있던 수감자들이 고개를 들고 귀를 기울였다. 목소리가 높아졌다 낮아졌다 하더니 복도 끝에서 열쇠를 쩔걱거리며 문을 여는 소리가 들렸다. 육중한 감방 문들의 위쪽에 나 있는 작은 구멍마다 지저분한 얼굴들이 다닥다닥 달라붙어 있었다. 그중 한 명은 세일럼 마을의 목사로 있다가 면직당한 조지 버로였다. 그는 머리가 잡초처럼 길게 자란 모습이었다. 마블헤드 출신의 통통한 여자 생선장수인 윌모트 레드도 있었는데, 늘 쾌활하던 그녀의 얼굴은 이제 일그러지고 홀쭉해진 상태였다.

머시 데인은 서글픈 심정으로 수감자들의 얼굴을 바라보며 감방 문의 구멍마다 두툼하고 딱딱한 비스킷을 집어넣었다. 사실 머시는 비스킷을 얼마나 챙겨야 할지 몰라서 사라 바틀렛에게 물어보았다.

그녀는 많이 가져갈수록 좋다고 대답했다. 감방 문의 좁은 구멍에서 손들이 삐져 나와 그 보잘것없는 음식을 덥석 잡았다. 수감자들은 대부분 너무 기력이 없어서 고맙다는 인사도 제대로 못했다. 머시는 복도를 따라 천천히 걸어가며 비스킷을 나눠 주다가 맨 끝 감방 앞에 멈춰 섰다. 문에 난 구멍으로 들여다보니 어둠 속에 있는 두 사람의 모습이 어렴풋이 보였다. 더러운 속옷만 걸치고 안쪽 구석에 둥글게 몸을 웅크린 여자아이와, 돌벽에 머리를 기대고 문에 등을 돌린 채 앉아 있는 여인. 바닥에 짚이 얇게 깔린 감방 안은 퀴퀴한 곰팡이 냄새에 정신을 차리기가 힘들 정도로 불쾌했다. 햇빛은 머리 위의 쇠창살 달린 네모진 천창을 통해 들어오는 게 전부였는데 그나마도 행인들의 장화 뒤축에 가려 제대로 들어오지 못했다.

머시가 감방 문에다 대고 속삭였다.

"엄마?"

감방 안의 여자는 몸을 벽에 기댄 채 움직이지 않았다. 머시는 주위를 둘러보고 쳐다보는 사람이 없다는 사실을 확인한 후 감방 자물쇠에 손을 올려놓고 긴 라틴어 주문을 속삭이듯 외웠다. 그러자 손바닥 안쪽에서 푸르스름한 빛이 나왔다. 탁탁 소리를 내는 뜨거운 불꽃이 머시의 피부를 뚫고 나와 녹슨 금속 자물쇠를 감쌌다. 불꽃이 사라진 후 머시가 무거운 나무문을 손가락 끝으로 지그시 누르자 문이 움직이기 시작했다. 머시는 열린 문틈으로 살살 들어가서 등 뒤로 소리 없이 문을 닫았다.

"엄마?"

머시는 다시 속삭이며 감방 바닥에 앉아 있는 깡마른 여인에게 다가갔다. 그러고는 털썩 주저앉아 그녀의 어깨에 살며시 손을 얹었다. 천천히 고개를 돌리던 그녀가 딸을 알아보고 눈을 빛냈다.

"머시? 네가 어떻게……."

딜리버런스가 눈을 깜박이며 이렇게 묻다가 말꼬리를 흐리고는 덜덜 떨고 있는 딸을 가슴에 꽉 끌어안았다. 머시는 엄마의 목에 얼굴을 묻고, 엄마의 허리에 팔을 두르고, 엄마의 피부 속에서 숨을 쉬며 위안을 받았다.

"감옥에서 나한테 보낸 청구서를 지불하러 왔다고 말했어요."

머시의 목소리는 딜리버런스의 옷깃 주름에 묻혀 똑똑히 들리지 않았다.

"그러고 나서는 그들이 날 들여보내 주도록 수를 썼지요."

딜리버런스는 머시의 등에 흘러내린 긴 머리카락을 쓰다듬었다. 그러고는 머시의 몸을 가볍게 흔들고 미소를 지으며 물었다.

"그런 재주를 부리는 데 필요한 동전은 어디서 구했니?"

딸을 자랑스럽게 여기는 듯한 목소리였다. 머시가 대답했다.

"바틀렛 부인이 도와줬어요. 돈도 빌려 주고, 적갈색 암말도 빌려 줬어요. 참, 비스킷을 가져왔는데."

머시는 손에 들고 있던 자루에서 딱딱한 비스킷을 꺼냈다.

"도르카스에게 하나 줄까요?"

머시는 감방 맞은편의 어두운 곳에 꼼짝 않고 누워 있는 자그마한 여자아이를 걱정스러운 눈길로 바라보았다. 도르카스는 눈을 꼭 감고 입에는 엄지손가락을 물고 있었다.

"오스본 부인은 어디 있어요?"

"네가 가고 나면 내가 먹이마. 남들이 가까이 가면 굉장히 불안해하거든. 아직 어린애잖니."

딜리버런스는 체념한 사람처럼 슬픈 목소리로 말을 이었다.

"오스본 부인은 아무런 근심걱정 없이 편히 잠들어 있을 게다. 3주 전쯤 하나님께서 데려가셨어."

머시가 엄마의 지친 눈을 마주 보며 말했다.

"내가 가고 나면이라고요? 아니에요, 엄마. 다 준비해 놓았으니까 나랑 같이 나가요."

딜리버런스는 착한 딸의 얼굴을 바라보며 힘없이 웃었다. 그녀는 한쪽 손을 내밀어 머시의 발그레한 뺨을 감쌌다. 그 손길에서 머시는 엄마가 완전히 체념했다는 느낌을 받았다.

"오, 내 딸아. 내가 그럴 수 없다는 걸 알잖니."

딜리버런스의 입꼬리가 아주 약간 올라갔다. 머시는 엄마의 손목을 덥석 잡으며 소리쳤다.

"갈 수 있잖아요! 간수는 내가 준 약을 먹고 잠들었어요. 그리고 난 자물쇠를 열고 닫는 주문을 익혔단 말이에요! 여기서 나가요, 엄마!"

"다른 사람들을 이대로 두고 나가란 말이냐? 엄마가 저지른 죄를 무고한 사람들이 덮어쓰게 할 순 없지."

딜리버런스는 이렇게 묻고 나서 자기 말을 이해했는지 확인하려고 딸의 얼굴을 살폈다.

"죄라니요?"

머시는 발만 바닥에 대고 쪼그려 앉으며 속으로 생각했다.

'엄마는 지금 제정신이 아닌 거야. 몇 달씩 감옥에 갇혀 있다 보면 아무리 엄마라도 정신이 온전하기 어렵겠지.'

딜리버런스가 약간 옆으로 옮겨 앉으며 조그맣게 끙끙거렸다. 혼란스러운 표정으로 머시가 물었다.

"엄마가 진짜로 마사 펫포드를 살해했다는 뜻이에요?"

딜리버런스가 고개를 가로저으며 대답했다.

"아니! 그럴 리가 있겠니. 하지만 사람들이 내 말을 믿어 주지 않는 것도 무리가 아니지. 마사는 주술에 걸렸으니까. 정확히 말하면 주술에 걸린 것과 비슷했어. 그런데 내가 약을 잘못 골랐던 거야."

머시가 어리둥절한 목소리로 물었다.

"주술이라니요? 대체 누가 아이를 죽이려고 하죠?"

"그야 가장 못되고 야비한 악마밖에 없지. 하지만 머시, 생각해 보렴. 환자가 주술에 걸렸다는 게 무슨 뜻이지?"

딜리버런스는 창백한 눈 위로 눈썹을 내리깔고 딸을 바라보다가 말을 이었다.

"누군가가 병에 걸렸을 때는 필시 어떤 원인이 있게 마련이란다. 병은 단순한 우연이나 하나님의 섭리에 의해 생겨나는 게 아냐. 하지만 원인을 제공한 사람은 자기가 무슨 짓을 했는지, 어떻게 그런 짓을 했는지 까맣게 모를 수도 있단다. 증상을 치료하는 데 만족하지 않고 누군가의 나쁜 '의도'를 찾으려는 게 문제야."

딜리버런스는 눈을 지그시 감고 잠시 침묵하다가 침을 삼키고 나서 말했다.

"주술을 모르는 사람이 누군가를 병에 걸리게 할 수도 있단다."

"엄마, 난 이해가 가지 않아요. 그럼 어린 마사를 죽게 한 범인은 누구였어요?"

딜리버런스가 눈을 떴다. 머시는 엄마의 눈동자가 전보다 흐릿해진 것 같다고 생각했다. 피로와 영양실조 때문에 빛나던 눈마저도 서서히 흐려지는 걸까?

"그야 물론 피터 펫포드였지."

딜리버런스가 쉰 목소리로 이렇게 대답하자 머시는 숨을 몰아쉬었다.

"펫포드 씨가?"

발을 오므리고 앉아 있던 머시는 충격을 받아 자기도 모르게 입을 벌렸다. 딜리버런스가 다시 말했다.

"하지만 본인은 전혀 모르고 있단다. 불쌍한 사람. 오랫동안 마음고생을 했지."

"어떻게 된 건데요?"

"그의 딸이 앓아누워 있는 모습을 처음 봤을 때, 난 흔한 발작 탓이겠거니 했단다. 아니면 꾀병일 수도 있겠다고 여겼지. 안타깝게도 그 아이는 너무 어린 나이에 집안 살림을 떠맡았으니까. 게다가 엄마도 없었잖니."

딜리버런스는 깡마른 손을 이마에 대고 살살 문질렀다. 나쁜 기억을 떨쳐 내려는 것처럼.

"엄마는 신경을 안정시키는 순한 탕약을 먹이고 마사를 위해 기도했단다. 따뜻한 강장제로 기력을 돋우고 다정한 말을 속삭여 주면 회복되리라고 생각했어."

딜리버런스가 한숨을 푹 쉬는 바람에 그녀의 뺨이 부풀었다 도로 꺼졌다.

"내가 완전히 잘못 짚었던 거지. 그런 적은 거의 없었는데. 문제는 납중독이었어. 어릴 때부터 납이 몸에 너무 많이 쌓였던 거야. 이를테면 녹슨 냄비에서 납이 녹아 나와서 음식에 섞였다든가 했겠지. 내가 곁에 있는 동안 마사의 발작은 더 심해졌어. 금속과 독극물을 물리치는 주문들도 외웠지만 너무 늦어서 소용없었어. 그 불쌍한 아이는 그렇게 죽었단다."

머시는 이제 알겠다는 듯 눈을 크게 뜨고 숨을 몰아쉬었다.

"납중독이었다고요?"

"그래. 토성(Saturn)은 납의 행성이고, 수성(Mercury)은 수은의 행성이지. 우리 딸이 그동안 공부를 열심히 했구나."

딜리버런스는 딸을 향해 미소를 지었다. 머시가 물었다.

"어느 냄비가 문제였는지도 알아냈어요?"

"확실하진 않지만 납을 함유한 유약을 바른 질그릇 한두 개를 봤어. 이가 빠져 있더구나. 피터 펫포드가 제정신이 아니었던 것도 납중독으로 설명할 수 있단다. 어린아이가 심한 발작을 일으키고 고통스러운 죽음에 이를 정도의 납을 성인 남자가 섭취했다면 정신이 나갈 만도 하지. 아마 마사가 앓아눕기 몇 달 전에 사라 펫포드의 목숨을 앗아간 것도 납일 거야."

커다란 슬픔의 물결이 딜리버런스의 얼굴을 휩쓸고 지나갔다.

"그래서 마사는 일종의 주술에 걸렸다고 할 수 있지만, 진짜 주술은 아니었던 거야. 내가 진실을 밝혀서 이미 슬퍼하고 있는 아버지를 파멸시켜야 했을까? 그렇잖아도 정신이 이상한 사람이 완전히 망가지는 꼴을 봐야 했을까? 어차피 내 말을 주의 깊게 듣는 사람도 없었는데?"

"그렇지만 엄마는 결백해요. 마사를 해치려 했던 게 아니라 치료하려 했던 거잖아요. 스토턴 부지사에게 말해 봐요! 부지사는 교양 있는 분이어서 우리 이야기가 사리에 맞다는 걸 알 거예요."

"법원에 있는 사람들은 누구 하나 진실에 귀를 기울이려 하지 않아. 다들 자기의 지위에 화가 미치지 않을까 하는 두려움에 사로잡혀 있거든. 그 사나운 여자애들이 마녀 소동을 벌이고 있는데 법원에서 다른 목소리를 낸다는 건 어리석은 행동이 되겠지. 그 여자애들이 천박한 공상과 피해망상증에 젖어 권력을 휘두르는 한 마녀재판은 끝나지 않을 거야."

딜리버런스는 눈을 감으며 머시의 무릎에 손을 올려놓았다.

"무한한 힘을 지니신 그리스도께서 자비를 베풀어 그들을 용서하시길."

"그래도 나랑 같이 가야 해요, 엄마."

머시의 목소리가 점점 날카로워졌다.

"어쨌든 이건 대단히 불공평한 일이잖아요."

딜리버런스가 어두운 얼굴로 피식 웃음을 터뜨렸다.

"지금 불공평하다고 했니? 저기 벽 앞의 광경이야말로 불공평이란 무엇인가를 보여 주고 있지."

딜리버런스는 맞은편 벽에 쇠사슬로 묶인 채 누워 있는 초췌하고 풀죽은 여자아이를 가리키며 말을 이었다.

"주술은 악마적인 게 아니야. 하지만 이런 말을 입에 담기만 해도 신성모독으로 간주되지. 더욱이 엄마는 마녀란 말이다. 그런데 어떻게 죄 없는 사람들이 마녀 누명을 쓰고 죽도록 내버려 두고 나만 떠날 수가 있겠니?"

딜리버런스는 머시의 뺨을 쓰다듬으며 그녀의 턱을 가까이 끌어당겼다. 두 사람의 눈이 마주쳤다.

"그런 행동을 하면 엄마의 영혼은 어떻게 되겠니? 영원한 생명을 가진 영혼 말이다."

딜리버런스가 머시의 눈을 빤히 쳐다보았다. 머시는 비로소 그녀의 계획을 실행에 옮길 수 없다는 사실을 깨달았다.

'어떻게 그게 가능하리라고 생각했을까? 엄마에게 영원한 삶과 신성한 구원의 희망을 버리고 이번 생에서 단 몇 년이라도 같이 살자고 부탁하려 했다니?'

머시는 자신이 이기적이었다는 생각에 수치심으로 관자놀이가 빨갛게 물들었다.

'내가 나쁜 아이였구나.'

머시는 자기 자신이 미웠다. 무엇이 옳은지 알면서도 한편으로는 여전히 엄마가 그녀와 같이 갔으면 하는 마음이 간절했으니까.

유쾌하지 못한 생각들이 마음속에서 전투를 벌이는 동안 머시의 얼굴은 일그러졌다. 엄마가 부드러운 손길로 그녀의 머리카락을 만지는 게 느껴졌다.

딜리버런스가 엄숙한 얼굴로 말했다.

"이제부터 엄마가 하는 말을 잘 들어라, 머시. 넌 세일럼 읍을 떠나야 한다. 무조건 떠나야 해."

머시가 싫다는 말을 쏟아 내려는 찰나 딜리버런스가 한쪽 손을 들어 제지했다.

"불쌍한 도르카스를 보면 알겠지만, 법원에서는 마녀로 고발당한 사람들의 가족도 악인으로 간주한단다. 그러니까 넌 떠나야 해."

머시는 앞으로 살아가게 될 삶을 그려 보았다. 길고 황량하고 텅 빈 복도와도 같은 공허한 그림이 눈앞에 펼쳐졌다. 머시가 아는 모든 건 세일럼 읍에 있었다. 친구들도, 엄마의 친구들도, 공회당도 모두 세일럼에 있었고 아버지 나다니엘이 묻힌 곳도 세일럼이었다.

'머지않아 엄마도 세일럼에 묻히겠구나.'

생각이 여기에 미치자 머시의 입술이 떨리기 시작했다. 복부에서 시작된 공포의 전율이 갈비뼈를 타고 심술궂게 올라갔다가 다리로 내려왔다. 앞치마를 잡았다 놓았다 하고 있는 손에도 전율이 전해졌다.

딜리버런스는 머시의 턱을 붙잡고 억지로 시선을 맞추며 말했다.

"얘야, 엄마가 계획을 세워 놓았으니 걱정 마라. 몇 달 전 메리 시블리가 찾아온 일을 기억하니? 그녀가 다녀간 후에 엄마는 우리 집을 바틀렛 씨에게 팔았단다. 물 속에 달걀을 넣고 치는 점으로 이런 일을 어느 정도 예상했지만 정확히 언제 일이 터질지는 알 수 없었어. 그래서 마블헤드 쪽에 작은 집을 지어 달라고 주문했는데, 지금쯤 완성됐을 것 같구나. 그 집은 밀크 스트리트에 있단다. 긴 오솔길 맨 끝에 있는 외딴 집인데 숲속에 감쪽같이 숨어 있지."

딜리버런스가 이야기하는 동안 머시의 얼굴에서는 혼란과 놀라움과 두려움이 자리를 다투고 있었다. 머시는 엄마가 하는 말을 이해하려고 안간힘을 썼다. 집? 집을 팔았다고? 여섯 달 전에 벌써? 난 마블헤드에 아는 사람이 없는데!

"약 제조법 책과 성경은 꼭 가지고 가거라. 바틀렛 부인에게 말하면 암말을 빌려 줄 거야. 바틀렛 씨에게도 우리의 계획을 이야기했는데, 하나님의 섭리가 허락하는 때가 오면 그분이 가구 옮기는 일을 도와주실 게다."

머시는 엄마의 얼굴에서 확고부동한 의지를 읽어 냈다. 머시는 자기도 엄마처럼 강인한 성격이면 얼마나 좋을까 하는 생각을 했다. 그렇게 생각한 게 이번이 처음은 아니었지만. 이제 머시는 혼자였다. 내일부터는 진짜 홀로 남게 된다! 머시는 두 팔로 자기 몸을 감쌌다. 억지로라도 두려움과 공포를 가라앉히고 엄마의 뜻을 따르고 싶었다.

"머시."

딜리버런스가 상냥하게 말했다. 그녀는 오들오들 떨고 있는 딸의 눈물 젖은 얼굴을 손가락으로 살살 어루만졌다.

"신약의 「마태복음」을 보면 하나님께서 내려오셔서 베드로에게 '이 반석 위에 내 교회를 세우리니.'라고 말씀하시는 구절이 나온단다."

딜리버런스는 엄지손가락으로 머시의 눈썹을 쓰다듬으며 미소를 지었다.

"내 딸아, 이제 네가 베드로라고 생각해라. 너라는 반석 위에 교회를 세우는 거란다. 왜냐하면 끝없이 자애로우신 하나님의 힘이 너를 통해서 이 땅에 전해지기 때문이야. 그러니까 겁을 먹고 자책이나 하면서 세월을 흘려보내지는 마라. 일단은 너의 안전을 확보하는 데 주력하되, 안전해지고 나면 네 재주를 다시 펼쳐야 한다. 네가 하는 건 하나님의 일이니까."

"그렇지만, 엄마……."

머시의 음성이 갈라지고 있었다. 앞으로 닥칠 사태를 생각하니 자기 자신이 너무나 작고 나약하고 무력한 존재로 느껴지면서 기가 꺾였다.

딜리버런스는 손가락 하나를 머시의 입술에 대며 고개를 단호히 가로저었다.

"더 말하지 마라. 넌 오늘 밤에 돌아가야 해. 내일 서쪽 언덕에는 네가 오지 않았으면 좋겠구나."

그 말을 들은 머시는 엄마의 무릎에 얼굴을 묻고 소리를 죽여 통곡하기 시작했다. 그들은 몇 시간이고 그렇게 앉아 있었다. 감방의 높다란 창문이 어둑어둑해지고, 캄캄해지고, 물기 어린 엷은 회색으로 변할 때까지.

세일럼 읍의 서쪽 언덕에 몇 시간 전부터 사람들이 모여들기 시작했다. 칙칙한 색깔 옷을 입은 남녀가 지나치게 들뜬 마음을 감추기 위해 짐짓 심각한 표정을 짓고 언덕을 맴돌았다. 여러 사람의 목소리가 한꺼번에 들렸다. 사람들은 평소보다 약간 높은 음조로 말하고 있었고, 기대에 차서 독선적이고 살기등등한 날카로운 비명을 질러 댔다. 옹기종기 모인 여자들은 허리춤에 두른 주머니에서 거친 빵과 치즈를 꺼내 나눠 먹었다. 아이들은 어른들의 다리 주위를 뛰어다니고, 서로를 쫓아다니고, 신이 나서 소리를 빽빽 질렀다. 동이 트기 전부터 장화와 말발굽에 짓이겨진 진흙은 뜨거운 오후 햇살 아래 딱딱하게 굳어 버렸고 급기야는 깊은 곳까지 쩍쩍 갈라졌다. 점점 많은 사람들의 발에 밟힌 흙은 가루 같은 먼지로 부서져 날리다가 사람들의 옷을 더럽혔고, 얼굴에 흙먼지 자국을 남겼고, 태양을 가리는 회색 장막을 만들었다. 저 멀리, 안개처럼 일어난 탁한 먼지와 웅성거리는 사람들 속에 폭이 좁은 나무 구조물이 우뚝 솟아 있었다. 얇은 단 위에 나무 널빤지를 높다랗게 세우고 그 널빤지에 뱀처럼 구불구불한 굵은 밧줄 여섯 개를 매단 구조물이었다.

사람이 비교적 적게 모인 언덕 밑에 키 큰 소녀가 서 있었다. 소녀는 지나치게 크다 싶은 두건을 아무렇게나 눌러 쓰고, 한 손으로는 안절부절못하는 빼빼 마른 작은 말의 고삐를 잡고 서 있었다. 말 잔등에는 밧줄로 동여맨 꾸러미 몇 개가 실려 있었고, 소녀의 발치에는 구름처럼 일어난 먼지와 똑같은 빛깔의 작은 개가 앉아 있었다. 소녀가 있는 곳을 지나쳐 언덕을 올라가던 구경꾼 중 몇몇은 그곳에 개가 있었던 게 맞나 하고 되돌아보기도 했다. 소녀의 창백한 얼굴에는 표정이 없었다. 주위의 얼굴들에 넘치는 즐거움도 흥분도 은근한 우쭐함도 나타나 있지 않았다.

정오가 가까워지자 군중들 사이에서 약동하는 에너지가 손에 잡힐 듯 생생해졌다. 구경꾼들의 가슴속에서 공포와 기대가 꽉꽉 뭉쳐 덩어리를 이루었다. 한판 주먹다짐이 벌어지기 직전의 선술집처럼 무거우면서도 기대감이 넘치고, 두려움과 난감함이 어지럽게 뒤섞이고, 흥분이 살짝 가미된 분위기였다. 재잘거리는 소리는 이제 더욱 활기가 넘쳤다. 드디어 멀리서 덜거덕거리며 그들을 향해 다가오는 감옥 수레를 발견하자 사람들 속에서 비명 소리와 고함 소리가 터져 나왔고, 나중에는 기도문을 외우는 소리와 비난하는 소리로 바뀌었다.

머시는 바틀렛 씨에게서 빌려온 암말의 옆구리에 손을 얹고 발돋움을 해서 울퉁불퉁한 말잔등 너머를 보았다. 간수 한 명이 끄는 죄수 호송용 수레가 오고 있었다. 수레 위에는 키와 연령이 각기 다른 여자 여섯 명이 서 있었다. 균형을 잡기 위해 손으로 수레 난간을 붙잡고 있는 그들은 길의 바퀴자국을 따라 흔들리고 비틀거렸다.

수레가 사람이 밀집한 곳의 가장자리에 도착하자 썩은 양배추 하나가 휙 날아가 나이든 수잔나 마틴의 가슴에 정통으로 부딪쳤다. 철퍼덕 소리가 어찌나 컸는지 멀리 떨어진 곳에 자리 잡은 머시에게도 똑똑히 들렸다. 수잔나 마틴은 얼굴을 홱 돌려 군중을 외면했다. 그렇잖아도 지저분한 옷에 썩은 냄새가 풀풀 나는 양배추 잎사귀가 달라붙자 그녀는 입을 벌리고 비참한 표정을 지었다. 그러자 몇 달 동안 감옥에 갇혀 지냈는데도 주름이 자글자글한 눈가에 여전히 친절한 빛이 넘치는 레베카 너스가 작은 손가락을 뻗어 수잔나의 옷깃에서 잎사귀 하나를 떼어 내며 그녀의 귀에 대고 뭐라고 속삭였다. 수잔나는 여전히 입을 일그러뜨린 채 고개를 끄덕이더니 눈을 감았다. 두 번째로 날아온 양배추가 수레 옆면에 퍽 하고 부딪치며 터졌을 때도 그녀는 자기만의 세계에 침잠해 있는 듯했다.

머시는 교수형을 선고받은 여자들이 모여 있는 광경을 바라보았다. 사라 굿은 입을 벌린 채 군중을 향해 새된 소리로 고함치고 있었다. 군중은 이제 폭도로 바뀌어 수레바퀴 주위에서 날뛰면서 팔을 뻗어 여자들의 옷단을 잡아채려 했다. 썩은 채소들이 머리 위로 휙휙 날아다녔고 한두 번은 누군가의 움츠러든 어깨를 살짝 스치기도 했다. 사라 와일즈는 두 팔을 위로 올려 얼굴을 가리고, 손으로는 더러워진 두건을 꽉 잡고 어깨를 덜덜 떨었다. 엘리자베스 호우는 군중 속에서 고함치는 어떤 아낙의 얼굴에다 대고 정면으로 침을 뱉었다. 한가운데에 다른 여자들보다 키가 한 뼘은 더 큰 딜리버런스 데인이 서 있었다. 그녀는 평온한 얼굴로 아주 먼 곳을 응시하는 듯했다. 머시가 눈을 가늘게 뜨고 보니 엄마의 입이 보일락 말락 움직이는 모습이 보였지만 어떤 주문 혹은 기도문을 외우고 있는지는 알 길이 없었다. 옥수수 속대 하나가 딜리버런스의 뺨을 스칠 뻔했지만 그녀는 꿈쩍도 하지 않았다. 머시는 엄마의 얼굴에 나타나 있는 강인한 힘을 자기도 느끼고 싶어서 어깨를 활짝 폈다.

군중이 양 옆면을 에워싸고 달라붙는 바람에 움직임이 느려지긴 했지만 수레는 언덕 꼭대기의 교수대에 점점 가까워지고 있었다. 군중 속에서 소음이 부글부글 끓어 번졌다. 머시는 마을 사람들의 벌어진 입과 성난 눈에서 누리끼리하고 검은 액체가 콸콸 쏟아져 나와 공중에 떠다니는 모습을 보는 것만 같았다. 교수대 밑단에서 몇 미터 떨어진 곳에 수레가 삐걱대며 멈추고 여섯 명의 여자들이 끌려 내려왔다. 흥분한 구경꾼들은 그들을 덮치려고 돌진하다가 인근 여러 읍에서 소환당한 성직자들이 팔을 엇걸고 가로막으며 자제를 당부한 후에야 물러났다. 하나의 쇠사슬에 손목을 묶인 여자들이 나무로 만든 단에 올라섰다. 머시는 자기도 모르게 두꺼운 가죽 고삐를 꽉 조였다. 암말이 턱을 실룩거리며 히힝 하고 울었다.

여자들은 손목을 묶인 채 여섯 개의 밧줄 뒤에 섰다. 올가미들이 여섯 마리의 살찐 뱀처럼 누워서 기다리고 있었다. 치안판사가 거들먹거리며 교수대 단에 올라가 엄지손가락을 외투 주머니에 걸고 흥분한 군중을 둘러보았다. 썩은 호박 하나가 날아와 그의 발밑에 떨어졌다. 치안판사는 얼굴을 찌푸리고 손뼉을 쳐서 군중에게 진정하라는 신호를 보냈다. 교수대의 그림자가 드리운 곳에서 시작된 침묵이 이따금씩 끊기면서 군중 속으로 퍼져 나갔고, 펄펄 끓던 소음은 점점 작아져 보글거리는 소리로 바뀌었다.

치안판사가 제딴에는 경건하다고 여기는 음색을 내려고 애쓰며 떨리는 목소리로 입을 열었다.

"수잔나 마틴, 사라 와일즈, 레베카 너스, 사라 굿, 엘리자베스 호우, 딜리버런스 데인! 그대들은 세일럼 읍에 설립된 권위 있는 고등형사재판소에서 재판을 받았고, 사악하고 가증스러운 주술을 행한 죄로 유죄판결을 받았다. 주술은 하나님의 본성에 위배되기 때문에 사형에 이르는 죄악이다. 그대들 가운데 자백을 하고 그대들을 파멸로 이끈 심부름꾼의 이름을 댈 사람은 없는가? 그대들의 마음은 죄악으로 가득한 황무지에 홀로 서서 힘겹게 투쟁하고 있다. 마음을 정화하고 우리들 사이에 숨어 있는 악을 일소하는 의무를 다할 마음이 정녕 없는가?"

여섯 명의 여자들은 말없이 서 있었다. 고개를 숙인 사람도 있었고, 눈을 감고 뺨을 실룩거리는 사람도 있었다. 베벌리 농장에서 온 초조해 보이는 목사가 치안판사 뒤쪽에서 서성거리다가 두 손으로 작은 성경책을 움켜쥔 채 앞으로 나섰다. 머시는 목사가 뭐라고 하는지 들어보려고 미간을 좁히고 정신을 집중했다.

목사의 목소리에는 치안판사의 목소리와 같은 무게는 없었다. 하지만 그는 여자들을 한 사람씩 붙잡고 마녀라는 사실을 자백하라고 열렬히 호소하는 듯했다. 누구든 자백하고 주님께 귀의한다면 용서받을 수 있습니다, 다만 악마의 일에 동참했던 다른 주민들의 이름을 대야 합니다. 머시의 추측이 맞았는지, 목사가 사라 굿에게 다가갔을 때 그녀의 눈에서 광기 어린 빛이 번뜩였다. 그녀가 펄펄 뛰며 화를 내자 제정신이 아니라는 사실이 명백하게 드러났다.

"나더러, 마녀라고?"

사라 굿이 이렇게 소리치자 군중은 숨을 죽였다. 사라 굿은 딜리버런스에게 음울한 시선을 보내고 나서 군중을 향해 턱을 쳐들고 큰 소리로 고함쳤다.

"내가 마녀라면 당신들은 마법사야. 당신들이 내 목숨을 빼앗으면 나중에 하나님께서 당신들에게 피를 마시는 형벌을 내릴 거라고!"

사라 굿의 절규를 들은 군중은 격분해서 교수대 위의 여자들에게 썩은 채소를 마구 던지고 저주와 욕설을 퍼부어 댔다. 머시는 턱을 받친 두 손을 꽉 쥐면서 입술을 일그러뜨렸다. 뜨거운 눈물 두 방울이 눈가에서 흘러나왔다. 그러나 스스로에게 부여한 임무를 수행하려면 정신을 집중해야 했으므로 그녀는 침착한 태도를 유지하려고 노력하면서 엄마에게 시선을 고정했다. 엄마는 여전히 입을 약간씩 움직이면서 눈으로는 곁에 서 있는 다른 여자들의 얼굴을 쳐다보고 있었다.

치안판사가 소리쳤다.

"좋다! 구원의 손길에 자신을 내맡기고 하나님과 이웃들 앞에서 죄를 고백할 의향이 없다면 그대들은 교수대에 매달려 죽게 된다. 마지막으로 할 말이 있는가?"

레베카 너스는 앙상하고 볼품없어진 몸을 곧게 펴고 기도할 때처럼 두 손을 모았다. 구경꾼들은 숨을 죽였다. 덕망 있다고 소문난 여자, 교회의 정식 신도였던 이 여자가 뭐라고 하는지 들어보기 위해서였다.

"자비롭고 전지전능하신 하나님, 이들을 용서하소서."

몹시 약하고 힘없는 목소리였다. 하지만 모두가 침묵을 지켰기 때문에 머시에게도 그녀의 목소리가 뚜렷이 들렸다.

"이 사람들은 자기가 무슨 짓을 하는지 모르고 있습니다."

구경꾼들의 입에서 웅얼거리는 소리가 터져 나오는 가운데 검은 옷을 입은 남자가 수잔나 마틴의 목에 올가미를 씌웠다. 군데군데 보라색과 붉은색 멍이 든 얼굴로 훌쩍이는 수잔나의 코에서는 콧물이 줄줄 흘러나왔다. 두개골 아랫부분에 올가미가 조여지자 수잔나는 처량하게 켁켁 소리를 내기 시작했다. 가슴에서 호흡이 점점 가빠졌다. 수잔나는 공기를 들이마시려고 헉헉거렸다. 검은 옷을 입은 남자가 앞으로 나아가 교수대 위의 수잔나를 발로 찼다. 그의 딱딱한 장화가 수잔나의 움츠린 등에 닿는 순간 군중은 또 한 차례 흥분의 전율에 휩싸였다. 시간이 아주 약간 느려지는가 싶더니 수잔나의 발이 교수대의 나무단 위로 치솟았다. 그녀의 두 눈은 위를 향했고 얼굴은 공포와 고통으로 일그러졌다. 뒤쪽의 밧줄이 느슨하게 풀리면서 그녀의 몸이 공중으로 날았다. 다음 순간 군중의 머리 위에서 '우두둑' 소리가 크게 들렸고, 팽팽한 밧줄 끝에서 수잔나 마틴의 몸이 가볍게 흔들렸다. 숨은 이미 끊어지고, 왼쪽 발에 경련이 일어나고 있었다. 군중은 환호성을 질렀다. 머시는 어떤 여자가 "고마우신 하나님!"이라고 부르짖는 소리를 들었다.

검은 옷을 입은 남자가 사라 와일즈에게 다가갔다. 그녀는 바닥에 주저앉아 고래고래 소리치며 제발 살려 달라고, 자기는 마녀가 아니라고, 거짓말은 치명적인 죄악이기 때문에 마녀라고 자백할 수가 없다고, 자기는 주님을 사랑하고 은총과 용서를 갈구한다고 애걸복걸했다. 두 손으로 얼굴을 가리고 있는 그녀에게 군중은 큰 소리로 야유를 보냈고, 마른 체격의 목사가 불안한 표정으로 다가가 그녀의 손을 잡고 함께 기도를 올렸다. 그러는 동안 검은 옷을 입은 남자가 그녀의 목에 올가미를 씌웠다. 목사가 옆으로 비켜서고 남자가 그녀의 등짝을 발로 차자 그녀의 고함 소리는 한층 음조가 높아졌다가 별안간 멈췄다. 커다란 우두둑 소리가 텅 빈 언덕 사면에 울려 퍼지며 갈가리 찢겼다.

레베카 너스는 목에 올가미가 씌워지는 와중에도 턱 밑에서 두 손을 깍지 낀 자세로 있었다. 그녀는 눈을 감고 한없이 고요한 얼굴로 입술을 움직여 주기도문을 암송했다. 올가미가 당겨지고, 발이 허공에 뜨고, 연약한 몸이 뱅글뱅글 돌며 공중으로 날아가는 순간에도 그녀는 하나님과의 영적 교감을 멈추지 않았다. 그녀의 몸을 지탱하던 밧줄에서 잔인무도한 '뚝' 소리가 나자 군중은 숨을 몰아쉬었다. 점잖고 신망 있는 레베카 너스가 진짜로 처형당하리라는 사실을 이제야 이해한 것처럼.

사라 굿과 엘리자베스 호우는 쉴 새 없이 욕설과 저주의 말을 내뱉으면서, 그들의 발밑에서 한층 기세등등하게 환호하며 공격적으로 손을 뻗는 군중에게 침을 뱉고 발길질을 했다.

"빌어먹을 인간들! 당신들 모두 지옥에 갈 거야!"

사라 굿이 이렇게 소리치는 찰나, 검은 옷을 입은 남자가 그녀의 옆구리를 사정없이 걷어찼다. 그녀는 몸부림을 치면서 교수대 측면 널빤지 위로 비틀거리며 고꾸라졌다. 밧줄이 목을 조여오자 그녀의 몸은 한 번 털썩 튕긴 후에 움직임을 멈추었다.

머시는 교수대 위의 무시무시한 광경으로부터 눈길을 돌려, 앞치마 밑에 차고 있던 주머니에서 허브 한 줌을 꺼냈다. 그녀는 발치에서 슬픈 눈으로 그녀를 올려다보는 낯익은 개를 힐끔 보고는, 잠시 후에 겪을 고통을 이겨낼 각오를 다지면서 손에 쥔 허브를 짓이겨 정확한 원 모양으로 바닥에 늘어놓았다. 그러고는 남들에게 들키지 않을 만큼 작은 소리로 라틴어 주문을 길게 외웠다.

다섯 명의 여자가 긴 밧줄 끝에 대롱대롱 매달려 있었다. 이제 그들의 발은 흔들리지 않았고, 흘러내린 머리카락에 덮인 얼굴은 하나같이 놀랍도록 새하얗고 매끄러웠다. 사라 굿의 입술에는 복수심에 찬 미소가 어려 있었다. 비록 그녀의 머리는 몸에서 떨어져 기이한 각도를 이루고 있었지만. 검은 옷을 입은 남자가 딜리버런스 데인에게 다가가자 그녀는 머리를 꼿꼿이 치켜들고 두 손을 모아 기도했다. 머시는 엄마에게 시선을 고정하고, 가슴속의 사랑과 두려움과 공포를 모조리 모아 순수한 의지의 격류를 만들었다. 그 격류는 머시의 밖으로 내민 손바닥 안에서 희미하게 번쩍이는 푸르스름한 흰색의 둥근 빛과 합쳐졌다. 남자가 딜리버런스의 목 아래에 감긴 밧줄을 잡아당기는 순간 머시는 두 손을 더 꽉 쥐며 남자의 발에 충격을 가할 준비를 했다. 그러나 정작 그 순간이 오자 놀라서 몸을 움찔했다.

극히 짧은 순간 동안 시간이 멈췄다. 구경꾼들은 제자리에 얼어붙은 것처럼 움직이지 못했다. 딜리버런스의 몸이 공중에 멈춰 있다가 떨어지기 직전, 푸른빛이 감도는 하얀 의지의 덩어리가 머시의 떨리는 손가락 사이를 빠져나가, 군침을 흘리는 구경꾼들의 머리 위에서 번개처럼 쩍쩍 갈라지더니, 딜리버런스의 이마에 내려앉아 눈에 보이지 않는 불꽃을 뿜으며 폭발했다. 그 순간 머시는 그녀의 의지가 엄마의 의지와 결합되는 것을 느꼈다. 엄마가 살아온 삶의 순간순간이 그녀의 눈앞에도 펼쳐졌다. 영국 이스트앵글리아 해변에서 커다란 배가 출항하는 장면, 40년 전 정원을 뛰어다니는 엄마의 조그만 발, 젊은 나다니엘의 얼굴을 볼 때마다 쿵쾅거리는 심장의 박동, 커다란 소리로 울음을 터뜨리는 갓난아기 적의 머시를 보면서 느낀 경이로움과 무한한 사랑, 그 모든 게 끝난다는 슬픔 그리고 형언할 수 없지만, 아직은 실현되지 않은 아름다운 무언가에 대한 굳건한 믿음. 이 모든 것이 머시의 손바닥 안으로 들어오는 가운데 머시는 엄마의 몸에 고통으로부터 해방되려는 의지와 희망을 가득 채웠다. 그것은 무척 힘이 드는 일이어서 머시의 이마에 주름이 잡혔다. 그러다가 갑자기 그 순간이 찾아왔다. 머시는 고통으로부터의 해방을 생생하게 느꼈다. 엄마의 영혼이 유한한 육체의 제약을 벗어나고 있었다. 멈췄던 시간이 다시 흐르고, 엄마의 몸이 힘없이 늘어졌다. 밝고 평온한 얼굴로. 머시가 두 손을 옆구리로 내리자 손가락 끝에서 희미한 연기가 피어올랐다. 방금 그녀가 흡수한 엄청난 고통으로 인해 시야가 흐릿하고 온몸의 신경과 근육이 덜덜 떨렸다. 실신하려는 사람처럼 비틀거리던 머시는 마지막 남은 기운을 모두 긁어모아 암말의 휘어진 등에 올라탔다. 울부짖는 군중의 머리 위에서 딜리버런스의 목이 부러지는 소리가 울렸을 때 머시는 이미 가고 없었다.

23장

매사추세츠 주, 마블헤드
1991년 추분

길쭉한 식탁에 늘 있던 잡동사니가 치워져 있었고, 식탁 표면은 누군가가 드디어 시간을 내서 레몬오일 세제와 깨끗한 걸레로 닦아 낸 것처럼 황금빛으로 반들거렸다. 실내의 덧문을 모두 열어 놓은 덕택에, 무성하게 초목이 자란 정원을 뚫고 저녁 햇빛이 살짝 집 안으로 들어왔다. 여름이 거의 가고 성마른 가을로 접어드는 동안 밀크스트리트의 집 창문을 덮은 빽빽한 덩굴도 짙고 풍요로운 녹색에서 성난 것처럼 선명한 빨강으로 옷을 갈아입었다. 어느 날에는 오지랖 넓은 바람 한 줄기가 정원으로 휙 불어와 높은 나무에서 얇은 나뭇잎들을 떨어뜨리고 허물을 벗겨 냈다. 코니는 마지막 남은 덧문을 열고 주황색과 노란색으로 물든 정원을 유쾌한 심정으로 내다보았다. 얼마 남지 않은 겨울을 앞두고 정원의 초목이 차츰 옷을 벗는 사이, 집도 식물의 그림자를 털어 버리고 바깥세상의 변화에 맞추어 실내를 생기로 가득 채우고 있었다. 코니가 정원을 내다보는 동안 신선한 돌풍이 씽 하고 불어와 나뭇잎을 우수수 떨어뜨렸다. 코니는 새로운 계절을 준비하는 땅에서 풍기는 상쾌한 흙냄새를 기분 좋게 들이마셨다.

'나도 준비를 하고 있었지.'

코니는 이런 생각을 하면서 고개를 돌렸다. 식탁 위에는 딜리버런스 데인의 두꺼운 마법책이 놓여 있었다. 펼쳐진 페이지에 붙은 제목은 '발작을 가라앉히는 방법'이었다. 식탁에는 코니가 뭐라고 갈겨 쓴 종이 몇 장, 정원에서 따오거나 부엌의 단지에서 꺼낸 갖가지 말린 허브(맨드레이크 뿌리도 그중 하나였다), 병원에서 슬쩍 채워 온 유리병까지 함께 놓여 있었다. 그 옆에는 해가 너무 일찍 져 버릴 경우에 대비해 불을 밝힐 낡은 석유 램프가 있었다. 코니는 난롯가로 걸어갔다. 수십 년 동안 검댕을 치우지 않아 연통이 꽉 막혀 있었으므로 한동안 낑낑대고 나서야 조그만 불꽃이 계속 타오르게 할 수 있었다. 코니가 허리를 굽히고 부지깽이로 장작을 쑤시자 밝은 불꽃이 벽난로의 벽돌로 된 면을 따라 올라갔다. 벽난로 옆면에는 철재 냄비 하나가 우스꽝스러운 모양새로 고리에 걸려 있었다. 부지깽이를 벽에 기대 세워 두고 식탁 밑을 들여다보니 알로가 네 발을 가지런히 모으고 새침하게 앉아 있었다.

"이제 나한테 필요한 거라고는 뾰족한 마녀 모자뿐이로구나."

코니의 말에 알로가 눈을 깜박였다.

계획은 단순했다. 부적은 이미 샘의 베개 밑에 놓고 왔으니, 마법책의 치유법에 따르면 이제 '범인'을 불러내는 간단한 의식을 치를 차례였다. '범인'이라는 말은 환자를 고통스럽게 만드는 원인을 가리키는 것 같았는데, 딜리버런스의 책은 그 부분에 관해서는 약간 모호하게 서술하고 있었다. 코니는 그 의식을 통해 샘의 몸에서 병을 끄집어낼 작정이었다. 베개 밑에 부적을 넣어 두었으니 병이 그의 몸에 다시 침투하지는 못할 터였다. 코니는 그 의식을 행하다가 다칠 수 있다는 점도 예상하고 있었다. 그간 화초를 되살리는 주술이나 도구를 이용한 점치기 등의 실험이 성공할 때마다 그녀가 느끼는 고통은 점점 커졌던 것이다. 코니는 손가락 끝을 식탁에 대고 눈을 지그시 감았다.

'산타페에서 사귄 친구들의 기를 치료할 때 엄마도 통증을 느낄까? 나중에 엄마에게 물어봐야겠다.'

코니는 입가에 살포시 미소를 지었다. 이게 무슨 터무니없는 일이냐는 이성의 목소리가 가슴속 깊은 곳에 아직 남아 있긴 했지만, 몇 주 전부터 그 목소리는 점차 작아졌다. 코니는 엄마의 다정한 얼굴을 떠올렸다. 딸의 능력에 대한 확고한 믿음으로 빛나는 얼굴. 그다음에는 샘을 생각했다.

마침내 눈을 뜬 코니는 빈 방에다 대고 선언했다.

"이제 됐어."

코니는 터틀넥 스웨터의 소매를 팔꿈치 위까지 걷어올리고 손가락으로 마법책의 책장을 훑어 내려가다 원하는 내용을 발견하고 소리내어 읽었다.

"환자의 치명적인 병이 주술 때문인지 아닌지 알아보기 위해서는, 그의 오줌을 마녀의 보텔에 넣고 바늘과 못을 몇 개 집어넣은 후 아주 뜨거운 불 속에 넣어 끓인다."

지난 며칠간 코니는 '주술'이라는 단어가 무슨 뜻일까를 곰곰이 생각해 보았다. 설명하는 사람이 누구냐에 따라 책을 부르는 명칭이 그때그때 달라졌던 것과 마찬가지로, 이 이상한 책에 나오는 말들은 시대가 변하면서 의미도 함께 바뀌곤 해서 파악하기가 쉽지 않았다. 현대인들은 '주술'이라는 말을 마법의 힘에 의해 일어나는 현상으로 해석한다. 그러나 과학이 발달하기 이전인 근대 초기의 사람들은 상관관계와 인과관계의 차이를 정확히 이해하지 못한 채 병을 치료했다. 코니가 나름대로 추측한 바에 의하면, 딜리버런스의 책에 나오는 '주술'은 문자 그대로 누군가가 주술을 행했다는 의미가 아니라 유기물 이외의 것이 원인이 된 질병을 가리키는 말이었다. 흔한 질병이 아닌 독극물 중독. 하나님의 신비로운 섭리가 작용했다기보다는 외적 요인에 의해 생긴 병. 마법으로 치유가 가능하다고 해서 병의 원인도 반드시 마법이라는 법은 없다.

코니는 병원에서 샘의 오줌으로 반쯤 채운 오래된 유리병을 손에 들고 마개를 열었다. 병 안에는 약간 녹슨 옛날 바늘 두세 개가 그대로 있었고, 며칠 전 마블헤드 철물점에서 구입한 은빛 나는 8펜스짜리 못 세 개도 들어 있었다. 그 밖에도 코니는 옷핀 하나, 어느 날 아침 욕실 바닥에서 코니의 발을 찌른 플라스틱 진주장식이 달린 재봉용 핀 하나, 거실 벽난로 위의 옥수수껍질 인형에서 나온 실이 꽂힌 바늘, 와이드너 도서관 열람실의 스테플러에서 빼낸 심 그리고 샘이 비계에서 떨어진 그날 일하던 교회의 신도석 밑면에서 떼어낸 압정 몇 개를 넣었다. 하나씩 집어넣을 때마다 금속이 유리병 목에 부딪쳤다가 슈우 소리를 내면서 액체 속으로 떨어졌고, 희미하지만 분명히 눈에 보이는 구불구불한 연기가 피어났다. 코니는 마개를 닫고 병을 가만히 지켜보았다. 아직 열을 가하지 않고 식탁 위에 세워 두기만 했는데도 유리병 안의 액체가 보글보글 끓기 시작했다.

코니는 난로 쪽으로 돌아서서 허리를 굽혀 길쭉한 부지깽이로 다시금 불을 돋우었다. 솔방울 몇 개를 불 속에 넣자 탁탁 튀는 소리와 쉿쉿 소리가 났고 불꽃이 확 일어나면서 한층 뜨겁게 타올랐다. 딜리버런스의 책에는 '확실한 치유'를 위해 불태워야 할 허브와 식물의 목록이 실려 있었다. 지난 며칠간 코니는 정원과 집 주변의 숲에서 최대한 여러 종류의 식물을 따와서 부엌에 매달아 말렸다. 우선은 말린 타임과 로즈마리, 화란국화, 세이지와 민트를 한 다발씩 불 속에 던져 넣었다. 그러자 향긋한 허브가 녹으면서 향기로운 푸른 연기가 났다. 연기는 대부분 연통을 타고 위로 올라갔지만 일부는 벽난로의 위쪽 가장자리로 빠져나가 식당 천장으로 올라갔다. 코니는 코를 벌름거리며 허브의 기름 성분이 난롯불 속에서 펑펑 튀는 강렬한 감각을 즐겼다. 다음으로는 연약한 꽃들이 바싹 말라 부서져 가는 안젤리카 한 다발을 던져 넣었다. 그러자 불길이 확 일어나 말린 꽃다발을 집어삼켰다. 코니가 분주히 일하는 동안 뒤쪽의 마루에 생긴 그림자가 아래 위로 움직이며 흔들렸고, 난롯불이 반사된 얼굴은 주황색으로 빛났다.

마지막으로 코니는 플리머스 겐티아나로 손을 뻗었다. 분홍색 꽃이 핀 겐티아나는 워낙 희귀해서 구하기가 거의 불가능한 식물이었다. 필사적으로 찾아 헤맨 끝에 코니는 밀크 스트리트에서 도보로 몇 분 거리에 있는 '조 브라운의 연못'이라 불리는 작은 연못의 질척질척한 제방 위에서 그것을 발견했다. 겐티아나의 꽃은 말리기도 전에 시들어 버려서, 코니가 집어 들자마자 손 안에서 축 늘어졌다. 코니는 겐티아나를 불 속에 내던졌다. 그러자 놀랍게도 불 속에서 밝게 빛나는 하얀 공이 튀어나와 펑 소리와 함께 폭발했다. 날카로워진 신경이 코니의 복부를 긁어 댔다. 그녀는 마른침을 삼키며 책쪽으로 돌아섰다.

"병을 불 속에 던지고 주기도문을 외운 후 다음과 같은 강력한 주문을 외운다."

엉덩이에 손을 올리고 책을 읽어 나가던 코니는 두려움을 떨쳐내기 위해 큰 소리로 말했다.

"좋아."

하지만 두려움은 사라지지 않았다.

"좋아."

코니는 다시 한 번 말하며 떨리는 손으로 유리병을 잡고 희미해진 햇빛 아래로 들어 올렸다. 유리병 안의 액체가 빙빙 돌면서 거품이 일었고, 격렬하게 부글거리는 거품 속에서 날카로운 바늘과 못이 소용돌이쳤다. 코니는 주기도문을 외우기 시작했다.

"하늘에 계신 우리 아버지. 아버지의 이름을 거룩하게 하시며……"

코니는 몸을 돌려 유리병을 난로 가까이로 가져갔다.

"아버지의 나라가 오게 하시며, 아버지의 뜻이 하늘에서와 같이, 땅에서도 이루어지게 하소서."

난로 안의 불꽃이 펄쩍 뛰어오르며 벽돌로 된 옆면의 윗부분을 스쳤다. 장작에서 뜨겁고 독한 기운이 빠져나와 방 안에 퍼졌다. 코니는 열기 때문에 눈을 가늘게 뜨며 주기도문을 계속 외웠다.

"오늘 우리에게 일용할 양식을 주시고, 우리가 우리에게 죄 지은

자를 사하여 준 것같이……"

코니는 조합교회에서 쓰던 옛날식 기도문을 선택하기로 했다.

"우리 죄를 사하여 주옵시고, 우리를 시험에 들게 하지 마옵시고……"

코니의 목소리가 높아졌다. 전에는 주기도문을 한 구절씩 주의 깊게 음미한 적이 없었으나, 불길이 맹렬하게 타오르고 불꽃 색깔이 하얗게 변하자 코니는 기이한 느낌을 받았다. 탁탁거리며 타오르는 불꽃 속에서 기도문이 흘러나오는 것만 같았다. 코니는 손가락 두 개로 유리병을 집어 불꽃 위로 가져갔다. 불에 살짝 그슬린 손가락에 물집이 잡혀서 터지기 직전이었다.

"다만 악에서 구하옵소서! 나라와 권세와 영광이……"

그러자 불꽃이 걸신들린 것처럼 혓바닥을 날름거리며 위로 올라와 유리병 바닥에 닿았다.

"아버지께 영원히 있사옵나이다! 아멘!"

코니는 유리병을 잡고 있던 손가락을 놓았다. 유리병은 나선형으로 천천히 돌면서 아래로, 아래로, 아래로 내려가 강렬한 폭발을 일으키며 착지했다. 사납게 으르렁거리는 불길이 유리병을 날름 삼켰다. 이제 주문을 외울 차례였다. 코니는 손을 어디다 둘지 몰라서 기도할 때처럼 가슴께에 깍지를 끼고 고개를 숙였다. 방금 유리병을 들고 있던 손에 생긴 물집의 부드럽고 무른 촉감이 느껴졌다.

"아글라!"

코니가 이렇게 외치자 대답이라도 하듯 불길이 확 일어났다. 불타는 장작의 한가운데에서 하얀 연기가 굵은 기둥 모양으로 피어올랐다.

"파테르! 도미누스!"

코니의 입에서 낱말이 하나씩 튀어나올 때마다 하얀 연기가 짙어지더니, 나중에는 연통에 다 흡수되지 못한 연기가 벽난로를 빠져나와 천장으로 올라갔다. 연기는 천장 서까래를 따라 놀치며 움직이다가 열린 창문으로 흘러나갔다.

"테트라그라마톤! 아도나이! 하늘에 계신 아버지시여, 부디 악을 행한 자를 저에게 데려다주십시오!"

코니가 마지막으로 이렇게 말하는 순간 하얀 연기가 응축되어 손에 잡히는 물체로, 혹은 긴 꼬리가 달린 동물로 변하는가 싶더니, 순식간에 불 속에서 뛰쳐나와 천장을 스치며 날아가서는 열린 창문으로 빠져나갔다. 난로 속에서는 휙휙, 끅끅 소리가 나면서 불이 저절로 작아졌다. 코니가 눈을 뜨자 방 안은 조용해져 있었고, 연기는 온데간데없이 사라진 채, 난롯불은 여느 때와 다를 바 없이 바지직거리며 타고 있었다.

코니는 두 손을 턱 밑에 깍지 낀 채로 방 안을 둘러보았다. 얌전히 타오르는 난롯불. 연기에 까맣게 그을려 장작 위에 놓여 있는 유리병. 딜리버런스의 책과 불 속에 넣지 않은 허브와 식물이 그대로 놓여 있는 식탁. 구석구석을 훑어보던 코니는 방금 있었던 일이 순전히 자신의 상상이었나 하는 의문이 들었다. 연기도, 소리도, 확 일어났던 불꽃도.

"내가 상상한 거니?"

텅 빈 방 안에서 코니가 물었다. 알로는 어디로 갔는지 보이지 않았다. 코니는 식탁 밑을 들여다보다가 알로를 발견했다. 알로는 밤과 똑같은 색깔의 작은 공처럼 몸을 웅크리고 걱정스러운 눈으로 코니를 쳐다보았다.

"이제 나와도 괜찮아."

코니는 이렇게 속삭이며 손짓으로 알로를 불렀다.

"다 끝났어."

하지만 알로는 움직이려 들지 않았다. 코니는 얼굴을 찡그리며 일어섰다. 뭔가 잘못된 것 같았다. 온 집 안이 정지된 채 경계태세를 취하고 있는 느낌. 코니는 무엇을 더 해야 할지 몰라서 가만히 있었다.

식탁 옆에 서서 손가락을 상판에 대고 있던 코니의 눈이 휘둥그레졌다. 멀리서 덜컹거리는 소리가 들렸던 것이다. 짐을 잔뜩 실은 트럭이 나무로 만든 다리를 덜덜거리며 건너는 소리 같기도 했다. 그 소리는 점점 가깝게 들렸고, 코니가 식탁 모서리를 돌아 가장 가까운 창문으로 걸어가는 동안 더욱 커지고 분명해졌다. 발밑에 있는 땅에 진동이 일어나면서 마루의 소나무 널빤지가 휘어지고 흔들렸다. 코니는 바닥에 무릎을 대고 앉았다. 이윽고 집 안의 모든 벽이 흔들리기 시작했고, 식당 벽감에 있는 질그릇들이 부딪쳐 쨍그랑 소리를 냈고, 천장에 매달린 거미식물 화분이 커다랗고 불규칙한 곡선을 그리며 흔들렸다. 코니는 바닥을 짚고 기어서 식탁 밑으로 들어갔다. 그녀의 손과 무릎 밑에서 바닥이 쿵쿵 울리고 흔들렸다. 부엌에서 유리단지가 리놀륨 바닥에 떨어져 깨지는 소리가 들려왔다. 코니가 두 팔로 알로의 자그마한 몸을 감싸는 순간 덜컹거리는 소리가 멎고 요란한 쾅! 소리와 함께 현관문이 활짝 열렸다. 코니는 식탁 밑에서 머리를 내밀었다. 놀라서 입을 벌린 채로.

현관에 서서 넥타이를 바로잡고 있는 사람은 다름 아닌 매닝 칠튼 교수였다. 코니가 식탁 밑에서 기어 나와 일어서자 칠튼 교수는 킬킬대기 시작했다.

"이런, 우리 아가씨. 자네가 과장한 게 아니었군. 이 집은 진짜로 엉망진창이야."

그는 현관에서 우렁찬 소리로 이렇게 말하며 집 안으로 들어왔다. 코니는 무서워서 창자가 오그라드는 기분이었지만, 마음 한구석에서 들려온 작은 목소리가 그녀에게 현관문에 새겨진 문양을 상기시켰다. 그리고 다시 한 번 귓가에 울리는 엄마의 확신에 찬 목소리. '엄마는 너의 안전을 세상 그 누구보다 염려하는 사람이란다.' 코니는 몸을 꼿꼿이 세웠다. 당황스러운 마음에 얼굴이 약간 일그러졌다.

"어, 어떻게 여길 오셨죠?"

코니는 곁눈질로 마법책을 내려다보며 내용을 재차 확인했다. 주술의 제목은 '악을 행한 사람을 나에게 데려오는 방법'이었다. 그 순간 코니는 그녀가 마지막 줄을 빠뜨리고 읽었다는 사실을 깨달았다. 주술의 내용은 다음과 같았다.

"환자의 오줌을 팔팔 끓이면 주술을 건 사람이 불 앞으로 오게 된다. 그러면 바늘을 이용하거나 솜씨를 발휘해서 그 자를 회유해 환자에게 걸린 주술을 풀게 한다. 다른 방법을 써야 할 경우에는 죽음의 미약 제조법을 참조할 것."

그 밑에는 확실한 치료를 위해 함께 태워야 할 허브의 목록이 있었다. 그리고 페이지의 맨 밑에는 코니가 전에는 미처 보지 못한 희미한 글씨로 '계속'이라고 쓰여 있었다.

코니는 곧 칠튼 교수에게 눈길을 돌렸다. 얼굴에 엷은 미소를 띠고 다가오던 그가 명랑한 목소리로 말했다.

"조만간 들를 생각이었지. 자네가 나한테 보여 줄 게 있을 것 같아서 말이지."

칠튼 교수는 오랫동안 탐구하던 가설이 옳았음을 밝혀낸 사람처럼 마냥 즐거워 보였다.

"어떻게……."

코니는 입을 열었으나 목구멍이 끈적끈적하고 건조한 느낌이 들어서 침을 꿀꺽 삼켰다.

"어떻게 여기까지 오셨는데요?"

칠튼 교수는 한 걸음 더 다가서며 키득거렸다.

"어떻게 왔냐고? 그야 물론 차를 타고 왔지."

요 며칠 사이 코니는 역사서를 뒤져 '마녀의 유리병'에 관한 설명들을 읽어 보았지만 그 주술을 행했을 때 벌어지는 일에 대해 명확하게 서술한 문헌은 없었다. 그래서 코니는 막연히 샘의 몸에서 '범인', 즉 병이 빠져나오는 주술이라고만 생각했다. 몹쓸 질병이 불 속에 던져 넣은 유리병 안으로 들어간다는 이야기인가 싶기도 했다. 그런데 이제 보니 그 지시문은 다른 식으로 해석할 수도 있었다. '병의 원인을 제공한 사람'을 불가로 끌어낸다는 뜻으로! 그렇다. 칠튼 교수는 자기 의지에 따라 이곳에 들렀다고 생각할 수도 있겠지만, 코니가 이해한 바에 의하면 그의 출현은 방금 행한 주술의 결과였다. 충격을 받은 코니는 입을 딱 벌리고 말았다.

칠튼 교수는 코니가 식당 벽으로 밀어 놓은 방패 등받이 의자 하나를 살펴보려고 몸을 굽혔다가 딱히 누구에게랄 것 없이 중얼거렸다.

"18세기 고가구라. 굉장하군."

그는 길쭉한 손가락을 앞으로 내밀어 의자의 세로널을 손톱으로 문질러 보았다.

"상감 세공이야."

그는 혼잣말을 하고 나서 허리를 펴고 코니를 향해 말했다.

"그래. 어떻게 왔냐고? 음, 오후 내내 연구실에서 몇 가지 혼합물을 만드는 실험을 했지. 그런데 문득 자네를 찾아가야겠다는 생각이 들지 뭐냐."

칠튼 교수는 미소를 지었지만 그의 입에는 웃음기가 하나도 없었다.

"그 수은이 끓어 넘치지 않기만을 바랄 뿐이다. 내가 다음 번 역사학과 회의에서 연구실에 화학물질 화재가 발생한 이유를 해명해야 한다고 생각해 봐라."

"저는……"

코니는 입을 열었으나 다행히 혀보다 머리가 먼저 움직였다. 대체 마녀의 유리병 주술이 왜 그를 불러냈단 말인가?

사실 답이야 명확히 나와 있었다. 하지만 칠튼 교수가 학문적 관심을 드러내면서 할머니 집 식당을 구석구석 살피다가 "여기가 자네를 그렇게 괴롭히던 할머니 집이란 말이지?"라고 말하는 모습을 보니 그런 답을 인정할 수가 없었다. 칠튼 교수는 야심만만하고 저명한 노학자인걸. 책을 쓰고, 강의를 하고, 파이프담배를 피우는 사람. 진리를 밝히는 일에 종사하는 명망 높은 사람이란 말이야. 그래, 야심이 많아서 한 가지 목표에만 매진하긴 하지. 하지만 누군가를 독살할 사람은 아니야.

그러나 코니가 억지로 밀어낸 논리적인 목소리가 머릿속에서 쩌렁쩌렁 울리고 있었다. '연금술! 혼합물!' 칠튼 교수는 자신의 연금술 연구에 활용하기 위해 그 마법책을 입수하려고 눈에 불을 켰잖아. 칭찬을 하고 학자로서의 성공을 약속하며 나를 독려했어. 그리고 하버드 대학 도서관에 책을 찾으러 갔을 땐 내 뒤를 밟았지.

코니는 지도교수를 정면으로 응시했다. 머릿속에서 이야기가 논리적으로 엮이는 동안 코니의 눈은 점점 커졌다. 칠튼 교수가 그 책을 원한 건 자기 자신을 위해서였어. 나에게 자기 대신 책을 찾아달라고 했던 거야. 만약 그게 어디에 쓰였던 책인지도 알고 있다면 그보다 나은 동기가 어디 있겠어?

코니는 얼른 손을 뻗어 딜리버런스의 마법책을 집어 들었다. 그녀의 얼굴에 두려운 기색이 나타나기 시작했다.

"교수님이었군요."

코니의 목소리가 공허하게 울렸다. 칠튼 교수는 자기 야망을 달성하기 위해 샘의 목숨을 위험에 빠뜨린 것이다.

"당신이 범인이었어요."

"흐음."

칠튼 교수는 식당 맞은편 벽에 걸린 초상화 속의 이마가 넓고 허리가 잘록한 여자를 바라보며 말했다. 이제 보니 그 여자의 팔 아래 그늘에는 작은 강아지가 한 마리 있었다.

"굿윈 양, 고대 아라비아의 연금술사들은 두 가지 법칙을 신봉했다네. 그 두 가지가 뭔지 혹시 아나?"

칠튼 교수는 어깨 너머로 코니를 돌아보며 기대에 찬 시선을 보냈다. 코니는 강한 반감을 느끼며 이해하지 못하겠다는 표정으로 그를 쏘아보았다.

"모른다고? 그들은 모든 금속이 수은과 유황의 화합물이고 비율만 각기 다르다고 생각했지. 수은은 달에, 유황은 태양에 상응하는 물질이라고 여겼지. 수은이 금속의 가장 기본적인 성질을 지녔다고 생각했던 거야. 참, 수은이라는 뜻의 '머큐리'는 행성인 수성을 가리키는 말이기도 하지. 그리고 유황은 가연성이 있는 물질이야. 물론 아라비아 연금술사들이 말한 수은과 유황은 문자 그대로의 의미가 아니라 수은과 유황의 성질을 비유적으로 가리키는 말이었어. 물질의 미학이랄까? 연금술사들은 은유적 표현에 능했거든."

이렇게 말하면서 칠튼 교수는 한쪽 눈썹을 찡긋하며 식탁을 빙 돌아 초상화 앞을 지나쳤다. 코니는 마법책을 가슴에 꼭 끌어안은 채 식탁 맞은편으로 자리를 옮겼다. 주먹 쥔 손 안에는 아까 식탁 위에서 집어 든 허브 한 줌이 있었다.

"파라켈수스라는 16세기의 유명한 연금술사는 모든 금속의 재료가 되는 그 두 가지 기본 원소에 세 번째 물질을 추가했지. 그건 소금이었어. 그는 소금이……"

칠튼 교수는 적당한 단어를 찾느라 잠깐 말을 멈췄다.

"흙의 성질을 상징한다고 해석했어. 불변성. 안정성. 그러니까 세 가지 기본 원소가 각각 금속, 불, 흙에 대응하는 셈이지. 수은과 유황과 소금이 가장 순수한 상태로 결합해 만물의 재료가 된다는 거야. 초창기의 연금술 비법이란 순도가 아주 높은 수은과 유황을 혼합하는 거였지. 금속성이 강하고 다른 물질과 혼합하기가 어려운 액체인 수은을, 노르스름하고 폭발성 강한 악마의 물질인 유황과 섞는 거야. 여기에 소금을 넣어 안정성을 보충하지. 확실한 물질, 나아가 완전한 물질을 만들기 위해. 이 세 가지 기본 원소가 영혼과……"

칠튼 교수는 손가락을 하나씩 딱딱 꺾으면서 설명했다.

"정신과 육체를 상징한다고 여기는 사람도 있었지. 민간신앙, 마법, 심지어는……"

그는 코니를 향해 의미심장하게 한쪽 눈썹을 찡긋하고 나서 말을 이었다.

"종교에서도 그랬어. 연금술사들은 그 세 가지를 결합시키는 데 열을 올렸지. 당연한 일이지만 그들은 순도라는 문제에 부딪쳤어. 원소를 정제해서 가장 순수하고 원초적인 상태, 최상의 상태로 만드는 방법을 찾아야 했지."

칠튼 교수는 심술궂은 미소를 얼굴 가득 띠었다.

"누군가 식수로 쓰는 물에 이 세 가지 기본 물질을 정확한 비율로 집어 넣는다고 치자. 그러면 그 사람의 세 가지 측면에 상당히…… 강렬한 영향을 미치게 되지. 심하면 사망할 수도 있다. 특히 안티몬(금속원소 Sb)을 넣으면 치명적이지. 연금술에서 안티몬을 가리키는 기호는 십자가가 얹힌 원인데, 왕을 나타내는 기호와 똑같지. 그 상형문자의 한가운데 있는 원은 '현자의 돌'을 상징해. 그리고……"

칠튼 교수는 킬킬거리다 덧붙였다.

"안티몬은 비소(금속원소 As)와 가까운 친척이기도 하지."

코니는 교회의 냉장고에 들어 있던 물을 마셨는데 금속 맛이 났다는 샘의 설명을 다시금 떠올렸다. 그날 구급차를 부른 사람이 누구였는지 아무도 몰랐다는 사실도. 비계에서 떨어진 샘이 나무 의자의 딱딱한 등받이에 다리를 부딪히는 장면이 눈앞에 그려졌다. 곧

이어 샘의 몸이 중력에 의해 쿵 하고 떨어지는 소리가 들리더니, 시야가 핏빛으로 물들어 흐릿해졌다.

"왜죠?"

코니의 목소리가 높아졌다.

"그에게 해를 입히는 이유가 대체 뭐죠? 저는 책을 손에 넣기 직전이었고, 교수님께 가져갈 생각이었는데요."

"아하."

칠튼 교수는 이렇게 말하며 자기로 만든 찻주전자 위로 손을 뻗었다. 그는 찻주전자를 들어올려 창문으로 들어오는 희미한 햇빛에 비춰 보고, 불만스러운 듯 콧방울을 부르르 떨면서 찻주전자를 도로 내려놓았다. 그는 코니가 꼭 안고 있는 책을 손가락으로 가리키며 말했다.

"실제로는 어땠지? 자넨 지금 책을 가지고 있잖아. 그런데 난 그런 이야기를 들은 기억이 없어."

코니는 대답하지 않았다. 칠튼 교수는 몸을 돌려 뒷짐 진 자세로 창밖의 정원을 내다보았다. 그가 시선을 돌린 틈을 타서 코니는 손에 들고 있던 허브의 줄기와 잎을 뜯어 으깨기 시작했다.

"나는 자네를 격려하려고 애썼다. 그 책을 찾으면 논문에 큰 도움이 될 거라고 내가 말했지? 거기다……"

여전히 등을 돌린 채 칠튼 교수가 말했다. 코니가 그에게 엄청난 실망을 안겨주기라도 한 것처럼, 그의 목소리에서는 상처받은 마음이 묻어 났다.

"식민지 역사학회의 동료들에게 자넬 소개시켜 주겠다는 제안까지 했어. 나의 성공을 나눠 주겠다는 이야기였어. 우리 아가씨야, 내가 자넬 가르쳤잖니. 그것도 내 바쁜 일정을 희생해 가면서. 자네가 나의 지도를 받으며 일인자가 되게 하려고 준비시키고 있었는데."

칠튼 교수는 서글픈 한숨을 내쉬었다.

"학술대회가 이번 달 말이다. 그런데 자넨 내게 아무것도 가져오지 않았어."

그가 말하는 동안 코니는 눈을 감고 마법책에 쓰여 있었던 지시문을 떠올렸다.

> 범인이 나타나면 다양한 방법을 활용해 주술을 풀어 달라고 부탁한다.
> 1. 119~137페이지에 나오는 '죽음의 미약' 제조법을 참조할 것.

'이건 아냐. 그를 죽일 수는 없어!'

코니는 식탁 위에 흩어져 있는 허브를 뒤적이며 손가락 사이로 마른 잎사귀를 골라 냈다. 내면의 목소리가 '어찌할 바를 모르겠어!'라고 하소연했지만, 코니는 그 목소리를 마음속 깊은 곳의 한적한 구석에 처박아 두고 작업에 집중했다. 식탁 밑에서 으르렁대는 소리가 들렸다.

> 2. 간단한 역전 마법. 유리병의 내용물을 냄비에 옮기고 범인에게서 1미터 이상 떨어지지 않은 곳에서 불에 올린다. 가시가 많은 쐐기풀과 맨드레이크 뿌리를 넣으면 범인의 주술을 거꾸로 그에게 걸 수 있다.
> 3. 충격을 줄여야 할 경우에는 똑같은 방법을 쓰되 히드라스티스(미나리아재빗과의 식물)를 첨가하고 '가장 강력한 주문'을 외운다.

코니가 눈을 떴을 때 칠튼 교수는 여전히 식당 창밖을 내다보고 있었다. 고개를 절레절레 흔들며 그가 말했다.

"한심한 노릇이야. 내가 그렇게 높은 기대를 가지고 있었건만. 자네도 알지 모르겠다만, 나는 진짜 현자의 돌을 만드는 방법을 거의 알아냈네. 인류가 수천 년 동안이나 고대하던 발견이지."

그는 다시 찻주전자 손잡이를 꽉 잡으며 말을 이었다.

"솔직히 말하자면 나는 이미 그 공식에 대한 특허권을 팔기로 약속했지. 적지 않은 금액에 말이야. 현자의 돌은 진짜야. 세상에 알려지지 않은 어떤 방법으로 탄소 원자를 배열한 물질을 고대인들이 그렇게 부른 거였지. 그 물질이 있으면 물리학에서 생화학에 이르는 모든 분야에 걸쳐 무질서한 분자구조를 바로잡을 수가 있어. 연금술 책에 나오는 비유적 표현과 수수께끼는 모두 그걸 암시하고 있어. 가치가 없고, 어디에나 있는 것! 아직 발견되지 않았지만 모두에게 알려진 것! 탄소는 지상의 모든 생명의 원천이지. 석탄도, 다이아몬드도, 사람의 몸도 탄소 원자의 순도와 배열을 달리해서 만들어지는 거야. 탄소는 하나님의 집짓기 블록인 셈이지."

칠튼 교수는 찻주전자를 두 손으로 감싸고 꾹 눌렀다. 쩍 소리가 나면서 주전자의 옆면이 갈라졌다.

칠튼 교수의 웃음소리가 돌연 멈추더니 코니의 눈앞에 어떤 영상이 나타났다. 하버드 대학 역사학과의 자기 연구실에 앉아 붉으락푸르락하는 얼굴로 수화기에 귀를 대고 있는 칠튼 교수의 모습. 그리고 어떤 남자의 목소리가 들렸다.

'흠, 물론 관심이 있었지요. 그런데 내가 그걸 이사회에 이야기하리라고는 생각지 못했단 말이오?'

남자의 목소리가 웃음소리로 바뀌었고 칠튼 교수의 윗입술이 가볍게 떨렸다. 그는 손에 움켜쥔 연필을 부러뜨리면서 내뱉듯 말했다.

'젠장, 시간이 조금 더 필요하단 말이오!'

전화선 너머에서 낄낄거리던 남자가 말했다.

'인정하시오, 매닝. 당신은 나에게 아무것도 보여 주지 못했잖소.'

영상은 눈앞에서 기름종이처럼 산산조각이 났고, 코니는 할머니 집의 거실로 돌아와 있었다.

칠튼 교수는 침착한 태도로 이야기를 계속했다.

"나는 식민지 역사학회에서 그 공식을 발표할 계획이네. 마침내 역사와 과학이 하나가 되는 거지. 그러고 나면 명예로운 학교 선생 노릇을 집어치울 수 있겠지."

학교 선생 노릇을 집어치운다고 말할 때 그의 목소리에는 놀랄 만큼 강한 독기가 서려 있었다.

"하지만 애석하게도 결정적인 원소 하나가 빠져 있어. 그게 뭔지 통 모르겠단 말이야. 제조 과정은 확실히 알아냈으니까 그거 하나만 알아내면 된다고!"

칠튼 교수는 코니와 눈을 마주쳤다. 그의 얼굴에서는 어두운 절망이 희미하게 맥박치고 있었다. 그의 목소리가 점점 차가워졌다.

"하나 더 말해 줄까? 나는 자료수집의 범위를 넓힐 필요가 있었지. 자네가 자료수집 능력이 뛰어나다는 것도 알고 있었고. 자네를 석사과정에 넣어 준 이유도 바로 그거였어. 하지만 자네가 현존하는 그 그림자 책 이야기를 했을 때는, 뭐랄까……."

칠튼 교수는 냉정하고 딱딱한 표정을 지으며 입술을 안쪽으로 말았다.

"난 정말로 놀랐어, 아가씨. 진짜 마녀가 썼던 식민지 시대의 그림자 책 원본을 찾을 수 있는 실마리! 게다가 최초의 실마리가 다름 아닌 너희 외할머니 집에서 발견됐다니! 그때 난 자네가 애초에 기대했던 것보다 이용가치가 훨씬 큰 인물이라는 걸 깨달았지."

칠튼 교수가 식탁으로 다가왔다. 식탁 밑에서 아까보다 크게 으르렁대는 소리가 났다.

코니는 그의 시선을 맞받으면서 손가락을 몰래 움직여 맨드레이크 뿌리의 가장자리를 조금씩 찢었다. 그녀는 아무 말도 하지 않았다. 긴장 때문인지 일순간 볼이 실룩거렸다. 칠튼 교수가 다가오는 동안에도 코니의 손은 마치 언제나 알아서 움직였던 기계인 양 자동적으로 움직이며 준비를 계속했다. 그래서 코니의 두뇌는 그 일에 얽매이지 않고 이런저런 생각을 할 수 있었다.

'지도교수가 정말로 혐오스러운 인간이 됐구나. 자존심과 명예욕 때문에 심술궂고 천박한 사람이 된 거야. 어마어마한 야망의 무게를 이기지 못하고 인간성마저 망가져 버린 영혼이 그의 눈동자 너머로 보여.'

"알다시피 나는 선천적인 재능이라는 걸 믿지 않는 사람이라네, 굿윈 양."

칠튼 교수의 목소리는 차츰 조롱조로 바뀌었다. 이제 더 가까이 다가온 그는 식탁 밑에 집어넣은 방패 등받이 의자 하나를 쓰다듬고 있었다.

"낭만적인 감상에 이끌려 여기저기 기웃거리고 다녀서는 안 되지. 절대로! 역사학에서 최고의 연구 성과를 얻으려면 노력이 최고야. 일을 해야 한다고! 나는 자네가 연구에 속도를 높일 방법을 찾기로 했지. 아무래도 나의 소박한 격려로는 부족한 것 같아서 말이야."

칠튼 교수는 잠깐 숨을 돌리고 나서 말을 이었다.

"그리고 그 그림자 책에 내가 예상했던 것만큼 강력한 힘이 있다는 사실도 확인했지. 연금술에 쓰는 혼합물이 인체에 소량 침투하면 현대 의학으로는 제대로 진단하지 못하지만, 근대 이전의 진짜 약 제조법 책이라면 너끈히 고치겠지. 특히나 그 책이 열의에 불타는 연구자의 손에 있다면 말이야."

칠튼 교수의 눈이 반짝이기 시작했다.

"어느 날 오후 자네가 그 청년과 함께, 음…… 다정하게라고 해두지. 다정하게 있는 걸 보니 아이디어가 쉽게 떠오르더군. 과연 내 추측이 옳았어."

칠튼 교수는 이렇게 말하며 별안간 코니에게 달려들었다. 그는 코니가 두 팔로 안고 있는 책을 뺏으려고 그녀의 어깨를 잡았다.

"그걸 나에게 넘겨라."

그의 손가락이 아프게 살을 파고들었다. 시큼하고 뜨거운 입김이 코니의 얼굴에 닿았다. 코니는 비명을 지르고 몸을 비틀며 그의 손아귀에서 벗어나려 했다. 그러나 그는 체중을 있는 대로 실어 그녀를 꽉 누르면서 책을 집으려고 마디 굵은 손을 뻗었다.

별안간 식탁 밑에서 흐릿한 물체 같은 것이 튀어나와 컹컹 짖어대며 칠튼 교수의 팔에 매달렸다. 칠튼 교수는 아픔을 참지 못하고 털썩 주저앉아 팔에서 알로를 떼어 내려 했지만, 알로는 쥐를 물어 죽일 때처럼 그의 팔을 꽉 물고 살이 찢기도록 흔들어 댔다. 그가 바닥에 주저앉을 때 살살 앞으로 나아간 코니는 활활 타는 난롯불 속에 손을 쑥 넣어 오래된 유리병을 집었다. 유리는 엄청나게 뜨거워서 물렁하게 느껴질 지경이었다. 유리병을 불 속에서 꺼내 냄비에 던져 넣는 동안 뜨거운 겔 상태의 유리에 코니의 손가락이 쑥 들어갔다. 까맣게 그을린 살갗이 한 꺼풀 벗겨지면서 연기가 모락모락 피어올랐다. 코니는 아픔을 잊으려고 눈을 깜박거렸다.

코니는 비틀거리며 식탁 쪽으로 걸어가 잘게 찢어 놓은 맨드레이크 뿌리 조각들을 집었다. 살갗이 벗겨지고 피가 흐르는 손으로 독성이 있는 맨드레이크 뿌리를 만지니 살이 자글자글 타는 기분이었다. 맨드레이크 뿌리 조각들을 냄비에 넣자 괴상한 칙칙 소리와 함께 기름기 많은 검은 연기 한 줄기가 올라왔다. 칠튼 교수는 끙끙거리며 몸을 일으켜 식탁에 기댔다. 그는 발을 뻗어 개를 걷어찼다. 그러자 개는 화가 잔뜩 나서 깨갱 소리를 냈다. 칠튼 교수가 마룻바닥 위를 미끄러지는 동안 개는 재빨리 사라졌기 때문에 그는 맞은편 벽에 부딪칠 뻔했다.

"그건 내가 원하던 거야. 어서 나에게 넘겨라. 반드시 손에 넣고 말 테니까!"

그는 이를 바득바득 갈며 명령조로 말했다. 트위드 재킷과 옥스퍼드 셔츠의 소매가 팔꿈치에서부터 피로 물들어 마치 빨간 리본으로 묶어 놓은 것처럼 보였다. 그는 비틀거리며 일어서서 째지고 피가 흐르는 상처를 찢어진 옷으로 동여맸다. 그가 누더기처럼 찢어진 팔을 가슴팍에 붙이고 코니를 향해 걸어가는 동안 뚝뚝 떨어지는 핏방울이 곡선을 그렸다.

코니는 날쌘 동작으로 식탁 위의 으깨진 잎사귀와 허브를 손으로 더듬다가 거의 무의식적으로 어떤 식물을 잡았다. 끈끈한 하얀 꽃, 넓적하고 질감이 거친 잎, 딱딱한 남색 열매가 달린 히드라스티스였다. 코니는 그것을 쐐기풀과 함께 쥐고 손바닥 안에서 줄기와 꽃을 짓이겼다. 살갗이 벗겨진 손이 아프다고 비명을 질러 댔다. 코니는 짓이긴 식물들을 냄비에 집어넣었다. 냄비 밑에서 난롯불이 옆으로 확 비키듯이 흔들리는 바람에 코니와 칠튼 교수의 그림자도 사방팔방으로 움직였다.

코니는 마법책을 꼭 끌어안고 몇 걸음 물러나며 소리쳤다.

"당신에게는 소용없는 책이에요!"

칠튼 교수는 비틀거리면서도 다시 한 번 코니의 팔을 붙잡았다.

"소용이 없기는! 소용이 있게 만들면 되지! 반드시 될 거야. 현자의 돌은 통로니까. 하나님의 권능을 이 땅에 전하는 매개체! 하나님의 교회를 세우는 반석!"

코니는 그에게 붙잡힌 팔을 이리저리 비틀면서 난롯가로 조금씩 이동했다.

"아니에요. 당신을 위한 책이 아닌 걸요. 당신에게는 절대 넘기지 않겠어요."

코니는 엄숙한 목소리로 이렇게 말하고 나서 몸을 홱 돌렸다. 심장이 다 오그라드는 기분이었다. 그녀는 두 팔을 벌려 책을 불 속에 던졌다.

칠튼 교수의 얼굴에 놀란 표정이 떠오르더니 곧 절망한 표정으로, 다음에는 분노한 표정으로 바뀌었다. 그는 60여 년 동안 쌓아 온 자제의 껍데기를 모조리 벗어 던지고 째지는 비명을 질렀다. 어린 시절 백 베이 호화저택의 텅텅 울리는 복도를 멋모르고 거닐다가 무시당했을 때 만들어진 첫 번째 껍데기. 하버드 재학 시절 골드코스트 기숙사에서 곱게 펴지지 않는 엉킨 머리를 은장식 달린 빗으로 빗어 내리면서 생긴 두 번째 껍데기. 사교클럽에서 근사하게 파이프 쥐는 법을 터득하려고 애쓸 때 만들어진 껍데기. 교수회관의 으슥한 복도에서 광을 내고 교수회의 자리에서 열심히 무두질한 껍데기들. 그는 일생일대의 연구가 실패하리라는 사실을 알아차리고 초조한 눈으로 지켜보고 있었다. 껍데기가 다 벗겨진 지금 칠튼 교수의 눈앞에는 그가 남몰래 품고 있었던 두려움이 현실이 되어 적나라하게 펼쳐졌다. 명예를 움켜쥐고 평생에 걸쳐 신중하게 갈고 닦으면서도 행여 자신이 나약한 사람이라는 사실이 드러날까 얼마나 두려웠던가. 매닝 칠튼은 나약한 사람이었다. 벌벌 떨면서도 욕심을 버리지 못하는 졸렬한 사람이었다. 연금술의 어떤 화학작용으로도 그의 영혼에서 위대한 학자, 위대한 인간을 만들어 낼 수는 없었다.

칠튼 교수는 고뇌에 휩싸여 바닥에 털썩 주저앉았다. 활활 타는 불 속에 손가락을 넣어 뜨거운 장작을 헤집으며, 벌써 돌돌 말리고 가장자리가 까맣게 그을리기 시작한 마법책을 꺼내려 했다.

그가 주저앉는 모습을 본 코니는 보글거리며 김을 내뿜고 있는 냄비 앞에 무릎을 꿇고 앉아 속삭이는 소리로 주기도문을 암송했다. 연민의 감정이 가슴에 차올랐다. 한때 그녀가 존경하는 스승이었던 그가 한낱 짐승처럼 탐욕스럽게 몸을 움츠린 꼴을 보자니 속이 상했다. 진리를 탐구하려는 갈망 때문에, 현자의 돌이 약속하는 부와 명예와 밝은 미래에 대한 갈망 때문에 인간성마저 팔아치우고 이제는 갈가리 찢긴 공허한 마음만 달랑 남은 사람. 그가 원한 건 현자의 돌 하나였지만, 그건 그가 결코 가질 수 없는 것이었다.

코니는 바닥에 떨어진 말린 민트의 잔가지를 집었다. 이제 이것만 냄비에 넣으면 샘의 몸에서 병이 빠져나온다! 코니가 민트를 냄비에 떨어뜨린 순간 난롯불이 펑 터지면서 푸른 불꽃을 튀겼다. 칠튼 교수는 화상 입은 두 손을 내저으며 울부짖었다. 코니는 잠시 그를 물끄러미 바라보다가 마음을 단단히 먹고 주문을 마저 외웠다.

"아글라."

코니가 나직이 말했다. 난롯불 한가운데서 짙은 연기가 하얀 기둥처럼 모여들었다.

"파테르, 도미누스."

짙은 연기가 펄펄 끓는 냄비를 에워쌌다.

"테트라그라마톤, 아도나이. 하늘에 계신 아버지께 간청하나니, 악을 행한 자에게 화가 돌아가게 하소서."

코니는 속삭이는 소리로 주문을 끝냈다. 냄비 주위에서 하얀 연기가 물결치며 흘러나와 칠튼 교수의 입과 눈과 귀를 통해 그의 몸 안으로 흘러들어갔다. 짙은 연기가 그의 시야를 가렸다. 그는 무릎을 꿇고 앉은 자세로 움직이지 못했다. 잠시 후 그의 몸에서 빠져나온 연기가 입을 통해 도로 흘러들어갔다. 연기는 파도처럼 일렁이며 왔던 길을 되돌아가 난롯불 한가운데로 들어갔다. 칠튼 교수는 몸을 구부리고 재채기와 받은기침을 하면서 두 팔로 배를 감싸 쥐었다. 그의 몸에서 가장 어둡고 은밀한 곳으로부터 나온 비명이 길게, 오싹하게 이어졌다.

코니의 다리에서 힘이 빠져나갔다. 그녀는 바닥에 미끄러지듯 앉았다. 식탁 다리에 머리를 기대고, 심하게 그슬린 두 손을 무릎 위에 살며시 올리고 숨을 돌렸다. 화상을 입은 자리는 살갗이 벗겨져 몹시 쓰라렸고, 손가락을 구부리자 피부에서 따갑게 이글거리는 통증이 느껴졌다. 손의 상처에서 맨드레이크의 노란 독이 빠져나가 보이지 않는 물방울로 변해 공중을 떠돌다 사라지는 광경이 얼핏 보였다.

코니는 한동안 가만히 앉아 있었다. 불꽃은 이제 얌전하게 바지직거리며 타올랐다. 칠튼 교수는 두 손으로 얼굴을 가리고 조용히 흐느끼고 있었다. 몇 분이 지나자 그의 복부와 목에 헐떡이는 전율이 찾아왔고, 팔다리가 뻣뻣해지면서 첫 발작이 그의 전신을 뒤흔들었다. 눈동자가 뒤집어지고 경련 때문에 근육이 뒤틀렸다. 눈뜨고 보기 힘든 참혹한 광경이었다.

"미안해요."

코니가 속삭였다. 그녀의 뺨에 한 줄기 눈물이 흘러내리는 순간 알로가 그녀의 옆에 모습을 드러냈다.

포스트루드

매사추세츠 주, 케임브리지
1991년 10월 말

애브너 술집 뒤편의 벽돌 난로에서 불이 경쾌하게 타오르고 있었다. 문간에 도착한 코니는 미소를 지었다. 매년 이맘때 하던 대로 누군가가(어쩌면 애브너 씨 본인일지도!) 호박을 잔뜩 구해 와서 테이블마다 작은 산처럼 수북이 쌓아 두었다. 호박에 사악한 표정과 뻐드렁니를 그려 넣으라는 뜻인지, 마커와 매직펜이 종이컵에 한가득 담겨 있었다. 바에서는 칵테일 드레스 차림에 클립으로 고정하는 생쥐의 귀 모양 장식을 부착한 여대생이 얼큰하게 취해서 양복을 입은 청년의 가슴을 쿡쿡 찔러 댔다. 청년의 나비넥타이와 굵은 허리띠에는 아기돼지 무늬가 박혀 있었다. 여대생은 혀가 꼬이는 목소리로 말했다.

"아냐. 너어, 자알 들어."

코니는 웃음을 터뜨리더니 뒤따라 들어온 샘에게 고개를 돌리며 말했다.

"이곳의 할로윈은 매년 똑같다니까."

"바로 그게 당신이 좋아하는 거잖아?"

손에 더플백을 든 샘은 이렇게 대꾸하고 앞질러 나아갔다. 코니는 싱긋 웃었다.

바를 메운 사람들의 머리 위로 손 하나가 불쑥 솟아나와 좌우로 움직였다. 코니와 샘은 사람들을 헤쳐 가며 술집 뒤쪽 벽 근처의 부스를 향해 천천히 나아갔다. 손을 흔든 사람은 리즈였다. 리즈는 자리에서 일어나 코니와 열정적인 포옹을 나누었다.

"여기 있어요!"

누군가를 향해 이렇게 소리친 리즈는 코니를 꽉 끌어안았다 놓아 주고 몸을 돌려 샘과 포옹했다.

토머스가 고개를 흔들며 말했다.

"돌아오셔서 기뻐요. 대학원 입학원서를 써야 하는데 뭐가 뭔지 하나도 모르겠다고요. 원서에 '지금까지 걸어온 학문의 길'을 쓰라는 항목이 있는 거 알아요? 그게 대체 무슨 뜻이죠?"

리즈가 팔꿈치로 그의 옆구리를 사정없이 찔렀다.

"아야! 왜 그래요?"

코니는 책과 세탁해야 할 옷이 들어 있는 가방을 바닥에 내려놓고 빈 의자에 앉으며 '휴' 하고 숨을 내쉬었다.

재닌 실바 교수가 샘을 향해 고개를 끄덕여 인사하고 나서 물었다.

"그래, 학술대회는 어땠니?"

"꽤 괜찮았어요."

코니는 입가에 미소를 띄우며 대답했다. 그러자 샘이 끼어들었다.

"괜찮았던 정도가 아니지! 어서 사실대로 말해 봐."

코니는 웨이트리스가 컵받침에 내려놓고 간 위스키 칵테일을 기쁜 마음으로 집어 들며 말했다.

"대단한 일도 아닌데."

리즈가 "아니긴 뭐가 아냐?"라고 말한 것과 동시에 샘이 소리쳤다.

"대단한 일이지!"

탁자에 둘러앉은 모든 사람이 기대에 찬 눈길을 보냈다. 코니는 잔에 넘칠 듯한 칵테일을 조심스럽게 홀짝이며 눈을 감았다. 그러나 그녀가 다시 눈을 떴을 때도 여전히 모두가 대답을 기다리고 있었다.

"케임브리지 대학 출판부에서 제 박사논문이 완성되면 보여 달라고 했어요."

모두가 칭찬과 감탄사를 쏟아 내느라 탁자가 흔들릴 지경이었다. 재닌 실바 교수가 고개를 흔들며 말했다.

"그럴 줄 알았어. 논문 제목은 정했니?"

코니는 고개를 끄덕이며 공책을 꺼내 들고 제목을 읽었다.

"북아메리카 식민지 시대 여성 치료사의 생애를 복원하다: 딜리버런스 데인의 경우를 중심으로."

리즈와 토머스는 쨍그랑 소리를 내며 잔을 부딪쳤다. 코니의 새로운 지도교수인 재닌도 승낙의 뜻으로 미소를 지었다.

"약간 장황하긴 하다만, 그건 나중에 고치면 되겠다."

리즈가 말했다.

"그러니까 네 논문이 굉장히 인기를 끌었다 이거지? 난 식민지 역사학회가 민간신앙을 페미니스트적 관점에서 재해석한 연구를 받아들일 수 있을까 걱정했는데."

코니가 대답했다.

"실은 나도 그걸 걱정했어. 그런데 막상 부딪쳐 보니 괜찮더라."

"학과장을 맡으신 소감은 어때요, 실바 교수님?"

리즈는 이렇게 물으며 토머스에게 날카로운 시선을 돌렸다. '네가 질문을 하려면 나를 눌러야 할걸.'이라는 의미가 담긴 시선이었다. 토머스가 얼굴을 붉히자 코니는 그가 안됐다는 생각이 들었다. 토머스는 교수들 곁에만 가면 손이 축축해지도록 진땀을 흘리는 성격인데.

재닌은 어깨를 으쓱하며 "글쎄, 그게 말이지……."라고 말하고는 맥주를 한모금 마셨다.

"보통 일이 아니더구나. 정말 뜻밖이긴 했지. 학기 초에 그런 식으로 학과장 일을 떠맡게 될 줄이야."

재닌은 잠시 말을 끊고 고개를 가로저으며 시선을 떨어뜨렸다.

"매닝 칠튼 교수 일은 정말 유감스럽지."

"무슨 일이 있었는데요?"

샘이 웨이트리스에게서 잔을 받아 들며 물었다. 재닌은 눈썹을 치켜 올리며 대답했다.

"병에 걸리셨어. 처음에는 그게 무슨 병인지 아무도 몰랐단다. 그런데 사람들이 학과 업무와 관련된 서류를 나에게 인계하기 위해 그분의 연구실 문을 따고 들어가 보니 갖가지 이상한 가열 기기와 화학 물질이 널려 있지 않았겠니. 중금속에다, 독성 물질까지."

재닌은 한숨을 내쉬며 자기 잔을 들여다보았다.

"처음에는 그가 들고 다니던 옛날 연금술 책에 나오는 실험 몇 가지를 장난삼아 해 봤던 것 같아. 그저 어떻게 되는지 알아보려고 말이야. 그런데 최근에 밝혀진 바에 의하면 그분은 독극물에 중독된 것 같다는구나. 몇 달, 아니 몇 년 동안 자기도 모르게 독극물을 흡입했던 거지. 솔직히 말하면……."

재닌은 심각한 목소리로 말을 이었다.

"1년쯤 전부터 조금 별나게 행동하셨던 것도 독극물 중독 때문이 아닌가 싶구나. 원래 괴짜이긴 했지만 근래에는 참……."

재닌은 한숨을 푹 쉬었다.

"정말 안타까운 일이야. 아주 훌륭한 학자였는데."

"앞으로 수업은 못 하시나요?"

토머스가 낭패한 표정으로 물었다. 코니는 토머스가 칠튼 교수 밑에서 공부할 날을 손꼽아 기다렸다는 사실을 알고 있었다.

"그분은 무기한 휴직을 하셨단다. 독극물에 노출된 탓에 신경 조직이 광범위하게 손상됐거든. 그래서 일주일에 두 번씩 큰 발작을 일으킨다더구나!"

재닌은 이렇게 대답하고 맥주를 한모금 마셨다. 그러고는 고개를 가로저으며 덧붙였다.

"믿기지 않지? 그 연세에 발작이라니."

샘이 코니를 힐끔 쳐다보았으나 코니는 그의 눈길을 피했다. 재닌이 말을 계속했다.

"대학 당국에서는 그가 강의 일정을 감당할 수 없으리라고 판단했어. 학과장 업무는 더욱 무리였고. 건강이 회복되면 명예교수 자리를 주자는 이야기가 나오긴 했지만, 그가 회복되리라는 보장은 없다고 하더구나. 그러고 보니 샘은 어때? 여름 내내 고생했다고 코니에게서 들었는데."

샘은 자신의 두 손을 내려다보며 대답했다.

"고생하긴 했죠. 그렇게 오랫동안은 아니었지만요. 복원 작업을 하다가 비계에서 떨어져서 다리를 크게 다쳤어요. 의사들은 제가 머리도 다친 줄 알았대요. 다들 그 때문에 걱정이 많았고, 특히 우리 부모님이 걱정하셨죠. 그런데 한 달쯤 전인가 저절로 나았어요."

샘은 코니를 바라보았고, 코니는 그를 마주 보며 빙그레 웃었다.

"그게 정말이에요?"

토머스의 물음에 샘이 웃음을 터뜨리며 대답했다.

"응. 지금도 정기적으로 검진을 받고 촬영도 하고 있는데, 별 문제 없다고 하더라. 우리 아버지가 하신 말씀이 걸작이었지. '네가 법대에 갔으면 이런 일은 없었을 게다.'라고 거듭 말씀하셨거든."

그러자 탁자에 둘러앉은 사람들이 모두 신음 소리를 냈다. 코니는 탁자 밑에서 그녀의 지도학생을 슬쩍 찌르며 농담을 던졌다.

"그것 봐. 아직 늦지 않았어, 토머스."

재닌이 물었다.

"그래서 복원 작업을 다시 하고 있다고? 그걸 뭐라고 부르지?"

"첨탑 수리요. 지금 하고 있습니다. 안전장비를 아주 신중하게 착용하고 있죠."

미소를 살짝 띠며 이렇게 대답한 샘은 리즈에게 고개를 돌리며 말했다.

"내가 그 집을 수리해 놓은 걸 구경하러 한 번 와야 하는데. 깜짝 놀랄 걸요."

리즈가 미심쩍다는 투로 물었다.

"이제 전기가 들어오나요?"

"그건 아니에요. 그레이스 아주머니가 지금 이대로가 좋다고 하셨거든요. 변화하는 지구의 리듬에 더 가까이 갈 수 있다나?"

샘은 눈동자를 또르르 굴리며 말을 마쳤다. 그러자 재닌이 끼어들었다.

"어머니를 언제 만나게 해 줄 거니, 코니? 어머니가 여기로 이사하셨다고 했잖아. 너랑은 자주 만나는 거니?"

코니는 칵테일 잔 밑의 받침을 빙빙 돌리며 배시시 웃었다.

"그레이스 여사님은 자기 시간표에 충실한 분이랍니다."

9월 말경에 그레이스는 밀크 스트리트의 집을 팔 생각이 없어졌고 산타페에서 그녀의 '뿌리 토양'으로 돌아오겠다고 선언했다. 하지만 이런저런 구실을 대면서 케임브리지에는 좀처럼 오지 않았다. 정원일이 많다거나, 기 치료를 해 줄 환자가 많다거나 하면서. 그레이스는 코니가 그녀를 찾아가는 걸 더 좋아하는 듯했다. 뉴멕시코에 있던 그레이스의 집을 팔아서 상당한 수익을 올린 덕택에 할머니 집의 세금 문제는 말끔히 해결됐고, 어느덧 코니는 엄마와 함께 집 안에서 여유롭게 일하며 주말을 보내는 데 익숙해졌다. 모녀는 정원에서 자라는 허브를 보관할 공간을 만들기 위해 방 청소를 했고, 지나치게 무성해져서 창문을 뒤덮은 덩굴을 다듬었다. 보통은 이야기를 주고받지 않고 말없이 일만 했다. 하지만 어느 날 오후, 동물 발 모양 장식이 달린 할머니 책상에서 공책을 들여다보던 코니가 문득 고개를 들어 보니 책상 바로 위의 먼지투성이 창문에 걸레가 지나가며 깨끗한 줄무늬를 그리고 있었다. 그 너머로 정원에 서 있는 엄마의 모습이 보였다. 손에 걸레를 들고 긴 머리를 휘날리며 빙그레 웃고 있는 그레이스. 코니도 엄마에게 미소를 보냈다.

❧

그날 밤 코니와 샘은 케임브리지의 벽돌 깔린 거리를 걷고 있었다. 리즈의 축 늘어진 몸을 둘이서 받쳐 주면서 샐턴스톨 코트로 돌아가는 길이었다.

리즈가 머리를 축 늘어뜨리며 불평했다.

"네가 그걸 불태워 버렸다는 게 아직도 믿기지 않아. 그 아름다운 라틴어! 수백 년 동안 아무도 보지 못했던 문장들! 오!"

리즈는 코니의 어깨에 머리를 올려놓고 더 편하게 기대면서 짐짓 법석을 떨었다.

"어쩜 그렇게 이기적이니! 그 책 하나만 가지고도 고전학 박사논문이 나올 수 있는 줄 뻔히 알면서."

코니는 리즈의 허리를 꽉 잡고 그녀를 보도 위로 끌어올리며 대답했다.

"나도 그러고 싶지 않았어. 하지만 칠튼 교수가 바로 앞에 있으니 그 방법밖에 없다는 생각이 들더라고. 그는 현자의 돌 제조법에 빠져 있는 마지막 원소가 그 책에 나온다고 믿었어. 그게 하나님의 권능을 지상에 전달하는 통로라느니 어쩌니 하면서. 정말 소름이 끼치더라!"

코니는 이렇게 말하고 몸서리를 쳤다. 그러자 리즈가 또렷하지 않은 음성으로 말했다.

"베드로. 그게 현자의 돌인데."

리즈의 축 처진 머리 위에서 코니와 샘이 눈짓을 교환하며 동시에 물었다.

"뭐라고?"

"내가 네게 이르노니 너는 베드로라. 내가 이 반석 위에 내 교회를 세우리니! 뭐 그런 구절 있잖아."

리즈는 로마 시대의 웅변가처럼 손을 휘저으며 깔깔거렸다.

"베드로는 그리스어로 '반석'이라는 뜻이야. 일종의 동어 반복이지. 성경에 그런 수수께끼가 얼마나 많은데."

리즈는 딸꾹질을 한 번 하고 나서 말을 이었다.

"칠튼 교수가 그걸 몰랐다니. 고전과는 담을 쌓고 살았나 보지?"

코니가 이 사이로 휘파람을 불고 나서 말했다.

"놀라워라. 그럼 현자의 돌은 물질이 아니란 거네. 반석이 곧 베드로라……. '베드로 위에 내 교회를 세우리니!'"

코니는 잠깐 쉬다가 말을 이었다.

"그럼 칠튼 교수는 절반만 맞았다고 해야겠네. 현자의 돌은 진짜였어. 그런데 그건 원소를 결합하는 실험으로 만들 수 있는 진짜 돌이 아니었던 거지. 현자의 돌이란 사람이고, 사상이었어. 하나님의 치유력을 지상에 퍼뜨릴 수 있는 사람을 가리키는 말이었던 거네."

샘도 감탄사를 내뱉었다.

"우와."

코니는 밤하늘을 올려다보았다. 마블헤드에서 봤던 별들이 도시의 주황색 불빛에 가려 잘 보이지 않았지만, 그날 밤 코니의 눈에는 뿌연 안개를 뚫고 반짝이는 별들이 보이는 것만 같았다. 코니는 눈을 감고 혼자만 아는 비밀을 마음껏 즐겼다.

마침내 코니는 참지 못하고 말문을 열었다.

"내가 뭐 하나 알려 줄게. 하지만 아무에게도 말하지 않아야 해. 약속할 수 있지?"

코니는 리즈의 눈을 들여다보았다. 리즈의 알코올 기운에 젖은 눈동자가 반짝이기 시작했다.

"뭔데?"

리즈가 속삭였다. 코니는 몸을 기울여 리즈의 귓가에 입을 바짝 댔다.

"래드클리프에서는 특수자료를 마이크로필름으로 만드는 작업이 하버드보다 많이 진행됐더라."

침묵이 흐르는 가운데 코니의 말이 리즈의 두뇌로 전해졌다.

"오, 맙소사."

리즈가 몇 발짝 앞의 허공을 응시하며 말했다. 그녀는 눈을 깜박이다가 걸음을 멈추고 코니에게 몸을 돌렸다.

"오, 맙소사, 맙소사. 방금 래드클리프라고 했니? 그 산업자본가 아무개 씨가 세일럼 도서관의 장서를 몽땅 하버드에 기부했다면서?"

리즈의 목소리가 약간 높아져 있었다. 코니는 함박웃음을 지으며 대답했다.

"맞아. 내가 그 책의 명칭에 관해서 한동안 감을 못 잡던 거 기억나지? 여기는 연감, 저기는 그림자 책, 또 어떤 데는 레시피 북이라고 나와 있었잖아……."

"이런, 세상에나."

비로소 말뜻을 이해한 리즈가 눈을 빛냈다. 코니가 말했다.

"맞아."

"지금 진담이야?"

리즈가 이마에 손을 올리며 소리쳤다. 기숙사 쪽으로 발걸음을 옮기며 코니가 말했다.

"우리 모두 알다시피 래드클리프 도서관에는 세계적으로 유명한 요리책 컬렉션이 있지."

리즈가 숨을 헐떡이며 말했다.

"저런, 저런. 칠튼 교수는 죽었다 깨어나도 못 찾았겠다."

"그렇지."

코니는 이렇게 대답하며 얼굴을 약간 붉혔다. 샘이 리즈의 등 뒤로 손을 뻗어 코니의 팔을 어루만졌다.

리즈가 기숙사를 향해 발걸음을 다그치며 물었다.

"그러면 래드클리프 도서관 어딘가에 그게 있다는 거니?"

"응. 내가 도서목록 카드의 내용을 약간 수정했지. 규칙 위반이긴 한데, 그렇게라도 해야 그 책 내용이 래드클리프 서가에 숨겨진 채 무사히 보존될 테니까. 그렇지만……."

코니는 말을 멈추고 샘을 힐끔 보았다.

"그레이스 여사 말이 맞는 것 같아."

샘이 코니의 이마에 흘러내린 머리카락을 부드럽게 쓸어 넘기며 물었다.

"뭐라고 하셨는데?"

마침 할로윈 의상을 차려입고 거리를 배회하던 한 무리의 대학생들이 서로에게 장난기 어린 욕설을 퍼부으며 길을 건넜다. 여학생 한 명은 나풀거리는 긴 검정 드레스 차림에 머리에는 챙 넓고 끝이 뾰족한 모자를 쓰고 빗자루를 질질 끌며 걸어가고 있었다. 팔에는 봉제 장난감 고양이를 끼고.

"우리한테는 그게 필요 없다고."

이렇게 말하는 코니의 옅은 푸른색 눈이 어둠 속에서 빛났다.

그와 비슷한 시각, 케임브리지에서 30킬로미터 남짓 떨어진 마블헤드의 해변 도로에 황혼이 내리고 있었다. 아득히 멀리서 기관포 쏘는 소리가 들렸다. 잠시 후 한 발 더. 또 한 발 더. 폭발음이 험하고 울퉁불퉁한 화강암 절벽에 부딪쳐 메아리쳤다. 항구를 에워싼 요트 클럽들이 일몰을 알리는 소리였다. 밀크 스트리트를 지나고, 어둠 속에서 마치 코끼리 갈비뼈처럼 뒤집혀 있는 텅 빈 목조 선체들이 가득한 선박수리소를 지나면 나오는 구시가지의 북쪽 끝에서는 어느 노부부가 오래된 언덕 묘지의 맨 위쪽 능선을 따라 한가로이 걷고 있었다. 오래전에 헐려 없어진 최초의 세일럼 공회당 부지에 놓인 벤치를 향해 걸어가는 중이었다. 그 벤치는 바다가 라벤더와 비슷한 주황색이 도는 회색으로 변하는 해질녘에 항구가 제일 잘 보이는 자리이기도 했다. 노부부는 벤치에 등을 기대고 편안하게 앉았다. 그들은 언덕 사면을 휩쓸며 올라오는 소금기 어린 바람을 즐기며 한동안 그곳에 앉아 있었다. 바다에 정박한 요트의 돛대에 삭구가 부딪쳐 철컹거리는 소리가 바닷바람에 실려 왔고, 멀리서 아이들이 환호성을 지르며 발을 구르는 소리도 희미하게 들렸다.

나이든 남자가 고개를 흔들어 공상을 떨쳐 내며 말했다.

"어이, 개들은 여기 들어오면 안 된다! 저리 가!"

그는 자그마한 개를 쫓으려고 손뼉을 쳤다. 언덕 위 잔디밭에 있는 묘석들 중 하나에 기대 몸을 웅크리고 낮잠을 자던 개가 천천히 고개를 들어 남자를 쳐다보았다.

"저리 가! 집에 가야지! 얼른!"

남자가 다시 말했다. 못마땅한 얼굴로 혀를 끌끌 차던 여자가 남자의 소매를 쓰다듬으며 말했다.

"새로 이사 온 사람들이 데려왔을 거예요. 다들 너무 무심하다니까요."

남자가 아내에게 다정하게 팔을 두르며 불만스럽게 말했다.

"그래도 존중할 줄은 알아야지."

여자가 남편에게 바짝 붙어 앉으며 맞장구를 쳤다.

"마땅히 그래야죠."

잔잔한 파도가 치는 바다에서 주황색 기운이 차츰 옅어지더니 새까만 푸른색으로 변해 갔다. 파도의 우묵한 부분에서 푸른빛이 새어 나와 해수면으로 번졌다.

자그마한 개는 느릿느릿 일어나 앞발을 쭉 내밀고 하품을 했다. 그러고 나서는 방금 전까지 잠자리로 썼던 묘석을 버리고 떠났다. 남자가 또다시 호통을 치려고 시선을 돌렸을 때 그 개는 어디론가 사라지고 없었다.

밤이 다가오면서 묘석은 점점 희미해지고 있었다. 점판암으로 된 묘석은 가장자리가 깨지고 약간 기울어진 채 서 있었으며, 끌로 새겨 넣은 글자들도 오랜 세월 동안 비에 씻기고 닳아 잘 보이지 않았다. 하지만 누군가가 그 묘석을 유심히 살펴보았다면 거기에 새겨진 이름의 첫 글자가 D라는 사실을 발견했을 것이다.

진짜 마녀들, 진짜 이야기

1692년의 세일럼 마녀재판은 역사학자에게나 소설가에게나 낯선 주제가 아니다. 그러나 소설과 역사서에서는 마녀란 다른 목적을 위해 날조된 것이었다고 간주하는 경우가 대부분이다. 마녀재판이 세일럼(오늘날 이곳은 덴버스 읍이라 불린다) 사회 내부의 세력다툼으로 인해 촉발됐다는 설이 있는가 하면, 식민지 사회에서 여성의 역할 변화를 둘러싼 갈등을 보여 준다는 해석도 있고, 소녀들이 곰팡이 핀 빵을 먹어서 환각 작용을 일으켰다는 독특한 주장도 있다. 하지만 이러한 해석들은 세일럼 마녀사냥을 실제로 겪었던 사람들이 어떻게 생각했느냐를 간과하고 있다. 당시 사람들에게 그 재판은 정말로 마법과 관련 있는 일이었다. 판사와 배심원, 성직자, 원고와 피고 등 재판에 관여했던 사람들은 모두 마녀란 엄연히 존재하며 악마가 심부름꾼을 통해 세상에 나쁜 장난을 친다고 철석같이 믿었다. 그것이 당시의 신앙이었으니까. 『세일럼의 마녀와 사라진 책』의

줄거리 구상에 착수하면서 나는 딱 한 번만 세일럼 주민들의 말을 액면 그대로 받아들여보자고 마음먹었다. 만약에 마녀 이야기가 진짜였다면?

어떤 면에서 보면 마법은 실재하는 현상이었다. 다만 오늘날 우리가 생각하는 마법과는 다른 개념이었다. 영국에는 중세와 근세 초기까지 이른바 '치료사'라는 직업이 오랜 전통으로 남아 있었다. 현명한 치료사들은 마을 사람들에게 간단한 점을 쳐 주거나 잃어버린 물건을 찾아 주는 일에서부터 각종 질병의 치료에 이르기까지 다양한 민간신앙 의식을 수행하고 돈을 받았다. 다시 말하면 치료사란 주술을 풀어 주는 전문가였다. 누군가가 마법에 걸렸다고 여겨지는 경우에는 치료사에게 도움을 청하는 것이 최선의 해결책이었다. 일반적으로 치료사들은 사업수완이 뛰어났으며, 명성이 높아질수록 다소 의심스러운 눈길을 받았다. 주술을 푸는 능력이 있는 사람은 당연히 주술을 거는 능력도 있다고 의심받게 마련이니까.

치료사들은 대부분 노동계급이 아니라 중간계급 출신이었다. 환자를 진찰하는 데 필요한 여유시간이 농사짓는 사람보다 상업 종사자에게 더 많기도 했거니와, 중인 계급에 글을 읽고 쓸 줄 아는 사람이 더 많았기 때문이었다. 당시 치료사들이 쓰던 주문은 라틴어를 영어로 번역한 그리모아(grimoire: 중세의 마법서-옮긴이)에 나오거나 종교개혁 이전의 기독교 관습에서 유래한 것이었다. 하지만 치료사라는 전통이 식민지 시대 뉴잉글랜드로 이주한 사람들에 의해 자연스럽게 전해진 것 같지는 않다. 그 첫째 이유는 성탄절마저도 이교도의 관습으로 여기고 배척했던 극단적인 청교도 신앙이었다. 둘째 이유로는 신세계가 자연환경 면에서 영국과 완전히 달랐다는 점을 들 수 있다. 마법은 무형의 자산이 아니라 특정한 물건, 특정한 주문, 특정한 장소에서 유래한 것이었으므로, 구세계인 유럽을 벗어나 신대륙에 뿌리 내리기란 쉽지 않았다.

하지만 유럽의 마법 전통이 미국으로 건너왔을 가능성이 전혀 없다고 할 수 있을까? 마녀사냥이 막 시작됐을 무렵, 세일럼 주민이었던 메리 시블리는 마녀 케이크를 만들어 범인을 가려내자는 안을 내놓았다. 귀신들린 소녀들의 오줌을 호밀에 섞어 구운 빵을 개에게 먹여 보면 된다는 주장이었다. 이 책에 묘사된 메리 시블리의 성격은 상상에 근거한 허구이지만 그녀의 행동은 허구가 아니다. 실존 인물인 메리 시블리는 악마의 행위를 밝혀내기 위해 악마적인 수단에 의존했다는 이유로 맹비난을 받았다. 하지만 그녀는 마녀 케이크라는 민간신앙의 방법을 쓰면 세일럼의 마녀 문제가 정말로 해결되리라고 굳게 믿고 있었다. 이 책에 나오는 수수께끼의 부적이 새겨진 토지경계석 역시 매사추세츠 주 뉴베리에서 실제로 발견된 유물을 토대로 한 것이다. 식민지 시대 뉴잉글랜드인들의 일상생활에서 마법은 공공연히 드러나지 않았다 뿐이지 엄연히 존재하는 현실이었다.

딜리버런스와 그녀의 가족이 살았던 시대를 묘사하는 데 있어서는 최대한 정확성을 기하려고 노력했다. 특히 복장과 실내장식에 관한 묘사는 세세한 부분까지 신경을 썼다고 자부한다. 또 이야기에 양념을 치기 위해 역사상의 실제 인물을 많이 등장시켰으나 그들에 대한 묘사는 허구이며 그들의 삶도 일부 윤색했거나 사실과 다르게 묘사했다는 점을 밝혀둔다. 1683년 딜리버런스 데인이 청구했던 명예훼손 재판의 판사와 배심원은 모두 실존인물이다. 가령 '킹'이라는 별명으로 불렸던 로버트 후퍼는 마블헤드의 부유한 상인이었고, 세일럼 마녀재판을 주재했던 부지사 윌리엄 스토턴의 외모에 관한 묘사는 현존하는 그의 초상화를 참조해서 이루어졌다.

마녀로 고발당한 여자들에게 불리하게 작용했던 증거에 대해서도 사실에 충실하게 묘사했다. 악마의 새끼와 혼령이 깃든 동물에게 젖을 먹이기 위한 이른바 '마녀의 젖꼭지'도 그중 하나였다. 마녀의 젖꼭지는 마녀로 고발당한 피고들의 혐의를 입증하기 위해 채택된 유일한 물증이었다. 다른 증거는 모두 실체가 없는 유령 이야기라든가 피고들의 허깨비가 악한 언행을 했다는 목격자의 증언에 불과했다. 실제로 무엇을 두고 마녀의 젖꼭지라고 했느냐에 관해서는 역사학자들의 해석이 엇갈리고 있다. 돌연변이 때문에 젖꼭지가 세 개 있는 걸 보고 그랬다고도 하고, 피부의 돌기나 점이었다고도 한다. 가장 유명한 학설은 클리토리스를 가리켜 마녀의 젖꼭지라고 했다는 것이다. 전등과 손거울이 없고 침실과 욕실을 따로 쓰지 않았던 시대에는 여자들이 자신의 신체 구조를 잘 알지 못했을 법도 하다.

가장 중요한 이야기로 넘어가자. 딜리버런스와 함께 마녀재판을 받았던 피고들의 이름(사라 와일즈, 레베카 너스, 수잔나 마틴, 사라 굿, 엘리자베스 호우)과 재판일자와 처형일자는 모두 역사적 사실과 일치한다. 고발당한 여자들의 성격을 묘사하는 데 있어서도 가급적 기존에 알려진 사실에 충실하려고 노력했다. 다만 사라 굿과 관련해서는 상상을 약간 가미했다. 그 밖에도 실제로 마녀로 고발당했던 여자들의 이름이 잠깐씩 등장한다. 마블헤드의 윌모트 레드, 감옥에서 사망한 사라 오스본 그리고 해임당한 목사 조지 버로는 모두 실존인물이다. 사라 굿이 교수대 위에서 "내가 마녀라면 당신들은 마법사야. 당신들이 내 목숨을 빼앗으면, 나중에 하나님께서 당신들에게 피를 마시는 형벌을 내릴 거라고!"라는 말을 남겼다는 이야기도 사실이다. 흥미로운 일화 하나. 세일럼 지방에서 전해 내려오는 이야기에 따르면 그녀의 협박을 받은 장본인인 목사 니콜라스 노이에스는 몇 년 후 뇌출혈로 사망했다고 한다. 어떤 의미에서는 사라 굿의 예언이 실현된 셈이다.

사라 굿의 딸 도르카스의 존재는 마녀재판이 연루자의 가족에게 어떤 영향을 남겼는가를 형상화하는 데 적잖은 도움이 됐다. 실존인물이었던 도르카스는 네 살에서 다섯 살의 나이로 보스턴의 감옥에 갇혀 지냈고, 8개월 후 엄마가 교수형을 당했다. 끔찍한 일을 두 가지나 겪고 나서 어린 도르카스는 정신이 나가 버렸다. 1710년 도르카스의 아버지 윌리엄 굿은 도르카스가 "지하감옥에서 쇠사슬에 묶여 있는 동안 너무나 심한 고생을 하고 충격을 받은 나머지 지금까지도 정신적으로 안정되지 못해서 옆에서 누가 보살펴 주어야 한다."고 주장하며 세일럼 읍에 소송을 걸어 딸의 양육비와 생활비를 청구했다. 누가 마녀재판에 연루됐다 하면 온 가족에게 여파가 미쳤고, 그 후손들은 18세기 중반까지도 경제적으로 어렵고 사회적 지위도 불안정한 삶을 살았다. 이 책에 나오는 머시와 프루던스의 궁핍한 생활여건은 바로 그 후손들이 겪어야 했던 혹독한 현실을 반영한 것이다.

프루던스 바틀렛을 18세기 마블헤드에 살면서 날마다 일기를 썼던 산파로 그린 것은 로렐 대처 울리히의 연구논문에서 빌려온 아이디어였다. 그녀의 논문은 18세기 메인 주의 산파로서 그날그날의 활동을 일기로 남긴 마사 발라드(그녀는 마녀가 아니었다는 점을 밝혀 둔다)의 삶을 다루고 있다.

이 책에 군데군데 등장하는 마법과 관련된 다채로운 요소들은 대영박물관 소장 마법서들의 내용을 참조해서 서술했다. 특히 편찬 연도와 저자가 불분명한 『솔로몬의 열쇠』(솔로몬 왕의 마법을 담은 책이라고 전해진다-옮긴이)라는 책을 많이 참조했다. (북아메리카 식민지 시대의 마법서는 아직까지 발견되지 않았다. 아직까지는 말이다.) 밀크 스트리트 집의 현관문에 새겨진 마법의 원은 현대의 비학 서적에 수록된 것으로, 원래는 파리의 드 라르스날 도서관에 소장된 고서에 나오는 문양이라고 한다. "아브라카다브라(Abracadabra)"라는 글자가 있는 치유용 부적은 로마 시대의 부적을 변형한 것이다. 옛날에는 삼각형 모양의 부적이 몸에서 병을 빼내 준다고 믿었는데, 민간신앙에 관한 다양한 현대 문헌에서도 이러한 내용을 찾아볼 수 있다. '마녀의 유리병'에 오줌을 넣어 병을 고치는 마법은 치료사들이 흔히 쓰던 방법이었다. 신체의 일부분이 전체를 대신할 수 있다는 것이 당시의 보편적인 믿음이었기 때문이다. 마지막으로 '열쇠와 성경', '체와 가위' 점은 민간에 널리 퍼져 있었던 주요 점치기 기법으로서 19세기까지도 실제로 활용된 바 있다. 동전 던지기나 마법의 8번 공 흔들기로 무엇을 결정한 적이 있는 사람은 이미 현대판 민간 마법을 체험했다고 할 수 있다.

그럼 딜리버런스 데인은 누구인가? 세일럼 마녀사냥이 막바지에 달해 에섹스의 시골까지 퍼졌을 무렵, 진짜 딜리버런스 데인이라는 사람이 마녀로 고발당한 사실이 있다. 그녀는 남편 나다니엘과 함께 매사추세츠 주 앤도버에 살았으며, 1692년에 마녀 혐의로 체포되어 13주 동안 감옥에 갇혀 있었다. 딜리버런스 데인에 관해서는 그녀가 재판을 거치고 나서도 살아남았다는 사실을 제외하면 알려진 바가 별로 없다. 다른 피고들과 달리 그녀가 치료사였다는 증거조차 남아 있지 않다. 내가 찾을 수 있었던 유일한 기록은 그녀가 감옥에 있을 때 나다니엘이 그 비용을 대느라 얼마나 많은 빚을 졌는가를 나열한 문서였다. 이 문서는 버지니아 대학에서 관리하는 세일럼 마녀사냥 관련 자료의 디지털 아카이브에서 볼 수 있다. 재판기록 사본과 디지털 이미지도 이곳에 공개되어 있다.

그리고 나의 이야기가 있다. 우리 집의 가계도를 몇 세대에 걸쳐 조사한 결과 호우 집안의 여자들이 마녀로 고발당해 유죄선고를 받은 엘리자베스 호우(이 책에도 잠시 등장하는 인물이다)와 먼 친척 관계이며 역시 마녀로 고발당했던 엘리자베스 프록터와도 관계가 있다는 사실을 발견했다. 둘 중에서는 엘리자베스 프록터와의 혈연관계가 더 뚜렷하게 나타났다. 그녀는 재판 후에도 살아남았지만 독자 여러분도 알다시피 엘리자베스 호우는 살아남지 못했기 때문이리라.

이를 알고 나서도 한동안은 단지 나와 관련된 재미있고 희한한 사실로만 여겼을 뿐이다. 그러고 나서 나는 몇 년간 케임브리지에서 공부하며 생활하다가 매사추세츠 에섹스 카운티로 이사를 갔다. 노스 쇼어의 생활에 적응해 나가는 동안 나는 아직도 과거가 현재에 지대한 영향을 미치고 있는 유서 깊은 소도시들을 보면서 감명을 받았다. 한편으로는 초기 식민지 정착민들의 성격과 특성이 국가주의의 신화 속에서 빛을 잃고 있다는 생각도 들었다. 우리 부부가 임대한 작은 주택의 침실에서 페인트를 칠한 말편자가 뒷문의 못에 걸려 있는 것을 발견한 적도 있었다. 행운을 부르기 위해서인지, 아니면 액운을 쫓기 위해서인지는 잘 모르겠지만.

나는 보스턴 대학에서 미국학 및 뉴잉글랜드 연구를 전공하던 시절부터 이 책을 구상했다. 박사과정 자격시험을 준비하는 기간에 세일럼과 마블헤드 사이의 숲에서 개를 데리고 산책하던 중 문득 줄거리가 떠올랐던 것이다. 나는 보스턴 대학 신입생 두 그룹을 대상으로 뉴잉글랜드 민간 마법에 대한 기초 자료조사 및 글쓰기 강좌를 진행하면서 작품의 줄거리를 다듬어 나갔다. (신입생들은 가산점이 걸린 과제를 무척 재미있어 했다. 젖소에게 걸린 마법을 푸는 방법을 두 가지 이상 찾아서 각각의 장단점을 설명하라는 과제였다.)

나에게 이 소설은 비록 허구이긴 하나 오래전에 살았던 사람들 개개인을 복원할 유일무이한 기회를 제공했다. 전통적으로 까다로운 성격에 때로는 지나치다 싶을 만큼 책을 좋아하는 뉴잉글랜드 여자들과 나 자신의 공통점 때문에 딜리버런스의 이야기에 더 큰 매력을 느낀 측면도 있었다. 까마득한 조상들의 평범하지 않은 과거에 대한 지식이 내가 대학원에서 미국사를 공부하는 데 영향을 미쳤을까? 나는 그렇다고 확신한다. 하지만 그 사실을 알지 못했더라도 그들의 마녀성은 지금의 나를 만드는 데 일정한 몫을 했으리라 믿는다. 우리가 '마녀'들을 어떻게 이해하든 간에, 나는 오래전에 세상을 떠난 그들에게 감사를 드리고 싶다. 티끌만큼 작은 조각일지라도 내 안에 그들의 일부가 아직도 남아 끈질긴 생명을 이어 가고 있을 것이므로.

- 매사추세츠 주, 마블헤드에서
캐서린 호우

감사의 말

이 이야기가 한가로이 구상하던 아이디어에서 완성된 원고로 변할 수 있었던 것은 전적으로 다음 사람들 덕택이다.

출판 에이전트 수잔 글룩. 그녀의 명석함과 지혜와 우정은 처음부터 이 프로젝트의 모든 면에 활력을 불어넣었다. 하이페리온 출판사의 엘렌 아처. 그녀의 혜안과 친절과 이 책에 대한 확신은 매 순간 나에게 힘이 되었다. 편집자 레슬리 웰스. 그는 놀라운 집중력과 세심함을 발휘하고 정성을 들여 변변찮은 초고를 완성도 높은 원고로 만들었다. 파멜라 도만. 그녀의 낙관은 이 책을 현실로 만드는 데 큰 도움이 되었다. 나의 스승 매튜 펄. 그의 지도와 응원이 없었다면 이 책은 세상에 나오지 못했을 것이다.

출판계의 훌륭한 실력자들과 함께 일할 수 있었던 것은 행운이었다. 그들의 지지와 조언 덕택에 이 책을 쓰는 내내 일이 수월했다. 윌리엄 모리스 에이전시의 사라 셀라스카이, 빌 클레그, 롭 클라인,

조지아 쿨, 라파엘라 드 앤젤리스, 미셸 페한, 트레이시 피셔, 에린 말론, 캐스린 서머헤이즈, 엘리자베스 팅게, 에릭 존에게 감사한 마음을 전한다. 하이페리온 출판사의 애나 브롬리 캠벨, 마리에 쿨맨, 바바라 존스, 크리스틴 카이저, 사라 랜디스, 앨리슨 맥기온, 클레어 맥킨, 린다 프래서, 슈파니 사카, 니나 쉴드, 벳시 스피겔만, 민디 스톡필드, 캐서린 타셰프, 제시카 와이너에게도 감사 인사를 하고 싶다. 또한 탁월한 피드백과 열정과 따스한 마음을 보여 준 펭귄 UK의 마리 에반스에게도 감사하고 있다.

이 책처럼 역사적 사실을 소재로 한 소설은 풍부한 자료가 뒷받침되지 않으면 탄생할 수 없다. 이 책을 쓰는 동안 나는 수많은 역사학자들의 저작을 길잡이로 삼았다. '아브라카다브라' 부적이 수록된 책인 『수정구슬 뒤편의 이야기(Behind the Crystal Ball)』의 저자인 앤서니 애브니, 탁월한 역사서인 『귀신들린 세일럼(Salem Possessed)』과 『세일럼 마을의 마법(Salem-Village Witchcraft)』의 저자 폴 보이어와 스티븐 니센바움, 『민간 마법: 영국 역사 속의 치료사(Popular Magic: Cunning- folk in English History)』의 저자인 오웬 데이비스, 『악마에게 봉사하기(Entertaining Satan)』의 저자인 존 데모스, 식민지 시대 초기의 사법제도를 다룬 『피고석의 여자들(Women Before the Bar)』의 저자인 코넬리아 휴즈 데이튼, 이 책에 나오는 마법의 원 문양이 수록된 『주술, 마법, 연금술(Witchcraft, Magic, and Alchemy)』의 저자 그릴로 드 기브리, 페미니스트 역사서인 『여성의 모습을 한 악마(Devil in the Shape of a Woman)』의 저자 캐롤 칼슨, 『악마의 덫(Devil's Snare)』의 저자 메리 베스 노튼, 『종교와 마법의 쇠퇴(Religion and the Decline of

Magic)』의 저자 키스 토머스, 꼬박꼬박 일기를 쓴 산파에 대해 연구한 책인 『어느 산파의 이야기(A Midwife's Tale)』의 저자 로렐 대처 울리히 그리고 『뉴잉글랜드의 시작: 17세기(New England Begins: The Seventeenth Century)』라는 전시 도록을 제공해 준 보스턴 미술관에 감사를 전한다. 뉴잉글랜드 전역의 특수문서와 함께 세일럼 마녀사냥 관련 서류를 디지털로 보관하고 있는 버지니아 대학 온라인 아카이브는 이전 세대의 학자들이 꿈만 꿀 수 있었던 연구를 가능케 했다(온라인 아카이브의 주소는 다음과 같다. http://etext.virginia.edu/salem/witchcraft/texts/transcripts.html).

마이크 갓윈, 그렉 하워드, 에릭 이주그, 에밀리 케네디, 켈리 크레츠, 브라이언 펠리넌, 섀넌 셰이퍼, 웨스턴 스미스, 라파엘 스텐치히, 미셸 시바, 토비 위긴스. 이들은 내가 도움을 절실히 필요로 할 때 원고를 읽어 주고, 아이디어를 고민해 주고, 격려를 해 준 친구와 동료들이다. 보스턴 대학 미국학 및 뉴잉글랜드 전공과 글쓰기 과정의 학생들과 교수진에게도 신세를 많이 졌다. 로이 그룬드만, 버지니아 미헤이버, 마이클 프린스, 브루스 슐먼과 WR 150 '뉴잉글랜드의 마법'을 수강한 학생들에게 특별한 감사를 전한다. 텍사스 A&M 대학의 저스틴 레이크는 유능한 라틴어 전문가를 소개해 주고 나에게 모험하는 방법을 알려 준 사람이다. 하버드 대학 여성학 위원회의 앨리스 자딘은 대학원에서 가장 구하기 힘든 안정적인 강사 일자리를 나에게 주었다. 윌 하인리히는 삶과 창작 양쪽에서 나의 상상의 폭을 넓혀 주었으며, 내가 두려움을 이겨 내고 앞으로 나아가도록 해 주었다. 나의 지도교수 패트리샤 힐스에게도 마음속 깊이 감사하고 있다. 나는 그분의 미술사와 미국학 연구에 이끌려 대학원에 가게 됐고, 그분의 호의와 지원에 힘입어 학업을 계속할 수 있었다.

마지막으로 이 책은 오랜 세월 동안 이어진 핏줄과 가족에 관한 이야기인 만큼, 나의 가족과 친척들에게 감사를 표하고 싶다. 나의 할머니와 할아버지인 메레와 찰스. 두 분은 아무도 모르는 방식으로 이 책에 여러 번 등장했다. 나의 이모할머니이자 소중한 친구인 줄리아 베이츠. 그녀는 시인이자 음악가이며 뉴잉글랜드 여성이다. 그렉 쿠즈비다와 패티 쿠즈비다 그리고 레이첼 하이먼. 그들은 나의 절친한 친구이다. 무엇보다도 나의 부모님, 조지 호우와 캐서린 S. 호우에게 감사드린다. 나의 인생에 부모님이 어떤 영향을 미쳤으며 그분들이 얼마나 소중한가를 이렇게 좁은 지면에 요약하기란 불가능하다. 그리고 마지막으로 삶과 사색과 착상의 동반자이며 나쁜 짓까지도 함께하는 사람, 요리사이자 상담자이며 잔소리꾼인 사람, 내가 알지도 못하고 뛰어든 시합에서 그럭저럭 잘 해 나가고 있다는 사실을 날마다 깨닫게 해 주는 사람인 루이스 하이먼에게 감사를 전한다.

세일럼의 마녀와 사라진 책

펴낸날 초판 1쇄 2010년 2월 28일
초판 2쇄 2010년 5월 10일

지은이 캐서린 호우
옮긴이 안진이
펴낸이 심만수
펴낸곳 (주)살림출판사
출판등록 1989년 11월 1일 제9-210호

경기도 파주시 교하읍 문발리 파주출판도시 522-1
전화 031)955-1350 팩스 031)955-1355
기획 · 편집 031)955-1399
http://www.sallimbooks.com
book@sallimbooks.com

ISBN 978-89-522-1347-1 03840

※ 값은 뒤표지에 있습니다.
※ 잘못 만들어진 책은 구입하신 서점에서 바꾸어 드립니다.

책임편집 최은하